François Rabelais, geboren 1494 in La Devinière bei Chinon, ist am 9. 4. 1553 in Paris gestorben.

Rabelais' Vater war ein begüterter Rechtsanwalt. Der junge Rabelais entschied sich für die Klerikerlaufbahn. Um 1511 trat er als Novize in den Franziskanerorden ein. 1520 ist er Mönch in Fontenay-le-Comte, ein Kloster, das Verbindung zu Humanistenkreisen hielt. 1524 wird Rabelais Benediktiner und Chorherr in der Abtei Maillezas. Die Enge des Klosterlebens verläßt Rabelais 1527. Er geht als Weltgeistlicher nach Paris (1528–30). Er studiert dort seit 1530 Medizin, später in Montpellier. Als Spitalarzt in Lyon (1532–35) wird er berühmt.

1536 erteilt ihm Papst Paul III. Absolution für Verstöße gegen die Ordensregeln. Korrespondenz mit den Humanisten Erasmus von Rotterdam und Budaeus. Publikation medizinischer Schriften.

Von 1537–40 ist er Arzt in Montpellier (1537 Doktorgrad). 1546 muß er vor kirchlicher Verfolgung nach Metz fliehen. Arzt in Metz. Rabelais ist wiederholt in Rom, wohin er seinen Beschützer und Gönner Du Bellay, den Kardinal, begleitet. Auf dessen Betreiben erhält er 1551 eine Kanonikerstelle in Meudon.

»Gargantua und Pantagruel« erschien in fünf Teilen von 1532 an. »Der vielgenannte, doch wenig gelesene Rabelais ist ... deutschen Lesern wieder in ungekürzter Form zugänglich gemacht, und deutsche Pantagruelisten mögen ihre Freude daran haben. Mag Rabelais' Ruf als Zotenreißer, gottloser Spötter und grotesker Dreck-Apotheker noch so schlecht sein ... – es bleibt dennoch wahr, daß niemals ein Dichter kraftvoller und trunkener das Leben gepriesen und geliebt hat, als dieser schlimme Rabelais.« *Hermann Hesse*

insel taschenbuch 77
François Rabelais
Gargantua und Pantagruel
Zweiter Band

François Rabelais Gargantua und Pantagruel

Mit Illustrationen von
Gustave Doré
Herausgegeben von
Horst und Edith Heintze
Erläutert von Horst Heintze
und Rolf Müller
Insel Verlag

II

Übersetzung auf Grund der maßgebenden
französischen Ausgabe, unter Benutzung der deutschen
Fassung von Ferdinand Adolf Gelbcke.

insel taschenbuch 77
11.-15. Tausend 1976
Lizenzausgabe mit freundlicher Genehmigung
der Dieterich'schen Verlagsbuchhandlung zu Leipzig
Insel Verlag Frankfurt am Main 1974
Alle Rechte vorbehalten
Vertrieb durch den Suhrkamp Taschenbuch Verlag
Umschlag nach Entwürfen von Willy Fleckhaus
Satz: Librisatz, Kriftel · Druck: Ebner, Ulm
Printed in Germany

Gargantua und Pantagruel

Gedichte und Erzählung.

Viertes Buch

Des Pantagruel drittes

Dem erlauchten Fürsten, meinem hochwürdigsten und gnädigsten Herrn Odet, Kardinal von Châtillon

Erlauchter Fürst! Es ist pflichtgemäß zu Eurer Kenntnis gebracht worden, von wie vielen hochgestellten und angesehenen Leuten ich um die Fortsetzung der Pantagruelischen Fabeleien angegangen, ersucht und gedrängt worden bin und täglich noch werde, da, wie sie meinen, so viele Sieche und Kranke, so viele Verdrossene und Bekümmerte beim Lesen dieser Fabeleien ihr Leid eine kurze Weile vergessen, ihre Zeit lustig verbracht und Fröhlichkeit und Trost von neuem in sich verspürt hätten. Welchen ich zu erwidern pflege, daß, da ich nur zu meinem Vergnügen geschrieben, ich auch keinerlei Anspruch auf Lob oder Ruhm erhoben, sondern dabei nichts andres im Auge und Sinn gehabt hätte, als den Betrübten und Kranken in der Ferne durch meine Schriften ein wenig Linderung zu verschaffen, wie ich das auch denen, die mir nahe sind, im Fall der Not gern und willig durch meine Kunst und meine persönlichen Dienste täte. Zuweilen schildere ich ihnen dann wohl in ausführlichen Worten den wahren Arzt, so wie Hippokrates an verschiedenen Stellen, besonders aber im sechsten Buch der »Epidemien«, wo er von der Einführung seines Schülers als Arzt schreibt, desgleichen Soranus von Ephesus, Oribasius, Cl. Galen, Hali Abbas und andere mehr ihn in Bewegung, Haltung, Blick, Gang, Betragen, Anstand, Miene, Kleidung, Bart, Haaren, Händen, Mund, ja bis zu den Fingernägeln hin gezeichnet haben, geradeso als sollte er in einer vortrefflichen Komödie die Rolle eines Liebhabers oder Freiers spielen oder zum Kampf mit einem rüstigen Gegner in die Schranken treten. Und in der Tat vergleicht auch Hippokrates die ärztliche Praxis mit einem Kampf und einer Posse, die von drei Personen gespielt wird: dem Kranken, dem Arzt und der Krankheit. Sooft ich diese Schilderung las, mußte ich an die Antwort denken, die Julia einmal ihrem Vater Octavianus Augustus gab. Sie war eines Tages in einem außerordentlich prächtigen, aber unzüchtigen und üppigen Gewand vor ihm erschienen, das ihm im höchsten Grade mißfiel; doch hatte er kein Wort dazu gesagt. Tags darauf hatte sie ihre Kleidung verändert und ein züchtig verhüllendes Gewand angelegt, wie ehrbare römische Matronen es damals zu tragen pflegten. Als sie sich ihm so zeigte, konnte er, der tags zuvor mit keinem Wort sein Mißfallen über ihre unzüchtige Kleidung geäußert hatte, sein Wohlgefallen über diese Änderung nicht verhehlen und sprach zu ihr: »Oh, wieviel schicklicher und löblicher für eine Tochter des Augustus ist doch dieses Gewand!« Schnell gefaßt, entgegnete sie: »Ja, heute hab' ich mich für die Augen meines Vaters gekleidet; gestern kleidete ich mich, um meinem Mann zu gefallen!« – Ähnlich könnte der Arzt, wenn er sich in Miene und Kleidung maskiert, namentlich wenn er, wie es früher Mode war, ein reiches buntes Gewand mit vier Ärmeln anlegt – Petrus[1] Alexandrinus nennt es *in 6. epid.*[2] *Philonium*[3] –, denen, die solche Maskerade unpassend finden, antworten: »Das tue ich nicht aus Eitelkeit oder um damit zu prahlen, sondern nur für meinen Kranken, dem allein ich gefallen, keineswegs aber mißfallen oder unangenehm sein möchte.« Ja, noch mehr. Über eine Stelle in dem oben angeführten Buch des Hippokrates streiten wir und zerbrechen uns die Köpfe noch heute; aber nicht etwa darüber, ob ein grämliches, finsteres, abstoßendes, katonisches, unliebenswürdiges, mürrisches, strenges oder verdrießliches Aussehen des Arztes den Kranken verstimme – denn das hat die Erfahrung hinreichend bestätigt und steht außer allem Zweifel –, sondern darüber, ob diese Verstimmung wie die ihr entgegengesetzte Erheiterung daher komme, daß der Kranke aus den Mienen und dem ganzen Gehabe des Arztes auf den Ausgang und das Ende seiner Krankheit schließt, also aus heiteren auf einen guten und erwünschten, aus finsteren auf einen schlimmen und beklagenswerten, oder daher, daß die heiteren und finsteren, die ätherisch leichten wie die erdenschweren, die fröhlichen wie die schwermütigen Lebensgeister des Arztes in den Kranken übergehen, welch letzterer Meinung Platon und Averroes sind.

Besonders haben die obengenannten Autoren den Arzt darauf hingewiesen, wie er mit seinen Kranken reden, was er ihnen sagen, wie er sie unterhalten, wovon er mit ihnen plaudern soll und wie er dabei immer nur den einzigen Zweck und das einzige Ziel im Auge haben muß, sie durch unschuldige Mittel und ohne Gott zu kränken zu erheitern, sie aber ja nicht verstimmen darf.

1 gemeint ist Johannes – 2 »Kommentar zu Hippokrates' Buch über epidemische Krankheiten« 6 – 3 kuttenähnliches Gewand

So tadelt Herophilus den Arzt Kallianax auf das strengste, weil er einem Kranken auf die Frage, ob er nicht etwa sterben müsse, die unverschämte Antwort gab:

> Auch ein Patroklus ward des Todes Beute,
> der sich weit größern Ruhms als du erfreute,

und weil er einen andern, der ebenfalls etwas Näheres über seinen Zustand erfahren wollte und mit des edlen Patelin Worten die Frage an ihn richtete:

> ... und mein Urin?
> Was sagt er, werd ich sterben?,

mit der närrischen Antwort abfertigte: »Wärst du Latonas – der schönen Kinder Phöbus und Diana Mutter – Sohn, dann nein!« – So tadelt auch Cl. Galen *lib. 4 comment, in 6. epid.* seinen Lehrer Quintus deshalb, weil er einem vornehmen Römer, der zu ihm sagte: »Du hast gefrühstückt, Freund, dein Atem riecht nach Wein!«, die herzlose Antwort gab: »Und der deinige riecht nach Fieber; was meinst du, was besser riecht, Wein oder Fieber?«

Aber die Verleumdungen, welche gewisse Kannibalen, Kopfhänger und Agelasten[1] gegen mich geschleudert hatten, waren so giftig und so sinnlos gewesen, daß mir die Geduld darüber gerissen war und ich beschlossen hatte, keinen Buchstaben mehr zu schreiben. Eine ihrer geringsten Schmähungen war die, daß sie behaupteten, meine Schriften wären voller Ketzereien, obwohl sie mir nicht eine einzige Belegstelle für ihre Behauptung anführen konnten. Ja, lustiges, tolles Zeug – unbeschadet aller Ehrfurcht gegen Gott und König! – war genug darin, denn das allein ist ja Zweck und Inhalt dieser Bücher, aber Ketzereien – keine, man müßte denn böswillig und gegen alle Vernunft und allen Sprachgebrauch an den Worten herumdeuten und aus ihnen herauslesen, was ich selbst für tausend Tode – angenommen, es könnt' einer so viele sterben – nicht gedacht haben möchte, wie wenn zum Beispiel einer Brot statt Wein, Fisch statt Schlange, Ei statt Skorpion verstehen wollt'. Über solches Verfahren hab' ich mich oft in Eurer Gegenwart beklagt und es offen ausgesprochen, daß, wenn ich mich nicht für einen besseren Christen hielte, als sie ihrerseits gegen mich sind, und wenn ich in meinem Leben, meinen Schriften und Worten, ja nur in meinen Gedan-

---

1 »Nielacher« (griech.)

ken das kleinste Fünkchen Ketzerei verspürte, sie gar nicht so jämmerlich in die Netze des Lügengeistes, *i.e. diabolus*, der mich durch sie dieses Verbrechens zeiht, gefallen sein würden. Denn dann würde ich wie der Phönix den Holzstoß selbst geschichtet und das Feuer angezündet haben, um mich zu verbrennen. Darauf sagtet Ihr mir, daß der in Gott ruhende König Franz unsterblichen Angedenkens, durch solche Verleumdungen begierig geworden, sich selbst von ihrem Wert zu überzeugen, seinem hochgelehrten und allergetreuesten Vorleser befohlen habe, ihm meine Schriften – ich sage meine, weil man mir tückischerweise auch allerlei falsche und verdammungswürdige untergeschoben hat – vorzulesen, und daß er nichts Verdächtiges darin gefunden, wohl aber sich mit Abscheu über jene Schlangenfresser geäußert habe, die aus einem E, welches aus Versehen oder durch die Nachlässigkeit des Druckers statt eines e gesetzt und verschoben wurde, eine todeswürdige Ketzerei hatten machen wollen. Und ebenso gerecht und gütig hat sich sein Sohn, unser gnädigster, tugendhaftester und hochgepriesener König Heinrich, den Gott uns noch lange erhalten möge, gegen mich gezeigt, indem er mir durch Euch ein Privilegium und seinen ausdrücklichen Schutz gegen diese Verleumder verheißen hat. Solche frohe Botschaft habt Ihr mir in Paris mündlich bestätigt und nun neuerdings, als Ihr zu Besuch bei Sr. Eminenz Kardinal du Bellay wart, welcher sich zur Stärkung seiner Gesundheit nach einer langwierigen und schmerzhaften Krankheit in Saint-Maur aufhielt, diesem so gesunden, angenehmen, heitern, behaglichen, reizenden und an ländlichen Freuden und Genüssen so reichen Ort, den man wohl mit Recht ein Paradies nennen könnte.

Das, erlauchter Fürst, ist der Grund, weshalb ich jetzt furchtlos meine Feder dem Sturm wieder aussetze; denn ich hoffe, daß Ihr mir gegen alle Verleumder dank Eurer gnädigen Gunst an Wissen, Weisheit und Beredsamkeit ein zweiter Herkules von Gallien sein werdet, ein Alexikakos[1] an Tugend, Macht und Ansehen, von dem ich in Wahrheit sagen kann, was der weise Salomo von Moses, dem großen Propheten und Führer Israels, sagte, Buch Sirach XLV: »Er hat aus ihm kommen lassen den heiligen Mann Mose, der aller Welt lieb und wert war und dem

---

1 »Unheilabwehrer« (griech.); Beiname des Herkules

Gott und Menschen hold waren, des Name hoch gepriesen wird. Er hat ihn auch geehrt wie die heiligen Väter und hoch erhoben, daß ihn die Feinde fürchten mußten; und ließ ihn mit Worten viel Zeichen tun. Er machte ihn herrlich vor Königen und gab ihm Befehl an sein Volk und zeigte ihm seine Herrlichkeit.«

Ich aber gelobe Euch, daß ich alle, die sich an diesen lustigen Geschichten ergötzen werden, beschwören will, Euch und nur Euch allein dafür dankbar zu sein und den Herrn zu bitten, daß er Euch erhalte und Eure Macht und Größe stetig mehre, mir dabei kein anderes Verdienst zuschreibend als demütige Unterwürfigkeit und willigen Gehorsam gegen Eure Befehle. Denn Eure ehrende Ermahnung gab mir Selbstvertrauen und Erfindungsgeist; ohne Euch wäre mir der Mut geschwunden, und die Quelle meiner Lebensgeister hätte versiegen müssen. Möge Gott der Herr Euch in seinen heiligen Schutz nehmen.

Paris, den 28. Januar 1552

Eurer Erlaucht
untertänigster und treugehorsamster Diener
François Rabelais, Arzt

Vorwort des Verfassers
Den geneigten Lesern

Ihr braven, guten Leute, Gott segne und behüte euch! Wo seid ihr denn? Kann euch nicht recht sehen. Wart, wart, will meine Brille aufsetzen. Aha! Ja so – nach Fastnacht kommt Ostern. Nun seh' ich euch. Also was? Ihr habt ein gutes Weinjahr gehabt, wie ich höre. Nun, darüber werdet ihr keine Tränen vergießen. Und habt ein unfehlbares Mittel gegens Verdursten erfunden? Das nenn' ich brav und tugendhaft gehandelt. Und ihr, eure Weiber und Kinder, eure Verwandten und Angehörigen befinden sich alle wohl? Ei, das ist ja recht gut und schön und freut mich. Der liebe, gnädige Gott sei ewiglich dafür gepriesen, und wenn's sein heiliger Wille ist, mögt ihr noch recht lange so bleiben. Was mich anbetrifft, so bin ich Gott sei Dank auch noch auf den Beinen und empfehle mich euch. Mit Hilfe einer kleinen Dosis Pantagruelismus, das heißt einer gewissen Heiterkeit der Seele, die sich von zufälligen Dingen nicht stören läßt, bin ich gesund und munter und jederzeit zum Trinken aufgelegt. Ihr braven Leute fragt mich, woher das kommt? Unwiderlegliche Antwort: Weil es der Wille des allgütigen und allmächtigen Herrgotts ist, in den ich mich schicke, dem ich gehorche, dessen dreimalheiliges Wort voll froher Botschaft ich verehre. Das ist das Evangelium Lukas IV, 23, wo es mit bitterem Spott und blutigem Hohn von dem Arzt, der seine eigene Gesundheit vernachlässigt, heißt: »Arzt, hilf dir selber!« – So achtete Galen auf seine Gesundheit, weniger freilich aus Ehrfurcht vor dem heiligen Wort, obschon er die Bibel nicht verachtete und die frommen Christen seiner Zeit wohl kannte, auch mit ihnen verkehrte, wie dies aus *lib. XI de usu partium, lib. II de differentiis pulsuum, c. III, et ibidem lib. III, c. II, et lib. de rerum affectibus*[1] – wenn letzteres ihm zugeschrieben werden darf – ersichtlich ist, sondern vielmehr aus Furcht, zu jenen gezählt zu werden, von denen der Volksmund spöttisch sagt:

Ἰατρὸς ἄλλων, αὐτὸς ἕλκεσι βρύων,
Arzt für andre Leut, indessen
selbst von Schwären aufgefressen.

---

1 »Über den Gebrauch der menschlichen Körperteile« II; »Über die verschiedenen Pulsschläge« 2, 3 und 3, 2; »Buch über die Erkrankungen der Dinge (eigtl. Nieren)«

Mit großer Genugtuung rühmt er von sich – und wenn dem nicht so wäre, wolle er kein geschätzter Arzt sein –, daß er von seinem achtundzwanzigsten Jahr an bis in sein hohes Alter hinein stets kerngesund gewesen sei, einige leicht vorübergehende Fieberanfälle etwa ausgenommen, obwohl er von Natur keine sehr kräftige Konstitution und überdies einen schwachen Magen gehabt habe. Denn dem Arzt, so sagt er *lib. V de sanit. tuend.*[1], der seine eigene Gesundheit vernachlässigt, wird man schwerlich zutrauen, daß er für die anderer Leute besorgt sei. – Noch stolzer rühmt sich ein anderer Arzt, Asklepiades, er habe mit Fortuna einen Pakt geschlossen, daß er als Heilkünstler nicht berühmt werden wolle, wenn er von der Zeit an, wo er zu praktizieren begonnen, bis in sein höchstes Alter hinein auch nur einmal krank sein würde. Und wirklich, gesund an allen Gliedern gelangte er zu hohen Jahren und triumphierte über Fortuna; denn zuletzt starb er ohne eine vorhergegangene Krankheit durch einen Sturz von einer hohen Treppe, deren Stufen schlecht zusammengefügt und morsch geworden waren.

Sollte eurer Herrlichkeiten Gesundheit sich aber durch irgendeinen unglücklichen Zufall hier- oder dorthin verflüchtigt haben, etwa nach oben, unten, vorn, hinten, rechts oder links, nach innen oder nach außen, weit weg von oder hin zu euren Herrensitzen, so wünsche ich, daß ihr sie mit Gottes Hilfe so bald wie möglich wieder antreffen mögt. Zu guter Stunde legt dann die Hand darauf, nehmt sie fest, haltet sie und laßt sie nicht wieder los. Das erlauben die Gesetze, der König gestattet's, und ich rat' es euch. So erkannten die Gesetzgeber des Altertums jedem Herrn das Recht zu, seinen entlaufenen Sklaven, wo er ihn fände, zu ergreifen. Und steht denn, lieber Gott und liebe Leute, nicht geschrieben, und ist es nicht ein altes Gewohnheitsrecht in diesem unserem edlen, alten, schönen, blühenden und reichen Vaterland, daß der Tote den Lebendigen greift[2]? Lest nur, wie der brave, gelehrte, weise, humane, biedere und gerechte André Tiraqueau, Sr. königlichen Majestät Heinrich II. Rat am hochmögenden Parlament zu Paris, dies neuerdings dargelegt und erläutert hat. Nun aber ist Gesundheit unser Leben, wie Ariphron der

---

1 »Über den Schutz der Gesundheit« 5 – 2 d.h., er setzt durch seinen bloßen Tod den Rechtsnachfolger zum Erben ein; Rechtssprichwort

Sikyonier das sehr gut ausdrückt, wenn er sagt: »Leben ohne Gesundheit ist nicht Leben, ist ein nicht zu lebendes Leben: Ἄβιος βίος, βίος ἀβίωτος.« Ohne Gesundheit ist das Leben nur ein Dahinsiechen, eine Art Tod. Deshalb ergreift also, die ihr der Gesundheit entbehrt, das heißt tot seid, das Lebendige, greift das Leben, das heißt die Gesundheit.

Ich hoffe auf Gott den Herrn, daß er unser Gebet erhören wird, da wir in festem Glauben zu ihm beten, und unsere Bitte erfüllt, weil wir mit Maßen und bescheiden bitten. Mittelmaß galt den alten Weisen als golden, das heißt als etwas Köstliches, von allen Gepriesenes, überall Wohlgefälliges. Forschet nur in der Bibel, so werdet ihr finden, daß die Gebete derer, welche bescheiden baten, stets erhört worden sind.

Ein Beispiel dafür ist der kleine Zachäus[1], dessen Leib und Reliquien die Musaphiten[2] von Saint-Ayl bei Orleans zu besitzen sich rühmen und den sie Sankt Sylvan nennen. Er begehrte nichts weiter, als unsern Heiland bei Jerusalem zu sehen. Das war ein bescheidener Wunsch, denn das konnte jedermann; aber er war zu klein, und so wollte es ihm im Volksgedränge nicht gelingen. Deshalb lief und trippelte er hin und her, versuchte sich durchzudrängen, machte sich endlich Luft und stieg auf einen Maulbeerbaum. Der milde Gottessohn aber erkannte seine aufrichtige und demütige Liebe. Er bot sich seinen Blicken dar, und nicht bloß seinen Blicken, nein, er sprach auch mit ihm und trat in sein Haus und segnete die Seinigen. – Und dem Sohn eines Propheten in Israel, da er am Ufer des Jordans Holz spaltete – im sechsten Kapitel des vierten Buches der Könige steht's geschrieben –[3], flog das Eisen vom Stiel und fiel in den Fluß. Da betete er zu Gott, daß er es ihm doch wiedergeben möchte, was eine bescheidene Bitte war, und voller Glauben und Zuversicht warf er – nicht, wie die vermaledeiten Krittler und abscheulichen Wortverdreher sagen, die Axt dem Stiel, sondern – den Stiel der Axt nach. Alsbald geschahen zwei Wunder: Das Eisen stieg aus den Fluten empor und befestigte sich von selbst am Stiel. Hätte er begehrt, wie Elias in einem Flammenwagen gen Himmel zu fahren oder eine Nachkommenschaft zu haben, so zahlreich wie die Abrahams, oder reich zu sein wie Hiob oder stark wie Simson

1 s. Lukas 19, I/10 – 2 eigtl. mohammedanische Priester – 3 2. Könige 6,5/7

oder schön wie Absalom, was meint ihr, ob ihm das wohl gewährt worden wäre? Möchte zu bezweifeln sein.

Und da ich nun einmal von bescheidenen Wünschen in ärztlichen Dingen rede, so will ich – aber sagt nur, wenn's Zeit zum Trinken ist – euch doch erzählen, was in den Fabeln des weisen französischen Äsop davon geschrieben steht, des Phrygers meine ich nämlich, des Trojaners, von welchem Volk, den glaubwürdigsten Geschichtsschreibern nach – auch Max. Planudes bestätigt's –, die edlen Franzosen abstammen. Zwar sagt Älian, Äsop sei ein Thraker gewesen, und Agathias hält ihn, nach Herodot, für einen Samier. Das ist mir aber alles einerlei.

Seinerzeit lebte im Dörfchen Gravot ein armer Mann mit Namen Hodeling, ein Holzhacker, der mit Fällen und Spalten notdürftig sein Brot verdiente. Dem geschah es, daß er sein Beil verlor. Ihr könnt euch denken, wie traurig und betrübt er darüber war, denn das Beil war sein ein und alles, von dem lebte er; seines Beils wegen stand er bei allen Holzhändlern der Umgegend in Ansehen und Achtung, ohne Beil mußte er verhungern. Wenn ihn der Tod sechs Tage nach dem Unfall noch ohne Beil getroffen hätte, so würde er ihn ohne weiteres mit seiner Sense umgemäht und von der Erde vertilgt haben. In seiner Not fing er an, zu jammern, zu schreien, zu flehen und allerlei Gebete zu Jupiter emporzusenden, denn ihr wißt, Not ist ja die Erfinderin der Beredsamkeit. Mit gen Himmel gewandtem Gesicht, im Staub kniend, barhäuptig, die Arme hoch erhoben und die Finger ausgespreizt, rief er immer und immer wieder, ohne zu ermüden, dieselben Schlußworte seiner Klage: »Mein Beil, Jupiter, mein Beil, mein Beil! Will ja nichts weiter, o Jupiter, als mein Beil oder ein paar Pfennige, damit ich mir ein neues kaufen kann. Weh, o weh, ich Armer! Mein Beil!«

Jupiter war eben dabei, eine hochwichtige Staatsangelegenheit zu verhandeln, und die alte Mutter Kybele oder meinetwegen der junge, strahlende Phöbus, wenn euch der lieber ist, hatte das Wort. Aber Hodelings Geschrei war so laut, daß man es mit großem Befremden im Rat und in der Versammlung der Götter vernahm. »Wer zum Teufel brüllt denn da unten so entsetzlich?« fragte Jupiter. »Beim Styx, haben wir nicht die ganze Zeit über mehr als genug zu tun gehabt, die aller verschiedensten hochwichtigen Angelegenheiten zu entscheiden, und sind wir nicht noch dabei? – Den Streit zwischen Presthan, dem König der Perser[1], und Sultan Soliman, dem Kaiser von Konstantinopel, haben wir geschlichtet; wir haben den Tataren den Paß zu den Moskowitern verlegt; das Gesuch des Scherifs[2] haben wir bewil-

ligt und der ehrfurchtsvollen Bitte des Guolgotz Rais[3] geneigtes Ohr geschenkt; der Fall Parma ist geregelt, Maidenburg[4] und Mirandola desgleichen und Afrika auch, so heißt nämlich bei den

1 Tahmasp I. – 2 Mulei Mohammed – 3 Dragut Reis – 4 Magdeburg; 1550/51 von Moritz von Sachsen belagert und eingenommen

Sterblichen, was wir Aphrodisium[1] am Mittelländischen Meer nennen; Tripolis hat durch schlechte Hut seinen Herrn gewechselt; seine Zeit war gekommen.

Da sind nun die widerspenstigen Gascogner und wollen ihre Glocken wiederhaben[2]. Dort in der Ecke stehen die Sachsen, Osterlinge[3], Ostgoten und Alemannen, ehedem unbesiegbare Völkerschaften, jetzt aberkeids[4] und von einem lahmen Zwerglein[5] geknechtet. Sie bitten um Rache und Hilfe und daß wir ihnen ihren gesunden Menschenverstand und ihre alten Freiheiten wiedergeben sollen.

Was fangen wir aber mit diesem Rameau[6] und mit diesem Galland an, die mit ihrem Schwanz von Zuträgern, Helfershelfern und Zeugen uns die ganze Pariser Akademie in Aufruhr bringen? Ich bin da wirklich in der größten Verlegenheit, auf welche Seite ich mich schlagen soll. Sie scheinen mir beide ganz gute Burschen und tüchtige Bullen zu sein. Der eine hat schöne, klotzige Sonnentaler, der andere möcht' welche haben. Der eine hat was gelernt, der andere ist auch nicht dumm. Der eine liebt die braven Leute, den andern lieben sie. Der eine ist ein schlauer Fuchs, der andere eifert, schimpft und bellt auf die alten Philosophen und Redner wie ein Hund. Was sagst du dazu, Priapus, du altes Eselsgesicht? Hab' deinen Rat und deine Ansicht schon manchmal ganz vernünftig und akzeptabel gefunden,

et habet tua mentula mentem[7].«

»Majestät«, entgegnete Priapus, indem er sein Käppchen abzog und seinen roten, tief leuchtenden Kopf selbstbewußt in die Höhe reckte, »weil du den einen mit einem bellenden Hund und den andern mit einem schlauen, listigen Fuchs vergleichst, so mein' ich, zerbrichst du dir den Kopf nicht weiter darüber und machst es mit ihnen, wie du es schon einmal mit einem Hund und einem Fuchs gemacht hast.« – »Wieso?« fragte Jupiter, »wann das? Wovon sprichst du? Wo geschah das?« – »Wo bleibt dein Gedächtnis?« entgegnete Priapus.

»Unser würdiger Vater Bacchus mit dem karmesinfarbenen

---

1 Stadt in Nordwestafrika – 2 die wegen des Aufruhrs gegen die Salzsteuer 1548/49 beschlagnahmt worden waren – 3 Hansestädte – 4 Wortlaut des Originals; *abakeit* (schweiz.) heruntergekommen – 5 gemeint ist Karl V., röm.-deutsch. Kaiser 1519-56, der seit Jahren an Gicht litt – 6 Ramus – 7 dein Steher ist ein Versteher (lat.).

Gesicht da hatte, um sich an den Thebanern zu rächen, einen Wunderfuchs geschaffen, dem kein Tier der Welt etwas anhaben konnte, wieviel Schaden und Unheil er auch anstiften mochte. Der edle Vulkan aber hatte aus monesischem Erz[1] einen Hund geformt und ihm Leben und Seele eingehaucht; den schenkte er dir, und du schenktest ihn deinem Herzblättchen, der Europa. Europa gab ihn an Minos, Minos an Prokris weiter, und dieser verehrte ihn endlich Kephalos. Der Hund war gleichfalls gefeit, so daß er, ganz wie unsere Advokaten, alles fing, was ihm in den Wurf kam, und nichts seinen Griffen entgehen konnte. Es geschah, daß die beiden sich trafen. Was taten sie? Seiner Schicksalsbestimmung nach mußte der Hund den Fuchs fangen, der seiner Schicksalsbestimmung nach doch wiederum nicht gefangen werden konnte.

Die Sache kam vor deinen Rat. Du warst der Ansicht, daß gegen das Schicksal nichts zu machen wäre; aber die Schicksalsbestimmungen widersprachen sich ja. Daß beide als wahr, folgerichtig und wirksam nebeneinander bestehen könnten, wurde für eine Unmöglichkeit erklärt. Du schwitztest über dieser schweren Aufgabe große Schweißtropfen, die zur Erde fielen und dort zu Kohlköpfen wurden. Die gesamte hohe Ratsversammlung, die durchaus zu keinem Beschluß kommen konnte, entwickelte wenigstens einen fabelhaften Durst: mehr als achtundsiebzig Tonnen Nektar wurden in dieser Sitzung ausgetrunken. Da gab ich den Rat, du möchtest sie beide in Stein verwandeln, und augenblicklich war aller Verlegenheit abgeholfen. Allen durstigen Kehlen im ganzen Olymp ward sofort Waffenstillstand geboten. Dies geschah in dem Jahr, welches in der Umgegend von Theumesos zwischen Theben und Chalkis das Jahr der Butterhoden genannt wird. Deshalb rate ich dir, den Hund wie den Fuchs zu versteinern. Wird auch eine ganz passende Metamorphose sein; denn sie heißen beide Peter[2], und da nach dem Limousiner Sprichwort zu einem Ofenloch drei Steine gehören, so kannst du sie ja gut mit Peter von Coignet[3] zusammentun, den du schon aus demselben Grund versteinert hast. Das tote Dreigestein könnte dann als gleichschenkliges Dreieck im Haupttempel von Paris oder mitten auf dem Platz davor aufge-

1 Kupfer – 2 *petra* (griech.) Stein – 3 Cugnières

stellt werden, um wie beim Nasenpustspiel zum Auslöschen der Lichter, Fackeln und Kerzen zu dienen, weil sie, solange sie lebten, das Feuer der Zersplitterung, den Haß, die Sektiererwut und das Klüngelwesen so hundsföttisch unter den müßigen Gelehrten angefacht haben. Und das würde eine ewige Mahnung sein, daß solche kleinen hundsföttischen Eigensüchteleien vor dir eher der Verachtung als der Strafe verfallen. Ich habe gesprochen.«

»Priapus, mein Bürschchen«, erwiderte Jupiter, »ich sehe, du meinst es doch besser mit ihnen, als ich geglaubt hätte: so gut meinst du's nicht mit allen Leuten. Denn da es ihre höchste Begierde ist, sich und ihren Namen auf die Nachwelt zu bringen, so würde es ihnen ganz recht sein, wenn sie nach ihrem Tod in Stein und Marmor dastünden, statt in der Erde zu verfaulen. – Sieh doch, sieh, dort in der Gegend des Tyrrhenischen Meers, um die Apenninen herum, was für Schreckensszenen die Pastophoren dort aufführen. Dieser Wahnsinn wird auch seine Zeit dauern wie die limousinischen Öfen und dann vergehen – aber nicht so bald. Wir werden noch viel Kurzweil daran haben. Eins ist mir nur fatal: Unser Vorrat an Blitzen ist verteufelt zusammengeschmolzen, seitdem ihr Mitgötter, allerdings mit meiner Erlaubnis, so verschwenderisch damit umgegangen seid und sie rein zum Spaß auf Neuantiochia[1] geschleudert habt, was euch dann die großmäuligen Helden später nachmachten, die ihre Feste Truthahnburg gegen jeden Angriff verteidigen wollten, inzwischen aber ihre Pfeile auf Sperlinge verschossen. In der Zeit der Not hatten sie dann nichts, um sich zu verteidigen, so daß sie den Platz tapfer räumen und sich dem Feind ergeben mußten, gerade als dieser im Begriff war, die Belagerung als unnütz und aussichtslos aufzugeben, und nur an seinen Abzug und an die damit verbundene Schmach dachte. Vulkan, mein Sohn, vergiß also nicht, die nötigen Befehle zu geben: Weck mir die schläfrigen Burschen auf, die Kyklopen, Asteropes[2] und Brontes[3], Arges[4] und Polyphems, Steropes[5] und Pyrakmon[6], daß sie rüstig schaffen, und gib ihnen auch ordentlich was zu trinken. Wer sich am Feuer erhitzt, den soll man mit Wein kühlen. – Aber nun müssen wir doch dem Schreihals da unten das Maul stopfen. Merkur,

1 wahrscheinlich Rom – 2 Blitzschmied – 3 Donnerfertiger – 4 Blitzhelle – 5 Blitzschmied – 6 Feueramboßler

sieh einmal nach, wer es ist, und frag ihn, was er will.«

Also machte Merkur das himmlische Klapploch auf, durch das man alles hört, was hier auf Erden gesprochen wird, und das etwa einer Schiffsluke oder, wie Ikaromenippus meint, einem Brunnenloch gleicht[1]. Sobald er sieht, daß es Hodeling ist, der sein verlorenes Beil wiederhaben will, sagt er es den Göttern. »Nun ja«, spricht Jupiter, »das fehlte noch; haben wir etwa nicht mehr zu tun, als verlorne Beile wieder herbeizuschaffen? Aber was sein muß, muß sein. Versteht mich: Es ist nun einmal vom Schicksal so bestimmt, genauso als ob es sich um das Herzogtum Mailand handelte. Und, die Wahrheit zu sagen, ihm ist ja sein Beil ebensoviel wert wie einem König sein Königreich. Also abgemacht, er soll es wiederhaben. Reden wir nicht mehr darüber. Laßt uns nun den Streit zwischen dem Klerus und der Duckmäuserinnung von Landerousse schlichten. Wie weit waren wir damit?«

Priapus war in der Kaminecke stehengeblieben. Sowie er den Bericht Merkurs gehört hatte, sagt er ganz höflich und verschmitzt: »König Jupiter, als ich ehemals auf deinen Befehl und durch deine besondere Gunst Aufseher der irdischen Gärten war, habe ich bemerkt, daß der Ausdruck ›Beil‹ in verschiedenem Sinne gebraucht werden kann. Es bedeutet ein Werkzeug, um damit Holz zu hacken und zu spalten, außerdem bedeutet es – zumindest war es so in früheren Zeiten – ein liebes, tüchtiges und vielgevögeltes Weib. Und ich sah, daß jeder brave Geselle seinen jungen Bettschatz ›mein Beil‹ nannte. Denn mit diesem Werkzeug« – während er das sagte, holte er seinen ellenlangen Stiel heraus – »verkeilen wir ihnen so mannhaft und wacker ihre Stielhalter, daß ihnen die epidemische Furcht der Weiber vergeht, die meinen, sie könnten ihnen aus Mangel an Zapfen auf die Hacken fallen. Ich kann mich erinnern – denn ich hab’ ein Gemächt, wollt’ sagen Gedächtnis, groß und schön genug, um einen Buttertopf zu füllen –, daß ich am Tag der Trompetenweihe, während der Feiertage des guten Vulkan im Monat Mai, auf einer schönen Blumenwiese Josquin des Préz, Olkegan, Hobrethz, Agricola, Brumel, Camelin, Vigoris, de La Fage, Bruyer, Prioris, Seguin, de La Rue, Midy, Moulu, Mouton, Guascoigne,

1 s. Lukian »Ikaromenippus oder Der Himmelsstürmer«

Loyset Compère, Penet, Fevin, Rouzée, Richardford, Rousseau, Consilion, Constantio Festi, Jacquet Bercan[1] gar melodisch singen hörte:

> Als stieg zu seiner jungen Frau
> Thibault, der große Rüpel,
> versteckt' er unterm Bette schlau
> sich einen dicken Knüppel.

> ›Mein süßer Freund‹, sprach sie ihn an,
> ›was habt Ihr da verborgen?‹
> ›Das ist, damit ich besser kann
> für Euer Beilloch sorgen.‹

> ›Den Knüppel‹, sagt' sie, ›braucht Ihr nicht,
> was soll mir solcher Stengel?
> Wenn Karl, der dicke, bei mir liegt,
> macht's mit dem Arsch der Bengel.‹

Neun Olympiaden und ein Schaltjahr darauf – o gutes Gemächt – vielmehr wollt' ich sagen Gedächtnis; ich irre mich oft bei der Unterscheidung und Anwendung dieser beiden Wörter – hörte ich Adrian Villart, Gombert, Janequin, Arcadelt, Claudin, Certon, Manchicourt, Auxerre, Villiers, Sandrin, Sohier, Hesdin, Morales, Passereau, Maille, Maillart, Jacotin, Heurteur, Verdelot, Carpentras, Lhéritier, Cadéac, Doublet, Vermont, Bouteiller, Lupi, Pagnier, Millet, Du Mollin, Alaire, Marault, Morpain, Gendre und andere fröhliche Musikanten in einem verborgenen Garten unter schönem Laubwerk, umgeben von einem Wall von Flaschen, Schinken, Pasteten und von mancherlei wohlfrisierten Schnepfen, lieblich singen:

> Wenn ohne Stiel das schönste Beil
> noch niemanden geführt zum Ziel,
> so machen wir doch beides heil:
> du bist mein Beil und ich dein Stiel.

---

1 zeitgenössische Komponisten, Sänger und Kapellmeister

Nun müßte man nur wissen, um welche Art von Beil dieser Schreihals Hodeling so jammert.«

Bei diesen Worten brachen die ehrwürdigen Götter und Göttinnen in ein brausendes Gelächter aus, so als ob ein Schwarm wilder Hummeln aufflöge. Vulkan machte mit seinem krummen Bein seiner Freundin zuliebe drei oder vier hübsche kleine Hopser. »Nun aber los«, sagte Jupiter zu Merkur, »steige du gleich zur Erde nieder und wirf dem Lümmel drei Äxte vor: die seinige, eine von Gold und eine von Silber, die zwei letzten aus einem Stück, sonst alle ganz gleich. Dann laß ihn wählen, und wenn er bescheiden ist und die seinige nimmt, so gib ihm die beiden anderen auch; nimmt er aber eine andere als die seinige, so haue ihm mit dieser den Kopf ab. Und so soll's von nun an mit allen gehalten werden, die ihre Axt verlieren[1].«

Als er diese Worte gesprochen, verdrehte Jupiter den Kopf wie ein Affe, der Pillen schluckt, und schnitt dabei ein so schreckliches Gesicht, daß der ganze Olymp zu zittern anfing. Merkur aber, angetan mit Spitzhut, Mäntelchen und Flügelschuhen, in der Hand den Schlangenstab, schlüpft sofort durch das Klapploch, durchschneidet die Luft, steigt zur Erde hinab und wirft vor Hodeling die drei Äxte hin, indem er zu ihm spricht: »Du hast dir nun die Kehle trocken genug geschrien. Jupiter hat dein Flehen erhört. Sieh nach, welche von den drei Äxten deine ist, und nimm sie.« – Hodeling hebt das goldene Beil auf und betrachtet es genau; als er es aber so schwer findet, sagt er zu Merkur: »So wahr ich lebe, das ist nicht meins, das will ich nicht haben.« Ebenso macht er's mit dem silbernen; »das ist's auch nicht«, sagt er, »das kannst du für dich behalten.« Darauf nimmt er seine Holzaxt in die Hand, besieht sie sich von oben bis unten, erkennt sein Zeichen daran, und wie ein Fuchs, dem verlaufene Hühner begegnen, verzieht er die Nase zu einem Grinsen und ruft, vor Freude bebend: »Meiner Seel, die ist's. Wenn du mir sie wiedergibst, will ich dir zu den Iden – das ist der 15. Tag – des Mai auch einen schönen großen Topf Milch opfern, mit den allerreifsten, süßesten Erdbeeren obendrauf.« – »Nimm sie, mein Lieber«, sagte Merkur, »ich gebe sie dir. Und weil du unter diesen Äxten so bescheiden gewählt und nur Geringes begehrt hast,

<hr>

1 nach einer Fabel des Äsop

schenke ich dir, wie Jupiter befohlen, auch noch die beiden anderen dazu. Dadurch wirst du ein reicher Mann, bleibe nun auch gut und brav.« – Hodeling bedankt sich ehrerbietig bei Merkur, demütigt sich vor dem großen Jupiter, steckt seine alte Axt in den Ledergürtel, den er umschnallt, so daß sie ihm fest auf dem Hintern sitzt wie bei Martin von Cambrai, und hängt die beiden anderen, die schwerer sind, um den Hals. So stolziert er durch das Land und wirft sich seinen Kirchspielbrüdern und Nachbarn gegenüber gewaltig in die Brust, indem er jeden mit den Worten Patelins: »Aha, hab' ich sie?« anredet. Tags darauf zieht er seinen weißen Kittel an, nimmt die beiden kostbaren Äxte auf den Buckel und begibt sich nach Chinon, der trefflichen, alten, ehrwürdigen Stadt, die nach dem Urteil und der Versicherung gelehrter Massoreten ihresgleichen in der ganzen Welt nicht haben soll. Dort vertauscht er sein Silberbeil gegen blanke Silberlinge, sein Goldbeil gegen schöne goldne Heils-, Agnus-Dei- und Sonnentaler und kauft sich dafür eine ganze Menge Meierhöfe, Scheunen, Güter, Gehöfte, Landhäuser, Wiesen, Weinberge, Wälder, Äcker, Triften, Teiche, Mühlen, Gärten, Weidichte, Ochsen, Kühe, Schafe, Lämmer, Ziegen, Säue, Ferkel, Esel, Pferde, Hühner, Hähne, Kapaune, Küken, Gänse und Gänseriche, Enten und Erpel und anderes Federvieh mehr, so daß er in kurzer Zeit der allerreichste Mann im Land war, noch reicher als der lahme Maulevrier.

Als die Bauern und Holzhacker der Umgegend diesen Glückswechsel Hodelings sahen, erstaunten sie gewaltig, und das Mitleid und Bedauern, welches sie vorher für den guten Mann gefühlt hatten, verwandelte sich bald in Neid auf seinen so großen und unverhofften Reichtum. Sie kamen, forschten nach und erkundigten sich, auf welche Weise, an welchem Ort und welchem Tag, zu welcher Stunde, wie und bei welcher Gelegenheit er zu so großen Schätzen gekommen sei, und als sie hörten, er verdanke sie dem Umstand, daß er sein Beil verloren habe, sagten sie: »Ei, so braucht man ja nur sein Beil zu verlieren, um auch reich zu werden. Das Mittel ist leicht genug und kostet nicht viel Mühe. Die Umdrehung der Sphären, die Konstellation der Sterne und die Planetenaspekte sind also jetzt derart, daß, wer sein Beil verliert, mit einem Mal ein reicher Mann wird. Hihihi, hahaha – so sollst du verloren werden, Beil, bei Gott, mach, was

28

du willst.« Also verloren sie alle ihre Beile. Der Teufel soll mich holen, wenn da auch nur einer gewesen wäre, der sein Beil behalten hätte; keiner braven Mutter Sohn, der nicht sein Beil verlor! Im ganzen Land wurde kein Holz mehr gespalten, kein Baum mehr gefällt, weil's kein Beil mehr gab. Ja, so erzählt die Äsopische Fabel weiter, ein paar kleine Staubgrafen[1] von zweifelhaftem Stammbaum, die ihre kleine Wiese und ihre kleine Mühle schon vorher an Hodeling verkauft hatten, um sich bei der Heerschau zeigen zu können, verkauften nun, da sie hörten, woher und wie er zu seinen Schätzen gekommen sei, auch noch ihre Degen, um sich Beile dafür zu kaufen, die sie wie die Bauern verloren, in der Hoffnung, daß ihnen aus diesem Verlust Haufen Goldes und Silbers erwachsen würden, darin ähnlich den kleinen Romläufern, die auch das Ihrige verkaufen und noch von anderen borgen, um von einem neugewählten Papst die Ablässe haufenweise einstreichen zu können. Du lieber Gott, was das für ein Schreien, Bitten, Klagen und Flehen zu Jupiter war! Jupiter, mein Beil, mein Beil! Mein Beil hier, mein Beil da, mein Beil, huhuhu, Jupiter, mein Beil! Die Luft ringsum erscholl von dem Geschrei und Geheul der Beilverlierer. Merkur war denn auch fix bei der Hand, ihnen Äxte zu bringen, und zwar einem jeden die seinige nebst einer goldnen und einer silbernen. Unter lauten Dankesversicherungen gegen den freigebigen Jupiter griffen alle nach der goldenen; aber sobald sie sich bückten, um sie vom Boden aufzunehmen, hieb ihnen Merkur, wie Jupiter es befohlen, die Köpfe vom Rumpf, und so waren der abgehauenen Köpfe geradeso viele wie der verlorenen Beile. Das kommt davon!

Ihr seht nun, wie denen geschieht, die bescheiden wünschen und die goldene Mittelstraße wählen. Nehmt euch ein Beispiel dran, ihr Duckmäuser vom flachen Lande, die ihr sagt, ihr gäbet eure Wünsche nicht für zehntausend Franken preis, und redet in Zukunft nicht so unverschämt – hab's oft gehört – daher wie: »Wollt' Gott, ich hätt' einhundertundachtundsiebzig Millionen in Gold; ha, wie würde ich frohlocken!« – Ihr Maulesel, was soll sich denn ein Kaiser, ein König, ein Papst noch mehr wünschen? Die Erfahrung lehrt denn auch, daß solche hirnverbrannten Wünsche euch nichts einbringen als Räude und Schafpocken,

1 gemeint sind Raubgrafen

aber in den Beutel keinen Heller; geradesowenig wie den beiden Liederjanen von Wünschern in Paris, von denen der eine sich so viele blanke Sonnentaler wünschte, wie in Paris von der Gründung der Stadt bis zur gegenwärtigen Stunde ausgegeben und im Kauf und Verkauf umgesetzt worden wären, notabene durchschnittlich nach dem Wert und den Preisen des allerteuersten Jahrs, das wir seitdem gehabt, berechnet. Was meint ihr, war der bei Appetit? Hat der die Pflaumen ungeschält gefressen? Waren dem die Zähne stumpf? – Und der andere wünschte sich die Kathedrale Notre-Dame vom Boden bis zur Decke ganz voll Nähnadeln und dann so viele Sonnentaler, um damit die Säcke vollzufüllen, die man mit diesen Nadeln zu nähen imstande sei. Das nenn' ich wünschen! Was sagt ihr dazu? – Aber was geschah? Eines schönen Tags hatte jeder von ihnen

> Beulen am Hacken,
> Schwären auf den Backen,
> Gliederzwacken,
> im Hals das Quaken
> und Furunkel im Nacken;

das bißchen Brot aber, eben genug, um sich die Zähne dran zu putzen, war zum Teufel!

Also wünscht mäßig, nicht zuviel und nicht zuwenig, so wird es euch gewährt, besonders wenn ihr arbeitet und schafft, wie sich's geziemt. – »Aber«, sagt ihr, »es kann doch dem lieben Gott nichts ausmachen, ob er mir sechzigtausend Taler oder einen halben Dreier gibt. Ist er nicht allmächtig? Eine Million Goldstücke kostet ihn nicht mehr Mühe als ein Obolus.« – Ei, ei! Und wer hat euch arme Leute denn gelehrt, so von der Allmacht und Vorherbestimmung Gottes zu denken und zu reden? Still, still, st, st, st! Demütigt euch vor seinem heiligen Angesicht und kommt zur Erkenntnis eurer Schwachheit.

Darauf also, ihr Gichtbrüchigen, gründe ich meine Hoffnung und glaube fest, daß ihr eure Gesundheit wiedererlangen werdet, wenn es des Himmels Wille ist. Bittet vorderhand um nichts weiter als um eure Gesundheit und dann habt ein halbes Quentchen Geduld und lernt warten.

So freilich machen's die Genuesen nicht. Wenn sie des Morgens in ihren Kontoren und Schreibstuben kalkuliert, spintisiert und ausgetüftelt haben, wem sie an dem Tag die Denare ausquetschen, wen sie übers Ohr hauen, schinden, plündern und hinters Licht führen wollen, so gehen sie auf den Marktplatz und grüßen einander mit den Worten: *Sanità et guadain, messer*[1]. Gesundheit allein ist ihnen nicht genug, sie möchten auch noch Gewinn dazu haben, womöglich die Taler des *Guadaigne*[2] selbst. Daher geschieht es denn oft, daß sie weder das eine noch das andere bekommen. Nein, hustet euch zur Gesundheit einmal ordentlich aus, trinkt ein paar Schluck, schüttelt euch vergnügt die Ohren, und dann hört zu, was für Wunderdinge ich euch von dem guten und edlen Pantagruel erzählen werde.

1 Gesundheit und Gewinn, mein Herr (ital.) – 2 Guadagni

Erstes Kapitel
Wie Pantagruel seine Meerfahrt nach dem Orakel der Göttin Bakbuk[1] antrat

Am Tage der Vestalien, also im Juni, demselben Monat, in welchem Brutus Spanien eroberte und die Spanier unterwarf, demselben, in welchem der geizige Crassus von den Parthern besiegt und getötet wurde, nahm Pantagruel Abschied von dem guten Gargantua, seinem Vater, der, wie es bei den frommen Christen der Urkirche ein löblicher Brauch war, für seines Sohns und seiner Gefährten glückliche Reise inbrünstige Gebete zum Himmel sandte, und ging im Hafen Thalasse zu Schiff, begleitet von Panurg, Bruder Hans Hackepeter, Epistemon, Gymnast, Eusthenes, Rhizotom, Carpalim und vielen anderen Herren und Dienern seines Gefolges, unter denen sich auch Xenomanes, der Weitgereiste, Vielerfahrene, befand, der einige Tage zuvor, der Aufforderung Panurgs folgend, bei ihnen eingetroffen war. Aus gewissen triftigen Gründen hatte dieser für Gargantua seine große Seekarte der ganzen Welt zurückgelassen, auf der er den Weg bezeichnet hatte, den sie zu nehmen beabsichtigten, um zum Orakel der Göttlichen Flasche Bakbuk zu gelangen.

Die Zahl der Schiffe habe ich bereits im dritten Buch mitgeteilt. Zu ihnen gesellten sich noch eine Anzahl dreirudriger Galeeren, Rambergen, Galeonen und Feluken, alle wohl bemannt, gut kalfatert, vollkommen ausgerüstet und reichlich mit Pantagruelion versehen. Sämtliche Offiziere, Dolmetscher, Steuerleute, Kapitäne, Bootsleute, Ruderer und Matrosen versammelten sich auf der Thalamega, so hieß nämlich das große Admiralsschiff Pantagruels, welches als Schiffszeichen eine riesengroße Flasche führte, deren eine Hälfte aus glänzend poliertem Silber, die andere aus dunkelfarbig emailliertem Gold gefertigt war, um zweifellos anzudeuten, daß Weiß und Rot die Farbe der edlen Reisenden und »Flasche« ihre Losung sei.

Am Achterkastell des zweiten Schiffs war eine eigentümlich gestaltete Laterne aufgezogen, die sehr kunstvoll aus Marienglas oder Phengit gearbeitet war; dadurch sollte deutlich werden, daß sie über Laternien zu reisen gedächten. Das Zeichen des dritten

1 Flasche (hebr.)

Schiffs war ein schöner, dickbäuchiger Porzellanhumpen, das des vierten ein goldenes Trinkgeschirr mit zwei Henkeln, fast wie eine antike Vase. Auf dem fünften sah man einen mächtigen Pokal aus grünem Flußspat; auf dem sechsten eine Mönchsflasche aus vier verschiedenen Metallen; auf dem siebten einen reich mit Gold ausgelegten Ebenholztrichter; auf dem achten einen kostbaren Becher aus Eppichholz, mit damaszierter Goldverzierung; auf dem neunten ein Henkelgefäß aus feingeläutertem Gold; auf dem zehnten eine Trinkschale aus wohlriechendem Zedernholz, mit zyprischem Gold ausgelegt, in persischem Geschmack; auf dem elften eine Weinbütte aus Goldmosaik; auf dem zwölften endlich ein Stückfaß aus mattem Gold, ziseliert und mit einer Vignette aus großen indischen Perlen darauf: so daß niemand, der diese edle Flotte sah, sich hätt' der Freude erwehren können und nicht hätt' von Herzen lachen müssen, wär' er auch noch so traurig, griesgrämig und schwermütig, ja Heraklit, der weinende Philosoph, selbst gewesen. Mußte er sich doch sagen, daß diese Reisenden alle miteinander brave Leutchen und Zecher seien, denen man's an der Nase ansehen könne, daß ihre Reise in Fröhlichkeit und Wohlbehagen verlaufen und gute Heimkehr ihnen beschieden sein würde.

Auf der Thalamega also versammelten sich alle. Hier hielt Pantagruel eine kurze erbauliche Ansprache über das Wesen der Schiffahrt, die er mit allerlei passenden Stellen aus der Heiligen Schrift durchflocht, und als er damit zu Ende war, wurde in Gegenwart der Bewohner von Thalasse, die alle zur Mole geströmt waren, um der Einschiffung beizuwohnen, ein inbrünstiges Gebet zu Gott emporgesandt, worauf man den Psalm Davids: »Da Israel aus Ägypten zog«[1], anstimmte. Dann wurden auf dem Verdeck die Tafeln hergerichtet und Speisen aller Art aufgetragen. Die Thalasser, die den Psalm mitgesungen hatten, ließen jetzt aus ihren Häusern ebenfalls genug Speise und Tank herbeitragen und tranken denen auf dem Schiff zu wie diese ihnen. Und daher kam's, daß keiner von der ganzen Schiffsgesellschaft späterhin seekrank wurde noch im Magen oder im Kopf irgendwelche Beschwerden verspürte. Dem wären sie sicher nicht entgangen, wenn sie etwa ein paar Tage lang vorher Seewasser, rein

1 Psalm II4

oder mit Wein gemischt, getrunken oder Quittenfleisch, Zitronenschale, süßsauren Granatapfelsaft zu sich genommen oder strenge Diät gehalten oder Papier auf den Magen gelegt oder wer weiß was noch getan hätten, was törichte Ärzte denen, die zur See gehen, anzuempfehlen pflegen.

Nachdem die Becher oft geleert worden waren, begab sich jeder auf sein Schiff zurück, und dann gingen alle bei früher Tageszeit mit griechischem Levantewind[1], nach welchem der Obersteuermann Jamet Brayer ihre Fahrt bestimmt und die Kompaßnadel gerichtet hatte, unter Segel. Denn da das Orakel der göttlichen Bakbuk bei Cathay[2] in Oberindien liegt, so war es seine wie Xenomanes' Meinung, man dürfe nicht den gewöhnlichen Weg der Portugiesen wählen, welche stets, die heiße Zone durchquerend, jenseits des Äquators das Kap der Guten Hoffnung an der Südspitze von Afrika umschiffen und, indem sie den Polarstern völlig aus den Augen verlieren, einen ungeheuren Umweg machen; sondern man müsse soweit wie möglich mit Indien parallel bleiben und sich nach Westen hin um den Pol herumbewegen, so daß man ihn, wenn man im Norden wende, in gleicher Höhe wie im Hafen von Olonne[3] hätte, ohne sich ihm doch zu nähern, da man sonst durch das Eismeer am Vordringen gehindert werde. Folge man diesem einzig richtigen Weg in gleicher Parallele, so würde man den Breitengrad von Olonne, den man bei der Ausfahrt zur Linken gehabt hätte, bei der Rückfahrt nach Osten zur Rechten haben. Woraus ihnen ein unglaublicher Vorteil erwuchs; denn ohne Schiffbruch zu erleiden, ohne Havarie noch Verlust an Mannschaft und bei stets heiterem Wetter, einen einzigen Tag bei den Makräonischen Inseln ausgenommen, legten sie den Weg nach Oberindien in vier Monaten zurück, wozu die Portugiesen unter unzähligen Beschwerden und Gefahren nicht weniger als drei Jahre brauchen. Und darum bin ich, besserer Einsicht unbeschadet, der Ansicht, daß dies wohl der glückliche Weg sein wird, den jene Inder einschlugen, von denen Corn. Nepos, Pomp. Mela und nach ihnen Plinius uns erzählen, daß sie zur Zeit, da Q. Metellus Celer Prokonsul in Gallien war, nach Germanien hinübergeschifft seien, wo sie vom König der Sueben so ehrenvoll aufgenommen wurden.

1 Nordostwind – 2 Name Nordchinas bei Marco Polo – 3 Les Sables-d'Olonne südl. Nantes, auf demselben Breitengrad wie Quebec

Zweites Kapitel

Pantagruel kauft auf der Insel Medamothi[1]
allerlei schöne Sachen

An diesem und den zwei folgenden Tagen sahen sie kein neues
Land, auch sonst nichts Unbekanntes; denn sie hatten diese
Route schon früher befahren. Am vierten Tag aber entdeckten
sie eine Insel, Medamothi mit Namen, etwa von der Größe ganz
Kanadas, welche mit ihren zahlreichen Leuchttürmen und den
hohen Marmorzinnen, die sie rings umgaben, einen allerliebsten
Anblick bot. Als Pantagruel sich nach dem Herrn der Insel erkundigte, erfuhr er, daß sie dem König Philophanes[2] gehöre, der
zur Zeit abwesend sei, um der Vermählung seines Bruders Phi-
lotheamon[3] mit der Infantin Engys[4] beizuwohnen. Er ging also,
während die Mannschaft der Schiffe im Hafen frisches Wasser
einnahm, an Land und besah sich verschiedene Gemälde, Teppiche, Tiere, Fische, Vögel und andere exotische und fremdartige
Waren, die auf der Mole und in den Kaufhallen des Hafens ausgestellt waren. Denn es war gerade der dritte Tag des großen und
berühmten Jahrmarkts, der jährlich die reichsten und bedeutend-
sten Handelsleute Asiens und Afrikas an diesem Ort versammelt.

Bruder Hans kaufte von ihnen zwei seltene und kostbare Gemälde: einen Trauerkloß, nach der Natur gezeichnet, und einen
Bedienten, der auf alle Art, durch Bewegung, Haltung, Miene,
Gang und Gebärden, zum Ausdruck bringt, daß er einen Herrn
sucht, erfunden und gemalt von Meister Charles Charmoys,
Hofmaler Seiner Majestät des Königs, und bezahlte sie mit Af-
fenmünze[5]. – Panurg kaufte ein großes Bild, eine Kopie der einst
von Philomele angefertigten Stickerei, durch welche sie ihrer
Schwester Prokne mitteilt und bildlich darstellt, wie ihr Schwa-
ger Tereus ihr Gewalt angetan und dann die Zunge abgeschnit-
ten, damit sie das an ihr begangene Verbrechen nicht verrate[6].
Und bei meinem Laternenstiel schwör' ich's euch, es war ein
herrliches, ein wundervolles Werk. Bildet euch aber, das bitt' ich
mir aus, nicht etwa ein, daß da einfach so ein Mann auf einem

---

1 »Nirgendwo« (griech.) – 2 »Glanzfreund« (griech.) – 3 »Schaufreund« (griech.) – 4 »Nahe-
bei« (griech.) – 5 d.h. mit Grimassen – 6 s. Ovid »Metamorphosen« 6, 412/674

Frauenzimmer gelegen hätte und weiter nichts. Das wäre denn doch ein bißchen gar zu dumm und zu plump gewesen. Nein, es war ganz anders, viel verständlicher. Wenn ihr wollt, könnt ihr's in Thelema sehen, links vom Eingang, in der obern Galerie. – Epistemon kaufte ein anderes, auf dem die Ideen des Platon und die Atome Epikurs nach der Natur dargestellt waren, und Rhizotom ein ähnliches: ein Echo nach der Natur. – Pantagruel ließ durch Gymnast achtundsiebzig Hautelisseteppiche kaufen, auf denen das Leben und die Taten des Achilleus zu sehen waren; jeder dieser Wandteppiche maß vier Faden in der Länge und drei in der Breite und war aus phrygischer Seide, mit Gold- und Silberfäden durchwirkt, gewebt. Auf dem ersten sah man die Vermählung des Peleus und der Thetis; dann kam die Geburt des Achilleus, dann seine Jugend, wie Papinius Statius sie uns erzählt, seine Waffen- und Heldentaten, wie Homer sie besingt, sein Tod und seine Leichenfeier, wie Ovid und Quintus Calaber sie schildern, und zuletzt die Erscheinung seines Schattens und die Hinopferung der Polyxena nach Euripides. – Außerdem kaufte er drei Einhörner, ein männliches mit goldbraunem und zwei Weibchen mit graugesprenkeltem Fell; desgleichen von einem jungen Skythen aus dem Lande der Gelonen einen Tarandus[1].

Dieser Tarandus ist ein Tier von der Größe eines jungen Stiers, mit einem Kopf wie ein Hirsch, nur etwas größer, mit schönem, reichverästeltem Geweih, gespaltenen Hufen, langem Fellhaar wie ein Bär und einer Haut, die kaum weniger fest ist als ein Brustharnisch. Nach der Aussage des Gelonen wird es in Skythien nicht sehr oft gefangen, da es nach den verschiedenen Orten, wo es weidet und sich aufhält, die Farbe wechselt, so daß es die der Kräuter, Bäume, Sträucher, Blumen, Gegenden, Weideplätze und Felsen, mit einem Wort: der Gegenstände, die ihm nahe sind, annimmt. Diese Eigenschaft hat es mit den Seepolypen, den Thoen[2], den indischen Lykaonen[3] und dem Chamäleon gemein, welches letztere eine so merkwürdige Eidechsenart ist, daß Demokrit ein ganzes Buch über seine Gestalt und Anatomie, über seine Eigenschaften und seine Bedeutung für die Magie geschrieben hat. Ich selbst habe gesehen, wie es die Farbe wechselt,

---

1 von Plinius (»Naturgeschichte« 8,34) erwähntes rindähnliches Tier (Ren oder Elch) in Skythien – 2 Schakalart – 3 Wolfsart

und zwar nicht nur dann, wenn es andersfarbigen Gegenständen nahe kam, sondern schon aus bloßer Furcht und Erregung. Auf einem grünen Teppich nahm es allerdings die grüne Farbe an; aber wenn es einige Zeit darauf gelegen hatte, wurde es der Reihe nach gelb, blau, braun und violett, in der Art etwa, wie der Kamm eines Puterhahns sich verfärbt, sobald dies Tier in Zorn gerät. Was alle an dem Tarandus bewunderten, war das, daß nicht bloß Gesicht und Haut, sondern sein ganzes Fell, also auch die Haare, die Farbe der nächsten Gegenstände annahmen. Neben Panurgs grobem Tuchmantel wurde es grau; neben Pantagruels Scharlachmantel färbten sich Haut und Haare rot; neben dem Steuermann, der wie die ägyptischen Isis- und Anubispriester gekleidet war, wurde sein Fell ganz weiß. Die beiden letztgenannten Farben nimmt das Chamäleon aber nie an. War es frei von Furcht und Aufregung, so hatte es seine natürliche Farbe, und sein Fell sah aus wie das der Esel von Meung[1].

Drittes Kapitel
Wie Pantagruel einen Brief von seinem Vater Gargantua
empfing und von der merkwürdigen Art,
wie man schnell Nachricht
aus fremden und fernen Ländern erhalten kann

Während Pantagruel mit dem Ankauf dieser fremdartigen Tiere beschäftigt war, vernahm man auf der Mole zehn Böller- und Falkaunenschüsse, dazu lautes Freudengeschrei von allen Schiffen. Sofort wandte sich Pantagruel nach dem Ufer um und gewahrte einen der Schnellsegler seines Vaters Gargantua, der den Namen Chelidon führte, weil er auf seinem Heck eine in der Luft schwebende Meerschwalbe aus korinthischem Erz trug. Dies ist ein Fisch, etwa so groß wie ein Loiresälmling, fleischig und ohne Schuppen, mit knorpelartigen Flügeln – wie die Fledermäuse sie haben –, die sehr lang und breit sind und mit denen ich ihn oft wohl einen Bogenschuß weit fadenhoch über dem Wasser habe fliegen sehen. In Marseille nennt man ihn Lendole. Leicht wie

1 Meung-sur-Loire, Kleinstadt südwestl. Orleans, in der es vermutlich besonders viel Esel gegeben hat

eine Schwalbe war dieses Schiff und schien mehr über dem Wasser zu schweben, als auf ihm zu schwimmen. Auf ihm befand sich Malicorne, Gargantuas Truchseß, von diesem zu dem besondern Zweck abgesandt, sich nach dem Wohlbefinden seines trefflichen Sohns Pantagruel zu erkundigen und ihm ein Sendschreiben zu überbringen.

Nach dem freundlichen Begrüßen und Hüteschwenken fragte Pantagruel, noch ehe er den Brief geöffnet und sonst ein Wort gesprochen, den Truchseß: »Hast du auch Gosal[1], den himmlischen Boten, mitgebracht?« – »Jawohl«, erwiderte dieser, »er ist hier im Korb.« – Das war nämlich eine Taube aus Gargantuas Taubenschlag, die gerade, als der Schnellsegler abfuhr und sie mitnahm, Junge ausgebrütet hatte. Wäre Pantagruel ein Unglück zugestoßen, so würde er ihr ein schwarzes Bändchen an den Füßen befestigt haben; da ihm aber alles geglückt war und er sich wohl befand, knüpfte er ihr, nachdem er sie aus ihrem Kerker befreit, ein weißes um und ließ sie dann fliegen. Die Taube schwang sich sogleich empor und durchschnitt die Luft mit unglaublicher Schnelligkeit; denn bekanntlich gleicht nichts dem Flug einer Taube, die Eier oder Junge im Nest hat: eine so starke Begierde legte die Natur in sie, zu ihren Täubchen zurückzukehren und sie zu pflegen. In weniger als zwei Stunden durchmaß sie in der Luft den langen Weg, zu welchem der Schnellsegler trotz der Hilfe von Ruder, Segel und günstigem Wind drei volle Tage und Nächte gebraucht hatte, und wurde gesehen, wie sie wieder in den Taubenschlag zu ihren Nestlingen einflog. Sobald der edle Gargantua erfuhr, daß sie ein weißes Bändchen umgeknüpft trüge, war er voll Freude; denn er wußte nun, daß sein Sohn sich wohl befinde. Dieses Mittel pflegten Gargantua und Pantagruel stets anzuwenden, wenn sie von etwas, das ihnen sehr am Herzen lag, schnelle Nachricht erhalten wollten, wie etwa von dem Ausgang einer Schlacht zu Wasser oder zu Lande, von der Einnahme oder Verteidigung einer Festung, der Entscheidung einer wichtigen Streitfrage, der glücklichen oder unglücklichen Niederkunft einer Königin oder sonst einer vornehmen Dame, dem Tod oder der Genesung eines kranken Freundes oder Bundesgenossen und in ähnlichen Fällen. Sie fingen dann den Gosal ein und ließen ihn

1 Taube (hebr.)

von Hand zu Hand bis zu dem Ort hintragen, woher sie die heißersehnte Nachricht erwarteten. Wie immer er dann auch zurückkehrte, ob mit einem schwarzen oder weißen Bändchen, der langen Ungewißheit waren sie überhoben, da er in einer einzigen Stunde eine größere Strecke Wegs in der Luft zurücklegte als dreißig Kuriere zu Lande an einem Tag. Damit war viel Zeit gewonnen, und so werdet ihr mir glauben, wenn ich euch sage, daß man in den Taubenschlägen ihrer zahlreichen Meiereien zu jeder Zeit des Jahres Tauben mit Eiern oder Jungen fand, was ein jeder in seiner Wirtschaft auch erzielen kann, wenn er nur Steinsalpeter und Eisenkraut anwenden will.

Nachdem Pantagruel den Gosal hatte fliegen lassen, las er den Brief seines Vaters, der folgendermaßen lautete:

Vielgeliebter Sohn! Die Zärtlichkeit, welche ein Vater schon von Natur für seinen geliebten Sohn hegt, ist in Anbetracht und Erwägung der besonderen Vorzüge, womit die göttliche Gnade Dich gesegnet, dermaßen in mir gewachsen, daß sie mir, seitdem Du von mir geschieden, jeden andern Gedanken genommen hat. Mein Herz seufzt unter der Besorgnis, es möchte Deine Reise von irgendeinem Unheil oder Mißgeschick betroffen sein; denn Du weißt ja, wahre und aufrichtige Liebe ist nie frei von Furcht. Da nun nach Hesiods Ausspruch der Anfang die Hälfte des Ganzen ist oder, wie das Sprichwort sagt, das erste Jahr über die Ehe entscheidet, so habe ich, um meinen Geist von solcher Angst zu befreien, Malicorne ausgesandt, um über Dein Wohlbefinden während der ersten Tage Deiner Reise Gewißheit zu erlangen. Denn war der Anfang der Reise glücklich und nach meinen Wünschen, so kann ich danach leicht auf den Fortgang schließen und das Weitere voraussehen und bemessen. Ich habe wieder einige interessante Bücher erhalten, die ich Dir durch den Überbringer dieses Schreibens zusende; lies sie, wenn Du Dich von ernsteren Studien erholen willst. – Mein Bote wird Dir ausführlich berichten, was sich hier am Hof Neues zugetragen. Gottes Friede sei mit Dir! Grüße Panurg, Bruder Hans, Epistemon, Xenomanes, Gymnast und alle Deine übrigen Reisegefährten, meine lieben Freunde.

Aus Deinem Vaterhaus, den 13. Juni

    Dein Vater und Freund   Gargantua

Viertes Kapitel
Pantagruel schreibt an seinen Vater Gargantua und
sendet ihm allerlei schöne und seltene Sachen

Nachdem er obigen Brief gelesen, redete Pantagruel mit dem
Truchseß noch mancherlei, was so lange dauerte, daß Panurg zuletzt fragte: »Aber wann werdet Ihr denn trinken? Und wann
wir? Und wann der Truchseß? Ich meine, für den Durst wäre
nun genug geredet.« – »Du hast recht«, sagte Pantagruel, »laß
also im Wirtshaus da drüben, wo der reitende Satyr über dem
Tor hängt, einen Imbiß für uns zubereiten.« Während dies geschah, schrieb er folgenden Brief an Gargantua, den der Truchseß mitnehmen sollte:

Gütigster Herr Vater! Wie alle unerwarteten und unvorherge-
sehenen Ereignisse dieses vergänglichen Lebens heftiger und
lähmender auf unsere Lebensgeister und auf unsere Seele wirken
– oft in solchem Grade, daß sie sich vom Körper scheidet, obgleich das plötzlich eintretende Neue zufriedenstellend und er-
wünscht war –, als wenn die Ereignisse vorerwogen und vorher-
gesehen eintreten, so hat auch die unerwartete Ankunft Eures
Truchsesses Malicorne mich in höchste Aufregung versetzt.
Denn ich konnte nicht erwarten, daß ich vor Beendigung dieser
unserer Reise einen Eurer Diener sehen oder irgendeine Nachricht von Euch erhalten würde. So begnügte ich mich mit der sü-
ßen Erinnerung an Eure erhabene Majestät, die im innersten
Kämmerlein meines Gehirns eingezeichnet, ja, darin eingemei-
ßelt und eingegraben ist, indem ich sie mir oft und lebhaft in ihrer wirklichen und wahren Gestalt vorstellte. Aber nun Ihr mich
durch Euren gnädigen Brief beglückt und meine Seele durch die
Nachricht erfreut habt, welche Ihr mir durch Euren Truchseß
hinsichtlich Eures Wohlergehens und Eurer Gesundheit wie der
Eures gesamten königlichen Hauses zugehen ließt, fühle ich
mich gedrungen – wie ich es willig stets getan –, zuerst Ihn, den
Erhalter aller Dinge, für die himmlische Gnade zu preisen, womit er Euch bislang in ungetrübter Gesundheit erhalten, zweitens aber Euch inbrünstig zu danken für die zärtliche und tief
verwurzelte Liebe, die Ihr mir, Eurem sehr ergebenen Sohn und
unwürdigen Diener, erweist. Ein Römer, Furnius mit Namen,

sprach einst zu Kaiser Augustus, der ihm für seinen Vater, welcher der Partei des Antonius angehört hatte, Verzeihung gewährte, die folgenden Worte: »Durch die Wohltat, die du mir heute erweist, zwingst du mir die Schmach der Undankbarkeit auf, die ich nun aus Unvermögen, hinreichend dankbar zu sein, lebend und sterbend tragen muß.« So könnte auch ich sagen, daß das Übermaß Eurer väterlichen Liebe mir diese Qual und Notwendigkeit auferlegt, in Undankbarkeit leben und sterben zu müssen, wenn solches Verbrechen nicht durch den Ausspruch der Stoiker wieder aufgehoben würde, demzufolge bei jeder Wohltat dreierlei in Betracht kommt: erstens, der, welcher gibt, zweitens der, welcher empfängt, und drittens der, welcher vergilt; der Empfangende aber dem Geber hinreichend vergilt, wenn er die Wohltat gern empfängt und sie in ewigem Gedächtnis bewahrt, wie andrerseits der Empfänger der undankbarste Mensch von der Welt ist, wenn er die Wohltat mißachtet und vergißt. So denn, erdrückt von den unendlichen Verpflichtungen, die Eure grenzenlose Liebe mir auferlegt hat, und unfähig, ihnen auch nur im kleinsten Maße nachzukommen, werde ich der Schmach dadurch am ehesten entgehen, wenn ich die Erinnerung daran niemals in meinem Geist erblassen und meine Zunge nie müde werden lasse, zu bekennen und zu bezeugen, wie weit über mein Vermögen und meine Fähigkeit es gehe, Euch auf würdige Weise zu danken. Im übrigen setze ich mein Vertrauen in die Gnade und den Beistand des Allmächtigen und hoffe, daß das Ende unserer Reise dem Anfang entsprechen werde und wir gesund und wohlbehalten heimkehren. Ich werde nicht unterlassen, den Verlauf der Reise Tag für Tag aufzuzeichnen, damit Ihr nach unserer Rückkehr einen wahrhaften Bericht erhaltet. Hier an diesem Ort fand ich einen skythischen Tarandus, ein sehr eigentümliches und wunderbares Tier, das die Farbe seiner Haut und seiner Haare je nach den Dingen, denen es nahe kommt, verändert. Ich erlaube mir, Euch das Tier zu übersenden; es läßt sich so leicht halten und füttern wie ein Schaf. Desgleichen schicke ich Euch drei junge Einhörner, die ganz zahm und weniger scheu sind als junge Katzen. Ich habe dem Truchseß gesagt, wie sie behandelt werden müssen. Sie nehmen ihre Nahrung nicht vom Boden auf, denn daran hindert sie das lange Horn an der Stirn, sondern holen sie sich von den Obstbäumen oder aus dazu hergerichteten Raufen oder nehmen sie aus der Hand, wenn man ihnen Kräuter, Gräser, Äpfel, Birnen, Gerste, Körner, genug, alle Arten Früchte und Grünfutter hinreicht. Ich wundere mich, wie die Schriftsteller der Alten dieses Tier als wild, unbändig und gefährlich bezeichnen konnten und daß sie sagen, man habe es nie lebendig gesehen. Macht, wenn es Euch beliebt, einen Versuch, und Ihr werdet finden, daß es vielmehr das sanftmütigste Geschöpf der Welt ist, vorausgesetzt, daß man es nicht böswillig reizt. Ferner schicke ich Euch einige schön und kunstvoll gewirkte Teppiche, auf denen das Leben und die Taten des Achill dargestellt sind, und verspreche außerdem, alles, was ich auf unserer Reise Neues an Tieren, Pflanzen, Vögeln und Gesteinen entdeckte, Euch mitzubringen, so es Gott dem Herrn gefällt, dessen Obhut ich Euch hiermit empfehle. Medamothi, den 15. Juni. – Panurg, Bruder Hans, Epistemon, Xenomanes, Gymnast, Eusthenes, Rhizotom und Carpalim senden mit untertänigstem Handkuß ihre tausendmaligen Gegengrüße.

Euer ergebener Sohn und Diener

Pantagruel

Während Pantagruel diesen Brief schrieb, wurde Malicorne von den anderen umringt, begrüßt und umarmt; ei, was da alles für Beteuerungen und Zärtlichkeiten zwischen ihnen ausgetauscht wurden! Als der Brief dann fertig war, speiste Pantagruel mit dem Truchseß und beschenkte ihn darauf mit einer schweren goldenen Kette, die achthundert Taler wert war und an der das siebte Glied immer abwechselnd mit großen Diamanten, Rubinen, Smaragden, Türkisen und Perlen verziert war. Vom Schiffsvolk erhielt jeder fünfhundert Sonnentaler. Seinem Vater Gargantua aber schickte Pantagruel den Tarandus, dem eine reiche goldbrokatne Decke umgehängt wurde, die Teppiche mit Achills Leben und Taten und die drei Einhörner, die gleichfalls reiche Goldschabracken trugen. Darauf verließ man Medamothi: Malicorne, um zu Gargantua zurückzukehren, Pantagruel, um seine Reise fortzusetzen. Auf hoher See ließ er sich die Bücher, die der Truchseß ihm mitgebracht hatte, von Epistemon vorlesen und fand sie lustig und unterhaltend; wenn ihr mich recht demütig darum bittet, werde ich euch eine Abschrift davon verschaffen.

Fünftes Kapitel

Wie Pantagruel einem Schiff mit Reisenden begegnete,
die aus dem Lande der Laternier kamen

Am fünften Tag, als wir eben angefangen hatten, uns vom Kolur der Tagundnachtgleichen abzuwenden und uns auf demselben Breitengrad um den Pol herumzudrehen, bemerkten wir backbord einen Kauffahrer, der unter vollen Segeln auf uns lossteuerte. Unsere Freude darüber wie die der Handelsleute auf jenem Schiff war nicht gering; denn jeder war begierig, Nachrichten zu erhalten, wir von der See, sie vom Festland. Als wir uns einander genähert hatten, sahen wir, daß es Franzosen aus Saintonge[1] waren, und im weiteren Gespräch und Meinungsaustausch erfuhr Pantagruel von ihnen, daß sie aus Laternien kämen. Das trug dazu bei, unsere Freude wie die der ganzen Mannschaft noch zu erhöhen, und eifrig suchten wir etwas Näheres über Land und Sitten der Laternier zu erfahren. Sie erzählten uns, daß für die letzten Tage des kommenden Juli ein Generalkapitel der Laternier einberufen sei, und wenn wir zu jener Zeit, wie leicht zu bewerkstelligen, dort ankämen, so würden wir eine schöne, lustige und angesehene Versammlung von Laterniern antreffen; aus den gewaltigen Vorbereitungen, die im Gange wären, sei zu schließen, daß man die Absicht habe, tüchtig zu laternen. Weiter sagten sie uns, daß König Ohabe[2], der Herrscher des großen Reiches Gebarim[3], im Fall, daß wir sein Land berührten, uns gewiß mit großen Ehren empfangen und bewirten würde; er wie alle seine Untertanen sprächen Französisch, ganz so wie man's in der Touraine spricht. Während wir diese Nachrichten vernahmen, geriet Panurg mit einem Handelsmann aus Taillebourg namens Truthahn in Streit. Die Veranlassung dazu war folgende: Als dieser Truthahn Panurg ohne Hosen und mit einer Brille an der Mütze sah, sagte er zu seinen Gefährten: »Seht einmal den Hahnrei dort!« Panurg, der vermöge seiner Brille besonders gut hörte, vernahm diese Rede und sagte zu dem Kaufmann: »Wie zum Teufel sollt' ich ein Hahnrei sein, da ich doch gar nicht verheiratet bin wie du, was man dir gleich an deinem Flunschgesicht an-

---

1 ehem. Provinz an der mittleren Westküste Frankreichs – 2 »Freund« (hebr.) – 3 »Hähne« (hebr.), d.h. Gallier (lat. *gallus* Hahn)

43

sieht.« – »Allerdings bin ich verheiratet«, entgegnete der Kaufmann, »und möcht' auch nicht für alle Brillen Europas und alle Nasenkneifer Afrikas, daß es anders wäre; denn ich habe eine der niedlichsten, schönsten, ehrbarsten und züchtigsten Frauen von ganz Saintonge zum Weib, womit übrigens den anderen nicht zu nahe getreten sein soll. Ich bringe ihr von meiner Reise aber auch ein schönes Geschenk mit, einen prächtigen roten Korallenstengel, der seine elf Daumen Länge hat. Was hast du mit ihr zu schaffen? Worum kümmerst du dich? Wer bist du? Wo kommst du her? Oh, du Brillenträger des Satans, gib mir Antwort, wenn du von Gott bist.« – »Und du«, erwiderte Panurg, »gib mir Antwort, du: Was würdest du anfangen, wenn ich mit Übereinstimmung und unter Mitwirkung aller elementaren Kräfte diese deine allerniedlichste, schönste, ehrbarste und züchtigste Ehehälfte so verbimbambuliert hätte, daß Priapus, der steife Gartengott, der hier wegen beseitigter Hosen in voller Freiheit thront, ihr im Leib steckengeblieben und nicht wieder herauszubringen wäre, es sei denn, du zögst ihn mit den Zähnen heraus? Was, frage ich, würdest du anfangen? Würdest du ihn ewig drin steckenlassen, oder würdest du ihn mit deinen schönen Zähnen herausziehen? Gib Antwort, du Gehörnter Mohammeds, der du des Teufels bist!« – »Ich würde dir mit meinem Degen eins über dein Brillenohr geben«, versetzte der Kaufmann, »und dich wie einen Hammel abstechen.« Damit versuchte er, seinen Degen zu ziehen, der aber nicht aus der Scheide gehen wollte, denn, wie ihr wißt, setzen alle Waffen auf dem Meer wegen der starken salzigen Feuchtigkeit leicht Rost an. Panurg versteckte sich hinter Pantagruel, aber Bruder Hans zog seine frisch geschliffene Plempe und würde den Kaufmann sicherlich wutentbrannt getötet haben, wenn der Kapitän des Schiffs und die anderen Passagiere nicht Pantagruel gebeten hätten, solche Gewalttat auf ihrem Schiff nicht zu dulden. So wurde der Streit beigelegt, Panurg und der Kaufmann reichten sich die Hände und tranken dann eins miteinander zum Beweis ihrer völligen Aussöhnung.

Sechstes Kapitel
Wie Panurg nach beendigtem Streite dem Kaufmann einen Hammel abzuhandeln versucht

Als der Streit vollends geschlichtet war, zischelte Panurg Epistemon und Bruder Hans heimlich ins Ohr: »Geht jetzt einmal ein bißchen beiseite, dann sollt ihr was zu sehen bekommen. Wenn nicht alle Stricke reißen, spiel' ich ihm ein närrisches Stückchen auf.« – Damit wandte er sich wieder zu dem Kaufmann und trank ihm mit gutem laternischem Wein tapfer zu, während ihm dieser höflich und wie sich's geziemte Bescheid tat. Danach bat ihn Panurg ehrerbietig, er möge ihm doch einen von seinen Hammeln verkaufen. »Ach, ach, lieber Freund und Nachbar«, entgegnete der Kaufmann, »wie Ihr es versteht, uns arme Leute über den Löffel zu balbieren. Seid ein feines Bürschchen, der Richtige, um Hammel zu kaufen. Ihr seht mir wahrhaftig eher nach einem Beutelschneider aus als nach einem, der Hammel kauft. Niklas, mein Junge, was meinst du, der könnte eine dicke Geldkatze in der Kaldaunenkneipe brauchen. Hihi, wer Euch nicht kennte, dem würdet Ihr's zeigen! Seht nur, liebe Leute, wie er den Hofgeschichtsschreiber herauskehrt!« – »Geduld«, sprach Panurg, » und hört, was ich Euch sage. Ihr erweist mir wirklich einen großen Dienst, wenn Ihr mir einen von Euren Hammeln überlaßt. Was wollt Ihr dafür haben?« – »Wo denkt Ihr hin, lieber Freund und Gevatter«, erwiderte der Kaufmann, »das sind langwollige; Jasons Goldenes Vlies stammt von ihnen her, der Hausorden von Burgund! Levantinische Hammel, größte Rasse, fetteste Sorte!« – »Schön, schön«, sagte Panurg, »verkauft mir nur bitte einen; ich bezahle ihn gut und bar mit okzidentalischer Münze, kleinstem Geld und schlankesten Talern. Was ist der Preis?« – »Liebster Freund und Nachbar«, erwiderte der Kaufmann, »hört einmal ein bißchen mit dem andern Ohr zu.« P.: »Nun?« K.: »Ihr geht nach Laternien?« P.: »So ist's.« K.: »Wollt Euch die Welt ansehen?« P.: »Justament!« K.: »Euch amüsieren?« P.: »Natürlich!« K.: »Ihr heißt, glaub' ich, Peter Schöps?« P.:So beliebt's Euch, mich zu nennen.« K.: »Nichts für ungut.« P.: »Bitte.« K.: »Seid, denke ich, des Königs Hofnarr?« P.: »Ja.« K.: »Nun seht, wie das paßt. Hahaha, Ihr wollt Euch die Welt ansehen, seid des Königs Hofnarr und heißt Peter Schöps! Der

45

Hammel da heißt auch Peter, genauso wie Ihr. Peter, Peter, Peter! Bäh, bäh, bäh! Was er für eine prächtige Stimme hat.« P.: »Sehr schön und harmonisch.« K.: »Lieber Freund und Nachbar, ich will Euch einen Vorschlag zur Güte machen: Setzt Ihr, Peter Schöps, Euch in die eine Waagschale, und ich will meinen Schöps Peter in die andere setzen; hundert Stück Buscher Austern wett' ich, daß er Euch im Gewicht, Wert und Preis aussticht und Euch so hoch hinaufschnellt, wie Ihr einmal hängt und baumelt.« – »Geduld, werdet nur nicht ausfallend«, sagte Panurg. »Dessenungeachtet würdet Ihr mir und Eurer Nachkommenschaft einen großen Gefallen tun, wenn Ihr mir diesen Peter oder meinetwegen einen andern, der weniger wert ist, verkaufen wolltet. Ich bitte Euch darum, werter Herr.« – »Lieber Freund und Nachbar«, erwiderte der Kaufmann, »aus der Wolle dieser Hammel werden die feinsten Rouener Tuche gewebt, gegen die sämtliche Stoffe von Limestre grobes Sacktuch sind. Aus ihren Häuten macht man den schönsten Maroquin, der als türkischer verkauft wird und der dem von Montélimar oder doch immerhin dem spanischen nichts nachgibt. Aus ihren Därmen dreht man Violin- und Harfensaiten, die ebensoteuer bezahlt werden wie die aus München oder Aquileja. He, was sagt Ihr dazu?« – »Ich sage, daß ich Euch sehr verbunden sein würde, wenn Ihr mir einen verkauftet«, entgegnete Panurg. »Nun, was meint Ihr? Seht, hier ist das bare Geld«, und damit zeigte er ihm seine mit blanken Henricustalern gefüllte Geldkatze.

Siebentes Kapitel
Fortsetzung des Handels zwischen Panurg und Truthahn

»Und ein Fleisch haben sie«, fuhr der Kaufmann fort, »ein Fleisch, ich sage Euch, liebster Freund und wertester Nachbar, ein Fleisch für Könige und Fürsten, so zart, so saftig, so appetitlich, der reine Balsam! Wie sie da sind, stammen sie aus einem Land, wo die Schweine – Gott steh' uns bei! – nichts als Mirabellen fressen und die Säue, wenn sie – mit Verlaub zu sagen – in die Wochen kommen, einzig mit Orangenblüten gefüttert werden.« – »Also verkauft mir einen«, sagte Panurg, »ich will ihn Euch königlich bezahlen, auf Bauernehre. Sagt nur Euren Preis.« –

»Liebster Freund und wertester Nachbar«, entgegnete der Kaufmann, »diese Hammel sind Abkömmlinge derselben Rasse, von welcher einer Phrixos und Helle ehemals über den Hellespont getragen hat.« – »Was Teufel«, sagte Panurg, »seid Ihr *clericus vel addiscens*[1]?« – »Warum nicht?« sagte der Kaufmann; »*ita,* das ist Kohl, *vere* Porree. Aber rr, rrr, rrr. He, Peterchen, rr, rrr. Diese Sprache versteht Ihr doch nicht. Laßt Euch sagen, wo sie auf den Feldern pissen, wächst das Korn, als ob der liebe Gott selbst dar-

auf gepißt hätte. Da ist weder Mergel noch Mist nötig. Ja, noch mehr! Aus ihrem Urin machen die Alchimisten den allerschönsten Salpeter, und mit ihren Köteln – bitte um Entschuldigung – heilen die Ärzte bei uns nicht weniger als achtundsiebzig verschiedene Krankheiten, wovon die, welche nach dem heiligen Eutropius von Saintonge benannt ist[2] und vor der Gott uns alle bewahren möge, noch die allerunschuldigste ist. Ja, ja, was sagt Ihr dazu, liebster Freund und wertester Nachbar? Sie kosten mich auch ein schönes Stück Geld.« – »Wenn sie bloß ihr Geld wert sind«, sagte Panurg; »verkauft mir nur einen davon, ich will ihn ja gut bezahlen.« – »Liebster Freund und wertester Nach-

1 Studierter oder Student (lat.) – 2 Wassersucht

bar«, fuhr der Kaufmann fort, »bemerkt nur einmal, was für Wunder der Natur an diesen Tieren offenbar werden, so zum Beispiel schon an einem Teil, den Ihr für ganz nutzlos halten werdet, ich meine am Horn. Wenn Ihr das mit einem eisernen Schlegel oder einer Mörserkeule, was gleichviel ist, ein wenig zerstoßt, es dann an einer sonnigen Stelle in die Erde grabt und tüchtig begießt, so schießen nach einigen Monaten die schönsten Spargel von der Welt hervor, schöner als die von Ravenna. Ich glaube nicht, daß ihr Herren von der Hahnreischaft solch ein Wunder mit euren Hörnern zustande bringt.« – »Sachte, sachte«, sagte Panurg. – »Weiß zwar nicht«, fuhr der Kaufmann fort, »ob Ihr ein Gelehrter seid; aber ich hab' schon viele Gelehrte gesehen, große Gelehrte mit recht stattlichen Geweihen. Ja, wahrhaftig! Wenn Ihr also ein Gelehrter seid, so werdet Ihr wissen, daß sich an den unteren Gliedmaßen dieser Tiere, das heißt in ihren Beinen, ein Knochen befindet, das Würfelbein oder das Sprungbein, der in früheren Zeiten zu dem königlichen Knöchelspiel benutzt wurde, wozu man eben nur von ihnen, vom indischen Esel und von der libyschen Gazelle, sonst von keinem Tier der Welt den betreffenden Knochen nahm. Kaiser Octavianus Augustus gewann in diesem Spiel an einem einzigen Abend mehr als fünfzigtausend Taler. Ihr Hahnrei braucht freilich nicht bange zu sein, daß ihr soviel gewinnen werdet.« – »Sachte, sachte«, sagte Panurg, »laßt's nun genug sein.« – »Und wie soll ich Euch, liebster Freund und wertester Nachbar«, fuhr der Kaufmann fort, »nun erst die inneren Teile, die Schultern, Keulen und Vorderschlegel, den Rücken, die Brust, die Nieren, die Leber und die Kaldaunen, den Bauch und die Blase – sehr geeignet zum Ballspiel – genugsam preisen? Wie die Rippen, aus denen man in Pygmänien die trefflichen kleinen Bogen macht, um mit Kirschkernen nach den Kranichen zu schießen? Wie den Kopf, der, mit ein wenig Schwefel abgekocht, einen wunderbar wirkenden Heiltrank gegen die Verstopfung der Hunde liefert?« – »Papperlapapp«, sagte der Schiffspatron, »ich meine, du hast deine Ware nun genug angepriesen. Willst du, so verkauf ihm einen; willst du nicht, so halt ihn nicht länger unnütz hin.« – »Euch zuliebe will ich ihm einen verkaufen«, entgegnete der Kaufmann; »laß ihn wählen, aber er soll mir drei tourainische Livre dafür zahlen.« – »Das ist viel Geld«, sagte Panurg; »für so viel kann man bei uns fünf, ja sechs

Hammel kaufen. Überlegt's ein wenig. Ihr wärt nicht der erste, der arm geworden wär' und sich den Hals gebrochen hätte, weil er gar zu schnell reich werden wollte; mir sind dergleichen schon mehr begegnet.« – »Daß dich das Fieber schüttle, du dickköpfiger Narr!« sagte der Kaufmann. »Beim wundertätigen Bild von Charroux[1], der schlechteste dieser Hammel ist viermal soviel wert wie der beste von denen, die die Coraxier[2] für ein Talent Gold das Stück einst in der spanischen Provinz Tuditanien verkauften. Und was meinst du Dummkopf aller Dummköpfe, was ein Talent Gold damals wert war?« – »Mein Gott«, sagte Panurg, »ereifert Euch doch nicht so. Da, nehmt das Gold, hier ist es«; und nachdem er dem Kaufmann die verlangte Summe bezahlt hatt, wählte er aus der ganzen Herde den allergrößten und -schönsten Hammel aus und trug ihn unter dem lauten Blöken des widerstrebenden Tiers sogleich davon, während all die andern gleichfalls zu blöken anfingen und dem scheidenden Gefährten nachsahen. Der Kaufmann aber sprach zu seinen Treibern: »Oh, oh, wie der gut gewählt hat. Der versteht's, der Schelm. Wahrhaftig den allerbesten, den ich für Herrn von Cancale bestimmt hatte, dessen Natur ich kenne. Die ist von der Art, daß er nie kreuzfideler ist, als wenn er eine rundliche, saftige Hammelkeule wie einen Ballschläger in der Hand hat und nach allen Regeln der Kunst mit einem guten scharfen Messer daran herumsäbeln kann.«

Achtes Kapitel
Wie Panurg den Kaufmann und seine ganze Herde
im Meer ersäuft

Plötzlich – ich weiß selbst nicht, wie es geschah; es ging so rasch, daß ich kaum hinsehen konnte – wirft Panurg, ohne ein Wort zu sagen, seinen widerstrebenden und blökenden Hammel ins Meer. Sogleich fangen die anderen Schafe an zu schreien und zu blöken und eins nach dem andern sich hinterdrein ins Meer zu stürzen. Alle drängen, wer als erster von ihnen dem Gefährten

---

1 Benediktinerkloster in Mittelfrankreich, zu dessen Reliquien die angebliche Vorhaut Christi zählte – 2 antikes Volk an der Nordostküste des Schwarzen Meers (s. Strabon »Erdbeschreibung« 3)

nachspränge. Sie aufzuhalten war ganz unmöglich, denn bekanntlich ist es die Natur der Schafe, daß sie dem vorangehenden folgen, wohin es auch sei. Deshalb nennt Aristoteles *lib. IX de hist. anim.* das Schaf das dümmste und albernste Tier von der Welt. Der Kaufmann, der zu seinem nicht geringen Entsetzen seine Hammel so vor seinen Augen zugrunde gehen und ersaufen sah, tat alles Erdenkliche, um sie zurückzuhalten; aber vergebens – einer nach dem andern sprang ins Meer und ersoff. Zuletzt faßte er einen der größten und schönsten bei den Füßen und versuchte ihn auf dem Oberdeck zurückzuhalten, um so auch die übrigen vor dem Untergang zu retten; aber der Hammel war so stark, daß er ihn mit sich ins Meer riß, wo er ertrank, in ähnlicher Lage, wie die Schafe des einäugigen Kyklopen Polyphem Odysseus und seine Gefährten aus der Höhle schleppten. – Die anderen Treiber und Schafknechte, die es versuchten, die Tiere an den Hörnern, Beinen oder am Fell festzuhalten, wurden gleichfalls mit ins Meer gerissen, so daß alle jämmerlich ertranken.

Während dies vor sich ging, stand Panurg mit einer Ruderstange in der Hand neben der Schiffsküche, doch nicht, um den Schafknechten damit beizuspringen, sondern um zu verhindern, daß sie wieder am Schiff emporkletterten und auf diese Weise dem Tod entgingen, wobei er ihnen wie ein kleiner Bruder Olivier Maillard oder Jean Bourgeois nach allen Regeln der Rhetorik vor Augen führte, wie nichtig und erbärmlich diese Welt und wie herrlich und glückselig dagegen das Leben im Jenseits sei, wieviel seliger zu preisen die Abgeschiedenen als die, welche noch in diesem Jammertal wallten, auch einem jeden von ihnen versprach, ihm nach der Rückkehr aus Laternien auf der höchsten Spitze des Mont Cenis ein schönes Zenotaphium und Ehrendenkmal setzen zu wollen. Sollten sie indes ihren Lebensekel überwinden können oder passe ihnen das Ersaufen nicht, so wünsche er ihnen, daß sie einem Walfisch begegnen möchten, der sie, wie den Propheten Jonas, am dritten Tag auf irgendeiner Fabelinsel heil und unversehrt wieder ausspie. – Nachdem das Schiff von dem Kaufmann und seinen Hammeln gesäubert war, sagte Panurg: »Ist noch eine Schafsseele hier? Wo sind Thibaut Lämmerlins[1] und Renaud Böckelins ihre, die schlafen, wenn die

1 Agnelet

anderen weiden? Weiß nicht! War das nicht ein gutes altes Kriegsstückchen? Was sagst du dazu, Bruder Hans?« – »Ich sage, du hast es ganz schön gemacht«, erwiderte jener; »eins nur hab' ich daran auszusetzen. Sonst war es Brauch, daß man den Soldaten vor einer Schlacht oder einem Sturm für den Tag des Kampfes doppelte Löhnung versprach; gewannen sie die Schlacht, so war genug da, um sie zu bezahlen, verloren sie sie dagegen, so wär's doch eine Schande gewesen, wenn sie dann noch die Bezahlung verlangt hätten wie die davongelaufenen Gruyerzer[1] nach der Schlacht von Cérisoles[2]. So hättest du dir die Bezahlung auch ersparen können und hättest dein Geld im Beutel behalten.« – »Was kümmre ich mich um das lausige Geld«, entgegnete Panurg. »Mir ist der Spaß, bei Gott, mehr wert als fünfzigtausend Franken. Aber komm, wir wollen jetzt wieder auf unser Schiff gehen; der Wind ist günstig. Und merk dir's, Bruder Hans: Noch nie hat mir einer etwas Liebes angetan, dem ich's nicht gelohnt hätt' oder wenigstens dankbar gewesen wäre. Nein, undankbar bin ich nicht, bin's nie gewesen und werd's nie sein. Wer mir aber etwas Böses zufügte, hat's auch noch nie getan, ohne daß er hier oder dort dafür hätt' büßen müssen. So dumm bin ich nicht.« – »Da verdammst du dich ja selbst zum Höllenfutter«, sagte Bruder Hans. »Steht nicht geschrieben: *Mihi vindictam etc.*[3]? Guck nur ins Brevier.«

Neuntes Kapitel
Wie Pantagruel auf der Insel Ennasin[4] landet und von den sonderbaren Verwandtschaften daselbst

Der Zephir hielt, mit einer kleinen Abweichung nach Südwest, stetig an, und wir sahen an diesem Tag kein Land. Am dritten Tag in der Mückenfrühe[5] kam dann eine dreieckige Insel in Sicht, die in Gestalt und Größe Sizilien glich; man nannte sie die Verwandtschaftsinsel. Die Bewohner, und zwar Männer wie Weiber, gleichen den roten Poitevinern, nur daß ihre Nasen,

---

1 Einwohner der westschweiz. Stadt Gruyères – 2 franz. Form von Ceresole d'Alba, ital. Dorf südl. Turin; Sieg der Franzosen über die Kaiserlichen 1544 – 3 Die Rache ist mein… (lat.; 5. Moses 32,35) – 4 »Nasenlos« – 5 3-4 Stunden nach Sonnenaufgang

selbst die der kleinen Kinder, die Form eines Treffas haben, weshalb auch die Insel den alten Namen Ennasin trug. Alle waren, wie sie sich rühmten, untereinander verwandt und verschwägert, und der dortige Inselvogt sagte uns geradezu: »Ihr Leute aus der andern Welt haltet es für etwas so Erstaunliches, daß einmal von einer einzigen römischen Familie – der der Fabier – an einem Tag – dem 13. Februar – aus einem Tor – der *Porta carmentalis*, die am Fuß des Kapitols zwischen dem Tarpejischen Felsen und dem Tiber lag und später *Porta scelerata* genannt wurde – zur Abwehr gewisser Feinde – der Vejischen Etrusker nämlich – dreihundertsechs Krieger mit einem Gefolge von fünftausend Mitstreitern, ihren Vasallen, ausgezogen, die samt und sonders untereinander verwandt waren und alle miteinander beim Fluß Cremera, der dem See von Bagano entströmt, erschlagen wurden. Wir hier könnten nötigenfalls dreimalhunderttausend Mann stellen, die alle miteinander verwandt wären und alle zu e i n e r Familie gehörten.«

Übrigens waren ihre verwandtschaftlichen Beziehungen von der sonderbarsten Art; alle waren so untereinander versippt und verschwägert, daß wir keinen fanden, der des andern Vater oder Mutter, Bruder oder Schwester, Onkel oder Tante, Vetter oder Neffe, Eidam oder Schnur, Pate oder Patin gewesen wäre, mit Ausnahme eines einzigen alten, langen Ennasiers, der, wie ich mit eigenen Ohren hörte, ein kleines Mädchen von drei bis vier Jahren mit »lieber Vater« anredete und von dieser mit »liebe Tochter« angeredet wurde. Die Verwandtschaft oder Sippe bestand bei ihnen darin, daß zum Beispiel einer zu seiner Frau »mein Aal« und sie zu ihm »mein kleiner Tümmler« sagte. »Die werden tüchtig Tran lassen«, meinte Bruder Hans, »wenn sie sich aneinander reiben.« Einer fixen Dirn rief ein anderer »Guten Morgen, Striegel« zu, und sie erwiderte seinen Gruß mit »Schönen Dank, Kalbsschwanz«. – »Haha«, lachte Panurg, »da haben wir einen Striegel, ein Kalb und einen Schwanz: macht einen gestriegelten Kalbsschwanz. Dieser Kalbsschwanz mit schwarzen Streifen wird wohl gehörig gestriegelt werden.« – Wieder einer begrüßte seinen Schatz mit den Worten: »Grüß' dich Gott, lieber Sekretär!«, und sie entgegnete: »Schönen Dank, lieber Prozeß.« – »Beim heiligen Trinian«, sagte Gymnast, »dieser Prozeß liegt gewiß oft auf dem Sekretär.« Einer nannte eine »meine liebe

Hand« und sie ihn »mein Langer«. »Das macht einen Handlanger der Liebe«, sagte Eusthenes. Ein andrer grüßte die Seinige mit den Worten: »Guten Tag, meine Axt«, und sie dagegen: »Desgleichen, lieber Stiel.« – »Donnerwetter«, rief Carpalim, »hier hat also der Stiel seine Axt und die Axt ihren Stiel. Ob das wohl der große Stil ist, wie die römischen Kurtisanen ihn verlangen, oder der weite Ärmelstil der Barfüßer[1]?« – Als ich weiterging, sah ich einen Tölpel, der nannte seine Verwandte »meine Matratze« und sie ihn »meine Wolldecke«, und wirklich sah er so

aus, als wollte er sie decken. Einer nannte eine »liebe Krume« und sie ihn »liebe Kruste«; einer eine »Langohr« und sie ihn »Grauchen«; einer eine »Schlappschuh« und sie ihn »Pantoffel«; einer eine »Stiefelschaft« und sie ihn »Gamasche«; einer eine »Fausthandschuh« und sie ihn »Fingerling«; einer eine »Schwarte« und sie ihn »Speck«, so daß zwischen ihnen die Speckschwartenverwandtschaft bestand. Aus ähnlichen Verwandtschaftsgründen nannte einer eine »mein Eierkuchen« und sie ihn »mein Ei«; die waren also wie Ei und Eierkuchen miteinander verwandt. Desgleichen nannte einer eine »mein Eingeweide« und sie ihn »mein Reisigbündel«, wo nun allerdings nach unsrer Art, die Dinge anzusehen, keine Verwandtschaft, Brüder-

1 d.h. großzügige Auffassung der Ordensregeln

schaft, Verbindung noch Blutsgemeinschaft festgestellt werden konnte, sie müßte denn das Eingeweide von dem Reisigbündel gewesen sein. Ein anderer grüßte seine Liebste mit den Worten: »Gott zum Gruß, meine Schale«, worauf sie ihm erwiderte: »Ein gleiches, liebe Auster.« – »Das wäre also die Auster in der Schale«, sagte Carpalim. – So sagte einer zu der Seinigen: »Glück auf, liebe Schote«, und sie erwiderte: »Dasselbe dir heut und immerdar, liebe Erbse.« – »Also eine Erbse in der Schote«, sagte Gymnast. – Ein großer, garstiger Kerl auf dicken Holzsohlen, dem eine runde, fette, kleine Dirn begegnete, sagt zu ihr: »Gott schütz' dich, mein Kreiselchen, mein Dreiselchen, mein Turbelchen«, und sie entgegnete schnippisch: »Desgleichen, liebe Peitsche.« – »Beim Blute des heiligen Greulich«, sagte Xenomanes, »sollte der Kerl wirklich die richtige Peitsche sein, um so einen Kreisel zu treiben?« – Ein glattgekämmter und geschniegelter Schulmeister, ein gelehrter Doktor, der eine Zeitlang mit einer vornehmen Dame geschwatzt hatte, sagte, als er sich ihr empfahl: »Schönen Dank, gute Miene«, worauf sie: »Vielmehr Euch Dank, böses Spiel.« – »Gute Miene zum bösen Spiel«, meinte Pantagruel, »diese Verwandtschaft ist nicht übel.« – Ein Holzhackerkandidat, der vorüberging, rief einem jungen Mädchen zu: »Hehe, wie lang ich dich nicht gesehen hab', mein Dudelchen!« – »Freut mich, dich zu sehen, lieber Sack«, erwiderte sie. – »Wenn ihr die beiden zusammenbringt«, sagte Panurg, »und ihnen in den Hintern blast, so ist der Dudelsack fertig.« – Ein anderer nannte sein Mädchen »Sau« und sie ihn »Heu«. Da mußte ich daran denken, daß die Sau an diesem Heu gewiß sehr gern zupfte. – Nicht weit von uns empfahl sich ein buckliger Stutzer seiner Liebsten mit den Worten: »Adieu, liebes Loch«, und sie entgegnete: »Gott behüte dich, lieber Pflock!« Bruder Hans aber sagte: »Das glaub' ich, sie ist gewiß ganz Loch und er ganz Pflock. Bliebe nur noch auszumachen, ob dieses Loch auch von diesem Pflock hinreichend verkeilt werden kann.« – Wieder einer sagte zu seinem Mädchen: »Guten Tag, meine Maus«, und sie: »Guten Tag, mein Tapferer!« – »Ja, ja«, sagte Ponokrates, »dieser Tapfere wird wohl oft ins Mauseloch kriechen.« – Ein junger Bengel, der mit einer durchtriebenen Dirn plauderte, sagte zu ihr: »Also vergiß nicht, Fist!« – »Werde schon daran denken, Furz«, entgegnete sie. – »Sind die beiden auch miteinander verwandt?« fragte Pantagruel den Inselvogt. »Ich sollte meinen, sie sind sich spinnefeind und stehen in keinem freundschaftlichen Verhältnis zueinander; denn er hat sie Fist genannt. Bei uns könnte man eine Frau gar nicht ärger beschimpfen, als wenn man ihr einen solchen Namen geben wollte.« – »Ihr guten Leute aus der andern Welt«, versetzte der Inselvogt, »habt wenig so nahe Verwandtschaftsgrade, wie der ist, in welchem dieser Fist und dieser Furz zueinander stehen. Jeglichem Auge verborgen, sind sie doch ein und demselben Loche entsprungen und in ein und derselben Minute zur Welt gekommen.« – »Da hat wohl ein Nordwest ihre Mutter besäuselt?« fragte Panurg. – »Was für eine Mutter?« entgegnete der Vogt. »Das ist ein Verwandtschaftsverhältnis, wie eure Welt allein es kennt. Diese hier haben weder Vater noch Mutter; das haben nur die Leute hinterm Mond, die Heu in den Stiefeln tragen.«

Alles das sah und hörte der gute Pantagruel; bei dieser Rede schien ihm aber doch die Geduld auszugehen.

Nachdem wir uns dann die Insel und die Lebensweise des ennasischen Volkes noch etwas näher angesehen hatten, gingen wir in ein Wirtshaus, um uns ein wenig zu stärken. Da wurden gerade Hochzeiten gefeiert, wie es hier üblich ist, und Speise und Trank gab es genug. Während wir dort waren, kopulierte man auf die lustigste Weise eine Birne, dem Anschein nach ein recht dralles Frauenzimmer – obgleich einige schon davon genascht hatten und meinten, sie sei ein wenig matschig –, mit einem jungen Käse, der einen etwas rötlichen Milchbart hatte. Das war nun nichts Neues und ist auch an anderen Orten schon vorgekommen; sagt man doch bei uns im Kuhland noch jetzt, daß es gar nichts Besseres gäbe, als eine Birne und einen Käse zusammenzutun. In einem andern Saal war ich Augenzeuge, wie ein altes Felleisen mit einem jungen schlanken Stiefel verheiratet wurde, und nach Pantagruels Worten nahm der junge Stiefel das alte Felleisen bloß deshalb, weil es so rund, dick und fett war, was man in der Wirtschaft recht gut brauchen kann, namentlich ein Fischer. Im dritten Saal, hinten hinaus, vermählte sich ein junger Schuh mit einer alten Latsche, und zwar, wie allgemein behauptet wurde, nicht ihrer Schönheit und Liebenswürdigkeit wegen, sondern aus reiner Habgier, bloß um die vielen Schaumünzen zu kriegen, mit denen sie besteckt war.

Zehntes Kapitel
Wie Pantagruel auf der Insel Cheli[1] landete, wo der heilige Panigon[2] König war

Der Südwest blies uns von hinten voll in die Segel, als wir diese geschmacklosen Verwandtschaftler und Wortgaukler mit ihren Treffasnasen verließen und wieder in See stachen. Bei Sonnenuntergang landeten wir auf Cheli, einer großen, reichen, dicht bevölkerten Insel, wo der heilige Panigon König war. Begleitet von seinen Kindern und den Fürsten seines Hofs, war er zum Hafen hinabgeeilt, um Pantagruel zu begrüßen, den er dann sofort in sein Schloß geleitete, wo die Königin mit ihren Töchtern und Hofdamen den Reisenden am Eingang entgegenkam. Panigon bestand darauf, sie und ihr ganzes Gefolge solle Pantagruel und die Seinigen küssen, denn das verlangte die Höflichkeit und die Sitte des Landes. So geschah es denn; nur Bruder Hans machte sich aus dem Staub, indem er sich unter die Würdenträger des Königs mischte. Hierauf bat der König Pantagruel sehr dringend, daß er doch diesen und den folgenden Tag bei ihm verweilen möge; aber dieser lehnte die Einladung ab, indem er sich mit dem herrlichen Wetter und dem günstigen Wind entschuldigte, der, von Seefahrern öfter ersehnt als angetroffen, nicht ungenutzt gelassen werden dürfe, denn nur zu oft, wenn man ihn ersehne, zeige er sich nicht. Diesen Vorstellungen gab Panigon nach und entließ uns, nachdem wir Mann für Mann so fünfundzwanzig- oder dreißigmal hatten anstoßen müssen. Bei der Rückkehr zum Hafen vermißte Pantagruel Bruder Hans und fragte, wo er stecke und weshalb er nicht bei der Gesellschaft sei. Panurg, der nicht wußte, wie er ihn entschuldigen sollte, wollte eben nach dem Schloß zurückkehren, um ihn zu rufen, als der Mönch höchst vergnügt herbeigelaufen kam und fröhlich ausrief: »Es lebe der edle Panigon! Beim heiligen Ochsenziemer, der versteht sich auf die Küche! Geradewegs komme ich daher; da behandeln sie die Sache schöpflöffelweise. Dachte gleich, daß meine Mönchskutte da was würde profitieren können.« – »Unser Freund«, sagte Pantagruel, »hat's immer mit der Küche.« – »Zum Kuckuck«, erwiderte Bruder Hans, »darauf versteh' ich

---

1 »Brot« (hebr.) – 2 vielleicht von lat. *panicus* Brötchen

mich auch besser als aufs Herumlöffeln bei den Weibern, aufs Süßholzraspeln, Zuckerpillendrehen, Komplimentemachen, Kniebeugen, aufs Umhalsen und Umbrüsten, küss' die Hand Eu'r Gnaden, Eu'r Majestät, schauen's, befehlen's. Ist alles Quark, der schon stinkt wie alter Käse; geb' nicht das Schwarze unterm Nagel dafür. *Per Dio*, will nicht damit gesagt haben, daß ich nicht auch meinen Schuß abfeuerte, wenn sich's eben macht, und mein Fäßlein nicht auch anzapfte; aber das Tänzeln und Scharwenzeln ist mir auf den Tod zuwider, fastens wie der Teufel, wollte sagen wie des Teufels Fasten. Darin hat Sankt Benedikt recht; alles, was ihr wollt – aber Mädchen küssen? Nein, bei meiner Kutte, ich passe. Könnt' mir sonst ergehen wie dem guten Herrn von Guyercharois.« – »Wie ging's denn dem?« fragte Pantagruel; »den kenn' ich ja, er gehört zu meinen besten Freunden.« – »Der war«, fuhr Bruder Hans fort, »zu einem prächtigen, erlesenen Gelage eingeladen, das einer seiner Verwandten und Nachbarn veranstaltete; alle Edelleute, Edelfrauen und -fräulein aus der Umgegend waren auch dazu geladen. Als er nun kommen sollte, machten diese sich den Spaß, die Pagen der Gesellschaft als schmucke, vornehme Fräulein herauszuputzen. An der Zugbrücke angelangt, wurde er von diesen männlichen Jungfrauen begrüßt. Er küßte sie alle der Reihe nach auf das höflichste und ehrerbietigste, worüber die Damen, die ihn in der Galerie erwarteten, in lautes Gelächter ausbrachen; zuletzt gaben sie den Pagen ein Zeichen, worauf diese ihre Verkleidung abwarfen. Sobald der gute Herr das sah, war er davon so peinlich berührt und verstimmt, daß er nun die wirklichen Damen durchaus nicht küssen wollte; denn, sagte er, da man die Pagen so verkleidet hätte, wer Teufel stünde ihm dafür, daß jene nicht auch Dienstleute, nur vielleicht noch besser verkleidet wären. Himmel und Hölle, *da jurandi*[1], warum sollen wir nicht gleich unsere Menschlichkeit in die schöne Küche Gottes führen? Warum nicht lieber dort das Drehen des Bratspießes, die Harmonie des Hammelkeulenwenders, die Verteilung der Speckschichten, den Hitzegrad der Suppen, die Zurüstungen zum Nachtisch und die Geheimnisse der Weinkarte studieren? *Beati immaculati in via*[2]. So steht's im Brevier.«

1 mit Verlaub zu schwören (lat.) – 2 Selig die auf dem Wege Unbefleckten (lat.; Psalm 119, 1 der lat. Bibelfassung).

Elftes Kapitel
Warum die Mönche so gern in der Küche sind

»Das ist recht wie ein Mönch gesprochen«, sagte Epistemon, »ich meine wie ein echter, nicht wie ein gerechter Mönch. Du erinnerst mich in der Tat an etwas, das ich – es mag nun wohl etwa zwanzig Jahre her sein – in Florenz erlebt habe. Wir waren damals eine prächtige Gesellschaft junger, wißbegieriger Leute, Freunde des Umherstreifens und gar eifrig darauf aus, die gelehrten Männer, die Altertümer und die sonstigen Sehenswürdigkeiten Italiens kennenzulernen. So besichtigten wir mit größtem Interesse das schöne Florenz, die Architektur seines Doms, seine reichen Tempel und seine prächtigen Paläste, und wetteifernd bemühten wir uns, all diese Schönheit würdig zu preisen, als ein Mönch aus Amiens, Bernhard Spick mit Namen, ganz ärgerlich und aufgebracht zu uns sagte: ›Zum Teufel, ich weiß gar nicht, was ihr von alledem für ein Aufhebens macht. Hab's mir doch auch genau angesehen und bin auch nicht blind. Was ist denn da so Absonderliches?‹ fuhr er fort. ›Schöne Häuser, das ist aber auch alles. Doch dafür hab' ich, so wahr Gott und der heilige Bernhard, unser Schutzpatron, euch gnädig sein mögen, in der ganzen Stadt nicht eine einzige Garküche gesehen, wie eifrig ich mich auch umgeschaut habe. Wahrhaftig, ich sage euch, daß ich umhergespäht hab' und zur Rechten und zur Linken zählen wollte, wieviel wir an brutzelnden Bratständen finden würden. Das ist in Amiens denn doch anders; auf einem Drittel, ja einem Viertel des Wegs, den wir jetzt zurückgelegt haben, zeig' ich euch da mehr als vierzehn alte, solide köstlich duftende Garküchen. Ich begreife nicht, was es euch für Vergnügen machen kann, die Löwen und die Afrikanen – so nennt ihr doch, was sonst Tiger hieß – am Glockenturm oder die Stachelschweine und Strauße am Palast des Herrn Philipp Strozzi zu begucken. So wahr ich lebe, Kinder, mir macht eine gute fette Gans, die am Bratspieß steckt, weit mehr Vergnügen.
Diese granitenen und marmornen Geschichten mögen ganz schön sein, dagegen will ich nichts sagen; aber die Amiensschen Sahnetörtchen sind doch mehr nach meinem Geschmack. Und ebenso die alten Bildsäulen! Gewiß, sie sind ganz vortrefflich gemacht; aber beim heiligen Feriol von Abbeville, die jungen

Dirnen bei uns zulande sind doch tausendmal handlicher.‹«
»Woher es nur kommen mag«, fragte Bruder Hans, »daß man
die Mönche immer in der Küche findet, Könige, Päpste und Kaiser dagegen niemals.« – »Sollte es nicht vielleicht daher kommen«, erwiderte Rhizotom, »daß in den Kochtöpfen und Brat-
spießböcken eine ganz besondere geheime Kraft und verborgene
Eigenschaft liegt, die, wie der Magnet das Eisen, zwar Mönche,
nicht aber Könige, Päpste und Kaiser anzieht? Oder vielleicht ist
es ein den Kutten und Kapuzen innewohnender natürlicher Zug
und Drang, der die frommen Väter ganz von selbst in die Küche
treibt, ohne daß es von ihrer Wahl und ihrem freien Willen ab-
hängt.« – »Er denkt an die Formen, die der Materie folgen, wie
Averroes sich ausdrückt«, sagte Epistemon. »Eben, eben«, sagte
Bruder Hans.

»Ohne die aufgeworfene Frage beantworten zu wollen, die ein
bißchen kitzlig ist und an der man sich leicht die Finger verbrennen kann, will ich«, so bemerkte hier Pantagruel, »nur erwäh-
nen, was ich mich erinnere, einmal gelesen zu haben[1]. – Eines
Tages trat Antigonos, der makedonische König, in die Küche
seines Lagers und fand dort den Poeten Antagoras, der einen
Meeraal briet und selbst mit der Bratpfanne herumhantierte.
Scherzend fragte er ihn: ›Briet Homer auch Aale, als er Aga-
memnons Heldentaten besang?‹ Antagoras aber antwortete ihm
darauf: ›Und Agamemnon? Meinst du, daß er so neugierig gewesen sei, wissen zu wollen, wer in seinem Lager Aale briete, als
er ebendiese Heldentaten vollbrachte?‹ – Schien es dem König
unpassend, daß sich der Poet in seiner Küche mit der Zuberei-
tung von Speisen beschäftigte, so deutete der Poet darauf hin,
daß es noch viel unpassender sei, wenn ein König sich in der Küche sehen lasse.« – »Noch besser ist das, was Breton Villandry
einmal dem Herzog von Guise[2] antwortete«, sagte Panurg. »Sie
sprachen nämlich von einer der Schlachten, die Franz I. Karl V.
geliefert und bei der sich Breton nirgends im Handgemenge
hatte blicken lassen, obgleich er von Kopf bis Fuß aufs prächtig-
ste bewaffnet und vortrefflich beritten gewesen war. ›Auf Ehre‹,
sagte Breton, ›Ich war dabei, was ich beweisen kann, allerdings

1 Plutarch »Apophthegmata«; »Tischgespräche« 4,4 – 2 Claude de Guise

an einem Ort, wo Ihr nicht gewagt haben würdet, Euch sehen zu lassen.‹ Sichtbar beleidigt von diesen Worten, die ihn prahlerisch und unverschämt dünkten, wollte der Herzog eben heftig erwidern, als Breton ihn lachend beschwichtigte, indem er hinzufügte: ›Ich war nämlich beim Troß und somit an einem Ort, wo es Eure Ehre Euch gewiß nicht erlaubt haben würde, Euch zu verstecken, wie ich es tat.‹«

Unter solchen heiteren Gesprächen kamen sie bei ihren Schiffen an und verweilten nun nicht länger auf der Insel Cheli.

Zwölftes Kapitel
Wie Pantagruel nach Prokurazien gelangte und von der sonderbaren Lebensweise der Schikanusen

Wir setzten unsere Reise fort und gelangten am folgenden Tag nach Prokurazien, welches ein recht verkleckstes und verschmiertes Land ist. Ich habe dort nichts deutlich erkennen können. Hier fanden wir Prokultusen und Schikanusen[1], ganz haarige Leute. Es fiel ihnen nicht ein, uns etwas zu essen oder zu trinken anzubieten; nur durch unzählige gelehrte Verbeugungen gaben sie zu verstehen, daß sie gegen Bezahlung ganz zu unseren Diensten stünden. Einer unserer Dolmetscher erzählte Pantagruel, auf welche sonderbare Weise diese Leute sich ihren Lebensunterhalt erwürben, gerade auf die entgegengesetzte Art als die Romikolen. In Rom nämlich lebten unzählige Leute vom Giftmischen, Prügelausteilen und Töten, die Schikanusen aber davon, daß sie sich prügeln ließen, so daß sie mit Weib und Kind Hungers sterben müßten, wenn sie längere Zeit ungeprügelt blieben. – »Das ist ja«, sagte Panurg, »geradeso, wie es nach Galens Bemerkung Leute gibt, die den Hohlnerv nicht anders gegen den Zirkel des Äquators richten können[2], als wenn man sie gehörig stäupt. Bei Sankt Thibaut[3], wollte man mich so peitschen, so würde mich das, hol' mich der Teufel, erst recht aus dem Steigbügel bringen.« – »Die Sache«, fuhr der Dolmetscher fort, »ist die: Wenn ein Mönch, ein Priester, ein Wucherer oder

---

1 gemeint sind Gerichtsvollzieher und Büttel – 2 d.h., es nicht zur Erektion bringen – 3 Schutzpatron der gehörnten Ehemänner

ein Advokat einem Edelmann des Landes etwas am Zeug flicken will, so läßt er einen Schikanusen auf ihn los. Dieser zitiert ihn, ladet ihn vor Gericht, fordert ihn heraus und beleidigt ihn gröblich, wie sein Auftraggeber es ihn geheißen, bis der Edelmann, wenn er nicht geradezu stumpfsinnig und noch dümmer als eine Kaulquappe ist, sich gedrungen fühlt, ihm die Bastonade geben zu lassen oder mit dem Degen über den Kopf zu hauen oder die

Knochen zu zerbrechen oder ihn zum Fenster seines Schlosses hinauszuwerfen. Daran hat der Schikanuse dann immerhin genug, um vier Monate davon zu leben; für ihn sind Stockprügel die beste Ernte. Denn von dem Mönch, dem Wucherer, dem Advokaten erhält er seinen guten Lohn und von dem Edelmann öfters eine so bedeutende, ja übermäßige Entschädigung, daß dieser dabei sein ganzes Vermögen einbüßt und noch froh sein kann, wenn er nicht im Gefängnis verfaulen muß, so als ob er den König selbst geschlagen hätte.«

»Gegen dies Übel«, sagte Panurg, »weiß ich ein vortreffliches Mittel, das Herr von Basché anwandte.« – »Was für eins?« fragte Pantagruel. – »Dieser Herr von Basché«, fuhr Panurg fort, »war ein tapferer, tugendhafter, hochherziger und ritterlicher Mann. Als er einst aus einem langen Krieg, in welchem sich der Herzog von Ferrara mit Hilfe der Franzosen tapfer gegen Papst Julius II. seiner Haut gewehrt hatte, wieder nach Hause kam, machte sich der feiste Prior von Saint-Louand den Spaß, ihn Tag für Tag vor Gericht zu fordern, ihn zitieren zu lassen und auf alle erdenkliche Weise zu schikanieren. Daher ließ Herr von Basché eines Tags beim Morgenimbiß, den er mit seinen Leuten einzunehmen pflegte – denn er war ein freundlicher, freigebiger Herr –, seinen Bäcker, Loire mit Namen, und dessen Frau rufen, auch den Pfarrer des Kirchspiels, Oudart, der nach der damals in Frankreich üblichen Sitte zu gleicher Zeit sein Keller- und Küchenmeister war, und sprach zu ihnen in Gegenwart seiner Vasallen und Diener wie folgt: ›Kinder, ihr seht, wie diese verdammten Schikanusen mich Tag für Tag quälen; helft ihr mir nicht, so bin ich fest entschlossen, das Feld zu räumen und lieber zu den Türken, ja, wenn's sein muß, zum Teufel zu gehen. Also hört! Wenn sie wieder hierherkommen, so haltet euch bereit. Du, Loire, und deine Frau, ihr geht ihnen, mit den schönsten Hochzeitskleidern angetan, im großen Saal entgegen, so als ob man euch eben trauen wollte, wie das erste Mal, als ihr getraut worden seid. Hier habt ihr hundert Goldstücke, die schenk' ich euch; schafft euch dafür die nötigen Kleider an. Ihr aber, Meister Oudart, säumt dann nicht, in Eurem schönsten Chorrock und in der Stola zu erscheinen; auch Weihwasser bringt mit, ganz als ob Ihr sie trauen wolltet. Du, Trudon‹ – so hieß der Spielmann –, ›sei gleichfalls mit Flöte und Tamburin zur Stelle. Wenn dann die Trauformel gesprochen und die junge Frau abgeküßt ist, so reiche einer dem andern beim Tamburinklang den Hochzeitsdenkzettel, das heißt die kleinen Püffe. Das Abendbrot schmeckt danach um so besser. Kommt aber der Schikanuse dran, so gebt's ihm ordentlich und schont ihn nicht; knufft ihn, pufft ihn, haut ihn gründlich, ich bitte euch darum. Hier habt ihr zierliche Panzerhandschuhe, die mit Ziegenleder überzogen sind; damit verabfolgt ihm, was ihm gebührt, unbesehen, ihr braucht nicht zu zählen. Wer am besten haut, liebt mich am meisten. Und fürchtet nicht, daß man euch deshalb etwas anhaben wird; ich stehe für alles. Solche Püffe werden im Scherz gegeben, das ist Hochzeitsbrauch.‹ – ›Woran erkennen wir aber, daß es ein Schikanuse ist?‹ fragte Oudart; ›in Euer Haus kommen täglich viele Leute.‹ – ›Ich habe schon den betreffenden Befehl gegeben‹, sagte Herr von Basché. ›Wenn sich am Tor des Schlosses ein Mann zeigt, zu Fuß oder schlecht beritten, mit einem großen, breiten silbernen Ring am Daumen, so ist das ein Schikanuse. Dann soll der Torhüter, sobald er ihn hereingelassen, das Glöckchen läuten; ihr aber macht euch fertig und lauft gleich in den Saal, um die Tragikomödie aufzuführen, wie ich's euch erklärt habe.‹

Und richtig! Gott fügte es, daß noch am selben Tag ein alter, dicker, rotnasiger Schikanuse Einlaß begehrte. Als er die Glocke am Eingang zog, erkannte ihn der Torhüter gleich an seinen plumpen Dreckstiefeln, seiner jammervollen Mähre, an dem leinenen Sack voll Zahlungsbefehlen, der ihm am Gurt hing, vor allem aber an dem breiten silbernen Ring an seinem linken Daumen. Er empfing ihn also sehr zuvorkommend, bat ihn höflich einzutreten und ließ sein Glöcklein frohlockend ertönen, bei dessen Klang sich Loire und seine Frau sogleich in ihre schönen Kleider warfen und festlich geschmückt im Saal erschienen. Zur gleichen Zeit trat Oudart, mit Chorrock und Stola angetan, aus seinem Wirtschaftsraum und dem Schikanusen entgegen, führte ihn aber, damit die anderen Zeit gewännen, ihre Panzerhandschuhe anzuziehen, erst noch einmal dahin zurück, schenkte ihm tapfer ein und sagte zu ihm: ›Ihr hättet gar nicht gelegener kommen können. Unser Herr ist heute in der besten Laune. 's wird bald zum Schmaus gehen, und da wollen wir uns den Bauch tüchtig vollstopfen, denn heute ist hier im Haus Hochzeit; nur zugegriffen, trinkt und seid lustig!‹ Basché, der jetzt, während der Schikanuse trank, alle seine Leutchen vollständig ausgerüstet und im Saal versammelt sah, schickte nunmehr nach Oudart. Also erschien Oudart mit dem Weihwasser im Saal, und der Schikanuse, der ihm folgte, vergaß nicht, Herrn von Basché beim Eintritt mit vielen tiefen Kratzfüßen zu begrüßen und ihn vor Gericht zu laden. Basché empfing ihn auf das liebenswürdigste, schenkte ihm einen Gulden und lud ihn ein, der Unterzeichnung des Ehekontrakts und der Trauung beizuwohnen, was auch geschah. Nach beendigter Zeremonie fingen die Püffe an, und als die Reihe an den Schikanusen kam, bearbeiteten sie ihn dermaßen mit ihren Panzerhandschuhen, daß er zuletzt ganz betäubt und zerbleut auf dem Platz liegenblieb, das eine Auge blutunterlaufen, acht Rippen eingedrückt, das Schlüsselbein gebrochen, die Schulterblätter in vier, die Kinnlade in drei Stücke gehauen, und all das unter Lachen und Scherzen. Heiliger Gott, wie Oudart auf ihn einhämmerte, wobei er die schweren, mit Hermelin besetzten Handschuhe im Ärmel seines Chorrocks verbarg; denn er war ein vierschrötiger Geselle. So kehrte der Schikanuse, fleckig wie ein Tiger, nach Isle-Bouchard zurück, trotzdem sehr zufrieden und geschmeichelt von dem Empfang, den Herr von Basché ihm hatte angedeihen lassen, und lebte dann mit Hilfe der trefflichen Wundärzte des Landes noch so lange, wie's euch gefällt. Von der Sache selbst aber war weiter keine Rede, und die Erinnerung daran starb mit dem Klang der Glocken, die ihn zu Grabe läuteten.«

Dreizehntes Kapitel
Wie Herr von Basché nach Meister François Villons Beispiel seine Leute lobt

»Sobald der Schikanuse zum Schloß hinaus war und seinen Blinzelklepper – so nannte er seine einäugige Schindmähre – wieder bestiegen hatte, rief Basché seine Frau, ihre Zofen und alle seine Leute in die Laube seines Gartens, ließ Wein, Pasteten, Schinken, Obst und Käse bringen, trank allen höchst vergnügt zu und redete so zu ihnen: ›In seinen alten Tagen zog sich Meister François Villon nach Saint-Maixent in Poitou zurück und stellte sich unter den Schutz des dortigen Abtes, eines kreuzbraven Mannes. Hier faßte er den Entschluß, zur Unterhaltung des Volks ein Passionsspiel im Poiteviner Dialekt aufführen zu lassen. Als die Rollen verteilt und aufs beste einstudiert und das Theater aufgeschlagen war, zeigte er dem Bürgermeister und den Schöffen an, daß das Mysterienspiel zum Schluß des Jahrmarkts von Niort gespielt werden könne; nur müsse man noch passende Kostüme für die Spieler beschaffen. Bürgermeister und Schöffen gaben die dazu nötigen Befehle; er selbst aber bat den Sakristan der dortigen Barfüßer, den Pater Étienne Tappecoue, ihm für einen alten Bauern, der als Gottvater auftreten sollte, einen Chorrock und eine Stola zu leihen. Tappecoue aber schlug ihm dies rundweg ab und führte als Grund an, daß es nach den Regeln des Ordens streng verboten sei, Schauspielern irgend etwas zu geben oder zu leihen. Zwar wendete Villon dagegen ein, daß dies Verbot sich doch nur auf Possen, Mummenschanz und unsittliche Spiele bezöge, so wenigstens habe er es in Brüssel und an anderen Orten halten sehen; aber Tappecoue blieb bei seiner Weigerung, er möge sich die Sachen verschaffen, woher er wolle, aus seiner Sakristei, das stünde fest, werde er kein Stück bekommen. – Ganz entrüstet teilte Villon dies seinen Schauspielern mit und fügte noch hinzu: ›Dafür wird Gott Tappecoue gewiß bald exemplarisch bestrafen.‹ – Am Sonnabend darauf erfuhr Villon, daß Tappecoue auf der Klosterjungfrau – so nannten sie eine noch unbeegte Stute – zum Einsammeln von Almosen nach Saint-Liguaire geritten sei und nachmittags um zwei Uhr zurückkehren würde. Alsbald ordnete er einen Schauzug seiner Teufelszunft durch die Stadt an. Die Teufel waren von Kopf bis Fuß in Wolfs-, Kalbs- und Ziegenfelle gehüllt, alle herausgeputzt mit Widderköpfen, Ochsenhörnern, Ofengabeln und breiten Gürteln, an denen mächtige Kuhglocken und Maultierschellen hingen, die einen schrecklichen Lärm machten. Einige von ihnen trugen schwarze Stangen mit Raketen in den Händen, andere lange brennende Lunten, auf welche sie, sooft sie an eine Straßenecke kamen, Hände voll pulverisierten Harzes warfen, das schaurig aufleuchtete und schwarzen Rauch verbreitete. Nachdem er zur Belustigung des Volks und zum unaussprechlichen Entsetzen der kleinen Kinder so mit ihnen in der Stadt herumgezogen war, führte er sie zuletzt in eine Schenke, die vor dem Tor auf dem Weg nach Saint-Liguaire lag, um dort mit ihnen zu zechen. Kaum angekommen, gewahrte er in der Ferne Tappecoue, der von seiner Bettelfahrt zurückkehrte, und sprach die makkaronischen Verse[1]:

> *Hic est de patria, natus de gente belistra,*
> *qui solet antiquo bribas portare bisacco*[2].

›Potz Blitz‹, schrien die Teufel, ›er hat Gottvater nicht einmal einen lumpigen Priesterrock borgen wollen; dafür wollen wir ihn erschrecken.‹ – ›Das ist recht‹, entgegnete Villon: ›aber ver-

---

1 gemischt aus lat. und neusprachlichen Wörtern mit lat. Endung – 2 Dieser, vom Vater herstammend aus einer Familie von Lumpen, /trägt in dem schmierigen Sack die erbettelten Brocken nach Hause

steckt euch, bis er vorbeikommt, und macht indessen eure Raketen und Lunten fertig.‹ – Als nun Tappecoue herangekommen war, sprangen sie alle mit gewaltigem Lärm plötzlich auf die Straße hinaus und überschütteten ihn und seine Stute von allen Seiten mit Feuer, ließen ihre Schellen rasseln und heulten wie die Teufel: ›Hu-hu-hu-hu, burre-urre, ho-ho-ho! Gelt, Bruder Étienne, spielen wir nicht gut Teufel?‹ Erschrocken fing die Stute an sich in Trab zu setzen, furzte, sprang zur Seite, galoppierte, schlug hinten aus, bockte, bäumte sich und wurde immer wilder, bis sie zuletzt Tappecoue abwarf, obwohl er sich mit aller Gewalt am Sattelknopf festhielt. Da aber sein rechter Fuß so fest in dem hanfenen Steigbügel steckte, daß er ihn nicht herausziehen konnte, so wurde er von der Stute mitgeschleppt, die ihn, durch Hecken, Gebüsch und Gräben dahinrasend, schrecklich mit ihren Hufen bearbeitete. Zuerst zerhieb sie ihm den Schädel, so daß das Gehirn beim Hosiannakreuz herausfiel; dann schlug sie ihm die Arme ab, erst den einen, dann den andern, darauf die Beine; dann wühlte sie ihm das Eingeweide aus dem Leib, bis endlich, als sie beim Kloster ankam, nichts weiter von ihm übrig war als der rechte Fuß mit der eingeklemmten Sandale. Da Villon aber sah, daß es so gekommen war, wie er es vorausberechnet hatte, sprach er zu seinen Teufeln: ›Meine Herren Teufel, ihr werdet eure Sache gut machen, ihr werdet sie sehr gut machen. Darauf könnt ihr euch verlassen. Oh, ihr werdet sie ausgezeichnet machen. Ihr könnt es mit allen Teufeln von Saumur, Doué, Montmorillon, Langeais, Saint-Épain und Angers aufnehmen, ja, bei Gott, selbst mit denen von Poitiers, trotz ihrer Schaubude; gut, wenn sie sich nur mit euch vergleichen können. Oh, oh, oh, wie werdet ihr spielen!‹

›Wohlan, liebe Freunde‹, fuhr Basché fort, ›ebenso sehe auch ich jetzt voraus, daß ihr die Tragikomödie fortan vortrefflich spielen werdet, da ihr mir gleich beim ersten Versuch und bei der ersten Probe den Schikanusen so wundervoll zugerichtet, so überzeugend gepufft, geknufft und mit euren Fäusten gekitzelt habt. Dafür verdoppele ich euch allen euren Lohn. – ›Ihr, meine Liebe‹, sagte er, zu seiner Frau gewandt, ›mögt von Euch aus verteilen, was Euch beliebt; Ihr habt ja all meine Schätze unter Verschluß und in Gewahrsam. Was aber mich anbetrifft, so trinke ich, liebe Freunde, zuerst auf euer aller Wohl! Laßt's euch schmecken, es ist ein guter und kühler Trunk. Zweitens schenke ich dir, Haushofmeister, diese silberne Schüssel; da, nimm sie! Ihr, meine Stallmeister, nehmt die beiden Becher aus vergoldetem Silber. Ihr, Pagen, sollt drei Monate lang vor Rutenstreichen sicher sein, und du, liebes Herz, gib ihnen auch meine schönen weißen Hutfedern mit den Goldagraffen. Euch, Ehrwürden Oudart, schenke ich diese silberne Flasche; die andere geb' ich den Köchen. Diesen silbernen Korb schenk' ich den Kammerdienern, den Stallknechten dies Schälchen aus vergoldetem Silber, dem Torwächter die beiden Teller hier und den Maultiertreibern diese zehn Eßlöffel. Du, Trudon, nimm all die anderen Löffel und hier die Zuckerdose. Ihr, Lakaien, nehmt das große Salzfaß. Dient mir nur gut, liebe Freunde, ich werd' es euch schon vergelten; denn bei Gott, das könnt ihr mir glauben, lieber will ich im Krieg für unsern trefflichen König hundert Keulenschläge auf meinen Helm aushalten, als ein einziges Mal von solch einem schikanusischen Schwein vor Gericht geladen werden, nur weil's einem feisten Pfaffen so beliebt!‹«

Vierzehntes Kapitel
Fährt fort zu erzählen, wie noch mehr Schikanusen
in Herrn von Baschés Haus
durchgebleut wurden

»Vier Tage darauf kam ein andrer Schikanuse, ein junger, langgeschossener, hagerer Bursche, nach dem Schloß des Herrn von Basché, um ihn auf Verlangen des feisten Priors vor Gericht zu laden. Der Torwächter, der ihn sogleich als das erkannte, was er war, läutete die Glocke, und die Bewohnerschaft des Schlosses verstand auch sofort das Zeichen. Loire war gerade dabei, seinen Teig zu kneten, seine Frau beutelte Mehl, Oudart rechnete in seinem Wirtschaftsbuch, die Kavaliere schlugen Ball, Herr von Basché spielte mit seiner Ehehälfte Sechsundsechzig, die Zofen ein Würfelspiel, die Bedienten Rommé und die Pagen *alla mora* um Nasenstüber. Da hören sie plötzlich, daß ein Schikanuse im Anzug ist. Sogleich zieht Oudart seinen Priesterrock an, Loire und seine Frau fahren in ihre Hochzeitskleider, Trudon fängt an die Flöte zu blasen und trommelt auf dem Tamburin herum; alles lacht, alles macht sich fertig, und die Panzerhandschuhe werden hervorgeholt. Unteredessen ging Herr von Basché in den Hof hinab, wo er den Schikanusen traf, der sich vor ihm auf das Knie niederließ und ihn bat, ihm nicht darob zu zürnen, daß er ihn auf Verlangen des feisten Priors vor Gericht laden müsse; denn er sei, wie er mit beredten Worten darlegte, eine offizielle Person und im Dienst des Klosters Seiner Herrlichkeit des Abtes Gerichtsdiener – übrigens allezeit bereit, für ihn, ja für den Geringsten seines Hauses ebenso alles zu tun, was er nur von ihm verlangen oder ihm befehlen würde. – ›Ei was‹, sagte Herr von Basché, ›Eure Vorladung nehm' ich nicht an, eh' Ihr nicht meinen guten Wein von Quinquenais gekostet und die Hochzeit mitgemacht habt, die hier gerade gefeiert wird. Meister Oudart, gebt ihm ordentlich was zu trinken und laßt ihn sich erfrischen; dann führt ihn in den Saal. Vorläufig seid mir willkommen.‹

Nachdem der Schikanuse gut gefüttert und gehörig angefeuchtet worden war, ging er mit Oudart in den Saal, wo die Spieler der Posse schon auf ihn warteten und alle in Reih und Glied dastanden. Sein Eintritt erregte allgemeine Heiterkeit, und der Schikanuse lachte zur Gesellschaft mit. Dann murmelte Oudart einige unverständliche Worte über die Brautleute, fügte ihre Hände ineinander, die Braut wurde abgeküßt, und jeder wurde mit Weihwasser besprengt. Als man den Wein und das Konfekt herumreichte, fingen die Püffe an. Der Schikanuse ließ Oudart ein paar davon zukommen, der seinen Handschuh unter dem Priesterrock versteckt hatte und ihn sofort anzog. Nun ging das Puffen und Knuffen tüchtig los. Von allen Seiten regnete es Faustschläge auf den Schikanusen, und dabei wurde immer ›Hochzeit, Hochzeit, denkt an die Hochzeit!‹ geschrien. Das Blut spritzte ihm aus Maul und Nase, Ohren und Augen; man drosch ihn windelweich, renkte ihm die Schulter aus und zerschlug ihm Kopf, Nase, Rücken, Brust, Arme, kurz jedes Glied am Leibe. Wahrhaftig, die Studenten in Avignon trommeln ihr Patschpatsch zur Fastnachtszeit nicht melodischer, als hier getrommelt wurde. Zuletzt stürzte er zu Boden; man goß ihm Wein ins Gesicht, steckte ihm ein paar gelbe und grüne Hochzeitsschleifen an den Ärmel seines Wamses und setzte ihn dann auf seine Mähre. So kam er nach Isle-Bouchard zurück; ob seine Ehehälfte und die Bader des Orts ihn gut verbunden und gehörig gepflegt haben, kann ich euch mit bestem Willen nicht sagen. Von der Sache selbst war aber weiter keine Rede.

Tags darauf fand eine ähnliche Szene statt. In der Gerichts- und Reisetasche des spindeldürren Schikanusen hatte sich nämlich die Bescheinigung über den Vollzug des ihm erteilten Auftrags nicht finden lassen. Daher ließ der feiste Prior Herrn von Basché noch einmal durch einen neuen Schikanusen vorladen, dem zu größerer Sicherheit zwei Gehilfen mitgegeben wurden. Als der Torwächter die Glocke läutete und man daraus entnahm, daß wieder ein Schikanuse da sei, freute sich das ganze Haus. Basché saß gerade mit seiner Frau und seinen Kavalieren bei Tisch. Sogleich läßt er den Schikanusen hereinführen, setzt ihn an seine Seite, die Gehilfen zu den Frauen und bewirtet sie aufs schönste und beste. Beim Nachtisch steht der Schikanuse auf und verliest in Gegenwart der beiden Zeugen die Vorladung. Freundlich bittet ihn Herr von Basché um eine Abschrift, die auch schon fertig ist; der Empfang wird bescheinigt, und der Schikanuse nebst Gehilfen erhält vier Sonnentaler. Unterdessen haben sich die anderen zum Beginn der Posse zurückgezogen. Trudon trommelt schon auf dem Tamburin, Basché bittet den Schikanusen, der Trauung eines seiner Bedienten beizuwohnen und den Ehekontrakt aufzusetzen, wofür er sich dankbar erweisen werde. Der Schikanuse, sehr geschmeichelt, hakt sein Tintenfaß los und macht das Papier fertig, ihm zur Seite die beiden Gehilfen. Jetzt treten, hochzeitlich angetan, Loire durch die eine Tür, seine Frau mit den Zofen durch die andere in den Saal. Oudart, in seinem Priestergewand, nimmt sie bei der Hand, fragt sie, ob es ihr Wille sei, gibt ihnen seinen Segen und spart nicht mit dem Weihwasser. Der Kontrakt wird aufgesetzt und unterschrieben; während aber von der einen Seite Wein und Konfekt, von der andern ein ganzer Haufen Hochzeitsschleifen herbeigeschleppt werden, zieht man die Panzerhandschuhe an.«

Fünfzehntes Kapitel
*Wie der Schikanuse die alten Hochzeitsbräuche
wieder zu Ehren bringt*

»Erst gießt der Schikanuse einen großen Becher Bretagner Wein
hinunter, dann spricht er zu Herrn von Basché: ›Was denken
Eure Gnaden davon? Heißt das Hochzeit feiern? Potztausend, die
guten alten Sitten kommen immer mehr aus der Mode. Hasen
gibt's auch schon nicht mehr. Freunde auch nicht. Und hat man
nicht sogar die alten Weihnachtsschmäuse der O-O-Heiligen in
manchen Kirchen abgeschafft[1]? Die Welt wird immer kopfhän-
gerischer, es geht zu Ende mit ihr. Da – da – Hochzeit! Hochzeit!
Hochzeit!‹, und indem er das rief, versetzte er Herrn von Basché,
dessen Frau, den jungen Mädchen und dem braven Oudart einige Püffe. Jetzt aber fingen die Panzerhandschuhe zu spielen an;
dem Schikanusen wurden einige Löcher in den Kopf geschlagen,
dem einen Gehilfen wurde der rechte Arm ausgerenkt und dem
andern der Oberkiefer aus dem Scharnier gehauen, so daß er halb
aufs Kinn herunterhing und das Zäpfchen zum Vorschein kam,
wobei zugleich eine beträchtliche Anzahl Backen-, Kau- und
Schneidezähne in die Brüche gingen. Sobald das Tamburin eine
andere Weise anschlug, versteckte man schnell die Handschuhe;
frische Schüsseln mit Konfekt wurden herumgereicht, und die
Lustigkeit wuchs immer mehr. Während man einander Bescheid
tat und auf die Gesundheit des Schikanusen und seiner Gehilfen
trank, fluchte und wetterte Oudart über solche Hochzeitsbräuche und behauptete, der eine Gehilfe habe ihm das Schulterblatt
ganz herausgeschultert; trotzdem trank er ihm fröhlich zu. Der
Gehilfe mit der ausgerenkten Kinnlade faltete die Hände und bat
ihn schweigend um Entschuldigung; denn sprechen konnte er
nicht. Loire beklagte sich, der Gehilfe mit dem ausgerenkten
Arm habe ihm einen so wuchtigen Faustschlag auf den einen Ellbogen gegeben, daß er glattweg aus dem Gelenk ausgekugella-
gersehnenscheidenlenkt sei. – ›Aber‹, sagte Trudon und hielt sich
dabei das linke Auge mit dem Schnupftuch zu, während er sein
Tamburin zeigte, durch das eine Faust gefahren war, ›was hab'

---

1 9 Abende vor Weihnachten wurden in den Kirchen mit »O« beginnende Hymnen gesungen;
anschließend fand man sich nach der Dorfsitte zum Festschmaus zusammen.

ich ihnen denn getan? Nicht genug, daß sie mir mein armes Auge vermorrabuzankonorpatamassakriert haben, auch mein Tamburin haben sie mir noch eingeschlagen. Freilich, Tamburine werden nun einmal auf Hochzeiten geschlagen; aber Tamburinschläger pflegt man doch sonst anders zu traktieren, die schlägt man nicht. Jetzt kann sich der Teufel eine Mütze draus machen lassen.‹ – ›Bruder‹, sagte der angeschlagene Schikanuse, ›ich werd' dir einen schönen, großen, alten königlichen Patentbrief geben, den ich da in meinem Sack habe, damit kannst du dein Tamburin wieder flicken. Verzeih uns nur um Himmels willen. Bei der Heiligen Jungfrau von Rivière, der guten Dame, ich hab's nicht böse gemeint.‹ Einer von den Stallmeistern hinkte und humpelte herum wie der gute, brave Herr von La Roche-Posay[1] und wandte sich an den Gehilfen mit der hängenden Kinnlade, zu dem er sagte: ›Was, seid Ihr Klipper, Klepper oder Klopper? Ist es nicht genug, daß Ihr mit Euren Dreckkloben den Leuten alle Gliedmaßen am Oberkörper zerschnauzbleuhackpufftrimfreßnagelsohltrampelt, müßt Ihr einem noch mit Euren verdammten Stiefelspitzen die Schienbeine vermorderprippiotabilorischambürelükokalürotympanieren? Nennt Ihr das Spaß? Der Teufel hole solchen Spaß!‹ – Der Gehilfe faltete die Hände, als ob er um Verzeihung bäte, und bewegte die Zunge, ließ aber nach Art der Murmeltiere nur ein dumpfes Mummummumrumsumsum hören. – Die junge Frau klagte halb unter Weinen und Lachen und halb unter Lachen und Weinen, daß der Schikanuse, nicht zufrieden damit, ihr wo's gerade getroffen hätte, die Gliedmaßen zu dreschen, sie auch noch derb an den Haaren gezerrt und hinterlistigerweise ihre Scham verrumpumpenilorifrisoniert hätte. –›Da muß der Teufel seine Hand im Spiel gehabt haben‹, sagte nun Herr von Basché. ›Das tat wohl eben noch not, daß der Herr König‹ – so nennen sich nämlich die Schikanusen –[2] ›mir mein allerwertestes Rückgrat bearbeitete! Ich bin ihm deshalb zwar nicht böse, denn das sind alles kleine Hochzeitszärtlichkeiten; aber soviel seh' ich doch klar, wie ein Engel hat er mich vor Gericht geladen, wie ein Teufel hat er dagegen geknufft. Es steckt etwas von einem Klopffechter in ihm. Nichtsdestoweniger trink' ich von ganzem Herzen auf sein Wohl und

1 Chasteigner – 2 da sie im Namen des Königs vorluden

auf das eurige ebenfalls, meine Herren Gehilfen!‹ – ›Aber weshalb er mich nur mit seinen Fäusten so bearbeitet hat‹, sagte jetzt Frau von Basché. ›Ich hab' ihm doch keine Veranlassung dazu gegeben. Mag ihn der Teufel holen, wenn ich's will – aber ich will's nicht. Gott steh' mir bei, nur soviel sag' ich, daß er die härtesten Klauen hat, die ich jemals auf meinen Schultern gespürt habe.‹ – Der Haushofmeister, der seinen linken Arm in eine Binde gehängt hatte, als ob er ganz knacksknochenbammelbrochen wäre, rief: ›Eine verfluchte Hochzeit das! Oh, oh, daß ich auch dabeisein mußte! So wahr ich lebe, meine Arme sind mir beide ganz matschimurkiflamboniert! Nennt ihr das vermählen? Ich nenn's zermahlen. Das ist ja das reine Symposion der Lapithen[1], wie's der Philosoph von Samosata beschreibt.‹ – Der Schikanuse antwortete schon nicht mehr, während die Gehilfen sich noch entschuldigten, sie hätten es mit den Püffen gewiß nicht so böse gemeint, und um Gottes willen baten, daß man ihnen verzeihen möchte. So schieden sie. Eine halbe Meile vom Schloß entfernt wurde dem Schikanusen recht unwohl. Als die Gehilfen nach Isle-Bouchard zurückkamen, erklärten sie vor allen Leuten, daß sie noch nie einen so vortrefflichen Herrn wie den Herrn von Basché und noch nie ein so ehrenwertes Haus wie das seinige gesehen hätten. Auch einer schöneren Hochzeit hätten sie noch nie beigewohnt. Sie hätten nur nicht anfangen sollen zu knuffen. Danach lebten sie noch – wie lange, weiß ich wirklich nicht –, und es galt seitdem als ausgemacht, daß Herr von Baschés Geld den Schikanusen und ihren Gehilfen schädlicher, unheilbringender und tödlicher sei, als einst das Gold von Tolosa und das Pferd des Sejus[2] ihren Besitzern gewesen. Fortan hatte der gute Mann Ruhe, und die Hochzeit des Herrn von Basché wurde im Volke zum Sprichwort.«

Sechzehntes Kapitel
Wie Bruder Hans die Natur der Schikanusen erprobte

»Diese Erzählung«, sagte Pantagruel, »wäre schon ganz lustig, müßten wir nur nicht stets die Furcht Gottes vor Augen haben.«

1 Anspielung auf Lukian »Das Gastmahl oder Die Lapithen« – 2 bei den Römern sprichwörtlich für Dinge, die ihren Besitzern Verderben brachten

– »Noch besser würde es gewesen sein«, sagte Epistemon, »wenn auf den feisten Prior die Handschuhpüffe gehagelt wären. Der ließ es sich zum Spaß etwas kosten, einmal, damit er Herrn von Basché ärgerte, und dann auch, um seine Schikanusen durchgeprügelt zu sehen. Seinem Glatzkopf wären die Püffe viel gesünder gewesen, wenn man die fortwährenden Erpressungen dieser Friedensrichter unter der Dorflinde bedenkt. Was hatten aber die armen Teufel, die Schikanusen, verbrochen?« – »Mir fällt«, sagte Pantagruel, »bei dieser Gelegenheit ein altrömischer Edler, L. Neratius mit Namen, ein. Dieser war aus vornehmer Familie und seinerzeit ein sehr reicher Mann, aber von so tyrannischem Charakter, daß er jedesmal, wenn er seinen Palst verließ, seinen Dienern befahl, sich alle Taschen voll Gold und Silber zu stecken, und dann jeden Stutzer oder anständig gekleideten Menschen, der ihm auf der Straße begegnete, mit der Faust ins Gesicht schlug, ohne doch irgendwie von ihm beleidigt zu sein, aus reinem Übermut. Damit aber der Geschlagene nicht etwa klagbar würde, ließ er ihm von dem mitgenommenen Geld so viel als Sühne auszahlen, bis er sich nach dem Gesetz der Zwölf Tafeln für entschädigt und zufriedengestellt erklärte. Auf solche Weise verschwendete er seine Einkünfte und ließ es sich etwas kosten, die Leute durchzuprügeln.« – »Bei Sankt Benedikts heiligem Stiefel«, sagte Bruder Hans, »das will ich gleich einmal probieren.« Alsbald ließ er sich an Land setzen, steckte die Hand in den Geldbeutel, holte zwanzig Sonnentaler heraus und rief mit lauter Stimme, so daß alles schikanusische Volk, das dort versammelt war, ihn hören konnte: »Wer von euch will sich für zwanzig Sonnentaler einmal tüchtig durchprügeln lassen?« – »Ich, ich, ich«, schrien alle. »Natürlich werdet Ihr höllisch zuhauen, lieber Herr, das versteht sich von selbst; aber dafür ist auch was Hübsches dabei zu verdienen.« In ganzen Scharen liefen sie herbei, und jeder suchte den andern zu überholen, um nur ja die kostbaren Prügel für sich zu erhaschen. Bruder Hans aber griff sich aus dem dicksten Haufen einen rotnasigen Schikanusen heraus, der am Daumen seiner linken Hand einen sehr breiten und dicken silbernen Ring trug, in den ein ziemlich großer Krötenstein eingelassen war. Bei dieser Wahl bemerkte ich, wie alles Volk zu murren anfing, und ein langer, junger, hagerer Schikanuse, der allgemein als gewandter Beamter und im geistlichen

Gericht als ehrenwerter Mann galt, ließ seine Unzufriedenheit darüber laut werden, daß der Rotnasige ihnen alle Kunden wegschnappe. Wenn's im ganzen Lande dreißig Stockprügel zu verdienen gäbe, so könne man ganz sicher sein, daß er achtundzwanzig und einen halben davon in seine Tasche stecke. All dies Klagen und Murren aber war nichts als Neid. Darum machte sich Bruder Hans über den Rotnasigen her und bearbeitete ihm Rücken und Bauch, Arme und Beine, Kopf und Glieder dermaßen mit seinem Knüppel, daß ich glaubte, er würde den Geist aufgeben. Dann zahlte er ihm die zwanzig Taler aus, und eins, zwei, drei war mein Schlawiner wieder auf den Beinen und vergnügt wie ein König oder zwei. Die anderen aber sagten zu Bruder Hans: »Hochwürden, Herr Teufel, wenn es Euch gefällig wäre, noch einige von uns, wenn auch für einen geringeren Preis, durchzuprügeln, so stehen wir Euch alle zu Diensten, wir alle, wie wir da sind, ohne Ausnahme, mit Aktensack, Papier und Feder und dem ganzen Krempel.« Ihnen entgegen schrie der Rotnasige mit lauter Stimme: »Himmeltausendsackerment, ihr Lumpengesindel wollt mir das Geschäft verderben, mir meine Kunden wegfangen und abspenstig machen? Ich lade euch auf den achten Tag nach Hopsasa vor den Disziplinarrichter, da will ich euch plagen wie ein Vauvertscher Teufel[1].« – Dann wandte er sich an Bruder Hans und sagte zu ihm mit lachendem und frohem Gesicht: »Ehrwürdiger Vater von Teufels Gnaden, lieber Herr, solltet Ihr gefunden haben, daß ich meine Sache verstehe, und weitere Lust verspüren, Euch auf mir auszuprügeln, so tu ich's auch für den halben Preis. Schont mich nur nicht, ich bitte Euch; ich stehe Euch ganz und gar zu Diensten, Herr Teufel, mit Kopf, Lungen, Eingeweiden und allem übrigen. Ich sage es Euch in aller Freundschaft.« Diese Rede schnitt Bruder Hans dadurch ab, daß er ihm den Rücken zukehrte. Indessen liefen die anderen Schikanusen zu Panurg, Epistemon, Gymnast und den übrigen und baten sie flehentlich, sie möchten sie doch für ein Geringes ein bißchen durchprügeln, weil sie sonst gewärtigen müßten, noch recht lange Hunger zu leiden. Aber keiner ließ sich erweichen.

Als wir hierauf nach Wasser suchten, das wir in die Schiffe ein-

---

1 Gespenst, das im Schloß Vauvert südl. Paris umgegangen sein soll

nehmen könnten, begegneten wir zwei alten Schikanusinnen aus dem Ort, die ganz jämmerlich heulten und wehklagten. Pantagruel, der auf dem Schiff geblieben war, ließ schon zur Rückkehr läuten. Da wir vermuteten, daß die Weiber Verwandte jenes Schikanusen wären, der die Prügel abbekommen hatte, fragten wir nach der Ursache ihrer großen Betrübnis. Sie erwiderten uns, daß sie gewiß Grund genug hätten, so zu heulen, denn eben wären die beiden besten Leute, die es in ganz Schikanusien gegeben, »den Mönch[1] am Hals, dem Galgen übergeben worden«. – »So binden«, sagte Gymnast, »meine Pagen ihren schlaftrunkenen Kameraden ›den Mönch an den Fuß‹. ›Den Mönch an den Hals binden‹, soll das etwa erdrosseln, aufhängen bedeuten?« – »Stimmt«, sagte Bruder Hans, »Ihr sprecht davon wie der heilige Johannes von der offnen Paarung.« – Über den Grund des Aufhängens befragt, erwiderten sie, daß die Gehenkten das Meßgerät gestohlen und unter dem Glockenturm des Dorfs versteckt hätten.

»Das nennt man doch in schauerlichen Metaphern reden«, meinte Epistemon.

Siebzehntes Kapitel
Wie Pantagruel die Inseln Tohu und Bohu[2] passierte sowie von dem höchst seltsamen Tode des Windmühlenverschlingers Nasenstüber

Am selben Tage passierte Pantagruel die beiden Inseln Tohu und Bohu, wo nichts zu finden war, womit man hätt' braten und bakken können. Nasenstüber, der allgewaltige Riese, hatte nämlich in Ermangelung von genügend Windmühlen, die seine gewöhnliche Nahrung darstellten, alle Bratpfannen, Kessel, Kasserollen, Kochtöpfe usw., die's im ganzen Land gab, verschlungen. Davon war er dann gegen Tagesanbruch, wo die Verdauung bei ihm stattzufinden pflegte, in eine schwere Krankheit verfallen, weil, wie die Ärzte meinten, die digestiven Kräfte seines Magens, die nur auf schwingende Mühlen berechnet waren, sich für die Bratpfannen und Kasserollen als unzureichend erwiesen. Die

1 gemeint ist Strick – 2 wüst und leer (hebr.); I. Moses I,2

Kessel und Kochtöpfe hatte er noch leidlich verdaut, das sähen sie, wie sie behaupteten, an dem Bodensatz und den Trübungen der vier Maß Urin, die er an diesem Morgen zweimal von sich gegeben hatte. Um ihn zu kurieren, verordneten sie allerhand kunstgerechte Mittel; aber das Übel war stärker als die Mittel. Und so war denn der edle Nasenstüber an diesem Morgen eines so seltsamen Todes gestorben, daß man sich wirklich über den Tod des Aischylos künftig nicht mehr groß zu wundern braucht, dem von Wahrsagern vorausgesagt worden war, er werde an einem bestimmten Tag durch irgendeinen Gegenstand, der auf ihn fiele, sterben, weshalb er diesen Tag außerhalb der Stadt, fern von allen Häusern, Bäumen, Felsen und dergleichen hohen Gegenständen, die fallen und ihm durch ihren Sturz verderblich werden könnten, zubrachte und sich mitten auf eine große Wiese setzte, fest überzeugt, daß er so unter dem freien, gnädigen Himmelsgewölbe vollkommen sicher sei, da dies doch nicht herabfallen würde. Obgleich man sagt, die Lerchen sollen den Einsturz des Himmels sehr fürchten, weil sie dann alle gefangen würden[1]. Auch die Kelten am Rhein fürchteten ihn einst; das sind nämlich die edlen, tapferen, ritterlichen, kriegerischen und ruhmreichen Franzosen. Denn als Alexander der Große sie fragte, was sie am meisten fürchteten, und nichts anderes erwartete, als daß sie in Anbetracht seiner Heldentaten, Siege, Eroberungen und Triumphe ihn nennen würden, antworteten sie: »Nichts als den Einsturz des Himmels!« Doch waren sie nicht abgeneigt, mit einem so tapferen und heldenmütigen König ein Waffen- und Freundschaftsbündnis zu schließen. So erzählt Strabon *lib. VII* und Arrian *lib. I*, wenn ihr's glauben wollt. Auch erwähnt Plutarch in seinem Buch über das in der Mondscheibe erscheinende Gesicht einen gewissen Phenakes, der sehr gefürchtet habe, der Mond möchte auf die Erde niederfallen, und alle bedauerte und beklagte, die gerade darunter wohnten wie die Äthiopier und Taprobaner[2]. Nicht weniger war dieser Phenakes in großer Sorge, ob der Himmel und die Erde auch sicher genug auf den Säulen des Atlas ruhten, wie es nach Aristoteles *lib. V metaphys.* die Meinung der Alten war. – Was nun aber Aischylos anbetrifft, so wurde er, aller Vorsicht ungeachtet, von einer nieder-

---

1 sprichwörtlich für unbegründete Furcht – 2 Bewohner von Ceylon

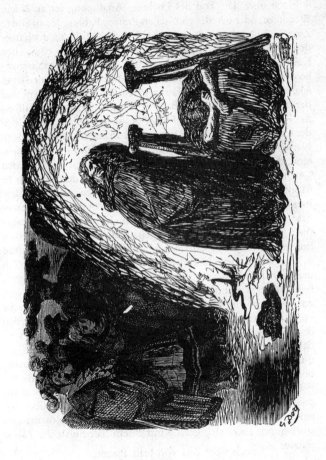

fallenden Schildkröte erschlagen, die den Fängen eines hoch in der Luft schwebenden Adlers entglitt und ihm den Schädel zerschmetterte.

Noch über den Tod des Dichters Anakreon, der an einem Weinkern, oder den des römischen Prätors Fabius, der an einem Ziegenhaar erstickte, als er eine Satte dicker Milch aß; noch über den jenes Verschämten, der sich in Gegenwart des römischen Kaisers Claudius seinen Wind verkniff, statt ihn ruhig fahrenzulassen, und dadurch eines jähen Todes starb; noch über den jenes Mannes, der zu Rom am Flaminischen Weg begraben liegt und der sich in seiner Grabschrift darüber beklagt, daß er am Biß einer Katze in seinen kleinen Finger gestorben sei; noch über den des Q. Lecanius Bassus, der unerwartet an einem unbedeutenden Nadelstich in den Daumen seiner rechten Hand – so unbedeutend, daß man's kaum sehen konnte – verstarb; noch über den Quenelaults, eines Arztes aus der Normandie, der plötzlich zu Montpellier verschied, weil er sich ein Tierchen mit dem Federmesser aus der Hand gezogen hatte; noch über den des Philomenes[1], dem sein Diener frische Feigen zum Imbiß auf den Mittagstisch gestellt hatte, bevor er weggegangen war, um den Wein zu holen. Doch indessen kam ein verlaufener Esel ins Haus und fraß die Feigen ganz gravitätisch auf. Philomenes, der dazukam, sah den graziösen Bewegungen des feigenfressenden Esels mit großem Interesse zu, und als der Diener zurückkehrte, rief er diesem zu: »Billigerweise mußt du dem würdigen Esel hier, dem du die Feigen hingestellt hast, nun auch noch von dem guten Wein, den du da bringst, vorsetzen.« Und nachdem er das gesagt hatte, verfiel er in eine solche Lustigkeit und brach in ein so gewaltiges, unaufhörliches Gelächter aus, daß ihm durch die Erschütterung des Zwerchfells die Luft ausging und er plötzlich tot zu Boden fiel. – Noch über den des Spurius Saufejus, der starb, als er ein weiches Ei genoß, sobald er aus dem Bade kam; noch über den jenes Mannes, von dem Boccaccio erzählt, daß er plötzlich gestorben sei, als er sich gerade mit einem Salbeiblatt die Zähne putzte;

noch über den von Jean Placut,
der – eben noch ganz wohlgemut –
mit einem Male war kaputt,

1 gemeint ist Philemon

ohne alle vorhergegangene Krankheit, als er grade eine alte Schuld bezahlen wollte; noch über den des Malers Zeuxis, der über das fratzenhafte Gesicht einer alten Frau, das er selbst gemalt hatte, so unbändig lachte, daß er plötzlich starb; noch über den tausend anderer, die man noch anführen könnte, wie etwa des Verrius, Plinius, Valerius, Baptista Fulgoso, Bacabery des Älteren[1] usw. – Der brave Nasenstüber aber starb – ach! – den Erstickungstod, als er, wie die Ärzte ihm verordnet hatten, vor einem geheizten Backofen ein Stück frischer Butter hinunterschlingen wollte.

Übrigens wurde dort noch erzählt, daß der König von Cullan[2] auf Bohu die Satrapen des Königs Mechloth[3] geschlagen und die Festung Belima[4] zerstört hätte. Hierauf passierten wir die Inseln Hohn und Spott, desgleichen die Inseln Nektar und Honig, die höchst reizend und, was den Klistierstoff anbelangt, außergewöhnlich fruchtbar sind, und endlich die Inseln Enig und Ewig, woher sich der Landgraf von Hessen die Schmarre geholt hat[5].

Achtzehntes Kapitel
Wie Pantagruel einen schweren Sturm
auf dem Meer überstand

Am folgenden Tag begegneten uns auf unserer Steuerbordseite neun Huker[6], voll beladen mit Mönchen, Jakobinern, Jesuiten, Kapuzinern, Eremiten, Augustinern, Bernhardinern, Zölestinern, Theatinern, Egnatinern, Amadeisten, Franziskanern, Karmelitern, Minimen und anderen frommen Brüdern, die nach Chesil[7] zum Konzil fuhren, um die Glaubensartikel gegen die neuen Ketzer durchzubeuteln. Als Panurg sie erblickte, wurde er ungemein lustig; denn er war fest überzeugt, daß man nun für diesen und viele folgende Tage auf gutes Wetter rechnen könne. Und nachdem er die ehrwürdigen Brüder höflich begrüßt und

---

1 Anagramm von: Rabelais als letzter – 2 nordfranz. Stadt – 3 »Vernichtung« (hebr.) – 4 »Nichts« (hebr.) – 5 Anspielung auf die gefälschte kaiserliche Unterwerfungsurkunde für den protestantischen hess. Landgrafen Philipp I., den Großmütigen, in der für die Worte, daß die Unterwerfung dem Landgrafen »nicht zu einiger Gefängnis« gereichen sollte, »nicht zu ewiger Gefängnis« eingesetzt worden war – 6 dreimastige Frachtschiffe – 7 von hebr. *kessil* Narr; gemeint ist das Tridentinische Konzil 1545/63 zur Überwindung der Glaubensspaltung

ihren andächtigen Gebeten und Fürbitten das Heil seiner Seele anempfohlen hatte, ließ er achtundsiebzig Dutzend Schinken, mehrere Fässer Kaviar, einige Zentner Zervelatwurst, etliche hundert gesalzene Fische sowie zweitausend blanke Engelstaler für Seelenmessen an Bord ihrer Schiffe schaffen. Pantagruel aber war schweigsam und verstimmt; Bruder Hans, der das bemerkte, fragte ihn, weswegen er so ungewöhnlich niedergeschlagen sei, als man plötzlich die Stimme des Steuermanns vernahm, der, aus der unruhig hin und her flatternden Windfahne auf eine schwere Bö und anbrechenden Sturm schließend, den Matrosen, Ruderknechten, Schiffsjungen und uns Passagieren zurief, wir sollten Hand anlegen, das Fock-, Mars-, Bram-, Groß- und Sturmsegel, Flieger und Toppsegel reffen, Bulcinen, Vorstag- und Besansegel einholen und von den Rahen nichts stehenlassen als die Wewelings und Wanten. Alsbald fing das Meer an, sich emporzubäumen und aus der Tiefe heraufzuwühlen; mächtige Wogen schlugen an die Seiten unserer Schiffe; der Nordwest, begleitet von unbändigem Sturmestosen, schwarzen Wasserhosen, schrecklichen Luftwirbeln und todbringenden Windstößen, pfiff durch unsere Stengen; dazu von oben herab Donner, Knattern, Blitze, Regen, Hagel, die Luft aller Klarheit beraubt, vollkommen undurchsichtig, finster, schwarz, als ob es außer Gewitterschein, Wetterleuchten und flammenden Wolkenrissen gar kein anderes Licht gäbe; rund um uns her Katägiden, Thyellen, Lälapen und Presteren[1], von Psoloenten, Argen, Helikien[2] und von andern Ausgeburten der Luft in Flammen gesetzt; überall, so weit wir sehen konnten, alles zerrissen, alles in Aufruhr, schreckliche Typhone[3] berghohen Wellen sich entgegenstürzend. Glaubt mir, wir meinten das uralte Chaos zu erblikken, worin alle Elemente, Feuer, Wasser, Luft und Erde durcheinandergemischt, sich gegenseitig bekämpfen. Panurg, der mit dem Inhalt seines Magens die skatophagen[4] Fische reichlich gefüttert hatte, lag jetzt verzagt, jammernd und halb tot auf dem Deck und rief alle Heiligen beiderlei Geschlechts um Hilfe an, schwor, er wolle bei erster Gelegenheit beichten, und schrie dann wieder in höchster Bedrängnis: »Verpflegungsmeister, hohoho, liebster Freund, Väterchen, Onkelchen, schaff mir ein bißchen

---

1 Sturmarten – 2 Blitzarten – 3 Sturmwinde – 4 kotfressenden

was Gesalzenes her; ich sehe schon, zu saufen werden wir bald nur zuviel bekommen. Reichlich saufen, wenig speisen wird fortan meine Losung heißen! Wollte doch Gott und die heilige, liebreiche, gebenedeite Jungfrau, daß ich jetzt – ich mein' auf der Stelle – unangefochten auf dem festen Land säß'.

Oh, ihr dreifach, ihr vierfach Gesegneten, die ihr euren Kohl pflanzen könnt! Oh, warum habt ihr, Parzen, mich nicht zu einem Kohlpflanzer gesponnen! Oh, wie beklagenswert klein ist doch die Zahl derer, die Jupiter in seiner Gnade dazu ausersehen hat, Kohl zu pflanzen. Die haben doch wenigstens den einen Fuß immer auf dem Land, und der andere ist auch nicht weit davon. Mag, wer will, über Glück und Glückseligkeit streiten, ich erkläre hiermit feierlichst, daß ich jeden, der Kohl pflanzt, für einen glückseligen Menschen halte, mit mehr Recht noch, als Pyrrhon, da er in gleicher Gefahr war wie wir jetzt, das Schwein zweimal glücklich pries, das er die am Ufer hingestreute Gerste fressen sah: erstens, weil es Gerste im Überfluß hatte, und zweitens, weil es auf dem festen Land war. Ha, es gibt gar keine erhabenere, vornehmere Behausung als einen guten, festen Kuhstall. Diese Welle wird uns noch verschlingen, hilfreicher Gott! Liebe Freunde, ein Töpfchen Weinessig. Der Angstschweiß bricht mir aus allen Poren. Ach, ach, die Segel sind in Fetzen, das Liek ist zum Teufel, die Kauschen brechen, die oberste Spiere stürzt ins Meer. Der Kiel beguckt sich den Himmel, das Tauwerk ist schon alles gerissen. Ach, ach, wo sind unsere Buleinen? Es ist alles frelore bigot[1]. Unser Bugspriet steckt die Nase unter Wasser. Ach, ach, wer doch nur unser Wrack auffischen wird! Liebe Freunde, helft mir hinter einen von den Aufbauten da. Kinder, euer Jagtroß[2] ist herunter. Ach, laßt nur die Ruderpinne nicht los und haltet den Kolderstock[3] fest. Da hör' ich die Saling[4] krachen. Ist sie entzwei? Um Gottes willen, nehmt das Brohk[5] in acht, um das Kolsem[6] braucht ihr euch keine Sorge zu machen. Be-be-be-bu-bu-bu! Lieber Meister Astrophil[7], ach, seht doch bitte mal nach Eurem Kompaß, woher es eigentlich bläst. Meiner Treu, ich habe eine höllische Angst. Bu-bu-bu-bu-bu, 's ist aus mit

---

1 alles verloren, bei Gott; Refrain eines volkstümlichen franz. Liedes auf die Niederlage der Schweizer bei Marignano – 2 Tau – 3 Stange zum Bedienen des Steuerruders – 4 kreuzweise Hölzer als Auflage für den Mastkorb – 5 Tau – 6 Balken längs des Kiels – 7 »Sternenfreund« (griech.)

mir; ich bescheiße mich vor niederträchtiger Angst. Bu-bu-bu-
hu-hu-hu-hu-o-o-bu-bu-bu-bu, ich ersaufe, ich ersaufe, ich
sterbe, erbarmt euch, liebe Leute, ich sterbe.«

Neunzehntes Kapitel
Wie Panurg und Bruder Hans sich während
des Sturms benahmen

Nachdem Pantagruel den Beistand des Allmächtigen erfleht und
vor aller Augen mit inbrünstiger Andacht sein Gebet verrichtet
hatte, machte er sich nach dem Rat des Steuermanns daran, den
hochragenden Mast des Schiffs mit seinen Armen festzuhalten.
Bruder Hans hatte alles bis aufs Wams abgeworfen, um den Matrosen zu helfen, und dasselbe hatten Epistemon, Ponokrates
und die anderen getan. Panurg allein rührte den Hintern nicht
vom Deck und weinte und jammerte. Dort sah ihn Bruder Hans,
der den Schiffsgang daher kam, sitzen und sagte zu ihm: »Bei
Gott, Panurg, du Kalb, du altes Weib, du Heulsack, würdest gescheiter tun mitzuhelfen, statt wie eine Kuh hier zu plärren und
wie ein Affe auf dem Arsch zu hocken.« – »Be-be-be-bu-bu-bu«,
entgegnete Panurg, »lieber Bruder Hans, Väterchen, Freundchen, ich ersaufe, ich ersaufe, Väterchen, ich ersaufe. Mit mir ist's
aus, du mein Seelenarzt, mein Herzensfreund! Mit mir ist's aus.
Deine Plempe kann mir auch nicht mehr helfen. Ach, ach, ach,
wir sind in Fis geraten, über die ganze Tonleiter hinaus. Be-be-
be-be-bu-bu, o weh, o weh, da sind wir schon wieder unterm
hohen C. Ich ersaufe, Väterchen, Onkelchen, mein ein und alles!
Das Wasser läuft mir schon durch den Halskragen in die Schuhe.
Bu-bu-bu-bu-hu-hu-hu-hu-ah-ah-ah, ich ersaufe. Ah-ah-ah-
hu-hu-hu-hu-be-be-be, bu-be, bu-bu-bu-bu, oh-oh-oh-oh-oh,
ah-ah. Sieh nur, der richtige Purzelbaum, Kopf unten, Beine
oben! Wollt' Gott, daß ich jetzt in dem Huker wäre, bei den trefflichen, glückseligen Konzilienfarzern, -fahrern wollt' ich sagen,
die uns heute begegnet sind, bei den frommen, fetten, lustigen,
fidelen, angenehmen Burschen ho-lo-lo-lo, ach-ach-ach, diese
himmelsackermentsche – *mea culpa, Deus* –[1], diese himmelhohe

---

1 meine Schuld, Gott (lat.); Worte des katholischen allgemeinen Sündenbekenntnisses

Welle wollt' ich sagen, wird unserem Schiff noch den Garaus machen. Ach, Bruder Hans, mein Vater, liebster Freund, beichten, beichten. Sieh mich hier vor dir auf den Knien. *Confiteor*[1], gib mir den Segen.« – »Himmeltausendschwerenot!« sagte Bruder Hans, »die Hand angelegt, hilf mit, du Teufelsaas, oder ich – na wird's?« – »Nur jetzt nicht fluchen, Väterchen«, sagte Panurg, »Herzensfreundchen, nur jetzt nicht. Morgen, soviel du willst. Ach, ach, ach, weh geschrien, weh – weh, unser Schiff zieht Wasser, ich ersaufe, ach, ach, be-be-be-be-be-bu-bu-bu-bu. Sind wir schon unter? Ach, ach, ach, ach, achtmalhunderttausend Taler Wegzoll wollt' ich zahlen, wenn mich einer über die Landgrenze brächte, beschissen und bedreckt, wie ich bin. *Confiteor!* Bitte, bitte, ein kleines Testamentchen, nur ein Zusätzelchen.« – »I, dir sollen tausend Teufel in den Eunuchenleib fahren, du Hahnrei«, sagte Bruder Hans; »was schwatzt du jetzt von Testamenten, wo wir alle unsere Kräfte zusammennehmen müssen, eh's zu spät ist. Zum Teufel, wird's? He, Bootsmann, Rudermeister, Gymnast, hier, hierher, nach hinten! Bei Gott, der Stoß gibt uns den Rest. Da ist die Schiffslaterne nun auch ausgegangen. Es geht alles zum Teufel.« – »Ach, ach, ach«, sagte Panurg, »bu-bu-bu-bu-bu, also hier war es uns vorbestimmt zu sterben. Oah, oah, liebe Leute, ich ersaufe, ich sterbe. *Consummatum est*[2]! 's ist aus mit mir!« – »Bläh, bläh, bläh«, sagte Bruder Hans. »Pfui Teufel, wie der Scheißkerl aussieht. Schiffsjunge, he, du Tausendsappermenter, nimm dich vor der Kajüte in acht. Hast du dir weh getan? Hier – bind dich fest. Teufel, mach, daß du da wegkommst. So, mein Jung'.« – »Ha«, sagte Panurg, »Bruder Hans, mein Beichtvater, mein Freund, nur nicht fluchen. Du versündigst dich ja. Ah-ah, be-be-bu-bu-bu, ich ersaufe, ich sterbe, liebe Freunde. Ich verzeihe allen Menschen. Lebt wohl – *in manus* – bu-bu-bu, hu-hu-hu. Heiliger Michael von Aure, heiliger Nikolaus, nur diesmal noch und nicht wieder. Hier gelob' ich's euch und unserem Erlöser, wenn ihr mir nur diesmal aus der Patsche helft, das heißt, wenn ihr mich aus dieser Gefahr befreit und sicher ans Land setzt, so will ich euch eine schöne, große, kleine Kapelle errichten oder meinetwegen zwei

---

1 Ich bekenne (lat.); Anfang des Sündenbekenntnisses – 2 Es ist vollbracht! (lat.); Worte des sterbenden Christus (Johannes 19,30)

zwischen Candes und Montsoreau[1],
wo nicht Kuh noch Kalb wird froh.

Ach, ach, ach, da sind mir mehr als achtzehn Eimer voll oder immerhin zwei ins Maul gespritzt. Bu-bu-bu-bu. Wie bitter und salzig das schmeckt!« – »Heiliges Blut und Fleisch, Eingeweide und Haupt«, rief Bruder Hans, »wenn ich dich nun noch länger so winseln höre, so schind' ich dich wie einen Seewolf. Sapperment, warum schmeißen wir ihn nicht über Bord? Heda, Ruderknecht, guter Freund, festgehalten! Ha, das nenn' ich wahrhaftig gedonnert und geblitzt. Ich glaube, heute sind alle Teufel los, oder Proserpina liegt in Kindswehen. Die ganze Hölle tanzt zu der Musik.«

Zwanzigstes Kapitel
Wie die Mannschaft die Schiffe der Wut
des Sturms überläßt

»Ha«, sagte Panurg, »du versündigst dich, Bruder Hans, mein ehemaliger Freund. Ich sage: mein ehemaliger, denn jetzt bin ich nichts, und du bist nichts. Es tut mir leid, daß ich das sagen muß, denn ich glaube, ein bißchen Fluchen tut der Milz ganz gut, gradso wie's einem Holzhacker die Arbeit leichter macht, wenn sein Nebenmann bei jedem Hieb, den er vollführt, ›Uff!‹ schreit, oder wie's einen Kegelschützen, der seine Kugel falsch aufgesetzt hat, wunderbar tröstet, wenn ein gescheites Kerlchen neben ihm Kopf und Oberleib nach der Seite hin dreht und wendet, wo die Kugel die Kegel treffen würde, wenn sie besser geworfen wäre. Nichtsdestoweniger versündigst du dich, Herzensfreund. Aber was meinst du, wenn wir ein Stück Ziegenbraten zu uns nähmen? Sollte uns das nicht vor diesem schrecklichen Sturm schützen? Ich habe gelesen, daß die Priester jener Ziegengottheiten, welche Orpheus, Apollonius, Pherekydes, Strabon, Pausanias und Herodot so hoch gepriesen haben, niemals Furcht vor den Meeresstürmen hatten und stets vor ihnen sicher waren.« – »Er faselt, der arme Teufel«, sagte Bruder Hans. »Zu tausend und Millionen und hundert Millionen Teufeln mit diesem gehörnten

---

1 Ortschaften westl. Chinon, die so nahe beieinanderliegen, daß keine Weide zwischen ihnen Platz hat; sprichwörtlich

Teufelshahnrei! Hand angelegt, du Vieh. Wird's? Hie, Backbord! Kotz Haupt voll Reliquien, was murmelst du nun wieder für ein Affenpaternoster zwischen den Zähnen? Diese verdammte Wassermemme ist ganz allein an dem Sturm schuld, und gerade er ist der einzige, der nicht die Hand rührt. Ich werd' dich wie ein wilder Sturmteufel strafen! Hierher, Maat, hierher, Lieber, halt fest, damit ich den griechischen Knoten schlagen kann. Ein braver Junge das! Wollt' Gott, du wärest Abt von Talemouze, und der's jetzt ist, wäre Oberer von Croulay. Bruder Ponokrates, du wirst noch zu Schaden kommen. Epistemon, geh vom Schotgatt[1] weg; eben hab' ich gesehen, wie ein Blitz durchfuhr. Heiß auf! Recht so. Hau-ruck, hau-ruck, komm, mein Schiffchen! Himmel, was ist das? Der Schnabel in Stücke? Donnert, Teufel, furzt, rülpst, kackt. Scheiß in die Welle, hätt' mich, hol' mich der Teufel, beinahe mitgerissen. Ich glaube, alle Millionen Teufel halten hier ihre Provinzialsynode oder zanken sich um einen neuen Rektor. Backbord, Backbord – so war's gut! He – du, Junge, nimm deinen Nüschel in acht. Backbord, Backbord!« – »Be-be-be-bu-bu-bu«, sagte Panurg, »bu-bu-be-be-bu-bu, ich ersaufe. Ich sehe weder Erde noch Himmel mehr. Ach, ach, von allen vier Elementen ist nichts mehr übrig als Wasser und Feuer. Bu-bu-bu, bu-bu; wollte Gott, ich wär' im Klostergarten von Seuilly oder bei Innozenz, dem Pastetenbäcker, in seinem bemalten Keller zu Chinon, und sollt' ich auch 'nen Kittel anziehen und die Pasteten selbst backen müssen. He, Unterbootsmann, könnt Ihr mich nicht irgendwo an Land setzen? Ihr versteht doch sonst allerlei Kunststücke, wie man mir gesagt hat. Ich geb' Euch ganz Salmigondien und die große Schneckerei noch dazu, wenn Ihr's zustande bringt und mir wieder festen Boden unter die Füße schafft. Ach, ach, ach, ich ersaufe. *Per Dio*, liebe Freunde, wenn wir nun doch einmal in keinen Hafen hineinkommen können, so wollen wir uns lieber irgendwo auf die Reede legen. Laßt alle Anker fallen, ich bitte euch, nur daß wir aus dieser Gefahr herauskommen. Lieber Getreuer, laß doch die Leine mit dem Senkblei hinunter, damit wir die Höhe von dieser Tiefe erfahren. Um Christi willen, lote doch, du mein Allergetreuester, ich bitte dich, lote. Möchte doch wissen, ob man hier

---

1 Öffnung in der Schanzverkleidung zum Durchlassen der Segeltaue

stehends ersaufen kann und sich nicht zu bücken braucht. Sollte fast meinen!« – »Ho«, schrie der Steuermann, »ho, Segel ein; Hände ans Gangspill, streicht, streicht! Anker aufgesetzt! Holt ein! Das Drehreep in acht genommen! Hoho, Halsen, Halsen! Ho, Leeseite! Helmstock los! Beigelegt!« – »Sind wir so weit?« sagte Pantagruel, »dann helfe uns der barmherzige Gott!« – »Beigelegt, ho!« schrie Jamet Brayer, der Obersteuermann, »beigelegt! Denke jeder an seine Seele, betet! Nur ein Wunder Gottes kann uns retten.« – »Laßt uns recht was Ordentliches, recht was Schönes geloben«, sagte Panurg. »Oje, oje, oje, bu-bu-bu, be-be-bu-bu, bu-bu, eine Wallfahrt, bu-bu-bu-bu-bu, jeder steuert drei Heller dazu bei, be-be-be.« – »Hohoho, in Teufels Namen«, schrie Bruder Hans, »Steuerbord, Steuerbord! Beigelegt, um Gottes willen! Helmstock los, hoho! Beigelegt! Beigelegt! So, nun wollen wir eins trinken; aber vom Besten, recht was Magenstärkendes. Kellermeister, he, verstanden? 'raus damit, laß vorfahren! Es geht doch zu allen tausend Teufeln. He, du, Page, bring mir meinen Sorgentröster« – so nannte er sein Brevier –, »klapp's auf, mein Junge. Ha, das nenn' ich geblitzt und gehagelt! Festgehalten, ich bitt' euch. Wann werden wir Allerheiligen haben? Heut ist Allerteufel, glaub' ich.« – »Ach«, sagte Panurg, »lieber Bruder Hans, so stürze dich doch nicht selbst in Verdammnis. Was für einen Freund würd' ich da verlieren. Oje, oje, oje, das wird ja immer toller! Oah, oah, das geht von der Skylla in die Charybdis – ich ersaufe. *Confiteor!* Nur ein kleines Testamentchen, Bruder, mein Vater Hans; Herr Abstraktor, mein Freund, mein Achates[1], liebster Freund Xenomanes, du mein alles – ich ersaufe –, nur ein ganz, ganz kleines Testamentchen – hier – hier auf dieser Koje.«

Einundzwanzigstes Kapitel
Fortsetzung des Sturms und kurzer Disput über Testamente,
die auf dem Meer gemacht werden

»Jetzt ein Testament zu machen«, sagte Epistemon, »wo alles darauf ankommt, daß wir Hand anlegen und unserer Mann-

---

1 treuster Gefährte des Äneas

schaft beispringen, um uns samt und sonders vorm Untergang zu retten, scheint mir ein ebenso unzeitiges und törichtes Tun zu sein wie das der Hauptleute und Günstlinge Cäsars, die, als sie in Gallien einrückten, auch nichts Besseres anzustellen wußten, als Testamente und Kodizille aufzusetzen und über die Trennung von ihren Frauen und Bekannten in Rom zu klagen, statt, wie's nötiger gewesen wäre, zu den Waffen zu greifen und sich Ariovist, ihren Feind, mit aller Gewalt vom Leibe zu halten[1]. Es ist ganz dieselbe Dummheit wie die jenes Fuhrmanns, dessen Karren im frisch gepflügten Feld umgefallen war und der auf seinen Knien Herkules um Hilfe anflehte, statt seine Ochsen anzutreiben und selbst wacker zuzugreifen, um die Räder wieder aufzurichten. Wozu soll das hier nützen, ein Testament zu machen? Entweder wir kommen davon, oder wir gehen zugrunde. Kommen wir davon, so war es unnütz; denn Testamente werden erst nach dem Tode des Testators rechtskräftig. Ersaufen wir aber, nun, ersäuft es dann nicht mit? Wer wird es den Vollstreckern übergeben?« – »Eine günstige Welle«, antwortete Panurg, »kann es wie Odysseus ans Ufer werfen, eine Königstochter kann da spazierengehen, kann es finden und Punkt für Punkt zur Ausführung bringen lassen, ja mir vielleicht am Strand gar noch ein prächtiges Denkmal errichten wie Dido ihrem Gemahl Sychäus; wie Äneas dem Deiphobos auf dem trojanischen Strand bei Rhöteum; Andromache dem Hektor in der Stadt Buthrotum; Aristoteles dem Hermias und Eubulos; die Athener dem Dichter Euripides; die Römer dem Drusus in Germanien und ihrem Kaiser Alexander Severus in Gallien; Argentarius dem Källäscher; Xenokrit der Lysidike; Timares seinem Sohn Teleutagoras; Eupolis und Aristodike ihrem Sohn Theotimos; Onestes dem Timokles; Kallimachos dem Sohn des Dioklides, Sopolis; Catull seinem Bruder; Statius seinem Vater; Germain de Brie dem bretonischen Seehelden Hervé.« – »Redest du irre?« sagte Bruder Hans. »Fünfhunderttausend Millionen Wagen voll Teufel sollen dir die Pest in den Schnurrbart hängen und drei Ellen Pestbeulen dazu, zu einem neuen Paar Hosen samt allem, was drin und dran baumelt. Sitzt unser Schiff fest? Wie kriegen wir's wieder los? Hol' der Teufel das verfluchte Meer. Ich will zur Hölle fahren,

---

1 s. Cäsar »Gallischer Krieg« I,39

wenn wir glücklich davonkommen.« – Da vernahm man Pantagruels betende Worte, der mit lauter Stimme sprach: »Herr Gott, hilf uns, wir gehen unter. Doch nicht unser Wille, sondern dein heiliger Wille geschehe!« – »Gott und die Heilige Jungfrau mögen uns beistehen«, sagte Panurg. »Oah, oah, ich ersaufe. Be-be-bu-bu, be-be-bu-bu. *In manus*. Wahrhaftiger Gott, schicke mir einen Delphin, der mich armen kleinen Arion ans Land trägt. Ich will ja gern die Harfe schlagen, wenn sie nur nicht aus dem Leim gegangen ist.« – »Hol' mich der Teufel«, sagte Bruder Hans – »Gott sei uns gnädig«, murmelte Panurg zwischen den Zähnen –, »wenn ich dich da unten nicht mit der Nase drauf stoße, daß du ein verdammtes Hornvieh, ein Scheißkerl bist. Bläh, bläh, bläh, hilf lieber mit, du heulendes Kalbsgesicht, dem dreißig Millionen Teufel ins Maul fahren sollen. Nu, wird's bald, du Seekalb? Pfui über das plärrende Scheusal. Was, fällt dir nichts Besseres ein? Komm, du mein Sorgentröster, laß dich gegen den Strich bürsten. *Beatus vir qui non abiit*[1] – das weiß ich alles auswendig. Versuchen wir's lieber mit der Legende vom heiligen Nikolaus:
Horrida tempestas montem turbavit acutum[2].
Ja, Tempête war in der Schule Montaigu ein gewaltiger Arschpauker vor dem Herrn. Wenn die Schulmeister deswegen verdammt werden, weil sie die armen kleinen Kindlein und die unschuldigen Abc-Schützen mit Ruten streichen, so steckt der, auf Ehre, jetzt im Rad Ixions und peitscht den kurzgeschwänzten Hund, der's in Gang hält. Wenn ihnen aber wegen des Peitschens besagter unschuldiger Kindlein ihre Sünden vergeben werden sollten, na, dann freilich ist er über…«

Zweiundzwanzigstes Kapitel
Ende des Sturms

»Land, Land«, rief da Pantagruel plötzlich aus, »Land, Kinder! Mut gefaßt, wir sind nicht weit vom Hafen. Schon seh' ich, wie im Norden die Wolken sich zerteilen. Spürt ihr den Südost?« –

1 Wohl dem, der nicht wandelt… (lat.); Psalm I,1 – 2 Einen gezackten Berg wühlte auf der entsetzliche Sturmwind; oder: Montaigu (franz. »gezackter Berg«) hat herum der entsetzliche Tempête (franz. »Sturmwind«) gewirbelt (lat.; Parodie auf Horaz, Epoden 13,1).

»Mut, Leute«, sagte der Steuermann, »die See fängt an sich zu legen. Marssegel auf! Auf, ho! An die Fockmastbuleinen; das Gangspill laßt gehen, hohoho! Taljen dicht! Heiß, heiß! Helmstock eingehängt. Haltet den Läufer straff; die Halsen auf! Schoten klar! Buleinen klar! Backbord Brassen anholen! Helmstock unterm Wind! Laß die Steuerbordschoten los, Hurensohn« – »Es muß dir doch recht angenehm sein, mein Junge«, sagte Bruder Hand zu dem Matrosen, »wieder einmal etwas von deiner Mutter zu hören!« –; »luv ab Steuerbord, scharf bei. Heiß, heiß, Ruderpinne hoch!« – »Ist hoch!« antworteten die Matrosen –; »frisch, frisch, aufs Land zugehalten! Leesegel bei, heiß!« – »Wohlgesprochen«, sagte Bruder Hans, »hohoho, Kinder, fix, heiß, heiß, leewärts. Sehr gut, sehr richtig. Mir scheint, der Sturm nimmt ab und will Schicht machen, zur rechten Zeit. Gott sei Dank, die Teufel drücken sich.« – »Abfallen!« – »Wohlgesprochen, weise, sehr weise! Abfallen, abfallen! Hier, hierher, zum Teufel, edler Ponokrates! Was das für ein Kerl ist! Der wird nichts als Buben in die Welt setzen. Braver Eusthenes, ans Vorstagsegel!« – »Heiß, heiß!« – »Wohlgesprochen. In Teufels Namen, heiß, heiß! Heute braucht man nicht bang zu sein. 's ist ja Festtag! Nur festgehalten, fest, fest!« – »Richtig«, sagte Epistemon, »heute ist Festtag!« – » Heiß, heiß! So ist's gut.« – »Oh«, rief Epistemon, »habt nur alle guten Mut. Dort, da rechts, seh' ich Kastor blinken.« – »Be-be-bu-bu-bu«, sagt Panurg, »wenn's nur nicht Helena, die Hure, ist.« – »Nein, Kastor ist's oder Mixarchagetas, wenn dir die argivische Bezeichnung etwa besser gefällt. Hei, hei, hei, ich sehe Land, ich sehe den Hafen, ich sehe eine Menge Leute auf dem Hafendamm, ich sehe den Leuchtturm.« – »Hei, hei, hei, das Kap umfahren, um die Sandbänke herum«, sagte der Steuermann. – »Wir sind herum«, antworteten die Matrosen. – Wir kommen auf«, sagte der Steuermann, »und unser Geleit auch. Das war Hilfe zur rechten Zeit.« – »Heiliger Hans«, sagte Panurg, »das läßt sich hören, das war ein Wort.« – »Bläh, bläh, bläh«, sagte Bruder Hans; »wenn du einen Tropfen davon abkriegst, soll der Teufel mich holen. Verstanden, du Teufelsaas? He, Bursche, eine Kanne vom Allerbesten und die Trinkbecher, Gymnast, und das große Biest, die Schenkel- oder Schinkenpastete – laß sie heißen, wie sie will –, her damit. Nur vorsichtig!« – »Mut, Kinder«, sagte Pantagruel, »Mut!

Freut euch. Seht, die guten Leute von den Inseln schicken uns Hilfe; da sind schon zwei Jollen, drei Nachen, fünf Kähne, acht Boote, vier Gondeln und sechs Kutter ganz nah bei unserem Schiff. Aber wer ist der Ukalegon da hinten, der so jammert und schreit? Hielt ich den Mast nicht fest in meinen Händen? Hundert Taue könnten ihn nicht so gerade und fest halten.« – »'s ist Panurg, der arme Teufel«, sagte Bruder Hans, »er hat das Kalbsfieber; wenn er voll ist, pflegt er vor Furcht zu zittern.« – »Sollte er während dieses schrecklichen und gefährlichen Sturms Furcht gehabt haben«, sagte Pantagruel, »so acht' ich ihn deshalb nicht um ein Haar geringer; nur sollte er dann auch Hand angelegt haben. Denn wenn es ein Zeichen von gemeinem und niederem Herzen ist, sich bei jeder Gelegenheit zu fürchten, wie zum Beispiel Agamemnon, dem Achill deshalb spottend vorwarf, er habe Hundsaugen und ein Hirschherz, so ist es ein Zeichen von geringer oder gänzlich mangelnder Einsicht, wenn man sich in wirklich augenscheinlicher Gefahr gar nicht fürchtet. Nun will ich nicht gerade sagen, daß von allem, was uns im Leben treffen kann, nächst Gottes Mißfallen der Tod das Allerschrecklichste wäre; auch auf die Streitfrage zwischen Sokrates und den Akademikern, daß der Tod an und für sich kein Übel und nicht zu fürchten sei, will ich mich nicht einlassen. Aber ich sage, solch ein Tod durch Schiffbruch ist so schrecklich, wie es nur etwas gibt. Schon Homer sagt, auf der See umzukommen sei schrecklich, abscheulich und widernatürlich. Und so bedauerte Äneas, als seine Flotte in der Nähe von Sizilien vom Sturm ereilt wurde, daß er nicht von der Hand des tapfren Diomedes gefallen sei, und pries jene drei- und viermal glücklich, die beim Brand von Troja umgekommen wären. Von uns ist niemand umgekommen. Gott der Allmächtige sei dafür gelobt. Aber es sieht hier bei uns kläglich genug aus. Wir werden zu tun haben, bis dieses Wrack wieder instand gesetzt ist. Sorgt nur dafür, daß wir nicht auflaufen.«

Dreiundzwanzigstes Kapitel
Wie Panurg, sobald der Sturm vorüber ist,
sich wieder als lustiger Kumpan aufspielt

»Hahaha«, rief Panurg, »nun ist alles gut. Mit dem Sturm ist's nun vorbei. Bitte laßt mich zuerst vom Schiff herunter. Ich habe allerhand Notwendiges zu erledigen. Soll ich euch nicht ein wenig helfen? Gebt nur, gebt, das Tau werd' ich schon aufrollen. Ich hab' jetzt Mut für drei, nein, kein Körnchen Furcht mehr. Nur hergereicht, guter Freund. Nein, kein Quentchen mehr. Allerdings, wenn die verdammte zehnte Welle[1] uns so von vorn packte, hat es mir das Blut ein bißchen in Wallung gebracht.« – »Segel ein!« – »Wohlgesprochen! Aber wie, Bruder Hans, du tust nichts? Ist jetzt Zeit zum Saufen? Können wir wissen, ob der Knappe des heiligen Martin[2] uns nicht noch einen neuen Sturm zusammenbraut? Soll ich euch nicht auch helfen? Hol's die Vettel, aber ich bedaur' es doch, nur leider zu spät, daß ich die Lehren der braven Philosophen nicht befolgt hab', die uns sagen, das sicherste und angenehmste Ding von der Welt sei, am Meer spazierenzugehen und die Küste entlangzufahren oder zu Fuß zu gehen und das Pferd am Zügel zu führen. Hahaha, bei Gott, jetzt ist alles gut. Soll ich euch auch dort noch helfen? Laßt nur, laßt; ich werde das schon machen, allen Teufeln zum Trotz.«

Epistemon, dem die eine Handfläche ganz zerschunden und blutig war, weil er mit großer Anstrengung ein Ankertau festgehalten hatte, sagte, als er Pantagruels Worte vernahm: »Glaubt mir, Herr, ich habe nicht weniger Angst und Schrecken ausgestanden als Panurg. Aber nichtsdestoweniger hab' ich frisch zugegriffen. Ich meine, wenn es auch, wie nicht zu bestreiten, eine traurige und unvermeidliche Notwendigkeit ist, daß wir zu dieser oder jener Stunde, auf diese oder jene Weise einmal sterben müssen, so steht unser Tod dennoch in Gottes heiligem Willen. Deshalb geziemt es uns, unsren Herrgott unaufhörlich anzurufen, zu bitten und zu beschwören, zu ihm zu flehen und uns mit unserm Gebet an ihn zu wenden. Aber damit allein darf es nicht aus und genug sein, sondern zugleich müssen wir auch unsere eigene Kraft anstrengen und, wie der Apostel sagt[3], Gottes Mitar-

1 nach Ansicht der Römer die höchste – 2 der Teufel – 3 I. Korinther 3,9

beiter sein. Ihr wißt, was der Konsul C. Flaminius sagte, als er sich bei Perusia am Trasumenischen See durch die List Hannibals umzingelt sah. ›Kinder‹, sprach er zu seinen Soldaten, ›hier kommen wir mit bloßen Gelübden und Anrufungen der Götter nicht wieder heraus. Hier gilt es, uns durch Gewalt und Tapferkeit freizukämpfen und uns unseren Weg durch den Feind mit dem Schwert in der Hand zu bahnen.‹ Denselben Gedanken drücken die Worte M. Porcius Catos aus, wie sie bei Sallust zu lesen sind: ›Die Hilfe der Götter wird nicht durch eitle Gelübde und weibische Klagen erfleht. Wach sein, arbeiten, tapfer Hand anlegen, das bringt die Dinge voran und zu gutem Ende. Umsonst beschwört der Nachlässige, der Träge, der Schwächling, wenn er in Not und Gefahr geraten ist, die Götter: sie zürnen ihm und sind beleidigt.‹« – »Des Teufels will ich sein«, sagte Bruder Hans – »Halbpart!« sagte Panurg, »wenn der Klostergarten von Seuilly nicht ratzekahl ausgeplündert und ganz verwüstet worden wäre, hätt' ich wie die anderen verwünschten Mönche auch bloß *contra hostium insidias*[1], wie's im Brevier steht, gesungen, statt mit tüchtigen Kreuzholzhieben den Weinberg gegen die Lernéschen Räuber zu verteidigen.« – »Gut Glück«, sagte Panurg, »es geht vortrefflich. Nur Bruder Hans rührt keinen Finger. Bruder Hans, Maulstelz, Faulpelz, sieh, wie ich schwitze und arbeite, um diesem braven Burschen hier zu helfen, diesem Matrosen, dem ersten seines Namens. He, Meister, auf ein Wort, aber nichts für ungut! Wie dick sind wohl diese Schiffswände?« – »Gut zwei Finger dick«, entgegnete der Steuermann, »Ihr braucht nicht bange zu sein.« – »Du lieber Gott«, sagte Panurg, »so sind wir also immer nur zwei Finger breit vom Tod entfernt? Ist das etwa auch eine von den neun Ehestandsfreuden? Ha, Meister, Ihr tut recht daran, daß Ihr die Gefahr mit der Angstelle meßt. Was mich betrifft, ich habe keine Furcht. Ich nenne mich auch Wilhelm ohne Furcht. Ich habe Courage übergenug, doch notabene: nicht etwa Lämmercourage, nein, Wolfscourage, Mordscourage. Gefahr ausgenommen, fürcht' ich nichts in der ganzen Welt.«

---

1 wider der Feinde Hinterlist (lat.; Psalm 58,2 der lat. Bibelfassung)

Vierundzwanzigstes Kapitel
Wie Bruder Hans beweist, daß Panurg während des Sturms ganz umsonst Angst gehabt hat

»Guten Tag, liebe Herren«, sagte Panurg, »euch allen guten Tag! Doch alle wohl? Gott sei Dank, und ihr? Sollt mir willkommen sein, tausendmal willkommen. Und nun laßt uns an Land gehen. Ruderknecht, die Treppe hinuntergelassen! Näher ans Boot! Soll ich nicht helfen? Ich bin von all dem Herumplacken und Abrakkern so hungrig wie ein Wolf. Vier Ochsen zusammen haben keinen solchen Hunger. Wahrhaftig, eine schöne Gegend und nette Leute. Braucht ihr meine Hilfe noch, Kinder? Laßt euch den Schweiß meines Leibes nicht etwa leid tun. Adam, das heißt der Mensch, wurde dazu geschaffen, daß er arbeite und sich plage, wie der Vogel zum Fliegen erschaffen ist. Versteht mich wohl; ich meine, unsers Schöpfers Wille ist es, daß wir im Schweiß unsres Angesichts unser Brot essen und nicht so herumlungern sollen wie der alte Sünder da, der Mönch, Bruder Hans, der vor lauter Angst nichts tut als fressen und saufen. Schönes Wetter das! Da sieht man nun, wie richtig und wohlbegründet die Antwort des trefflichen Philosophen Anacharsis war, der auf die Frage, was für ein Schiff ihm das sicherste zu sein scheine, sofort erwiderte: ›Dasjenige, das im Hafen liegt.‹« – »Noch besser«, sagte Pantagruel, »war die Antwort, die er auf die Frage gab, welche Zahl die größere sei, die der Toten oder der Lebenden. ›Zu welcher rechnest du die, welche auf dem Meer schwimmen?‹ entgegnete er und deutete damit fein darauf hin, die auf dem Meer Schwimmenden befänden sich fortwährend in so großer Lebensgefahr, daß sie, obgleich noch lebend, so gut wie schon gestorben und, dem Tode schon anheimgefallen, doch noch als lebend anzusehen seien. Deshalb sagte Porcius Cato, daß es nur drei Dinge gäbe, die er bereue: Erstens, wenn er jemals einem Weib anvertraut habe, was er hätte geheimhalten wollen; zweitens, wenn er einen Tag müßig verbracht habe, und drittens, wenn er dahin zu Wasser gereist sei, wohin er zu Lande hätte kommen können.« – »Bei meiner Kutte«, sagte Bruder Hans, »du Scheißkerl hast dich während des Sturms ganz ohne Grund und Ursache geängstigt; denn du bist nicht dazu bestimmt, im Wasser zu ersaufen, du wirst hoch in der Luft baumeln, oder man röstet dich, Kerl, auf dem Scheiterhaufen wie einen Pastor[1]. Hoheit, gelüstet es Euch nach einem guten Regenmantel? Schenkt mir Euren Wolfs- und Fuchspelz und laßt Panurg das Fell abziehen und hängt das um. Dann aber kommt mir ja nicht dem Feuer zu nahe und geht an keiner Schmiede vorüber, sonst verbrennt es gleich zu Asche; dagegen könnt Ihr Euch dem Regen, dem Schnee und Hagel darin aussetzen, soviel Ihr wollt. Bis über den Kopf könnt Ihr Euch damit ins Wasser werfen und werdet, so wahr ich lebe, noch nicht einmal naß werden. Laßt Euch Wasserstiefel daraus machen, es läßt keine Nässe durch, oder Schwimmkissen für junge Leute, die gern schwimmen lernen wollen, so lernen sie's ohne alle Gefahr.« – »Ei«, sagte Pantagruel, »da wäre deine Haut ja wie das Kraut, das man Frauenhaar nennt; das wird niemals naß, ja nicht einmal feucht, sondern bleibt immer trocken, wie lange man es auch unter Wasser taucht, weshalb es auch *Adiantos*[2] heißt.« – »Lieber Freund Panurg«, sagte Bruder Hans, »du brauchst niemals Angst vor dem Wasser zu haben; dein Leben wird durch das entgegengesetzte Element beendet werden.« – »Aber«, versetzte Panurg, »die Höllenköche sind manchmal zerstreut und passen nicht ordentlich auf im Dienst; was gebraten werden soll, setzen sie zum Kochen auf, wie in unserer Küche die Köche manchmal ihre Rebhühner, Tauben und Fasane spicken, um sie, wie man doch annehmen muß, nachher zu braten, dann aber nichtsdestoweniger die Rebhühner mit Kohl, die Tauben mit Porree und die Fasane mit Rüben kochen. Nun aber hört, liebe Freunde! Hier vor der ganzen hochgeehrten Gesellschaft erkläre ich, daß ich unter der Kapelle, die ich Seiner Heiligkeit dem Herrn Nikolaus zwischen Candes und Montsoreau gelobte, eine Kapelle[3] mit Rosenwasser verstanden habe, worin nicht Kuh noch Kalb froh werden, denn die schmeiß' ich hiermit ins Wasser.« – »Sieh mir einer den Fuchs«, sagte Eusthenes. »Wahrhaftig, ein sauberes Bürschchen. Das nennt man das lombardische Sprichwort zu Ehren bringen: *Passato il pericolo, gabbato il santo*[4].«

---

1 protestantischer Priester – 2 »Unbenetztes« (griech.) – 3 auch Bezeichnung eines silbernen Kirchengefäßes – 4 Ist erst die Gefahr vorüber, kriegt der Heilige Nasenstüber (ital.).

Fünfundzwanzigstes Kapitel
*Wie Pantagruel nach dem Sturm auf der
Insel der Makräonen[1] an Land ging*

Wir gingen nun im Hafen einer Insel, welche die Insel der Makräonen hieß, an Land. Die guten Leute des Orts empfingen uns
mit großer Auszeichnung. Ein alter Makrobe – so nannten sie ihren Schultheiß – wollte Pantagruel aufs Rathaus führen, damit er
sich dort erfrische und etwas zu sich nehme; aber dieser wollte
die Mole nicht verlassen, ehe nicht alle seine Leute ausgeschifft
wären. Nachdem er sie alle gemustert hatte, ließ er jedem von ihnen frische Kleider geben und alle Vorräte aus den Schiffen an
Land bringen, damit sie sich daran gütlich tun könnten. Das geschah denn auch, und Gott weiß, wie da gezecht und geschmaust
wurde. Die Orstbewohner brachten gleichfalls eine große
Menge Lebensmittel herbei, und die Pantagruelisten vergalten's
ihnen mit reichlichen Gegengeschenken. Freilich hatte ihr Pro-
viant bei dem überstandenen Sturm etwas gelitten.

Als das Schmausen zu Ende war, forderte Pantagruel die gesamte Mannschaft und jeden insbesondere auf, sich nun unverzüglich daranzumachen und die Seeschäden zu beheben, was sie
denn auch gern und willig taten. Die Arbeit wurde ihnen dadurch erleichtert, daß die Bewohner der Insel vortreffliche Zim-
merleute und Handwerker waren, wie man sie aus dem Arsenal
von Venedig kennt. Die Insel selbst, die ziemlich groß war, war
in nicht mehr als drei Hafenstädten und zehn Gemeinden bewohnt. Alles übrige Land war mit einem mächtigen Wald bedeckt und eine Wildnis wie der Ardenner Wald. Auf unsre Bitte
zeigte uns der alte Makrobe, was es auf der Insel Merkwürdiges
und Sehenswertes gab. In dem düsteren, einsamen Walde fanden
wir alte, in Trümmern liegende Tempel, mehrere Obelisken,
Pyramiden, Monumente und antike Grabmäler mit Inschriften
und Epitaphen, teils in Hieroglyphen, teils in ionischer, arabi-
scher, hagarenischer und slawischer Sprache. Epistemon schrieb
davon mehrere ab. Unterdessen sagte Panurg zu Bruder Hans:
»Das ist hier die Insel der Makräonen; makräon bezeichnet im
Griechischen einen alten Mann, der viele Jahre zählt.« – »Was

1 »Langlebige« (griech.)

schert mich das?« sagte Bruder Hans. »Oder willst du, daß ich mich scheren soll? Ich bin nicht dabeigewesen, als sie getauft worden ist.« – »Übrigens«, sagte Panurg, »ich glaube, der Name Makrele für Bordellwirtin kommt auch daher, denn das Makrelentum ist allemal die Sache der alten Weiber! Den jungen steht's besser an, mit dem Bürzel zu wackeln. Gut möglich also, daß wir hier das Urbild und Original der Pariser Makreleninsel vor uns haben. Komm, laß uns die Austern in der Schale fischen.«

Der alte Makrobe fragte jetzt Pantagruel auf ionisch, wie und durch welche Kunst es ihm möglich gewesen sei, an diesem Tag, wo es so fürchterlich gestürmt und wo das Meer so schrecklich gewütet hätte, ihren Hafen zu erreichen. Pantagruel erwiderte ihm, daß sich der Heiland um der Einfalt und des redlichen Sinnes seiner Mannschaft willen ihrer erbarmt habe; denn sie alle führen nicht aus Gewinnsucht oder um Handel zu treiben auf dem Meer umher, sondern die einzige Veranlassung zu ihrer Seefahrt sei das heftige Verlangen, das Orakel der Bakbuk aufzusuchen, es zu sehen, kennenzulernen, zu erkunden und den Spruch der Flasche in einer höchst schwierigen Angelegenheit, die einen ihrer Gefährten beträfe, zu vernehmen. Immerhin aber hätten sie große Bedrängnis und augenscheinliche Gefahr überstanden. Dann fragte er ihn, wie er sich das Entstehen eines so entsetzlichen Sturms erkläre und ob der Meeresstrich hier um die Inseln herum gewöhnlich so von Stürmen heimgesucht werde, etwa wie im Ozean die Strömungen von Saint-Mathieu[1] und Maumusson[2], im Mittelländischen Meer die Strudel von Adalia[3], von Telamone und Piombino[4] oder das Kap Maleas in Lakonien, die Meerenge von Gibraltar, die Durchfahrt von Messina und andere mehr.

Sechsundzwanzigstes Kapitel
Was der gute Makrobe Pantagruel vom Wohnsitz und vom Sterben der Heroen erzählt

Darauf entgegnete der gute Makrobe: »Liebe Fremdlinge, dies ist eine von den Inseln der Sporaden, nicht jener, die im Karpa-

---

1 auf der Reede von Brest – 2 an der Mündung der Gironde – 3 an der kleinasiat. Südküste – 4 an der toskan. Küste

thischen Meer[1] liegen, sondern der Sporaden des Ozeans, ehemals reich, viel besucht, blühend, handeltreibend, bevölkert und dem Herrscher von Britannien untertan, jetzt aber im Laufe der Zeit und bei dem allgemeinen Verfall der Welt verarmt und verödet.

In jenem finstern Walde, den ihr dort erblickt und der mehr als achtundsiebzigtausend Parasangen[2] lang und ebenso breit ist, hausen Dämonen und Heroen. Diese sind inzwischen alt geworden, und da wir jetzt den Kometen nicht mehr leuchten sehen, der drei Tage lang am Himmel stand, so nehmen wir an, daß gestern wieder einer von ihnen gestorben ist. Sein Tod wird ohne Zweifel die Veranlassung zu dem schrecklichen Sturm gewesen sein, der euch betroffen hat. Denn solange sie leben und gesund sind, herrschen hier und auf den benachbarten Inseln Glück und Wohlsein, und auf dem Meer ist es vollkommen ruhig und heiter. Aber stirbt einer von ihnen, so hören wir gewöhnlich lautes und herzzerreißendes Wehklagen durch den Wald erschallen und können dann sicher sein, daß das Land von Seuchen, Unglück und Trübsal, die Luft von Finsternis und Kämpfen, das Meer aber von Sturm und Windesbrausen heimgesucht werden wird.« – »Was Ihr da sagt«, erwiderte Pantagruel, »hat sehr viel für sich. Denn wie eine Fackel oder Kerze, solange sie lustig brennt, einem jeden mit ihrem Lichte dient, ihn erfreut und niemand behelligt, sobald sie aber erlischt, die Luft mit ihrem Rauch und Qualm verpestet, die Umstehenden belästigt und ihnen Mißbehagen bereitet, ebenso ist es auch mit den großen und edlen Seelen. Während sie in ihren Körpern hausen, ist ihr Wohnsitz eine Stätte des Friedens, reich an Heil, an Glück und Ehren; mit der Stunde aber, da sie hinscheiden, kommen über die Inseln und Kontinente große Verheerungen: in der Luft Finsternis, Gewitter und Hagel; auf dem Land Erschütterungen, Erdstöße und Erdbeben; auf dem Meer Wirbelwinde und Orkane; dazu Wehklagen der Völker, Religionsveränderungen, Dynastienwechsel und Staatsumwälzungen.« – »Davon«, bemerkte Epistemon, »haben wir erst kürzlich ein Beispiel gesehen bei dem Hinscheiden des tapferen und gelehrten Ritters Guillaume du Bellay. Solange er lebte, war Frankreich so glücklich, daß alle Welt es be-

1 zwischen Kreta und Rhodos – 2 altpers. Längenmaß (Farsang) = 6 km

neidete; alles strömte dahin, und jedermann fürchtete es. Kaum aber war er gestorben, so sank es plötzlich und für lange Zeit in allgemeine Mißachtung.« – »So«, sagte Pantagruel, »überfiel Äneas, als Anchises zu Drepani[1] auf Sizilien gestorben war, ein entsetzlicher Sturm. Und dies war wohl auch – nebenbei sei es gesagt – der Grund, weshalb Herodes, der grausame König und Tyrann von Judäa, als er sich seinem scheußlichen Tode nahe fühlte – denn er starb an Phthiriasis, das heißt, wurde von Läusen und Ungeziefer aufgefressen wie vor ihm L. Sulla, Pherekydes der Syrer, ein Lehrer des Pythagoras, wie der griechische Dichter Alkman und andere – und voraussah, daß die Juden sein Hinscheiden mit Freudenfeuern feiern würden, weshalb er, sage ich, aus allen Städten, Flecken und Burgen Judäas die Ältesten und Vornehmsten unter dem Vorwand, ihnen noch allerhand wichtige Mitteilungen betreffs der Regierung und Sicherung des Landes machen zu wollen, in seinen Palast berief. Die, welche diesem Ruf folgten und persönlich erschienen, ließ er in der Rennbahn des Palastes einsperren. Dann sprach er zu seiner Schwester Salome und ihrem Gemahl Alexander: ›Ich bin dessen gewiß, daß sich die Juden über meinen Tod freuen werden; gehorcht ihr aber und tut, was ich euch jetzt sage, so wird meine Totenfeier ehrenvoll und von allgemeiner Wehklage begleitet sein. In dem Augenblick, wo ich sterbe, laßt alle hier eingesperrten Edlen und Ältesten von den Bogenschützen meiner Leibwache töten; ich habe ihnen den betreffenden Befehl bereits gegeben. So wird Judäa gegen seinen Willen wohl trauern und wehklagen müssen; die Fremden aber werden meinen, es geschähe um meines Todes willen, als sei die Seele eines Helden verschieden[2].‹ – Dasselbe sprach ein unverbesserlicher Tyrann mit den Worten aus: ›Sterbe ich, so sollen Erde und Feuer sich mischen‹, das heißt, soll die Welt untergehen. Welches Wort der nichtsnutzige Nero so umkehrte, daß er sagte: ›Leb' ich usw.‹, wie Sueton uns berichtet. Dieses scheußliche Wort, dessen auch Cicero *lib. III de finibus*[3] und Seneca *lib. II de clementia*[4] Erwähnung tun, wird dagegen von Dion Nikaios und Suidas Kaiser Tiberius zugeschrieben.«

---

1 heute Trapani an der sizil. Westküste – 2 s. Josephus »Geschichte des jüdischen Kriegs« 17,8 – 3 »Über das höchste Gut und das höchste Übel« 3,19 – 4 »Über die Milde« 2,2

Siebenundzwanzigstes Kapitel
Wie Pantagruel über das Abscheiden
der Heldenseelen redet und von den erschrecklichen
Wunderzeichen berichtet, welche dem Tode des
seligen Herrn de Langey vorausgingen

»Ich will«, fuhr Pantagruel fort, »lieber all die Not und Mühsal des Seesturms erduldet haben, als daß ich nicht vernommen hätte, was uns dieser gute Makrobe da berichtet. So bin ich auch ganz geneigt, für wahr zu halten, was er uns über die Erscheinung eines Kometen etliche Tage vor einem solchen Tode mitgeteilt hat. Denn manche dieser Seelen sind so edel, wertvoll und heldenhaft, daß der Himmel ihre Verrückung und ihr Abscheiden wohl mehrere Tage vorher verkünden mag. Wie ein vernünftiger Arzt, wenn er an den Symptomen erkennt, daß es mit seinem Kranken bald zu Ende gehen wird, schon einige Tage vorher Frau und Kinder, Anverwandte und Freunde von dem bevorstehenden Tode ihres Gatten, Vaters oder Verwandten in Kenntnis setzt, damit sie ihn, solange er noch am Leben ist, dazu veranlassen, sein Haus zu bestellen, seine Kinder zu ermahnen und zu segnen, seiner Frau den Witwenstand anzuempfehlen, für den nötigen Unterhalt der Unmündigen Bestimmungen zu treffen, und er nicht etwa vom Tode überrascht werde, bevor er für seine Seele und sein Haus gesorgt hat: so, scheint es, zünden die huldreichen Himmel, als seien sie froh darüber, wieder neue glückliche Seelen bei sich aufzunehmen, vor ihrem Hinscheiden helle Freudenfeuer in Form von Kometen und Meteoren an, die den Menschenkindern ein sicheres und glaubwürdiges Wahrzeichen sein sollen, daß diese ehrwürdigen Seelen in wenigen Tagen ihren Leib und diese Erde verlassen werden. Ganz genauso, wie sich vormals zu Athen die Richter des Areopags, wenn sie über angeklagte Verbrecher abstimmen sollten, je nach der Verschiedenheit des Urteilsspruchs ebenfalls verschiedener Zeichen bedienten und mit Θ Verurteilung zum Tode, mit T Freisprechung, mit A aber das Verlangen nach weiterer Aufklärung ausdrückten, wenn der Fall noch nicht hinlänglich geklärt worden war. Diese öffentlich ausgestellten Zeichen ersparten den Verwandten und Freunden sowie allen, die begierig waren, das Schicksal des gefangenen Verbrechers zu erfahren, jede weitere

Unruhe und viele unnütze Vermutungen. Und so sagen die Himmel stillschweigend durch diese Kometen wie durch überirdische Zeichen: ›Sterbliche, wenn ihr von diesen glücklichen Seelen noch irgend etwas wissen, erfahren, vernehmen und verkündet haben wollt, was dem Allgemeinen oder euch besonders zum Besten dienen könnte, so säumt nicht, euch an sie zu wenden und sie zu befragen. Denn das Stück ist bald aus und die Katastrophe nahe. Verpaßt ihr diesen Augenblick, so werdet ihr es nachher bereuen.‹

Ja, sie tun noch mehr! Um es den Erdgeborenen ins Bewußtsein zu rufen, daß sie nicht würdig sind, so erhabene Seelen länger bei sich zu beherbergen, mit ihnen zu verkehren und Vorteil aus ihnen zu ziehen, ängstigen und erschrecken sie sie durch Wunder, Verkündigungen, Mißgeburten und andere in der Natur ungewöhnliche Vorzeichen, wie wir selbst es einige Tage vor dem Hinscheiden des so tapferen und gelehrten Ritters de Langey, von dem du eben sprachst, gesehen haben.« – »Mir zittert und bebt noch das Herz im Leibe«, sagte Epistemon, »wenn ich an die vielen und schrecklichen Wunder denke, deren Zeugen wir fünf oder sechs Tage vor seinem Tode waren, so daß die Herren von Assier, Chemant, Mailly der Einäugige, Saint-Ayl, Villeneuve-la-Guyart, Meister Gabriel, der Arzt von Savillan, Rabelais, Cohuau, Massuau, Maiorici, Bullou, Cercu, den sie den Bürgermeister nennen, François Proust, Ferron, Charles Girard, François Bourré und viele andere Freunde, Hausgenossen und Diener des Verstorbenen bestürzt und ohne ein Wörtchen zu reden einander ansahen, alle aber bei sich dachten und davon überzeugt waren, daß Frankreich binnen kurzem eines seiner vollkommensten und zu seinem Ruhm und Schutz unentbehrlichsten Kavaliere beraubt sein und daß der Himmel ihn nunmehr als sein rechtmäßiges Eigentum zurückfordern würde.« – »Bei meiner Kutte«, sagte Bruder Hans, »ich will auf meine alten Tage doch auch einmal den Gelehrten spielen; hab' ich nicht das Zeug dazu?

Ich frag euch drum geschwind
wie der König sein Gesind,
wie die Königin ihr Kind:

Können diese Heroen und Halbgötter, von denen ihr da redet, überhaupt sterben? Bei unsrer Lieben Frau, ich habe so in mei-

nem Denkkasten gedacht, daß sie – Gott verzeih' mir die Sünde –
wie die lieben Engelein unsterblich wären. Aber nun sagt dieser
edle Makrobe, daß sie schließlich doch ins Gras beißen müssen.«
– »Nicht alle«, entgegnete Pantagruel. »Die Stoiker behaupten,
daß alle sterblich seien, ein einziger ausgenommen; nur der allein
wäre unsterblich, unvergänglich und unsichtbar. Pindar sagt es
mit klaren Worten, daß den Hamadryaden[1] kein längerer Faden
beschieden sei, das heißt, daß ihnen vom Schicksal und den nei-
dischen Parzen kein längerer Lebensfaden gesponnen werde als
den Bäumen, welche sie beschützen und pflegen. Nach der Meinung des Kallimachos und Pausanias verdanken sie ihren Ursprung den Eichen in Phokis; Martianus Capella stimmt dem
bei. Was die Halb-, die Wald- und Feldgötter, die Satyrn, Faune,
Nymphen und Dämonen anbetrifft, so müssen mehrere von ihnen, wenn man die Gesamtsumme nach den von Hesiod ange-
nommenen Zeitaltern berechnet, es bis auf neuntausendsieben-
hundertundzwanzig Jahre gebracht haben. Diese Zahl erhält
man nämlich, wenn man den Exponenten zum Quadrat erhebt,
das Quadrat viermal mit sich selbst verdoppelt und das Ganze
dann fünfmal durch solide Triangel multipliziert. So steht es bei
Plutarch im Buch ›Über den Untergang der Orakel‹.«

»Im Brevier steht's nicht«, sagte Bruder Hans, »und so glaub'
ich's auch nicht, wenn ich Euch nicht einen besonderen Gefallen
damit tue.« – »Ich glaube«, sagte Pantagruel, »daß alle vernünfti-
gen Seelen vor der Schere der Atropos sicher sind; Engel, Dämonen und Menschen, alle sind unsterblich. Übrigens will ich euch
bei dieser Gelegenheit eine höchst wunderbare Geschichte erzählen, die schriftlich aufgezeichnet ist und von mehreren grundge-
lehrten und berühmten Geschichtsschreibern[2] als wahr bezeugt
wird.«

Achtundzwanzigstes Kapitel
Wie Pantagruel eine betrübliche Geschichte
über den Tod der Heroen erzählt

»Epitherses, der Vater des Ämilianus Rhetor, segelte einst auf einem Schiff, das mit allerlei Waren und vielen Reisenden beladen

---

1 Baumnymphen – 2 u.a. Plutarch (»Über den Untergang der Orakel«)

war, von Griechenland nach Italien. Als sie bei den Echinaden, einer Inselgruppe zwischen Morea und Tunis, angekommen waren, legte sich gegen Abend der Wind, so daß sie bei Paxos antrieben. Während nun einige von den Reisenden schliefen, andere wachten, diese zechten und jene ihre Abendmahlzeit hielten, hörten sie von der Insel Paxos her eine laute Stimme ›Thamus‹ rufen, worüber alle sehr erschraken. Dieser Thamus war nämlich ihr Steuermann und aus Ägypten gebürtig, aber nur wenige der Reisenden kannten seinen Namen. Da ließ sich die Stimme zum zweitenmal vernehmen; mit schrecklichem Ton rief sie: ›Thamus!‹ Als jedoch niemand antwortete, sondern alle schweigend und zitternd dastanden, ertönte sie schrecklicher als zuvor zum drittenmal, weshalb Thamus nun entgegnete: ›Hier bin ich, was willst du von mir? Was soll ich tun?‹ – Da ließ sich dieselbe Stimme noch lauter vernehmen und sprach zu ihm in befehlendem Ton: ›Wenn du gen Palodes kommst, so verkündige dort, der große Pan sei gestorben.‹

Als sie, so erzählt Epitherses weiter, diese Worte vernommen, wären die Schiffsleute und Reisenden alle von Furcht und Staunen ergriffen worden. Sie berieten miteinander, ob es heilsamer sei, von dem, was die Stimme befohlen, zu schweigen oder es zu verkündigen. Thamus aber sagte, seine Meinung sei die, man solle, wenn man in die Gegend käme und der Wind günstig sei, vorüberfahren, ohne etwas verlauten zu lassen; träte aber gerade zu der Zeit Windstille ein, so solle man verkündigen, was sie gehört hätten. Als sie sich nun Palodes näherten, geschah es, daß Wind und Strömung ausblieben. Demnach stellte sich Thamus vorn an den Schnabel des Schiffs, und mit dem Land zugewandtem Gesicht rief er, wie ihm befohlen worden war, hinüber, der große Pan sei gestorben. Noch hatte er das letzte Wort nicht ausgesprochen, als sich vom Land her tiefes Seufzen, lautes Klagen und Schreckensrufe vieler Stimmen vernehmen ließen. – Weil nun so viele Leute dabei zugegen gewesen waren, wurde die Sache auch in Rom ruchbar. Tiberius, der damalige Kaiser in Rom, ließ Thamus vor sich rufen, und nachdem er ihn befragt hatte, schenkte er seinen Worten Glauben. Hierauf forschte er bei den Gelehrten, deren es an seinem Hof und in Rom viele gab, weiter nach, wer dieser Pan sei, und erfuhr von ihnen, es sei der Sohn Merkurs und der Penelope gewesen, wie Herodot und Cicero im dritten Buche ›Über das Wesen der Götter‹ es gesagt hätten. Ich aber möchte es vielmehr auf den großen Heiland der Gläubigen deuten, der durch den Neid und die Ungerechtigkeit der Hohenpriester, Schriftgelehrten, Pfaffen und Mönche des mosaischen Glaubens in Judäa so schmählich zu Tode kam. Und diese Ansicht scheint mir nicht zu verwerfen. Denn mit vollem Recht kann er ja im Griechischen ›Pan[1]‹ genannt werden, insofern er unser alles ist. Alles, was wir sind, was wir leben, haben und hoffen, sind und haben wir in, von und durch ihn. Er ist der große Pan, der gute Hirt, der, wie der zärtliche Hirt Korydon es bezeugt[2], nicht nur seine Lämmer, sondern auch die Hirten liebt und hegt. Bei seinem Tod erfüllten Wehklagen, Seufzen, Schrekken, Jammer das ganze All, Himmel, Erde, Meer und Unterwelt. Auch die Zeit stimmt mit dieser Deutung überein, denn dieser über alles gute und große Pan, unser alleiniger Heiland, starb zu Jerusalem, während Tiberius zu Rom als Kaiser herrschte.«

Als Pantagruel diese Rede beendet hatte, versank er in Schweigen und tiefe Betrachtung. Bald darauf entrollten seinen Augen Tränen, so groß wie Straußeneier. – Gott strafe mich, wenn nicht jedes Wort, das ich gesagt habe, wahr ist.

Neunundzwanzigstes Kapitel
Wie Pantagruel die Insel der Heimlichen passiert,
wo Fastennarr herrscht

Nachdem die Schiffe der lustigen Seefahrer wieder ausgebessert und instand gesetzt waren und man frische Vorräte eingenommen hatte, was den Makräonen, die hübsch dabei verdienten, ausnehmend gefiel, gingen unsere Reisenden vergnügt und munter bei steifem, günstigem Wind am nächsten Tag unter Segel. Gegen Mittag zeigte Xenomanes in der Ferne die Insel der Heimlichen, auf welcher Fastennarr regierte, von dem Pantagruel schon früher gehört hatte und den er jetzt gern persönlich kennengelernt hätte, wäre Xenomanes nicht dagegen gewesen, einmal wegen des großen Umwegs, den man machen mußte, und dann wegen der dürftigen Unterhaltung, die auf der Insel überhaupt, besonders aber am Hof dieses Herrschers zu finden

1 »Alles« – 2 s. Vergil »Hirtengedichte« 2,33

sei. »Was Ihr dort zu sehen bekämt«, sagte er, »wäre alles in allem doch nichts weiter als einen großen Erbsbreifresser, einen großen Heringsvertilger, einen großen Maulwurfsjäger, einen großen Heubinder, einen halben Riesen mit einem Milchbart und mit zweifacher Tonsur, ein Laterner Gewächs, einen übergewaltigen Laternenhelden, einen Bannerträger der Ichthyophagen, einen Diktator des Senfs, Arschpauker kleiner Kinder, Aschenbrenner, Vater und Brotherrn der Ärzte, einen, der in Ablässen, Indulgenzen und Gebeten schwimmt und der ganz verdammt anständig, streng katholisch und überfromm ist. Drei Viertel des Tags flennt er. Auf Hochzeiten geht er nie. Aber eins ist wahr: In vierzig Königreichen zusammen gibt's keinen so geschickten Spicknadel- und Bratspießfabrikanten wie ihn. Als ich vor ungefähr sechs Jahren nach der Heimlicheninsel kam, nahm ich ein Gros davon mit und schenkte es den Fleischern von Candes. Sie lobten sie sehr, und gewiß mit Recht. Wenn wir wieder nach Hause kommen, kann ich Euch noch ein paar davon zeigen, die dort über dem Kirchenportal aufgehängt sind. Die Nahrung, die er zu sich nimmt, besteht aus gesalzenen Panzerhemden, sauren Hellebarden, Pökelhauben und Haubenpickel, wovon er zuweilen heftigen Harnzwang bekommt. Seine Kleidung ist gar lustig, sowohl in der Farbe wie auch im Schnitt, denn sie ist ganz grau und sehr leicht, vorn nichts und hinten nichts, und die Ärmel sind auch nicht da.« – »Da du mich nun mit seinem Anzug, seinen Speisen, seinem Tun und Treiben bekannt gemacht hast«, sagte Pantagruel, » so würde es mir lieb sein, wenn du mir auch sein Äußeres und seine Leibesgestalt in allen ihren Teilen beschreiben wolltest.« – »Ja, tu das, mein Säckchen«, sagte Bruder Hans, »denn ich habe ihn in meinem Brevier zwar gefunden, aber nach den beweglichen Festen läuft er immer wieder davon.« – »Sehr gern«, erwiderte Xenomanes; »übrigens werden wir noch mehr von ihm hören, wenn wir nach der Insel der Grimmigen kommen, wo die strammen Fleischwürste wohnen, seine Todfeinde, gegen die er unablässig Krieg führt. Stünde der edle Fastnacht, ihr guter Freund und Beschützer, ihnen nicht bei, so würde Fastennarr, dieser Laternenheld, sie schon längst vom Erdboden vertilgt haben.«

»Was sind das für Pflanzen«, fragte Bruder Hans,

>sind's Weiber oder Mannsen,
sterblich oder Englein,
Frauen oder Fräulein?«

»Ihrem Geschlecht nach«, sagte Xenomanes, »sind sie weiblich,
ihrer Natur nach sterblich, sonst aber teils Jungfrauen, teils auch
nicht.« – »Der Teufel soll mich holen«, sagte Bruder Hans,
»wenn ich's nicht mit ihnen halte. Was ist das für ein unnatürli-
ches Verhalten, Krieg zu führen gegen Frauenzimmer! Laßt
wenden und uns dem Bösewicht auf den Pelz rücken!« – »Wie?«
sagte Panurg, »Fastennarr bekämpfen? Alle Teufel, so töricht
und vermessen werden wir doch nicht sein. *Quid juris?*[1] Damit
wir zwischen Fastennarr und Fleischwürste, zwischen Hammer
und Amboß gerieten? Pest! Bleiben wir lieber davon. Segeln wir
lieber weiter! Fastennarr, du Narr, lebe wohl! Laß dir die
Fleischwürste bestens empfohlen sein und vergiß auch die Blutwürste nicht.«

Dreißigstes Kapitel
Wie Fastennarr von Xenomanes anatomisch zerlegt und beschrieben wird

»Was die inneren Teile betrifft«, sagte Xenomanes, »so war, zu
meiner Zeit wenigstens, das Gehirn Fastennarrs in Größe, Farbe,
Substanz und Vermögen wie der linke Hoden eines Mücken-
männchens,

die Hirnhöhlen wie eine Zahnzange,
der Wurmfortsatz wie ein Klöppel,
die Hirnhäute wie eine Mönchskappe,
der Hirntrichter wie ein Maurertrog,
die Hirnschale wie eine Türangel,
die Zirbeldrüse wie ein Bofist,
die mamillarischen Additamente[2] wie ein Schlappschuh,
das Wundernetz wie eine Roßstirn,
das Trommelfell wie eine Drehhaspel,
das Felsenbein wie ein Federkissen,
das Genick wie ein Laternenstock,

---

1 Mit welchem Recht? (lat.) – 2 brustwarzenähnliche Hirnfortsätze

der Gaumen wie ein Fausthandschuh,
der Speichel wie Rüben,
die Mandeln wie ein Nasenkneifer,
der Isthmus[1] wie ein Kutschenschlag,
der Schlund wie ein Winzerkorb,
der Magen wie ein Degengehänge,
der Magenpförtner wie ein Morgenstern,
die Luftröhre wie ein Rebmesser,
der Adamsapfel wie ein Klümpchen Werg,
die Lungen wie ein Chorpelz,
das Herz wie ein Meßgewand,
das Mittelfell[2] wie eine Trinkschale,
das Rippenfell wie ein Rabenschnabel,
die Arterien wie eine Béarner Kappe,
das Zwerchfell wie eines alten Gecken Mütze,
die Leber wie ein Quersack,
die Venen wie ein Gitter,
die Milz wie eine Wachtelpfeife,
das Gedärm wie ein Fangnetz,
die Galle wie ein Hobeleisen,
das Geschlinge wie ein Panzerhandschuh,
das Gekröse wie eine Abtsmitra,
der Leerdarm wie eine Krampe,
der Blinddarm wie ein Brustharnisch,
der Dickdarm wie ein Deckelkrug,
der Mastdarm wie ein Klosterhumpen,
die Nieren wie eine Maurerkelle,
das Kreuz wie ein Tafelbesteck,
die Harnleiter wie ein Kesselhaken,
die Lymphgefäße wie Klistierspritzen,
die Samendrüsen wie Blätterteiggebäck,
die Nebenhoden wie ein Federtopf,
die Harnblase wie ein Flitzbogen,
der Blasenhals wie ein Glockenschwengel,
der Mirach[3] wie ein Albanerhut
der Siphach[4] wie eine Armschiene,

---

1 Rachen – 2 Trennungswand zwischen rechter und linker Brusthöhle
3 Bauch (arab.) – 4 Bauchfell (arab.)

die Muskeln wie ein Blasebalg,
die Sehnen wie ein Beizhandschuh,
die Bänder wie eine Geldbörse,
die Knochen wie Plundergebäck,
das Mark wie ein Bettelsack,
die Knorpel wie eine Landschildkröte,
die Drüsen wie ein Winzermesser,
die animalischen Geister wie starke Faustschläge,
die Lebensgeister wie tüchtige Rippenstöße,
das schäumende Blut wie unzählige Nasenstüber,
der Urin wie ein brennender Ketzer,
der Same wie ein Hundert Brettnägel – und dabei erzählte mir
    seine Amme, daß er in seiner Ehe mit Frau Halbfasten nichts
    zustande gebracht habe als ein paar Lokaladverbien[1] und ei-
    nige Doppelfasten –,
das Gedächtnis wie eine Schärpe,
der Verstand wie ein Brummbaß,
die Einbildungskraft wie Glockengebimmel,
die Gedanken wie ein Flug Stare,
das Gewissen wie ein ausgeflogenes Reihernest,
die Überlegung wie ein Sack Gerste,
die Buße wie die Protze einer großen Kanone,
die Pläne wie der Ballast einer Galeone,
die Einsicht wie ein abgegriffenes Brevier,
die Begriffe wie ein Haufen Schnecken auf einem Erdbeerfeld,
der Wille wie drei Nußkerne in einer Schale,
das Begehren wie sechs Bündel heiliges Kirchenheu,
das Urteil wie ein Schuhlöffel,
die Bedachtsamkeit wie ein Fausthandschuh und
die Vernunft wie eine Fußbank.«

Einunddreißigstes Kapitel
Fastennarrs Anatomie nach den äußeren Teilen

»Was ferner die äußeren Teile betrifft«, fuhr Xenomanes fort,
»so waren diese bei Fastennarr etwas besser proportioniert, aus-

---

1 die Fragewörter wo, wohin, d.h. nach den Orten, wo man Ablaß erhält

genommen die sieben Rippen, die größer waren als bei gewöhnlichen Menschen,

Die Zehen waren wie ein Spinett,
die Nägel wie ein Faßbohrer,
die Füße wie eine Gitarre,
die Hacken wie eine Keule,
die Fußsohlen wie ein Schmelztiegel,
die Beine wie ein Köder,
die Knie wie ein Schemel,
die Schenkel wie eine Armbrust,
die Hüften wie ein Sprungbrett,
der Spitzbauch nach alter Weise geknöpft und in den Lenden
  gegürtet,
der Nabel wie eine Leier,
der Schamberg wie ein Sahnetörtchen,
das Glied wie ein Pantoffel,
der Sack wie eine Doppelflasche,
die Hoden wie eine Gartenschaufel,
die Hodenmuskeln wie ein Ballschläger,
der Damm wie ein Flötchen,
das Arschloch wie ein Kristallspiegel,
die Arschbacken wie eine Egge,
die Lenden wie ein Buttertopf,
das Kreuzbein wie ein Billard,
der Rücken wie ein Flitzbogen,
die Wirbel wie ein Dudelsack,
die Flanken wie ein Spulrad,
das Brustbein wie ein Baldachin,
die Schulterblätter wie ein Hammer,
die Brust wie eine Drehorgel,
die Brustwarzen wie ein Bockshorn,
die Achselhöhlen wie ein Damebrett,
die Schultern wie eine Tragbahre,
die Arme wie eine Kappe,
die Handgelenke wie ein Paar Stelzen,
die Schienbeine wie zwei Sensen,
die Ellbogen wie Rattenfallen,
die Hände wie Striegel,
der Hals wie ein Trinkglas,

die Gurgel wie ein Sektfilter,
der Kehlkopf wie ein Fäßchen, an dem gar schön und symme-
trisch zwei Kröpfchen baumelten, was wie eine Sanduhr
aussah,
der Bart wie eine Laterne,
das Kinn wie ein gemeiner Kürbis,
die Ohren wie ein Paar Topflappen,
die Nase wie ein Schnabelschuh im Wappen,
die Nasenlöcher wie ein Kinderhäubchen,
die Augenbrauen wie eine Schmorpfanne; über der linken
hatte er ein Mal, so groß wie ein Nachttopf und von derselben Form,
die Wimpern wie eine Fiedel,
die Augen wie ein Kammfutteral,
die Sehnerven wie eine Flinte,
die Stirn wie eine gebauchte Trinkschale,
die Schläfe wie eine Gießkanne,
die Backen wie ein Paar Holzschuhe,
die Kinnladen wie ein Trinkbecher,
die Zähne wie ein Fangeisen; davon befinden sich zwei Milch-
zähne zu Coulonges-les-Royaulx in Poitou und zwei über
der Kellertür zu Brosse in Saintonge,
die Zunge wie eine Harfe,
der Mund wie eine Pferdeschabracke,
das Gesicht wie ein Maultiersattel,
der Kopf wie ein Destillierkolben,
der Schädel wie eine Jagdtasche,
die Nähte wie ein Fischerring,
die Haut wie ein Regenmantel,
die Epidermis wie ein Mehlbeutel,
das Haupthaar wie eine Schuhbürste und das übrige ebenso.«

Zweiunddreißigstes Kapitel
Weiteres von Fastennarrs Beschaffenheiten

»Ganz wunderbar ist es«, fuhr Xenomanes fort, »wenn man in
Betracht zieht, was Fastennarr sonst noch für Eigentümlichkeiten hatte. Wenn er ausspuckte, waren's Körbe voll Artischocken,

wenn er sich schneuzte, waren's gesalzene Aale,
wenn er weinte, waren's Enten mit Zwiebelsoße,
wenn er zitterte, waren's große Hasenpasteten,
wenn er schwitzte, war's Stockfisch mit frischer Butter,
wenn er rülpste, waren's Austern in der Schale,
wenn er nieste, waren's Fäßchen Senf,
wenn er hustete, waren's Büchsen voll Quitten-
    marmelade,
wenn er schluchzte, waren's Bündchen Kresse,
wenn er gähnte, waren's Töpfe voll Erbsbrei,
wenn er seufzte, waren's geräucherte Ochsenzungen,
wenn er pfiff, waren's Kiepen voll grüner Affen[1],
wenn er schnarchte, waren's Tröge voll gestampfter
    Bohnen,
wenn er schmollte, waren's Schweinsfüße mit Schmalz,
wenn er redete, war's auvergnisches Sacktuch, also noch lange
    keine karmesine Seide, aus der Parysatis die Worte derer ge-
    webt haben wollte, die mit ihrem Sohn, dem persischen Kö-
    nig Kyrus, redeten,
wenn er keuchte, waren's Ablaßkästen,
wenn er mit den Augen blinzelte, waren's Waffeln und Obla-
    ten,
wenn er brummte, waren's Märzkätzchen,
wenn er den Kopf schüttelte, waren's eisenbeschlagene Kar-
    ren,
wenn er's Maul verzog, waren's zerbrochene Knüppel,
wenn er murrte, waren's Basochespiele,
wenn er stampfte, war's ein Schuldenaufschub,
wenn er rückwärts ging, waren's Spaßvögel,
wenn er geiferte, waren's Zinsbacköfen,
wenn er heiser war, waren's Moriskentänze,
wenn er furzte, waren's Stiefel aus braunem Rindsleder,
wenn er fistete, waren's Korduanschuhe,
wenn er sich kratzte, waren's Schotenerbsen,
wenn er schiß, waren's Morcheln und Steinpilze,
wenn er pißte, war's Kraut mit Öl alias Olivenkohl,
wenn er sich unterhielt, war's vorjähriger Schnee,

---

1 Hirngespinste

wenn er sich grämte, war's um nichts,
wenn er was gab, war's das Schwarze unter dem Nagel,
wenn er sich was dachte, waren's fliegende Schwänze, die sich
  den Kopf an der Wand einstießen,
.wenn er sich was vorstellte, waren's Pfandbriefe.

Und das allersonderbarste war: Wenn er arbeitete, tat er nichts,
und wenn er nichts tat, arbeitete er; er wachte, wenn er schlief,
und schlief mit offenen Augen wie die Hasen in der Champagne,
immer in Furcht, von seinen alten Feinden, den Fleischwürsten,
überfallen zu werden; aß nichts, wenn er fastete, und fastete,
wenn er nichts aß; kaute in Gedanken und trank in der Einbildung; badete sich auf hohen Glockentürmen und trocknete sich
in den Teichen und Flüssen ab; fischte in der Luft und fing dort
Riesenkrebse; jagte auf dem Meeresgrund und schoß dort Ibisse,
Steinböcke und Kamele; hackte allen Krähen, die er heimlich
fing, die Augen aus; fürchtete nichts so sehr wie seinen Schatten
und das Meckern fetter Ziegen; trottete an bestimmten Tagen
auf dem Pflaster umher; trieb's mit Strickgürteln, machte einen
Schlegel aus der Faust und schrieb auf grobem Pergament mit
seinem großen Schreibzeug Prognostika und Kalendersprüche.«
– »Sieh doch einer den Burschen«, sagte Bruder Hans, »das ist
mein Mann! So einen hab' ich schon lange gesucht, dem muß ich
eine Forderung schicken.« – »Eine sonderbare und ungeheuerli-
che Art Mensch, wenn man ihn überhaupt noch als Menschen
bezeichnen kann«, sagte Pantagruel. »Er erinnert mich in Gestalt
und Wesen an Amoduns[1] und Diskordanz.« – »Wie sahen denn
die aus?« fragte Bruder Hans. »Gott verzeih' mir, aber ich habe
noch nie was von ihnen gehört.« – »Ich will dir erzählen«, sagte
Pantagruel, »was ich in den Sagen der Alten über sie gelesen
habe. Physis, das heißt die Natur, gebar als ihre Erstlinge Schönheit und Harmonie, und zwar ohne Hilfe des Mannes, denn sie ist
aus eigener Kraft fruchtbar und erzeugend. Antiphysis, die stete
Gegnerin der Natur, wurde neidisch auf die schöne und ehren-
volle Geburt und gebar sofort mit Hilfe des Tellumo[2] als Gegenstück dazu Amoduns und Diskordanz. Diese beiden hatten einen
kugelrunden, an den Seiten nicht abgeflachten Kopf, wie's beim

1 »Maßloser« (küchenlat.) – 2 röm. Gottheit der zeugenden Erdkraft

menschlichen ist; hoch emporstehende Ohren, so groß wie Esels-ohren; Augen, die außerhalb des Kopfs auf schuhabsatzähnli-chen Knochen saßen, keine Augenbrauen hatten und hart wie die der Krebse waren; Füße, rund wie Bälle, und Arme und Hände nach hinten der Schulter zugewendet. Dabei gingen sie auf den Köpfen und überschlugen sich fortwährend, Kopf unten, Beine oben. Und wie Affenmütter ihre Jungen für die schönsten Wesen von der Welt halten, so pries auch Antiphysis die Gestalt ihrer Kinder und suchte zu beweisen, daß diese schöner und zweck-mäßiger sei als die der Kinder der Physis. Denn, sagte sie, die ku-gelrunden Köpfe und Füße und das kreisartige Überschlagen sei das Allervollkommenste; die schwingende Bewegung habe et-was Göttliches, denn die Götter und die ewigen Dinge würden in solcher Weise bewegt. Daß sie die Füße in der Luft und den Kopf nach unten trügen, das wäre dem Schöpfer der Welt abgesehen, da die Haare beim Menschen ja die Wurzeln und die Beine die Zweige darstellten. Die Bäume ständen doch aber auf ihren Wurzeln bequemer in der Erde als auf ihren Zweigen, wodurch sie dartun wollte, daß ihre Kinder wie ein natürlich dastehender Baum besser und vorzüglicher wären als die der Physis, die ei-nem auf den Kopf gestellten glichen. Was Arme und Hände be-träfe, so bewies sie, daß sie zweckmäßiger den Schulterblättern zugekehrt wären, da dieser Teil des Körpers nicht wehrlos blei-ben dürfe, während der vordere Teil schon mit Zähnen bewaff-net sei, die, ohne Hilfe der Hand, zur Abwehr schädlicher Dinge dienen könnten und nicht bloß zum Kauen da wären. – So über-redete sie, von dem Zeugnis und der Zustimmung der dummen Tiere unterstützt, alle Toren und alle Narren zu ihrer Ansicht, und was nur immer hirnlos und ohne Urteil, bar des gesunden Menschenverstands war, zollte ihr Bewunderung. Darauf gebar sie noch die Matagoten, Kagoten und Papelarden, die Pistolen-Maniaken[1], die kalvinischen Dämoniaken, die Genfer Schubiak-ken, die tollen Putherben[2] sowie die Kuttner, Heuchler, Gleis-ner, Kannibalen und dergleichen ungestaltes und widernatürli-ches Gesindel mehr.«

---

1 Einwohner der nordital. Stadt Pistoja – 2 nach Puy-Herbault

Dreiunddreißigstes Kapitel
Wie Pantagruel bei der Insel der Grimmigen
einen ungeheuren Wal erspähte

Um die Mittagszeit, als wir uns der Grimmigeninsel näherten, bemerkte Pantagruel in der Ferne einen gewaltigen, ungeheuren Wal, der schnaubend, tobend und prustend auf uns zukam; er überragte die Masten unserer Schiffe und stieß aus seinem Rachen solche Wassermassen in die Luft, daß es wie ein vom Gebirge herabstürzender Strom aussah. Pantagruel machte Xenomanes und den Steuermann darauf aufmerksam. Auf den Rat des letztern mußten die Trompeter der Thalamega das Zeichen zum Sammeln der Schiffe geben. In vorschriftsmäßiger Ordnung stellten sich sämtliche Fregatten, Galeonen, Schnellruderer und Lastsegler in Gestalt eines griechischen Y, des Pythagoreischen Buchstabens, auf, so wie man die Kraniche fliegen sieht, das heißt im spitzen Winkel; an der äußersten Spitze die zum Kampf bereite Thalamega. Tapfer und unverzagt nahm Bruder Hans seinen Platz bei den Kanonieren auf dem Vorderkastell ein. Panurg fing an, mehr denn je zu heulen und zu jammern. »Ba-bille-ba-bu«, schrie er, »das ist ja noch ärger als vorher. Laßt uns fliehen. Spieß' mich der Bulle, wenn das nicht der Leviathan ist, wie ihn der große Prophet Moses im Leben des heiligen Hiob beschrieben hat. Er wird unsere Schiffe mit Mann und Maus verschlingen. Für seinen großen Höllenrachen sind wir alle zusammen ja nicht mehr als ein Pfefferkuchen für einen Eselsrachen. Da ist er. Macht, daß wir fortkommen. Zum Land hin! Das ist, glaub' ich, gerade solch Meerungeheuer wie das, von dem die Andromeda verschlungen werden sollte. Wir sind alle verloren. Oh, daß kein heldenmütiger Perseus hier ist, um das Untier zu erschlagen.« – »Per Zeus!« sagte Pantagruel, »ich helfe, nur nicht bange.« – »Kotz Blitz«, sagte Panurg, »dann schafft uns auch erst den Grund zur Bangigkeit vom Hals. Wann soll man denn bange sein, wenn nicht in so drohender Gefahr?« – »Wenn dir das vorherbestimmt ist«, sagte Pantagruel, »was Bruder Hans dir kürzlich darlegte, so solltest du dich eher vor Pyrois, Eous, Äthon und Phlegon, den vier berühmten Sonnenrossen, fürchten, die Feuer aus ihren Nüstern blasen; Wale, welche Wasser aus ihren Rachen und Nasenlöchern speien, brauchst du nicht zu fürchten, denn durch dies Element kommst du in keine Lebensgefahr, ja, wirst eher noch geschützt und bewahrt als gefährdet und geschädigt.« – »Ach was«, jammerte Panurg, »Pik ist nicht Trumpf! Hab' ich Euch nicht die Transmutation der Elemente klar genug bewiesen und dargelegt, wie leicht Braten und Kochen, Kochen und Braten miteinander verwechselt wird? Ah, ah, ah, da ist er. Ich verstecke mich unten im Raum! Das wird unser aller Tod sein! Ich seh's, da oben auf dem Mast sitzt Atropos mit ihrer scharfgeschliffenen Schere, die wird uns allen den Lebensfaden durchschneiden. Vorgesehen! Da ist er. Oh, wie schrecklich er ist, scheußlich! Du hast gewiß schon manchen untergetaucht, der sich dessen nicht mehr gerühmt hat. *Per Dio*, wenn er noch guten weißen, roten, süffigen Wein ausspie, mit dem man sich den Gaumen spülen könnte, nicht solch bitteres, salziges, stinkiges Wasser, so wollt' ich mir's allenfalls gefallen lassen, da könnte man's doch noch aushalten, wie jener englische Lord, der sich dafür entschied, in einem Malvasierfaß ersäuft zu werden, als er sich nachgewiesener Verbrechen halber selbst die Todesstrafe wählen durfte. Da ist er! Hoho, Teufel, Satan, Leviathan! Du bist meinen Augen ein Greuel, so häßlich, so abscheulich bist du. Mach, daß du fortkommst, fort zum Termin, fort zu den Schikanusen.«

Vierunddreißigstes Kapitel
Wie der ungeheure Wal von Pantagruel erlegt wurde

Sobald der Wal den Breitseiten der Fregatten und Galeonen ausgesetzt war, überschüttete er sie mit riesigen Wassermassen, die wie die Katarakte des äthiopischen Nils auf sie herniederrauschten. Pfeile, Spieße, Piken, Lanzen und Speere wurden von allen Seiten auf ihn geschleudert, Bruder Hans allen anderen voran. Panurg in Todesangst. Das grobe Geschütz donnerte und blitzte ganz teufelsmäßig immer drauflos und ließ es sich angelegen sein, ihn tüchtig zu zwacken. Aber es half alles nichts; die schweren Eisen- und Bronzekugeln schienen an seiner Haut wie Butter an der Sonne zu schmelzen. Da rührt Pantagruel, die Not und Gelegenheit erwägend, seine Arme und zeigt, was er kann.

Man sagt und kann es auch geschrieben lesen, daß der Tagedieb Commodus, der römische Kaiser, ein so geschickter Bogenschütze gewesen sei, daß er kleinen Kindern aus großer Entfernung zwischen den Fingern ihrer aufgehobenen Hände hindurchgeschossen habe, ohne sie im geringsten zu verletzen. Auch erzählt man sich von einem indischen Schützen zur Zeit, da Alexander Indien eroberte, der so geübt war, daß er seine Pfeile von drei Armlängen aus weiter Entfernung durch einen Ring schoß; dabei war die Spitze der Pfeile so groß und schwer, daß er damit stählerne Schwerter, Schildbuckel, die stärksten Brustharnische, kurz alles, was sie traf, mochte es noch so fest, widerstandsfähig und hart sein, durchbohrte. Auch von der Geschicklichkeit der alten Franzosen erzählt man uns Wunder, die in der Kunst des Bogens allen überlegen waren und, wenn sie auf Schwarz- oder Rotwild jagten, die Spitzen ihrer Pfeile mit Nieswurz einrieben, damit das Fleisch der erlegten Tiere um so zarter, schmackhafter, gesünder und köstlicher werde; die Stelle aber, wo das Tier getroffen worden war, schnitten sie aus. Desgleichen von den Parthern, die nach hinten noch geschickter schossen als andere Völker nach vorn. Ebenso rühmt man uns die Skythen in Hinsicht dieser Fertigkeit. Einer ihrer Gesandten, den sie zu Darius, dem König der Perser, geschickt hatten, überreichte diesem, ohne ein Wort zu reden, einen Vogel, einen Frosch, eine Maus und fünf Pfeile. Darüber befragt, was das bedeuten solle und ob er den Auftrag habe, etwas zu melden, antwortete er: »Nein.« Der erstaunte Darius konnte das nicht begreifen, bis Gobryes, einer von den sieben Hauptleuten, welche die Magier getötet hatten, ihm folgende Erklärung gab: »Durch diese Gaben und Geschenke wollen die Skythen dir ohne Worte kundtun, daß, wenn die Perser nicht den Vögeln gleich gen Himmel fliegen oder sich nicht wie Mäuse im Schoß der Erde verkriechen oder nicht wie Frösche auf den Grund der Teiche und Sümpfe schlüpfen, sie alle der Macht und den Pfeilen der Skythen erliegen werden.«

Ungleich bewunderungswürdiger in der Kunst des Bogens und des Wurfspießes war jedoch noch der edle Pantagruel; denn mit seinen ungeheuren Speeren und Pfeilen, die an Länge, Dicke, Gewicht und Eisenbeschlag den gewaltigen Pfählen glichen, auf denen die Brücken von Nantes, Saumur und Bergerac, die Wechsler- und Müllerbrücke in Paris ruhen, öffnete er aus einer

Entfernung von tausend Schritt eine Auster in der Schale, ohne die Ränder zu berühren, schneuzte ein Licht, ohne es auszulöschen, traf eine Elster ins Auge, schoß die Sohle von einem Stiefel ab, ohne ihn selbst zu beschädigen, hob ein Visier auf, ohne es zu zerbrechen, und wendete die Blätter von Bruder Hansens Brevier eins nach dem andern um, ohne sie zu zerreißen. Mit einem solchen Pfeil, deren er auf seinem Schiff eine große Menge vorrätig hatte, traf er nun den Wal gleich beim ersten Schuß so vor die Stirn, daß er ihm beide Kinnbacken nebst der Zunge durchbohrte, so daß er weder den Rachen aufsperren noch Wasser schlucken noch Wasser ausspeien konnte. Mit dem zweiten Schuß zerschmetterte er ihm das rechte, mit dem dritten das linke Auge. Jubelnd sahen es alle, wie dem Wal jetzt von der Stirn drei große, ein wenig geneigte Hörner in Gestalt eines gleichschenkligen Dreiecks herabhingen und er schwankend und taumelnd, betäubt, blind und schon dem Tode nahe von einer Seite auf die andere schaukelte. Damit nicht zufrieden, schoß ihm Pantagruel noch einen Pfeil auf den Schwanz, der, um das Gegengewicht zu halten, hintenüberhing; dann noch drei weitere in gleichen Abständen senkrecht auf den Rücken, wodurch die Strecke vom Schwanz bis zum Maul in drei gleiche Abschnitte geteilt wurde; endlich jagte er ihm jeweils fünfzig in die Flanken, so daß der Leib des Wals mit den darin steckenden Balkenpfeilen dem Kiel einer dreimastigen Galeone mit eingefügten Schiffsrippen glich, was gar lustig anzusehen war. Da legte sich der sterbende Wal wie alle toten Fische auf den Rücken, und wie nun die Balken ins Meer hingen, glich er ganz einem Skolopender, jener hundert Fuß langen Riesenschlange, die der gelehrte Nikander uns vorzeiten beschrieben hat.

Fünfunddreißigstes Kapitel
Wie Pantagruel auf der Insel der Grimmigen, dem alten Wohnsitz der Fleischwürste, an Land ging

Die Ruderknechte des Laternenschiffs lotsten den Wal am Schlepptau zur nahen Grimmigeninsel, um ihn dort anatomisch zu zerlegen und den Tran abzuzapfen, der, wie sie sagten, ein vortreffliches und höchst wirksames Mittel gegen eine gewisse

Krankheit wäre, die sie »Geldschwindsucht« nannten. Pantagruel interessierte das alles sehr wenig; denn er hatte viele und noch weit größere Wale im Gallischen Ozean gesehen. Doch zeigte er sich nicht abgeneigt, auf der Südseite der Insel in einer kleinen, unbewohnten Bucht unweit eines kleinen Waldes mit hohen, schönen Bäumen an Land zu gehen, damit die von seinen Leuten, die der abscheuliche Wal durchnäßt und beschmutzt hatte, sich ein wenig trocknen und stärken könnten. Vom Wäldchen her floß ein reizender Bach mit reinem, silbernem, süßem Wasser dem Meer zu. Hier, unter aufgeschlagenen Zelten, wurde die Küche eingerichtet und mit Feuerung nicht gespart. Nachdem jeder nach Bedürfnis und Gefallen die Kleider gewechselt hatte, ließ Bruder Hans das Glöckchen ertönen. Sofort wurden die Tische gedeckt und die Speisen aufgetragen. Als man beim zweiten Gang war, bemerkte Pantagruel, der mitten unter den Seinigen fröhlich bei Tisch saß, wie etliche kleine, zahme Fleischwürste mucksmäuschenstill auf einen hohen Baum kletterten, der nicht weit vom Anrichttisch stand. Er fragte Xenomanes: »Was sind das da für Tierchen?«, da er dachte, es wären Eichhörnchen, Wiesel, Marder oder Hermeline. – »Das sind Würste«, erwiderte Xenomanes. »Wir sind hier auf der Grimmigeninsel, von der ich Euch heute morgen gesprochen habe. Zwischen ihnen und ihrem alten, bösen Feind Fastennarr besteht seit langem eine heftige Fehde. Vermutlich haben die Kanonenschüsse, die wir gegen den Wal abfeuerten, sie erschreckt, und sie fürchten, daß jener, ihr Feind, mit seinen Kriegsscharen gekommen sei, um sie zu überfallen oder ihre Insel zu verwüsten, wie er es schon mehrmals versucht hat, aber wegen ihrer großen Vorsicht und Wachsamkeit stets mit geringem Erfolg. Denn – wie Dido zu den Gefährten des Äneas sagte, die ohne ihr Wissen und ihre Erlaubnis in den Hafen von Karthago einfahren wollten – die Tücke ihres Feindes und die Nähe seines Landes zwangen sie, fortwährend auf ihrer Hut zu sein.« – »*Per Dio*«, sagte Pantagruel, »wenn du, mein Lieber, irgendein anständiges Mittel weißt, wie diesem Krieg ein Ende zu machen wäre und wie man sie miteinander versöhnen könnte, so nenn es mir; denn ich würde von Herzen gern alles tun und keine Mühe scheuen, die Streitpunkte zwischen ihnen zu beseitigen und aus dem Weg zu räumen.« – »Das ist vorderhand unmöglich«, erwiderte Xenomanes. »Als ich vor ungefähr vier Jahren hier und auf der Insel der Heimlichen war, ließ ich es mir angelegen sein, einen Frieden oder doch wenigstens einen längeren Waffenstillstand zwischen ihnen zu vermitteln, und sie wären schon längst gute Nachbarn und Freunde, wenn sie nur in einem Punkt ihren Leidenschaften einen Zaum hätten anlegen wollen. Fastennarr aber wollte nicht zugeben, daß auch die Blutwürste und die Schweizer Würste mit in den Frieden eingeschlossen würden, die Würste dagegen verlangten die Übergabe der Heringsfeste und daß ihnen die Verwaltung und Herrschaft darüber ebenso überlassen werde wie über Salzungen; desgleichen sollte alles stinkende und niederträchtige Mordgesindel, das, wie man sagt, dort haust, vertrieben werden. Das wurde nicht angenommen; jedem Teil erschienen die Bedingungen der anderen Seite unbillig, und so kam kein Vertrag zwischen ihnen zustande. Doch verfuhren sie seit der Zeit etwas weniger streng gegeneinander, und die Feindschaft legte sich ein bißchen. Aber seit das Dekret des Nationalkonzils von Chesil[1] mit Knüppeln auf sie einhaut, sie verdonnert und zerblitzt, zugleich Fastennarr für unrein, besudelt und stockfischig erklärt, wenn er sich in Bündnisse mit ihnen einlassen oder Verträge mit ihnen schließen würde, sind sie über die Maßen wild, giftig, erbost und hartnäckig geworden, so daß gar nichts zu machen ist. Eher würde es Euch gelingen, zwischen Katzen und Ratzen oder Hunden und Hasen Frieden zu stiften.«

Sechsunddreißigstes Kapitel
Wie Pantagruel von den grimmigen Würsten ein Hinterhalt gelegt wird

Während Xenomanes noch sprach, sah Bruder Hans auf dem ansteigenden Ufer des Hafens fünfundzwanzig bis dreißig junge, schlanke Würste, die mit großen Schritten ihrer Stadt, Zitadelle, Burg und Festung Rauchfang zueilten, und sagte zu Pantagruel: »Hier wird es ein schönes Verwechslungsspiel geben, das seh' ich kommen. Diese würdigen Würste könnten Euch wohl gar für Fastennarr halten, obgleich Ihr ihm nicht im geringsten ähn-

1 gemeint ist das Tridentinische Konzil

lich seht. Hören wir lieber mit dem Schmausen auf und rüsten uns zum Widerstand.« – »Gewiß wird das gut sein«, sagte Xenomanes. »Würste bleiben Würste und sind immer heimtückisch, man darf ihnen nicht trauen.« – Demzufolge erhob sich Pantagruel von der Tafel, um den Wald zu durchspähen. Aber schnell kehrte er zurück und versicherte uns, er habe links einen Hinterhalt von Fettwürsten entdeckt, während auf der rechten Seite von einem Hügel herab, etwa eine halbe Meile entfernt, ein gewaltiger Kriegshaufe von mächtigen, riesigen Fleischwürsten unter dem Klang von Dudelsäcken, Sackpfeifen, Stopfhörnern, Blasentrommeln, Querpfeifen, Zinken und Trompeten in voller Wut zur Schlacht gegen uns heranzöge. Nach den achtundsechzig Feldzeichen, die er gezählt hatte, berechneten wir, daß ihre Gesamtzahl nicht weniger als zweiundvierzigtausend Mann sein könne. Die Ordnung, in der sie vorrückten, ihre stolze Haltung und der selbstbewußte Ausdruck ihrer Mienen überzeugten uns, daß wir es hier keineswegs mit weichlichen Frikadellen, sondern mit erprobten Kriegswürsten zu tun hätten. Die ersten Reihen bis zu den Feldzeichen waren vom Kopf bis zu den Füßen gewappnet und führten, soweit man aus der Entfernung sehen konnte, kurze, aber spitze Piken; auf beiden Flügeln wurden sie durch eine stattliche Schar Rotwürste, Preßköpfe und Kochsalami zu Pferd unterstützt, alles Bewohner der Insel, wilde, verwegene Burschen von kräftiger Gestalt. Nicht umsonst geriet Pantagruel daher in große Bestürzung, obwohl Epistemon ihm einreden wollte, daß es ja möglicherweise in diesem Wurstland Brauch und Sitte sei, befreundete Fremde auf ebensolche Art zu ehren und mit kriegerischem Gepränge zu empfangen, wie die treuen Städte des Landes die edlen Könige von Frankreich empfingen und begrüßten, wenn diese nach der Krönungsfeier zum erstenmal bei ihnen einzogen. »Vielleicht«, sagte er, »ist dies die gewöhnliche Leibwache der Landeskönigin, die, sobald sie von den jungen Würsten, die wir auf den Bäumen spähen sahen, erfuhr, daß Euer schönes und prächtiges Geschwader in diesem Hafen vor Anker gegangen sei, sofort vermutet hat, es müsse ein reicher und mächtiger Fürst sein, und die Euch nun in eigener Person entgegenzieht.« – Dadurch aber keineswegs beruhigt, versammelt Pantagruel einen Kriegsrat, um seine Ansicht darüber zu vernehmen, was in diesem zweifelhaften und gefährlichen Fall zu tun sei. Mit kurzen Worten legte er der Versammlung dar, wie solche Sitte, jemanden mit Waffengepränge zu empfangen, nur zu oft unter der Maske der Zuvorkommenheit und Freundschaft zu Mord und Verrat mißbraucht worden sei. »So«, sagte er, »schlachtete der Kaiser Antoninus Caracalla das eine Mal die Alexandriner hin und tötete das andere Mal das Gefolge des parthischen Königs Artaban, indem er tat, als ob er sich

mit der Tochter dieses Königs vermählen wolle, was indessen nicht ungestraft blieb, denn bald verlor er selbst dabei sein Leben. So erschlugen die Söhne Jakobs, um die Schwächung ihrer Schwester Dina zu rächen, die Sichemiter. Auf solche verräterische Weise wurden die Soldaten in Konstantinopel von Gallienus umgebracht. Gleichfalls unter dem Schein der Freundschaft lockte Antonius den König von Armenien, Artavasdes, zu sich, um ihn zuerst gefangennehmen und in schwere Ketten legen und schließlich töten zu lassen. Tausend ähnliche Beispiele mehr finden wir in den alten Geschichtsbüchern aufgezeichnet. Und nicht mit Unrecht wird noch heute die Klugheit König Karls VI. von Frankreich gerühmt, der, als er siegreich aus Flandern nach seiner getreuen Stadt Paris zurückkehrte, sobald er zu Bourget hörte, daß die Pariser, mit ihren Streitkolben bewaffnet – daher ihr Beiname ›die Klobigen‹ –, zwanzigtausend Mann stark, sich in Schlachtordnung vor der Stadt aufgestellt hätten, nicht einziehen wollte, bevor sie nicht nach Hause gegangen wären und ihre Waffen abgelegt hätten, wie hoch sie auch beteuern mochten, diese ohne jeden Hintergedanken und ohne böse Absicht bloß zu dem Zweck mitgenommen zu haben, ihn mit desto größeren Ehren zu empfangen.«

Siebenunddreißigstes Kapitel
Wie Pantagruel die Hauptleute Darmspeiler
und Wurstmesser holen ließ nebst einer
bemerkenswerten Abhandlung über
Personen- und Ortsnamen

Der Kriegsrat beschloß, daß man sich auf alle Fälle vorsehen solle. Also gab Pantagruel Carpalim und Gymnast den Befehl, die Besatzung des Humpens, deren Hauptmann Darmspeiler, und des Schenkbretts, deren Hauptmann Wurstmesser war, herbeizuholen. – »Ich werde Gymnast diese Mühe abnehmen«, sagte Panurg, »seine Gegenwart ist hier nötiger.« – »Bei meiner Kutte«, sagte Bruder Hans, »du Scheißkerl willst dich nur vor dem Kampf aus dem Staube machen. Einmal fort, kommst du sicherlich nicht wieder, woran übrigens auch nichts gelegen ist. Du würdest doch nur wehklagen, heulen und schreien und unseren tapferen Soldaten den Mut rauben.« – »Ich komme gewiß wieder«, sagte Panurg, »gewiß, lieber Bruder Hans, mein Seelentrost, mein alles. Aber gib nur Befehl, daß man diese abscheulichen Würste nicht auf die Schiffe hinaufklettern läßt. Während ihr euch mit ihnen herumbalgt, da will ich Gott um Sieg für euch anflehen wie Moses, der tapfere Kriegsheld und Führer des israelitischen Volks[1].« – »Sollten die Würste uns wirklich angreifen

1 s. 2. Moses 17,8/II

wollen«, sagte Epistemon, »so verheißen uns die Namen Eurer beiden Hauptleute, Darmspeiler und Wurstmesser, Glück und Sieg.« – »Da hast du etwas recht Vernünftiges gesagt«, entgegnete Pantagruel; »es freut mich, daß du aus den Namen dieser unserer Hauptleute auf unsern Sieg schließt und ihn voraussagst. Solch Deuten der Namen ist nichts Neues. Bereits die Pythagoreer gaben etwas darauf und übten es mit Andacht. Manche großen Herrscher und Könige haben daraus Nutzen gezogen. Als Octavianus Augustus, Roms zweiter Kaiser, eines Tags einem Landmann begegnete mit dem Namen Eutychus, was ›der Glückliche‹ heißt, der einen Esel vor sich hertrieb, den er Nikon, das heißt im Griechischen ›der Siegreiche‹, nannte, ergriff ihn die Bedeutung dieser Namen so sehr, daß er daraus Vertrauen auf Glück, Heil und Sieg für sich schöpfte. Und Vespasian, gleichfalls ein römischer Kaiser, faßte Hoffnung und Zuversicht, daß er den römischen Thron besteigen würde, als er eines Tags, während er im Tempel des Serapis betete, einen seiner Diener mit Namen Basilides, das heißt ›der Königliche‹, den er auf einem Heereszug in weiter Ferne krank zurückgelassen, plötzlich vor sich hintreten sah. Einzig und allein wegen der Bedeutung seines Namens wurde Regilian[1] von den römischen Legionen zum Kaiser gewählt. Lest nur den ›Kratylos‹[2] des göttlichen Platon.« – »Bei meinem Durst«, sagte Rhizotom, »ich muß ihn doch wirklich mal lesen. Ihr führt ihn gar zu oft an.« – »Seht, wie die Pythagoreer aus den Namen und Zahlen den Schluß ziehen, daß Patroklos von Hektor, Hektor von Achill, Achill von Paris und Paris von Philoktet getötet werden mußten. Der Verstand steht mir still, wenn ich an die wunderbare Entdeckung des Pythagoras denke, daß man je nach der gleichen oder ungleichen Silbenzahl eines Eigennamens erfahren kann, auf welcher Seite der Träger dieses Namens lahm, bucklig, blind, gichtbrüchig, vom Schlag getroffen, lungenleidend oder sonstwie krank ist. Die gerade Zahl zeigt nämlich die linke, die ungerade die rechte Seite als die kranke an.« – »Wahrhaftig«, sagte Epistemon, »davon habe ich mich zu Saintes bei einer Prozession, an welcher der höchst vortreffliche, tugendhafte, gelehrte und gerechte Gerichtspräsident Briand Vallée, Seigneur du Douhet, teilnahm, selbst über-

1 von lat. *rex* König – 2 Dialog über die Bedeutung der Namen

zeugen können. Sobald ein Mann oder eine Frau, die lahm, einäugig oder bucklig war, an ihm vorüberkam, nannte man ihm ihren Namen. Waren die Silben des Namens von ungleicher Zahl, so sagte er sofort, ohne die Leute angesehen zu haben, daß sie auf der rechten Seite lahm, blind oder bucklig wären; war aber die Zahl eine gerade, so nannte er die linke Seite. Und immer war es richtig, ohne Ausnahme.« – »Mit Hilfe dieser Entdeckung«, sagte Pantagruel, »haben die Gelehrten festgestellt, daß Achilleus, als er kniete, von Paris' Pfeil an der rechten Ferse getroffen wurde, denn sein Name hat eine ungleiche Silbenzahl, wobei zu bemerken ist, daß die Alten mit dem rechten Bein knieten. Venus wurde vor Troja von Diomedes an der linken Hand verwundet, denn ihr griechischer Name ist viersilbig[1]. Ebendarum hinkte Vulkan auch auf dem linken Fuß. König Philipp von Makedonien und Hannibal waren auf dem rechten Auge blind. Und nach derselben Pythagoreischen Regel können wir auch die Stelle des Hüftwehs, der Brüche oder der Migräne bestimmen. Aber um nun wieder auf die Namen zu kommen, seht nur, wie Alexander der Große, des gerade genannten Königs Philipp Sohn, durch die Auslegung eines einzigen Namens eine begonnene Unternehmung zu einem glücklichen Ende führte. Er belagerte die feste Stadt Tyros und hatte sie schon seit vielen Wochen berannt, doch immer ohne Erfolg. Alle Maschinen und Erdarbeiten halfen ihm nichts, alles wurde von den Tyrern immer wieder zerstört und ausgebessert. Nur mit großem Widerstreben dachte er daran, die Belagerung aufzuheben, weil diese Schlappe seinen Ruhm erheblich geschmälert hätte. So von Zweifeln und Betrübnis gequält, schlief er eines Tags ein. Da sah er im Traum einen Satyr auf seinen Bocksbeinen im Zelt umherhüpfen und -tanzen. Alexander wollte ihn greifen, aber der Satyr wußte ihm immer zu entschlüpfen, bis der König ihn zuletzt in eine Ecke drängte, wo er ihn fing. Darüber erwachte er. Als er diesen Traum seinen Hofphilosophen und Gelehrten erzählte, deuteten sie ihn dahin, daß die Götter ihm Sieg verhießen und Tyros bald genommen sein würde; denn wenn man das Wort Satyros teile, so erhalte man die beiden Wörter Sa und Tyros, das aber bedeutet: Dein ist Tyros. Und in der Tat nahm er die Stadt

---

1 Aphrodite

beim ersten erneuten Angriff und brach den Widerstand dieses Volks durch einen vollständigen Sieg. Nun seht aber als Gegenstück, wie Pompejus über die Bedeutung eines Namens in helle Verzweiflung geriet. Als er sich von Cäsar in der Schlacht bei Pharsalos besiegt sah, blieb ihm nichts übrig, als sich durch die Flucht zu retten. So kam er nach der Insel Zypern. Nahe bei der Stadt Paphos erblickte er am Ufer einen schönen, prächtigen Palast. Als er den Steuermann nach dem Namen dieses Palastes fragte, erfuhr er, man nenne ihn Kakobasilea, was soviel wie ›Schlimm König‹ bedeutet. Der Name flößte ihm solchen Schrecken und Abscheu ein, daß er in die äußerste Verzweiflung geriet. Fest davon überzeugt, er werde nun nicht entrinnen können, ja vielleicht sogar sein Leben verlieren müssen, begann er so laut zu weinen, zu seufzen und zu stöhnen, daß alle Umstehenden und auch die Schiffsleute es hören konnten. Und wirklich, kurze Zeit darauf schnitt ihm ein unbekannter Bauer, ein gewisser Achillas, den Kopf ab. Wir könnten hier weiterhin anführen, was L. Paulus Ämilius widerfuhr, als er vom römischen Senat zum Imperator, das heißt zum Feldherrn, des Heers ernannt worden war, das gegen Perseus, den König von Makedonien, gesandt werden sollte. Als er am Abend desselben Tags in seine Wohnung zurückkehrte, um sich zum Auszug zu rüsten, fiel es ihm auf, daß sein Töchterchen, Tratia mit Namen, bei seinen Liebkosungen so niedergeschlagen war. ›Was fehlt dir, liebe Tratia?‹ fragte er sie; ›warum bist du so traurig und betrübt? – ›Ach, Papa‹, antwortete sie, ›Persa ist gestorben!‹ So hieß nämlich ein kleines Hündchen, das sie zärtlich liebte. Paulus jedoch schöpfte aus diesen Worten die Zuversicht, daß er Perseus besiegen werde. – Erlaubte es die Zeit, die heiligen Bücher der Hebräer zu durchforschen, so würden wir hundert bedeutsame Stellen finden, die uns alle bewiesen, welch eine Wichtigkeit dieses Volk der Bedeutung der Eigennamen beigemessen hat.«

Gegen Ende dieser Unterredung erschienen die beiden Hauptleute mit ihrer Mannschaft, alle trefflich bewaffnet und zum Kampf bereit. Pantagruel hielt ihnen eine kleine Ansprache und ermahnte sie, sich tapfer zu halten, wenn sie zur Abwehr gezwungen werden sollten, obgleich er nicht glauben könne, daß die Würste sich so hinterhältig erweisen würden. Die Losung sollte »Fastnacht« sein.

Achtunddreißigstes Kapitel
Wie die Würste gar nicht so etwas Verächtliches sind

Ihr Zecher macht eure schlechten Witze und glaubt nicht, was ich euch erzähle? Da weiß ich mir nun wirklich nicht zu helfen. Glaubt's, wenn ihr wollt, wenn nicht, so überzeugt euch selbst davon. Was mich anbetrifft, ich weiß, was ich sah. 's war auf der Insel der Grimmigen. Ich nenne sie euch ja. Denkt doch nur, ich bitt' euch, an die Kraft der alten Riesen, die sich unterfingen, den Pelion auf den Ossa zu stülpen und den schattenreichen Olymp in den Ossa einzuwickeln, um die Götter zu bekriegen und sie aus dem Himmel herauszustochern. Das war doch gewiß keine geringe und alltägliche Kraft. Und trotzdem waren sie zur Hälfte Würste oder – damit ich nicht lüge – Schlangen. Die Schlange, von welcher Eva verführt wurde, war auch vom Geschlecht der Würste; nichtsdestoweniger steht von ihr geschrieben, sie sei vor allen anderen Tieren schlau und listig gewesen. Dasselbe gilt von den Würsten. Einige Akademiker[1] behaupten noch jetzt, daß dieser Verführer niemand anders gewesen sei als die Wurst Ithyphallus[2], in welche vorzeiten der gute Meister Priapus verwandelt worden war, ein gar großer Verführer der Weiber im Paradies, wie es auf griechisch, oder im Garten, wie es bei uns heißt. Was wissen wir, ob nicht die jetzt so tüchtigen und tapferen Schweizer einmal Würstchen gewesen sind? Ich möchte meine Hand dafür nicht ins Feuer legen. Auch die Himantopoden, ein namhaftes Volk in Äthiopien, sind nach des Plinius Beschreibung Würste und weiter nichts. Wenn das alles aber eure Ungläubigkeit noch nicht erschüttern kann, ihr Herren, so fahrt – aber erst trinkt einmal! – nach Lusignan, Parthenay, Vouvant, Mervent und Pouzauges im Poitou, da findet ihr viele altadlige, ehrenhafte Zeugen, die beim Arm des heiligen Rigomer schwören werden, daß Melusine, ihre Ahnherrin, bis hin zu den Schamlippen einen Frauenleib gehabt hat, welcher aber von da abwärts in eine Wurstschlange oder Schlangenwurst auslief. Dessenungeachtet bewegte sie sich mit Freiheit und Anmut, worin es ihr die bretonischen Tänzer noch heutigentags gleichtun, wenn sie trällernd ihren Dreischritt tanzen. Und was war

---

1 Schüler Platons – 2 der Phallus als Kultsymbol

der Grund, weshalb Erichthonios die Kutschen, Sänften und Wagen erfand? Weil Vulkan ihn mit Wurstbeinen erzeugt hatte, die er in einer Sänfte viel besser verstecken konnte als beim Reiten. Denn damals hielt man von den Würsten noch nicht viel. Der Leib der skythischen Nymphe Ora war gleichfalls halb Frau, halb Wurst. Trotzdem fand Jupiter sie so reizend, daß er einen schönen Sohn, Kolaxes, mit ihr zeugte. Hört also mit euren schlechten Späßen auf und glaubt mir: Über die Wahrheit des Evangeliums geht nichts!

Neununddreißigstes Kapitel
Wie Bruder Hans sich mit den Köchen vereinigt,
um wider die Würste zu kämpfen

Als Bruder Hans die wutentbrannten Würste so tapfer heranrükken sah, sagte er zu Pantagruel: »Na, das wird eine schöne Schlächterei werden. Ei, was für Ehre und rühmlichen Preis wir da als Sieger einheimsen werden! Am liebsten wär' mir's, Ihr sähet dem Gemetzel vom Schiff aus zu und ließt mich's mit meinen Leuten allein zu Ende führen.« – »Mit was für Leuten?« fragte Pantagruel. – »Hier steht's im Brevier«, entgegnete Bruder Hans. »Warum war Potiphar, der Oberküchenmeister des Pharao, der Joseph kaufte und den Joseph, wenn er gewollt, zum Hahnrei hätte machen können, warum war er Befehlshaber der gesamten ägyptischen Reiterei? Warum wurde Nebusaradan, des Königs Nebukadnezar Küchenmeister[1], vor vielen anderen Hauptleuten dazu erwählt, Jerusalem zu belagern und zu zerstören?« – »Nun, laß hören«, sagte Pantagruel. – »Beim wundertätigen Loch«, fuhr Bruder Hans fort, »ich wollte darauf schwören, es geschah aus keinem andern Grund, als weil sie schon früher gegen Würste zu Felde gezogen waren oder doch gegen Leute, die ihnen völlig Wurst waren und die zu ducken, zu stupsen, unterzukriegen und in Stücke zu hauen Köche unvergleichlich tüchtiger und geeigneter sind als alle schwere und leichte Reiterei und alles Fußvolk der Welt.« – »Du erinnerst mich da an etwas«, sagte Pantagruel, »was sich unter den launigen und scherzhaften

1 s. 2. Könige 25,8 (dort Hauptmann der Trabanten genannt)

Repliken Ciceros findet. Zur Zeit der Bürgerkriege, welche Rom unter Cäsar und Pompejus entzweiten, neigte er mehr der Partei des Pompejus zu, obgleich er von Cäsar herangezogen und sehr begünstigt wurde. Als er einmal vernahm, daß die Truppen des Pompejus in irgendeinem Treffen große Verluste an Leuten erlitten hätten, beschloß er, sich im Lager selbst davon zu überzeugen. Dort angekommen, bemerkte er, daß ihre Macht gering, ihr Mut noch geringer, die Unordnung, die herrschte, aber sehr groß war. Da er voraussah, daß alles böse ausgehen und übel enden würde, wie es denn auch später der Fall war, so fing er an, bald den einen, bald den andern mit spitzen und beißenden Reden aufzuziehen und zu necken, was er mit scharfer Zunge vortrefflich verstand. Einige der Hauptleute, die schmausend beisammensaßen wie Leute, die ihrer Sache ganz sicher und auf alles vorbereitet sind, sagten zu ihm: ›Sieh doch nur, wieviel Adler wir noch haben‹; das waren nämlich die Feldzeichen der Römer. ›Gewiß‹, sagte Cicero, ›wenn ihr gegen Elstern Krieg führtet, wäre das ganz gut und vortrefflich. Aber euch ist der Krieg Wurst; ihr meint, es sei ein leichtes Fressen, und so verbündet euch lieber mit den Köchen. Nun, macht's, wie ihr denkt. Ich werde hierbleiben und mir das Ende dieser Maulheldentaten mit ansehen.‹«

Stracks geht Bruder Hans zu den Küchenzelten, und mit fröhlich lockender Stimme ruft er den Köchen zu: »Kinder, ich möcht' euch alle hoch geehrt und als Sieger sehen. Ihr werdet Waffentaten vollbringen, wie sie seit Menschengedenken nicht gesehen worden sind. Potz Bauch, sollen Küchenhelden etwa nichts gelten? Kommt und laßt uns die lausigen Würste zusammenhauen. Ich will euer Hauptmann sein. Trinken wir drauf, Freunde! Und dann auf sie!« – »Hauptmann«, erwiderten die Köche, »deine Rede ist gut. Befiehl, wir folgen. Von dir geführt, wollen wir leben und sterben.« – »Leben«, sagte Bruder Hans, »gut; sterben – nein: das ist Sache der Würste. Schließt die Reihen! Unsere Losung ist ›Nebusaradan‹.«

Vierzigstes Kapitel
Wie Bruder Hans die große Sau[1] aufstellen läßt
und die tapferen Köche darin Platz nehmen

Da ließ Bruder Hans die Kriegsbaumeister die große Sau aufstellen, die sie auf dem Schoppen mit sich führten. Diese Sau war eine Kriegsmaschine, die aus großen, rundum angebrachten Schleudern Steinkugeln und stahlbefiederte Bolzen schoß, während in ihrem Innern leicht mehr als zweihundert Mann gedeckt kämpfen konnten. Sie war nach dem Muster der Sau von La Réole gebaut, vermittels deren unter der Regierung des jungen Karl VI[2]. Bergerac den Engländern entrissen worden war. Hier folgen Zahl und Namen der tapferen und beherzten Köche, welche in besagte Sau einstiegen wie in das Trojanische Pferd:

Salzmann,	Ferkelin,
Allgewandt,	Lackedei,
Spülicht,	Wischab,
Trägsack,	Semmelkrume,
Haferschleim,	Henkelpott,
Fettdarm,	Löffelsack,
Schlapphans,	Mörserkeul,
Leckewein,	Karbonad,
Pfefferkorn,	Kuttelad,
Kotelad,	Rübfleisch, Spießer von,

Senfmehl, Schnitzeling, Frikassör. Alle diese edlen Köche führten in dem roten Feld ihres Wappens eine grüne Spicknadel, mit einem nach links geneigten silbernen Balken durchkreuzt.

Speckelin, Speck von,	Rundspeck,
Schlingespeck,	Widerspeck,
Zerrespeck,	Krausspeck,
Spickespeck,	Bindespeck,
Sparespeck,	Krabbelspeck,
Archispeck,	Wandelspeck,

Rippeck – synkopiert[3] –, aus Rambouillet gebürtig; sein eigentlicher Küchendoktorname war Rippspeck, wie man auch Idolater für Idololater sagt.

---

1 Belagerungsmaschine – 2 gemeint ist Karl V. von Frankreich (Bergerac wurde 1378 zurückerobert.) – 3 zusammengezogen

Steifenspeck,   Gärspeck,
Ohnespeck,   Mückenspeck,
Süßspeck,   Gutspeck,
Kauspeck,   Neuspeck,
Mausespeck,   Sauerspeck,
Fallenspeck,   Pillenspeck,
Ranzenspeck,   Fistenspeck,
Erbsenspeck,   Zielspeck,

alles Namen, die bei den Maranen und Juden nicht vorkommen.

Löffeling,   Essigkrug,
Salatier,   Suppennapf,
Kressander,   Siebecke,
Rübeschab,   Pinseling,
Schinkenbrett,   Brühard,
Karnickelfell,   Kasserol,
Bratenrost,   Töpfel,
Kuchenblech,   Rührintopf,
Reibeisen,   Topfstürz,
Zapfhahn,   Bittertopf,
Senfrich,   Kühlebeiß,
Pökelschlund,   Ochsenrück,
Schneckenau,   Käselab,
Suppenstiel,   Nudeling,
Hammelkeul,   Austernbrüh,

Krümel; dieser kam später aus der Küche in den Kammerdienst des edlen Kardinals Le Veneur[1].

Rindhart,   Altenschwanz,
Scheuerlapp,   Rauchschwanz,
Schüsselkalb,   Raspelmann,
Sudeling,   Lampatski,
Krapfeling,   Schmieratzki,
Weinschenk,   Kuttelpust,
Schwanzinger,   Grasmaul,
Pfeifenschwanz,   Aalfeld,
Lahmschwanz,   Tölpeling,
Niedlich,   Krokodilian,
Neuenschwanz,   Stutzrich,

1 Jean Le Veneur-Carrouges (16. Jh.), franz. Prälat; als Feinschmecker bekannt

Schlappschwanz,   Schnitzler,
Steckhinein,   Müffling,

Mondam, der Erfinder der Soße »Madame« und deshalb auf schottisch-französisch so benannt.

Zähneklapp,   Geelschnut,
Streicher,   Schwenkart,
Pfeifer,   Honigmann,
Lumpius,   Maultasch,
Zottelmann,   Hammelmann,
Widerlich,   Wurzelbrech,
Wässerling,   Wurster,
Pissart,   Schweinchen,

Robert; dieser war der Erfinder der Soße »Robert«, die zu gebratenen Enten, Kaninchen, zu Schweinefleisch, Spiegeleiern, Stockfisch und tausend anderen Gerichten so gern gebraucht wird und so gesund ist.

Kaltenaal,   Schnitting,
Rotstreif,   Mischke,
Fischart,   Nagebein,
Rollklops,   Bückling,
Quarking,   Schlehmus,
Pfeffersalz,   Eberhard,
Strohback,   Schußler,
Pfannenstiel,   Langbein,
Schönblatt,   Großmaul,
Seekrebs,   Leckelieb,
Leberkloß,   Naschheim,
Großschlund,   Mauseler,
Kackal,   Beutelmann,
Freßbalg,   Hackebrett,
Ollenbrei,   Kälberich,
Kümmel,   Hosibus.

Alle diese edlen, übermütigen und übermutigen, trutzigen und kampflustigen Köche stiegen in die Sau. Bruder Hans mit seiner großen Plempe war der letzte und riegelte die Tür von innen zu.

Einundvierzigstes Kapitel
Wie Pantagruel die Würste übers Knie brach

Als die Würste näher kamen, sah Pantagruel, wie sie ihre Arme vorstreckten und die Lanzen senkten. Sofort schickte er ihnen Gymnast entgegen, um zu erfahren, was ihre Absicht sei und weshalb sie ohne alle Veranlassung gegen alte Freunde, die ihnen doch nichts zuleide getan noch sie gekränkt hätten, zu Felde zögen. Vor den ersten Reihen angekommen, machte Gymnast eine sehr tiefe Verbeugung und rief dann, so laut er konnte: »Wir sind für euch, für euch, für euch, samt und sonders zu dero Befehl, alle, wie wir da sind; halten's mit eurem alten Bundesgenossen Fastnacht.« Später hat mir jemand erzählt, er habe statt Fastnacht Nachfast gesagt. Dem mag nun sein, wie ihm will, genug, eine dicke, gewaltige Zervelatwurst, die vor der Front des Regiments stand, wollte ihm bei diesen Worten an die Kehle. – »Schwerenot«, sagte Gymnast, »da kommst du nur schnittweise 'rein, so im ganzen geht's nicht.« Damit packte er sein Schwert Leckmich, wie er's nannte, mit beiden Händen und hieb die Zervelatwurst in zwei Hälften. Himmel, war das Biest fett! Es erinnerte mich an den großen Berner Stier[1], der bei der Schlappe der Schweizer zu Marignano getötet wurde. Er hatte, so wahr ich lebe, nicht weniger als vier Finger Speck auf dem Leib. Kaum sahen die anderen Würste den Zervelater am Boden liegen, so stürzten sie sich auf Gymnast und wollten ihm den Garaus machen, als Pantagruel mit seinen Leuten ihm im Sturmschritt zu Hilfe kam. Nun folgte ein schreckliches Handgemenge. Darmspeiler spießte die Fleischwürste, Wurstmesser schlitzte den Blutwürsten die Bäuche auf; Pantagruel brach alle, die ihm in den Wurf kamen, übers Knie. Bruder Hans verhielt sich in seiner Sau ganz still und beobachtete alles mit aufmerksamen Augen. Da, mit einemmal, stürzen sich die Sülzen, die im Hinterhalt gelegen, mit furchtbarem Geschrei auf Pantagruel. Kaum, daß Bruder Hans die Verwirrung und den Tumult bemerkt, da öffnet er die Tür der Sau und fällt mit seiner tapferen Besatzung aus. Einige von ihnen sind mit eisernen Bratspießen, andere mit Feu-

---

1 Pontiner (gest. 1515), schweiz. Feldtrompeter, benannt nach dem Stierhorn, auf dem er zum Angriff blies

errosten, Bratenböcken, Pfannen, Schaufeln, Kochlöffeln, Zangen, Haken, Besen, Töpfen, Mörsern, Mörserkeulen bewaffnet, alle in der schönsten Ordnung wie Mordbrenner, und alle schreien und brüllen aus vollem Hals: »Nebusaradan, Nebusaradan, Nebusaradan!« Bei diesem Geschrei und Anprall machen die Sülzen kehrt und brechen mitten durch die Kochsalami. Auch die Fleischwürste werden die plötzlich eingetroffene Verstärkung gewahr und laufen gleichfalls im Galopp davon, als ob der Teufel sie jagte. Bruder Hans feuert hinter ihnen her und schießt sie wie die Fliegen tot; seine Soldaten sind auch nicht faul. Ein jammervoller Anblick! Das ganze Schlachtfeld war mit toten oder verwundeten Würsten bedeckt, und die Geschichte meldet, wenn Gott nicht ein besonderes Einsehen gehabt hätte, so würde das ganze Wurstgeschlecht von den Küchensoldaten vernichtet worden sein. Da aber geschah etwas höchst Wunderbares; glaubt davon, soviel ihr wollt.

Von jenseits der Berge kam ein großer, fetter, dicker, grauer Eber geflogen mit breiten, langen Flügeln, die wie Windmühlenflügel aussahen. Sein Gefieder war karmesin wie bei einem *Phoenicopterus* oder Flamingo, wie er sonst allgemein genannt wird: die Augen rot und blitzend wie Karfunkel, die Ohren smaragdgrün, die Zähne gelb wie Topas, der Schwanz lang und schwarz wie lukullischer Marmor, die Füße weiß und durchsichtig wie Diamant und dabei breit und glatt wie Gänsefüße, oder wie vorzeiten die Königin Pédauque zu Toulouse sie gehabt hat. Um den Nacken hing ihm ein goldenes Halsband, in welches ionische Schriftzüge eingegraben waren, von denen ich jedoch nur zwei Wörter lesen konnte, nämlich Ὗς Ἀθήναν, das heißt Eber der Minerva. Das Wetter war schön und klar. Aber sobald das Ungetüm herankam, fing es von der linken Seite her so stark zu donnern an, daß wir alle ganz erschreckt dastanden. Kaum hatten die Würste es erblickt, als sie ihre Waffen und Spieße von sich warfen, auf die Erde hinknieten und schweigend die gefalteten Hände aufhoben, gleich als ob sie zu ihm beteten. Unterdessen fuhr Bruder Hans fort, auf die Würste einzuhauen und sie zu spießen; aber Pantagruel gab ihm den Befehl, zum Rückzug blasen zu lassen und den Kampf einzustellen. Nachdem das Ungetüm mehrere Male zwischen den beiden Heeren hin- und hergeflogen war, ließ es mehr als siebenundzwanzig Tonnen Senf aus der Höhe auf die Erde herabfallen und verschwand dann in der Luft, wobei es unaufhörlich »Fastnacht! Fastnacht! Fastnacht!« schrie.

Zweiundvierzigstes Kapitel
Wie Pantagruel mit Niphleseth[1], der Königin der Würste, unterhandelt

Als besagtes Ungetüm nicht mehr zu sehen war und die beiden Heere sich schweigend gegenüberstanden, verlangte Pantagruel, mit der Königin der Würste, Niphleseth, die in ihrer Kutsche bei den Feldzeichen hielt, zu unterhandeln. Dies wurde bereitwilligst zugestanden. Die Königin stieg aus, begrüßte Pantagruel auf das liebenswürdigste und drückte ihre Freude aus, ihn zu sehen. Pantagruel beklagte sich über den feindseligen Angriff; sie entschuldigte sich ohne Rückhalt, indem sie die Schuld auf die falschen Berichte schob, durch welche sie getäuscht worden wäre. Ihre Kundschafter hätten ihr gemeldet, daß Fastennarr, ihr alter Feind, gelandet sei und sich damit die Zeit vertreibe, den Walen den Urin zu beschauen. Dann bat sie dringend, die Beleidigung zu verzeihen, und setzte beteuernd hinzu, eher wäre Kot als Galle bei den Würsten zu finden. Gewähre er ihre Bitte, so wolle sie, Niphleseth, und alle ihre Nachfolgerinnen für ewige Zeiten Land und Insel von ihm und seinen Nachfolgern zu Lehen nehmen, allen seinen Befehlen gehorchen, seiner Freunde Freund, seiner Feinde Feind sein und ihm alljährlich als Beweis der Anerkennung seiner Lehnsherrlichkeit achtundsiebzigtausend Königswürste schicken, die sechs Monate lang beim Imbiß vor seiner Mittagstafel Dienst tun sollten. Und wirklich tat sie das; schon am nächsten Morgen sandte sie die genannte Zahl Königswürste in sechs großen Brigantinen, unter Anführung der jugendlichen Infantin Niphleseth, an den guten Gargantua ab. Dieser schickte sie dem König von Paris zum Geschenk; aber infolge des Klimawechsels und weil es an Senf gebrach, der für Würste ein notwendiger und erfrischender Balsam ist, starben sie fast alle. Nach dem Willen und Befehl des großen Königs wurden sie massenweise an einem Ort zu Paris begraben, der

1 das männliche Glied (hebr.)

noch bis auf den heutigen Tag den Namen Wurstpflastergasse führt. Auf Wunsch der Damen des königlichen Hauses behielt man die junge Niphleseth bei Hofe, wo sie mit großen Ehren behandelt wurde. Später machte sie eine gute, reiche Partie und bekam auch mehrere Kinder, wofür Gott gepriesen sein soll.

Pantagruel dankte der Königin huldreich, verzieh alle Beleidigung, lehnte dagegen ihr Anerbieten ab; darauf schenkte er ihr ein niedliches kleines Perlmuttermesserchen und fragte sie ausführlich nach dem Ungetüm, das ihnen erschienen war. Sie gab zur Antwort, das sei das Urbild Fastnachts, ihres Schutzpatrons in Kriegszeiten, des Stifters und Ahnherrn des ganzen Wurstgeschlechts; deshalb gleiche er auch einem Eber, denn von ihm stammten alle Würste. Pantagruel fragte weiter, weshalb und in welcher Absicht er soviel Senf heruntergeworfen hätte. Senf, antwortete die Königin, sei ihr Gral und himmlischer Balsam; wenn sie nur ein wenig davon in die Wunden der verletzten Würste strichen, so würden diese in kürzester Zeit wieder gesund, und die tot wären, würden wieder lebendig.

Weiter unterhielt sich Pantagruel mit der Königin nicht, sondern kehrte auf sein Schiff zurück, ebenso alle seine tapferen Gefährten mitsamt ihren Waffen und der Sau.

Dreiundvierzigstes Kapitel
Wie Pantagruel auf der Insel Ruach[1] landete

Zwei Tage darauf kamen wir nach der Insel Ruach, und beim Siebengestirn schwör' ich euch, die Art und Lebensweise des Volks dort ist so sonderbar, daß es sich überhaupt nicht sagen läßt. Sie leben einzig und allein vom Wind. Alles, was sie essen und trinken, ist Wind. Ihre Häuser sind Windfahnen. In ihren Gärten säen sie dreierlei Arten von Windrosen[2]. Raute und andere windtreibende Kräuter jäten sie sorgfältig aus. Das einfache Volk nährt sich nach seinen Verhältnissen und Vermögensumständen von Feder-, Papier- und Leinwandwedeln. Die Reichen leben von Windmühlen. Wenn sie ein Fest feiern oder einen Schmaus geben, so lassen sie unter einer Windmühle decken

1 Wind (hebr.), auch Geist (I. Moses I,2) – 2 Anemonen

oder unter einigen. Da tun sie sich dann gütlich wie auf einer Hochzeit. Und während der Mahlzeit erörtern sie die Vortrefflichkeit, Güte, Gesundheit und Seltenheit der Winde, geradeso wie ihr, meine lieben Zecher, bei euren Schmäusen eure tiefsinnigen Bemerkungen über die Weine macht. Der eine lobt den Scirocco, der andere den Südwest, ein dritter den Südost, die Bise, den Zephir, den West und andere andere; einer den Hemdenwind, der für Schürzenjäger und für Verliebte ist. Den Kranken verordnet man Zugluft wie unseren Kranken Zugpflaster. »Ach«, sagte ein kleiner Kerl, der ganz aufgedunsen war, »wenn man doch eine Blase voll von dem guten südlichen Wind kriegen könnte, den man Cyerce[1] nennt. Der treffliche Arzt Scurron, der einmal hier durchreiste, erzählte uns, dieser Wind sei so kräftig, daß er beladene Wagen umwerfe. Wie würde der meinen ödipodischen[2] Beinen wohltun! Das sind nicht gerade die besten, die so dick wie ein Faß sind!« – »Aber«, sagte Panurg, »was meint Ihr, ein Faß von dem guten Südländer, wie er zu Mirevaux, Canteperdris und Frontignan wächst?« – Auch sah ich, wie ein Mann von ganz anständigem Aussehen, der an Blähbauch zu leiden schien, im höchsten Zorn einen seiner Diener, einen großen, dikken Kerl, und einen kleinen Pagen mit den Stiefelabsätzen bearbeitete. Da ich die Ursache seines Zorns nicht kannte, meinte ich zuerst, es geschähe wohl nach ärztlicher Vorschrift und wäre eine ihnen verordnete Diät, wonach der Herr sich so ereifern und der Diener sich prügeln lassen müßte. Ich hörte dann aber, wie er seinen Diener beschuldigte, daß er ihm einen halben Schlauch Südwester hätte auslaufen lassen, den er sich als Leckerbissen für spätere Zeiten sorgfältig aufbewahrt hatte.

Auf dieser Insel wird weder geschissen noch gepißt noch gespuckt. Dafür aber furzen, fisten und rülpsen sie desto mehr. Sie leiden an allerlei Arten und Gattungen von Krankheiten, wie denn auch Hippokrates *lib. de flatibus*[3] es ausspricht, daß jede Krankheit von Winden herrühre. Aber wahrhaft epidemisch ist dort die Windkolik, gegen die sie starke Dosen von windtreibenden Mitteln anwenden, worauf sie dann noch stärkere Dosen von Winden von sich geben. Sie sterben alle an der Trommel-

---

1 lat. *circius* (franz. *mistral*), kalter Nordostwind in Südfrankreich; als »Luftreiniger« von Augustus durch einen Tempel geehrt – 2 geschwollen – 3 »Buch über die Blähungen«

sucht, die Männer unter Furzen, die Weiber unter Fisten. Die Seele entweicht ihnen durch den Hintern.

Bei einem später unternommenen Spaziergang auf der Insel begegneten wir drei solchen dicken Windbeuteln, die ausgegangen waren, um sich die Regenpfeifer[1] anzusehen, deren es hier eine große Menge gibt und die nach derselben Diät leben. Da sah ich, daß jeder von ihnen, ganz wie ihr, meine lieben Zecher, wenn ihr über Land geht, Flaschen, Butteln und Karaffen mit euch schleppt, einen niedlichen kleinen Blasebalg am Gürtel hän-

gen hatte. Spürten sie Hunger nach Wind, so machten sie sich welchen, ganz frischen, indem sie die kleinen Blasebälge in Bewegung setzten; denn wie ihr wissen werdet, ist Wind, richtig definiert, ja weiter nichts als strömende, bewegte Luft. In diesem Augenblick gelangte der Befehl ihres Königs an uns, wir sollten innerhalb der nächsten drei Stunden keinen Einheimischen, weder Mann noch Weib, in unsere Schiffe aufnehmen. Man hatte ihm nämlich eine Blase mit höchst wertvollem Wind gestohlen, den der Schnarcher Äolus einstmals Odysseus geschenkt hatte, um sein Schiff auch bei stillem Wetter vorwärtszutreiben. Diesen Wind hatte er heilig aufbewahrt wie einen zweiten Gral und

1 lebten nach dem Volksglauben vom Wind

manche schlimme Krankheit damit geheilt, indem er den Kranken nur so viel davon abgelassen und eingegeben hatte, wie zu einem Jungfernfürzchen hinreichte, was fromme Seelen ein »Himmelstönchen« nennen.

Vierundvierzigstes Kapitel
Wie ein kleiner Regen einen großen Wind niederschlägt[1]

Pantagruel lobte ihr Verfahren und ihre Lebensweise sehr und sagte zu dem Landvogt Unterwind: »Wenn ihr der Ansicht Epikurs seid, daß der Genuß, gemeint ist der leicht und mühelos zu erlangende, das höchste Gut der Welt sei, so preis' ich euch glücklich. Denn eure Nahrung, die in Wind besteht, kostet euch nichts oder doch nur sehr wenig; es braucht ja nur zu wehen.« – »Allerdings«, erwiderte der Vogt, »aber in diesem irdischen Leben gibt es eben kein vollkommenes Glück. Oft, wenn wir behaglich wie fromme Brüder bei Tisch sitzen und uns an einem wahren Gotteswind wie an himmlischem Manna laben, kommt ein kleiner Regen und schlägt ihn nieder. So geht uns mancher Schmaus verloren, weil's am Stoff fehlt.« – »Das ist«, sagte Panurg, »wie bei Jenin von Quinquenais, der seinem Weib Quelot auf den Hintern pißte und so den Stinkwind niederschlug, der dort wie aus einem Retortenrohr herausblies. Ich habe das neulich in zierliche Verse gebracht:

Jenin, der eines Abends seinen Wein,
den heurigen, noch brausenden, probiert,
spricht zu Quelot: ›Nun bring die Rüben rein
und setze dich; 's ist Zeit, daß man soupiert.‹
Gesagt, getan! Und als das absolviert,
gehn sie zu Bette – schäkern – schlafen ein;
doch findt Jenin die Ruhe nicht, ach nein.
Wach fistet ihn Quelot, das liebe Kind.
Da brünzelt er sie an und spricht: ›Ich mein,
ein kleiner Regen dämpft den größten Wind.‹«

»Außerdem«, fuhr der Landvogt fort, »leiden wir Jahr für Jahr an einer recht lästigen und schweren Landplage. Ein Riese na-

1 sprichwörtlich

138

mens Nasenstüber, der auf der Insel Tohu wohnt, kommt nämlich jeden Frühling hierher zu uns, um nach der Vorschrift seiner
Ärzte hier eine Frühjahrs- und Reinigungskur durchzumachen.
Dabei verschlingt er uns unzählige Windmühlen, die er wie Pillen hinunterschluckt, und Blasebälge, auf die er ganz besonders
gierig ist. Das bringt uns großes Elend, und wir haben infolgedessen alljährlich drei- oder viermal Fastenzeit ohne ausdrückli-
ches Kirchengebot und Kirchengebet.« – »Könnt ihr euch denn
dagegen nicht schützen?« fragte Pantagruel. – »Unsere Mesari-
nen[1]«, entgegnete der Landvogt, »rieten uns, wir sollten zu der
Zeit, wenn er zu kommen pflegt, eine gehörige Anzahl Hühner,
Hähne und Hennen, in die Mühlen sperren. Das taten wir auch.
Als er die erste verschlang, wäre er beinahe daran gestorben,
denn die Hähne krähten so in seinem Leibe und flogen ihm so im
Magen herum, daß er von einer Ohnmacht in die andere fiel,
Herzanfälle bekam und sich in schrecklichen, gefährlichen
Krämpfen wand, gerade als ob ihm eine Schlange durch den
Mund in den Magen gekrochen wäre.« – »Das ist ein recht un-
passendes und ungeschicktes ›Gerade als ob‹«, sagte Bruder
Hans, »denn ich habe einmal gehört, daß eine Schlange, die in
den Magen gekrochen ist, nicht das geringste Unbehagen her-
vorruft, wenn man nur den Patienten an den Beinen aufhängt
und ihm eine Schale mit warmer Milch vor den Mund hält.« –
»Das hast du einmal gehört«, sagte Pantgruel, »und die es dir erzählt haben, haben es auch einmal gehört. Trotzdem hat man
von solch einem Mittel nie etwas gesehen noch gelesen. Hippokrates *lib. V epid.*[2] sagt, daß der Fall zu seiner Zeit vorgekommen
wäre und der Patient an Krämpfen und Konvulsionen gestorben
sei.« – »Außerdem«, fuhr der Landvogt fort, »liefen ihm alle
Füchse des Landes, die hinter den Hühnern her waren, noch in
den Rachen, so daß er jeden Augenblick zu sterben meinte, hätte
er nicht bei einem heftigen Anfall, so wie ihm ein lustiger Hexenmeister riet, als Antidot und Gegengift einen Fuchs geschunden[3]. Später wurde er gar noch besser beraten, und jetzt gibt man
ihm in solchen Fällen ein Klistier von Weizenkörnern und Hirse,
wodurch die Hühner nach hinten gelockt werden, und ein Gän-

---

1 scherzhaft für Ärzte (von griech. *mesaraion* Gekröse) – 2 »Über epidemische Krankheiten« 5 –
3 d.h. sich erbrochen; sprichwörtlich

seleberklistier, das die Füchse anzieht; auch schluckt er Pillen von Wind- und Dachshunden. Da seht Ihr, was uns plagt.« – »Nun, liebe Leute«, sagte Pantagruel, »faßt nur Mut! Nasenstüber, der große Windmühlenverschlinger, ist tot, das versichere ich euch. Er starb an Erstickung und Halskrampf, als er eben nach Vorschrift der Ärzte vor einem geheizten Backofen ein Stück frischer Butter hinunterschlang.«

Fünfundvierzigstes Kapitel
Wie Pantagruel auf der Insel der Papofeigen landete

Am nächsten Morgen gelangten wir zur Insel der Papofeigen, die einstmals reich an Gütern und frei gewesen waren und die man »Lebemänner« genannt hatte; jetzt aber waren sie arm, unglücklich und den Papomanen untertan. Das war so zugegangen: Der Bürgermeister, der Syndikus und der Oberrabbiner der Lebemänner waren eines schönen Tags zu einem der jährlichen Feste nach der nahegelegenen Insel Papomanien gefahren, um sich dort zu belustigen. Als aber einer von ihnen das Bildnis des Papstes zu Gesicht bekam, das nach einem löblichen Brauch an solchen großen Festen öffentlich ausgestellt wurde, machte er ihm die Feige[1], was in jenem Land für ein unzweideutiges Zeichen der Verachtung und Verhöhnung angesehen wird. Sich dafür zu rächen, griffen alle Papomanen einige Tage darauf zu den Waffen und überfielen hinterrücks die Insel der Lebemänner, plünderten und verheerten sie und ließen alles, was einen Bart trug, über die Klinge springen; den Weibern und Unmündigen aber wurde Gnade gewährt unter denselben Bedingungen, die Kaiser Friedrich Barbarossa einst den Mailändern auferlegt hatte.

Die Mailänder nämlich hatten sich während seiner Abwesenheit empört und seine Gemahlin, die Kaiserin, schmählich aus der Stadt vertrieben, indem sie sie rittlings auf eine alte Mauleselstute namens Thakor[2] setzten, den Hintern dem Kopf, das Gesicht dem Schwanz zugewandt, Gleich nach seiner Rückkehr hatte Friedrich sie wieder gebändigt und seiner Gewalt von

---

1 d.h., steckte den Daumen zwischen Zeige- und Mittelfinger; Spottgeste in Italien und Spanien – 2 After (hebr.)

neuem unterworfen; auch war es seinen eifrigen Nachforschungen gelungen, die Mauleselstute Thakor in seine Hand zu bringen. Mitten auf dem Broglioplatz mußte der Henker in Gegenwart der gefangenen Bürger eine Feige in die Hinterlefzen dieser Eselin stecken. Dann ließ der Kaiser unter Trompetenschall verkünden, daß jeder, der nicht den Tod erleiden wolle, diese Feige vor aller Augen, ohne Hilfe der Hände, mit den Zähnen da herausholen und wieder hineinstecken müsse. Wem das nicht behage, der solle ohne weiteres gehenkt und erdrosselt werden. Etlichen von ihnen dünkte diese Buße ein so großer Schimpf und solche Schmach, daß sie die Todesfurcht darüber vergaßen, und diese wurden gehenkt. Bei den anderen aber überwog die Todesfurcht. Nachdem sie die Feige mit den Zähnen herausgenommen hatten, zeigten sie sie dem Henker mit den Worten: »Ecco lo fico!« In gleich schmachvoller Weise mußte sich das Häuflein der übriggebliebenen trübseligen Lebemänner vom Tode loskaufen. Hierauf wurden sie dann Sklaven und Tributpflichtige und mußten den Namen Papofeigen hinnehmen, weil sie dem Bilde des Papstes die Feige gemacht hatten. Von da an war lauter Unglück über die armen Leute gekommen. Wie eine Strafe für die Sünde ihrer Väter und Vorfahren hatten Hagel, Sturm, Hungersnot und allerlei andere Plagen sie Jahr für Jahr heimgesucht.

Da wir die Not und das Elend dieses Volkes sahen, spürten wir auch kein Verlangen, tiefer ins Land einzudringen. Nur um Weihwasser zu nehmen und unser Gebet zu verrichten, traten wir in eine kleine, am Hafen gelegene Kapelle, die wüst und verfallen aussah und ohne Dach war wie die Peterskirche in Rom. Als wir nun da drinnen das Weihwasser nehmen wollten, sahen wir im Weihwasserbecken einen ganz mit Stolen bekleideten Mann, wie eine Ente untergetaucht, im Wasser sitzen, der nur die Nase zum Atemholen heraussteckte. Um ihn herum standen drei Priester mit glattrasiertem Kinn und Tonsur, die Beschwörungsformeln sprachen und Teufel bannten. Pantagruel, der sich darüber verwunderte, fragte, was sie hier für Hokuspokus trieben, und erfuhr, daß in den letztvergangenen drei Jahren hier auf der Insel eine schreckliche Seuche gewütet habe, von der die Hälfte der Inselbewohner hingerafft worden sei, wodurch viele Ländereien herrenlos geworden wären. Als die Seuche endlich vorüber war, hatte dieser Mann, der im Weihbecken saß, einen großen brachliegenden Acker, der ihm gehörte, mit Korn bestellen wollen. Aber zu derselben Zeit war mit Luzifers allerhöchster Erlaubnis ein kleiner Teufel, der noch nicht einmal etwas verhageln und verdonnern konnte, Petersilie und höchstens Kohl ausgenommen, und der auch weder zu schreiben noch zu lesen verstand, auf die Insel der Papofeigen gekommen, um sich hier ein bißchen zu erholen und zu belustigen. Denn die Teufel lebten mit den Männern und Weibern der Insel auf einem sehr vertrauten Fuß und hielten sich hier oft zu ihrem Vergnügen auf. Als der Teufel zufällig an dem Acker vorüberkam, fragte er den Bauern, was er da mache. Der arme Mann antwortete ihm, er bestelle das Feld mit Korn, damit er im nächsten Jahr etwas zu leben habe. »Aber der Acker gehört dir ja gar nicht«, sagte der Teufel, »er gehört mir. Seitdem ihr dem Papst die Feige gemacht habt, ist all dies Land uns zugesprochen, anheimgefallen und überlassen. Indessen ist Kornsäen meine Sache nicht, und so magst du den Acker immerhin behalten, aber unter der Bedingung, daß wir miteinander teilen, was er trägt.« – »Ich bin's zufrieden«, sagte der Bauer. – »Nämlich so«, sagte der Teufel: »Wir teilen den ganzen Ertrag des Feldes auf. Auf den einen Teil kommt alles das, was über der Erde, und auf den andren alles, was unter der Erde ist. Als Teufel aus altem und edlem Geschlecht hab' ich die Wahl, denn du bist nur ein einfacher Bauer. Ich nehme also als meinen Teil das, was unter der Erde ist; du bekommt das über der Erde. Wann ist die Ernte?« – »Mitte Juli«, antwortete der Bauer. – »Schön«, sagte der Teufel, »dann werde ich mich wieder hier einfinden. Nun tu deine Schuldigkeit und plag dich, Schlingel, plag dich! Ich will unterdessen die adligen Nonnen von Trokkenfurz ein bißchen geil machen, und die Heuchler und Scheinheiligen auch. An ihrer Bereitwilligkeit wird's nicht fehlen, davon bin ich überzeugt. Also auf Wiedersehen – aber dann nimm dich in acht.«

Sechsundvierzigstes Kapitel
Wie der Teufel von einem Papofeiger Bauern
angeführt ward

Mitte Juli kam der Teufel, von einer ganzen Schar Chorteufel-chen begleitet, wieder an den Ort zurück. Als er den Bauern zu sehen bekam, rief er ihm schon von weitem zu: »Nun, du Schlin-gel, was hast du geschafft, während ich weg war? Jetzt wollen wir teilen.« – »Das ist recht«, entgegnete ihm der Bauer und fing mit seinen Leuten an das Getreide zu mähen. Die Teufelchen ih-rerseits zogen die Stoppeln aus der Erde. Dann drosch der Bauer sein Korn auf dem Felde, worfelte es, tat es in Säcke und brachte es zu Markte. Die Teufelchen machten es ebenso, und auf dem Markt setzten sie sich dicht neben den Bauern hin und boten ihre Stoppeln feil. Der Bauer verkaufte sein Korn sehr vorteilhaft und füllte mit dem erlösten Geld den ganzen alten Halbstiefel, den er am Gürtel trug. Die Teufel verkauften ihre Ware nicht und wur-den von den Bauern auf dem Markt obendrein noch ausgelacht. Als der Markt zu Ende war, sagte der Teufel zum Bauern: »Die-ses Mal, du Halunke, hast du mich betrogen. Das nächste Mal soll dir das aber nicht wieder gelingen.« – »Wie kann ich Euch betrogen haben, Herr Teufel?« entgegnete ihm der Bauer; »habt Ihr nicht zuerst gewählt? Allerdings dachtet Ihr, mich durch Eure Wahl zu übervorteilen, denn Ihr meintet, über der Erde werde es nichts für mich geben, während Ihr unter der Erde meine ausgestreute Saat zu finden hofftet, um damit die armen Leute, die Gleisner und Wucherer zu versuchen, daß sie der Ver-führung erlägen und kopfüber in Euren Pfuhl stürzten. Aber Ihr seid noch ein bißchen zu grün. Das Korn in der Erde ist tot und verwest; seiner Verwesung entsproß das andere[1], das Ihr mich verkaufen saht. So habt Ihr das schlimmere Teil gewählt. Des-wegen seid Ihr auch in der Heiligen Schrift verdammt.« – »Halt's Maul«, sagte der Teufel; »sage mir lieber, womit du im nächsten Jahr den Acker bestellen willst.« »Als guter Landwirt muß man jetzt Rüben bauen«, sagte der Bauer. – »Ah, du bist ein Pracht-kerl«, sagte der Teufel; »tu das, baue nur tüchtig Rüben, ich werde sie schon vor dem Gewitter schützen und dafür Sorge tra-

---

1 nach Johannes 12,24

gen, daß sie nicht verhageln sollen. Aber höre, diesmal nehme ich, was über der Erde ist, und du bekommst das unter der Erde. Nun schinde dich, Schlingel, schinde dich! Ich will unterdessen den Ketzern etwas auf den Leib rücken; ihre Seelen sind zur Karbonade vortrefflich, solch ein warmer Bissen wird Luzifer bei seiner Kolik willkommen sein.«

– Als die Zeit der Ernte kam, fand sich der Teufel mit einem ganzen Schwarm Kammerteufelchen wieder dort ein, wo er auch schon den Bauern mit seinen Leuten antraf. Sogleich fing er an, das Kraut der Rüben abzuschneiden und zu sammeln. Dann grub der Bauer die großen Rüben aus und tat sie in Säcke. Hierauf gingen sie zusammen zu Markte. Der Bauer verkaufte seine Rüben zu guten Preisen, der Teufel verkaufte nichts, und, was das schlimmste war, man verhöhnte ihn noch öffentlich. Da sagte er: »Ich sehe wohl, daß du verdammter Halunke mich wieder angeführt hast. Ich will nun die Sache mit dem Acker ein für allemal zu Ende bringen. Laß uns ein Abkommen miteinander treffen: Wir wollen uns gegenseitig kratzen, und wer unterliegt, verliert seinen Anteil an dem Acker, der dann dem Sieger ganz allein gehören soll. Das können wir heute über acht Tage abmachen. Warte nur, du Halunke, ich werde dich teufelsmäßig kratzen. Ich hatte mir eigentlich vorgenommen, die räuberischen Schikanusen, die Prozeßverwirrer, die fälschenden Notare und die pflichtvergessenen Advokaten ein bißchen in Versuchung zu führen; aber sie haben mir durch einen Abgesandten sagen lassen, daß sie mir ja schon sowieso mit Leib und Seele angehörten. Luzifer ist ihrer Seelen auch schon überdrüssig und läßt sie gewöhnlich den Küchenteufeln, es sei denn, daß sie recht scharf gesalzen sind. Man sagt wohl, es gäb' gar nichts Besseres zum Frühstück als Scholaren, zu Mittag Advokaten, zum Spätimbiß Winzer, zum Abendbrot Kaufleute und zum Nachtessen Kammerzofen, aber immer und zu allen Zeiten nichts Delikateres als Irrwische[1]. Das ist auch ganz richtig. Luzifer fängt jede Mahlzeit mit ein paar Irrwischen an. Früher pflegte er auch Scholaren zu frühstücken, aber seit einigen Jahren haben sie ihre Studien leider auch auf die Heilige Schrift ausgedehnt. Seitdem können wir dem Teufel keine mehr verschaffen. Und ich glaube, wenn uns die Glatzen nicht helfen und ihnen durch Drohungen, Mißhandlungen, Ge-

1 Spottname für die Franziskaner

144

walt, Züchtigung und Scheiterhaufen ihren Sankt Paulus aus den Händen reißen, so werden wir uns den Appetit nach ihnen vergehen lassen müssen. Zu Mittag speist er Rechtsverdreher und Leuteschinder, und daran mangelt's nie. Aber immer dasselbe schmeckt zuletzt auch nicht mehr. Neulich sagte er vor dem ganzen Kapitel, ihn gelüste nach nichts so sehr wie nach der Seele eines Glatzkopfs, der sich in seinen Predigten den Leuten nicht selbst empfehle. Wer ihm so eine, knusprig am Spieß gebraten, brächte, dem verspräche er den doppelten Lohn und eine anständige Versorgung dazu. Jeder von uns gab sich die größte Mühe, aber vergebens; denn sie alle, ohne Ausnahme, ermahnen die vornehmen Damen, ihrer Klöster zu gedenken. Den Spätimbiß hat er sich ganz abgewöhnt, seitdem er an der heftigen Kolik leidet, die daher kommt, daß man ihm seine Pflegekinder, die Proviantmeister, Kohlenbrenner und Fleischbrater, in den Nordländern so schändlich behandelt hat[1]. Abends speist er eine sehr große Menge Kaufleute, Wucherer, Apotheker, Kassendiebe, Falschmünzer und Warenfälscher, und manchmal, wenn er bei guter Laune ist, nimmt er zur Nacht auch noch ein paar Dienstmädchen zu sich, die ihrem Herrn den guten Wein austrinken und stinkiges Wasser dafür ins Faß gießen. Nun frisch, du Halunke, arbeite, arbeite! Ich will jetzt die Scholaren von Trapezunt ködern, daß sie Vater und Mutter verlassen, daß sie nicht mehr tun, was sich gehört, die Gesetze des Königs verletzen, in geheimer Zügellosigkeit leben, niemanden achten, über alles spotten, das schöne, lustige, kleine Kindermützchen der poetischen Unschuld aufsetzen und – niedliche Irrwische werden.«

Siebenundvierzigstes Kapitel
Wie der Teufel von einer alten Papofeigin
angeführt ward

Betrübt und sehr nachdenklich kehrte der Bauer nach Hause zurück. Seine Frau, die ihn so kommen sah, meinte, man habe ihn auf dem Markt bestohlen. Als sie aber die Ursache seines Trübsinnes vernahm und seinen wohlgespickten Beutel erblickte,

---

1 Anspielung auf die Aufhebung der Klöster durch die Reformation

tröstete sie ihn mit sanften Worten und versicherte ihm, daß er in diesem Zweikratz nicht den geringsten Schaden erleiden solle; er möge alle seine Sorgen nur ihr überlassen und nichts fürchten, denn sie hätte sich schon etwas ausgedacht, wie ein guter Ausgang möglich sei. – »Schlimmstenfalls«, sagte der Bauer, »krieg' ich eine Schramme weg; beim ersten Kratzer ergeb' ich mich dann und lasse ihm den Acker.« – »Nichts da!« sagte die Alte; »verlaß dich nur auf mich und sei ganz ruhig, ich werd' es schon machen. Sagtest du nicht, es wär' ein kleiner Teufel? Er soll dir den Acker gleich herausgeben. Ja, wenn's ein großer Teufel wäre, dann wäre die Sache freilich schlimmer.«

Der anberaumte Tag war nun ebender, an dem wir auf der Insel gelandet waren. Als guter Katholik hatte der Bauer am Morgen gebeichtet und das Abendmahl genommen, sich dann aber auf den Rat des Pfarrers im Weihwasserbecken verkrochen, wo wir ihn fanden. Gerade als uns diese Geschichte zu Ende erzählt worden war, kam die Nachricht, die Alte hätte den Teufel angeführt und den Acker gewonnen. Das war so zugegangen. Der Teufel war zur Hütte des Bauern gekommen und hatte angeklopft und geschrien: »He, du Halunke, holla, holla, jetzt kann das Kratzen losgehen!« Dann war er keck und ungeniert ins Haus eingetreten, wo er aber den Bauern nicht antraf, sondern nur dessen Frau, die heulend und jammernd auf der Erde lag. »Was gibt's hier?« fragte der Teufel. »Wo ist er? Was macht er?« – »Ach«, schrie die Alte, »wo er ist, der Bösewicht, der Schinder, der Räuber? Er hat mich schrecklich zugerichtet, mit mir ist's vorbei, ich sterbe, so weh hat er mir getan.« – »Was gibt's denn?« fragte der Teufel. »Wart nur, ich werd's ihm schon eintränken!« – »Ha«, schrie die Alte, »der Schinder, der Wüterich, der Kratzteufel! Er sagte, er hätte ausgemacht, sich mit Euch zu kratzen, und um seine Nägel zu probieren, hat er mich nur mit dem kleinen Finger hier zwischen den Beinen gekratzt und so zugerichtet. Oh, oh, ich sterbe, ich werde nie wieder gesund – seht nur! Und nun ist er noch zum Schmied gegangen, um sich die Nägel erst recht spitzen und schärfen zu lassen. Liebster Herr Teufel, allerbester Freund, Ihr seid verloren. Rettet Euch, er wird gleich wieder hier sein; macht, daß Ihr fortkommt, ich beschwöre Euch.« – Damit deckte sie sich bis hoch ans Kinn auf, geradeso wie vorzeiten die persischen Weiber, wenn sie sich ihren aus der

Schlacht fliehenden Söhnen entgegenstellten, und zeigte ihm ihr Weißtjawohl. Als der Teufel diesen ungeheuren, endlosen Spalt sah, schrie er entsetzt: »Mohammed, Demiurgos, Megära, Alekto, Persephone, mich kriegt er nicht, ich mache mich aus dem Staub. So was! Ich lasse ihm den Acker.«

Nachdem wir den Ausgang und das Ende der Geschichte vernommen hatten, kehrten wir auf unser Schiff zurück und verweilten hier nicht länger. Angesichts der großen Armut des Volks und des allgemeinen Elends schenkte Pantagruel dem Gotteskasten der Kirche achtzehntausend Goldgulden.

Achtundvierzigstes Kapitel
Wie Pantagruel auf der Insel der Papomanen landete

Nachdem wir die trostlose Insel der Papofeigen verlassen hatten, fuhren wir bei allerschönstem Wetter und in der heitersten Stimmung weiter, bis sich unseren Blicken die gesegnete Insel der Papomanen zeigte. Kaum, daß wir im Hafen Anker geworfen, und noch ehe wir vertäut waren, sahen wir ein Boot herankommen, in welchem vier verschiedenartig gekleidete Männer saßen: der eine bekuttet, besudelt und beschuht wie ein Mönch; der zweite angetan wie ein Falkner mit Köder und Beizhandschuh; der dritte wie ein Rechtsanwalt mit einem Beutel voll Protokollen, Vorladungen, Gerichtsakten und Vollstreckungsbefehlen in der Hand; der vierte wie ein orleansscher Winzer mit schönen leinenen Gamaschen, einem Täschchen und einem Rebmesser am Gürtel[1]. Sobald sie unserm Schiff nahe waren, erhoben sie alle ihre Stimme und riefen: »Ihr Reisenden, habt ihr ihn gesehen, habt ihr ihn gesehen?« – »Wen?« fragte Pantagruel. – »Den«, antworteten sie. – »Wer ist dieser Der?« fragte Bruder Hans. »Potz Tod, ich will ihm den Rücken zerbleuen!«; denn er war der Meinung, daß sie nach irgendeinem Dieb, einem Mörder oder Gotteslästerer fahndeten. – »Wie, ihr Reisenden«, sagten sie, »kennt ihr den Einzigen nicht?« – »Liebe Herren«, sagte Epistemon, »solche Reden sind uns unverständlich. Aber erklärt uns, ich bitte euch, genauer, was ihr meint, und wir werden euch die lau-

---

1 Verkörperung der 4 Stände der Insel: Geistlichkeit, Adel, Beamtenschaft, Gewerbe

148

tere Wahrheit sagen.« – »Den«, sagten sie, »der da ist. Habt ihr ihn nicht gesehen?« – »Nach unsrer heiligen Lehre«, entgegnete Pantagruel, »ist, der da ist, kein anderer als Gott. Als solcher offenbarte er sich Moses[1]. Den aber haben wir sicherlich nicht gesehen, denn er ist leiblichen Augen nicht sichtbar.« – »Wir reden«, sagten sie, »gar nicht von dem hohen Gott, der im Himmel thront, wir reden von dem Gott auf Erden. Sagt, habt ihr ihn gesehen?« – »Bei meiner Ehre«, sagte Carpalim, »die meinen den Papst!« – »Jawohl«, antwortete Panurg, »jawohl, liebe Herren, ganze drei hab' ich gesehen, wüßte aber nicht, daß mir's besonders viel geholfen hätte.« – »Wie ist das möglich!« sagten sie; »unsere heiligen Dekretalen bestimmen doch, daß es immer nur einen geben soll.« – »Das heißt einen nach dem andern«, entgegnete Panurg. »Also habe auch ich jedesmal nur einen gesehen.« – »Oh, ihr drei- und viermal gesegneten Leute«, sagten sie, »scid uns willkommen, hoch willkommen!« Damit knieten sie vor uns nieder und wollten uns die Füße küssen, was wir aber nicht zuließen. Mehr könnten sie ja, so legten wir ihnen dar, nicht tun, wenn der Papst in eigener Person zu ihnen kommen sollte. – »Oh, doch«, erwiderten sie, »das haben wir schon unter uns ausgemacht; dem küssen wir den Hintern und die Eier auch, denn er hat welche, so steht es in unseren herrlichen Dekretalen, sonst könnte er nicht Papst sein. Daraus ergibt sich nach der scharfsinnigen dekretalischen Philosophie von selbst der Schluß: Weil er Papst ist, hat er Eier, und wenn es keine Eier auf der Welt gäbe, so gäb' es auf der Welt auch keinen Papst.«

Unterdessen fragte Pantagruel einen Schiffsjungen aus ihrem Boot, wer diese Leute wären. Dieser sagte ihm, es wären die vier Stände der Insel, und fügte hinzu, daß wir dort sehr gut aufgenommen und bewirtet werden würden, weil wir den Papst gesehen hätten. Als er dies Panurg mitteilte, flüsterte ihm der ins Ohr: »So wahr mir Gott helfe, es ist so! Man muß nur Geduld haben. 's hat uns nie was genützt, daß wir den Papst gesehen haben; aber jetzt, zum Teufel, wird's doch zuletzt was nützen, wie ich sehe.«

Darauf gingen wir an Land, und alles Volk, Männer, Frauen und Kinder, kam uns in Prozession entgegen. Unsere vier Stände riefen ihnen mit lauter Stimme zu: »Sie haben ihn gesehen, sie haben ihn gesehen, sie haben ihn gesehen!« Bei diesem Ruf fielen alle Leute vor uns auf die Knie nieder, und die gefalteten Hände gen Himmel emporstreckend, riefen sie: »Oh, ihr glückseligen Leute, wie gesegnet seid ihr!«, und dieses Geschrei dauerte länger als eine Viertelstunde. Hierauf kam der Schulmeister mit seinen Helfern und den Abc-Schützen und Schülern, die er zünftig auspeitschte, wie man bei uns zulande die kleinen Kinder mit Ruten zu streichen pflegte, wenn ein Missetäter gehenkt wurde, damit sie sich's merkten. Pantagruel aber, dem das leid tat, sagte zu ihnen: »Liebe Herren, wenn ihr nicht aufhört, diese Kinder zu peitschen, so kehre ich sogleich wieder um.« Da verwunderte sich das Volk, als es seine Stentorstimme vernahm, und ein kleiner Buckliger mit sehr langen Fingern fragte den Schulmeister: »Bei allem, was extravagant[1] ist, sagt mir, wird jeder, der den Papst sieht, ebensogroß wie jener, der uns da droht? Oh, wie sehne ich mich danach, ihn auch zu sehen, um genauso in die Höhe zu schießen und so groß zu werden wie der!« – Infolge des lauten Willkommensgeschreis eilte auch Tölpeling, wie der Bischof hieß, auf einem ungezäumten, grünbehangenen Esel herbei, begleitet von seinen Apoten, wie sie genannt wurden, und Subpoten, die Kreuze, Banner, Kirchenfahnen, Baldachine, Kerzen und Weihwasserkessel trugen. Auch er wollte uns durchaus die Füße küssen wie der gute Christian Valfinier Papst Klemens und sagte uns, einer ihrer Hypopheten[2], der auch die heiligen Dekretalen ausgestaubt und glossiert hätte, habe es schriftlich hinterlassen, daß, wie der von den Juden so lange erwartete Messias endlich erschienen sei, eines Tags auch der Papst auf diese Insel kommen werde. Bis zu diesem Tage des Heils aber solle jeder, der ihn zu Rom oder sonstwo gesehen hätte, wenn er hierherkomme, von ihnen gefeiert und mit Ehrfurcht begrüßt werden. Nichtsdestoweniger lehnten wir dankend ab.

---

1 Extravaganten (später Klementinen und Sexti) sind die Bezeichnungen von Dekretalen –
2 Ausleger

Neunundvierzigstes Kapitel
Wie Tölpeling, der Bischof der Papomanen, uns die
vom Himmel gefallenen Dekretalen zeigte

Hierauf sagte Tölpeling zu uns: »Unsere heiligen Dekretalen verordnen und befehlen, daß wir erst die Kirchen und dann die Schenken besuchen sollen. Um von dieser lobenswerten Bestimmung nicht abzuweichen, wollen wir erst in die Kirche gehen und dann zum Schmaus.« – »Braver Mann«, sagte Bruder Hans, »geht nur voran, wir folgen. Ihr habt ein gutes Wort gesprochen wie ein echter Christ. Schon lange haben wir keine Kirche mehr gesehen, und ich freue mich von ganzer Seele darauf; das Essen wird danach noch einmal so gut schmecken. Es ist etwas Schönes darum, mit solchen braven Leuten zusammenzutreffen.« – Als wir uns hierauf der Tür des Gotteshauses näherten, bemerkten wir, wie ein dickes vergoldetes Buch an zwei goldenen Ketten vom Bogen des Hauptportals herabhing; dieses Buch war über und über mit den schönsten Edelsteinen besät, mit Rubinen, Smaragden, Diamanten und Perlen, die kostbarer oder mindestens ebenso kostbar waren wie die, welche Oktavian dem kapitolinischen Jupiter weihte. Wir betrachteten es mit Staunen und Bewunderung. Pantagruel, der mit Leichtigkeit hinaufreichte, drehte und wendete es nach allen Seiten und versicherte uns, er spüre bei der Berührung des Buches ein leichtes Prickeln in den Fingerspitzen, desgleichen ein sonderbares Zwacken in den Armen und eine unbeschreibliche Lust in der Seele, einen oder auch ein paar Häscher durchzuhauen, natürlich untonsurierte.

Weiter sprach Tölpeling zu uns: »Moses gab den Juden das von Gottes eigener Hand geschriebene Gesetz. Vor dem Tempel zu Delphi wurde der von der Gottheit selbst geschriebene Spruch: Γνῶθι σεαυτόν[1], gefunden, und einige Zeit darauf sah man das gleichfalls von der Gottheit geschriebene und vom Himmel stammende *EI*[2]. Das Bildnis der Kybele war nach Phrygien auf ein Feld, Pessinus genannt, vom Himmel herabgebracht worden, ebenso das Bildnis der Diana nach Tauris, sofern Euripides zu trauen ist. Die Oriflamme wurde dem edlen und aller-

1 Erkenne dich selbst (griech.) – 2 ob, du bist, oder gehe (griech.)

christlichsten König von Frankreich zum Kampf gegen die Ungläubigen vom Himmel gesandt. Während der Regierung des zweiten römischen Königs, Numa Pompilius, sah man den Schild Ankile vom Himmel herniederschweben. Auf die Akropolis von Athen fiel aus dem empyreischen Himmel[1] die Statue der Minerva. Hier nun seht ihr gleichermaßen die von der Hand eines Cherubs geschriebenen heiligen Dekretalen. Ihr transpontinischen Leute werdet's nicht glauben . . .« – »Nicht so recht«, sagte Panurg. – »Sie sind auf wunderbare Weise aus Himmelshöhen zu uns herabgekommen, wie aus ähnlichem Anlaß auch Homer, der Vater aller Philosophie, die göttlichen Dekretalen natürlich ausgenommen, den Fluß Nil ›Diipetes‹, den von Zeus Stammenden, nannte. Und weil ihr den Papst, den Evangelisten und allewigen Schirmherrn der Dekretalen, gesehen habt, so wollen wir, wenn ihr es wünscht, euch erlauben, diese Schriftzüge zu schauen und zu küssen. Dann aber müßt ihr drei Tage vorher fasten und nach der Regel beichten, indem ihr eifrig allen euren Sünden nachforscht und sie aufzählt, auch nicht ein Tüttelchen davon vergeßt, so wie es die göttlichen Dekretalen, die ihr hier seht, verkünden. Das erfordert Zeit.« – »Braver Mann«, entgegnete Panurg, »solche Exkrementalen, wollt' sagen Dekretalen, auf Pergament, Glanzpapier und Velin geschrieben und gedruckt, haben wir schon genug gesehen. Bemüht Euch also nicht, uns diese Ehre zu erweisen. Wir nehmen mit dem guten Willen vorlieb und danken Euch bestens.« – »Das ist alles ganz gut«, sagte Tölpeling, »aber solche von Engelshand geschriebene wie diese habt ihr noch nicht gesehen. Alle, die ihr bei euch zulande habt, sind ja nur Abschriften der unsrigen, wie das in einem unserer alten Scholiasten geschrieben steht. Was aber meine Mühe anbetrifft, so bitte ich euch, sie überhaupt nicht in Anschlag zu bringen. Entschließt euch nur, ob ihr beichten und drei kleine hübsche Gottestage fasten wollt.« – »Beichten«, sagte Panurg, »wollen wir schon recht gern, aber das Fasten paßt uns nicht, denn wir haben auf unserer Seefahrt so lange gefastet, daß wir bereits Spinnweben auf den Zähnen haben. Seht den guten Bruder Hans Hackepeter an« – bei diesen Worten gab ihm Tölpeling sehr höflich den Begrüßungskuß », »dem wächst schon

3 Feuerhimmel der griech. Sage

Moos im Schlund, weil er seine Hauer und Kinnbacken gar nicht mehr rührt und in Bewegung hält.« – »Er hat recht«, sagte Bruder Hans; »ich habe so ungeheuer viel gefastet, daß ich schon ganz bucklig davon geworden bin.« – »Also laßt uns in die Kirche treten«, sagte Tölpeling; »ich bitte euch nur, entschuldigt uns, daß wir euch keine Messe lesen können. Aber die Mittagsstunde ist vorüber, und da verbieten es uns unsere heiligen Dekretalen, Messe zu lesen, das heißt die große, feierliche Messe. Ich werde euch dafür eine stille lesen.« – »Ein Maulvoll guter Anjouer wäre mir lieber«, sagte Panurg. »Na, macht's nur kurz, schießt los!« – »Kreuz blau und grün«, sagte Bruder Hans, »mir tut es höllisch leid, daß ich noch nichts im Leibe habe. Hätt' ich nach Klostersitte gut gefrühstückt und wär' satt und er läse uns dann meinetwegen ein Requiem, so hätt' ich doch wenigstens Brot und Wein schon zur Ruhe gebracht. Doch Geduld, fangt immer an, schießt los, pufft ab, krempelt aber die Hosen auf, damit Ihr Euch nicht vollspritzt und auch noch wegen was andrem.«

Fünfzigstes Kapitel
Wie Tölpeling uns das Urbild des Papstes zeigte

Als die Messe zu Ende war, holte Tölpeling aus einem Kasten, der neben dem Hochaltar stand, ein großes Bund Schlüssel hervor, und nachdem er zweiunddreißig Schlösser und vierzehn Schlößchen geöffnet hatte, machte er eine über dem Altar befindliche eiserne Tür auf, bedeckte sich geheimnisvoll mit einem nassen Sack, zog einen dunkelroten Vorhang zur Seite und zeigte uns ein nach unserer Meinung recht schlecht gemaltes Bild, berührte es mit einem langen Stab, dessen Spitze er uns einem nach dem andern zu küssen gab, und fragte endlich: »Nun, was sagt ihr zu diesem Bild?« – »Das ist«, sagte Pantugruel, »das Bildnis eines Papstes; ich erkenne es an der Tiara, dem Pallium, der Dalmatika und dem Pantoffel.« – »Ganz recht«, sagte Tölpeling; »es ist das Urbild jenes segensreichen Erdengottes, dessen Kommen wir in Demut erwarten und den wir noch einmal in diesem Land zu sehen hoffen. O du glückseliger, langerwarteter, heißersehnter Tag und ihr Hochbeglückten und Gesegneten, die ihr von den Sternen so begünstigt seid, daß ihr den lieben Gott auf Erden

von Angesicht zu Angesicht und in Wirklichkeit geschaut habt, ihn, den wir nur im Bild schauen, welcher Anblick uns dennoch die völlige Vergebung eines Drittels der uns im Gedächtnis verbliebenen Sünden und von achtzehn Vierzigstel derer, welche wir vergessen haben, verbürgt. Aber selbst das Bild bekommen wir nur an den großen Festen des Kirchenjahrs zu sehen.«
Pantagruel bemerkte darauf über das Bildnis, es sei ein Werk wie das des Dädalus. Obgleich häßlich und schlecht gemalt, läge darin doch eine gewisse schlummernde, verborgene Gotteskraft der Sündenvergebung. – »So etwa«, sagte Bruder Hans, »wie bei dem Bettlerpack zu Seuilly, die sich's an einem Festtag im Spittel beim Abendschmaus wohl sein ließen und voreinander prahlten, wieviel jeder von ihnen am Tag erbettelt hätte: der eine zwei Pfennige, der andre zwei Heller, der dritte sieben Karlstaler, während einer von ihnen, ein großer, dicker Lümmel, sich rühmte, drei ganze Silberlinge zusammengebracht zu haben. ›Ja‹, entgegneten seine Kameraden, ›du hast auch ein Gottesbein‹, als ob der liebe Gott selber in dem brandigen, halbverfaulten Bein gesessen hätte!« – »Wenn du uns solche Geschichten erzählen willst«, sagte Pantagruel, »so vergiß nur nicht, auch gleich den Spucknapf mitzubringen; denn es wird einem ganz übel dabei. Wie kann man den heiligen Namen Gottes mit so schmutzigen und abscheulichen Dingen zusammen nennen. Pfui, sage ich dir, pfui! Wenn solcher Mißbrauch mit Worten bei euch Mönchen Sitte ist, so würdest du besser daran getan haben, das im Kloster zu lassen, und solltest es nicht mit auf den Weg nehmen.« – »Die Ärzte«, äußerte Epistemon, »behaupten auch, daß bei gewissen Krankheiten eine Art Mitbeteiligung der Gottheit stattfände. Ähnlich pries Nero die Pilze, indem er sie mit Anspielung auf ein griechisches Sprichwort göttliche Speise nannte, weil er mit ihnen seinen Vorgänger, den römischen Kaiser Claudius, vergiftet hatte.« – »Aber es scheint mir«, sagte Panurg, »daß dieses Bild auf unsere letzten Päpste[1] nicht zutrifft; die hab' ich niemals im Pallium gesehen, sondern mit dem Helm auf dem Kopf und darüber eine persische Tiara. Das ganze christliche Reich war in Ruhe und Frieden, sie allein führten schändliche, grausame Kriege.« – »Das war«, sagte Tölpeling, »gegen die Rebellen, die

1 Alexander VI., 1490–1503, und Julius II., 1503–13

Ketzer, die hoffnungslosen Protestanten – gegen die Unverbesserlichen, die sich der Heiligkeit dieses guten Erdengotts widersetzten. Das ist nicht nur zulässig und erlaubt, sondern ihm durch unsere heiligen Dekretalen sogar anbefohlen; er muß die Kaiser, die Könige, die Herzöge, Fürsten und Staaten, wenn sie nur um ein Jota von seinen Erlässen abweichen, mit Feuer und Schwert überziehen, muß ihre Besitzungen plündern, sie absetzen, verjagen, in Bann tun und nicht allein ihren Leib, ihre Kinder und ihre ganze Sippschaft töten, sondern auch ihre Seele in die allertiefste Hölle, dahin, wo es am heißesten ist, verdammen!« – »Alle Teufel«, sagte Panurg, »die hier sind keine Ketzer wie Schnurrkater, oder wie es ihrer in England und Deutschland so viele gibt. Ihr seid dreimal ausgesiebte Christen.« – »Da habt Ihr recht«, sagte Tölpeling, »deshalb sind wir auch alle im Stande der Gnade. Nun wollen wir uns aber mit Weihwasser besprengen und dann zum Essen gehen.«

Einundfünfzigstes Kapitel
Tischgespräche zum Lob der Dekretalen

Hier dürft ihr nun, meine lieben Zechbrüder, nicht unbeachtet lassen, daß, während Tölpeling die stille Messe gelesen, drei Kirchenälteste, jeder mit einem großen Becken in der Hand, zwischen der Volksmenge umhergegangen waren und unter dem lauten Ruf: »Gedenkt der Hochbeglückten, die ihn gesehn haben!«, freiwillige Beiträge eingesammelt hatten. Als wir aus der Kirche kamen, übergaben sie Tölpeling die Becken voll von papomanischer Münze. Dieser sagte uns, das sei zu einer guten Mahlzeit für uns bestimmt. Laut einer wundervollen Glosse, die an einer gewissen, lange unbeachtet gebliebenen Stelle ihrer heiligen Dekretalen entdeckt worden, sei der eine Teil von dieser Auflage und Steuer auf gute Getränke, der andere auf ein rechtschaffenes Essen zu verwenden – was denn auch in einem allerliebsten Wirtshaus, das dem von Guillot in Amiens fast aufs Haar glich, sofort vor sich ging. Ihr könnt mir's glauben, zu essen war da genug und zu trinken noch mehr. Zweierlei aber fiel mir bei dieser Mahlzeit auf: Erstens, daß alles Fleisch, das auf den Tisch kam, Ziegen, Kapaune, Schweine, wovon's in Papomanien eine

Unmasse gibt, Tauben, Kaninchen, Hasen, Puten usw., ohne Ausnahme mit Magistralfarce gefüllt war, und zweitens, daß bei der Hauptmahlzeit wie beim Nachtisch nur mannbare Jungfrauen des Orts bedienten, alles schöne, appetitliche, blonde, reizende und anmutige Mädchen, so wahr ich lebe! Sie trugen lange, weiße, wallende Gewänder mit doppeltem Gürtel, keine Kopfbedeckung, aber die Haare mit violettseidenen Schnüren und Bändern durchflochten und allerlei duftende Blumen und Kräuter darin, wie Rosen, Nelken, Majoran, Dill, Orangenblüten usw. Unaufhörlich forderten sie mit anmutigen Verbeugungen zum Trinken auf, und die ganze Gesellschaft betrachtete sie mit Wohlgefallen. Bruder Hans schielte von der Seite nach ihnen wie ein Hund, der einen Flederwisch fortschleppt. Nach dem ersten Gang sangen sie höchst melodiös eine Ode zum Lob der heiligen Dekretalen. Als der zweite Gang aufgetragen wurde, rief Tölpeling einem der Kellermeister vergnügt und lustig zu: »Theolog, füll den Trog!« Sogleich brachte ihm eine der Jungfrauen einen großen Becher voll extravaganten Weins. Ihn in der Hand haltend, seufzte er tief auf und sagte dann zu Pantagruel: »Hoher Herr und ihr, meine lieben Freunde, auf euer Wohl von ganzem Herzen. Seid uns willkommen.« Und nachdem er getrunken, gab er der anmutigen Schenkin den Becher zurück und rief mit erhobener Stimme: »Oh, ihr göttlichen Dekretalen, solchen guten, köstlichen Wein verdanken wir nur euch.« – »Ist gewiß nicht das Schlechteste von dem ganzen Krempel«, sagte Panurg. – »Noch besser würde es sein«, sagte Pantagruel, »wenn sie auch den schlechten Wein gut machen könnten.« – »Oh, ihr seraphischen Sexti«, fuhr Tölpeling fort, »wie unerläßlich notwendig seid ihr zum Heil der armen Menschheit. Oh, ihr cherubinischen Klementinen, wie ist in euch so wundervoll niedergelegt und dargetan das vollkommene Wesen des wahren Christen. Oh, ihr engelsgleichen Extravaganten, wie würden die armen Seelen, die hier in diesem Jammertal, an den Leib gebunden, irregehen, ohne euch verloren sein. Ach, wann wird doch den Menschen die besondere Gnadengabe zuteil werden, daß sie ablassen von jedem andern Forschen und Tun und nur euch lesen, nur euch hören, nur euch kennen, anwenden, ausüben, in Fleisch und Blut übergehen und euch mitten in die tiefsten Kammern ihres Gehirns, in das innerste Mark ihrer Knochen, in das verwirrende

Labyrinth ihrer Adern dringen lassen! Oh, dann, nicht eher und nicht anders wird die Welt glücklich sein!« – Hier stand Epistemon vom Tisch auf und sagte seelenruhig zu Panurg: »Da hier kein Nachtstuhl ist, muß ich hinaus. Dies Narrenspiel hat mir den Leib gelockert. Ich kann's nicht mehr halten.« – »Oh«, fuhr

Tölpeling fort, »dann wird nicht mehr sein Hagel noch Frost, noch Reif, noch Unwetter. Oh, dann wird herrschen Überfluß an allen Gütern der Erde, oh, dann ein beharrlicher, unantastbarer Friede in aller Welt! Dann werden aufhören Krieg, Plünderung, Frondienst, Räuberei, Totschlag – ausgenommen gegen

157

die Ketzer und die verdammten Unbotmäßigen. Oh, dann wird es unter den Menschen nichts geben als Fröhlichkeit, Frohsinn, Lust, Erholung, Ergötzlichkeit, Freude und Wonne. Oh, du gewaltiges Lehrgebäude, unschätzbare Gelehrsamkeit, göttliche Unterweisung, die du für ewige Zeiten niedergelegt bist in den göttlichen Kapiteln dieser unvergänglichen Dekretalen. Oh, wer nur einen halben Kanon, nur einen kleinen Paragraphen, nur einen einzigen Satz der dreimalheiligen Drekretalen liest, wie fühlt er nicht sein Herz durchglüht von göttlicher Liebe, von Wohlwollen gegen seinen Nächsten, vorausgesetzt, daß dieser kein verfluchter Ketzer ist; wie sicher bleibt er in allen Wechselfällen des Lebens, wie hoch erhoben ist sein Geist, ja, erhoben bis in den dritten Himmel! Wie still befriedigt ist er in all seinen Wünschen!«

Zweiundfünfzigstes Kapitel
Fortsetzung der Wunder, welche die
Dekretalen bewirken

»Der redet ganz wie ein Buch«, sagte Panurg. »Aber ich glaube das wenigste davon, denn der Zufall wollt's, daß ich in Poitiers bei dem schottischen Dekretalendoktor einmal ein Kapitel daraus las, und der Teufel soll mich reiten, wenn's mich nicht so verstopfte, daß ich vier oder fünf Tage lang nichts herausdrücken konnte als ein ganz, ganz kleines Würstchen. Und noch dazu was für eins! So eins, schwör' ich euch, wie Nachbar Furius, von dem Catull singt:

> Zehn Würstchen scheißt er nur im ganzen Jahr;
> zerdrück sie mit der Hand, und du nimmst wahr,
> die Finger bleiben dir blitzblank und rein,
> denn sie sind hart wie Bohnen und wie Stein.«

»Ah-i-ah-i-ah!« sagte Tölpeling, »Ihr befandet Euch damals sicherlich im Stand der Todsünde, mein Bester.« – »Das gehört nicht hierher«, sagte Panurg.

»In Seuilly«, sagte Bruder Hans, »wischte ich mir einmal den Hintern mit einem Blatt dieser abscheulichen Klementinen, die Hannes Guymard, unser Amtmann, auf den Klosterhof geworfen hatte, und der Teufel soll mich holen, wenn ich nicht solch ein Brennen und solche Hämorrhoiden davon bekam, daß mir mein armes Arschloch ganz in Flammen stand.« – »I-ah«, sagte Tölpeling, »das war die gerechte Gottesstrafe für Eure Sünde; warum habt Ihr diese heiligen Blätter, die Ihr wie etwas Göttliches, ja inbrünstiger noch hättet küssen und verehren sollen, mit Kot beschmiert. Der Panormitaner[1] lügt nun einmal nicht.«

»In Montpellier«, sagte Ponokrates, »hatte Hans Kauz von den Mönchen des Sankt-Olary-Klosters einige schöne Dekretalen auf dickem, glattem lamballschem Pergament eingehandelt, um sie beim Blattgoldschlagen zu benutzen. Aber sonderbar, kein einziges Blatt gelang ihm, alle kamen zerrissen und zerfetzt heraus.« – »Göttliche Züchtigung«, sagte Tölpeling, »Rache des Himmels!«

»In Le Mans«, sagte Eudämon, »hatte sich der Apotheker Franz Tüterich aus einem Blatt der Extravaganten eine Tüte geklebt. Nun will ich aber den Teufel verleugnen, wenn nicht alles, was er in diese Tüte hineintat, auf der Stelle giftig wurde oder verfaulte oder verdarb: Weihrauch, Pfeffer, Nelken, Zinnamom, Safran, Wachs, Gewürz, Quassia, Rhabarber, Tamarinden, kurz alles, sowohl Drogen wie Spezereien und Leckereien.« – »Strafe!« sagte Tölpeling, »göttliche Züchtigung! Wie kann man solche heiligen Schriften zu so profanen Dingen mißbrauchen?«

»In Paris«, sagte Carpalim, »hatte der Schneidermeister Zwillich einige alte Klementinen zu Mustern und Maßen verwendet. Aber nun hört! Alle Kleidungsstücke, die er nach diesen Mustern und Maßen verfertigte, mißlangen und waren für die Katz: Röcke, Umhänge, Mäntel, Joppen, Koller, Wämser, Jagd-, Reit- und Waffenröcke wie Jacken – es war alles dasselbe. Wollte er einen Umhang zuschneiden, so bekam das Ding die Form einer Hose, und statt eines Reitrocks kam ein pflaumenförmiger Hut heraus, statt einer Joppe eine Chorherrenmütze. Nach dem Muster eines Wamses schnitt er ein Ding zu, das wie ein Ofen aussah, und als seine Gesellen es zusammengenäht und unten ausgezackt hatten, glich es aufs Haar einer Pfanne, in der man Kastanien brät. Statt eines Kollers wurde es ein Schnürstiefelchen, nach dem Muster einer Jacke wurde es eine Kapuze. In der Meinung, einen Mantel zuzuschneiden, machte er eine Schweizer

1 Tedeschi

159

Schornsteinkappe, so daß der arme Mann zuletzt von den Gerichten verurteilt wurde, die verhunzten Stoffe zu ersetzen, und dadurch ganz auf den Hund gekommen ist.« – »Gerechte Strafe«, sagte Tölpeling, »göttliche Vergeltung!«

»Zu Cahuzac«, sagte Gymnast, »veranstalteten die Herren von Estissac und Vicomte von Lausun[1] ein Scheibenschießen. Pérotou[1] hatte ein paar Blätter von dem schönen dicken Papier aus den Dekretalen gerissen und als Weißes in die Scheibe eingesetzt. Aber man soll mich verschenken, verkaufen und allen Teufeln übergeben, wenn auch nur ein einziger von all den Armbrustschützen des Landes, die doch als die besten in ganz Guyenne bekant sind, seinen Bolzen hätte hineinbringen können. Sie schossen alle vorbei. Nicht ein Fleck von dem hochheiligen Weiß wurde entjungfert und durchbohrt. Ja, Sansornin der Ältere[1], der Preisverteiler, schwor ›harte Feigen‹ – was sein allerhöchster Schwur war –, er habe ganz deutlich und mit seinen eigenen Augen gesehen, wie Carquelins[1] Bolzen, der gerade auf den schwarzen Punkt im Weißen losfuhr, im selben Augenblick, wo er ihn hätte berühren und sich hineinbohren sollen, abgelenkt worden und gut einen Klafter weit seitwärts in den Backofen geflogen wäre.« – »Wunder, Wunder über Wunder!« rief Tölpeling aus. »Theolog, füll den Trog! Auf euer aller Wohl! Ihr scheint mir rechtschaffene Christen zu sein.« – Bei diesen Worten fingen die Mädchen an zu kichern. Bruder Hans wieherte durch die Nase wie ein Hengst, der über eine Stute oder Eselin, wie ein Köter, der über arme Leute herwill. – »Mir scheint«, sagte Pantagruel, »daß man in solch einem Weißen so sicher vor dem Getroffenwerden sein muß wie einst Diogenes.« – »Wie, was?« fragte Tölpeling, »war das auch ein Dekretalist?« – »Aha«, sagte Epistemon, der sein Geschäft verrichtet hatte und eben wieder hereintrat, »hier wird Pik ausgespielt.« – »Diogenes«, erwiderte Pantagruel, »sah eines Tags zum Zeitvertreib etlichen Bogenschützen zu, die nach der Scheibe schossen. Einer unter ihnen war so täppisch und ungeschickt und schoß so schlecht, daß, wenn er an die Reihe kam, alle Zuschauer auf die Seite traten, um nicht getroffen zu werden. Diogenes hatte gesehen, wie der erste Pfeil, den er abschoß, mehr als eine Rute vom Ziel entfernt nie-

1 Angehöriger des Gefolges des Bischofs von Estissac

dergefallen war; als nun das Volk beim zweiten Schuß rechts und links zurückwich, stellte er sich gerade vor das Weiße hin, indem er behauptete, daß dies der sicherste Platz sei; denn überall könne dieser Schütze wohl hintreffen, ins Ziel aber bestimmt nicht.« – »Ein Page des Herrn von Estissac«, fuhr Gymnast fort, »mit Namen Chamouillac, wurde auf die Wunderkraft aufmerksam. Auf seinen Rat veränderte Pérotou das Weiße und heftete ein paar Aktenblätter aus dem Pouillacschen Prozeß an die Stelle. Sogleich schossen alle ohne Ausnahme ganz vortrefflich.«

»Zu Landerousse«, sagte Rhizotom, »wurde die Hochzeit von Jean Delif gar feierlich und prächtig begangen, wie es damals dortzulande Sitte war. Nach dem Abendessen gab es verschiedene Scherze, Komödien und Possen, Moriskentänze mit Glöckchen und Tamburins, Maskenzüge und Mummenschanz. Meine Freunde und ich wollten, so gut es ging, dem Fest auch die Ehre antun, da man uns alle am Morgen mit schönen weißen und violetten Bändern beschenkt hatte. Also tanzten wir zum Schluß einen lustigen Schembartreigen mit vielen Sankt-Michael-Muscheln und schönen Schneckenhäuschen. Weil es uns aber an Arons-, Kletten- und Distelblättern wie an Papier gefehlt, so hatten wir uns die Gesichtsmasken aus Blättern eines alten Sextus, der sich da herumtrieb, gemacht, indem wir für Augen, Mund und Nase kleine Öffnungen hineinschnitten. Nun aber geschah etwas Wunderbares. Als unsere kleinen Tänze und Kindereien zu Ende waren und wir die Masken wieder abnahmen, sahen wir samt und sonders so häßlich und verunstaltet aus wie kleine Teufel in einem Douéschen Passionsspiel: überall, wo die erwähnten Blätter unser Gesicht berührt hatten, war es völlig entstellt. Der eine war voller Pocken, der andere hatte die Krätze, wieder ein anderer Pusteln, Ausschlag oder große Geschwüre. Kurz, der von uns, dem die Zähne ausgefallen waren, konnte noch für den Schönsten gelten.« – »Wunder über Wunder!« rief Tölpeling. – »Wartet nur«, sagte Rhizotom, »es kommt noch besser. Meine beiden Schwestern, Katharina und Renate, hatten in den schönen Sextus, der schwere, eisenbeschlagene Deckel hatte, wie in eine Presse ihre frisch gewaschenen, schneeweiß gestärkten Schleier, Manschetten und Halskragen gelegt. Bei Gott . . .« – »Halt«, unterbrach ihn Tölpeling, »welchen Gott meint Ihr?« – »Es ist kein anderer als der eine«, sagte Rhizotom. – »Ganz recht«, sagte Tölpeling, »im Himmel; aber haben wir nicht noch einen andern auf Erden?« – »Hü, Esel, hü!« sagte Rhizotom, »das hätt' ich, bei meiner armen Seele, beinah vergessen; also bei Gott Papst auf Erden, ihre Schleier, Halskragen, Brust- und Kopftücher, mit einem Wort: die ganze Wäsche war so schwarz geworden wie ein Kohlensack.« – »Wunder über Wunder!« rief Tölpeling. »Theolog, füll den Trog und merke dir diese schönen Geschichten.« – »Wie kann man«, meinte Bruder Hans, »da in aller Welt noch sagen:

> Seit es Dekrete regnet
> und Mars den Schnappsack segnet,
> seitdem die Mönche reiten,
> sind böse, böse Zeiten!«

»Ich verstehe Euch schon«, sagte Tölpeling. »Das sind solche Verschen, wie die neuen Ketzer sie sich ausgedacht haben.«

Dreiundfünfzigstes Kapitel
Wie durch die Kraft der Dekretalen das französische Gold gar geschickt nach Rom gezogen wird

»Einen Kessel Kutteln wollt' ich spenden«, sagte Epistemon, »wenn wir die schrecklichen Kapitel *Execrabilis, De multa, Si plures, De Annatis per totum, Nisi essent, Cum ad monasterium, Quod dilectio, Mandatum*[1] und etliche andere, die jährlich viermalhunderttausend Dukaten aus Frankreich nach Rom ziehen, mit dem Urtext vergleichen könnten. Ist das eine Kleinigkeit?« – »Mir«, sagte Tölpeling, »scheint das sehr wenig zu sein, wenn man erwägt, daß das allerchristlichste Frankreich die alleinige Nährmutter des römischen Hofs ist. Aber nennt mir ein andres Buch, gleich ob ein philosophisches, medizinisches, juristisches, mathematisches, literarisches, ja, Gott soll mir helfen, die Heilige Schrift selbst nicht ausgenommen, das so viel herausziehen könnte. Pah, dagegen sind sie alle nichts. Solche goldziehende Kraft besitzt kein zweites, das könnt Ihr mir glauben. Dennoch wollen diese verdammten Ketzer es nicht anerkennen und gelten

---

1 Anfänge verschiedener Dekretalen

162

lassen. Aber man muß sie verbrennen, zwicken, zwacken, zersägen, ersäufen, hängen, pfählen, stäupen, zerreißen, ausweiden, köpfen, frikassieren, rösten, in Stücke hauen, kreuzigen, sieden, im Mörser zerstampfen, vierteln, rädern, zerquetschen, braten, diese niederträchtigen antidekretalistischen Ketzer, diese Dekretaliziden[1], die schlechter sind als Homiziden[2], ja als Parriziden[3], diese Dekretaliktonen des Teufels. Liebe Leute, ich bitte euch flehentlich, glaubt, denkt, sprecht, schafft und tut nichts anderes als einzig und allein, was in unseren heiligen Dekretalen und ihren Korollarien[4], den herrlichen Sexti, den herrlichen Klementinen und den herrlichen Extravaganten aufgezeichnet steht, wenn ihr als wahre Christen gelten wollt. Oh, die göttlichen Bücher! Dann wird Ruhm, Ehre, Beifall, Reichtum, Würde und Vorrang in dieser Welt euch zuteil werden;

> von allen verehrt,
> von keinem versehrt,
> vor jeglichem wert,

werdet ihr auserlesen und auserkoren sein vor allen! Denn unter dem Himmelszelt gibt es keinen Stand, der Leute aufweisen könnte, so tüchtig, alles zu bewirken und zu leiten, als die, welche sich nach dem Ratschluß Gottes und kraft ewiger Vorherbestimmung dem Studium der heiligen Dekretalen gewidmet haben. Wollt ihr einen tapferen Kaiser wählen, einen guten Feldherrn, einen würdigen General und Heerführer in Kriegszeiten, der es versteht, jede Schwierigkeit vorauszusehen, allen Gefahren aus dem Weg zu gehen, seine Soldaten frisch und munter zum Sturm und zur Schlacht zu führen, der nichts aufs Spiel setzt und stets mit dem geringsten Verlust an Leuten siegt und den Sieg wohl zu nutzen weiß? Nehmt einen Dekretisten, ach nein, Dekretalisten wollt' ich sagen.« – »Gut verhauen«, sagte Epistemon. – »Braucht ihr in Friedenszeiten einen geschickten, fähigen Mann, um eine Republik, ein Königreich, ein Kaisertum, eine Monarchie zu regieren, Kirche, Adel, Senat und Volk zu Wohlstand, Ruhe, Einigkeit, Gehorsam, Ehrbarkeit und allen anderen Tugenden zu verhelfen? Nehmt einen Dekretalisten! Sucht ihr einen Mann, der durch sein musterhaftes Leben, seine Redner-

---

1 Dekretalenmörder – 2 Menschenmörder – 3 Vatermörder – 4 Folgesätze

gabe, durch fromme Ermahnung in kürzester Zeit und ohne alles Blutvergießen es dahin bringt, das Heilige Land zu erobern und die ungläubigen Türken, Juden, Tataren, Moskowiter, Mamelucken und Sarrabaiten[1] zum alleinseligmachenden Glauben zu bekehren? Nehmt niemand anders als einen Dekretalisten! Warum ist das Volk in manchen Ländern so widersetzlich und zügellos, warum sind die Pagen so lüstern und boshaft, warum sind die Studenten Esel? Weil ihre Statthalter, Zuchtmeister und Professoren keine Dekretalisten sind.

Und ich frage euch auf euer Gewissen: Wer hat all diese schönen Orden, mit denen ihr die Christenheit geschmückt, geziert, verherrlicht seht wie das Firmament mit Sternen, geschaffen, bestätigt und mächtig gemacht? Die göttlichen Dekretalen! Wer hat die frommen Brüderschaften in den Klöstern, Monasterien und Abteien, ohne deren unablässige Tag- und Nachtgebete die Welt die äußerste Gefahr liefe, in das alte Chaos zurückzusinken, gestiftet, gegründet und befestigt und wer unterhält, stützt und ernährt sie? Die heiligen Dekretalen! Wer schuf und wer vermehrt noch jetzt so reichlich mit zeitlichen, leiblichen, geistigen Gütern das allgefeierte, hochberühmte Patrimonium Sankt Petri? Die heiligen Dekretalen! Wer machte den Heiligen Stuhl allezeit bis auf den heutigen Tag so allgemein gefürchtet, daß alle Kaiser, Könige, Potentaten und Herrschaften, mögen sie wollen oder nicht, von ihm abhängig sind, von ihm gekrönt, bestätigt und ermächtigt werden, vor ihm sich beugen und den heiligen Pantoffel, dessen Abbild ihr gesehen habt, auf ihren Knien küssen? Die herrlichen Gottesdekretalen! Eins noch will ich euch besonders offenbaren. Die meisten eurer Universitäten führen ein Buch in ihrem Wappen; bei einigen ist es aufgeschlagen, bei anderen geschlossen. Was meint ihr, was für ein Buch das ist?« – »Da ich nie darin gelesen habe«, sagte Pantagruel, »so kann ich's nicht sagen.« – »Die heiligen Dekretalen sind's«, sagte Tölpeling; »ohne sie würden alle Universitäten ihrer Privilegien verlustig sein. Nur ihnen habt ihr sie zu verdanken. Haha – haha!«, und damit fing Tölpeling an zu rülpsen, zu furzen, zu lachen, zu spucken und zu schwitzen und reichte seine große, fettige, viergehörnte Mütze einem der Mädchen hin, das sie fröhlich lachend

---

1 ägypt. Wüstenmönche, die ein ungebundenes Wanderleben führten

auf den Kopf setzte, nachdem es sie vorher zärtlich geküßt hatte, was ein eindeutiges Zeichen war, daß sie sich als erste von allen verheiraten würde. – »Vivat«, rief Epistemon, »fifat, pipat, bibat! Oh, du apokalyptisches Geheimnis!« – »Theolog«, sagte wieder Tölpeling, »füll den Trog! Erleuchte uns, mehr Licht, mehr Licht! Und bringt das Obst. Also sage ich, wer sich dem Studium der heiligen Dekretalen widmet, der wird in dieser Welt reich und geehrt sein. Aber nun sage ich weiter: Auch dort, in dem seligen Himmelreich, zu dem unseren teuren Dekretalen von Gott die Schlüssel übergeben worden sind, wird er unfehlbar aufgenommen werden. Oh, du guter Gott, den ich anbete und niemals gesehen habe, erschließe uns aus besonderer Gnade wenigstens in unserm Todesstündlein jenen hochgeweihten Hort unserer heiligen Mutter Kirche, dessen Schirmherr, Bewahrer, Schatzmeister, Verwalter und Versorger du bist. Befiehl, daß uns alsdann die überpflichtigen guten Werke und die Notvergebungen nicht mangeln, damit die Teufel an unseren Seelen nur die Zähne wetzen können, der schreckliche Höllenrachen aber uns nicht verschlinge. Müssen wir durchs Fegefeuer hindurch, so verleihe uns Geduld; in deiner Macht und deinem Willen steht es, uns davon zu befreien, wenn du geneigt bist!« Hier fing Tölpeling an bitterlich zu weinen, sich vor die Brust zu schlagen und seine gekreuzten Daumen zu küssen.

Vierundfünfzigstes Kapitel
Wie Tölpeling Pantagruel Gutechristbirnen schenkte

Sobald Epistemon, Bruder Hans und Panurg sahen, was für eine traurige Wendung die Geschichte nahm, fingen sie an, hinter ihren Taschentüchern, mit denen sie sich scheinbar ihre Tränen trockneten, miau, miau, miau zu schreien. Die Mädchen, die gut angelernt waren, kredenzten jetzt allen Tischgenossen volle Becher mit klementinischem Wein, dazu allerhand Leckereien. So ging es denn wieder lustig ans Zechen. Als die Mahlzeit beinahe zu Ende war, überreichte uns Tölpeling eine Anzahl großer, schöner Birnen mit folgenden Worten: »Nehmt, liebe Freunde; dies sind ganz besondere Birnen, die ihr sonst nirgends findet. Nicht jedes Land bringt alles hervor. Indien allein liefert das schwarze Ebenholz; der gute Weihrauch kommt aus Sabaa, die Siegelerde von der Insel Lemnos; so wachsen diese schönen Birnen nur auf unserer Insel. Ihr solltet versuchen, sie auch in eurem Land zu ziehen.« – »Wie nennt man sie?« fragte Pantagruel. »Sie scheinen wirklich sehr gut und saftig zu sein. Wenn man sie, in Stücke zerschnitten, mit etwas Wein und Zucker in einer Kasserolle schmorte, müßte das eine vortreffliche Speise für Kranke wie für Gesunde sein.« – »So ist es«, sagte Tölpeling. »Wir sind einfache Leute, weil es Gott so gefällt; wir nennen Feigen Feigen, Pflaumen Pflaumen und Birnen Birnen.« – »Wahrhaftig«, sagte Pantagruel, »wenn ich nach Hause komme, recht bald, will's Gott, so werde ich versuchen, sie in meinem Garten an der Loire, dort in der Touraine, zu ziehen, und sie sollen Gutchristbirnen heißen, denn nirgends habe ich bessere Christen getroffen als hier in Papomanien.« – »Ich wollte lieber«, sagte Bruder Hans, »Ihr gäbt uns ein paar Wagen voll von den Mädchen da mit.« – »Was wolltet Ihr damit anfangen?« fragte Tölpeling. – »Ihnen zur Ader lassen«, entgegnete Bruder Hans, »gerade zwischen den beiden großen Zehen; wir haben prächtige Schnäpper dazu. So würden wir Gutchristkinder züchten, und die Rasse würde sich vermehren, denn die bei uns zulande taugt nicht sonderlich viel.« – »Wahrhaftig«, sagte Tölpeling, »das fehlte eben noch, daß Ihr Dummheiten mit ihnen triebt. Ich erkenn' Euch an der Nase, und wenn ich Euch auch noch nie gesehen hätte. Ei, ei, Ihr seid mir ein sauberer Geselle, wollt Eure Seele so aufs Spiel setzen? Unsere Dekretalen verbieten das. Wünschte, Ihr kenntet sie besser.« – »Na, nur Geduld«, sagte Bruder Hans. »*Si tu non vis dare, praesta, quaesumus* [1]. So steht's im Brevier. Ich fürchte mich vor keinem, der einen Bart trägt, und wenn's ein dreiwulstiger Dickertaler, wollte sagen Dekretaler, wäre.«

Nach beendigter Mahlzeit verabschiedeten wir uns von Tölpeling und dem guten Volk, dankten auf das verbindlichste und versprachen als Gegendienst für das genossene Gute, sobald wir nach Rom kämen, nach bestem Vermögen dahin zu wirken, daß der Heilige Vater in Person sie besuche. Dann kehrten wir zu unserem Schiff zurück. Freigebig, wie Pantagruel war, und in Erkenntlichkeit gegen das heilige Papstbild schenkte er Tölpeling

---

1 Wenn du nicht geben willst, so leihe bitte (lat.)

neun Stücken Goldbrokat für einen Vorhang vor die eiserne Tür, ließ den Gotteskasten bis oben mit doppelten Huftalern füllen und bedachte jedes der Mädchen, die uns während der Mahlzeit bedient hatten, mit neunhundertundvierzehn Engelsgrußdukaten, damit sie schneller einen Mann kriegten.

Fünfundfünfzigstes Kapitel
Wie Pantagruel auf dem Meer verschiedene
aufgetaute Worte hört

Wieder auf offener See, zechten, schmausten und schwatzten wir miteinander und führten allerhand kleine interessante Gespräche. Pantagruel war aufgestanden und stehengeblieben, um sich bequemer mit allen unterhalten zu können. Auf einmal sagte er: »Freunde, vernehmt ihr nichts? Mir ist, als ob ich Leute in der Luft sprechen hörte; doch sehe ich niemand. Horcht!« – Seiner Aufforderung folgend, strengten wir alle unsere Sinne an und schlürften die Luft wie Austern in der Schale mit gierigen Ohren ein, um zu hören, ob irgendein Ton oder eine Stimme zu vernehmen sei, und damit uns ja nichts entginge, hielten wir wie Kaiser Antonin[1] die Hände an die Ohren. Doch mußten wir gestehen, daß wir nichts hören konnten, während Pantagruel behauptete, er höre noch immer verschiedene Stimmen in der Luft, männliche sowohl wie weibliche; da, mit einemmal, kam es uns vor, als ob auch wir etwas vernähmen oder als ob uns die Ohren klängen. Und wirklich, je länger wir hinhorchten, desto deutlicher vernahmen wir Stimmen, bis wir zuletzt sogar ganze Wörter heraushören konnten. Wir waren darüber sehr erschrocken und hatten wohl Grund dazu; denn wir sahen niemand und hörten doch die verschiedensten Laute, die von Männern, Frauen, Kindern und Pferden herzurühren schienen. Panurg fing sofort an zu schreien: »Sackerment, was ist denn das nun wieder für ein Teufelsspaß! Wir sind verloren. Macht schnell, daß wir fortkommen; wir sind in einen Hinterhalt geraten. Bruder Hans, liebster Freund, bist du da? Um alles in der Welt, bleibe bei mir. Du hast doch deine Plempe bei dir? Sieh nur zu, daß du sie ordentlich aus

1 Caracalla

der Scheide kriegst; du putzt den Rost immer nicht genug ab. Wir sind verloren! Horch, horch! Bei Gott, das sind Kanonenschüsse. Fort, fort! Ich sage nicht wie Brutus in der pharsalischen Schlacht mit Händen und Füßen, ich sage mit Rudern und Segeln. Fort fort! Zur See hab' ich nun einmal keinen Mut. Im Keller und an anderen Orten dafür um so mehr. Fort, fort! Retten wir uns. Das sage ich nicht aus Furcht, denn, Gefahren ausgenommen, fürcht' ich nichts in der Welt. Das hab' ich immer gesagt. Der Freischütz von Bagnolet[1] sagt's auch. Also laßt uns nicht waghalsig sein, damit wir uns nicht das Genick brechen. Fort, fort! Umgekehrt, das Schiff gewendet, du Hurensohn! Wollte Gott, daß ich jetzt in Quinquenais wäre, und sollte ich auch niemals heiraten! Wir nehmen's doch nicht mit ihnen auf; sie sind ihrer zehn gegen einen, glaubt mir. Und dann sind sie hier auf ihrem Mist, wogegen wir die Gegend nicht kennen. Sie werden uns erschlagen! Fort, fort! Das ist keine Schande. Demosthenes sagt: ›Wer flieht, wird wieder kämpfen.‹ Laßt uns wenigstens ein bißchen zurückgehen. Leewärts, Steuerbord, Fockmast, an die Buleinen – 's ist aus mit uns. Fort, zu allen Teufeln fort!« – Pantagruel, der Panurg so lärmen hörte, sagte: »Wer ist die Memme dort? Wollen wir doch erst sehen, wer die Leute sind. Vielleicht sind es welche von den Unsrigen. Zwar erblicke ich niemand, obgleich ich wohl hundert Meilen in die Runde sehen kann, aber wir hören doch etwas. Ich habe einmal gelesen, daß ein gewisser Petronius, ein Philosoph, die Meinung vertreten hat, mehrere Welten in Gestalt gleichseitiger Dreiecke stünden miteinander in Berührung: an ihren Spitzen, im Mittelpunkt des Ganzen, sei, so sagt er, der Sitz der Wahrheit, dort wohnten die Worte, die Ideen, die Vor- und Abbilder aller zukünftigen und vergangenen Dinge; rundherum wäre die Welt. In gewissen, durch lange Zwischenräume getrennten Jahren fiele etwas davon auf die Menschheit herab wie ein Katarrh oder wie der Tau auf das Fell des Gideon[2]; der Rest bleibe dort aufbewahrt für künftige Jahrzehnte, bis die Zeit vollendet sei. Auch erinnere ich mich, daß Aristoteles behauptet, die Worte Homers seien hüpfend, beschwingt, voller Bewegung, also lebendig.

1 Eulenspiegelgestalt des im Anhang zu Villons Werken gedruckten »Selbstgesprächs des Freischützen von Bagnolet« eines unbekannten Verfassers – 2 s. Richter 6, 37

Ferner sagt Antiphanes, Platons Lehre sei den Worten ähnlich, welche in gewissen Gegenden, zu strenger Winterszeit gesprochen, in der Kälte erstarrten und gefrören, so daß sie nicht gehört würden. Was Platon die Jungen lehre, werde von diesen erst halbwegs verstanden werden, wenn sie alt geworden seien. Also muß man nachforschen und untersuchen, ob dies nicht vielleicht die Gegend ist, wo die Worte gefrieren. Oder noch erstaunlicher, wenn es gar Kopf und Leier des Orpheus wären. Denn als die thrakischen Weiber Orpheus in Stücke gerissen, warfen sie seinen Kopf und seine Leier in den Hebros. Von diesem Strom in das Pontische Meer getragen, gelangten beide, stets miteinander schwimmend, zur Insel Lesbos. Dem Haupt enttönte ein immerwährendes Trauerlied, als ob es des Orpheus Tod beklage; die Leier aber begleitete mit ihren vom Winde bewegten Saiten diesen Klagegesang. Suchen wir denn, ob wir sie hier nicht irgendwo finden.«

Sechsundfünfzigstes Kapitel
Wie Pantagruel unter den gefrorenen Worten
allerhand Zötlein entdeckte

Da sprach der Steuermann: »Herr, Ihr braucht nicht zu erschrekken. Hier beginnt das Eismeer, wo Anfang vorigen Winters zwischen den Arimaspen[1] und den Nephelibaten[2] eine große, blutige Schlacht geschlagen wurde. Alle Worte und alles Geschrei der Männer und Weiber, das Aneinanderschlagen der Schwerter, das Dröhnen der Schilde und der Harnische, das Wiehern der Rosse, kurz, der ganze Lärm der Schlacht gefror damals. Jetzt, wo der harte Winter vorüber ist, taut das nun alles bei dem warmen, milden Wetter wieder auf und wird hörbar.« – »Bei Gott«, sagte Panurg, »ich glaube, so ist es. Aber könnten wir nicht auch etwas davon zu sehen kriegen? Ich erinnere mich, doch gelesen zu haben, daß drunten am Berg, auf dem Moses das Gesetz der Juden empfing, das Volk die Stimme mit den Augen sah[3].« – »Seht, seht«, sagte Pantagruel, »da sind noch einige nicht aufge-

---

1 sagenhaftes antikes Volk von Einäugigen im nördl. Skythien – 2 »Nebelschreiter« (griech.) – 3 S. 2. Moses 20, 18

taut.« Damit warf er uns ein paar Hände voll gefrorner Worte
aufs Deck. Sie sahen ganz wie buntgefärbte Zuckerkügelchen
aus. Es waren rote, grüne, azurblaue, sandfarbene, auch vergoldete Worte, und nachdem wir sie wie Schnee in den Händen hatten auftauen lassen, vernahmen wir sie auch, verstanden aber
nichts, denn sie waren alle aus einer barbarischen Sprache. Nur
ein ziemlich großes Kügelchen, das Bruder Hans zwischen seinen Händen auftauen ließ, gab einen lauten Knall von sich wie
Kastanien, die man auf Kohlen gelegt und nicht angestochen hat,
so daß wir alle erschraken. »Dies«, sagte Bruder Hans, »war seinerzeit ein Feldschlangenschuß.« – Panurg bat Pantagruel, ihm
doch noch ein paar Worte zu geben. – »Wortgeben«, sagte Pantagruel, »ist die Sache verliebter Leute.« – »Nun, so verkauft mir
ein paar«, sagte Panurg. – »Advokaten verkaufen ihre Worte«,
sagte Pantagruel. »Ich würde dir eher Schweigen verkaufen und
einen höheren Preis fordern als einst Demosthenes dafür, daß er
die Silberangina bekam[1].« Dessenungeachtet warf er noch drei
oder vier Hände voll davon aufs Deck. Unter ihnen gab's recht
häßliche, bitterböse Worte, von denen uns der Steuermann
sagte, daß sie zuweilen wieder dahin zurückkehrten, von wo sie
hergekommen wären, und die Kehle, die sie ausgesprochen,
durchschnitten: ganz erschreckliche Worte! Und andere, die
auch nicht gerade schön aussahen. Als sie auftauten. hörten wir:
heng, heng, heng, heng, hi, Zecke, Fackel, Schielaug, Scheißdreck, Scheißhaufen, frr, ferrr, ferrr, bu, bu, bu, bu, bu, bu, bu,
bu, rr, track, track, trr, trr, trrr, trrr, hu, hu, hu, hu, uf, uf, uf,
Gog, Magog und ich weiß nicht, was sonst noch für barbarische
Laute, von denen man annehmen mußte, daß es Kampfrufe und
Rossegewieher im Augenblick des Angriffs waren; dann hörten
wir wieder andere, ziemlich große, die beim Auftauen Töne von
sich gaben wie Trommeln und Pfeifen oder wie Zinken und
Trompeten. Ihr könnt euch denken, daß uns das viel Spaß
machte. Ein paar kleine Zoten wollte ich in Öl aufbewahren wie
Schnee und Eis zwischen Stroh, aber Pantagruel erlaubte es
nicht. Er meinte, es wäre Torheit, etwas aufbewahren zu wollen,
woran es einem nie mangle und was man immer zur Hand hätte,

1 als er in der Volksversammlung schwieg, weil er angeblich heiser, in Wahrheit jedoch, weil er
bestochen war

wie artige Zötlein unter braven und lustigen Pantagruelisten. – Hier ärgerte Panurg auch den guten Bruder Hans ein bißchen, so daß dieser alles mögliche daherredete; denn da er sich's am wenigsten versah, nahm er ihn beim Wort, worauf Bruder Hans ihm schwor, das solle er bereuen, wie Guillaume Jousseaume es bereut hätte, dem edlen Patelin sein Tuch aufs Wort verkauft zu haben. Wenn er nur erst verheiratet sein werde, wolle er ihn wie ein Kalb bei den Hörnern nehmen, weil er ihn hier wie ein Mensch beim Wort genommen habe. Panurg schnitt ihm ein Gesicht und rief dann: »Wollte Gott, ich könnte schon hier, ohne noch weiterzufahren, zum Wort der Göttlichen Flasche gelangen.«

Siebenundfünfzigstes Kapitel
Wie Pantagruel beim Wohnsitz Herrn Gasters[1],
des ersten Meisters aller Künste, landete

Noch am selben Tag landete Pantagruel auf einer Insel, die sowohl wegen ihrer Beschaffenheit als ihres Herrn wegen höchst verwunderlich war. Auf den ersten Blick war sie nämlich überall rauh, steinig, gebirgig, unfruchtbar, reizlos für das Auge, beschwerlich für die Füße und beinahe so unzugänglich wie der sprichwörtlich gewordene Berg der Dauphiné[2], der die Form eines Pfifferlings hat und von dem man sich nicht erinnern kann, daß er je bestiegen worden wäre, mit Ausnahme von Doyac, dem Befehlshaber der Artillerie Karls VIII., der mit Hilfe sinnreicher Maschinen hinaufgelangte und dort oben einen alten Widder fand. Wer den dahin gebracht hatte, war eine schwierige Frage. Etliche meinten, vielleicht ein Adler, ein Uhu oder eine wilde Katze, die ihn als Lämmchen geraubt hätte und vor der er sich dann ins Gebüsch gerettet hätte.

Aber als wir nicht ohne große Mühe und vielen Schweiß die Höhe erklommen hatten, fanden wir es oben so anmutig, so fruchtbar, gesund und entzückend schön, daß wir im wahrhaftigen irdischen Paradies zu sein glaubten, über dessen Lage die guten Gottesgelehrten sich den Kopf so sehr zerbrechen und einander in den Haaren liegen. Pantagruel indessen behauptete – bes-

1 Magen (griech.) – 2 der Mont-Aiguille südöstl. Grenoble

serer Kenntnis unbeschadet –, es sei der Wohnsitz Aretas, das heißt der Tugend, ganz wie Hesiod ihn beschrieben habe. Herrscher dieser Insel war Herr Gaster, der erste Meister aller Künste dieser Welt. Denn wenn ihr glaubt, der große Meister aller Künste sei, wie Cicero sagt, das Feuer, so irrt ihr und habt unrecht. Cicero glaubte das selbst nicht[1]. Und wenn ihr wie ehemals unsere alten Druiden Merkur für den Erfinder der Künste haltet, so schließt ihr ebenso fehl. Einzig und allein wahr ist, was der Satiriker[2] sagt, der Gaster den Meister aller Künste nennt. Einträchtig lebte mit ihm die gute Dame Penia, auch Not oder Notdurft genannt, die Mutter der neun Musen, die mit Porus, dem Herrn des Überflusses, Amor zeugte, das edle Mittlerkind zwischen Himmel und Erde, wie Platon es im *Symposion* bezeugt. Diesen ritterlichen König mußten wir zwangsläufig begrüßen und ihm unsere Ergebenheit und Ehrfurcht bekunden; denn er ist herrisch, anspruchsvoll, streng, rund, hart, eigenwillig und unbeugsam. Vergeblich würde es sein, ihm etwas vorgaukeln zu wollen; er läßt sich weder etwas aus- noch einreden. Ja, er hört nicht einmal hin. Wie die Ägypter von Harpokrates, dem Gott des Schweigens, behaupteten, daß er mundlos sei, so ist Gaster ohrenlos, ähnlich dem Jupiterbild auf Kandia, das auch keine Ohren hatte. Er spricht nur durch Zeichen. Aber diesen Zeichen gehorcht alle Welt hurtiger als irgendeinem Befehl der Prätoren oder einem Gebot der Könige. Ihr sagt, daß beim Brüllen des Löwen alle Tiere in der Runde, das heißt, so weit seine Stimme zu hören ist, erzittern. So steht es geschrieben, und so ist es auch, wie ich selbst gesehen habe. Aber von Herrn Gasters Befehlen, das schwöre ich euch, erzittert der Himmel und erbebt die ganze Erde. Sein Machtwort lautet: »Gleich tu, was du sollst, oder – stirb.«

Der Steuermann erzählte uns, es hätte sich eines Tags das ganze Volk der Somaten[3] gegen ihn verschworen und zusammengerottet wie in Äsops Fabel die Glieder wider den Bauch, um sich seiner Herrschaft zu entledigen. Aber gar bald wären sie zu besserer Einsicht gekommen, hätten ihren Schritt bereut und wären demütig unter sein Joch zurückgekehrt; denn sonst hätten

---

1 Cicero (»Über das Wesen der Götter« 3, 14) gab lediglich die Ansicht Heraklits wieder – 2 Persius (Prolog 8) – 3 Glieder (griech.)

sie alle verhungern müssen. In keiner Versammlung macht man ihm den Vorrang und Vortritt streitig; er geht Königen und Kaisern, ja selbst dem Papst voran. Beim Konzil zu Basel, wo doch wahrlich allerlei Ansprüche erhoben wurden und man sich wegen der Rangordnung recht tapfer herumbiß, ließ man ihm ohne weiteres den Vortritt. Alles arbeitet und schafft in seinem Auftrag. Zum Lohn dafür erweist er der Welt die Wohltat, daß er ihr alle Künste, alle Maschinen, alle Handwerke, Werkzeuge und Fertigkeiten des Lebens erfindet. Ja, selbst die wilden Tiere lehrt er Künste, welche die Natur ihnen vorenthalten hat. Die Raben, Häher, Papageien, Stare macht er zu Poeten, die Elstern zu Poetinnen und lehrt sie sich in menschlicher Sprache ausdrücken, reden und singen. Und alles fürs Bäuchlein! Die Adler, Geier, Falken, Weihen, Bussarde, Habichte, Sperber, Merline, die Wasser-, Zug-, Strich- und Raubvögel gewöhnt er an menschliche Wohnungen und zähmt sie, daß sie sich unter freiem Himmel emporschwingen, so hoch er will, dort verweilen, kreisen, fliegen, schweben, spähen, ihm schmeicheln und ihn bis über die Wolken erheben, bis sie sich auf seinen Wink hin plötzlich wieder zur Erde herabstürzen, Und alles fürs Bäuchlein! Die Elefanten, Löwen, Rhinozerosse, Bären, Pferde, Hunde läßt er tanzen, hüpfen, springen, kämpfen, schwimmen, sich verstecken, apportieren, wegtragen, was er will. Und alles fürs Bäuchlein! Die Seefische, Flußfische, Wale und Meerungeheuer läßt er aus der Tiefe heraufsteigen, jagt die Wölfe aus den Wäldern, die Bären aus den Höhlen, die Füchse aus den Bauen und scheucht die Schlangen aus ihren Erdritzen empor. Und alles fürs Bäuchlein! Kurz, so über alle Begriffe gewaltig ist er, daß er, wenn er wütend wird, Tiere und Menschen und was es sonst ist verschlingt, wie man das in den Sertorianischen Kriegen bei den Vaskonen[1] gesehen hat, als Q.Metellus sie belagerte, oder bei den Saguntern, als sie von Hannibal, oder bei den Juden, als sie von den Römern belagert wurden, wie in noch sechshundert anderen Fällen. Und alles fürs Bäuchlein!

Wenn Penia, seine Verwalterin, sich auf die Wanderung begibt, werden überall, wohin sie kommt, die Gerichtshöfe geschlossen; alle Gesetzgebung schweigt, alle Befehle sind wir-

1 lat. Name der Basken

kungslos. Niemand beugt sich dem Gesetz, es herrscht ein allgemeiner Ausnahmezustand. Nach allen Seiten hin sucht jeder ihr zu entfliehen und setzt sich lieber auf dem Meer der Gefahr des Schiffbruchs aus, trotzt lieber den Feuersflammen, klimmt lieber über Berge und Abgründe, als daß er sich von ihr ereilen ließe.

Achtundfünfzigstes Kapitel
Wie am Hof des erfindungsreichen Meisters
die Engastrimythen und Gastrolater[1] Pantagruel
höchlich mißfielen

Am Hof des großen Meisters aller Künste fielen Pantagruel zwei Arten von Leuten auf, zudringliches, überdienststeifriges Gesindel, das ihm im allerhöchsten Grade zuwider war. Die einen hießen Engastrimythen, die anderen Gastrolater. Die Engastrimythen behaupteten, von dem alten Geschlecht des Eurykles abzustammen, und beriefen sich dabei auf das Zeugnis des Aristophanes in seiner Komödie »Die Bremsen« oder »Die Wespen«[2]. Daher hießen sie im Altertum Euryklier, wie Platon und Plutarch im Buch »Über den Untergang der Orakel« angeben. In den heiligen Dekretalen 26 q. 3 heißen sie *ventriloqui,* und so nennt sie auf ionisch auch Hippokrates *lib. V epid.*[3] »die mit dem Bauch Redenden«. Sophokles nennt sie Sternomanten[4]. Das waren Wahrsager, Hexenmeister, Volksbetrüger, die scheinbar nicht mit dem Mund, sondern mit dem Bauch redeten und auf das, was man sie fragte, Antwort gaben. Eine von dieser Art war Jakoba Rodogina, eine Italienerin niederer Herkunft, aus deren Bauch wir selbst im Jahr unsers Herrn 1513 in Ferrara, ebenso unendlich viele gleich uns anderswo, leise zwar, schwach und gedämpft, aber immerhin deutlich, bestimmt und verständlich die Stimme des unreinen Geistes vernommen haben, als etliche mächtige Herren und Fürsten des zisalpinischen Galliens, von Neugierde getrieben, diese Frau kommen ließen. Um jeden Zweifel auszuschließen, daß Täuschung oder Betrug dabei im Spiel wäre, zog man sie nackt aus und hielt ihr Mund und Nase

1 Bauchredner und Bauchdiener (griech.) – 2 1019/20 – 3 »Über epidemische Krankheiten« 5 – 4 Brustwahrsager (griech.)

zu. Dieser böse Geist ließ sich Crespelus oder Cincinnatulus nennen, und es schien ihm angenehm zu sein, bei diesen Namen gerufen zu werden. Befragte man ihn über gegenwärtige oder vergangene Dinge, so gab er derart treffende Antworten, daß alle, die es hörten, darüber erstaunt waren. Fragte man ihn aber nach Zukünftigem, so log er und sagte nie die Wahrheit. Oftmals schien er seine Unwissenheit selbst einzugestehen, denn statt aller Antwort ließ er einen großen Wind streichen oder murmelte einige unverständliche Worte, die barbarisch klangen.

Die Gastrolater ihrerseits hielten sich trupp- und scharenweise zueinander, einige lustig, lächelnd und stillvergnügt, andere traurig, ernst und mürrisch, alle aber müßig und ohne jede Arbeit und Beschäftigung, eine unnütze Last und Bürde der Erde, wie Hesiod sagt. Vermutlich fürchteten sie, Herr Bauch möchte Schaden erleiden und abmagern. Übrigens waren sie so absonderlich behangen, herausgeputzt und angetan, daß es eine Freude zu sehen war. Ihr sagt wohl, und so liest man's ja auch in den Schriften mancher alten gelehrten Philosophen, daß der Kunsttrieb der Natur sich gar wundervoll in der Lust offenbare, die sie am Bilden der Meermuscheln zu finden scheint, so mannigfaltige, jeder Kunst unerreichbare Verschiedenheiten, Gestalten, Farben, Eigentümlichkeiten und Formen entdecke man an ihnen. Nun, ich versichere euch, die Trachten dieser muschelartigen Gastrolater gaben jenen an Mannigfaltigkeit und Absonderlichkeit wahrlich nichts nach. Sie alle hielten Gaster für ihren höchsten Gott, beteten ihn an als ihren allmächtigen Gott, opferten ihm als ihrem Gott, hatten keine anderen Götter neben ihm und liebten und ehrten ihn als ihren Gott über alles. Man hätte sagen mögen, der heilige Apostel habe sie ganz besonders im Auge gehabt, wenn er Philipper, Kap. III, schreibt: »Denn viele wandeln, von welchen ich euch oft gesagt habe, nun aber sage ich's auch unter Tränen: Sie sind die Feinde des Kreuzes Christi, ihr Ende ist die Verdammnis, ihr Gott ist ihr Bauch.« – Pantagruel verglich sie mit dem Kyklopen Polyphem, den Euripides sagen läßt: »Ich opfere nur mir, nicht den Göttern, und diesem meinem Bauch, welcher der größte von allen Göttern ist.«

Neunundfünfzigstes Kapitel
Von der grotesken Statue Manducus'[1], auch was und wie
die Gastrolater ihrem bauchmächtigen Gott opfern

Als wir so die Mienen und Gebärden dieser großmäuligen Gastrolater mit einiger Verwunderung betrachteten, hörten wir
mit einemmal einen lauten Glockenschlag; sogleich traten alle,
als ob's zur Schlacht ginge, nach Amt, Stand und Alter in Reih
und Glied. In dieser Ordnung zogen sie vor Herrn Gaster, voran
ein junger, dicker, feister Schmerbauch, der auf einer langen,
schön vergoldeten Stange eine schlecht geschnitzte und unbe-
holfen bemalte Holzpuppe trug, etwa wie Plautus, Juvenal und
Pomp. Festus sie uns beschrieben haben. In Lyon beim Karneval
heißt sie Krustefraß, hier nannten sie sie Manducus. Es war eine
ungestalte, lächerliche, häßliche Fratze, wie um Kindern Furcht
einzujagen, mit Augen, größer als der Bauch, und einem Kopf,
größer als der ganze Körper, mit schrecklich großen und breiten
Kinnladen, die oben und unten mit mächtigen Zähnen bewaffnet
waren und die man mittels einer Schnur, welche verborgen in
der Stange lief, schauerlich aufeinanderklappen ließ, wie man es
in Metz mit dem Drachen des heiligen Klemens macht. Als die
Gastrolater näher kamen, da sah ich, daß ihnen ein langer Zug
stämmiger Knechte, mit Körben, Kiepen, Ballen, Säcken, Töpfen und Kesseln beladen, folgte. Manducus immer voran, sangen
sie verschiedene Dithyramben, Trinklieder und Lobgesänge,
und darauf, ihre Körbe und Kessel aufdeckend, reichten sie ihrem Gott weißen Hippokras, dazu geröstete Schnittchen von

Weißbrot,	Kalbsgeschlinge,
Milchbrot,	neunerlei Frikassees,
Kuchenbrot,	kleine Pasteten,
Hausbrot,	grüne Suppen,
sechserlei Karbonaden,	Lyoneser Suppen,
Koteletten,	Wurzelsuppen,
kalte gebratene Kalbsniere,	Kohl, mit Rindermark gefüllt,
mit Ingwer bestreut,	Ragouts,
Mehlklößchen,	Würzfleisch.

Dazwischen fortwährend Getränke: zuerst guten, schlichten

1 »Kauer« (lat.)

Weißwein, dann Klaret und kühlen Rosée, kalt wie Eis, in großen silbernen Schalen. Hierauf

Würste, mit feinem Senf
  aufgezäumt
Blutwürste,
Weißwürste,
Zervelatwürste,
geräucherte Ochsenzungen,
Schinken,
Salzfleisch,

Wildschweinsköpfe,
gesalzenes Wildbret mit
  Rübchen,
Schweinsknöchel mit Erbsen,
Rouladen,
Fleischklößchen
  und
Oliven in Öl.

Und zwischendurch immer wieder Getränke. Darauf schoben sie ihm ins Maul

Hammelkeule mit Knob-
  lauchbrühe,
Pasteten mit warmer Soße,
Schweinslenden mit
  Zwiebelüberguß,
gebratene Kapaune in
  eigenem Saft,
Doppelkapaune,
Gemsen,
Ziegen,
Damhirsche und Kälber,
Hasen und Häschen,
Rebhühner, Schneehühner
  und -hühnchen,
Fasane und Fasänchen,
Pfauen und Pfauchen,
Wildenten mit Porree,
Ricken und Rehböcke,
Lammschlegel mit Kapern,
Beefsteaks,
Kalbsbrüste,
gekochte Hühner und fette
  Kapaune mit Mandelgelee,
Hähnchen,
Küken,
Kaninchen und Karnickel,
Wachteln und Wachtelchen,

Störche und Störchlein,
Schnepfen und Bekassinen,
Ortolane,
Hähne, Hühner und Puten,
Hohl- und Ringeltauben,
Schweine in Most,
Enten in Milch,
Amseln,
Wasserhühner,
Brandenten,
Silberreiher,
Krickenten,
Taucher,
Rohrdommeln,
Brachvögel,
Haselhühner,
Perlhühner,
Regenpfeifer,
Gänse, Gänschen, Holztauben,
Stockenten,
Flamingos,
Schwäne,
Löffelreiher,
Krammetsvögel,
Kraniche,
Knäkenten,
junge Krähen,

Tauben und Täubchen,	Strandläufer,
Reiher und Reiherchen,	Turteltauben,
Trappen und Trappchen,	Igel,
Kreuzschnäbel,	Wasserrallen.

Dazwischen Wein in Mengen. Dann

Wild	Zuckerplätzchen,
Lerchen	Sahnetörtchen,
Steinbock	Waffeln und Krapfen,
Murmeltier } pastete,	Quittenmarmelade,
Reh	saure Milch mit Zucker,
Tauben	Sahneschaum,
Gemsen	eingemachte Mirabellen,
Kapaunen	Gelee,
Speckpastetchen,	Butterkuchen,
Schweinsfüße mit Rosinen,	Makronen,
frikassierte Pastetenrinde,	zwanzigerlei Törtchen,
Kapaune, Raben,	Krem,
allerlei Käse,	achtundsiebzigerlei
roten und dunklen	trockene und frische
Hippokras,	Konfitüren,
Tafelpfirsiche,	Dragees von hunderterlei
Artischocken,	Farbe,
Blätterteiggebäck,	Rahmkäse
Spargelköpfe,	und
kleines Gebäck,	Marzipan.

Zu guter Letzt, damit's kein Halskratzen gäb', reichlich Getränk
nebst gerösteten Schnittchen.

Sechzigstes Kapitel
Wie die Gastrolater ihrem Gott an Fasttagen opferten

Als Pantagruel dieses Opfergesindel und ihre zahlreichen Opfer-
spenden sah, verdroß es ihn sehr, am liebsten wäre er gleich wieder an Bord gegangen, wenn ihn Epistemon nicht gebeten hätte,
doch das Ende dieses Narrenspiels abzuwarten. – »Und was opfert denn dies Lumpenpack seinem Gott an Fasttagen?« fragte er.
– »Das kann ich Euch sagen«, entgegnete der Steuermann. »Zum
Imbiß vor der Mahlzeit bringen sie ihm

Kaviar,
gesalzenen Rogen,
frische Butter,
Erbsenpüree,
Spinat,
weiße Fettheringe,
Räucherheringe,
Sardinen,
Anschovis,
Thunfisch,
Kohl in Öl,
Bohnenpüree,
gesalzenen Lachs,
Neunaugen, Austern,

hunderterlei Salate, wie Kressen-, Hopfen-, Pfaffensack-, Rapunzel-, Judasohrensalat – eine Art Schwamm, der an alten Fliederstämmen wächst –, Spargel-, Geißblatt- und andere Salate mehr.

Hol's der Teufel, dazu muß getrunken werden; das besorgen sie denn auch, und daran ist kein Mangel. Dann geben sie ihm Lampreten mit Hippokrassoße,

Knurrhähne,
Forellen,
Barben,
Meerbarben,
Sprotten,
Pilcharde,
Rochen,
Brachsen,
Störe,
Wale,
Makrelen,
Finte,
Goldbutte,
Lanzettfische,
Barsche,
Delphine,
Salme,
Salmlinge,
Schellfische,
Polypen,
Ukeleie,
Platteisen,
Saiblinge,
Kabeljau,
Seezungen,
gebratene Austern,
Herzmuscheln,
Langusten,
Seeanemonen,
Krabben,
Schleie,
Karpfen,
Hechte,
Boniten,
Tintenfische,
Schwertfische,
Engelfische,
Bricken,
Meeraale,
Steinbutte,
Alsen,
Muränen,
Äschen,
Schiedlinge,
Schollen,
Flundern,
Heilbutte,
Schildfische,
frische Merlane,
Blackfische,

Bücklinge,	Quallen,
Muscheln,	Aale,
Hummer,	Schildkröten,
Seekrebse,	Schlangen oder Buschaale,
Stinte,	Goldbrassen,
Seeigel,	Welse,
Seehunde,	Grundeln,
Weißfische,	Krebse,
Seespinnen,	Schnecken
Wollkrabben,	und
Taschenkrebse,	Frösche.

Würd' er nach all dem Geschlinge nicht trinken, so wär' ihm der Tod auf den Hacken. Also sorgt man dafür.

Dabei opfert man ihm noch gesalzenen Merlan, Stockfisch, Eier, gebackene, verlorene, gedämpfte, geschmorte, durch die Asche gezogene, durch den Schornstein geschmissene, gerührte, geschlagene usw.,
Miesmuscheln,
Dorsch,
marinierte Hechtchen,
zu deren besserer Verdauung das Getränk verdoppelt wird. Zum Schluß endlich

Reis,	Butterschnee,
Hirse,	Mandelbutter,
Grütze,	Pflaumen,
Mehlbrei,	Pistazien,
Kastanien,	Walnüsse,
Feigen,	Haselnüsse,
Weintrauben,	Pastinaken
Zuckerwurzeln,	und
Datteln,	Artischocken.

Dazwischen unablässig Getränk.«

Wahrlich, sie ließen sich keine Mühe verdrießen, diesem Gaster, ihrem Gott, so ausgesuchte, köstliche und reichliche Opfer zu bringen, wie sie dem Götterbild des Heliogabal oder dem Bel zu Babel unter König Balthasar nie und nimmer gebracht worden sind. Dessenungeachtet gab Gaster selbst zu, daß er kein Gott sei, sondern nur eine arme, elende, gebrechliche Kreatur. Und wie König Antigonus, seines Namens der erste, einem gewissen Hermodotus, der ihn in seinen Gedichten als Gott und als Sohn der Sonne besungen hatte, entgegnete: »Mein Lasanophorus[1] weiß das besser« – *lasanon* hieß nämlich der Topf oder das Geschirr, das zur Aufnahme der Exkremente diente –, so verwies Gaster diese Matagoten an seinen Nachtstuhl, damit sie dort nachsehen, sich überzeugen, ergründen und ausschnüffeln könnten, was sie denn Göttliches in seiner fäkalen Materie fänden.

Einundsechzigstes Kapitel
Was für Mittel und Wege Gaster fand, sich Getreide
zu verschaffen und es aufzubewahren

Als die verdammten Gastrolater abgezogen waren, machte Pantagruel den edlen Gaster, diesen Meister der Künste, zum Gegenstand eines eingehenden Studiums. Ihr wißt ja, daß Brot und was sonst dazu zu rechnen ist ihm von der Natur als Speise und Nahrung zugewiesen wurde, wozu dann aber als eine weitere Wohltat des Himmels auch noch die kam, daß es ihm, um sich dieses Brot zu verschaffen und zu erhalten, niemals am Nötigen fehlen sollte. So erfand er als erstes von allem das Schmiedehandwerk und den Ackerbau, um den Boden zu bestellen, damit der das Getreide hervorbringe. Er erfand die Kriegskunst und die Waffen, um die Ernte zu verteidigen; Medizin und Astrologie nebst der so notwendigen Mathematik, um es sich jahrhundertelang zu erhalten und vor den schädlichen Einflüssen der Luft wie vor den Verwüstungen schädlicher Tiere und den Diebesklauen der Räuber zu schützen. Er erfand Wasser-, Wind- und Handmühlen nebst vielen anderen Maschinen, um das Getreide zu mahlen und Mehl daraus zu machen; den Sauerteig, um den angerührten Teig aufgehen zu lassen, das Salz, um ihm Wohlgeschmack zu geben – denn er hatte die Erfahrung gemacht, daß für den Menschen nichts ungesünder sei als ungesäuertes und ungesalzenes Brot –, das Feuer, um es zu backen; die Uhren und Zifferblätter, um die zum Backen des Brotes, dieses Erzeugnisses des Korns, nötige Zeit genau bestimmen zu können. Da es vorkam, daß das Getreide in dem einen Land mißriet, so fand er Mittel und Wege,

[1] Nachttopfträger (griech.)

um es von einer Gegend in die andere zu befördern. Es war eine wichtige Erfindung, daß er zwei Tierarten, Pferd und Esel, miteinander kreuzte und dadurch eine dritte erzeugte, die stärker, zäher und in der Arbeit ausdauernder ist als die anderen. Er erfand Karren und Wagen, um das Getreide bequemer fortschaffen zu können. Wo Meer oder Flüsse sich dem entgegenstellten, da erfand er Boote, Galeeren und Schiffe – Dinge, worüber selbst die Elemente erstaunten –, um damit über Meere, Ströme und Flüsse hinüberzuschwimmen und es barbarischen, unbekannten, weit entfernten Völkern hinbringen zu können. Seit er das Land bebaute, war es oft vorgekommen, daß in gewissen Jahren der Regen nicht zu rechter Zeit fiel, in welchem Fall das Korn tot und verloren in der Erde liegenblieb; oder es regnete unaufhörlich, und das Korn ersoff, oder der Hagel schlug es zu Boden, oder die Würmer zernagten es, oder die Stürme knickten es. Deshalb hatte er schon vor unserer Ankunft ein sinnreiches Mittel erfunden, den Regen vom Himel herabzuziehen, welches darin bestand, daß er ein gewisses Kraut, das wenig bekannt war, aber überall auf den Wiesen wuchs und das er mir zeigte, einfach in Stücke schnitt. Seiner Meinung nach war es dasselbe, von dem einst die Jupiterpriester zur Zeit einer großen Dürre ein Zweiglein in die Hagnische Quelle auf dem Berg Lykäus in Arkadien getaucht hatten, wodurch sie Dünste erregten, welche schwere Wolken bildeten, die, als sie sich lösten, die ganze Gegend umher erquickten. Ebenso erfand er ein kunstreiches Mittel, den Regen in der Luft festzuhalten und nach dem Meer hinzulenken, sowie ein anderes, den Hagel unschädlich zu machen, die Würmer zu vernichten und den Sturm einzudämmen, jenem ähnlich, welches die Methaner in der Gegend von Trözen anwendeten.

Ein anderer Übelstand machte sich fühlbar. Strauchdiebe und Räuber nahmen ihm sein Korn und Getreide von den Feldern weg. Also erfand er die Kunst, Städte, Festungen und Burgen zu bauen, in denen er es speichern und sicher aufbewahren konnte. Aber es kam auch vor, daß er selbst auf seinen Feldern kein Korn fand und doch hörte, daß in den Städten, Festungen und Burgen welches vorhanden sei, wo die Einwohner es aber so eifrig bewachten und verteidigten wie Drachen die goldenen Äpfel der Hesperiden. Also erfand er die Kunst, feste Burgen und Schlösser mittels gewisser Maschinen zu zerstören und in Trümmer zu

legen, mit Widdern, Ballisten, Katapulten, von denen er uns Abbildungen zeigte, die aber von allen Kriegsbaumeistern, die Vitruv ihren Lehrer nennen, falsch verstanden worden sind, wie
mir Meister Philibert Delorme, des Königs Megistus[1] großer
Architekt, selbst eingestanden hat. Als diese Mittel dann infolge
der tückischen Schlauheit oder der schlauen Tücke der Befesti-
ger nicht mehr ausreichten, erfand er vor nicht langer Zeit die
Kanonen, Feldschlangen, Kartaunen, Bombarden und Basilisken, aus denen er eiserne, bleierne und bronzene Kugeln, schwerer als große Ambosse, mit Hilfe eines schrecklichen Pulvers
schleudert, über dessen Wirkung die Natur selbst sich entsetzt
und von der Kunst besiegt erklärt. Denn hier ist die Art und
Weise der Oxydraker[2], mit Hilfe des Donners, Blitzes, Hagels
und Sturms zu siegen und ihre Feinde auf offenem Schlachtfeld
plötzlich zu töten, weit übertroffen; viel schrecklicher, mörderi-
scher und satanischer ist ein Basiliskenschuß; viel mehr zerreißt,
zerschmettert und tötet er, heftiger verwirrt er die Sinne und zer-
trümmert er das Mauerwerk, als hundert Blitze und Donner-
schläge dies zu tun vermögen.

Zweiundsechzigstes Kapitel
Wie Gaster Mittel und Wege fand, von den Kanonenkugeln
nicht verwundet noch getroffen zu werden

Aber nun geschah, es daß Gaster, wenn er sein Getreide in die Festung gebracht hatte, sich selbst von Feinden angegriffen sah, die
mittels dieser gottverdammten Höllenmaschinen die Befestigungen zertrümmerten und ihm sein Korn und Brot mit Gewalt
wegnahmen und raubten. Also fand er Mittel und Wege, seine
Bastionen und Mauern, Wälle und Brustwehren vor dem Kano-
nenfeuer zu schützen, und zwar so, daß die Kugelns sie entweder
gar nicht trafen und einfach in der Luft hängenblieben oder,
selbst wenn sie ans Ziel kamen, doch den Befestigungen und den
sie verteidigenden Bürgern nichts antaten. Zu diesem Zweck
hatte er bereits sehr nützliche Vorkehrungen getroffen und

1 gemeint ist Heinrich II., König von Frankreich 1547-59 – 2 sagenhaftes antikes Volk in Indien
(s. Philostratos »Das Leben des Wundermannes Apollonius von Tyana« 2, 33)

zeigte mir auch eine Probe davon, die Frontin dann später zur Anwendung brachte und die jetzt von den Thelemiten allgemein unter ihre Spiele und ehrbaren Übungen aufgenommen worden ist. Sie bestand in Folgendem – und ich hoffe, ihr werdet von nun an williger glauben, was Plutarch selbst gesehen haben will, daß, wenn eine Herde Ziegen in vollem Lauf dahinjagt und man der letzten von ihnen ein Zweiglein Männertreu ins Maul steckt, sie alle plötzlich stehenbleiben –: Er lud eine bronzene Kanone mit einer hinreichenden Menge gut entschwefelten, mit feinem Kampfer gemischten Schießpulvers und mit einer eisernen Kugel von schwerem Kaliber nebst vierundzwanzig Schrotkörnern, von denen ein Teil eine runde, kuglige, der andere aber eine tränenförmige Gestalt hatte. Nachdem er sie dann auf einen seiner jungen Pagen, der sechzig Schritte davon entfernt stand, so gerichtet, daß der Schuß ihm mitten durch den Leib gehen mußte, hängte er zwischen der Falkaune und dem Pagen, gleich weit von beiden, an einem Strick, der an einem Balken befestigt war, einen großen Sideritstein auf, das heißt einen Eisen- oder Herkulesstein, wie ihn nach der Aussage Nikanders ein gewisser Magnes auf dem phrygischen Ida gefunden hatte; wir nennen ihn gewöhnlich Magnet. Dann brachte er die Lunte ans Zündloch. Sowie das Pulver sich verzehrte, wurden Kugel und Schrotkörner mit Gewalt aus dem Kartaunenrohr herausgetrieben, damit die Luft in dessen Inneres eindringen könne und, weil das Pulver daraus verschwunden war, kein leerer Raum bliebe, den die Natur nun einmal durchaus nicht leidet; denn eher würde das ganze Weltall, Himmel, Erde, Luft und Meer, wieder in das ursprüngliche Chaos zurückkehren, ehe sie das litte. Nun hätten die so gewaltsam vorwärtsgeschleuderten Kugeln, sollte man meinen, den Pagen treffen müssen; aber sobald sie sich dem erwähnten Stein näherten, verließ sie ihr Ungestüm, sie blieben alle in der Luft schweben und umkreisten den Stein; nicht ein einziges Schrotkorn, so rasch es dahinflog, kam bis zum Pagen hin.

Aber er fand auch Mittel und Wege, die Kugeln mit derselben Gewalt und Schlagkraft und in derselben Linie, wie sie abgeschossen waren, wieder zum Feind zurückfliegen zu lassen. Das fiel ihm nicht allzuschwer, zumal das Kraut *Aethiopis*[1] doch alle

1 wahrscheinlich Mohrensalbei

Schlösser, die man damit berührt, öffnet und der *Echeneis*[1], ein sehr schwacher Fisch, allen Winden, ja heftigstem Sturm zum Trotz die größten Kriegsschiffe zum Stehen zwingt und das gesalzene Fleisch ebendieses Fisches alles Gold aus den unergründlichsten Wassertiefen heraufzieht.

Zumal ja auch Demokrit berichtet, Theophrast aber es geglaubt und bestätigt hat, daß es ein Kraut gibt, durch dessen bloße Berührung ein eiserner Keil aus einem dicken, harten Balken, in den er tief und mit Gewalt hineingetrieben wurde, sogleich herausfliegt, welches Mittels sich denn auch die Pikiden, ich meine die Spechte, bedienen, wenn man ihnen ihr Nest, das sie so geschickt in den Stämmen großer Bäume zu bauen verstehen, mit einem eisernen Keil verschließt.

Zumal die Hirsche und Hirschkühe, wenn sie von Wurfspeeren, Bolzen, Pfeilen und anderen Geschossen schwer getroffen wurden, alle diese Geschosse sich leicht aus dem Leib schütteln und gleich wieder heil und gesund sind, sobald sie nur das Kraut Diptam[2], das in Kandia[3] so häufig ist, auf ihrem Weg finden und ein wenig davon fressen, dasselbe Kraut, womit Venus ihren geliebten Sohn Äneas heilte, als er durch den Pfeil der Schwester des Turnus, Juturna, an der rechten Hüfte verwundet worden war.

Zumal schon der bloße Duft, den die Lorbeer- und Feigenbäume, auch Seekälber ausströmen, den Blitz abwehrt, so daß sie nie von ihm getroffen werden. Zumal der bloße Anblick eines Widders hinreicht, wild gewordene Elefanten wieder zur Vernunft zu bringen, und wütende Stiere, wenn sie auf wilde Feigenbäume stoßen, die wir Ziegenfeigen nennen, zahm werden und wie angewurzelt stehenbleiben. Zumal die Wut der Vipern sich augenblicklich legt, wenn man sie mit einem Buchenzweig berührt. Zumal uns von Euphorion erzählt wird, er habe auf der Insel Samos, bevor dort der Tempel der Venus erbaut worden war, Tiere, Neaden genannt, gesehen, bei deren Brüllen die Erde in Klüfte und Abgründe zerspalten sei. Zumal nach dem Bericht Theophrasts die alten Weisen behaupteten, der Flieder sei melodischer und zum Flötenspiel geeigneter in den Gegenden, wo das Krähen der Hähne nicht gehört werde, gleich als ob das Krähen

1 Schiffshalter – 2 echter kret. Diptam; majoranähnliche Pflanze – 3 Kreta

sein Holz verdumpfe, erweiche und taub mache – ebendas Krähen, das bekanntlich auch den Löwen erschreckt und verwirrt, der sonst doch ein gewaltiges und furchtloses Tier ist. Ich weiß wohl, etliche haben diesen Ausspruch so verstanden, daß damit der wilde Flieder gemeint sei, der so fern von Städten und Dörfern wächst, daß das Krähen der Hähne dort nicht gehört wird, und allerdings ist dieser für Flöten und andere Instrumente demjenigen vorzuziehen, der an Gehöften und Mauern wächst. Dagegen suchen andere in diesem Ausspruch einen höheren Sinn und nehmen ihn nicht dem Buchstaben nach, sondern allegorisch, wie die Phythagoreer es zu tun pflegten, die, als es hieß, die Statue Merkurs dürfe nicht aus jedem beliebigen Holz geschnitzt werden, dies so auslegten, daß der Gott nicht auf gewöhnliche, sondern auf auserwählte, besonders andächtige Weise verehrt werden solle. So sagen sie, bedeute dieser Ausspruch nichts anderes, als daß kluge und gebildete Leute sich nicht mit der niedrigen und gewöhnlichen Musik befassen sollten, sondern allein mit der himmlischen, göttlichen, engelsgleichen, geheimnisvollen, von weit her, das heißt von dort stammenden, wo kein Hahnenkrähen gehört werde. Denn wenn wir einen Ort als recht verborgen und abgelegen bezeichnen wollen, so sagen wir: Da hat man noch nie einen Hahn krähen hören.

Dreiundsechzigstes Kapitel
Wie Pantagruel bei der Insel Heuchelingen einschlief
und was für schwierige Fragen bei seinem Erwachen zur
Sprache kamen

So setzten wir unter allerlei Gesprächen unsere Reise fort und kamen am andern Tag in die Nähe der Insel Heuchelingen, wo Pantagruels Schiff aber nicht landen konnte, da der Wind sich gelegt hatte und auf dem MKEER Flaute herrschte. Wir konnten uns deshalb nur treiben lassen und schaukelten von Steuer- zu Back-, von Back- zu Steuerbord, obwohl wir alle Segel gesetzt hatten, und saßen da, nachdenklich, verstimmt, übel gelaunt und mürrisch, ohne ein Wort miteinander zu reden. Pantagruel, einen griechischen Heliodor in der Hand, lag nahe den Luken in einer Hängematte und schlief. Das war so seine Gewohnheit: nach dem Text schlief er viel besser als aus dem Kopf. Epistemon maß mit dem Astrolabium die Polhöhe; Bruder Hans hatte sich in die Kombüse hinuntergebegeben und berechnete die Tageszeit nach der Bratspießhöhe und dem Frikasseehoroskop; Panurg machte mit einem Hanfstengel im Mund Wasserspäßchen und Wasserbläschen; Gymnast schnitzelte Zahnstocher aus Mastixholz; Ponokrates träumte ganz träumerisch vor sich hin, kitzelte sich von Zeit zu Zeit, um sich zum Lachen zu bringen, und kraute sich mit einem Finger den Kopf; Carpalim bastelte aus einer Walnuß-

schale eine schöne, kleine, lustige, nette Windmühle mit vier kleinen Flügeln aus Erlenholz; Eusthenes trommelte mit den Fingern auf einer Feldschlange wie auf einem Monochord; Rhizotom machte sich ein samtenes Geldtäschchen aus der Schale einer Landschildkröte; Xenomanes flickte eine alte Laterne mit Falkenriemen, und unser Steuermann zog seinen Matrosen die Würmer aus der Nase.

Als Bruder Hans wieder aus der Kombüse heraufkam, bemerkte er, daß Pantagruel wach war. Sofort brach er das hartnäckige Schweigen und warf mit lauter Stimme und großer Munterkeit die Frage auf: »Was macht man gegen diese Windstille?« – Gleich fiel Panurg ein und fragte: »Wie kuriert man die üble Laune?« Und als der Dritte im Bunde fragte der lustige Epistemon: »Wie pißt man, wenn's einen nicht drängt?« Gymnast hingegen, indem er auf beide Beine sprang, fragte nach einem Mittel gegen das Flimmern vor den Augen und Ponokrates, nachdem er sich die Stirn gerieben und die Ohren gekratzt nach einem Mittel gegen das hundemäßige Schlafen. – »Halt!« sagte Pantagruel, »nach der Lehre der scharfsinnigen Peripatetiker müssen alle Probleme, Fragen und Zweifel klar und bestimmt angegeben werden. Was verstehst du unter hundemäßigem Schlafen?« – »Darunter versteh' ich«, erwiderte Ponokrates, »mit nüchternem Magen im dicksten Sonnenschein wie ein Hund schlafen.« – Rhizotom hatte sich im Zwischengang niedergehockt. Als er jetzt den Kopf hob, gähnte er so herzhaft, daß er alle seine Gefährten durch natürliche Sympathie zum Mitgähnen zwang; dann fragte er: »Was für ein Mittel gibt es gegen das Gähnen?« – Xenomanes, ganz in das Ausbessern seiner Laterne vertieft, fragte: »Wie bringt man den verwünschten Dudelsack, den Magen, ins gehörige Gleichgewicht und in die richtige Lage, daß er nach keiner Seite hin überhängt?«, und Carpalim, der mit seinem Mühlchen spielte: »Wieviel natürliche Bewegungen müssen stattgefunden haben, eh' man von jemand sagen kann, daß er Hunger spüre?« – Eusthenes, der laut reden hörte, kam auch herbeigelaufen und rief vom Gangspill her: »Warum besteht mehr Todesgefahr, wenn ein nüchterner Mensch von einer nüchternen Schlange gebissen wird, als wenn Mensch und Schlange schon etwas genossen haben? Warum ist der Speichel eines nüchternen Menschen Gift für Schlangen und alle giftigen Tiere?« – »Freunde«, sagte Pantagruel, »für alle diese Zweifel und Fragen, die ihr da aufgeworfen habt, gibt es nur eine Lösung und für alle derartigen Symptome und Zufälle nur eine einzige Arznei. Die Antwort soll euch ohne viel Worte und Umschweife unverzüglich gegeben werden, aber ein hungriger Magen hat keine Ohren und ist taub. Darum sollt ihr durch Zeichen, Gesten und Handlungen Antwort erhalten und völlig zufriedengestellt werden, wie einst« – hier zog er die Eßglocke, und Bruder Hans stürzte gleich in die Kombüse – »der stolze Tarquinius, der letzte König der Römer, seinem Sohn Sextus durch Zeichen antwortete. Dieser befand sich nämlich in der Stadt der Gabier¹ und hatte ihm

1 die altröm. Stadt Gabii östl. Rom

von dort einen Boten gesandt, um zu erfahren, was er tun solle, um sich die Gabier vollends zu unterwerfen und sie zu unbedingtem Gehorsam zu zwingen. Der König, welcher der Treue des Boten nicht traute, gab diesem keine Antwort, sondern führte ihn in seinen Garten und schlug dort, während dieser dabeistand und es sehen konnte, die höchsten der Mohnköpfe, die dort aufgeschossen waren, mit seinem Schwert ab. Als der Bote nun ohne Antwort zurückkehrte und dem Sohn erzählte, was er seinen Vater hatte tun sehen, war es jenem nicht schwer, das Zeichen dahin zu deuten, daß er ihm den Rat gäbe, den Vornehmsten der Stadt die Häupter abzuschlagen, um die übrigen, das heißt die Volksmenge, besser in Zucht und Gehorsam halten zu können.«

Vierundsechzigstes Kapitel
Wie Pantagruel die aufgeworfenen schwierigen Fragen
unbeantwortet ließ

Darauf fragte Pantagruel: »Was für Leute wohnen auf dieser sauberen Hundeinsel?« – »Nichts als Hypokriten, Hydropiker[1], Paternosterhelden, Leisetreter, Kuttenheilige, Mucker und Eremiten«, entgegnete Xenomanes; »alles arme Leute, die von den Almosen leben, welche Reisende ihnen geben, wie der Klausner von Lormont zwischen Blaye und Bordeaux.« – »Dann geh' ich nicht hin«, sagte Panurg, »darauf könnt ihr euch verlassen. Der Teufel soll mir in den Hintern blasen, wenn ich dahin gehe. Eremiten, Kuttenheilige, Leisetreter, Mucker, Hypokriten – daß euch der Teufel! Fort mit dem Pack! Ich muß immer noch an unsere feisten Konzilienfahrer von Chesil denken. Daß Beelzebub und Astaroth sie zu Proserpina hätten fahren lassen, so viel Leiden, Stürme und sonstige Teufeleien hat die Begegnung mit ihnen über uns gebracht. Hör doch, mein Dickerchen, mein Korporalchen, sag doch, Xenomanes, sind diese Hypokriten, diese Eremiten, diese erbärmlichen Schlucker hier auch verheiratet oder nicht? Gibt's davon auch eine weibliche Sorte? Könnte man nicht auf gut hypokritische Art den Hypokritenzehnten bei ihnen erheben?« – »Wahrhaftig«, sagte Pantagruel »eine saubere

1 (von Scheinheiligkeit) Aufgeblasene

und spaßige Frage.« »Ei freilich«, entgegnete Xenomanes, »gibt es da auch eine Menge schöne, lustige Hypokritinnen, Leisetreterinnen und Eremitinnen, tüchtige Betschwestern. Es gibt auch eine Menge kleiner Hypokritlein, Muckerchen, Eremitchen . . .« »Weg damit«, warf Bruder Hans ein, »junger Eremit, alter Teufel, sagt das Sprichwort; sonst wäre ja die Insel Heuchelingen schon längst öde und ausgestorben, wenn die Rasse sich nicht vermehrte.«

Pantagruel schickte ihnen mit einem Boot durch Gymnast ein Almosen von achtundsiebzigtausend Stück schönen, kleinen halben Laternentalern. Dann fragte er, wie spät es sei. Epistemon antwortete, es habe schon neun Uhr geschlagen. – »Nun«, sagte Pantagruel, »dann ist es die rechte Zeit, um zu Mittag zu essen. Denn die heilige Linie[1], die Aristophanes in seiner Komödie ›Die Weibervolksversammlung‹ so hoch preist[2] und die mit dem zehnfüßigen Schatten erscheint, ist nahe. Bei den alten Persern war nur den Königen die Stunde der Mahlzeit vorgeschrieben, für alle anderen waren der Magen und der Hunger die alleinige Uhr. Und wirklich beklagt sich bei Plautus ein Parasit darüber, daß Uhren und Stundenzeiger erfunden seien, und spricht seinen heftigen Abscheu vor ihren Erfindern aus, da es doch bekanntlich gar keine richtigere Uhr gäbe als den Magen. Als man Diogenes fragte, zu welcher Zeit zu essen am besten sei, antwortete er: ›Für den Reichen, wenn er hungrig ist; für den Armen, wenn er etwas zu essen hat.‹ Noch besser zeigt uns der alte Ärztespruch die kanonischen Stunden an:

Steh auf um fünf, iß zu Mittag um neun,
zu Abend um fünf, um neun schlaf ein.

Anders war die Magie des berühmten Königs Petosiris.«

Doch noch war dieses Wort nicht ausgesprochen, als die Tafeldiener die Eß- und Trinktische aufstellten, sie mit duftendem Linnen, mit Tellern, Servietten und Salzfässern bedeckten und große Füllkrüge, Karaffen, Flaschen, Schalen, Humpen, Becher und Schüsseln herbeitrugen. Bruder Hans, einen ganzen Schweif von Haushofmeistern, Oberbrotmeistern, Mundschenken Vorschneidern, Vorlegern, Aufwärtern und Dienern hinter sich, schleppte vier mächtige Schinkenpasteten heran, so groß, daß sie

1 auf der Sonnenuhr – 2 651

190

mich an die vier Bastionen in Turin erinnerten. Du lieber Gott, wie da geschmaust, geschlemmt und gezecht wurde! Noch bevor sie zum Nachtisch gekommen waren, begann ein leichter Westnordwest die Segel zu schwellen, Vorstag-, Groß-, und Besansegel. Da sangen alle verschiedene Lob- und Danklieder zum Preis des allerhöchsten Himmelsgottes. Als man beim Obst angekommen war, fragte Pantagruel: »Nun sagt an, Freunde, sind eure Zweifel jetzt vollständig gelöst?«

»Gott sei Dank«, sagte Rhizotom, »ich gähne nicht mehr!« – »Der hundemäßige Schlaf plagt mich auch nicht mehr«, sagte Ponokrates. – »Mir flimmert's nicht mehr vor den Augen«, versicherte Gymnast. – »Meine Nüchternheit hat sich gänzlich verloren«, sagte Eusthenes. »Darum sind heute vor meinem Speichel sicher alle

Afterspinnen[1],	Aneruduten,
Amphisbenen,	Abedissimonen,
Alhartafer,	Galeoten,
Ammobater,	Harmenen,
Asterionen,	Handonen,
Alcharater,	Iguane,
Alhatrabanen,	Iararaken,
Arakter,	Ilizinen,
Argen,	Ichneumons,
Askalaber,	Kanthariden,
Askalaboten,	Kiemenmolche,
Ämorrhoiden,	Kreuzottern,
Basilisken,	Kröten,
Boen,	Krokodile,
Bupresten,	Lazerten,
Blindschleichen,	Myopen,
Blutegel,	Mantikoren,
Cartoblepen,	Moluren,
Cerasten,	Myagern,
Chamäleons,	Miliaren,
Crezilien,	Megalaunen,
Coloten,	Nattern,
Cychrioden,	Najen,

1 Giftspinnen, -schlangen usw.

Cafezater,	Ptyaden,
Coluberen,	Porphyren,
Crotalen,	Pareaden,
Cheliferen,	Pythonen,
Cranokolapten,	Phalangen,
Dipsaden,	Penphredonen,
Dryinaden,	Pityokampen,
Domesen,	Rutelen,
Drachen,	Rhagionen,
Elopen,	Rhaganen,
Enhydriden,	Salamander,
Erdsalamander,	Stellionen,
Feuersalamander,	Skorpione,
Selsiren,	Taranteln,
Schlangen,	Typholopen,
Solifugen,	tolle Hunde,
Skolopender,	Teristalen,
Sepedonen,	Vipern.«

Fünfundsechzigstes Kapitel
Wie Pantagruel mit seinen Leuten das Wetter hob

»Zu welcher Gattung der giftigen Tiere zählst du denn Panurgs
Zukünftige?« fragte Bruder Hans. – »Was«, rief Panurg »du Hurensohn, du blankärschiger Mönch willst die Weiber lästern?«
»Beim cönomanischen[1] Leberfüllsel«, sagte Epistemon, »Euripides schreibt und Andromache sagt es, daß die Menschen, von
den Göttern belehrt, gegen jedes giftige Tier ein Heilmittel gefunden hätten, nur gegen ein böses Weib sei noch keins gefunden
worden.« – »Euripides, das Großmaul, hat die Weiber stets ver-
leumdet«, sagte Panurg. »Deshalb ließ die göttliche Rache ihn
auch von Hunden auffressen, wie Aristophanes ihm nachsagt.
Aber weiter, wer ist jetzt an der Reihe?« – »Ich kann jetzt pissen,
soviel einer will«, sagte Epistemon. – »Mein Magen«, sagte Xenomanes, »hat jetzt den gehörigen Ballast geladen und befindet
sich im Gleichgewicht; er hängt nach keiner Seite mehr über.« –

---

1 aus der nordwestfranz. Stadt Le Mans, lat. *Coenomanum,* mit Anklang an lat. *coena* Mahlzeit

»Ich brauche jetzt nicht Brot noch Wein mehr«, sagte Carpalim, »habe Waffenstillstand geschlossen mit Hunger und Durst.« – »Bin auch nicht mehr übler Laune«, sagte Panurg, »Gott sei's gedankt; bin fidel wie ein Fiedelmann, lustig wie eine Schmerle und munter wie ein Schmetterling. Läßt nicht euer sauberer Euripides Silen, diesen gottbegnadeten Zecher, sagen:

> Der ist ein Narr und ganz verwirrt,
> der nicht vom Trinken lustig wird?

Ja gewiß, wir können den lieben Gott, unsern Schöpfer, Versorger und Erhalter, gar nicht genug loben und preisen, daß er uns durch dieses gute Brot und diesen guten, kühlen Wein und durch alle diese guten Gerichte von solchen Beschwerden des Leibes und der Seele geheilt hat, gar nicht einmal das Vergnügen und den angenehmen Kitzel gerechnet, den wir beim Essen und Trinken selbst empfunden haben.

Aber auf die Frage dieses gesegneten, ehrwürdigen Bruders Hans, der wissen wollte, wie man das Wetter höbe, ist noch keine Antwort gegeben.« – »Da ihr euch mit einer so leichten Lösung eurer Zweifel zufriedengebt«, sagte Pantagruel »will ich's tun. Anderen Ortes und zu anderer Zeit können wir ausführlicher darüber sprechen, wenn ihr es wünscht.

Also die Frage, die Bruder Hans aufgeworfen hat, wie man das Wetter höbe, bleibt noch zu beantworten. Nun, haben wir es denn nicht schon ganz nach Wunsch gehoben? Seht doch den Wimpel auf der Marsstenge an, hört doch das Rauschen der Segel, seht doch, wie straff gespannt die Schoten und Wanten sind!

Während wir die Becher hoben und leerten, hat sich vermöge der geheimen Sympathie der Natur auch das Wetter gehoben. So hoben es, wenn ihr den gelehrten Mythologen Glauben schenken wollt, einst Atlas und Herkules. Aber sie hoben's um einen halben Grad zu hoch: Atlas, weil er seinen Gast recht schnell und recht festlich bewirten wollte; Herkules, weil er in der Libyschen Wüste gar zu großen Durst hatte ausstehen müssen.« – »Sehr richtig«, unterbrach Bruder Hans hier die Rede, »ich habe mehrere höchst ehrenwerte Gelehrte sagen hören, Turlupin, Eures trefflichen Vaters Kellermeister, spare jährlich mehr als achtzehnhundert Fässer Wein bloß dadurch, daß er den Gästen immer schon zu trinken gibt, eh' sie überhaupt durstig sind.« – »Denn«, fuhr Pantagruel fort, »wie die Kamele und Dromedare der Karawanen gleichzeitig für vergangenen, gegenwärtigen und künftigen Durst saufen, so ähnlich machte es auch Herkules und brachte durch diese übermäßige Hebung des Wetters den Himmel in ein so neuartiges Schwanken und Beben, daß er den vertrackten Astrologen dadurch Anlaß zu endlosen Kontroversen und Debatten gegeben hat.«

»Im Sprichwort«, sagte Panurg, »heißt es:

Bei fettem Schinken und bei gutem Wein
folgt schlechtem Wetter eitel Sonnenschein.«

»Und«, so fuhr Pantagruel fort, »indem wir aßen und tranken, hoben wir nicht nur das Wetter, sondern wir erleichterten auch unser Schiff ganz beträchtlich: nicht etwa bloß so, wie der Korb Äsops leichter wurde, weil die Lebensmittel darin abnahmen[1], sondern deshalb, weil wir jetzt nicht mehr nüchtern sind. Denn wie ein toter Körper schwerer ist als ein lebendiger, so ist auch der nüchterne Mensch erdiger und schwerer als einer, der gegessen und getrunken hat. Deshalb sprechen Leute, die sich auf größeren Reisen befinden, wenn sie ihren Morgentrunk zu sich genommen und gefrühstückt haben, mit gutem Recht: ›Nun werden unsere Pferde um so besser laufen.‹

Ihr wißt ja, daß die alten Amykläer den würdigen Vater Bacchus vor allen anderen Göttern verehrten und anbeteten und ihn sehr treffend und geziemend Psila nannten. Psila aber bedeutet im dorischen Dialekt Flügel. Denn wie die Vögel mittels ihrer Flügel hoch und leicht schweben, so werden die Geister der Menschen mit Hilfe des Bacchus, das ist der wohlschmeckende, köstliche Wein, hoch emporgehoben, und ihr Leib wird leichter sowie alles, was erdig an ihnen ist, geschmeidiger.«

---

1 Erzählung aus dem mittelalterlichen Roman über das Leben des Äsop, in der dieser auf einer Reise als Traglast den Brotkorb wählt, der am schwersten ist, von Tag zu Tag aber leichter wird, während seine Mitsklaven, die ihn erst verlacht hatten, auf dem ganzen Weg gleich schwer zu tragen haben

Sechsundsechzigstes Kapitel
Wie auf Pantagruels Befehl den Musen bei der Diebsinsel Salut geschossen wurde

Während nun der günstige Wind und die heiteren Reden anhielten, entdeckte Pantagruel in der Ferne ein gebirgiges Land; er machte Xenomanes darauf aufmerksam und fragte ihn: »Siehst du dort links den hohen Felsen mit dem Doppelgipfel? Er gleicht dem phokischen Parnaß.« – »Gewiß sehe ich ihn«, antwortete Xenomanes. »Das ist die Diebsinsel; wollen wir dort landen?« – »Nein«, sagte Pantagruel. – »Es ist auch besser so«, fuhr Xenomanes fort, »denn was es dort zu sehen gibt, ist nicht die Mühe wert. Das Volk besteht aus lauter Dieben und Spitzbuben. Aber dort, nach dem rechten Gipfel hin, ist die schönste Quelle von der Welt und ringsumher ein herrlicher Wald. Unsere Mannschaft könnte dort Holz und Wasser einnehmen.« – »Sehr gut gesprochen, sehr weise«, sagte Panurg. »Pah, pah, wo's Diebe und Spitzbuben gibt, darf man niemals landen. Glaubt mir, das ist so 'ne Insel wie Sark und Herm zwischen England und der Bretagne[1], die ich einmal gesehen habe, oder wie Philipps Poneropol in Thrakien[2], mit lauter Schurken, Spitzbuben, Räubern, Totschlägern und Mördern, dem reinsten Bodensatz der allerärgsten Gefängnishöhlen. Nur da nicht landen, das bitte ich mir aus. Wenn ihr mir nicht glauben wollt, so hört wenigstens, was euch der brave weise Xenomanes rät. Der hölzerne Ochse soll mich spießen, wenn sie dort nicht schlimmer sind als Kannibalen. Sie fressen einen mit Haut und Haaren. Geht dort bloß nicht an Land; da wäre es noch besser, in die Hölle hinabzusteigen. Horch, horch, bei Gott, ich höre die schreckliche Sturmglocke läuten, ganz wie die Gascogner in Bordeaux immer läuteten, wenn die Steuereinnehmer und Zollbeamten kamen. Wie das in den Ohren gellt! Ho angeholt, ho vorbei!« – »Ei was, laßt uns landen«, sagte Bruder Hans, »laßt uns landen. Nur vorwärts, auf. Immerfort weiter, ohne anzulegen, was ist denn das für ein Reisen? Frisch drauf, wir hauen sie alle zusammen. Nur immer gelandet!« – »Der hat den Teufel im Leib«, sagte Panurg. »Dieser verdammte Mönch, dieser rasende Teufelsbruder da fürchtet

1 ehem. Seeräuberschlupfwinkel – 2 Strafkolonie Philipps II. von Makedonien

sich vor nichts. Er ist so waghalsig wie die ganze Hölle zusammengenommen, und um andere Leute schert er sich den Teufel was. Er glaubt, alle Welt sei so mönchisch wie er.« – »Geh zu allen Teufeln, du Rotznase«, sagte Bruder Hans. »Meinetwegen mögen sie dir das Gehirn zerklopfen und Zervelatwurst daraus machen! Der verdammte Narr ist so feig und dabei so boshaft, daß er sich alle Augenblicke vor Angst und Bosheit bescheißt. Wenn du soviel Schiß hast, nun gut, so geh eben nicht an Land und bleib bei der Bagage, oder verkriech dich durch alle Millionen Teufel hindurch unter Proserpinas gestärkten Unterrock.« – Bei diesen Worten verschwand Panurg aus der Gesellschaft und versteckte sich im Schiffsraum unter den Brotrinden, Abfällen und Küchenresten, die dort aufgehäuft lagen. – »Ich fühle«, sagte Pantagruel, »ein heftiges inneres Widerstreben, als ob mir eine Stimme aus weiter Ferne zuriefe, dort nicht zu landen. Jedesmal und sooft ich Ähnliches in meinem Geiste wahrnahm, war es mein Gück, wenn ich dem Ort, vor dem sie mich warnte, den Rücken kehrte und ihn unbetreten ließ, wie es auch stets mein Glück war, wenn ich ihr folgte, wohin sie mich rief; niemals habe ich das eine oder andere zu bereuen gehabt.« – »Ganz wie das Daimonion des Sokrates«, sagte Xenomanes, »das die Akademiker[1] so gepriesen haben.« – »Hört«, sagte Bruder Hans, »während die Leute Wasser einnehmen, sitzt Panurg nun da unten wie der Wolf im Stroh. Habt ihr Lust zu lachen, so laßt uns den Basilisken dort auf dem Hinterdeck abfeuern. Das mag ein Salutschuß für die Musen dieses Antiparnasses sein. Das Pulver verdirbt doch nur im Rohr.« – »Recht so«, entgegnete Pantagruel, »der Oberfeuerwerker soll kommen.« Als er kam, gab Pantagruel ihm den Befehl, den Basilisken abzufeuern, dann aber für alle Fälle wieder neu zu laden. So geschah es. Die Feuerwerker auf den anderen Schiffen, Fregatten, Galeeren und Galeassen des Geleits feuerten ebenfalls je eins ihrer groben Geschütze ab, sobald der erste Schuß auf Pantagruels Schiff gefallen war. Ihr könnt euch vorstellen, was das für einen Teufelslärm gab.

1 Schüler Platons

Siebenundsechzigstes Kapitel

Wie Panurg sich aus elender Angst beschiß
und wie er meinte, der große Kater Rodilardus[1]
sei ein böser Geist

Mit einemmal springt Panurg gleich einem wildgewordenen Bock im bloßen Hemd, nur das eine Bein in der Hose, aus dem Schiffsraum aufs Deck, den Bart ganz voller Brotkrumen und in der Hand einen großen zobelfarbigen Kater, der sich in das andere Bein der Hose eingekrallt hat. Seine Lippen sind in unaufhörlicher Bewegung wie bei einem Affen, wenn er sich laust; zitternd und zähneklappernd, flüchtet er sich zu Bruder Hans, der auf der Steuerbordreling saß, und bittet ihn flehentlich, sich seiner zu erbarmen und ihn mit seiner Plempe zu beschützen. In einem Atem schwört und beteuert er, so wahr er ein Papomane sei, eben habe er gesehen, wie alle Teufel losgelassen wären. »Kiek«, sagte er, »min Fründ, min Broder, min Seelenvadder, heute ist allgemeine Teufelshochzeit. So'n Höllengelage ist noch nicht dagewesen. Siehst du nicht den Rauch aus den Höllenküchen?« – dabei zeigte er auf den Pulverdampf über den Schiffen –; »so viel verdammte Seelen hast du in deinem Leben nicht gesehen. Ja, und weißt du was? Kick, min Broder, alles lauter schmächtige, blonde, zarte Seelchen, die reinste stygische Ambrosia. Hab' schon gedacht, Gott verzeih' mir, es müssen englische Seelen sein. Gewiß ist die Pferdeinsel vor Schottland mit allen Engländern, die drauf sind, heute morgen von den Herren Thermes und Dessay geplündert und gebrandschatzt worden.«

Schon beim Kommen Panurgs hatte Bruder Hans noch etwas ganz anderes gerochen als Pulverdampf; er zog ihn also zu sich heran und bemerkte, daß sein Hemd von oben bis unten bekackt und beschissen war. Die Tätigkeit des Nervs, der den Aftermuskel zusammenzieht – das ist das Arschloch –, war durch die Heftigkeit der Angst, die seine Einbildungen ihm eingeflößt hatten, paralysiert worden, wozu dann noch der Donner der Kanonen gekommen war, der unten im Schiffsraum viel schrecklicher klingt als oben auf Deck. Eins der Kennzeichen und eine der Wirkungen der Angst aber ist, daß sie gewöhnlich das Hinterpfört-

1 Specknager (lat.)

chen aufriegelt, hinter dem die fäkale Materie sonst immer eine Weile zurückgehalten wird.

Ein Beleg dafür ist Messer Pandolfo della Cassina, ein Sienese, welcher, mit der Post reisend, durch Chambéry kam und, bei dem hochweisen Gastwirt Vinet absteigend, sofort nach einer Mistgabel griff und zu jenem sagte: *Da Roma in qua io non sono andato del corpo. Di gratia, piglia in mano questa forcha e fa mi paura*[1]. Demzufolge machte Vinet mit der Mistgabel einige Luftstöße, als ob er es wirklich auf ihn abgesehen hätte; der Sienese aber sagte: *Se tu non fai altramente, tu non fai nulla. Pero sforzati di adoperarli più guagliardamente*[2], worauf ihm Vinet mit der Mitgabel eins zwischen Hals und Halskragen versetzte, so daß er die Beine gen Himmel streckte; dabei lachte er aus vollem Halse und rief ihm zu: »Potz Fest, Bayard, das nennt man *datum Camberiaci*[3]!« Gleich hatte der Sienese die Hosen herunter und tat einen Schiß, wie neun Ochsen und vierzehn Erzpriester von Ostia[4] ihn nicht besser zustande gebracht hätten. Dann bedankte er sich herzlich bei Vinet und sagte zu ihm: *Io ti ringratio, bel messere. Così facendo tu m' hai esparmiata la speza d'un servitiale*[5].

Ein anderer Beleg dafür ist Eduard V.[6], König von England. Zu diesem war Meister François Villon während seiner Verbannung aus Frankreich hinübergegangen und mit so großer Freundlichkeit aufgenommen worden, daß ihm auch die geringsten Kleinigkeiten des königlichen Haushalts nicht unbekannt blieben. Eines Tags, als der König gerade sein Geschäft verrichtete, zeigte er unserm Villon eine Abbildung des französischen Wappens und sagte dazu: »Sieh, was für einen Respekt ich vor deinen französischen Königen habe. Denn nirgendswo hab' ich ihr Wappen anbringen lassen als an diesem Örtchen neben meinem Nachtstuhl.« – »Sapperment«, erwiderte Villon, »daran sieht man, wie weise, klug und verständig Ihr seid, wie sehr Ihr für Eure Gesundheit sorgt und wie trefflich Ihr von Eurem gelehrten Arzt Thomas Linacre beraten werdet. Denn da er sah,

1 Von Rom bis hierher bin ich nicht zu Stuhl gewesen. Ich bitte dich, nimm diese Mistgabel und jag mir damit Angst ein (ital.). – 2 Wenn du's nicht anders machst, nützt es nichts. Drum gib dir Mühe und pack herzhafter zu (ital.). – 3 gegeben zu Chambéry (in Südostfrankreich; lat.); eigtl. Unterzeichnungsformel bei Erlassen – 4 reiche Kirche südwestl. Roms – 5 Vielen Dank, lieber Mann. Dadurch hast du mir die Kosten für ein Klistier erspart (ital.). – 6 gemeint ist sehr wahrscheinlich Eduard IV., engl. König 1461–83, in dessen Regierungszeit Villons Verbannung aus Paris (1463) fiel

wie sehr Ihr in Euren alten Tagen an Verstopfung littet und daß er Euch täglich einen kleinen Apotheker, ich meine ein Klistierchen, würde hinten hineinschicken müssen, wenn Ihr die nötigen Entleerungen haben solltet, ließ er in weiser Voraussicht gerade hier und nirgendwoanders das Wappen Frankreichs hinmalen. Sobald Ihr es nur erblickt, ergreift Euch eine solche Angst und Furcht, daß Ihr wie achtzehn päonische Bonasen[1] scheißen müßt. Wäre es noch an anderen Orten Eures Hauses angebracht, zum Beispiel in Eurem Zimmer, Eurer Kapelle, in der Galerie oder sonstwo, so würdet Ihr alle Augenblicke zu Stuhl gehen müssen, und sähet Ihr die große Oriflamme Frankreichs so oft gemalt vor Euch, so schisset Ihr Euch, mein' ich, die Gedärme aus dem Leib. Aber hm, hm, hm, *atque iterum*[2] hm, hm.

> Bin ich kein Schalksnarr aus Paris,
> Paris, das bei Pontoise liegt,
> um dessen Hals ein Strick sich schmiegt,
> zu sehn, wie schwer mein Hintern wiegt?

Ein Narr, sag' ich, ein törichter, kurzsichtiger, schwer begreifender Narr, daß ich mich, als ich mit Euch hierherkam, darüber wundern konnte, warum Ihr Euch schon in Eurem Zimmer die Hosen aufknöpfen ließt. Ich dachte, der Nachtstuhl stünde dort hinterm Vorhang oder zwischen Bett und Wand; denn anders schien es mir doch gar zu töricht, sich im Zimmer aufknöpfen zu lassen und dann noch so weit zum Örtchen zu gehen. War das nicht recht närrisch gedacht? Die Sache hat doch, bei Gott, einen tieferen Sinn. Gewiß, so wie Ihr's macht, so ist es recht, Ihr könntet's nicht besser machen. Laßt Euch nur immer recht zeitig, recht weit vom Schuß, recht gründlich aufknöpfen. Denn man muß bedenken, kämt Ihr unaufgeknöpft hierher und sähet das Wappen, ojemine, so würde Euer Hosenboden als Lasanon, Kackeimer, Fäkaltopf und Nachtstuhl dienen müssen.«

Bruder Hans, der sich mit der linken Hand die Nase zuhielt, wies mit der rechten auf Panurgs Hemd, damit Pantagruel es sähe. Dieser konnte sich des Lachens nicht erwehren, als er Panurg so starr vor Schrecken, zitternd, außer sich, besudelt und von den Krallen des berühmten Rodilardus zerkratzt vor sich stehen sah, und rief ihm zu: »Was machst du denn mit dem Kater?« –

---

1 Auerochsen – 2 und wiederum (lat.)

»Mit dem Kater?« schrie Panurg. »Der Teufel soll mich holen, wenn ich ihn nicht für ein kleines Milchbartteufelchen gehalten habe, das mir in dem verfluchten großen Brotkasten unversehens an den Hosen hängengeblieben ist. Hol' der Teufel den Teufel; er hat mir mein Fell zu einem Krebsbart zerkrallt!« Und damit schleuderte er den Kater von sich.

»Um alles in der Welt«, sagte Pantagruel, »mach, daß du fortkommst, und wische dich ab, wasche dich, komm wieder zu dir, wechsle das Hemd und zieh dich um.«

»Meint Ihr, ich hätte Angst?« fragte Panurg. »Ich habe so viel Mumm und wohl noch mehr, als ob ich alle Fliegen verschluckt hätte, die zwischen Johannis und Allerheiligen in Paris in den Teig geknetet werden. Haha, haha, hallo! Was zum Teufel ist das? Nennt Ihr das Dreck, Schmutz, Kacke, Scheiße, Scheißdreck, Kot, fäkale Materie, Exkrement, Unflat, Dejektion, Durchfall, Wurstsuppe, Skybalon[1], Spyrathos[2]? 's ist Senf, glaub' ich; o-ho-hi-hi, jaja, spanischer Senf! Trinken wir eins!«

1 Kot (griech.) – 2 Mist (griech.)

Fünftes Buch
Des Pantagruel viertes

Epigramm

Ist Rabelais schon tot? Nein, hier ist noch ein Band!
Sein beßres Teil schuf sich ein neues Leben
und hat das fünfte Buch uns zum Geschenk gegeben:
er wird unsterblich durch dies Werk von seiner Hand.

Nature Quite[1]

---

1 Die Natur hat ihre Schuld beglichen (franz.); Anagramm von Jean Turquet, Freund Rabelais'
und vielleicht Herausgeber dieses Buches

Bruchstück eines Vorworts des Verfassers

Heda, ihr unverwüstlichen Zecher und ihr, meine allerkostbarsten Lustseuchlinge, da ihr doch gerade unbeschäftigt seid und ich auch nichts Wichtigeres zu tun hab', so möcht' ich euch eine Frage stellen: Weshalb hört man jetzt aus aller Leute Mund das Wort »Die Welt ist nicht mehr so einfältig«? – Einfältig ist ein gutes, altes languedocisches Wort und bedeutet nicht gesalzen, ungewürzt, geschmacklos, fade; aber als Metapher gebraucht, bedeutet es unerfahren, albern, unbedeutend, dumm, hirnlos. Soll nun damit, wie man logisch schließen möchte, gesagt sein, daß die Welt einfältig gewesen und jetzt klug geworden ist? In welcher Art und in wievielerlei Hinsicht war sie einfältig? Welche Umstände und wie viele derer waren erforderlich, um sie klug zu machen? Warum war sie einfältig? Warum ist sie jetzt klug? Von welcher Art Leute gibt es mehr, von der, welcher sie einfältig besser gefiel, oder von der, welcher sie klug besser gefällt? Woher kam ihre ehemalige Einfalt? Woher kommt ihre jetzige Klugheit? Warum fing die jetzige Klugheit erst zu unserer Zeit an und warum nicht schon früher? Warum nahm ihre ehemalige Torheit eben jetzt ein Ende und warum nicht schon früher? Welchen Schaden brachte die frühere Torheit? Welchen Nutzen bringt ihr die Klugheit, die ihr folgte? Wie könnte die Torheit von früher vollends überwunden werden? Auf welche Art und Weise wäre der jetzigen Weisheit noch mehr auf die Beine helfen?

Antwortet mir, sofern es euch gefällt! Denn mit stärkerer Beschwörung werd' ich euch nicht zu Leibe gehen , müßte sonst befürchten, so würdige Häupter zu beleidigen. Tut euch keinen Zwang an, bekennt nur alles Herrn Deuwel, diesem Erzfeind des Paradieses und der Wahrheit. Mut, Kinder! Seid ihr mein, so trinkt erst drei- oder fünfmal auf der Predigt ersten Teil und dann antwortet auf meine Frage; seid ihr aber des andern, dann *apage Satanas*[1]! Denn das schwör' ich euch mit meinem großen Hurliburlied, helft ihr mir das Problem nicht lösen, so soll's mir ewig leid sein, euch's vorgetragen zu haben. Wär' mir etwa so, als hielt' ich den Wolf bei den Ohren, und es käm' keiner, der mir

---

1 hebe dich weg von mir, Satan! (griech.); Matthäus 4, 10

beistehen wollt'. – Nun? Aha, ich verstehe, seid gerade nicht aufgelegt zum Antworten. Bei meinem Bart, so geht mir's selber
auch. Will also nur anführen, was ein hochwürdiger Gelehrter
darüber gesagt hat in seinem Buch »Des Pfaffen Dudelsack«.
Was sagt der Galgenstrick? Hört zu, ihr Eselsgesichter, hört:

> Das Jubeljahr, wo sich die Welt ihr Haar
> einfältig scheren ließ, ist dreißig Jahr
> und älter schon. Oh, wie man höhnt und lacht!
> Einfältig schien sie, doch der Breven[1] Macht
> schlug Völlerei und Einfalt in die Flucht.
> Auskernen wird sie jetzt die süße Frucht,
> vor deren Blüt im Lenz so bang ihr war.

Ihr habt's gehört – habt ihr's auch verstanden? Unser Gelehrter
ist etwas altertümlich, seine Worte sind verschlüsselt und seine
Aussprüche nach Art des Scotus ein bißchen dunkel, ganz davon
abgesehen, daß schon der Gegenstand, von dem er handelt, tief-
gründig und verzwickt ist. Die besten Ausleger des frommen
Paters wollen unter dem Jubeljahr, das bereits über die Dreißig
hinaus ist, die Jahre verstehen . . .

Erstes Kapitel
Wie Pantagruel bei der Bimmelinsel ankam
und was für einen Lärm wir dort hörten

Drei Tage setzten wir unsere Reise fort, ohne auf etwas Besonderes zu stoßen; am vierten sahen wir Land, und der Steuermann
sagte uns, daß es die Bimmelinsel sei. Zugleich hörten wir in der
Ferne einen ununterbrochenen Lärm, als ob alle Glocken, große,
kleine und mittelgroße, gleichzeitig geläutet würden, wie es an
großen Festtagen zu Paris, Tours, Nantes und an anderen Orten
zu geschehen pflegt. Je näher wir kamen, desto vernehmlicher
und stärker wurde das Geläute.

Sollte das vielleicht Dodona sein mit seinen Kesseln[2]? Oder
der Portikus Heptaphonon[3] in Olympia? Oder der immerwäh-

---

1 päpstliche Urkunden – 2 Im Orakel des Zeus in nordwestgriech. Dodona wurde in späterer
Zeit aus dem Klingen eines ehernen Kessels geweissagt – 3 »Siebentöniger« Säulengang; nach
seinem Echo benannt

rende Lärm von dem Koloß, der auf Memnons Grab im ägyptischen Theben stand? Oder das Getöse, das man einst an dem Ort einer Grabstätte auf der Insel Lipara, einer der Äolischen Inseln[1], hörte? Dazu würde aber die Chorographie[2] nicht stimmen. »Ich vermute«, sagte Pantagruel, »es ist junge Bienenbrut, die zu schwärmen angefangen hat, und die Leute machen mit ihren Kesseln, Pfannen, Becken und korybantischen Zimbeln der Göttermutter Kybele diesen Lärm, um sie zurückzulocken. Horcht!«
– Als wir noch näher kamen, schien es uns, als ob wir außer dem unaufhörlichen Geläute der unermüdlichen Glocken auch noch Menschenstimmen vernähmen. Pantagruel meinte deshalb, wir sollten mit unserm Schiff nicht gleich an der Insel anlegen, sondern lieber erst im Boot nach dem kleinen Felsen fahren, neben dem wir eine Einsiedelei und ein Gärtchen liegen sahen. Dort fanden wir einen kleinen braven Eremiten, Hoserich mit Namen und aus Glatigny gebürtig, der uns hinreichend über das Läuten aufklärte und dann auf die sonderbarste Weise bewirtete. Er ließ uns nämlich vier volle Tage hintereinander fasten; sonst, behauptete er, würden wir nicht auf die Bimmelinsel gelassen werden, da sie dort gerade Vierzeitfasten hätten. »Das versteh' ich nicht«, sagte da Panurg, »das ist mir ein Rätsel; es soll wohl Vierzliefasten heißen? Denn wenn man fastet, stopft man sich den Bauch mit Wind voll. Und sagt mir doch: Ist Fasten hier euer einziger Zeitvertreib? Das wäre ein verteufelt mageres Vergnügen. Wir sind auf so viel Gaumenfeiertage nicht sehr erpicht.« – »Ich finde«, sagte Bruder Hans, »in meinem Donat nur drei Zeiten angegeben: *praeteritum, futurum* und *praesens;* die vierte wird wohl ein Trinkgeld für den Kellner sein.« – »Nein«, sagte Epistemon, »das ist der Aorist[3], der aus dem sehr unvollständigen Präteritum der Griechen und Römer hervorging und in wirrer, schwankender Zeit Fuß faßte. Nur Geduld, sagen die Aussätzigen.« – »Es ist nun einmal so, wie ihr gehört habt«, fuhr der Eremit fort; »wer etwas dagegen hat, ist ein Ketzer und wird verbrannt.« – »Ein schöner Kerl von einem Wirt, mein lieber Pater«, sagte Panurg. »Aber da ich nun einmal auf dem Meer bin, so fürchte ich micht mehr vor dem Wasser als vor dem Feuer, mehr zu ersaufen, als zu verbrennen.

1 die Liparischen Inseln nördl. Sizilien – 2 Landbeschreibung – 3 »unbestimmt« (griech.); Verbalform zur Bezeichnung einer abgeschlossenen Handlung

Gut denn, hol's der Teufel, fasten wir also; aber ich habe schon so lange gefastet, daß mir das Fleisch ganz unterminiert ist; ich fürchte, die Bastionen meines Leibes werden einstürzen. Und außerdem werd' ich Euch gewiß ein Ärgernis geben mit meinem Fasten, denn ich versteh's nicht recht und bin schrecklich ungeschickt darin, wenigstens behaupten es die anderen, und gewiß nicht mit Unrecht. Aber wie gesagt, meinetwegen will ich auch fasten, 's ist mir gleich, es gibt ja nichts Leichteres und Bequemeres. Weit mehr liegt mir daran, später nicht zu fasten, denn da muß man was auf dem Leib haben und sein Körnchen auf die Mühle schütten können. Also, hol's der Teufel, wollen wir fasten! Wir sind nun einmal so in die Fastentage hineingetappt; habe schon lange keine mehr gesehen!«

»Und wenn wir nun einmal fasten müssen«, sagte Pantagruel, »so ist es besser, wir suchen schnell darüber hinwegzukommen wie über einen schlechten Weg. Darum will ich meine Schreibereien ein bißchen zur Hand nehmen und sehen, ob's mit dem Studieren auf See ebensogut geht wie auf dem Lande; denn Platon, als er einen unerfahrenen, einfältigen und unwissenden Menschen beschreiben wollte, verglich ihn mit denen, die auf dem Schiff groß geworden wären, wie wir etwa sagen würden, es sei jemand in einer Tonne aufgewachsen und habe immer nur durchs Spundloch geguckt.«

Unsere Fasttage waren ganz schrecklich und über die Maßen streng, denn den ersten Tag fasteten wir auf Mensur, den zweiten auf stumpfe Degen, den dritten auf scharfe Klingen und den vierten auf Tod und Leben. So wollte es das Gebot der Feen.

Zweites Kapitel
Wie die Bimmelinsel von den Sitizinen[1] *bewohnt gewesen,*
die danach Vögel geworden

Als wir unser Fasten beendigt hatten, übergab uns der Eremit einen Brief, der an einen gewissen Albian Camat, Meister Ädituus[2] der Bimmelinsel, gerichtet war; bei der Begrüßung nannte Panurg ihn aber Meister Idiotus. Es war ein kleines, gutes, glatz-

1 röm. Leichenbläser – 2 Tempelhüter (lat.)

köpfiges Männchen mit einer leuchtenden Nase und hochgeröteten Antlitz. Dank der Empfehlung des Eremiten empfing er uns sehr gut, da er hörte, daß wir, wie oben gemeldet, gefastet hätten. Nachdem wir uns satt gegessen, machte er uns mit den Verhältnissen der Insel bekannt und versicherte uns, daß sie ursprünglich von den Sitizinen bewohnt gewesen sei, die dann aber nach dem Gesetz der Natur, da doch alle Dinge sich verändern, Vögel geworden wären.

Da erst wurde mir recht klar, was Atejus Capito, Pollux, Marcellus, A. Gellius, Athenäos, Suidas, Ammonios und andere über die Sitizinen und Sikinnisten berichtet haben, wie auch die Verwandlungen der Nyktimene[1], Prokne[2], Alkyone[3] und Antigone[4], des Itys[5], Tereus[6] und andrer in Vögel mir nicht länger unglaublich schienen. Ebensowenig Zweifel hegten wir nunmehr betreffs der Matabrunischen Kinder, die Schwanengestalt annahmen, und der Männer aus Pallene in Thrakien, die plötzlich in Vögel verwandelt wurden, nachdem sie neunmal in den Tritonischen Sumpf getaucht. Er sprach mit uns von gar nichts anderem als von Vögeln und Käfigen. Die Käfige waren groß, prächtig, kostbar und von wundervoller Bauweise, die Vögel groß, schön und sehr leutselig, ganz wie die Menschen bei mir zulande: sie aßen und tranken wie Menschen, verrichteten ihr Geschäft wie Menschen, verdauten wie Menschen, furzten, schliefen, begatteten sich wie Menschen, genug, auf den ersten Blick würde sie jeder für Menschen gehalten haben, und doch waren sie dies keineswegs, wie Meister Äditus uns belehrte; er versicherte, sie wären weder geistlich noch weltlich. Auch über ihr Gefieder mußten wir staunen: bei einigen war es ganz weiß, bei anderen ganz schwarz oder ganz grau oder halb schwarz und weiß, halb weiß und blau oder ganz rot. Es war ein schöner Anblick! Die Männchen nannte er Klerigeien, Mönchsgeien, Priestergeien, Abtgeien, Bischofsgeien, Kardinalsgeien und Papagei, von welch letzterer Art es nämlich nur einen einzigen gab; die Weibchen Kleriginen, Nonneginen, Priesterginen, Abtginen, Bischofsginen, Kardinalsginen und Papaginen. »Übrigens«, fügte er hinzu, »wie die Hornissen in die Bienenstöcke eindringen und dort nichts tun, als daß sie alles auffressen und besudeln, so fällt seit dreihundert Jahren von Gott weiß woher alle fünf Monate ein großer Schwarm Duckmäuse über diese lieben Vöglein her, welche die ganze Insel verunreinigen und beschmutzen.« Sie wären, sagte er, so widerlich und unausstehlich, daß jeder ihnen aus dem Wege ginge, ließen alle den Kopf hängen, hätten zottige Beine, Krallen und Bäuche wir Harpyien und Steiße wie die Stymphaliden. Sie auszurotten wäre ganz unmöglich, denn für einen, den man totschlüge, kämen unverzüglich vierundzwanzig neue. »Ich wünschte mir einen Herkules her!«, über welche Äußerung Bruder Hans in tiefe Betrachungen versank. Panurg aber geschah, was Meister Priapus passierte, als der den Opfern der Ceres zusah: ihm wurde die Haut zu kurz.

Drittes Kapitel
Wie es kommt, daß auf der Bimmelinsel nur ein Papagei ist

Wir fragten nun den Meister Ädituus, woher es käme, daß nur ein einziger Papagei da wäre, da die anderen ehrwürdigen Vögel der verschiedensten Art sich doch alle vermehrt hätten. Er antwortete, das sei nun einmal die uralte Ordnung, und stehe in den Sternen geschrieben. Von den Klerigeien entsprängen die Mönchsgeien und Priestergeien, jedoch ohne weibliche Beihilfe, wie das ja auch bei den Bienen durch einen jungen Stier geschähe, der nach der Kunst und Lehre des Aristäos behandelt worden sei[1]. Von den Priestergeien entsprängen die Bischofsgeien und von diesen die schönen Kardinalsgeien, die dann, wenn sie nicht früher stürben, als Papageien endigten, von denen es aber gewöhnlich nur einen gäbe, wie ja auch in jedem Bienenkorb nur eine Königin und im Weltall nur eine Sonne sei. Stürbe nun dieser, so würde von dem ganzen Geschlecht der Kardinalsgeien an seiner Stelle ein anderer geboren, wohlverstanden immer ohne weibliche Beteiligung, so daß hier wie bei dem arabischen Phönix Einzigkeit der Person und Stetigkeit der Nachfolge gewahrt sei. Allerdings habe die Natur vor etwa zweitau-

---

1 s. Vergil »Vom Landbau« 4, 295/317

sendsiebenhundert Monden einmal zwei Papageien[2] hervorgebracht; das sei aber das allergrößte Unglück gewesen, das die Insel je betroffen hätte. »Denn«, sagte der Ädituus, »da fielen die Vögel alle übereinander her und rauften und zausten sich die ganze Zeit so mörderisch, daß die Insel Gefahr lief, sämtliche Einwohner zu verlieren. Ein Teil hielt es mit diesem, ein andrer mit jenem; ein Teil gab keinen Mucks von sich wie die Fische und sagte kein Wort, ein anderer wollte nicht leiden, daß die Glocken geläutet würden. In dieser Zeit der Zwietracht gingen sie Kaiser, Könige, Herzöge, Monarchen, Barone und weltliche Gemeinwesen des Kontinents und festen Landes um Hilfe und Beistand an, und nicht eher endete dieses Schisma und diese Verwirrung, als bis einer von den beiden starb, womit endlich die Vielheit wieder zur Einheit zurückkehrte.«

Hierauf fragten wir, was die Vögel veranlasse, so unaufhörlich zu singen. Der Ädituus äußerte,, das käme von den Glocken, die über ihren Köpfen hingen. »Wenn ihr wollt«, sagte er, »werde ich die Mönchsgeien, die da mit dem Hippokrasseihbeutel bekappt sind[2], wie eine Feldlerche singen lassen.« Natürlich baten wir ihn darum. Sofort ließ er die Glocken sechsmal ertönen, und sogleich kamen die Mönsgeien gelaufen und fingen an zu singen. – »Wenn ich nun diese Glocke hier läute«, sagte Pantagruel, »werden die anderen mit dem heringsgrauen Gefieder[3] dann auch singen?« – »Gewiß«, sagte der Ädituus. – Also läutete Pantagruel, und augenblicklich kamen die rauchfarbenen Vögel gelaufen und sangen im Chor; aber sie hatten rauhe und unangenehme Stimmen. Von ihnen erzählte uns der Ädituus, daß sie nur von Fischen lebten wie bei uns die Reiher und Scharben und daß sie eine fünfte Spielart erst kürzlich eingetroffener Duckmäuse seien. Übrigens, fuhr er fort, habe Robert Valbrun[4], der auf seiner Rückreise von Afrika hier durchgekommen sei, ihn darauf vorbereitet, daß bald noch eine sechste Art hier zu erwarten sein würde, die er Kapuzingeien nannte und die noch trübseliger, hirnverbrannter und unleidlicher wäre als alles, was wir bis jetzt auf der Insel gesehen hätten. – »Von Afrika«, sagte Pantagruel, »ist man allerdings gewohnt, daß man immer etwas ganz Neues und besonders Schrecklichen zu gewärtigen hat.«

1 gemeint sind Urban VI. und der 1380 als Gegenpapst aufgestellte Klemens VII. – 2 Bernhardinermönche – 3 Minimenmönche – 4 gemeint ist Roberval

Viertes Kapitel
Wie alle Vögel der Bimmelinsel Zugvögel waren

»Ihr habt uns nun«, sagte Pantagruel, »zwar erklärt, wie der Papagei von den Kardinalsgeien, die Kardinalsgeien von den Bischofsgeien, diese von den Priestergeien und die Priestergeien von den Klerigeien abstammen; aber jetzt möcht' ich auch noch wissen, wo die Klerigeien herkommen.« – »Diese«, sagte der Ädituus. »sind samt und sonders Zugvögel und kommen aus dem andern Weltteil zu uns hierher, teils aus einem sehr großen Land, das Ohnebrot heißt, teils aus einem andern, gegen Westen gelegenen, das Garzuviel genannt wird. Aus diesen beiden Ländern fliegen uns jährlich scharenweise die Klerigeien zu; dort verlassen sie Vater, Mutter, Freunde und Verwandte, um zu uns zu kommen. Das hängt nämlich so zusammen: Wenn in einem adligen Haus des letztgenannten Landes der Kinder gar zu viele werden, gleich ob Söhne oder Töchter, so daß, wenn jeder von ihnen erbte, wie doch Vernunft es heischt, Natur es verlangt und Gott es geboten hat, das Haus darüber zugrunde gehen müßte, so entledigen sich die Eltern eines Teils der Kinder, indem sie sie nach unserer Insel Buckelard schicken.« – »Ihr meint wohl Bouchard[1] bei Chinon?« fragte Panurg. – »Ich sage Buckelard«, entgegnete der Ädituus, »denn gewöhnlich sind sie bucklig, einäugig, lahm, einarmig, gichtisch, verwachsen oder schwindsüchtig, eine unnütze Bürde der Erde.« – »Das«, sagte Pantagruel, »wäre also gerade das Gegenteil von dem, was das Gesetz bei der Aufnahme der vestalischen Jungfrauen verlangte; denn dies bestimmte, wie Antistius Labeo bezeugt, ausdrücklich, daß kein Mädchen zu dieser Würde gewählt werden dürfe, das irgendein Gebrechen an Leib oder Seele, irgendeinen geschwächten Sinn oder einen auch noch so versteckten und unbedeutenden Makel an ihrem Körper habe.« – »Ich wundere mich«, fuhr Ädituus fort, »nur darüber, daß Mütter, die sie neun Monate unter ihrem Herzen getragen, sie nicht auch neun, ja oft nicht sieben Jahre unter ihrem Dach dulden mögen, sondern sie zu solchen Vögeln machen, wie ihr sie da seht, augenfällig und offensichtlich durch

---

1 Kleinstadt südöstl. Chinons mit zahllosen Kirchen und Klöstern

pythagoreische Seelenwanderung, indem sie ihnen ein Hemd über das Kleid ziehen, ihnen ich weiß nicht wie viele Haare vom Scheitel scheren und dabei verschiedene Weih- und Bußformeln murmeln, ganz wie die alten Ägypter, die durch Anlegen leinerner Kleider und Haarabschneiden zu Isispriestern machten. Auch weiß ich, liebe Freunde, nicht, woher es kommt, daß die Weibchen, mögen es nun Kleriginen, Nonneginen oder Abtginen sein, niemals liebliche Dank- und Loblieder singen, wie sie nach Zoroasters[1] Gebot dem Ormuzd, sondern nur Kataraten[2] und Skythropäen[3], wie sie dem bösen Ahriman dargebracht werden, und daß sie für ihre Eltern und Angehörigen, die sie in Vögel verwandelten, unaufhörlich büßen und beten.

Eine noch größere Zahl aber kommt aus Ohnebrot, das sich sehr weit erstreckt, zu uns. Denn wenn die Asaphis[4], welches die Bewohner dieses Landes sind, in Not geraten und nichts zu essen haben, weil sie nichts verstehen, nicht arbeiten, ehrliche Kunst und ehrbares Handwerk mißachten, höhergestellten Leuten nicht gehorchen und ihnen nicht dienen wollen, oder wenn sie in ihrer Liebe sich getäuscht sehen oder in ihren Unternehmungen Unglück gehabt haben und darüber verzweifeln oder wenn wie mit irgendeiner schweren Schuld beladen sind und der Todesstrafe entrinnen wollen, so fliehen sie hierher. Hier finden sie ein gemächliches Leben und werden bald so feist wie Murmeltiere, während sie früher so mager waren wie Elstern; hier finden sie vollkommne Straflosigkeit, Sicherheit und Freiheit.«

»Kehren denn von diesen zugeflogenen Vögeln niemals welche dahin zurück, wo sie geheckt wurden?« fragte Pantagruel. – »Manchmal schon«, erwiderte der Ädituus, »doch geschah es früher nur selten und dann nur zögernd und wider Willen; neuerdings aber ist dies infolge gewisser Veränderungen und himmlischer Konstellationen anders geworden. Uns macht das wenig Kummer; die bleiben, haben desto reichlicheres Futter, und die fortfliegen, lassen zuvor ihr Gefieder hier zwischen den Nesseln und Disteln zurück[5].« Deren fanden wir denn auch in der Tat mehrere, als wir ein wenig auf der Insel umherstreiften, und stießen dabei auch auf ein Nest mit faulen Eiern.

1 Zarathustra – 2 Flüche – 3 Zornausbrüche – 4 »Unklare« (griech.) – 5 Anspielung auf die Reformation

Fünftes Kapitel
Wie die Kondorvögel[1] auf der Insel stumm sind

Er hatte noch nicht ausgesprochen, als fünfundzwanzig bis dreißig Vögel von einer Farbe und einem Gefieder, wie wir's auf der Insel bis dahin nicht gesehen hatten, zu uns herangeflogen kamen. Ihr Gefieder wechselte die Farbe unaufhörlich wie die Haut des Chamäleons oder die Blüte des Tripolions[2] oder Teukrions[3]. Alle hatten unter dem linken Flügel ein Zeichen in Form zweier Durchmesser, die einen Kreis teilen, oder wie eine senkrechte Linie, die von einer horizontalen gekreuzt wird. Überall war dies Zeichen von ungefähr gleicher Form, aber nicht von gleicher Farbe; bei einigen war es weiß, bei einigen grün, bei anderen rot oder blau.

»Wer sind die«, fragte Pantagruel, »und wie heißen sie?« – »Das sind Zwitter«, entgegnete der Ädituus. »Wir nennen sie Kondore, und sie haben in Eurer Welt eine große Menge reicher Kondoreien.« – »Bitte«, sagte ich, »laßt sie doch ein wenig singen; wir möchten gern hören, was für Stimmen sie haben.« – »Sie singen nie«, erwiderte er, »dafür aber fressen sie doppelt soviel wie die anderen.« – »Wo sind denn die Weibchen?« fragte ich. – »Sie haben keine«, antwortete er. – »Wie?« rief Panurg, »sind sie so ausgebeutelt und von der Syphilis zerfressen?« – »Es ist eine Eigentümlichkeit dieser Vögel«, sagte er, »weil sie des öfteren übers Meer fliegen.«

Weiter sagte er dann: »Der Grund, weshalb sie so nah zu euch herangekommen sind, ist der, daß sie sehen wollen, ob nicht welche von der prächtigen Gattung unter euch sind, die man Ritter[4] nennt, gewaltige Raubvögel, die auf keinen Köder beißen und nichts nach des Falkners Handschuh fragen. sie sollen in eurer Welt zu Hause sein, und einige von ihnen sollen schöne, kostbare Riemen um die Beine tragen mit Wappen und Inschrift, die besagt, daß beschissen sei, wer übel davon denkt[5]; andere dagegen an ihrem Gefieder vorn die Trophäen des Verleumders[6] und noch andere ein Widderfell[7].« – »Meister Ädituus«,

---

1 gemeint sind die geistlichen Ordensritter, besonders Malteser – 2 Strandaster oder Bleiwurz – 3 Ehrenpreis – 4 weltliche Ritter – 5 engl. Hosenbandorden mit dem Wahlspruch: Ein Lump wer schlechtes dabei denkt. – 6 Teufel; gemeint sind die franz. Michaelsritter – 7 der span. Goldene-Vlies-Orden

sagte Panurg, »das kann sein; aber wir kennen sie nicht.«
»Nun«, sagte der Ädituus, »haben wir genug geschwatzt, jetzt
wollen wir eins trinken.« –»Und essen?« fragte Panurg. – »Natürlich auch essen«, sagte der Ädituus, »und tüchtig trinken, alles, was auf dem Tisch ist, das eine wie das andere nach Herzenslust. Es gibt nichts Wertvolleres als die Zeit, darum lasset sie uns
ausnutzen zu guten Werken.« Erst aber wolle er uns in die Ther-
men der Kardinalsgeien führen, die überaus schön und prächtig
waren, und wenn wir aus dem Bad kämen, sollten die Salber uns
mit köstlichem Balsam einreiben.

Doch Pantagruel äußerte, daß er auch ohne das seinen Mann
im Trinken stehen würde. Also führte er uns in ein geräumiges,
schön verziertes Refektorium und sagte:»Der Eremit Hoserich
hat euch vier Tage lang fasten lassen, dafür sollt ihr hier vier Tage
lang unausgesetzt zechen und schmausen.«

»Aber sollen wir zwischendurch nicht auch schlafen?« fragte
Panurg. – »Das könnt ihr halten, wie ihr wollt«, sagte der Ädituus; »wer schläft, der trinkt.«

Himmel, wie wir es uns da gut sein ließen! Oh, der große, vortreffliche Mann!

Sechstes Kapitel
Wie die Vögel auf der Bimmelinsel gefüttert wurden

Pantagruel machte ein verdrießliches Gesicht und schien mit
dem viertägigen Aufenthalt, den uns der Ädituus auferlegt hatte,
nicht zufrieden zu sein. Dieser, der es bemerkte, sagte zu ihm:
»Herr, Ihr werdet wissen, daß sieben Tage vor und nach der
Wintersonnenwende niemals Stürme auf dem Meer herrschen.
Das ist eine Gunst, welche die Elemente den Eisvögeln oder Hal-
kyonen, die der Thetis geweiht sind, erweisen; denn dann legen
diese ihre Eier und brüten nahe dem Ufer die Jungen aus. Hier
bei uns aber entschädigt sich das Meer für die lange Ruhe, und
kommen Reisende hierher, so stürmt es ohne Unterlaß vier Tage
lang mit verdoppelter Wut, aus keinem andern Grund, wie wir
meinen, als um sie zu zwingen, diese Zeit über hier zu verweilen
und sich aus den Einkünften der Bimmelinsel bewirten zu lassen.
Erachtet diese Zeit also nicht für eine müßig verlorne. Indem Ihr

bleibt, gehorcht Ihr einer höheren Macht; Ihr müßtet denn Lust haben, gegen Juno, Neptun, Doris[1], Äolus und die Vejoven[2] ankämpfen zu wollen. Denkt daher an nichts weiter als daran, wie Ihr's Euch wohl sein laßt.

Nachdem Bruder Hans seinen ersten Hunger und Durst gestillt hatte, wandte er sich an den Ädituus mit der Frage: »Hier auf eurer Insel gibt's, wie ich sehe, nur Vögel und Käfige; jene aber pflügen und bebauen das Land nicht, ihre einzige Beschäftigung besteht darin, sich die Zeit zu vertreiben, zu fressen und zu singen. Welches Land ist denn nun euer Füllhorn? Wo kriegt ihr all die guten, leckeren Bissen her?« – »Von der ganzen übrigen Welt«, erwiderte der Ädituus, »außer einigen nördlich gelegenen Gegenden[3], wo sie vor ein paar Jahren den Mist umgerührt haben.« – »Dummheiten, die werden's bereuen, ja, ja, ja, werden's bereuen. Trinken wir einmal, Freunde!« – »Aber aus welchem Land seid Ihr denn?« – Aus der Touraine«, erwiderte Panurg. – »Das muß man sagen«, meinte der Ädituus, »da seid Ihr in keinem schlechten Elsternest geheckt worden, wenn Ihr aus der gesegneten Touraine seid. Von daher schickt man uns alljährlich so viel, so viel, daß Leute von dort, die einmal hier durchkamen, uns versichert haben, der Herzog der Touraine habe alles in allem nicht so viel Einkünfte mehr, um sich an Speck satt zu essen, weil seine Vorfahren so verschwenderisch freigebig gegen diese hochheiligen Vögel gewesen wären, damit sich diese mit Fasanen, Rebhühnern, Hähnchen, Puten, Loudunschen, Kapaunen und allerlei Hoch- und Niederwild vollstopfen könnten.

Trinkt, liebe Freunde! Seht nur diese Vögel, wie sie da auf ihren Stangen sitzen, so behaglich und wohl gemästet von den Einkünften aus der Touraine! Dafür singen sie auch. So schön wie sie flöten keine Nachtigallen, wenn ich ihnen diese beiden vergoldeten Stäbe zeige« – »Das ist das Stabsfest«, sagte Bruder Hans – »und die großen Glocken läuten, die da über ihren Käfigen hängen. Frisch getrunken, liebe Freunde! Ich weiß nicht, es schmeckt heute ganz besonders gut – wie überhaupt alle Tage. Trinkt, trinkt, auf euer Wohl von ganzem Herzen; seid willkommen.

1 griech. Meergottheit – 2 röm. Rachegottheiten – 3 die nordeurop. Länder, in denen die Reformation eingeführt worden war

Nur keine Angst, daß der Wein uns ausgehen könnt'! Und wenn der Himmel ehern wär' und die Erde aus Eisen, wir hätten immer noch genug für sieben bis acht Jahre, eine längere Zeit, als die ägyptische Hungersnot gedauert hat. Also laßt uns trinken, einmütig und in christlicher Liebe.«

»Den Teufel auch«, rief hier Panurg, »wie gut ihr's doch in dieser Welt habt!« – »Und in der andern«, sagte der Ädituus, »werden wir's noch besser haben. Die elysischen Gefilde sind uns, das ist das wenigste, unbedingt sicher. Trinken wir, liebe Freunde! Euch allen zum Wohl!« – »Wahrhaftig«, sagte ich, »es ist doch ein göttlicher und vollkommener Geist gewesen, der euren ersten Sitizinen die Mittel in die Hand gab, in den Besitz alles dessen zu gelangen, wonach jeder Mensch von Natur strebt und was nur so wenigen oder eigentlich niemandem gewährt wird: nämlich das Paradies hier auf Erden und das dort droben gleichfalls. Oh, ihr glückseligen Leute! Ihr Halbgötter! Wollte doch Gott, daß es mir auch so gut ginge.«

Siebentes Kapitel
Wie Panurg die Geschichte von dem Roß
und dem Esel erzählt

Nachdem wir uns satt gegessen und satt getrunken hatte, führte uns der Ädituus in ein Zimmer mit schönen Möbeln, kostbaren Tapeten und reicher Vergoldung. Hierher ließ er Myrobalanen, Gewürzstänglein und eingemachten Ingwer bringen, dazu Hippokras und köstliche Weine und lud uns ein, uns durch dieses Mittel wie durch einen Trunk aus dem Lethestrom von allen Gedanken an die auf See erlittenen Beschwerden zu befreien und sie aus unserm Gedächtnis zu verbannen; auch zu unseren Schiffen, die im Hafen lagen, ließ er eine große Menge Lebensmittel hinschaffen. Dann legten wir uns zur Nachtruhe nieder, aber wegen des unaufhörlichen Glockengebimmels konnte ich nicht einschlafen.

Um Mitternacht weckte uns der Ädituus zum Trinken; er selbst trank zuerst und sagte dann: »Ihr Leute aus der andern Welt behauptet immer, Unwissenheit sei die Wurzel allen Übels, und darin habt ihr nicht unrecht. Trotzdem verjagt ihr sie aus euren Köpfen nicht, sondern lebt in ihr, mit ihr und durch sie. So kommt es, daß euch so viele Übel Tag und Nacht plagen; immer klagt, immer jammert ihr und kommt nie zur Ruhe, das sehe ich jetzt. Die Unwissenheit schmiedet euch hier an das Bett wie Vulkans Kunst den Gott der Schlachten; denn ihr seht nicht ein, daß ihr, um eure Pflicht zu tun, wohl mit eurem Schlaf, nicht aber mit den guten Dingen dieser Insel sparsam umgehen solltet. Ihr hättet schon drei Mahlzeiten halten können. Ja, ja, um all das aufzuessen, was die Bimmelinsel an Nahrungsmitteln bietet, muß man früh aufstehen; denn wenn man ißt, mehren sie sich, spart man aber, so schwinden sie.

Eine Wiese muß man zu rechter Zeit mähen, dann wächst das Gras dichter und üppiger wieder; wird sie nicht gemäht, so vermoost sie, ehe man sich's versieht. Trinkt, liebe Freunde, laßt uns alle, alle trinken. Selbst die magersten von unseren Vögeln singen uns jetzt eins, also wollen wir ihnen eins trinken, wenn's euch gefällig ist. Trinken wir ein-, zwei-, drei-, neunmal, *non zelus, sed charitas*[1].«

Desgleichen weckte er uns bei Tagesanbruch, um die Nüchternheit mit einer Primsuppe zu vertreiben. Dann kam eine Mahlzeit, die den ganzen Tag dauerte, so daß wir nicht wußten, ob's Frühstück oder Mittagessen, Zwischenimbiß oder Abendbrot war. Zur Abwechslung gingen wir zwischendurch ein wenig spazieren, um die Insel kennenzulernen und den Gesang der gesegneten Vögel zu hören.

Am Abend sagte Panurg zum Ädituus: »Lieber Herr, wenn's Euch gefällt, will ich Euch eine lustige Geschichte erzählen, die sich vor etwa dreiundzwanzig Monaten in der Gegend von Châtelerault zugetragen hat. Der Reitknecht eines dortigen Edelmanns ritt eines Morgens im April die Staatspferde seines Herrn spazieren und traf auf seinem Wege eine muntere Schäferin, die

in eines Busches Dämmer

ließ grasen ihre Lämmer,

zusammen mit einem Esel und etlichen Ziegen. Er schwatzte mit ihr und überredete sie zuletzt, hinter ihm aufzusitzen, um sich seinen Stall anzusehen und einen Bissen bei ihm zu essen, so gut er's eben da hätte. Während sie nun so miteinander sprachen,

1 Nicht Eifer, sondern Liebe ist das (lat.).

wandte sich das Pferd zum Esel um und sagte ihm ins Ohr, denn es war gerade das Jahr, wo die Tiere hie und da sprechen konnten: ›Langohr, du armer, elender Kerl, du tust mir recht leid. Du mußt alle Tage schwer arbeiten, das seh' ich an deinem abgeriebenen Schwanzriemen. Das ist gewiß recht lobenswert, denn Gott hat dich nun einmal erschaffen, den Menschen zu dienen, und du bist ein guter Esel; aber so schlecht geputzt, gestriegelt und gefüttert zu werden, wie du es wirst, ist doch ein bißchen grausam und gegen alle Vernunft. Du bist ja ganz zerzaust, ganz mit Kot beschmiert und spindeldürr und kriegst hier nichts zu fressen als Binsen und harte Disteln. Darum, Esel, lad' ich dich ein, mit mir zu trotten und dir einmal anzusehen, wie wir, die wir von der Natur zum Krieg bestimmt sind, gehalten und gefüttert werden. Kannst da auch gleich einmal kosten, wie ich's alle Tage habe.‹ – ›Ei‹, erwiderte der Esel, ›die Einladung nehme ich mit Vergnügen an, Herr Pferd.‹ – ›Für dich‹, sagte das Pferd, ›Immer noch Herr Roß, du Esel.‹ – ›Bitte um Verzeihung, Herr Roß‹, sagte der Esel, ›aber wir dummen Bauersleute wissen uns nicht so fein und gebildet auszudrücken. Weil du mir aber eine so große Gnade und Ehre erweist, gehorche ich gern und will dir mit gebührendem Abstand folgen, damit ich nicht Prügel bekomme, wovon mir das Fell ohnehin schon ganz zerfetzt ist.‹

Sobald die Schäferin nun aufgestiegen war, folgte der Esel dem Pferd mit der festen Absicht, sich in dem fremden Stall einmal recht satt zu fressen. Der Reitknecht, der ihn bemerkte, befahl dem Stalljungen, ihn mit der Mistgabel wegzujagen und ihm das Fell tüchtig durchzuwalken. Der Esel, der das hörte, empfahl sich seinem Schutzgott Neptun und machte, daß er geschwind davonkam, indem er bei sich dachte und philosophierte: Er hat recht, ich gehöre nicht auf den Hof vornehmer Herren; mich hat die Natur nur für arme Leute erschaffen. In einer seiner Fabeln hat Äsop mir das schon längst gesagt. Es war vermessen von mir, hierherzukommen; das beste ist, ich nehm' Reißaus, bevor noch der Spargel weich gekocht ist.

Und so, mein Esel, hopp, hopp, hopp,
davon mit Furzen und Galopp!

Die Schäferin, die ihn davonlaufen sah, sagte dem Reitknecht, daß er ihr gehöre, und bat, daß man ihn gut behandeln möge, sonst werde sie umkehren und nicht mit ihm ins Haus gehen. Also befahl der Reitknecht, man solle ihm so viel Hafer geben, wie er fressen wolle, und müßten die Pferde auch acht Tage lang deshalb hungern. Aber es war gar nicht leicht, ihn wieder zurückzulocken; die Jungen mochten ihm noch soviel gute Worte geben und ›Komm, Grauchen!‹ rufen, er sagte: ›Nein, ich bin bange.‹ – Je freundlicher sie ihm zuredeten, desto widerspenstiger wurde er, machte Sätze und furzte dazu, und es wäre alles umsonst gewesen, hätte die Schäferin ihnen nicht geraten, sie sollten Hafer in einem hochgehaltenen Sieb schwingen und ihn dabei rufen. Das taten sie. Augenblicklich wandte der Esel den Kopf und sagte: ›Haber will ich haben – Mistgabel nicht! Da sag’ ich, passe ohne Treff!‹ Und melodisch singend – Ihr wißt ja, wie lieblich Stimme und Tonfall dieser arkadischen Tiere sind – ergab er sich.

Sobald er herangekommen war, führte man ihn in den Stall neben das große Pferd, bürstete, striegelte ihn, gab ihm eine frische Streu, die bis an den Bauch reichte, und füllte ihm die Raufe mit Heu, die Krippe aber bis an den Rand voll mit Hafer, den die Stalljungen vorher erst siebten, wobei er sie ansah und die Ohren spitzte, als wollte er sagen: ›Ich fresse ihn auch ungesiebt; soviel Ehre kommt mir gar nicht zu.‹

Als sie nun eine Zeitlang gefressen hatten, fragte das Pferd den Esel: ›Nun, du Hungerleider, wie geht’s? Gefällt dir die Behandlung? Und da hast du dich noch nötigen lassen zu kommen! Was sagst du nun?‹ – ›Bei der Feige, an der Philemon vor Lachen erstickte, als einer meiner Vorfahren sie fraß‹, sagte der Esel, ›das ist der reinste Zucker, Herr Roß. Aber doch immer erst das halbe Vergnügen. Geht ihr Herren Rosse hier nicht auch mal drüber?‹ – ›Wo drüber, du Langohr?‹ fragte das Pferd. ›Daß dich der Rotz! Denkst du, Grauer, ich bin ein Esel?‹ – ›Hahaha‹, entgegnete der Esel, ›es fällt mir ein bißchen schwer, mich in der Hofpferdesprache auszudrücken: Ich meine, roßt ihr nicht auch manchmal, ihr Herren Rosse?‹ – ›Sprich leise, Grauer‹ sagte das Pferd; ›wenn die Stalljungen dich hören, werden sie dir das Fell mit der Mistgabel gerben, so daß dir die Lust zum Drübergehen schon vergehen wird. Wir wagen ihn hier kaum zum Stallen herauszustecken, gleich setzt’s Hiebe; aber sonst leben wir wie die Könige.‹ – ›Beim Packsattel, den ich tragen muß‹, sagte der Esel. ›Dann danke ich bestens und sage pfui über deine Streu, über dein Heu und über deinen Hafer! Da lob' ich mir die Disteln auf dem Feld, wobei man nach Belieben rossen kann. Lieber weniger fressen, aber doch seinen gehörigen Strich rossen, so heißt es bei mir; das ist unser Heu und Hafer. Ach, Herr Roß, liebster Freund, wenn du nur einmal gesehen hättest, wie wir auf den Jahrmärkten unsere Provinzialkapitel abhalten, wie wir da rossen, daß die Federn nur so fliegen, während unsere Bäuerinnen ihre Eier und Hühner verkaufen!‹ – Und damit trennten sie sich. Ich habe gesprochen!«

Hier schwieg Panurg, ohne noch ein Wort hinzuzufügen. Pantagruel wollte ihn bewegen, in seiner Rede fortzufahren; doch der Ädituus sagte: »Wer Ohren hat, dem genügt ein Wort. Ich verstehe sehr wohl, was Ihr mit dieser Geschichte vom Roß und vom Esel andeuten wollt und was ihr geradeheraus zu sagen Euch doch schämt. Wisset denn, daß es hier nichts für Euch gibt, und sprecht nicht mehr davon.« – »'s ist wahr«, sagte Panurg, »ich habe hier auch nur eine einzige weiße Abtsgine gesehen, die ich lieber reiten als am Zügel führen möchte. Sind die anderen Matronenvögel, so könnt' man ihr den Namen Jungfervögeline geben: sauber, nett, appetitlich und schon einer Sünde wert oder, wenn's sei muß, einiger. Gott verzeih' mir, hab' nichts Böses dabei gedacht; hab' ich's, so mag's gleich über mich hereinbrechen.«

Achtes Kapitel
Wie schwer es hielt, daß der Papagei
uns gezeigt ward

Wie an den beiden vergangenen Tagen, so dauerten die zahllosen Zechereien und Schmausereien auch am dritten fort. An diesem sprach Pantagruel den dringlichen Wunsch aus, den Papagei zu sehen; aber der Ädituus meinte, das würde nicht so leicht sein. »Wie«, sagte Pantagruel, »trägt er Plutons Helm auf dem Kopf oder Gyges' Ring an den Klauen oder ein Chamäleon auf der Brust, daß er sich vor den Augen der Welt unsichtbar machen kann?« – »Das nicht«, sagte der Ädituus, »aber er ist von Natur nicht leicht zu sehen. Übrigens werde ich Befehl geben, daß man ihn Euch zeigen soll, wenn es angeht.« Damit verließ er uns, während wir weitertafelten. Nach Verlauf einer Viertelstunde kam er zurück und sagte uns, daß der Papagei jetzt gerade sichtbar sei. Leise und schweigend führte er uns zu dem Käfig hin, wo er, umgeben von zwei kleinen Kardinalsgeien und sechs großen, dicken Bischofsgeien, in sich zusammengekauert dasaß. Panurg musterte seine Gestalt, seine Bewegungen und seine Haltung voll Neugierde. Plötzlich rief er mit lauter Stimme: »Pest, das Tier scheint mir ein Gimpel zu sein.« – »Um Himmels willen«, sagte der Ädituus, »sprecht leise, er hat Ohren, wie Michael von Matiscones weise bemerkt hat.« – »Hat ein Gimpel keine?« fragte Panurg. – »Liebe Leute, wenn er solche gotteslästerlichen Reden hört, seid ihr verloren. Seht ihr in seinem Käfig den Napf da? Aus dem werden Blitze, Donner, Unwetter, Teufel und Sturmgebraus fahren, die euch alle im Handumdrehen hundert Fuß tief in die Erde schmettern.« »Da ist mir Schmausen und Zechen doch lieber«, sagte Bruder Hans. – Noch immer betrachtete Panurg den Papagei und seine Umgebung mit der allergrößten Aufmerksamkeit, als er auf einmal unter dem Käfig einen Kauz bemerkte und laut aufschrie: »Bei Gott, hier wird falsch gespielt, man bemogelt uns. Hier gibt's nichts als Lug und Trug und Hinterlist. Seht nur den Kauz da! Bei Gott, man will uns ermorden.« – »Um Himmels willen«, sagte der Ädituus, »sprecht leise; es ist ja keine Käuzin, sondern ein Kauz, ein edler Kauzler.« – »Aber«, sagte Pantagruel, »laß doch den Papagei ein bißchen singen, ich möchte gern seinen Schlag hören.« – »Er singt nur an bestimmten Tagen«, sagte der Ädituus, »und frißt auch nur zu bestimmten Stunden.« – »Das kann ich von mir nicht behaupten«, sagte Panurg; »mir sind, was das anbetrifft, alle Stunden recht. Kommt nun und laßt uns ordentlich trinken.« – »Da sprecht Ihr einmal ein vernünftiges Wort«, sagte der Ädituus, »und wenn Ihr so weiterredet, werdet Ihr kein Ketzer werden. Ich bin ganz Eurer Meinung.«

Als wir zu unsrer Schmauserei zurückkehrten, sahen wir in einer dichten Laube einen alten Bischofsgei mit grünem Kopf, der dort in Gesellschaft dreier niedlicher Onokrotalen[1] dasaß und schnarchte. Neben ihm saß eine allerliebste Abtsgine und sang so

---

1 Pelikane, auch »Eselszungendrescher« (griech.); Onokrotalen statt franz *crotte-notaires* Dreck-notare für Protonotare, päpstliche Kanzleijuristen

reizend, daß wir ganz Ohr waren, um keinen Ton von ihrem Gesang zu verlieren. – »Diese schöne Abtsgine«, sagte Panurg, »singt sich die Kehle heiser, und der Rüpel von einem Bischofsgeien schnarcht dazu. Wart, du Satan, ich werde dich gleich mitsingen lehren.« Damit läutete er die Glocke, die über dem Käfig hing; aber wie stark er auch läutete, der Bischofsgei schnarchte tapfer weiter und sang nicht. »Bei Gott, du alte Blasebalgschnauze«, sagte Panurg, »ich habe noch ein anderes Mittel, dich zum Singen zu bringen.« Nahm also einen großen Stein, um nach ihm zu werfen; aber der Äditus rief: »Guter Mann, wirf, schlage, töte, massakriere meinetwegen alle Könige und Fürsten der Welt, verrate, vergifte sie, verjage die Engel aus dem Himmelreich, und der Papagei wird dir's vergeben; aber diese heiligen Vögel rühre nicht an, wenn dir dein Leben, Wohlsein und Gedeihen, wenn das deiner lebenden und toten Anverwandten und Freunde dir lieb ist. Wahrlich, ihre Kinder würden dafür noch büßen müssen. Denk an den Napf.« – »Also ist es besser, wir schmausen und zechen«, sagte Panurg – »Er hat recht, Herr Äditus«, sagte Bruder Hans; »sobald wir diese verdammten Vögel zu sehen bekommen, fangen wir immer gleich zu lästern an; leeren wir dagegen Eure Flaschen und Kannen, so loben und preisen wir Gott. Kommt also und laßt uns trinken! Trinken, ach was für ein schönes Wort!«

Am vierten Tag dann, nachdem wir, wie sich von selbst versteht, erst noch tüchtig gezecht hatten, entließ uns der Äditus. Wir schenkten ihm zum Abschied ein schönes kleines Percher Messerchen, das er mit noch größerer Huld entgegennahm als Artaxerxes das Glas frischen Wassers[1], das ein Bauer ihm reichte. Er dankte uns sehr freundlich, schickte Erfrischungen aller Art auf unsere Schiffe, wünschte uns eine glückliche Fahrt, auf daß wir heil und gesund Ziel und Zweck unserer Reise erreichen möchten, und ließ uns schließlich bei Jupiter Peter[2] schwören, auf unserer Rückreise wieder bei ihm vorsprechen zu wollen. Zu guter Letzt sagte er noch: »Eins, liebe Freunde, merkt euch: Es gibt mehr Eier auf der Welt als Männer. Vergeßt das ja nicht.«

---

1 nach Plutarch (»Apophthegmata«) ein Apfel – 2 d. h. beim Papst (als Nachfolger von Petrus), mit Anspielung auf den in Gestalt eines Steins verehrten Jupiter *lapis* (lat.) Stein (griech. *petros*), bei dessen Namen die Römer den heiligsten Eid schworen

Neuntes Kapitel
Wie wir auf der Eisenzeuginsel landeten

Mit wohlgefülltem Magen machten wir uns wieder auf den Weg. Der Wind blies voll in die Segel, und unser großer Besanmast wurde aufgetakelt. So kamen wir in noch nicht zwei Tagen nach der Eisenzeuginsel, die wüst und unbewohnt war. Hier sahen wir eine große Menge Bäume, auf denen Hacken, Karste, Hauen, Sicheln, Spaten, Sensen, Schaufeln, Kellen, Äxte, Beile, Sägen, Hobeleisen, Meißel, Scheren, Zangen und Bohrer wuchsen.

Andere von ihnen trugen Stilette, Dolche, Kurzschwerter, Hirschfänger, Stoßdegen, Flamberge, Säbel, Pallasche, Rapiere und Messer.

Wer etwas davon haben wollte, brauchte nur den Baum zu schütteln, dan fielen sie herunter wie Pflaumen. Ja, noch mehr! Wenn sie so herunterkamen, fielen sie auf eine Art Kraut, das Scheidekraut hieß, und blieben darin stecken. Man mußte sich nur in acht nehmen, daß sie einem nicht auf den Kopf oder auf die Füße oder auf einen andern Teil des Körpers fielen, denn um richtig in die Scheide zu kommen, fielen sie immer mit der Spitze nach unten, so daß sie einen verletzt hätten. Wieder unter anderen Bäumen bemerkte ich gewisse Arten von Kräutern, die dort als Piken, Lanzen, Wurfspieße, Hellebarden, Saufedern, Partisanen, Speere, Korseken und Gleven wuchsen. Wenn sie bis zur Höhe des Baums gelangt waren, trafen sie dort auf eine eiserne Spitze, wie sie eben passend für sie war. Die klugen Bäume, welche sie emporschießen und heranwachsen sahen, hatten schon dafür gesorgt, ähnlich wie man Kindern, die bald nicht mehr gewickelt werden sollen, vorher schon Kleider zuschneidet. Wahrhaftig, diese Bäume kamen uns vor wie eine Art vegetabilischer Tiere – also verachtet mir die Ansicht des Platon, Anaxagoras und Demokrit in Zukunft nicht mehr; waren sie etwa keine Philosophen? –, welche sich von den wirklichen Tieren weniger dadurch unterscheiden, daß es ihnen an Haut, Fett, Fleisch, Venen und Arterien, Sehnen, Nerven, Knorpeln, Mark, Lebenssäften, Gebärmutter, Gehirn und Geschlechtssteilen, was jene haben, gefehlt hätte, denn das alles besitzen sie, wie Theophrast uns beweist, auch, als allein dadurch, daß sie den Kopf, nämlich den Stamm, nach unten und die Haare, nämlich die Wurzeln, in der Erde haben, die Beine aber, nämlich die Zweige, himmelwärts wie ein Mensch, der auf dem Kopf steht. Und wie ihr, meine braven Lustseuchlinge, in euren Hüftknochen und Schulterblättern schon lange vorher den kommenden Regen und Wind oder heiteren Himmel, kurz jeden Witterungsumschlag spürt, so spüren ihre Wurzeln und Stämme, Harze und Marke schon vorher, was für Stangen unter ihnen emporschießen werden und danach erzeugen sie die betreffenden Klingen und Eisenspitzen. Zuweilen unterläuft jedoch auch hier – und davon ist Gott allein ausgenommen – ein kleines Versehen, was sich ja selbst die Natur zuschulden kommen läßt, wenn sie unförmige Dinge und mißgestaltete Tiere hervorbringt. Dergleichen bemerkte ich auch an diesen Bäumen, denn eine Halbpike, die unter diesen eisenzeugtragenden Bäumen bis an die Zweige hinaufgewachsen war, stieß statt auf eine Eisenspitze auf einen Besen: man wird also den Schornstein damit fegen müssen. Eine Partisane traf auf eine Schere und muß nun im Garten zum Abraupen gebraucht werden. Ein Hellebardenschaft wuchs gerade in eine Sensenklinge hinein, und so gab's eine Zwittergattung; es wird sich aber schon ein Schnitter dafür finden. Man darf nur nicht an Gottes Güte verzweifeln.

Als wir zu unseren Schiffen zurückkehrten, sah ich hinter einem Busch ich weiß nicht was für Leute, die ich weiß nicht was machten; sie schoben ich weiß nicht was für Eisenzeug hin und her, das sie ich weiß nicht auf welche Weise sich irgendwoher ich weiß nicht wie beschafft haben mußten.

Zehntes Kapitel
Wie Pantagruel auf der Würfelinsel landete

Die Eisenzeuginsel verlassend, setzten wir unsere Fahrt fort und kamen am nächsten Tag nach der Würfelinsel, dem wahren Urbild von Fontainebleau; denn der Boden ist hier so mager, daß die Knochen, nämlich die Felsen, durch die Haut dringen, sandig, unfruchtbar, allen Reizes bar. Der Steuermann machte uns auf zwei kleine viereckige Felsen in Würfelform mit acht gleichen Seitenflächen[1] aufmerksam; die waren so weiß, daß ich

1 an beiden zusammen

glaubte, sie wären aus Alabaster oder mit Schnee bedeckt, aber er versicherte uns, sie wären ganz und gar aus Knochen gebildet. »Dort«, sagte er, »hausen in sechs Stockwerken vierundzwanzig Glücksteufel, vor denen man bei uns zulande gewaltig zittert. Die vornehmsten von ihnen, die Zwillingspaare sind, heißen Sechser, die kleinsten Einer, die mittelgroßen Fünfer, Vierer, Dreier und Zweier. Die anderen heißen Sechsfünf, Sechsvier, Sechsdrei, Sechszwei, Sechseins oder Fünfvier, Fünfdrei usw.« – Hier machte ich die Bemerkung, daß es überhaupt wenig Spieler gibt, die nicht den Teufel um Hilfe anflehen. Denn wenn sie die beiden Würfel auf den Tisch werfen, unterlassen sie nie, mit großer Andacht auszurufen: »Sechser, mein Freund« – das ist der große Teufel –, »Einer, mein Schätzchen« – das ist der kleine Teufel –, »Vierzwei, Kinderchen«, und so die anderen. Das heißt, sie rufen die Teufel bei ihren Namen, ja, geben ihnen Schmeichelnamen, wodurch sie sich als ihre Freunde und Vertrauten bekennen. Allerdings folgen die Teufel diesem Ruf nicht immer so spornstreichs, wie gewünscht wird; aber sie sind zu entschuldigen. Andere riefen sie früher, und sie waren so anderweitig beschäftigt. Einer nach dem andern! Man kann also nicht sagen, sie hörten nicht oder gäben nicht acht. Oh, sie haben feine Ohren, das könnt ihr mir glauben. Weiter sagte uns der Steuermann, daß es an und bei diesen Felsen schon mehr Havarie und Schiffbruch gegeben hätte, mehr an Gut und Leben zugrunde gegangen sei als durch alle Syrten[1], Charybden, Sirenen, Skyllen, Strophaden[2] und Strudel sämtlicher Meere zusammengenommen. – Das glaube ich gern, denn ich erinnere mich, daß Neptun schon bei den weisen Ägyptern durch einen Würfel bezeichnet wurde, desgleichen Apollo durch eine Eins, Diana durch eine Zwei, Minerva durch eine Sieben usw. – Ferner sagte er uns, daß sie hier eine Flasche mit Gralsblut aufbewahrten, das etwas Hochgöttliches und nur von wenigen gekannt sei, – Panurg bat also die Vorsteher des Orts recht inständig, es uns zu zeigen, was hierauf mit viel Zeremonien und solcher Feierlichkeit geschah, daß daneben alles verblaßt, was man etwa in Florenz beim Vorzeigen der Justinianischen Pandekten oder in Rom beim Vorzeigen des Schweißtuchs der Veronika anzustellen pflegt. Nie in

1 Sandbänke – 2 »Treibinseln« (griech.); zwei Inseln vor der westpelopones. Küste

meinem ganzen Leben sah ich soviel Reliquiendecken, Fackeln, Kerzen, Schleier und Gebetsverrichtungen wie hier. Zuletzt zeigte man uns dann den Kopf eines gebratenen Kaninchens.

Sonst sahen wir dort nichts Merkwürdiges, außer Frau Gutemiene, die Gemahlin von Herrn Bösespiel, und die Schalen der beiden Eier der Leda, woraus sie Kastor und Pollux ausgebrütet hatte, die Brüder der schönen Helena. Für einen Bettel verkauften uns die Vorsteher ein Stückchen davon. Eh' wir abfuhren, kauften wir auch noch eine Kiste Würfelkappen und -hüte, an denen wir aber wohl nichts verdienen werden. Noch weniger aber, glaub' ich, die, welche sie uns abkaufen.

Elftes Kapitel
Wie wir nach Zwinggart kamen, wo Krallfratz,
der Großfürst der Muffelkater, hauste

Hierauf kamen wir, indem wir Kondemnazien, ebenfalls eine durch und durch wüste Insel, links liegenließen, nach Zwinggart, wo Pantagruel nicht mit aussteigen wollte, was auch gut für ihn gewesen war; denn hier wurden wir von Krallfratz, dem Großfürsten der Muffelkater, festgenommen und eingesperrt, weil einer unserer Leute einem Greifimnu Würfelkappen hatte verkaufen wollen. Die Muffelkater sind schreckliche, ganz abscheuliche Bestien; sie fressen kleine Kinder vom nackten Marmorparkett weg[1], woraus ihr, liebe Zechbrüder, schließen könnt, was das für verdammte Quetschnasen sein müssen. Sie haben den Pelz nicht nach außen, sondern nach innen gekehrt, und als besonderes Abzeichen und Sinnbild trägt jeder von ihnen einen offenstehenden Geldbeutel mit sich herum, jeder auf andere Weise: dem einen hängt er wie eine Kette um den Hals, dem andern auf dem Hintern, dem auf dem Wanst und jenem an der Seite, was alles seinen guten Grund und seine Bedeutung hat. Sie haben starke, lange und scharfe Krallen, so daß nichts wieder loskommt, was sie einmal gepackt haben. Einige von ihnen bedekken sich das Haupt mit Vierspitzen, andere mit Mörsermützen, noch andere mit Mörserkäppchen.

---

1 Die Hohe Kammer, oberster Pariser Gerichtshof, war mit Marmorplatten ausgelegt.

Und als wir weiter nachgefragt,
hat uns ein Bettelmann gesagt,
den wir im Wirtshaus trafen und dem wir einen halben Silbertaler schenkten: »Ihr lieben Leute, gebe es Gott, daß ihr mit heiler Haut wieder von hier wegkommt; seht euch nur einmal die Gesichter dieser wackeren Säulen krallfratzischer Gerechtigkeit an. Soviel aber laßt euch gesagt sein: Wenn ihr noch sechs Olympiaden und zwei Hundealter lebt, so werdet ihr sehen, daß diese Muffelkater Herren von ganz Europa und unumschränkte Besitzer aller Güter und Reichtümer sind, es sei denn, daß die göttliche Gerechtigkeit all ihren ungerecht erworbenen Besitz wieder dahinnähme; glaubt einem alten Bettelmann. Bei ihnen regiert die Sextessenz[1], vermöge deren sie alles mit ihren Klauen packen, alles verschlingen, alles besudeln; sie verbrennen, vierteilen, köpfen, morden, kerkern ein, unterminieren und ruinieren alles, was ist, gleichviel ob Gutes oder Böses. Bei ihnen heißt Laster Tugend, Bosheit Gutheit, Verrat Treue, Diebstahl Freigebigkeit; Raub ist ihr Wahlspruch, und begehen sie ihn, so wird er von jedermann gutgeheißen, die Ketzer ausgenommen. Alles das tun sie als unumschränkte Herren und Gebieter. Zum Zeichen, wie richtig meine Prophezeiung ist, seht nur, wie da drinnen bei ihnen die Krippen über den Raufen angebracht sind. Denkt eines Tags daran! Und sollte einmal die Pest über die Welt kommen, oder sollten Hungersnot, Krieg, verheerende Stürme, Wasserfluten, Feuersbrünste und andere Plagen sie treffen, so schreibt und rechnet das nicht etwa dem unheilschwangeren Stand der Gestirne zu, nicht den Mißbräuchen des römischen Hofs, der Tyrannei der Könige und Landesherren, dem Lug und Trug der Heuchler, Ketzer und falschen Priester, der Bosheit der Wucherer, Falschmünzer, Geldabschürfer, nicht der Unwissenheit, Unverschämtheit und dem Leichtsinn der Ärzte, Chirurgen und Apotheker noch der Verderbtheit ehebrecherischer, mannstoller, kindesmörderischer Weiber, sondern einzig und allein der unsäglichen, unglaublichen, unermeßlichen Niedertracht, die hier in der Werkstatt dieser Muffelkater ohne Unterlaß geschmiedet und geübt wird und von der die Welt nicht mehr weiß als von der Kabbala der Juden, woher es denn auch kommt, daß

---

1 »Sechstessenz« (lat.); Steigerung von Quintessenz

sie nicht in Grund und Boden verdammt, gezügelt und unterdrückt wird, wie sie es verdient. Wird sie aber jemals dem Volke klar begreiflich gemacht werden, so gibt und gab es keinen so beredten Redner, der es dann zurückhalten, kein noch so strenges, drakonisches Gesetz, das es durch Furcht vor Strafen davon abschrecken und keine noch so allmächtige Obrigkeit, die es durch nackte Gewalt daran hindern könnte, sie in ihrem Rattenloch lebendig zu verbrennen. Ihre eigenen Kinder, die Miezekatzen, sogar alle ihre Verwandten verabscheuen und verwünschen sie. Und wie einst Hannibal von seinem Vater Hamilkar durch einen feierlichen, heiligen Eid verpflichtet wurde, die Römer zu verfolgen, solange Atem in ihm sei, so ist auch mir von meinem verstorbenen Vater anbefohlen worden, von diesem Ort hier nicht zu weichen und zu wanken, sondern des Augenblicks zu harren, wo des Himmels Blitz hier einschlagen und sie alle zu Asche verbrennen wird wie vor ihnen andere Titanen, Frevler und Gotteslästerer; denn die Menschen sind so abgestumpft in ihrem Herzen, daß sie des Übels, das sie traf, trifft oder treffen wird, nicht achten, es nicht fühlen und nicht kommen sehen oder, fühlen sie es, doch nicht den Mut und Willen oder die Kraft haben, es auszurotten.«

»Was ist das?« sagte Panurg, »nein, nein, da geh' ich nicht hin. Kommt fort, bei Gott! Kommt fort, sag' ich euch!
        Verwirrt macht mich des Bettlers Red,
        als ob's im Spätherbst donnern tät.«
Aber als wir umkehren wollten, fanden wir das Tor verschlossen und merkten, daß man zwar, wie in den Avernus[1], hier sehr leicht herein-, aber um so schwerer wieder herauskommen könne. Ohne behördlichen Passier- und Erlaubnisschein wäre gar nicht an ein Herauskommen zu denken gewesen, und zwar ganz einfach deshalb, weil man vom Jahrmarkt niemals so zurückkommt, wie man hingegangen ist, und – weil unsere Füße staubig waren. Noch schlimmer war's, als wir nach Zwinggart hineingingen; denn wegen unseres Passierscheins wurden wir von einem Ungetüm geführt, das über alle Beschreibung scheußlich war. Man nannte es Krallfratz. Ich kann es euch nicht

---

1 Der Kratersee Averno westl. Neapel galt nach Vergil (»Äneis« 6, 126/29) als Eingang zur Unterwelt

besser schildern, als wenn ich es mit der Chimära vergleiche oder der Sphinx oder dem Zerberus oder noch besser mit Osiris, wie die Ägypter ihn darstellten; gleich diesem hatte er drei Köpfe, nämlich einen wie ein brüllender Löwe, einen wie ein zähnefletschender Hund und einen wie ein zuschappender Wolf, alle drei von einer Schlange umwunden, die sich selbst in den Schwanz biß und zuckende Blitze um sich schoß. Die Tatzen dieses Ungetüms waren mit Blut besudelt, seine Krallen glichen denen der Harpyien, sein Maul einem Rabenschnabel, seine Zähne den Hauern eines vierjährigen Ebers, und die Augen sprühten Flammen wie ein Höllenrachen. Dabei war er ganz mit Mörsern und dazwischengesteckten Mörserkeulen bedeckt, so daß nur die Klauen sichtbar waren. Er nebst allen seinen Wildkaterkollegen saßen nebeneinander auf einer langen, ganz neuen Raufe, über welcher schöne, breite Krippen angebracht waren, ganz wie der Bettler es uns vorher gesagt hatte. Wo der Präsident saß, sah man das Bildnis eines alten Weibes, das in der rechten Hand eine Sensenklinge, in der linken eine Waage hielt und auf der Nase eine Brille trug. Anstelle der Waagschale hingen zwei samtene Geldbeutel am Waagebalken: der eine, mit klingender Münze gefüllt, tief bis zur Erde herab, der andere, ganz leer, hoch in der Luft. Ich meine, es war dies das treue Abbild der Krallfratzischen Gerechtigkeit, also ganz im Gegensatz zum Brauch der alten Thebaner, die ihren Dikasten[1] und Richtern nach dem Tode Statuen aus Gold, Silber oder Marmor zu setzen pflegten, je nachdem sie es verdient hatten, aber stets ohne Hände. – Nachdem man uns vorgestellt hatte, wurden wir von Leuten, die ganz mit Geldbeuteln und vollgestopften Schriftsäcken behängt waren, angehalten, uns auf dort bereitstehende Schemel zu setzen. Panurg sagte: »Verehrteste Freunde, wertes Lumpenpack, ich stehe hier ganz gut; für einen Menschen mit neuen Hosen und kurzem Wams ist das viel zu niedrig.« – »Setze dich sofort hin«, herrschten sie ihn an, »und laß dir's nicht noch einmal sagen. Die Erde wird sich sogleich öffnen und dich lebendig verschlingen, wenn du nicht gebührlich antwortest.«

1 Rechtsprecher

Zwölftes Kapitel
Wie Krallfratz uns ein Rätsel aufgab

Sobald wir uns gesetzt hatten, schrie uns Krallfratz, der, von seinen Muffelkatern umgeben, dasaß, mit wütender, heiserer Stimme zu: »'s soll gelten, her!« – »Wein her«, murmelte Panurg zwischen den Zähnen –; »was ist das:

> Ein Mägdelein, blond und blütenweis, empfing
> ganz ohne Vater einen Mohrensohn,
> gebar ihn schmerzlos dann, das zarte Ding,
> weil er wie eine Schlange ging davon
> und sie durchbohrte wie zum größten Hohn,
> indem er sich durch ihre Hüfte nagt',
> da's ihm in ihrem Schoße länger nicht behagt'.
> Dann schweift er über Berg und Tal, der Wicht:
> der Weisheit Freund hat staunend sich gefragt,
> ob dies ein menschlich Wesen oder nicht?

's soll gelten«, sagte Krallfratz, »löse mir dies Rätsel, sag uns, was das ist!« – »Gelt's bei Gott«, erwiderte ich, »hätt' ich eine Sphinx zur Hand wie Verres, Euer Vorfahr, so könnt' ich, gelt's bei Gott, das Rätsel lösen, so aber mag ich mit der Geschichte nichts zu tun haben; ich bin, gelt's bei Gott, nicht dabeigewesen und bin daran unschuldig.« – »Oho«, schrie Krallfratz, »beim Styx, so du nicht gestehen willst, werd' ich dir's begreiflich machen, daß dir's, gelt, lieber wär', du Kerl, du wärst Luzifer in die Klauen gefallen oder, gelt, allen Teufeln als uns, Kerl. Was schwatzt du uns da von Unschuld? Gelt, Kerl, siehst du das nicht ein? Als ob dich das vor der Tortur schützen könnt'! Gelt, Kerl, wir haben Gesetze gleich Spinnweben; dumme Fliegen und kleine Schmetterlinge fangen sich darin, die großen Bremsen zerreißen sie, gelt, und brennen durch, die Übeltäter. Fahnden also auch nicht nach den großen Schurken und Wüterichen, sind für uns, gelt, zu schwer zu verdauen, würden uns doch Schaden tun. Aber solche unschuldigen Lämmer, Kerl, wie ihr seid, die werden hier, gelt, belämmert, und der Teufel singt ihnen die Messe, gelt, Kerl.«

Ärgerlich über diese Rede von Krallfratz sagte Bruder Hans: »Oho, du gepfefferter Höllenbraten, wie willst du denn, daß er antworten soll, wenn er von der ganzen Geschichte nichts weiß?

Bist du mit der Wahrheit nicht zufrieden?« – »Gelt, Kerl«, schrie Krallfratz, »solang ich auf dem Thron sitze, ist mir das nicht vorgekommen, daß hier einer das Maul auftut, der, gelt, nicht gefragt ist. Wer hat uns den verrückten Narren hier losgelassen?« – »Du lügst«, sagte Bruder Hans, ohne die Lippen dabei zu bewegen. – »Gelt, Kerl, wenn du an der Reihe bist, hast du genug zu tun, für dich selbst Rede zu stehen.« – »Du lügst, Schurke«, sagte Bruder Hans wie vorher zwischen den Zähnen. – »Gelt, Kerl, du glaubst wohl, daß du im akademischen Wald bist, wo, gelt, die Müßiggänger nach der Wahrheit schnüffeln und jagen? Hier, Kerl, haben wir Besseres zu tun; hier antwortet man, gelt, kategorisch, du Kerl, ob man's weiß oder nicht. Hier, Kerl, gesteht man's, wenn man's, gelt, auch nicht getan hat. Hier heißt es, gelt, Kenntnis haben von Dingen, von denen man niemals gehört hat, sonst, Kerl, wird man wild und bringt einem Vernunft bei! Hier rupft man, gelt, die Gans, ohne daß sie schreien darf. Gelt, Kerl, du bist ein vorlauter Geselle, das seh' ich, Kerl; daß dir, gelt, die Pest angetraut wär'!« – »Alle Teufel«, rief Bruder Hans aus, »Erzteufel, Überteufel, Allerweltsteufel, willst du einen Mönch verheiraten? Hoho, du bist ja ein Ketzer.«

Dreizehntes Kapitel
Wie Panurg das Krallfratzische Rätsel löst

Krallfratz, der tat, als ob er die letzten Worte nicht gehört hätte, wandte sich jetzt an Panurg und sagte zu ihm: »Holla, he, du Haupthahn, willst du, gelt, auch kein Wort sagen?« Worauf Panurg erwiderte: »Zum Teufel auch, gelt, Kerl, ich seh' es klar, daß wir hier, gelt, in einer schlimmen Patsche sitzen, maßen alle Unschuld, gelt, hier nichts verfängt und der Teufel, gelt, die Messe liest. So bitt' ich Euch, gelt, daß ich, gelt, für uns alle zahlen darf und daß Ihr dann, zum Teufel, uns alle gehen laßt. Ich halt's, beim Teufel, hier, gelt, nicht länger aus.« – »Gehen lassen?« schrie Krallfratz, »gelt, Kerl, das ist seit dreihundert Jahren hier nicht vorgekommen, daß hier, gelt, einer losgekommen wäre, Kerl, ohne Haare zu lassen oder, gelt, meistens sogar das ganze Fell. Hieße das nicht, Kerl, du wärst ungerechterweise vorgeladen und wir hätten dich, gelt, nicht nach dem Gesetz behandelt?

Ist dir's jetzt schon zuviel? Wart nur, Kerl, 's wird, gelt, noch anders kommen, wenn du das Rätsel nicht lösen kannst, das ich aufgegeben. He, was sagst du dazu, Kerl?« »Nun zum Teufel«, sagte Panurg, »es ist ein schwarzer Wurm, der aus einer weißen Bohne hervorgegangen ist und sich, gelt, durchgefressen hat. Der kriecht, hol's der Teufel, auf der Erde und fliegt dann auch in der Luft, weswegen Pythagoras, der erste Freund der Weltweisheit oder, wie es griechisch heißt, Philosophie, der Meinung war, daß er, gelt, Kerl, dank der Seelenwanderung eine menschliche Seele hätte. Gelt, Kerl, er meint, wenn ihr Menschen wäret, würdet ihr nach eurem verdammten Tod auch in solchen Wurmleib fahren. Denn in diesem Leben zernagt und freßt ihr alles, und im jenseitigen würdet ihr, gelt,

wie man von Nattern pflegt zu sagen,
der eignen Mutter Leib zernagen.«

»Bei Gott«, sagte Bruder Hans, »wenn doch mein Arschloch eine Bohne wäre und dies Wurmgezücht sich durchfressen müßt'! Wünschte mir nichts Besseres!«

Als Panurg ausgeredet hatte, warf er einen großen ledernen Beutel voll Sonnentaler mitten in den Saal. Beim Klang, den der Beutel von sich gab, begannen sämtliche Muffelkater ihre Krallen zu spreizen, als ob sie alle Saiten der Violine übergreifen wollten, und riefen mit lauter Stimme: »Das ist die wahre Würze, das sind die Sporteln; der Prozeß war sehr gut, sehr schmackhaft, sehr würzig. Es sind sehr gute Leute.« – »Es ist Geld«, sagte Panurg, »hört ihr? Es sind Sonnentaler.« – »Der Gerichtshof versteht schon«, sagte Krallfratz, »Geld, Geld, schön, sehr schön, Geld! Geht nur, Kinder, macht, daß ihr weiterkommt. Geld, sehr schön; wir sind, gelt, nicht so schlimm, wie wir aussehen. Geld, sehr schön.«

Als wir aus Zwinggart herauskamen, wurden wir von einigen Gebirgsgreifbolden nach dem Hafen geführt. Ehe wir aber auf unsere Schiffe gelassen wurden, verkündeten sie uns, daß wir unsere Reise nicht fortsetzen dürften, bevor wir nicht Frau Krallfratz und allen Muffelkatern ein anständiges Geschenk verehrt hätten; sonst hätten sie den Befehl, uns nach Zwinggart zurückzubringen. »Pah«, sagte Bruder Hans, »wir werden hier ein bißchen auf die Seite gehen und sehen, was wir bei uns haben. Sie sollen zufrieden sein.« – »Aber«, sagten die Burschen, »vergeßt auch das Trinkgeld für die armen Teufel nicht.« – »Ei«, sagte Bruder Hans, »die armen Teufel vergißt man schon nicht, die kriegen's immer zuerst ab und allemal ordentlich.«

Vierzehntes Kapitel
Wie die Muffelkater von Korruption leben

Kaum hatte Bruder Hans dies gesagt, als man achtundsechzig Galeeren und Fregatten in den Hafen einlaufen sah; sogleich eilte er dahin, um zu erfahren, was es Neues gäbe und was die Schiffe geladen hätten. Da sah er denn, daß sie alle mit Wild, Hasen, Kapaunen, Tauben, Schweinen, Kaninchen, Kälbern, Hähnen, wilden und zahmen Enten, Gänsen und anderem Geflügel beladen waren. Auch viele Stücke Samt, Seidenzeug und Damast bemerkte er. Er fragte also die Reisenden, wohin und wem sie all diese schönen Sachen brächten, und erhielt zur Antwort, das alles sei für Krallfratz sowie für die Muffelkater und Muffelkatzen bestimmt.

»Und wie nennt ihr diese Arzneien?« fragte Bruder Hans. – »Wir nennen's Korruption«, erwiderten die Reisenden. – »Sie leben also von Korruption, das heißt von Fäulnis und Verwesung,« sagte Bruder Hans, »und daran wird ihr Geschlecht zugrunde gehen. Beim allmächtigen Gott, so ist es. Ihre Väter fraßen die biederen Edelleute auf, die, wie es ihrem Stand zukam, jagten und Vögel beizten, womit sie sich für den Krieg übten und abhärteten. Denn die Jagd ist ein Abbild der Schlacht, und gewiß nicht mit Unrecht sagt Xenophon, es sei mit dem Weidwerk wie mit dem Trojanischen Pferd: tapfere und ausgezeichnete Krieger gingen daraus hervor. Ich selbst bin zwar kein Gelehrter, aber so, glaub' ich, hat man mir's gesagt. Krallfratz aber meint, ihre Seelen wären nach ihrem Tod in Eber, Hasen, Hirsche, Kaninchen, Rebhühner und andere derartige Tiere, die sie während ihres ersten Lebens so sehr liebten und begehrten, übergegangen. Und nachdem diese Muffelkater nun alle ihre Schlösser, Ländereien, Domänen, Renten und Revenuen und ihr ganzes Besitztum zerstört und verschlungen haben, dürsten sie auch noch nach ihrem Blut und ihrer Seele im zweiten Leben. Oh, der brave Bettler wies nicht umsonst auf die Krippe hin, die über der Raufe ange-

bracht wäre!« – »Aber«, sagte Panurg, »der große König hat doch verkündigen lassen, niemand solle bei Todesstrafe Hirsche noch Hirschkühe, Eber noch Rehe töten!« – »Das ist freilich wahr«, entgegnete einer für alle, »aber der große König ist so gut und mild, die Muffelkater aber sind so gierig und lüstern nach Christenblut, daß wir weniger fürchten, ihn zu beleidigen, als wir Vorteil davon erwarten, wenn wir sie durch solche Korruption zufriedenstellen, vornehmlich jetzt; denn morgen verheiratet Krallfratz eines seiner Muffelkätzchen mit dem großen Muffelkater Krallwart. In alten Zeiten nannte man sie Grasfresser, aber ach, Gras fressen sie schon lange nicht mehr. Jetzt nennen wir sie Hasenfresser, Rebhuhnfresser, Schnepfen-, Fasanen-, Hühner-, Kaninchen- und Schweinefresser. Etwas anderes fressen sie gar nicht mehr.« – »Pah, pah«, sagte Bruder Hans, »nächstes Jahr sollen sie Kotfresser, Dreckfresser, Scheißefresser heißen; wollt ihr das glauben?« – »Oh, sehr gern, sehr gern!« ließ sich die gesamte Mannschaft vernehmen. – »Also«, fuhr er fort, »laßt uns zweierlei tun: erstens, all dieses Wildbret hier beschlagnahmen – gegen Bezahlung versteht sich –, denn ich hab's ohnehin satt, nur Salzfleisch zu essen, es macht mich geradezu trübsinnig; und zweitens, laßt uns nach Zwinggart umkehren und diese ganze verfluchte Muffelkaterbrut ausrotten.« – »Verzeih«, sagte Panurg, »da gehe ich nicht mit, denn ich leide etwas an natürlicher Feigheit.«

Fünfzehntes Kapitel
Wie Bruder Hans Hackepeter den Vorschlag macht,
den Muffelkatern das Fell zu gerben

»Bei meiner Kutte«, sagte Bruder Hans, »was ist das für eine Reise? Das ist ja eine Drecksreise! Wir tun nichts als fisten, furzen, scheißen und pissen, nichts als nichts tun. Donnerwetter, das ist nicht meine Art; wenn ich nicht ein paar Heldentaten vollbracht habe, kann ich die Nacht nicht schlafen. Habt ihr mich dazu auf diese Fahrt mitgenommen, daß ich euch Messe lesen und Beichte hören soll? Beim Ostersonntag, der erste, der mir damit kommt, soll's kriegen; zur Strafe für seine Frechheit und Hinterlist soll er sich ins Meer stürzen müssen, wenn er den Qualen des Fegefeuers entgehen will – kopfüber, anders tu' ich's nicht. Woher hat Herkules seinen Namen und seinen unsterblichen Ruhm? Woher sonst als daher, daß er auf seinen Streifzügen durch die Welt die Völker von Tyrannei, Irrtum, Gefahr, und Plagen befreite? Er tötete alle Räuber, Ungeheuer, giftigen Schlangen, reißenden Tiere. Warum folgen wir nicht seinem Beispiel? Warum machen wir's in den Ländern, wohin wir kommen, nicht ebenso? Er überwand die Stymphaliden, die Lernäische Schlange, Kakus, Antäus und die Kentauren. Ich bin zwar kein Gelehrter, aber die Gelehrten sagen es. Also machen wir's wie er, vertilgen wir all diese abscheulichen Muffelkater; es ist eine Teufelsbrut, befreien wir das Land von ihrer Tyrannei. Wäre ich so stark und so gewaltig wie er, so wahr Mohammed kein Prophet ist, ich verlangte von euch weder Hilfe noch Rat. Vorwärts also! Verlaßt euch drauf, es ist ein Kinderspiel, sie alle miteinander totzuschlagen. Sie werden's ganz gewiß geduldig über sich ergehen lassen; haben sie doch von unseren Schimpfworten mehr hinuntergeschluckt, als zehn Säue Spülicht saufen können. Vorwärts also, marsch!

Seht, Schimpfworte und Schande kümmern sie nicht; sie klimpern mit ihren Talern im Beutel, wenn man sie auch noch so sehr mit Dreck beschmeißt. Darum laßt sie uns alle vertilgen, wie's Herkules' Art war; wir brauchen nur einen Eurystheus, der's befiehlt, sonst nichts. Dann wollt' ich gleich ein paar Stunden lang als Jupiter unter ihnen wandeln in der Gestalt, wie er seiner Liebsten Semele, der Mutter des braven Bacchus, einst erschienen.«

»Gott«, sagte Panurg, »hat uns die große Gnade erwiesen, daß er uns aus ihren Krallen befreit hat; ich begebe mich nicht wieder hinein, ich nicht. Mir zittern noch jetzt alle Glieder von der Angst, die ich ausgestanden habe. Aus drei Gründen ist mir höllisch schlecht zumute gewesen; erstens, weil mir schlecht zumute war; zweitens, weil mir noch einmal schlecht zumute war; und drittens, weil mir sehr schlecht zumute war. Lieber Bruder Hans, du mein linkes Eichen, höre nur, was ich dir ins rechte Ohr sagen will: Wann und sooft dir's gefällt, zu allen Teufeln zu gehen oder vor des Minos, Äakos, Rhadamanthys[1] und Dis[2] Her-

1 Totenrichter der griech. Sage – 2 röm. Gott der Unterwelt

scherthron, ich bin dabei, will dein unzertrennlicher Gefährte sein, will den Acheron, den Styx, den Kokytos[1] mit dir überqueren, einen großen Becher Lethe hinuntersaufen und Charon das Fährgeld für uns beide bezahlen. Aber nach Zwinggart zurück? Wenn dir das einfallen sollte, dann such dir nur einen anderen Begleiter, da geh' ich nicht mit; das Wort steht fest wie eine eiserne Mauer. Wenn man mich nicht mit Gewalt hinschleppt, komme ich dem verfluchten Nest, solange ich lebe, nicht wieder nahe, sowenig Kalpe und Abila[2] je zueinanderkommen. Kehrte Odysseus etwa in die Höhle des Kyklopen zurück, um sein Schwert zu holen? Den Teufel auch, er hütete sich wohl. Darum werde ich auch nicht noch einmal nach Zwinggart gehen, wo ich nichts vergessen habe.«

»Oh, du herziger Junge«, sagte Bruder Hans, »du braver Gefährte mit den lahmen Fäusten! Aber reden wir einmal deutlich miteinander, du Schlauberger: Was zum Teufel plagte dich denn, ihnen den Beutel mit soviel Geld hinzuwerfen? Haben wir etwa zuviel davon? Hätten's ein paar lausige Batzen nicht auch getan?« – »Das geschah deshalb«, entgegnete Panurg, »weil Krallfratz bei jedem Satz seiner Rede den samtenen Geldbeutel aufriß und ›Gelt, Kerl, Geld, Kerl, gelt, Kerl‹ dazu schrie. So dacht' ich mir gleich, daß wir frei werden und davonkommen würden, wenn ich, hol's der Teufel, dem Kerl Geld in den Rachen schmisse. Aber ein samtener Beutel ist kein Reliquienschrein für Batzen und kleine Münze, das ist ein Rezeptakulum[3] für Sonnentaler. Verstanden, Bruder Hans, mein Säckchen? Wenn du erst so viele abgebrüht haben wirst wie ich und so wie ich wirst abgebrüht worden sein, so wird dein Latein schon anders lauten. Aber er sagte, wir sollten machen, das wir weiterkämen.«

Indessen wartete das Lumpengesindel immer noch im Hafen, daß wir ihnen Geld gäben. Da sie nun sahen, daß wir segelfertig waren, wandten sie sich an Bruder Hans und bedeuteten ihm, sie würden uns nicht wegfahren lassen, wenn wir ihnen nicht vorher das Trinkgeld gegeben hätten, das den Gerichtsdienern nach der Sporteltaxe zukäme. – »Beim heiligen Hurliburli!« rief Bruder Hans, »seid ihr Lumpenpack auch noch da? Bin ich nicht

1 Ströme der Unterwelt – 2 antiker Name der zwei Felsen beiderseits der Osteinfahrt der Straße von Gibraltar – 3 Behälter

schon fuchtig genug, daß ihr mich lieber in Ruhe lassen solltet? Nun zum Teufel, ihr sollt euer Trinkgeld gleich haben, das versprech' ich euch!« – Damit zog er seine Plempe und sprang vom Schiff herunter, mit dem festen Vorsatz, sie alle zusammenzuhauen. Aber sie machten, daß sie so schnell wie möglich davonkamen, und ließen sich nicht wieder blicken. Trotzdem waren wir noch nicht aller Plackerei überhoben; denn während man uns bei Krallfratz verhört hatte, waren einige von unseren Matrosen mit Pantagruels Erlaubnis in eine nahe am Hafen gelegene Schenke gegangen, um etwas zu sich zu nehmen und sich ein bißchen zu stärken. Ich weiß nun nicht, hatten sie ihre Rechnung richtig bezahlt oder nicht, genug, als Bruder Hans vom Schiff heruntergesprungen war und am Ufer stand, kam ein altes Wirtsweib und brachte in Gegenwart eines Silbergreifs, des Schwiegersohns eines Muffelkaters, und zweier Gerichtszeugen eine weitläufige Klage bei ihm vor. Ungeduldig, ihre Reden und Ausführungen länger mit anhören zu müssen, sagte Bruder Hans: »Wertes Lumpengesindel, wozu das alles? Wollt ihr damit sagen, unsere Matrosen wären keine anständigen Leute? Ich behaupte das Gegenteil und werd' es euch nach allen Regeln der Gerechtigkeit beweisen, wie mein Säbel hier sie vorschreibt.« Und damit zückte er seine Plempe; aber die Lümmel liefen, so rasch sie konnten, davon. Nur die Alte blieb und beteuerte Bruder Hans, seine Matrosen wären ehrliche Leute und ihr fiele nicht ein, sich über sie zu beklagen; nur hätten sie für ein Bett zu zahlen vergessen, auf dem sie sich nach Tisch etwas ausgeruht hätten, und für das Bett verlange sie fünf Sous tourainisch. – »Das ist in der Tat wohlfeil genug«, sagte Bruder Hans, »da sind sie undankbar gewesen; für solchen Preis können sie das anderswo nicht haben. Ich will den Preis gern bezahlen, aber ich muß das Bett vorher sehen.« – Also führte die Alte ihn nach der Schenke und zeigte es ihm, und als er es sehr lobte, sagte sie, fünf Sous wäre gewiß nicht zuviel dafür. – Bruder Hans bezahlte ihr die fünf Sous; dann aber hieb er mit seinem Säbel den Pfühl und die Kissen mittendurch und schüttelte die Federn zum Fenster hinaus, während die Alte zetermordio schrie und auf die Straße hinauslief, wo sie sich natürlich vergeblich bemühte, die Federn wieder zusammenzulesen. Ohne sich das weiter kümmern zu lassen, nahm Bruder Hans Decke, Matratze und beide Laken auf den Rücken und trug sie, von niemandem gesehen, denn die Luft war von den Federn so undurchsichtig wie bei Schneegestöber, nach dem Schiff hin, wo er sie den Matrosen schenkte. Gegen Pantagruel aber äußerte er, die Betten wären hier doch weit wohlfeiler als in der Gegend um Chinon, obwohl dort die berühmten Gänse von Pautille zu Hause wären. Die Alte hätte für das Bett nicht mehr als fünf Sous tourainisch gefordert, während es um Chinon herum nicht unter zwölf Franken zu haben wäre.

Sobald Bruder Hans und die übrige Gesellschaft wieder an Bord waren, ließ Pantagruel die Segel hissen. Es erhob sich aber ein so hefiger Sturm, daß sie die Richtung verloren und beinahe wieder zur Insel der Muffelkater zurückverschlagen worden wären. Sie trieben in einen großen Wirbel hinein, der das Meer so gewaltig aufschäumen ließ, daß der Schiffsjunge hoch oben im Mastkorb rief, er sehe immer noch die scheußliche Burg von Krallfratz. Panurg geriet darüber in sinnlose Furcht und wimmerte: »Lieber Steuermann, mein Freund, trotz Wind und Wellen, oh, wende! Ach wir wollen nicht wieder in dies schlimme Land, wo ich meinen Beutel gelassen habe.« Der Wind trieb sie nahe an einer Insel vorbei, auf der sie jedoch nicht so ohne weiteres zu landen wagten, und so ankerten sie eine gute Meile entfernt an einem hohen Felsgestade.

Sechzehntes Kapitel
Wie Pantagruel auf der Insel der langfingrigen
und krummhändigen Apedeften[1] ankam
und von den schrecklichen Abenteuern und Ungeheuern,
denen er dort begegnete

Sobald nun der Anker geworfen war und das Schiff festlag, bestieg man das Boot, um an Land zu gehen; vorher aber verrichtete der gute Pantagruel sein Gebet und dankte dem lieben Gott für seinen Schutz und für die Rettung aus so großer und drohender Gefahr. Die Landung geschah ohne Schwierigkeit, denn der Wind hatte sich gelegt, und das Meer war ruhig; schnell erreichte

---

1 »Ungebildete« (griech./franz.); gemeint sind die Beamten der Oberrechnungskammer am obersten Gerichtshof (die nicht studiert zu haben brauchten)

man das felsige Ufer. Als alle ausgestiegen waren, bemerkte Epistemon, der die Gegend und die eigentümliche Bildung der Felsen mit Verwunderung betrachtete, etliche Einheimische. Der erste, an den er sich wandte, trug eine kurze Robe in des Königs Farbe, ein Wams von Halbleinen mit Atlasaufschlägen, gamsfarbene Hosen und eine Hahnbartsmütze: ein recht feiner Mann, von dem wir später erfuhren, daß er Raffegut[1] heiße. Epistemon fragte ihn, was diese sonderbaren Täler und Felsen für einen Namen trügen, und Raffegut sagte ihm, dies sei eine Kolonie von Prokurazien und heiße Registrazien. Jenseits dieser Felsen, wenn wir eine kleine Furt durchschritten hätten, würden wir zur Insel der Apedeften kommen. – »Bei den Extravaganten!« sagte Bruder Hans, »wovon aber lebt ihr denn hier, ihr guten Leute? Wenn ihr nur mal trinken wollt, wie fangt ihr das denn an? An Werkzeug und Geschirr find' ich ja bei euch nichts anderes vor als Pergament, Tintenfässer und Schreibfedern.« – »Davon leben wir auch«, antwortete Raffegut, »denn alle, die hier auf der Insel zu tun haben, müssen erst durch meine Hände.« »Wie das?« fragte Panurg, »seid Ihr der Barbier, daß Ihr ihnen die Haare rupft?« – »Wir rupfen ihre Geldbeutel«, sagte Raffegut. – »Bei Gott«, sagte Panurg, »ich werd' euch keine Feder lassen. Aber bitte, guter Freund«, setzte er hinzu, »führt uns jetzt zu den Apedeften, denn wir kommen aus dem Lande der Gelehrten, wo ich nicht eben viel profitiert habe.« – So kamen sie unter allerlei Gesprächen nach kurzer Zeit zur Insel der Apedeften, denn die Furt war leicht zu durchschreiten. Pantagruel staunte sehr, als er sah, wie die Leute dort wohnten. Sie wohnten nämlich alle in einer großen Kelter, zu der fünfzig Stufen hinaufführten. Ehe man in diese Hauptkelter selbst gelangte – in ihr befanden sich nämlich noch viele andere, große, kleine, mittelgroße, versteckte usw. – trat man in einen großen Säulengang, auf dessen Wände die Trümmer fast der ganzen Welt, so viele Galgen, Spitzbuben, Blutgerüste, Folterungen gemalt waren, daß uns angst und bange wurde. Als Raffegut bemerkte, daß die Bilder Pantagruels Aufmerksamkeit erregten, sagte er: »Kommt weiter, lieber Herr, das ist noch nichts!« –

»Wie?« sagte Bruder Hans, »noch nichts? Bei meinem roten

1 gemeint ist der kgl. Sachwalter an der Oberrechnungskammer

Hähnchen, Panurg und ich, wir zittern und beben schon vor –
Hunger.

Wahrlich, ein guter Trunk wäre mir lieber als das Angucken
dieser wüsten Dinge.« – »So kommt«, sagte Raffegut. Damit
führte er uns in eine kleine Kelter, die ganz versteckt hinten hinaus lag und in der Inselsprache mit dem Namen Pithien[1] bezeichnet wurde. Da braucht ihr nun nicht noch zu fragen, ob Bruder
Hans und Panurg sich's schmecken ließen; gab's doch hier Mailänder Würstchen, Puten, Kapaune, Trappen und Malvasier, alles fix und fertig hingestellt. Ein kleiner Kellermeister, der die
zärtlichen Blicke bemerkte, die Bruder Hans einer Flasche zu-
warf, die für sich neben dem Flaschenhaufen nahe dem Schank-
tisch stand, sagte zu Pantagruel: »Ich sehe, Herr, daß einer von
Euren Leuten mit jener Flasche liebäugelt; aber ich muß bitten,
sie nicht anzurühren, die ist für die Herren.« – »Wieso«, fragte
Panurg, »gibt's hier auch Herren? Man macht hier also Unter-
schiede?« – Raffegut aber ließ uns eine kleine geheime Treppe
hinauf in ein Zimmer steigen und zeigte uns von dort aus die
Herren, die in einer großen Kelter saßen, wo freilich, wie er
sagte, niemand ohne Erlaubnis hineingehen dürfe; doch könnten
wir sie uns durch das kleine Guckfenster ansehen, ohne selbst gesehen zu werden.

So sahen wir denn, wie in einer großen Kelter zwanzig bis fünfundzwanzig dicke Galgenvögel um einen großen, grünbespann-
ten Tisch saßen und einander anguckten. Sie hatten Hände, so
lang wie Kranichbeine, und wenigstens zwei Fuß lange Nägel
daran, die sie nicht beschneiden durften, weshalb sie wie Haken
gekrümmt waren. Eben brachte man eine große Traube herein,
die hierzulande von einem Gewächs gepflückt wird, das Ex-
traordinarium[2] heißt, und die gewöhnlich von Pfählen herunterhängt. Kaum war die Traube hereingebracht, so legte man sie
unter eine große Presse, und jeder quetschte sich, Beere nach Beere, sein Tröpfchen Goldöl so rein heraus, daß die arme Traube
zuletzt knochentrocken war und kein bißchen Saft mehr enthielt.
Übrigens, meinte Raffegut, wären solche große Trauben nicht
häufig, aber kleinere hätten sie immer unter der Presse. – »Sagt,

---

1 »Faßraum« (griech.) – 2 »Außerordentliches« (lat.); eingezogene Vermögen der wegen Un-
terschlagung bei der »Außerordentlichen Kriegsbehörde« Gehängten

Gevatter, haben sie vielerlei Gewächse, von denen sie solche Trauben lesen?« fragte Panurg. – »O ja«, erwiderte Raffegut. »Seht Ihr die kleine, die sie da eben hineinlegen? Die ist vom Zehntstock; die haben sie neulich schon einmal gepreßt, aber das Öl schmeckte nach dem Pfaffensack, und das war den Herren nicht nach Geschmack.« – »Warum bringen sie sie dann noch einmal unter die Presse?« fragte Pantagruel. – »Wahrscheinlich, um zu sehen, ob nicht irgend etwas versäumt worden ist und ob man nicht noch was aus den Trebern gewinnen kann.« – »Donnerwetter«, sagte Bruder Hans, »und diese Leute nennt Ihr Stümper? Ha, die könnten ja Öl aus einer steinernen Mauer pressen.« – »Das tun sie auch«, sagte Raffegut; »oft bringen sie ganze Schlösser, Parks und Forste unter ihre Presse, und aus allem gewinnen sie trinkbares Gold.« – »Ihr meint wohl bares Gold«, sagte Epistemon. – »Ich sage trinkbares Gold, denn man trinkt unzählige Flaschen davon, was sonst nicht möglich wäre. Es gibt hier so viele traubentragende Gewächse und Pflanzen, daß man ihre Zahl gar nicht kennt. Kommt nur einmal hierher und seht in den Garten dort; da stehen mehr als tausend, die nur darauf warten, unter die Presse zu kommen. Da ist die Allgemein-, die Zuschlags-, die Befestigungs-, die Staatsschulden-, die Gnadengeschenks-, die Kasual-, die Domänen-, die Luxus-, Post-, Weihgaben-, Hofhaltungspflanze.« – »Und was für eine ist die große da, um die herum all die kleinen stehen?« – »Das ist die königliche Hausschatzpflanze, die allerergiebigste im ganzen Land; wenn man die keltert, so gibt's keinen von den Herren, der's nicht noch sechs Monate nachher spürte.«

Als die Herren fortgegangen waren, bat Pantagruel Raffegut, ihn doch in die große Kelter hineinzuführen, wozu dieser auch bereit war. Dort zeigte Epistemon, der aller Sprachen Kundige, Pantagruel die verschiedenen Inschriften, die in der schönen, geräumigen und, wie Raffegut uns versicherte, aus Kreuzesholz erbauten Kelter überall zu lesen war. Jeder der verschiedenen Gegenstände war mit seinem Namen in der Landessprache bezeichnet. Die Schraube der Kelter hieß »Einnahme«, der Kasten »Ausgabe«, die Schraubenmutter »Etat«, der Torkelbaum »Verrechnet« und »Nicht eingegangen«, die Docken »Gestundet«, die Widder »Gestrichen«, die Dauben »Wiedereinzug ungesetzlicher Schenkungen«, die Kufen »Saldo«, die Handhaben »Li-

sten«, die Abzugsrinnen »Quittungen«, die Bütten »Voran-
schlag«, die Tragkörbe »Fällige Wechsel«, die Eimer »Vollzug«,
die Trichter »Generalquittungen«. – »Nur, bei der großen
Wurstkönigin«, sagte Panurg, »gegen dieses Kauderwelsch sind
die ägyptischen Hieroglyphen ja ein wahres Kinderspiel; hier ist
jedes für sich, Ding und Name, wie Ziegenkötel. Aber lieber
Freund und Gevatter, weshalb heißen die Leute denn Unwis-
sende?« – »Weil sie«, entgegnete Raffegut, »unstudierte Leute
sind und auch nicht studiert haben dürfen, denn hier wird auf
ihre Anordnung hin alles mit Unwissenheit betrieben, ohne daß
es einen andern Grund haben darf, als weil die Herren es so wollen, es so gesagt haben und so befehlen.« – »Wenn sie aber soviel
herbsten«, sagte Pantagruel, »so ist ihre Lage, bei Gott, nicht die
herbste.« – »Zweifelt Ihr daran?« sagte Raffegut. »Sie herbsten
einen Monat wie den andern, nicht wie bei Euch zulande nur einmal im Jahr.«

Als wir weitergingen, um uns noch Tausend anderer, kleine-
rer Keltern anzusehen, fiel uns ein zweiter, etwas kleinerer grün-
bespannter Tisch auf, an welchem vier bis fünf dieser Unwissen-
den standen, recht schmutzig von Ansehen und ungebärdig wie
Esel, denen man eine Rakete unter den Schwanz gebunden hat.
Sie preßten auf einer kleinen Kelter, die sie vor sich hatten, die
Treber der schon gekelterten Trauben noch einmal aus; in der
Landessprache hießen sie Revisoren. »Das sind die widerlichsten
Kerle, die mir jemals im Leben begegnet sind«, sagte Bruder
Hans. Von der großen Kelter gingen wir dann durch unzählig
viele kleinere, die allesamt von Winzern voll waren, welche mit
einem eisernen Werkzeug, das sie »Rechnungsparagraph« nannten, Trauben abbeerten, und gelangten darauf in einen niedrigen
Saal, wo wir einen großen Bullenbeißer sahen, der zwei Hunde-
köpfe, einen Wolfsleib und Klauen wie ein Lamballescher[1] Teufel hatte und der hier mit Amendelmilch[2] gefüttert und auf Befehl der Herren besonders gut gehalten wurde, denn er war jedem von ihnen so lieb und wert wie die beste Meierei; auf ape-
deftisch nannten sie ihn Duplum[3]. Seine Mutter lag an seiner
Seite und glich ihm vollkommen an Gestalt und Fell, nur daß sie

1 aus der Stadt Lamballe im Norden der Bretagne – 2 von franz. *amende* Geldstrafe und *amande*
Mandel – 3 »Doppelt-Soviel« (lat.)

vier Köpfe hatte, zwei männliche und zwei weibliche; sie führte den Namen Quadruplum[1] und war von allen Tieren die allerbissigste und gefährlichste Bestie, ihre Großmutter ausgenommen, die hinter Schloß und Riegel gehalten wurde und Defizit hieß. – Bruder Hans, der immer an die zwanzig Ellen und mehr leere Kaldaunen parat hatte, um ein Advokatenragout zu sich zu nehmen, verlor jetzt die Geduld und bat Pantagruel, doch daran zu denken, daß es Zeit zum Essen sei; man müsse auch Raffegut dazu einladen. Als wir infolgedessen die Kelter durch eine Hintertür verließen, sahen wir einen gefesselten alten Mann, halb Apedeften, halb Studierten, solch eine verdammte Zwittergattung, der wie eine Schildkröte über und über mit Brillen bedeckt war und der sich von eine Speise nährte, die sie in ihrem Kauderwelsch »Appellation« nannten[2]. Pantagruel fragte Raffegut, zu welcher Gattung von Leuten dieser Protonotarius gehöre und wie er heiße, worauf jener ihm sagte, dieser Mann sei hier zum größten Ärger und Mißfallen der Herren, die ihn fast verhungern ließen, schon solange man denken könne, angekettet und heiße Revisit. – »Beim heiligen Gemächt des Papstes!« sagte Bruder Hans, »ich wundere mich nicht darüber, daß die Herren ein so großes Ärgernis an dem Kerl nehmen. Sieh dir doch nur einmal die Fratze an, Panurg, sieht er nicht ganz wie Krallfratz aus? Was Apedeften! Die verstehen ihre Sache so gut wie andere Leute. Ich würde ihn mit Fuchtelhieben dahin zurückschicken, wo er hergekommen ist.«

»Bei meiner orientalischen Brille, du hast recht, lieber Bruder Hans«, sagte Panurg; »denn nach dem Galgengesicht dieses abscheulichen Revisit zu urteilen, ist er noch viel bösartiger und apedeftischer als die anderen Apedeften hier, die wenigstens ohne Umstände raffen, was sie kriegen können, und ohne viele Instanzen und Firlefanzen die Weinberge ablesen, was die Muffelkater natürlich höllisch erbost.

---

1 »Viermal-Soviel« (lat.) – 2 gemeint ist ein Unterschreiber, der über die angefochtenen Entscheidungen der Oberrechnungskammer Buch führte

Wir nahmen nun, um weiter-, das heißt recht weit zu kommen,
den Weg nach Übermaß und erzählten unterwegs Pantagruel
unser Abenteuer; er bedauerte uns deswegen und dichtete zum

Zeitvertreib ein paar Klagelieder darauf. Als wir auf der Insel an-
gekommen waren, stärkten wir uns ein wenig und nahmen dann
Holz und frisches Wasser ein. Die Einwohner schienen dem
Aussehen nach lustige Leute zu sein, die gern etwas Gutes aßen.
Sie waren allesamt übermäßig dick, so daß sie vor Fett trieften.
Auch bemerkten wir – was wir nirgendswo gesehen hatten –,

daß sie sich die Haut einritzten, um das Fett hervorquellen zu lassen, so wie die Schmerbäuche bei uns zu Hause ihre Hosen schlitzen, damit der Taft hervorguckt. Aber sie sagten uns, das geschähe nicht aus Eitelkeit oder Prahlerei, sondern weil sie es sonst in ihrer Haut nicht aushalten könnten. Taten sie es, so wurden sie alsbald davon größer, wie die Gärtner ja auch den jungen Bäumen die Rinde einritzen, damit sie rascher in die Höhe wachsen. Nahe beim Hafen stand ein schönes Wirtshaus von stattlichem Aussehen, wohin wir eine große Menge des übermäßigen Volks beiderlei Geschlechts und verschiedensten Alters und Standes eilen sahen, so daß wir glaubten, es fände dort eine besondere Gasterei oder große Schmauserei statt. Aber man sagte uns, diese Leute wären alle zum Platzefest des Wirts eingeladen und ohne Ausnahme Freunde, Verwandte und Bekannte von ihm. Zuerst verstanden wir dies Kauderwelsch nicht und meinten, Gastereien hießen hierzulande Platzefeste, etwa wie man bei uns von Verlobungsfest, Hochzeitsfest, Schafschurfest und Erntefest redet, bis man uns belehrte, es sei der Wirt seinerzeit ein flotter Bursche gewesen, ein echtes Leckermaul, ein großer Suppenfreund, ein braver Stundenzähler, so einer wie der Wirt von Rouillac, der den ganzen Tag über zu Mittag gegessen hätte; aber seit zehn Jahren habe er an der Fettsucht gelitten, und schließlich sei er nun bei seinem Platzefest angelangt und, wie das hierzulande gewöhnlich geschähe, am Zerplatzen, weil sein Bauchfell und seine Haut infolge langjährigen Einritzens die Kaldaunen im Leibe nicht mehr festhalten könnten, so daß sie wie aus einer Tonne ohne Boden herausfielen. – »Aber liebe Leute«, sagte Panurg, »könnt ihr ihm den Bauch nicht mit breiten Gürteln oder tüchtigen Eschenreifen oder, wenn's nicht anders geht, mit Eisenbändern einschnüren? So würde er beieinanderbleiben und nicht so bald platzen.« – Kaum, daß er dies gesagt hatte, hörten wir in der Luft ein krachendes Geräusch, als ob eine Eiche mitten durchrisse. Die Nachbarn sagten uns, nun wäre das Platzefest zu Ende, das sei der Todesfurz gewesen.

Unwillkürlich mußte ich hier an den Dechanten von Chastelliers denken, der's seinen Dienstmägden immer nur im Meßgewand besorgte. Als seine Freunde und Verwandten in ihn drangen, in Anbetracht seines hohen Alters sein Amt doch niederzulegen, sträubte er sich dagegen mit Händen und Füßen und schwor, daß er nur dem Tode weichen würde: der letzte Furz, den er ließe, solle noch ein Dechantenfurz sein.

Achtzehntes Kapitel
Wie unser Schiff in Gefahr geriet und
wie etwelche Quintessenzfahrer uns zu Hilfe kamen

Nachdem wir die Anker gelichtet und die Taue eingeholt hatten, gingen wir bei schwachem Nordwestwind wieder unter Segel. Wir waren etwa zweihundertzweiundzwanzig Meilen weit gesegelt, als sich ein heftiger Wirbelwind erhob, um den wir bloß unter Focksegel und mit Buleinen eine Zeitlang herumfuhren, eigentlich nur, um dem Steuermann den Willen zu tun, der uns versicherte, es sei bei der geringen Heftigkeit der verschiedenen Luftströme und ihrem harmlosen Gegeneinanderkämpfen wie bei der Klarheit der Luft und dem schwachen Seegang zwar nicht viel Gutes zu erwarten, indessen auch nicht viel Schlimmes zu befürchten. Demnach würden wir am besten tun, dem Rat des Weisen[1] zu folgen, nämlich auszuhalten und uns zu enthalten, also mit anderen Worten: abzuwarten. Aber der Wirbelwind hielt so lange an, daß der Steuermann zuletzt unserm Drängen, ihn zu durchbrechen und wieder unsern Ausgangskurs aufzunehmen, nachgeben mußte. Also ließ er den großen Besan auftakeln, und, das Steuerruder scharf nach rechts wendend, durchbrach er den Wirbel, wobei ihm ein günstiger Windstoß zu Hilfe kam. Leider aber half uns das nicht viel, und wir kamen von der Skylla in die Charybdis, denn zwei Meilen weiter geriet unser Schiff auf Sandbänke, die sich dort wie die Ratten von Saint-Maixent[2] gelagert hatten.

Unsere Mannschaft geriet in die größte Bestürzung; der Wind pfiff durch die Stengen. Nur Bruder Hans behielt den Kopf oben. Er suchte bald diesem, bald jenem Mut zuzusprechen und bewies allen, daß der Himmel uns bald zu Hilfe kommen werde, denn er habe Kastor auf der Marsstenge gesehen. – »Wollte Gott«, seufzte Panurg, »daß ich jetzt auf dem Land wäre, weiter wünschte ich mir nichts. Ihr anderen alle, die ihr so vernarrt in

1 Epiktet – 2 Meeresströmung vor dem Dorf Saint-Maixent südl. Nantes

die See seid, könntet meinetwegen ein jeder zweimalhunderttausend Taler haben. Ich wollt' euch auch bei eurer Rückkehr ein Kalb rupfen und hundert Stück Reisigbündel kühl stellen lassen. Seht, ich bin's meinetwegen zufrieden, nie zu heiraten, setzt mich nur irgendwo an Land und gebt mir ein Pferd, damit ich nach Hause reiten kann. Einen Diener brauch' ich nicht, hol' ihn der Teufel; bin nie so gut bedient gewesen, als wenn ich keinen hatte. Plautus lügt wahrhaftig nicht, wenn er sagt, daß die Zahl unserer Kreuze, das heißt unserer Plagen, Ärgernisse und Trübsale, gleich der Zahl unserer Diener sei, selbst wenn sie keine Zungen hätten, was bei einem Diener bekanntlich das allerbösartigste und gefährlichste Glied ist, um dessentwillen allein alle Torturen, Materwerkzeuge und Folterinstrumente für Diener erfunden worden sind und nicht etwa aus einem andern Grund, was für alogische, das heißt widersinnige, Konsequenzen sich fremdländische Kochkünstler der Rechte derzeit daraus auch mögen destilliert haben.«

In diesem Augenblick kam ein ganz mit Tamburinen beladenes Schiff auf uns zugesteuert, unter dessen Passagieren ich mehrere Leute aus gutem Hause erkannte, so zum Beispiel Henri Cotiral, einen alten Freund von mir, dem ein großer Eselskopf am Gürtel hing, etwa wie Frauen ihren Rosenkranz zu tragen pflegen; in der linken Hand hielt er eine große, alte, fettige, schmutzige Grindkappe und in der rechten einen Kohlstrunk. Sobald er mich bemerkte, schrie er laut vor Freude auf und rief mir zu: »Aha, hab' ich ihn? Da, schau her!« Dabei zeigte er auf den Eselskopf. »Das ist der wahrhaftige Stein der Weisen; dieser Doktorhut ist unser unübertreffliches Elixier und dies« – auf den Kohlstrunk zeigend – »*Lunaria major*[1]. Seid nur erst wieder zu Hause, dann wollen wir's schon fertigbringen.« – »Aber«, fragte ich, »woher kommt Ihr, wohin geht Ihr, was bringt Ihr da? Habt Ihr auch einmal Salzwasser gekostet?« – »Von der Quintessenz – nach der Touraine – Alchimie – bis übern Hals«, antwortete er.

»Und was sind denn das für Leute«, fragte ich weiter, »die Ihr da auf Eurem Deck habt?« – »Sänger«, antwortete er, »Musikanten, Poeten, Astrologen, Verseschmiede, Zauberkünstler, Alchimisten, Uhrmacher – alles Verehrer und Jünger der Quintessenz,

---

1 Mondveilchen; in der Alchimie verwandt

führen wunderschöne Empfehlungsschreiben von ihr mit sich.«
– Kaum hatte er dies gesagt, als Panurg ärgerlich und voll Un-
willen ausrief: »Wenn Ihr somit alles machen könnt, sogar gutes
Wetter und kleine Kinder, warum nehmt Ihr uns nicht ins
Schlepptau und bringt uns wieder ins Fahrwasser?« – »Das
wollte ich soeben tun«, sagte Herr Cotiral; »wartet nur, in einer
Minute sollt ihr vom Grund los sein.« – Sogleich ließ er sieben
Millionen fünfhundertzweiunddreißigtausendachthundertund-
zehn Tamburine auf einer Seite einschlagen, schichtete sie, mit
dieser Seite gegen den Achtersteven gekehrt, übereinander, zog
überall die Taue an, nahm unsern Bug an sein Hinterteil, machte
es an den Pollern[1] fest und zog uns mit einem Ruck ganz leicht
und nicht ohne eine höchst angenehme Empfindung von der
Sandbank los; denn das Summen der Taburine, das leise Knir-
chen des Meeressands und das Rufen der Matrosen ergaben einen Wohlklang, der fast der Harmonie der Sphären glich, welche
Platon zuweilen nachts im Schlaf gehört haben will.

Da wir uns für diesen Liebesdienst gern erkenntlich zeigen
wollten, denn es gibt kein größeres Laster als Undank, so teilten
wir ihnen von unserem Wurstvorrat mit, füllten ihnen die Tamburine mit Würsten voll und hatten soeben zwei Fässer Wein für
sie auf Deck bringen lassen, als zwei ungeheure Wale wütend auf
ihr Schiff losschossen und so viel Wasser hineinspien, daß alles
Wasser der Vienne von Chinon bis Saumur nichts dagegen bedeuten will. Die Tamburine wurden alle schwappvoll, das ganze
Takelwerk wurde patschnaß, und den Leuten auf dem Schiff lief
das Wasser durch den Halskragen in die Hosen. Als Panurg das
sah, sprang er vor Vergnügen umher und strengte sein Zwerchfell so an, daß er länger als zwei Stunden nachher noch Bauch-
schmerzen hatte. »Ich wollt' ihnen Wein geben« rief er, »da ist
rechtzeitig das Wasser dazwischengekommen. Auf Süßwasser
geben sie nichts, sie brauchen's bloß zum Händewaschen; nun
können sie's mit der Salzlake probieren; Salpeter und Ammo-
niak aus Gebers Küche.«

Zu einer weitern Unterhaltung mit ihnen war keine Zeit, denn
der Wirbelwind hinderte uns am freien Steuern. Der Steuermann
bat uns, daß wir uns nunmehr völlig seiner Leitung überlassen

1 Pfosten zum Befestigen der Taue

möchten; wir sollten nur für anständiges Essen sorgen. Übrigens müßten wir am Rande des Wirbelwinds entlangfahren und uns treiben lassen, wenn wir das Land der Quintessenz ohne Gefahr erreichen wollten.

Neunzehntes Kapitel
Wie wir nach Entelechien, dem Lande
der Quintessenz, kamen

Noch einen halben Tag lang fuhren wir vorsichtig am Rande des Wirbels entlang, dann, am dritten Tag, schien uns die Luft klarer als sonst zu werden, und wohlbehalten gingen wir im Hafen Matäotecchne[1], nicht weit von dem Palast der Quintessenz, an Land. Hier stießen wir auf einen starken Trupp von Bogenschützen und Kriegsleuten, die das Arsenal bewachten. Zuerst jagten sie uns einigermaßen Schrecken ein, denn wir mußten ihnen alle unsere Waffen ausliefern, und barsch fragten sie uns: »Woher kommt ihr, Leute?« – »Liebe Vettern«, entgegnete Panurg, »wir sind Tourainer, kommen aus Frankreich und möchten gern der edlen Dame Quintessenz unsere Aufwartung machen sowie das hochberühmte Königreich Entelechien kennenlernen.«

»Wie sagt ihr?« fragten sie; »sagt ihr Entelechien oder Endelechien?« – »Werteste Vettern«, erwiderte Panurg, »wir sind einfache, dumme Leute, deshalb entschuldigt unsere ungeschickte Rede; aber unser Herz ist gut und ohne Falsch.« – »'s ist wahr«, sagten sie, »wir hätten auch gar nicht zu fragen brauchen, denn schon viele sind aus eurer Touraine zu uns herübergekommen, und alle schienen gute Kerle zu sein und sprachen richtig. Aber aus anderen Gegenden kamen Gott weiß was für eingebildete Narren hierher, hochnäsig wie Schotten, die sich gleich von vornherein auf die Hinterbeine stellen wollten; denen haben wir's trotz ihrer Bramarbasmienen tüchtig gegeben. Übrigens müßt ihr dort in der andern Welt sehr viel Zeit haben, daß ihr nichts Besseres damit anzufangen wißt, als über unsere Königin zu schwatzen, euch ihretwegen herumzuzanken und so unverschämt viel dummes Zeug über sie zu schreiben. So hätte Cicero wahrhaftig auch was Gescheiteres tun können, als sich auf Ko-

1 »Eitle-Kunst« (griech.)

sten seiner ›Republik‹ um sie zu kümmern, und ebenso Diogenes Laërtius und Theodoros Gaza und Argyrophil und Bessarion und Politian und Budé und Laskaris und wie all die verdammten gelehrten Narren heißen, deren Zahl übrigens so groß nicht sein würde, wären neuerdings nicht Scaliger, Bigot, Chambrier, François Fleury und was weiß ich was für gelbschnäblige Schlukker noch dazugekommen.

Daß sie am Zäpfchen in ihrem eigenen Hals erstickten! Wir werden ihnen – aber zum Deuker« – »Aha, die schmeicheln den Teufeln«, murmelte Panurg zwischen den Zähnen –, »ihr wollt ja von ihrem Unsinn nichts wissen und habt nicht damit zu tun. Reden wir also weiter nicht davon.

Aristoteles, der erste aller Menschen, das Muster aller Weltweisheit, stand bei unserer Frau Königin Gevatter; sehr klug und treffend nannte er sie Entelechia. Also Entelechia ist ihr wahrer Name. Leck' mich, wer sie anders nennt. Wer sie anders nennt , ist auf dem Holzweg. Ihr aber seid uns herzlich willkommen!« Damit umarmten sie uns, was uns alle sehr froh stimmte.

Panurg raunte mir ins Ohr: »Hör, Freund, ist dir bei der Geschichte nicht ganz angst und bange geworden?« – »Ein bißchen schon«, erwiderte ich. – »Ich aber«, sagte er, »habe mehr Angst ausgestanden als die Krieger Ephraims, die von den Gileaditern erschlagen und ersäuft wurden, weil sie Siboleth statt Schiboleth sagten[1]. Und das reicht noch nicht; in ganz Beauce gibt's keinen, der mir mein Angstloch mit einem Fuder Heu hätt' kalfatern können.«

Schweigend und mit vielen Zeremonien führte uns darauf der Hauptmann zum Palast der Königin. Unterwegs wollte sich Pantagruel mit ihm unterhalten; jener konnte aber nicht zu ihm hinaufreichen und wünschte sich erst eine Leiter oder ein Paar recht hohe Stelzen, sagte dann aber: »Ach was, wenn unsere Königin nur wollte, so wären wir ebensogroß wie Ihr. Beliebt's ihr, so können wir's noch werden!« – In der ersten Galerie trafen wir auf eine große Schar von Kranken, die je nach ihrer Krankheit verschieden aufgestellt waren: die Aussätzigen ganz abseits, die Vergifteten an einem Platz, die Pestkranken an einem anderen, die Lustseuchlinge in der vordersten Reihe und so weiter die anderen.

1 s. Richter 12, 5/6

Zwanzigstes Kapitel
Wie Quintessenz die Kranken durch Musik heilt

In der zweiten Galerie zeigte uns der Hauptmann die junge Dame, die wenigstens achtzehnhundert Jahre alt, trotzdem aber sehr schön, von zarter Körperbildung und prächtig gekleidet war; wir fanden sie von den Herren und Damen ihres Hofes umgeben.. Der Hauptmann sagte zu uns: »Jetzt könnt ihr sie nicht sprechen, aber gebt nur auf alles, was sie tut, recht acht. Ihr habt zwar in eurem Land auch Könige, die durch bloßes Handauflegen gewisse Krankheiten, wie Kropf, Epilepsie und Wechselfieber, sympathetisch heilen; aber unsere Königin heilt alle Krankheiten ohne die geringste Berührung nur dadurch, daß sie den Kranken ein Stückchen vorspielt, wie es ihr Übel gerade verlangt.« Darauf zeigte er uns die Orgeln, durch deren Spiel diese Wunderheilungen vollbracht wurden. Sie waren ganz eigentümlich konstruiert, denn die Pfeifen waren aus Kassiaröhren, die Windladen aus Franzosenholz[1], die Register aus Rhabarber, das Pedal aus Turpeth[2] und die Klaviatur aus Skammoniumholz[3] gearbeitet.

Während wir uns dieses neue und wunderbare Orgelwerk ansahen, wurden die Aussätzigen von den Abstraktoren, Spodizatoren[4], Massiteren[5], Prägusten[6], Tabachinen[7], Schaschaninen[8], Neemaninen[9], Raberbanen[10], Nerzinen[11], Rosuinen[12], Tearinen[13], Sagamionen[14], Nedibinen[15], Peraronen[16], Schesininen[17], Sarinen[18], Sotrinen[19], Abothen[20], Enilinen[21], Archasdarpeninen[22], Mebinen[23], Giburinen[24] und anderem Hofgesinde der Königin hereingeführt. Sie spielte ihnen irgendein Stückchen vor, und dann waren sie gesund. Darauf wurden die Vergifteten hereingebracht – ein anderes Stückchen, und alle waren wieder munter auf den Beinen. Nicht anders ging es mit den Blinden, den Tauben und den Stummen. Darüber staunten wir, wahrlich nicht mit Unrecht, so sehr, daß wir uns vor Begeisterung zu Bo-

---

1 Holz des südamerikan. Guajakbaums; ehem. Syphilismittel – 2 ind. Windenart; Abführmittel – 3 vorderasiat. Windenart; Abführmittel – 4 Aschenbrater (griech.) – 5 Kauer (griech.) – 6 Vorkoster (lat.) – 7 Köche (hebr.) – 8 Nachbarn (hebr.) – 9 Fürsten (hebr.) – 10 Hochgestellte (hebr.) – 11 Jünglinge (hebr.) – 12 Räte (hebr.) – 13 Kaufleute (hebr.) – 14 Beamte (hebr.) – 15 Herrscher (hebr.) – 16 Ritter (hebr.) – 17 Starke (hebr.) – 18 Höflinge (hebr.) – 19 Beamte (hebr.) – 20 Wahrsager (hebr.) – 21 unbekannt – 22 Statthalter (hebr.) – 23 Kluge (hebr.) – 24 Mächtige (hebr.)

den warfen und, hingerissen von Bewunderung über die Kraft, welche wir diese Frau hatten ausüben sehen, kein Wort hervorzubringen vermochten. Sie aber, als wir so dalagen, berührte Pantagruel mit dem Rosenstrauch, den sie in ihren Händen hielt, worauf wir wieder zu uns kamen und aufstanden. Dann redete sie in samtenen Worten, wie Parysatis wollte, daß man mit ihrem Sohne Kyrus reden sollte, oder wenigstens in karmesintaftnen folgerndermaßen zu uns:

»Ein Glanz von Ehrbarkeit, der euch umgibt, läßt mich mit Sicherheit auf die in eurer Seele verborgenen Tugenden schließen, und sehe ich die reizende Anmut eurer beredten Huldigung, so sage ich mir, daß euer Herz an keinem Laster krankt und an keinem Makel freien und edlen Wissens, dagegen aber reich ist an vielen fremden und seltenen Wissenschaften und Künsten, die bei dem jetzigen allgemeinen Treiben des ungebildeten Haufens mehr zu wünschen als wirklich anzutreffen sind. Deshalb und obschon die Erfahrung mich gelehrt hat, mein Gefühl zu beherrschen, kann ich doch nicht umhin, euch mit dem so abgeschmackten Allerweltswort zu begrüßen: Seid mir hoch, seid mir von ganzem Herzen, seid mir von ganzer Seele willkommen!«

»Ich bin kein Gelehrter«, sagte Panurg zu mir; »antworte du, wenn du Lust hast. Da ich dazu aber nicht geneigt war und Pantagruel auch nicht antwortete, so blieben wir alle stumm. Demzufolge begann die Königin aufs neue: »An euerer Schweigsamkeit erkenne ich nicht allein, daß ihr Anhänger der Pythagoreischen Schule seid, von welcher das alte Geschlecht meiner Vorfahren in gerader Linie abstammt, sonder auch daß ihr in Ägypten, der berühmten Schmiede tiefster Weltweisheit, manch Jahr zurück an den Nägeln gekaut und euch den Kopf mit dem Zeigefinger gekraut habt. In der Schule des Pythagoras war Schweigsamkeit das Erkennungszeichen, und bei den Ägyptern galt Schweigen als etwas Göttliches. Schweigend opferten die Priester von Hieropolis[1] dem großen Gott, ohne das geringste Geräusch dabei zu machen oder einen Laut von sich zu geben. Meine Absicht ist aber nicht, mit Privation des Danks in euch zu

---

1 gemeint ist Heliopolis nördl. Kairo; Mittelpunkt der ägypt. Sonnenreligion, die mit dem urspr. Stadtgott Atum die übrigen Lichtgottheiten Re, Horus, später auch Osiris verschmolz

dringen, sondern euch meine Gedanken in lebendiger Formheit zu exzentrieren, wenngleich sich die Materie von mir hat abstrahieren wollen.«

Nach diesen Worten wandte sie sich ihren Hofbedienten zu und sagte zu ihnen: »Tabachinen, *in Panacea*[1]!« Sobald sie dies Wort gesprochen, baten uns die Tabachinen, daß wir entschuldigen möchten, wenn wir nicht an der Tafel der hohen Frau speisen könnten; es würde dort außer einigen Kategorien, Abstraktionen, Intentionen, Definitionen, Problemen, Antithesen, Metempsychosen[2] und transzendentalen Prolepsen[3] nichts zu sich genommen.

Sie führten uns daher in einen Saal, der mit allerhand erstaunlichen Dingen ausgestattet war; dort wurden wir Gott weiß wie herrlich bewirtet. Man erzählt, Jupiter habe auf das gegerbte Fell der Ziege, die ihn einst auf Kandia[4] gesäugt hatte – das er später im Kampf gegen die Titanen als Schild benutzte, weshalb er auch Ägiochus[5] hieß –, alles aufgeschrieben, was in der Welt geschehen sei. Bei meinem Durst, liebe Freunde und Zechbrüder, nicht auf achtzehn solcher Ziegenfelle hätte man all die guten Gerichte, Zwischenspeisen und Leckereien aufschreiben können, die man uns vorsetzte, und wenn man auch die kleinste Schrift gewählt hätte, eine so kleine wie zu der Homerischen »Ilias«, die Cicero gesehen haben will und von der er sagt, daß sie in einer Nußschale Platz gefunden habe. Und wenn ich hundert Zungen, hundert Münder, eine eherne Stimme und den honigtriefenden Redefluß Platons besäße, so würd' ich euch in vier Büchern auch noch nicht den dritten Teil einer Hälfte davon erzählen können. Pantagruel aber äußerte die Vermutung, es habe die edle Frau, als sie ihren Dienern *In Panacea!* zugerufen, sich mit diesem Wort einer unter ihnen eingeführten Bezeichnung für »Festessen erster Güte« bedient, wie Lucullus, wenn er seine Freunde ganz besonders bewirten wollte, *In Apollo* sagte und dann nichtsdestoweniger so tat, als sei man ihm unvorbereitet in die Suppe gefallen, was Cicero und Hortensius ja auch manchmal machten.

---

1 zum Allheilmittel (lat.) – 2 Seelenwanderungen – 3 vorgefaßte Begriffe – 4 mittelalterlicher Name Kretas – 5 (»Ziegenfell-«)Schildhalter«

Einundzwanzigstes Kapitel
Wie sich die Königin nach dem Essen die Zeit vertrieb

Nach beendeter Mahlzeit wurden wir von einem Schaschaninen in den Saal der Königin geführt und sahen dort, wie sie, was sie immer zu tun pflegte, die Zeit nach Tisch mit ihren Hofdamen und Hofkavalieren durch ein schönes, großes, blauweißes Seidensieb durchschlug, seihte und filtrierte. Sahen dann zu, wie sie miteinander allerlei Tänze des Altertums tanzten, wie

Kordax,	Phrygisch,	Zernophorisch,
Emmelia,	Nikatimisch,	Mongas,
Sikinnis,	Thrakisch,	Thermaystris,
Jambisch,	Kalabrisch,	Florulisch,
Persisch,	Molossisch,	Pyrrichisch

und tausend andere Arten mehr. Dann zeigte man uns auf ihren Befehl den Palast, wo wir so viel Neues, Staunenswertes und Wundervolles erblickten, daß ich noch jetzt ganz entzückt davon bin, wenn ich nur daran denke. Aber nichts erregte unsere staunende Bewunderung so sehr wie die Taten ihrer Hofleute, der Abstraktoren, Parazonen[1], Nedibinen, Spodizatoren usw., die uns offen und ohne Hehl sagten, die Frau Königin beschränke sich nur auf das Unmögliche und heile nur die Unheilbaren; alles übrige täten und heilten sie, ihre Diener.

So sah ich, wie ein junger Parazone Venerische von der allerfeinsten Sorte, echtes Rouner Hochgewächs, bloß durch dreimaliges Betupfen des zahnförmigen Rückenwirbels mit einem alten Schuhflicken kurierte.

Einen andern sah ich Brust-, Bauch- und Unterleibswassersüchtige sowie Tympanisten[2] dadurch von Grund aus heilen, daß er ihnen mit einem Hammer neunmal auf den Bauch klopfte; irgendwelche lösenden Mittel wandte er nicht an.

Wieder einer kurierte jedes Fieber im Handumdrehen, indem er dem Kranken auf der linken Seite einen Fuchsschwanz an den Gürtel hängte.

Noch ein anderer Zahnschmerzen, indem er die Wurzel des

---

1 wahrscheinlich mit *parazonia* (griech.) Kurzschwertern bewaffnete Leibwächter – 2 Trommelbauchsüchtige

kranken Zahns dreimal in Holunderessig badete und dann eine halbe Stunde an der Sonne trocknen ließ.

Ein anderer alle Arten von Gicht, gleich ob warme, kalte, chronische oder akute, indem er die Kranken den Mund schließen und die Augen aufreißen ließ.

Einer heilte in wenigen Stunden neun brave Edelleute vom Sankt-Franziskus-Übel[1], indem er sie von all ihren Schulden befreite und jedem eine Schnur um den Hals hängte, an der eine Börse mit zehntausend Sonnentalern baumelte.

Einer warf mittels einer wunderbaren Maschine die Häuser zum Fenster hinaus und verbesserte dadurch die Luft in ihnen außerordentlich.

Ein anderer heilte die drei Arten von Ketzerei, die schwindsüchtige, die ausgezehrte und die bleichsüchtige, ohne Bäder, Milchdiät, Pecheinreibung oder sonstige Mittel bloß dadurch, daß er die Patienten für drei Monate ins Kloster schickte. Wenn das nicht hülfe, versicherte er mir, so würden sie nun einmal nicht fetter, und alle Kunst wäre an ihnen verloren.

Einen sah ich, der von zwei großen Haufen Frauenzimmern umringt war; davon bestand der eine Haufe aus lauter jungen, appetitlichen, zarten, anmutigen und, wie es schien, gutwilligen Mädchen, der andere aus zahnlosen, triefäugigen, runzligen, verwitterten, leichenfarbigen alten Weibern. Pantagruel hörte, er schmölze die alten Weiber um, so daß sie durch seine Kunst wieder so jung würden wie jene Mädchen, die er erst heute umgeschmolzen und denen er dieselbe Schönheit, Anmut, Gestalt, Größe und Gliederfülle zurückgegeben hatte, die sie im Alter von fünfzehn bis sechszehn Jahren besessen, nur mit dem einzigen Unterschied, daß ihre Fersen dabei etwas kürzer geworden waren als zur Zeit ihrer ersten Jugend. Das wäre denn auch der Grund, weshalb sie nunmehr bei jeder Begegnung mit Männern so außerordentlich gefällig wären und so leicht hintenüberfielen.

Der Haufe alter Weiber wartete auf das Umschmelzen mit großer Begierde und plagte den guten Mann fortwährend mit der Versicherung, daß es der Natur widerspräche, wenn zu einem bereitwilligen Hintern nicht auch ein hübsches Gesicht gehörte. An Kundschaft und guter Einnahme gebrach's ihm wahrlich nicht! – Pantagruel fragte ihn, ob er auch alte Männer um-

1 sprichwörtlich für Armut

256

schmölze. Er sagte aber nein; wenn die sich verjüngen wollten, so müßten sie einer umgeschmolzenen Frau beiwohnen. Dann bekämen sie die fünfte Spezies der Venerie, welche man Häutung nenne, auf griechisch Ophiasis, wodurch man Haut und Haare wechsle wie jährlich die Schlangen; auf diese Weise erlangten sie wieder ihre Jugend wie der arabische Phönix. – Das ist der wahre Jungbrunnen! Was alt und häßlich geworden, wird plötzlich wieder jung, frisch und lebendig, wie Euripides uns erzählt, daß es Iolaus geschehen sei, oder wie es durch Venus' Gunst dem schönen Phaon geschah, dem Herzliebsten der Sappho, oder durch die Kunst der Medea dem Äson, der nach des Pherekydes und Simonides Zeugnis von ihr wieder aufgefärbt und verjüngt wurde, oder wie den Ammen des guten Bacchus und ihren Ehemännern, was Aischylos erwähnt.

Zweiundzwanzigstes Kapitel
Was für verschiedenartige Dinge die Diener
der Quintessenz vollbrachten und wie die hohe Frau
uns unter ihre Abstraktoren aufnahm

Danach sah ich eine große Menge des Hofgesindes, die wuschen in der allerkürzesten Zeit Mohren weiß, indem sie ihnen den Leib mit einem Korbboden scheuerten.

Andere bestellten mit drei Joch Füchsen den Sand am Meer, und ihre Saat ging auf.

Andere wuschen von Dachziegeln die Farbe ab.

Andere zogen aus Pumex oder, wie ihr's nennt, Bimsstein Wasser, indem sie ihn längere Zeit in einem marmornen Mörser zerstießen und dadurch seine Substanz veränderten.

Andere schoren Esel und bekamen von ihnen eine vortreffliche Wolle.

Andere lasen Trauben von Dornen und Feigen von Disteln.

Ander melkten Böcke und fingen die Milch zum großen Nutzen für den Haushalt in einem Sieb auf.

Andere wuschen Eseln die Köpfe und machten ihr Handtuch nicht umsonst naß.

Andere jagten mit Netzen in der Luft und fingen Riesenkrebse.

Einen jungen Spodizator sah ich, der preßte einem toten Esel höchst kunstvoll einen Furz aus und verkaufte die Elle davon für fünf Heller.

Ein anderer ließ Maikäfer anfaulen, damit sie Geschmack bekämen. Ein schönes Fressen!

Wie ein Reiher aber kotzte Panurg, als er einen Archasdarpeninen einen großen Kübel Menschenurin mit Pferdeäpfeln und ehrlicher Christenscheiße zu fauliger Gärung zusammenrühren sah. Pfui über das Schwein! Er aber meinte, dieses wundervolle Gebräu werde er Königen und hohen Fürsten zu trinken geben und so ihr Leben um einen oder zwei Klafter verlängern.

Andere brachen Würste übers Knie.

Andere zogen Aalen vom Schwanz her die Haut ab, und sie gaben keinen Mucks von sich, ehe sie nicht geschunden waren wie die von Melun.

Andere machten aus einer Mücke einen Elefanten und umgekehrt.

Andere schnitten das Feuer mit Messern und schöpften Wasser in Netzen.

Andere machten aus Blasen Laternen und aus Wolken eiserne Öfen. Ein Dutzend von ihnen sahen wir unter einem Laubdach aus schönen, schwappvollen Humpen viererlei Wein trinken, der ihnen trefflich zu munden schien. Wie man uns sagte, hoben sie das Wetter nach der hiesigen Landessitte, geradeso wie's Herkules und Atlas getan.

Andere machten aus der Not eine Tugend, was mir ein recht gutes und zweckmäßiges Stück Arbeit zu sein schien.

Andere machten Gold mit den Zähnen[1] und dabei die Nachttöpfe nicht sehr voll.

Andere maßen auf einem langen Gang mit äußerster Genauigkeit Flohsprünge. Das, meinten sie, wäre etwas sehr Wichtiges für die Regierungskunst, Staatslenkung und Kriegführung, und sie unterließen nicht, darauf hinzuweisen, daß Sokrates, der doch als erster die Philosophie aus Himmelshöhen herabgezogen und sie von einer müßigen und eitlen zu einer nützlichen, fruchtbaren Wissenschaft gemacht, die Hälfte seiner Studienzeit darauf verwandt hätte, den Flohsprung zu messen, wie Aristophanes, der Quintessenzler, es bezeuge[2].

1 d. h., sie sparten es sich vom Munde ab – 2 »Die Wolken« 144/52

Sah auch zwei Giburinen, die auf einem hohen Turm Wache standen; man sagte uns, sie paßten auf, daß die Wölfe den Mond nicht fräßen.

Vier anderen begegnete ich am Ende des Gartens; sie disputierten heftig miteinander und waren drauf und dran, einander in die Haare zu geraten. Als ich mich erkundigte, was es damit auf sich hätte, erfuhr ich, daß sie schon vier Tage lang über sehr wichtige hyperphysikalische Fragen stritten, von deren Lösung sie sich goldene Berge versprachen. Die erste betraf des Esels Schatten[1], die zweite den Laternenrauch[2], und die dritte bezog sich darauf, ob Ziegen Wolle hätten oder nicht. Später sagte man uns, diese Leute hielten es keineswegs für unmöglich, daß zwei Dinge, die sich in Modus, Form, Beschaffenheit und Zeit widersprächen, dennoch beide wahr sein könnten, eine Ansicht, zu der ein Pariser Sophist sich nie bekennen wird; eher schwört er seine Taufe ab.

Als wir dem erstaunlichen Treiben dieser Leute voll Neugierde zuschauten, kam die hohe Frau mit ihrem edlen Gefolge auf uns zugeschritten, während Hesperus schon leuchtend am Himmel stand. Ihr Anblick verwirrte von neuem unsere Sinne und blendete unsere Augen. Sie, die sogleich unsere Erregung bemerkte, sprach zu uns folgendermaßen: »Das, was die menschlichen Gedanken sich in den Abgründen der Bewunderung verlieren läßt, ist nicht sowohl die Gewalt der Wirkungen, welche aus natürlichen Ursachen kraft der Fähigkeit weiser Künstler entspringen, als vielmehr die Neuheit der Erfahrung, welche wir in uns aufnehmen, indem wir nicht sogleich erkennen, wie leicht das Kunstwerk mit klarem Urteil und eifrigem Studium zu erfassen ist. Darum kommt zur Besinnung, und bannt jeden Schrecken aus eurer Seele, der euch etwa bei dem ergriffen haben mag, was ihr von meinen Dienern vollbringen saht. Schauet, höret, prüfet nach eurem Belieben alles, was mein Haus bietet, so werdet ihr euch nach und nach von der Knechtschaft der Unwissenheit frei machen. Das ist mein Wille. Um euch davon aber einen aufrichtigen Beweis zu geben sowie in Anbetracht der heftigen Wißbegierde, die ihr, wie ich zu meiner hohen Freude erkannt zu haben glaube, in eurem Herzen hegt,

1 s. Aristophanes »Die Wespen« 191 – 2 svw. des Kaisers Bart

nehme ich euch hiermit in den Stand und Rang meiner Abstraktoren auf. Geber, mein Obertabachin, wird euch, wenn ihr diesen Ort verlaßt, in die Rangliste eintragen.«

Wortlos dankten wir untertänigst und nahmen die schöne Bestallung an.

Dreiundzwanzigstes Kapitel
Wie der Königin das Abendessen gereicht wurde und wie sie aß

Nachdem die Dame diese Worte gesprochen, wandte sie sich an ihre Edelleute und sagte: »Der Magenmund, welcher von sämtlichen Gliedmaßen, den niederen wie den höheren, mit dem Geschäft der Ernährung beauftragt ist, mahnt uns daran, ihnen durch Zuführung probater Alimente zurückzuerstatten, was sie durch die fortwährende Aktion der natürlichen Wärme an ursprünglichen Säften verloren haben. Darum, ihr Spodizatoren, Schesininen, Neemaninen und Parazonen, säumet nicht länger, und richtet uns nun die Tafel her, reich besetzt mit zuträglichen und kräftigenden Speisen. Ihr aber, meine würdigen Prägusten, und desgleichen ihr, meine edlen Massiteren, beweist eure stets wache und eifrige Sorge, jeden Befehl, der euch gegeben wird, gewissenhaft auszuführen; seid stets auf alles bedacht. Es bedarf von meiner Seite nichts, als euch daran zu erinnern, das zu Tuende zu tun.«

Sobald sie dies gesagt hatte, zog sie sich für eine kurze Weile mit einem Teil ihrer Damen zurück, um, wie sie uns sagen ließ, ein Bad zu nehmen, worin sie einer Sitte der Alten folgte, die bei jenen so allgemein war wie bei uns das Händewaschen vor dem Essen. Schnell wurden die Tische aufgestellt und mit sehr kostbaren Tüchern gedeckt. Die Dame selbst aß nur Ambrosia und trank dazu himmlischen Nektar. Aber den Herren und Damen ihres Hauses wie auch uns reichte man so auserlesene, schmackhafte und köstliche Speisen, wie Apicius sie sich nicht hat träumen lassen.

Für den Fall, daß der Hunger noch nicht gestillt sein sollte, kam zum Schluß noch eine Allerleischüssel von solcher Größe und Mächtigkeit, daß die goldene Platane, die Pythius Bithynus einst König Darius schenkte, sie kaum würde bedeckt haben. Sie bestand aus verschiedenen Suppen, Salaten, Frikassees, Haschees, Koteletten, gebratenem und gekochtem Fisch, Karbonaden, gesalzener Rinderbrust, braungeräuchertem Schinken, himmlischen Schweinsknöchelchen, Pasteten, Torten, einer Menge maurischen Kuskussus, allerhand Sorten Käse, Sahnequark, Gelees und den verschiedenartigsten Früchten. Alles schien vorzüglich und sehr schmackhaft zubereitet zu sein; aber ich rührte nichts davon an, da ich schon satt und voll war. Nur das will ich euch noch sagen, daß ich da Pasteten mit Rinde sah, was etwas Seltenes ist, und diese Rindenpasteten waren in einer Form gebacken. Aus dem Boden der Pastete sah ich einen Haufen Würfel, Karten, Tarockspiele, Billards, Schachfiguren und Damebretter nebst einigen großen Schalen mit Sonnentalern für die, die etwa spielen wollten.

Ganz unten standen auch noch eine Anzahl schön gesattelter Maulesel und Paßgänger zum Gebrauch für Herren und Damen und ich weiß nicht wieviel mit Samt ausgeschlagene Sänften, auch einige ferrarische Kutschen, wenn jemand spazierenfahren wollte.

Das schien mir nun nicht gerade so merkwürdig zu sein; aber die Art und Weise, wie die Dame aß, war etwas ganz Neues. Sie kaute nämlich gar nicht; nicht etwa daß es ihr an guten, starken Zähnen gefehlt oder daß ihr Essen nicht hätte gekaut werden müssen, o nein, aber es war nun einmal ihre Art und Gewohnheit. Nachdem nämlich die Prägusten die Speise gekostet hatten, nahmen die Massiteren diese in den Mund und kauten sie ihr auf eine höchst anständige Art klein, indem sie sich den Gaumen mit feingemasertem, golddurchwebtem Taft und die Zähne mit schönem weißem Elfenbein belegten. Das Gutdurchkaute wurde ihr dann mittels eines Röhrchens aus feinstem Gold unmittelbar in den Magen hinuntergelassen. Ebenso, sagte man uns, ginge sie auch *per procuram*[1] zu Stuhle.

1 mittels eines Stellvertreters (lat.)

Vierundzwanzigstes Kapitel
*Wie in Gegenwart der Quintessenz ein anmutiger Tanz
in Gestalt eines Turniers aufgeführt ward*

Nach dem Abendessen fand in Gegenwart der Dame eine Art
Turnier oder vielmehr ein Tanz statt, der nicht nur wert war, angesehen zu werden, sondern es wirklich verdiente, in unaus-
löschlicher Erinnerung zu bleiben. Zuerst breitete man auf dem
Parkett einen großen samtenen Teppich aus, der ein Schach-
brettmuster trug und halb mit weißen, halb mit gelben Feldern
bedeckt war, von denen jedes drei Spannen im Quadrat maß.
Darauf traten zweiunddreißig junge Leute in den Saal. Sechzehn
von ihnen waren ganz in Goldbrokat gekleidet, nämlich acht
Nymphen, wie die Alten sie im Gefolge der Diana darzustellen
pflegten, ein König, eine Königin, zwei Turmwächter, zwei Ritter und zwei Bogenschützen; desgleichen sechzehn andere, aber
in Silberbrokat gekleidet. Ihre Aufstellung auf dem Teppich war
folgende: Die Könige nahmen in der hintersten Reihe das vierte
Feld ein, so daß der goldene König auf das weiße, der silberne auf
das gelbe Feld zu stehen kam; die Königinnen standen neben ihnen, die goldene auf dem gelben, die silberne auf dem weißen
Feld; die Bogenschützen als Schirmer ihrer Könige und Königinnen neben ihnen zu beiden Seiten; neben den Schützen die
beiden Ritter, neben den Rittern die beiden Wächter. In der
Reihe vor ihnen standen die je acht Nymphen. Zwischen den
beiden Nymphengruppen blieben vier Reihen Felder unbesetzt.
Außerdem hatte jede Partei ihre Musikanten, welche in der gleichen Farbe gekleidet waren, die einen in orangefarbenen, die anderen in weißen Damast; auf jeder Seite standen acht davon, alle
mit verschiedenen Instrumenten der allerdrolligsten Bauart, sehr
schön im Zusammenklang und wunderbar melodisch, die in
Ton, Tempo und Taktart wechselten, wie der fortschreitende
Tanz es verlangte, was mich, wenn ich die große Mannigfaltigkeit der Schritte, Gänge, Sprünge, Sätze, die Hinterhalte und
Überfälle, die verschiedenen Arten des Zurückweichens und
Fliehens erwäge, mit der größten Bewunderung erfüllte. Was
mir aber noch mehr über menschliches Begreifen hinauszugehen
schien, war, daß die Tanzenden so schnell die zu ihrer Bewegung
gehörenden Töne aufnahmen, daß sie den Fuß schon auf die rich-

tige Stelle setzten, wenn die Musik noch kaum erklungen war, obwohl so verschiedenartige Bewegungen gemacht werden mußten. Denn die Nymphen, die im ersten Glied stehen, gehen gerade auf ihren Feind los, und zwar immer von einem Feld zum nächsten, außer beim ersten Schritt, wo sie zwei Felder auf einmal überschreiten dürfen; sie allein weichen nie zurück. Gelingt es einer von ihnen, bis in die Reihe des feindlichen Königs vorzudringen, so wird sie zur Königin ihres Königs gekrönt und erhält damit das Recht, sich ebenso wie die Königin zu bewegen. Sonst schlagen sie ihre Feinde nur in der Diagonale und in Richtung nach vorn. Weder ihnen noch irgendeinem der anderen ist es aber erlaubt, einen Feind zu schlagen, wenn ihr König dadurch bloßgestellt werden würde.

Die Könige schreiten nach allen Richtungen hin von Feld zu Feld und schlagen so auch ihre Feinde; sie gehen vom weißen immer zum nächsten gelben Feld und umgekehrt, nur wenn sie den ersten Schritt machen und die Reihe bis zum Wächter von anderen Offizieren frei ist, können sie jenen auf ihren Platz treten lassen und sich neben ihn stellen.

Die Königinnen bewegen sich und schlagen ihre Feinde mit weitaus größerer Freiheit als all die anderen, nämlich nach jeder Richtung hin und auf jede Art und Weise: geradeaus, so weit sie wollen, wenn nicht einer der Ihrigen ihnen etwa im Wege steht, ebenso in der Diagonale, wobei sie jedoch die Farbe des Feldes, auf dem sie stehen, einhalten müssen.

Die Schützen gehen sowohl vor- als auch rückwärts, eine weite oder kurze Strecke; auch sie dürfen die Farbe ihres Standfeldes nicht verändern.

Die Ritter bewegen sich und schlagen in gerad-schräger Weise, indem sie ein Feld überspringen, gleich ob es von Freund oder Feind besetzt ist, und sich dann links oder rechts von dem zweiten hinstellen, wobei sie die Farbe wechseln, ein Sprung, der dem Feind sehr gefährlich werden kann und von ihm wohl im Auge behalten werden muß; denn sie schlagen nicht geradeaus und offen.

Die Wächter schreiten und schlagen geradeaus, rechts, links, vor- und rückwärts wie die Könige, können aber, sofern die Bahn frei ist, gehen, so weit sie wollen, was die Könige nicht können.

Die allgemeine Regel für beide Parteien und das letzte Ziel des Kampfes besteht darin, den König so zu bedrängen und einzuschließen, daß er nach keiner Seite hin mehr ausweichen kann. Sobald er so fest eingeschlossen ist, daß er nicht mehr entfliehen, auch von den Seinigen nicht mehr befreit werden kann, ist die Partie zu Ende und der bedrängte König besiegt. Um ihn vor diesem Mißgeschick zu bewahren, bringt jeder von seiner Partei willig sein eigenes Leben zum Opfer, und so schlägt bald hier, bald dort einer den andern, wie es die Musik anzeigt. Nimmt irgendwer einen von der feindlichen Partei gefangen, so gibt er ihm einen kleinen Schlag auf die rechte Hand, schickt ihn weg vom Teppich und stellt sich an seinen Platz. Geschieht es aber, daß ein König geschlagen werden könnte, so darf die feindliche Partei dies nicht tun, sondern der, welcher ihn seines Schutzes beraubt oder ihn bedroht, ist streng angewiesen, sich tief vor ihm zu verbeugen und folgendermaßen zu ihm zu sprechen: »Gott stehe Euer Majestät bei«, auf daß seine Offiziere ihm zu Hilfe kämen und ihn schützten oder aber, wenn solche Hilfe unmöglich sei, er den Platz wechsle. Auf keinen Fall darf er von der feindlichen Partei gefangengenommen werden, sondern ist es so weit mit ihm gekommen, so beugt man vor ihm das linke Knie und sagt: »Wünsche guten Morgen!« – Und damit ist das Turnier zu Ende.

Fünfundzwanzigstes Kapitel
Wie die zweiunddreißig Tänzer gegeneinander kämpfen

Sobald die beiden Parteien auf ihren Plätzen standen, stimmten auch schon die Musikkapellen gemeinsam einen kriegerischen Marsch an, ganz so schrecklich wie zum Angriff. Eine Bewegung lief durch die beiden Haufen, sie rüsteten sich zu tapferem Kampf, denn die Stunde der Schlacht war gekommen, wo sie das Lager verlassen sollten. – Plötzlich schwieg die Musik der Silbernen, und die der Goldenen allein tönte weiter, was soviel bedeutete, wie daß die Goldenen angreifen würden. So war's auch: eine neue Weise erklang, und wir sahen, wie die Nymphe, welche vor dem König stand, sich nach links diesem zuwandte, als ob sie ihn um Erlaubnis bäte, den Kampf beginnen zu dürfen, wobei sie zugleich die ganze Schar grüßte. Dann ging sie züchtigen Schritts zwei Felder vor und verbeugte sich leicht gegen die feindliche Partei, die sie angriff. Jetzt schwieg die Musik der Goldenen, und die der Silbernen fiel ein.

Hier soll nicht unerwähnt bleiben, daß die Nymphe sich deshalb ihrem König zugewandt und ihn und die Ihrigen gegrüßt hatte, damit diese nicht müßig dastünden; denn alle erwiderten den Gruß, indem sie sich nach links verbeugten, die Königin allein ausgenommen, die sich nach rechts ihrem König zuwandte. Dieses Grüßen und Gegengrüßen wurde aber im weitren Verlauf des Tanzes von allen Tänzern der einen wie der andern Partei vollzogen.

Unter den Klängen der silbernen Musikkapelle ging die silberne Nymphe, die vor dem König stand, vor, nachdem sie vorher ihren König und ihre Schar gegrüßt und deren Gegengruß empfangen hatte, ganz wie es bei der andern geschehen war, nur daß diese sich jetzt nach rechts wandten, ihre Königin aber nach links; dann stellte sie sich auf das zweite Feld nach vorn und machte ihren Gegnern eine Verbeugung, Stirn an Stirn mit der goldenen Nymphe, ohne daß ein Zwischenraum zwischen beiden blieb, als ob sie im Begriff wären, sich zu schlagen, wäre dies überhaupt möglich gewesen, da sie nur diagonal schlagen konnten. Ihnen folgten ihre Mitkämpferinnen, goldene und silberne jeweils abwechselnd, und fingen mit dem Scharmützel an, indem die goldene Nymphe, welche zuerst vorgegangen war, einer silbernen Nymphe, die links vor ihr stand, auf die Hand schlug, sie dadurch außer Gefecht setzte und ihren Platz einnahm. Aber sobald eine andere Weise erklang, wurde sie selbst von einem silbernen Schützen geschlagen. Eine goldene Nymphe bedrohte wiederum diesen; da verließ der silberne Ritter das Lager, und die Königin stellte sich vor den König.

Jetzt wechselte der silberne König seinen Platz, denn er fürchtete die Wut der goldenen Königin, und zog sich rechts neben seinen Wächter zurück, welcher Platz wohl geschützt und leicht zu verteidigen schien.

Alsbald gehen die beiden Ritter, der silberne wie der goldene, welche auf der linken Seite kämpfen, vor und nehmen mehrere feindliche Nymphen, die nicht zurückweichen können, gefangen; besonders leistet der goldene darin Erstaunliches. Aber der silberne plant etwas Wichtigeres; er verheimlicht seine Absicht. Mehrmals hätte er eine goldene Nymphe gefangennehmen können, aber er ließ sie stehen und ging weiter; so ist es ihm geglückt, nahe an den Feind heranzukommen, bis er auf einen Platz gelangt ist, von dem aus er den feindlichen König begrüßt und ihm sein »Gott stehe Euer Majestät bei!« zuruft. Als die Schar der Goldenen diese Aufforderung, ihrem König zu helfen, vernimmt, erbebt sie; nicht, daß sie ihm nicht leicht beizuspringen vermöchte, aber während sie ihren König schützt, verliert sie, ohne daß sie es hindern kann, ihren rechten Wächter. Der goldene König zieht sich nach links zurück, und der silberne Ritter nimmt den goldenen Wächter gefangen, was für die andern ein großer Verlust ist. Doch die goldene Schar überlegt, wie sie sich dafür rächen kann, und so umstellt sie den Ritter von allen Seiten, so daß es ihm unmöglich ist, zu entfliehen, und er sich ihren Händen nicht entwinden kann. Alle Versuche herauszukommen, alle Listen der Seinigen, ihn zu befreien, sind vergebens. Zuletzt nimmt ihn die goldene Königin gefangen.

Die Schar der Goldenen, einer ihrer Hauptstützen beraubt, ermannt sich jetzt und sucht, ohne aber die nötige Vorsicht dabei walten zu lassen, sich auf jede Weise zu rächen; so fügt sie dem feindlichen Heer allerlei Schaden zu. Die Schar der Silbernen läßt sich nichts anmerken und wartet den Augenblick der Vergeltung ab. Sie stellt der goldenen Königin eine Nymphe zum Schlagen hin, legt ihr dabei aber einen Hinterhalt, so daß, als die Nymphe genommen wird, die Silberkönigin in Gefahr gerät, von dem goldenen Schützen genommen zu werden. Der goldene Ritter bedroht den silbernen König und die silberne Königin zur gleichen Zeit und sagt schon: »Wünsche guten Morgen!« Der Silberschütze, der sie rettet, wird von einer goldenen Nymphe genommen, die wieder von einer silbernen gefangengenommen wird. Heiß entbrennt die Schlacht. Die Wächter verlassen ihre Plätze und kommen zu Hilfe. In gefahrvollem Knäuel wühlt alles durcheinander. Noch entscheidet sich Enyo nicht. Ein paarmal dringen die Silbernen bis zum Zelt des goldenen Königs vor und werden dann plötzlich wieder zurückgetrieben. Die goldene Königin besonders vollbringt Wunder der Tapferkeit; auf einen Streich nimmt sie den Schützen und, rasch sich wendend, auch den silbernen Wächter gefangen. Kaum aber, daß die silberne

Königin dies gewahr wird, eilt sie nach vorn, und von gleichem Heldenmut getrieben, nimmt sie den letzten goldenen Wächter und eine Nymphe dazu. Lange kämpfen die beiden Königinnen gegeneinander; jede ist bemüht, die andere zu überraschen, sich zu schützen oder ihren König zu decken. Endlich nimmt die goldene Königin die silberne gefangen, wird aber gleich darauf von dem Silberschützen selbst gefangengenommen. Dem silbernen König bleiben jetzt nur noch drei Nymphen, ein Schütze und ein Wächter, dem goldenen bloß drei Nymphen und der rechte Ritter, was beide veranlaßt, von nun an langsamer und vorsichtiger zu kämpfen. Beide scheinen den Verlust ihrer Königinnen schmerzlich zu empfinden; ihr ganzes Streben und all ihre Anstrengungen gehen dahin, womöglich durch eine neue Heirat eine der Nymphen zu dieser Würde zu erheben, und so schützen sie sic, so gut sie vermögen, und versprechen heilig, ihnen diese Würde zuteil werden zu lassen, sobald sie nur bis in die letzte Reihe des feindlichen Königs vorgedrungen sein würden. Den Goldenen gelingt dies zuerst; sie gewinnen sich eine neue Königin, deren Haupt jetzt mit einer goldenen Krone geschmückt und die in köstliche Gewänder gehüllt wird.

Die Silbernen folgen ihnen auf dem Fuße nach, nur noch einen Schritt, und auch sie haben eine neue Königin; aber hier lauert der goldene Wächter, weshalb sie noch etwas warten müssen.

Sobald die Königin den Thron bestiegen, will sie ihre Stärke, Tapferkeit und ihren kriegerischen Mut beweisen. Inzwischen aber nimmt der silberne Ritter den goldenen Wächter, der den Zugang zum Lager verwehrte, gefangen, und so kommen die Silbernen zu einer neuen Königin. Auch diese will sich gleich nach ihrer Thronbesteigung hervortun. Der Kampf entbrennt von neuem, heftiger als zuvor. Tausend Listen, tausend Angriffe, tausend Züge werden von der einen wie von der andern Seite unternommen; heimlich schleicht sich die Silberkönigin sogar ins Lager des Königs und ruft: »Gott stehe Euer Majestät bei!« Dieser kann nur durch seine neue Königin gerettet werden, die auch nicht zögert, sich dem Feind entgegenzustellen; aber der Silberritter sprengt in wenigen Sätzen zur Unterstützung seiner Königin heran, und sie bedrängen den König so hart, daß er, um sich zu retten, seine Königin opfern muß. Dafür nimmt der Goldkönig den silbernen Ritter gefangen; aber obwohl der Golschütze und die beiden übriggebliebenen Nymphen ihren König nach Kräften verteidigen, werden auch sie schließlich gefangengenommen und außer Gefecht gesetzt, so daß der Goldkönig zuletzt ganz allein zurückbleibt. Sofort ruft ihm die Schar der Silbernen in tiefster Ehrfurcht ihr »Wünsche guten Morgen!« zu. – Der Silberkönig hatte gesiegt, und die beiden Musikkapellen spielten gemeinsam, sobald dies Wort gesprochen war, einen stolzen Siegesmarsch.

Damit endete dieser erste Tanz auf so fröhliche Weise, mit so anmutigen Bewegungen, in so würdevoller Haltung und unnachahmlichem Anstand, daß wir uns ganz entzückt im Geiste fühlten und es uns, nicht mit Unrecht, vorkam, als ob wir in die höchsten Wonnen und Seligkeiten des olympischen Himmels versetzt wären.

Nachdem das erste Turnier zu Ende war, stellten sich die beiden Parteien von neuem auf wie zuvor und fingen den Kampf auf dieselbe Art zum zweitenmal an, nur daß die Musik jetzt um einen halben Ton höher gestimmt war. Auch die Schritte waren anders als das erste Mal. Da sah ich, wie die goldene Königin, ganz verzweifelt über die Niederlage ihres Heers, unter den mahnenden Klängen der Musik mit einem Schützen und einem Ritter ins Feld rückte und beinahe den Silberkönig in seinem Zelt mitten unter seinen Offizieren überrascht hätte. Als sie inne wurde, daß ihr Anschlag entdeckt war, scharmützelte sie hin und her und ließ so viele Nymphen und Offiziere ins Gras beißen, daß es jammervoll anzusehen war. Wie eine zweite Penthesilea, die das Lager der Griechen verwüstete, erschien sie mir. Aber das dauerte nicht lange, denn die Silbernen, obgleich über den Verlust ihrer Leute bestürzt, verwanden ihren Schmerz und legten unbemerkt in einem entfernten Winkel einen Schützen und einen Ritter in den Hinterhalt, durch die sie endlich gefangengenommen und außer Gefecht gesetzt wurde. Der Rest war dann bald besiegt. Ein anderes Mal wird sie hoffentlich klüger sein und sich nicht so weit hinauswagen, sondern bei ihrem König bleiben oder, wenn sie vorgeht, weil es nun einmal sein muß, wenigstens für bessere Unterstützung sorgen. So blieben die Silbernen Sieger wie das erste Mal.

Zum dritten- und letztenmal traten die beiden Parteien jetzt an wie vorher, und es wollte mir scheinen, als täten sie es mit noch fröhlicheren und entschlosseneren Mienen als die beiden vorigen Male. Auch die Musik war um mehr als anderthalb Töne höher gestimmt, in der phrygischen, der kriegerischen Tonart, die Marsyas einst erfand. Von neuem fingen sie an sich zu messen und kämpften mit so wunderbarer Gewandheit gegeneinander, daß sie zu jedem Takt der Musik vier Schritte nebst den dazugehörigen Verbeugungen machten: Sätze, Sprünge, Gambaden und Seiltänzerkunststückchen, alles in buntem Gemisch durcheinander. Ja, wenn sie sich nach einer Verbeugung auf einem Fuß herumdrehten, so glichen sie einem Kreisel, den die Kinder mit der Peitsche treiben und dessen Bewegung so schnell wie ruhig ist, so daß er scheinbar stillsteht und schläft und ein farbiger Punkt auf ihm nicht mehr als Punkt, sondern als gezogene Linie erscheint, wie das Cusanus in seiner Abhandlung über höchst erhabene Dinge scharfsinnig bemerkt hat.

Da vernahm man nichts als Händeklatschen und Zurufe, die auf beiden Seiten, bald von der einen, bald von der anderen Partei, zu hören waren. Und wie mürrisch Cato, wie ernsthaft der ältere Crassus, wie misanthropisch Timon von Athen auch immer gewesen sein mögen und wie sehr Heraklit der Menschheit ureigene Gabe, das Lachen, verabscheut haben mag, hier würden sie doch außer sich geraten sein, hätten sie diese Jünglinge, diese Königinnen und Nymphen zu den Klängen der beschwingten Musik sich auf so hunderterlei verschiedene Art bewegen, so unaufhörlich vorwärts schreiten, springen, hüpfen, Sätze machen und sich tummeln sehen, und das alles mit solcher Geschicklichkeit, daß nie einer dem andern im Wege war. Je weniger der Kämpfenden wurden, desto unterhaltsamer war es, die Listen und Winkelzüge zu beobachten, womit sie, immer nach den Klängen der Musik, sich einander zu überraschen und hinters Licht zu führen suchten. Und muß ich schon sagen, daß dieses übermenschliche Schauspiel unsere Sinne ganz verwirrte und unsern Geist in Erstaunen setzte, so wurden wir doch von den Tönen der Musik noch mehr im tiefsten Herzen bewegt und erschüttert, so daß ich jetzt wohl begreife, wie Alexander der Große, von ähnlichen Tönen des Ismenias aufgerüttelt, von der Tafel, an der er ruhig speiste, aufspringen konnte, um die Waffen anzulegen. – Bei diesem dritten Turnier blieb der goldene König Sieger.

Während des Tanzes hatte die Dame sich zurückgezogen, und wir sahen sie nicht wieder. Von Gebers Getreuen geleitet, wurden wir an den Ort geführt, wo wir in die Liste des Standes eingetragen werden sollten, den sie uns verliehen hatte. Dann begaben wir uns wieder zum Hafen Matäotechne und gingen an Bord unserer Schiffe; denn es wehte ein günstiger Wind vom Lande her, den wir nicht versäumen wollten, weil Gleiches, wie man uns sagte, in drei Mondvierteln nicht wieder der Fall sein dürfte.

Sechsundzwanzigstes Kapitel
Wie wir auf der Straßeninsel landeten,
wo die Wege sich bewegen

Nachdem wir zwei Tage gefahren, zeigte sich unseren Blicken die Straßeninsel, auf der wir etwas sehr Merkwürdiges sahen. Dort sind nämlich die Wege Tiere, insofern der Ausspruch des Aristoteles, das untrüglichste Merkmal eines Tieres sei, daß es sich von selbst bewegt, stimmt; denn sie gehen wie die Tiere und sind entweder Wandelwege ähnlich den Planeten oder Fuß- oder Kreuz- oder Schleichwege. Wenn Reisende oder Bewohner des Landes fragen: »Wo ist hier der Weg nach dem Wirtshaus, dem Kirchdorf, der Stadt, dem Fluß?«, so bekommen sie zur Antwort: »Dort geht er!« Alsdann brauchen sie sich nur fest an den betreffenden Weg zu halten und kommen so ohne alle Mühe und Anstrengungen an das gewünschte Ziel, gleichwie man von Lyon nach Avignon oder Arles kommt, wenn man sich auf ein Rhoneschiff setzt. Aber wie bekanntlich jedes Ding seine Mängel hat und nichts auf der Welt vollkommen ist, so gibt es hier, sagte man uns, einen gewissen Menschenschlag, den sie Wegelagerer und Pflastertreter nennen. Die armen Wege fürchten sich vor ihnen und fliehen sie wie Räuber, denn sie lauern ihnen auf, wie man den Wölfen mit Fallgruben und den Schnepfen mit Netzen nachstellt. So sahen wir einen, den die Justiz gefaßt hatte, weil er gewalttätig, Minerva zum Trotz, den Weg zur Schule genommen hatte, welcher der längste von allen war. Ein anderer dagegen prahlte damit, daß er den Kriegsweg eingeschlagen habe, den kürzesten, weil ihm das vorteilhaft erschienen sei; so wäre er am schnellsten zum Ziel gekommen.

270

Ähnlich sagte einmal Carpalim zu Epistemon, als er ihn, seinen Schwengel in der Hand, pissend an einer Mauer traf, er wundere sich nun nicht mehr, daß jener beim Morgenempfang des guten Pantagruel immer der erste wäre, weil bei ihm alles so kurz sei und sich nicht in die Länge zöge.

Da erkannte ich denn auch die Landstraße von Bourges wieder, die im Abtsschritt einherging[1], und sah sie später verschwinden, als etliche Kärrner des Wegs kamen; vermutlich fürchtete sie, die Hufe ihrer Pferde würden sie zerstampfen und ihre Karren über ihren Leib hinweggehen wie Tullias Wagen über den Leib ihres Vaters Servius Tullius, des sechsten römischen Königs. Ferner den alten Weg von Péronne nach Saint-Quentin, der mir ein braver Weg zu sein schien. Sah auch zwischen Felsen den guten alten Weg von Ferrate, der ritt auf einem großen Bären[2]. So, von weitem gesehen, erinnerte er mich an die Abbildungen des heiligen Hieronymus, nur daß der Löwe ein Bär war; denn er sah recht erbärmlich aus. Ein langer, weißer, ungekämmter Bart hing ihm wie Eiszapfen auf die Brust herab; um den Leib trug er eine Menge großer, rohgedrechselter Rosenkränze aus Fichtenholz, und dabei saß er weder aufrecht, noch lag er hingestreckt, sondern kauerte auf den Knien und schlug sich die Brust mit großen, rauhen Steinen, so daß wir alle von Schreck und Mitleid ergriffen wurden. Als wir so nach ihm hinsahen, zog uns ein fahrender Schüler des Landes beiseite und zeigte uns einen hübschen, schlanken Weg, der blendend weiß und leicht mit Stroh bedeckt war. »Schätzt mir«, sagte er, »fortan Thales von Milet nicht gering, welcher der Meinung ist, daß das Wasser der Ursprung aller Dinge sei, noch die Meinung Homers, der versichert, alles Leben käme aus dem Ozean. Dieser Weg ist aus Wasser entstanden und wird zu Wasser werden; zwei Monate sind es her, da sah man hier Schiffe fahren, wo jetzt Wagen rollen.« – »Was Ihr uns da sagt«, entgegnete Pantagruel, »will nicht viel bedeuten. In unserer Welt sehen wir solcher Umgestaltungen alljährlich mehr als fünfhundert.«

Als er darauf den Gang dieser Wege eine Weile beobachtet hatte, äußerte er zu uns, er sei überzeugt davon, daß Philolaos

1 Die mittelfranz. Stadt Bourges liegt auf einem Berg. – 2 Die Straße führt über einen Berg namens Großer Bär.

und Aristarchos auf dieser Insel müßten philosophiert haben; auch Seleukos werde wohl hier zu der Ansicht gekommen sein, daß die Erde sich um ihre Pole, nicht aber der Himmel um die Erde drehe, obgleich es uns anders erscheine, wie ja auch, wenn wir auf der Loire sind, die Bäume am Ufer sich zu bewegen scheinen, nicht weil sie, sondern weil wir uns mit dem dahingleitenden Boot bewegen.

Auf dem Rückweg zu unseren Schiffen sahen wir, wie man drei Wegelagerer aufs Rad flocht, die in einem Hinterhalt erwischt worden waren. Desgleichen, wie man einen Taugenichts bei langsamen Feuer briet, weil er einen ganz besonderen Weg eingeschlagen hatte, dem dadurch eine Rippe gebrochen war; man sagte uns, es wäre der ägyptische Nildammweg gewesen.

Siebenundzwanzigstes Kapitel
Wie wir auf der Insel der Sandalier[1] anlangten
und von dem Orden der Mummbrüder

Hierauf kamen wir nach der Insel der Sandalier, die einzig und allein von Stockfischsuppe leben; doch wurden wir von dem König der Insel, Benius III., sehr gut aufgenommen und bewirtet. Nachdem er uns zu trinken gegeben hatte, führte er uns zu einem neuen Kloster, das er nach eigenen Plänen für die Mummbrüder – so nannte er seine Mönche – hatte bauen und einrichten lassen. Auf dem Festland, sagte er, gäb' es die kleinen Brüder und die Freunde der holdseligen Frau; *item* die ruhmreichen, trefflichen Minoriten, die mit den Bullen kürzer verfahren; *item* die Minimen, gewaltige Pökelheringsfresser vor dem Herrn, und die Hohlhandminimen, so daß man den Namen nun nicht weiter hätte minuieren können als in Mim- oder Mummbrüder. Kraft ihrer Statuten und der Stiftungsurkunde, die sie von Quinta, ihrer Gönnerin, erhalten hatten, waren sie alle wie die Mordbrenner angezogen, nur daß sie ähnlich den Dachdeckern in Anjou, die ein Polster auf den Knien tragen, den Bauch gepolstert hatten; die Bauchauspolsterer standen bei ihnen in hohem Ansehen. Ihr Hosenlatz hatte die Form eines Pantoffels, und sie trugen de-

1 gemeint sind die Bettelmönche

ren zwei, nämlich einen vorn und einen hinten, durch welche Hosenlatzzweiheit ihrer Versicherung nach gewisse schauerliche Mysterien symbolisch dargestellt würden. Ihre Schuhe waren tellerrund, wie die Bewohner des Sandmeers[1] sie tragen; außerdem schoren sie sich den Bart, und ihre Sohlen waren mit Nägeln beschlagen. Um zu zeigen, daß Fortuna und jeglicher Besitz ihnen gleichgültig sei, hatten sie sich den Hinterkopf vom Scheitel bis hinab zu den Schulterblättern nach Schweineart scheren und rupfen lassen; vorn dagegen, vom Scheitelbein an, wuchsen die Haare ungehindert. So kontrafortunierten sie wie Leute, die nach allen Gütern der Welt nichts fragen. Und um der launenhaften Göttin noch mehr zu trotzen, trug jeder von ihnen – aber nicht in der Hand wie jene, sondern am Gürtel wie einen Rosenkranz – ein scharfes Schermesser, das er jeden Tag zweimal schliff und jede Nacht dreimal abzog.

Jeder trug eine Kugel auf den Füßen, weil Fortuna, wie es heißt, eine unter den Füßen hat. Die Spitzen ihrer Kapuzen waren vorn angenäht, nicht hinten, so daß ihr Gesicht bedeckt war und sie sich ungescheut über das Glück und seine Günstlinge lustig machen konnten wie unsere Damen, wenn sie ihren Häßlichkeitsverstecker vorhaben, den man jetzt Nasenfutteral nennt; früher nannte man ihn Mantel der Liebe, weil er doch so viele Sünden verhüllt. Den Hinterkopf trugen sie stets unbedeckt wie unsereins das Gesicht, weshalb sie auch sowohl mit dem Bauch als mit dem Hintern vorangehen konnten, wie's ihnen gerade einfiel. Gingen sie mit dem Hintern voran, so hätte man schwören mögen, dies sei ihre natürliche Gangart, besonders wegen der runden Schuhe und des hinten vorgehängten Hosenlatzes, wozu noch das kahle Hintergesicht kam, das auf grobe Weise mit einem Paar Augen und einem Mund bemalt war, wie man es bei Kokosnüssen sieht. Gingen sie dagegen mit dem Bauch voran, so meinte man, es wären Leute, die Blindekuh spielten. Wirklich, sie nur anzusehen war ein Hauptspaß.

Ihre Lebensweise war folgende: Sobald der helle Luzifer[2] am Himmel aufging, stiefelten und spornten sie sich gegenseitig, und zwar aus Menschenliebe. So gestiefelt und gespornt schliefen sie dann ein oder schnarchten wenigstens; während des

1 antiker Name der nordwestarab. Wüste – 2 lat. Name des Morgensterns

Schlafens trugen sie auf der Nase eine Brille oder doch einen Kneifer.

Wir fanden das sonderbar, aber die Erklärung, die sie uns gaben, überzeugte uns. Sie wiesen darauf hin, daß Schlaf und Ruhe der Menschheit erst dann zuteil werden würden, wenn der Jüngste Tag angebrochen sei; um nun zu zeigen, daß sie nicht säumig sein würden, als Gesegnete dort zu erscheinen, hielten sie sich immer fertig gestiefelt und gespornt, damit sie sich gleich aufs Pferd schwingen könnten, sobald die Posaune ertönte.

Mit dem Glockenschlag zwölf – hier ist zu bemerken, daß ihre Glocken, und zwar Turm-, Kirchen- wie Speiseglocken, nach der pontanischen Art konstruiert waren, nämlich aus Flaumfedern gesteppt und mit einem Fuchsschwanz als Klöppel –, also mit dem Glockenschlag zwölf wachten sie auf und zogen die Stiefel wieder aus. Wer dann pissen wollte, pißte, wer scheißen wollte, schiß; aber jeder von ihnen, und das war eine allgemein verbindliche, strenge Regel, war verpflichtet, aus tiefster Seele ein bestimmtes Quantum auf nüchternen Magen zu gähnen und damit sozusagen das Gähnfasten zu brechen. Dieser Anblick war zu komisch! Nachdem sie nämlich Stiefel und Sporen auf ein Wandbrett gestellt hatten, gingen sie in den Kreuzgang hinunter, wuschen sich dort sorgfältig Hände und Mund, setzten sich dann auf eine lange Bank und stocherten in den Zähnen, bis der Prior durch einen Pfiff auf den Fingern das Zeichen gab. Darauf rissen alle die Mäuler auf, so weit sie nur konnten, und gähnten, manchmal eine halbe Stunde lang, manchmal eine kürzere oder längere Zeit, je nachdem der Prior das Gähnfrühstück zur Feier des Tages für notwendig erachtete. Alsdann machten sie einen schönen Umzug, bei dem zwei Fahnen vorangetragen wurden, die eine mit dem Bildnis der Tugend, die andere mit dem Bildnis der Fortuna. Der vorangehende Mummbruder trug die Fahne mit der Fortuna, ihm folgte ein anderer mit der Tugend; dieser hielt außerdem einen in Merkurialwasser getauchten Wedel in der Hand, wie Ovid es in seinen »Fasten« beschreibt, mit dem er den voranschreitenden Fortunabruder unablässig peitschte. – »Hier«, sagte Pantagruel, »handelt der Orden der Lehre Ciceros und der Akademiker zuwider, denn diese wollten, daß die Tugend vorangehe und das Glück ihr nachfolge.« Es wurde uns aber bewiesen, daß es so sein müßte, damit das Glück ausgepeitscht werden könnte. Während des Umzugs mummten und summten sie Gott weiß was für Antiphonien zwischen den Zähnen. Ich verstand ihr Kauderiwelsch nicht, merkte aber, als ich aufmerksam hinhörte, daß sie nur mit den Ohren sangen. Ein schöner Gesang, der vortrefflich zum Geläut ihrer Glocken paßte. Von Mißklängen war überhaupt keine Rede. Über ihren Umzug machte Pantagruel eine erstaunliche Bemerkung. »Ist euch«, fragte er uns, »wohl die Schlauheit dieser Mummbrüder aufgefallen? Zu der einen Tür der Kirche sind sie hinausgezogen, und wieder herein kommen sie zur andern. Sie hüten sich wohl, durch die Tür wieder hereinzukommen, durch die sie hinausgegangen sind. Auf Ehre, das sind feine Burschen, die können sich vergolden lassen! So fein wie ein bleierner Dolch, extrafein, durch den Schmelztiegel gegangen – urfein!« » »Diese Feinheit«, sagte Bruder Hans, »ist eine Frucht verborgener Philosophie, verstehe davon den Teufel nichts!« – »Desto gefährlicher ist sie«, sagte Pantagruel, »je weniger man sie versteht. Denn eine Feinheit oder Schlauheit, die man durchschaut, auf die man gefaßt ist, die offen zutage liegt, ist ihrem Wesen nach keine Schlauheit mehr und heißt auch nicht mehr so: man nennt sie Plumpheit. Auf Ehre, die verstehen's besser!«

Nachdem der Umzug, der als eine Art Spaziergang und heilsame Leibesübung gelten konnte, zu Ende war, zogen sie sich in ihr Refektorium zurück und knieten unter den Tischen nieder, wobei sie sich mit Brust und Bauch auf eine Laterne stützten. Während sie dort auf den Knien lagen, trat ein langer Sandalier herein, in der Hand eine mächtige Gabel, und reichte jedem ein Gabelfrühstück. Das fing mit Käse an und endete mit Lattich, ganz wie es nach Martial bei den Alten Sitte war. Zuletzt stellte man jedem noch ein Fäßchen Senf hin, so daß sie also die Würze nach dem Essen bekamen. Ihre Speisekarte war wie folgt: Sonntags aßen sie Blutwurst, Fleischwurst, Würstchen, Frikadellen, geröstete Leberschnitten und Wachteln, dazu ein wie allemal zu Anfang der Mahlzeit Käse und zum Schluß Senf; montags Speck und Erbsen mit ausführlichem Kommentar und Randglossen; dienstags verschiedenerlei Weißbrot, Kuchen, Wecken, Fladen und Zwieback; mittwochs Bauernschleck, das heißt schöne Schafs-, Kalbs- und Dachsköpfe, wovon es dortzulande wimmelt; donnerstags sieben verschiedene Suppen und dazu den unvermeidlichen Senf; freitags nichts als Speierlingsbeeren, die, nach der Farbe zu schließen, nicht einmal reif waren; sonnabends wurden die Knochen abgenagt, und dabei kamen sie einem doch nicht abgezehrt und hungerleiderisch vor, denn jeder von ihnen besaß ein ansehnliches Bäuchlein. Ihr Getränk bestand in Antifortunal, wie sie Gott weiß was für ein Gebräu des Landes nannten. Wenn sie essen oder trinken wollten, schlugen sie die Kapuzen nach vorn herunter, die ihnen dann als Lätzchen dienten. Zum Schluß der Mahlzeit beteten sie, wie sich's gehört, auf gut mummisch. Den Rest des Tags verbrachten sie in Erwartung des Jüngsten Gerichts mit Werken der Liebe: sonntags knufften sie einander, montags teilten sie Nasenstüber untereinander aus, dienstags hänselten, mittwochs kratzten sie sich, donnerstags zogen sie sich gegenseitig die Würmer aus der Nase, freitags kitzelten sie sich, und sonnabends bearbeiteten sie sich mit der Peitsche. Das war ihre Regel im Kloster; hielten sie sich aber auf Befehl ihrer Oberen irgendwo außerhalb des Klosters auf, so war es ihnen aufs strengste und unter Androhung schwerer Strafen verboten, solange sie auf dem Meer oder einem Fluß waren, Fisch, und solange sie auf dem festen Land waren, Fleisch zu essen, damit es einem jeden klar und deutlich werde, daß sie zwar die Sache selbst, nicht aber die Verfügung darüber noch die Neigung dazu hätten, noch haben dürften und sowenig dadurch jemals ins Schwanken gerieten wie der marpesische Fels. Alles, was sie taten, begleiteten sie mit passenden Antiphonien, die sie, wie schon gesagt, immer mit den Ohren sangen. Bei sinkender Sonne stiefelten und spornten sie sich wie am Morgen, setzten sich die Brille auf die Nase und legten sich schlafen. Um Mitternacht kam der Sandalier herein, sie sprangen auf, schliffen ihre Schermesser und zogen sie ab, knieten, wenn der Umzug zu Ende war, unter den Tischen nieder und hielten ihre Mahlzeit wie zuvor.

Als Bruder Hans Hackepeter diese gediegenen Mummbrüder sah und Näheres über ihre Statuten erfuhr, geriet er ganz außer sich und rief mit lauter Stimme: »Daß dich die Ratte beiße! Ich will nichts weiter davon wissen, ich mache, daß ich fortkomme. Schade, schade, daß Priapus nicht hier ist wie bei den heiligen Nokturnalien der Canidia! Ei, wie der zu ihrer Mummerei aus Herzenslust furzen und kontrafurzen würde! Jetzt seh' ich ein, daß wir auf Erden gewiß und wahrhaftig Antichthonen und Antipoden[1] sind. In Deutschland reißt man die Klöster nieder und zerrt den Mönchen die Kutten vom Leib, und hier im Gegenteil, hier baut man sie erst auf.«

Achtundzwanzigstes Kapitel
Wie Panurg einen Mummbruder befragte
und einsilbige Antworten bekam

Seitdem wir hier waren, hatte Panurg nichts weiter getan, als daß er die Gesichter dieser königlichen Mummbrüder unverwandt angestiert hatte; jetzt zupfte er einen von ihnen, der mager war wie ein Pökelhering, am Ärmel und fragte ihn: »Bruder Mumm, Mummedie, Mummedei, wo ist denn das Weibsstück?« – Der Mummbruder: »Drin.«

P.: »Habt ihr viel hier?« M.: »Nein.«

P.: »Wieviel denn?« M.: »Zwölf.«

P.: »Und wieviel möchtet ihr haben?« M.: »Mehr.«

P.: »Wo haltet ihr sie versteckt?« M.: »Dort.«

P.: »Ich nehme an, daß sie nicht alle gleich alt sind; aber wie ist ihr Wuchs?« M.: »Schlank.«

P.: »Und ihre Haut?« M.: »Weiß.«

P.: »Ihr Haar?« M.: »Blond.«

P.: »Wie sind ihre Augen?« M.: »Schwarz.«

P.: »Ihre Brüste?« M.: »Rund.«

P.: »Ihr Gesicht?« M.: »Hübsch.«

P.: »Ihre Brauen?« M.: »Sanft.«

P.: »Ihre Schönheit?« M.: »Reif.«

P.: »Ihr Blick?« M.: »Frei.«

P.: »Wie sind ihre Füße?« M.: »Platt.«

P.: »Ihre Fersen?« M.: »Kurz.«

P.: »Das Unterteil?« M.: »Schön.«

P.: »Wie sind ihre Arme?« M.: »Lang.«

P.: »Tragen sie Handschuhe?« M.: »Ja.«

P.: »Was für Ringe?« M.: »Gold.«

P.: »Was gebt ihr ihnen zu den Kleidern?« M.: »Tuch.«

[1] Bewohner der Gegenseite der Erde

P.: »Wie ist das?« M.: »Neu.«

P.: »Von welcher Farbe?« M.: »Blau.«

P.: »Wie ist die Haube?« M.: »Blau.«

P.: »Und ihr Schuhzeug?« M.: »Braun.«

P.: »Ist das Tuch, welches ihr ihnen gebt, grob?« M.: »Fein.«

P.: »Wie sind ihre Schuhe?« M.: »Fest.«

P.: »Was ist sonst noch dran?« M.: »Dreck.«

P.: »Also gehen sie doch umher?« M.: »Viel.«

P.: »Doch nun zur Küche, ich meine zur Küche der Weibsstücke; wollen wir uns nicht übereilen, eins nach dem andern.
Was gibt's da in der Küche?« M.: »Glut.«

P.: »Was unterhält die?« M.: »Holz.«

P.: »Wie ist das?« M.: »Dürr.«

P.: »Wie brennt's?« M.: »Hell.«

P.: »Was für Späne nehmt ihr zum Feueranmachen?« M.:
»Kien.«

P.: »Womit heizt ihr die Zimmer?« M.: »Torf.«

P.: »Und wie?« M.: »Warm.«

P.: »Aber die Weibsstücke interessieren mich mehr; wie füttert ihr sie?« M.: »Gut.«

P.: »Was essen sie?« M.: »Brot.«

P.: »Woraus ist das?« M.: »Korn.«

P.: »Was essen sie noch?« M.: »Fleisch.«

P.: »Gebraten?« M.: »Ja.«

P.: »Gebt ihr ihnen auch Suppe?« M.: »Nie.«

P.: »Aber Pasteten?« M.: »Viel.«

P.: »Aha, das ist nicht schlecht. Essen sie auch Fisch?« M.:
»Doch.«

P.: »So, und was noch?« M.: »Ei.«

P.: »Essen sie gern Ei?« M.: »Gern.«

P.: »Gekocht, wenn ich fragen darf?« M.: »Hart.«

P.: »Ist das alles, was sie bekommen?« M.: »Nein.«

P.: »Na, also was noch?« M.: »Rind.«

P.: »Weiter?« M.: »Schwein.«

P.: »Noch?« M.: »Lamm.«

P.: »Ferner?« M.: »Gans.«

P.: »Außerdem?« M.: »Huhn.«

P.: »Und als Gewürz?« M.: »Salz.«

P.: »Aber zu den besseren Speisen?« M.: »Senf.«

P.: »Und zum Nachtisch?« M.: »Reis.«
P.: »Was noch?« M.: »Milch.«
P.: »Und sonst?« M.: »Kohl.«
P.: »Wie?« M.: »Grün.«
P.: »Was kocht ihr daran?« M.: »Speck.«
P.: »Gebt ihr ihnen auch Früchte?« M.: »Oft.«

P.: »Wie?« M.: »Roh.«
P.: »Auch Nüsse?« M.: »Ja.«
P.: »Und wie trinken sie?« M.: »Aus.«
P.: »Aber was?« M.: »Wein.«

P.: »Was für eine Sorte?« M.: »Weiß.«

P.: »Wie ist der im Winter?« M.: »Klar.«

P.: »Doch im Frühling?« M.: »Trüb.«

P.: »Im Sommer?« M.: »Kühl.«

P.: »Und im Herbst, zur Zeit der Lese?« M.: »Süß.«

»Potz Kutte!« rief da Bruder Hans, »wie diese Meerschweinchen fett sein und was für einen Trab sie laufen müssen, wenn man sie so gut und reichlich füttert.«

»Warte nur«, sagte Panurg, »bis ich fertig bin.«

P.: »Wann legen sie sich schlafen?« M.: »Nachts.«

P.: »Und wann stehen sie auf?« M.: »Früh.«

»Das ist doch«, sagte Panurg, »wirklich der allernetteste Bruder Mumm, den ich das ganze Jahr über geritten habe; wollte Gott und der heilige Mumm und die hochwerte, gebenedeite Jungfer Mumme, er wäre Gerichtspräsident in Paris! Donnerwetter, Freundchen, was der für kurzen Prozeß machen, wie der die Sachen schnell erledigen, die Debatten abschneiden, die Akten ausstauben, die Eingaben durchsieben und seine Urteile abfeuern würde! Aber laßt uns jetzt auf die anderen Lebensbedürfnisse zu sprechen kommen, und reden wir eingehend und sachlich von den besagten barmherzigen Schwestern: Wie ist ihr Monstrum?«

M.: »Dick.«

P.: »Vorn?« M.: »Frisch.«

P.: »Und drinnen?« M.: »Hohl.«

P.: »Ich wollt' eigentlich fragen, wie fühlt sich's drinnen an?« M.: »Heiß.«

P.: »Was ist um den Rand herum?« M.: »Haar.«

P.: »Wie sieht das aus?« M.: »Schwarz.«

P.: »Und bei den Alten?« M.: »Grau.«

P.: »Wie geht's hinein?« M.: »Leicht.«

P.: »Wie wackelt der Hintern?« M.: »Stark.«

P.: »Sind sie alle springlustig?« M.: »Sehr.«

P.: »Wie sind eure Apparate?« M.: »Groß.«

P.: »Wie außen herum?« M.: »Rund.«

P.: »Und vorn an der Spitze, wie ist da ihre Farbe?« M.: »Rot.«

P.: »Wie sind sie nach der Arbeit?« M.: »Schlaff.«

P.: »Wie sind die Hoden?« M.: »Schwer.«

P.: »Aufgeschürzt?« M.: »Hoch.«

P.: »Aber wenn's vorbei ist, wie dann?« M.: »Matt.«

P.: »Bei eurem Gelübde, und wenn ihr reiten wollt, wie legt ihr sie hin?« M.: »Flach.«

P.: »Und was sagen sie während des Rittes?« M.: »Nichts.«

P.: »Sie verschaffen's euch und sind im übrigen mit den Gedanken ganz bei der Sache, he?« M.: »Wahr.«

P.: »Lassen sie sich auch Kinder machen?« M.: »Nein.«

P.: »Wie liegt ihr beieinander?« M.: »Nackt.«

P.: »Nun, im Gelübde, das ihr abgelegt, wievielmal, richtig gezählt, macht ihr's tagsüber?« M.: »Sechs.«

P.: »Und nachts?« M.: »Zehn.«

»Pest«, sagte Bruder Hans, »der Hurenbock schämt sich doch, über sechzehn hinauszugehen; das wäre gegen seine Ehre.«

P.: »Wahrhaftig, Bruder Hans, könntest du das auch? Der sticht ja einen Aussätzigen aus. Machen sie's alle so oft?« M.: »Ja.«

P.: »Wer von euch aber ist der Hauptkerl?« M.: »Ich.«

P.: »Und versagst nie?« M.: »Nie.«

P.: »Das geht über meinen Verstand. Wenn man tags zuvor all seine Samenbläschen so ausgepumpt und leergefegt hat, wie kann da gleich am nächsten Tag wieder soviel drin sein?« M.: »Mehr.«

P.: »Ich träume, oder die müssen das indische Kraut besitzen, das Theophrast so sehr rühmt. Aber wenn sich's nun ergibt, daß ein natürlicher Hinderungsgrund oder sonst irgend etwas die Zahl eurer Freuden herabsetzt, wie fühlt ihr euch dann?« M.: »Schlecht.«

P.: »Und wie werden dann die Weibsstücke?« M.: »Bös.«

P.: »Und wenn ihr einmal ganz aufhört?« M.: »Wild.«

P.: »Was gebt ihr ihnen dann?« M.: »Schacht.«

P.: »Und sie, was machen sie?« M.: »Stunk.«

P.: »Was sagst du?« M.: »Furz.«

P.: »Wie klingt das?« M.: »Dumpf.«

P.: »Straft ihr sie dafür?« M.: »Hart.«

P.: »Was kommt dabei heraus?« M.: »Blut.«

P.: »Wie wird dann ihre Haut?« M.: »Wund.«

P.: »Freilich, für euch wär' besser, sie wäre nicht so . . .« M.: »Bunt.«

P.: »Aber ihr tut ihnen wenigstens eure Überlegenheit . . .«

M.: »Kund.«

P.: »Und sie haben dann an euch zu denken . . .« M.: »Grund.«

P.: »Bei dem hölzernen Gelübde, das ihr abgelegt habt, nun sagt mir nur noch, in welcher Zeit geht's am flausten?« M.: »Herbst.«

P.: »Und am hitzigsten?« M.: »Lenz.«

P.: »Im übrigen allezeit . . .« M.: »Flott.«

Lachend sagte Panurg: »Das ist wirklich der drolligste Mummbruder von der Welt. Habt ihr gehört, wie maulfaul, wie wortkarg und kurz angebunden er in seinen Antworten ist? Er spricht nur in Einsilbern. Ich glaube, der würde aus einer Erdbee-re drei Happen machen.« – »Donnerwetter«, sagte Bruder Hans, »mit den Weibsstücken ist er recht vielsilbig. Und beim heiligen Strohsack, schwören wollt' ich, daß der Kerl aus einer Ham-mel-keu-le nicht mehr als zwei Happen macht und ein Maß Wein in einem Zug hinunterkippt. Seht doch nur, wie ausgemergelt er ist.« – »Diese abscheuliche Luderschaft der Mönche«, sagte Epistemon, »ist überall aufs Fressen erpicht, und dann heißt's noch, sie hätte auf der Welt nichts als das liebe Leben. Was Teufel haben denn die Könige und die stolzesten Fürsten mehr?«

Neunundzwanzigstes Kapitel
Wie Epistemon die Einrichtung des Fastens mißfällt

»Habt ihr achtgegeben«, fragte Epistemon, »wie dieser nichtsnutzige Schuft, dieser Mummbruder, uns gerade den Lenz als die beste Springzeit bezeichnet hat?« – »Jawohl«, sagte Pantagruel, »obgleich in ihn stets die Fastenzeit fällt, die dazu verordnet ist, das Fleisch zu kasteien, die sinnlichen Begierden abzutöten und die Furien der Lust zu zügeln.« – »Danach«, sagte Epistemon, »mögt ihr beurteilen, welchen Sinnes jener Papst gewesen ist, der sie einführte, da dieser Lumpenhund von einem Mummbruder selbst eingesteht, er wäre niemals geiler als zur Fastenzeit. Haben doch auch alle tüchtigen und gelehrten Ärzte es mit den stichhaltigsten Gründen bewiesen, daß während des ganzes Jahres nicht soviel zur Unzucht reizende Speisen genossen werden als in dieser Zeit: Pferdebohnen, Erbsen, Kichererbsen, Zwiebeln, Nüsse, Austern, Heringe, Eingesalzenes, Mariniertes, Salate von allerlei stimulierenden Kräutern, wie Rauke, Estragon, Brunnen- und Gartenkresse, Wassereppich, Rapunzel, Hornmohn, Hopfen, Feigen, Reis und Weinbeeren.« – »Ihr werdet staunen«, sagte Pantagruel, »wenn ihr erfahrt, daß der gute Papst, der das Fasten einführte, ebendadurch, daß er zu der Jahreszeit, wo die während des Winters im Innern des Körpers zurückgehaltene Wärme wie der Saft der Bäume wieder in alle Glieder dringt, jene genannten Speisen vorschrieb, für die Vermehrung des menschlichen Geschlechts sorgen wollte. Was mich auf diesen Gedanken gebracht hat, ist das Taufregister von Thouars, dem zufolge im Oktober und November viel mehr Kinder als in den übrigen zehn Monaten geboren werden, die also, wenn man zurückrechnet, während der Fastenzeit zustande gebracht, gezeugt und empfangen sein müssen.«

»Ich höre Euch mit Vergnügen zu«, sagte Bruder Hans, »aber der Pfarrer von Jambet wußte doch einen andern Grund dafür zu nennen. Er meinte nämlich, das häufigere Schwangerwerden der Frauen käme weit weniger von den Fastenspeisen her als von den windschiefen kleinen Bettelbrüdern, den gestiefelten kleinen Kanzelhelden und den schmierigen kleinen Beichtvätern, die um diese Zeit ihrer unbeschränkten Herrschaft die Ehebrecher ausnahmslos drei Faden tief in die Hölle verdammen. Die Ehemänner, die sich von ihnen ins Bockshorn jagen ließen, gäben sich dann nicht mehr mit ihren Dienstmägden ab und begnügten sich mit ihren Weibern. Ich habe gesprochen.«

»Legt euch die Sache zurecht, wie ihr wollt«, sagte Epistemon, »und möge jeder bei seiner Meinung bleiben; aber soviel steht fest: Die Ärzte werden sich der Abschaffung des Fastens samt und sonders widersetzen. Denn ohne Fasten verlöre ihre Kunst alles Ansehen, es würde niemand mehr krank werden, und sie verdienten nichts mehr. Zur Fastenzeit werden alle Krankheiten ausgesät: sie ist die wahre Pflanzstätte, das Brutnest aller erdenklichen Übel, und wohlgemerkt, da siecht nicht nur der Leib dahin, sondern rast auch die Seele; da werden die Teufel geschäftig, die Heuchler kriechen aus ihren Schlupfwinkeln, und die Gleisner feiern ihre Feste mit Sessionen, Stationen, Indulgenzen, Beichten, Geißelungen und Verdammungen. Ich will nicht geradezu behaupten, daß die Arimaspen[1] besser wären als wir, aber etwas ist daran«

»Alle Wetter«, sagte Panurg, »was meinst du, hurender und mummender Hodensack, scheint dir der nicht sehr ketzerisch zu reden?« M.: »Sehr.«

P.: »Was wär's, ihn zu verbrennen?« M.: »Zeit.«

P.: »Nicht wahr, so bald wie möglich?« M.: »Gleich.«

P.: »Und brauchte ihn vorher nicht ein bißchen einräuchern?« M.: »Nein.«

P.: »Wie also?« M.: »So.«

P.: »Wie wird er dann?« M.: »Tot.«

P.: »Er hat euch gekränkt?« M.: »Schwer.«

P.: »Wie kommt er dir vor?« M.: »Toll.«

P.: »Toll wie ein Hund meinst du?« M.: »Mehr.«

P.: »Was möchtest du aus ihm machen?« M.: »Staub.«

P.: »Hat man auch schon andere verbrannt?« M.: »Viel.«

P.: »Die ketzerisch dachten?« M.: »Kaum.«

P.: »Wird man noch welche verbrennen?« M.: »Oft.«

P.: »Laßt ihr nie Gnade walten?« M.: »Nie.«

P.: »Also müssen alle verbrannt werden?« M.: »Ja.«

»Ich weiß nicht«, sagte Epistemon, »was es dir für Spaß machen kann, dich mit diesem Lumpenkerl, diesem Mönch, zu unterhalten; kennte ich dich nicht besser, so könnte mich das wirklich in meiner Meinung über dich irremachen.« – »Ach was«, sagte Panurg, »der Kerl gefällt mir nun einmal; ich würde ihn gern Gargantua als Geschenk mitbringen, oder wenn ich erst verheiratet bin, könnte er zu den Spaßvögeln meiner Frau zählen.« – »Das heißt, deine Frau zum Spaß vögeln, wenn man das Wort rhetorisch in seine Bestandteile zerlegt.« – »Da hast du's, armer Panurg«, sagte Bruder Hans, »es ist nun einmal dein Los, Hahnrei zu werden, magst es anfangen, wie du willst.«

---

1 sagenhaftes antikes Volk von Einäugigen im nördl. Skythien; gemeint sind die nordeurop. Protestanten

Dreißigstes Kapitel
Wie wir das Teppichland besuchten

Sehr erfreut darüber, daß wir den neuen Orden der Mummbrüder kennengelernt hatten, fuhren wir nun zwei Tage lang weiter, bis unser Steuermann am dritten eine Insel entdeckte, die schöner und lieblicher war als alles, was wir bis dahin gesehen hatten; man nannte sie die Friesinsel, weil hier die Wege alle aus Fries waren. Auf dieser Insel lag das Teppichland, das bei den Hofpagen in so hohem Ruf steht, wo die Bäume und Sträucher nie ihre Blüten und Blätter verlieren und durchweg aus Damast und geblümtem Samt sind; auch die Tiere und Vögel waren Teppichgebilde. Da sahen wir in den Bäumen verschiedene Tiere und Vögel, ebenso gestaltet, ebenso groß, dick und von gleicher Farbe wie bei uns, nur daß sie nicht fraßen, nicht sangen und sich nicht bissen, wie die unsrigen es tun. Doch sahen wir auch manche, die wir nie gesehen hatten, zum Beispiel allerlei Elefanten der verschiedensten Art. Besonders fielen mir sechs Männchen und sechs Weibchen auf, die zur Zeit des Germanicus, der ein Neffe des Kaisers Tiberius war, von dem Mann, der sie abgerichtet hatte, im Zirkus zu Rom gezeigt worden waren: gelehrte, musikalische, philosophische Elefanten, Tänzer von Volks-, Hof- und Ballettänzen. Sie saßen in schönster Ordnung an einer Tafel und aßen und tranken schweigend, so daß man darauf hätte schwören mögen, es wären Mönche im Refektorium. Diese Elefanten haben einen zwei Ellen langen Rüssel, *proboscis* genannt, mit dem sie beim Trinken das Wasser einsaugen, Palmzweige, Pflaumen und was sonst zu ihrer Nahrung dient wie mit einer Hand ergreifen und womit sie sich verteidigen. Im Kampf werfen sie die Leute hoch in die Luft, daß sie beim Niederfallen vor Lachen bersten. An den Füßen haben sie Zehen und Gelenke, und wer das Gegenteil behauptet, kennt sie nur von Abbildungen. Zwischen den Zähnen haben sie zwei große Hörner, wie Juba sie nennt; auch Pausanias sagt, daß es Hörner wären, nicht Zähne, Philostratos dagegen behauptet, es wären Zähne und keine Hörner. Uns kann das völlig gleichgültig sein; merkt euch nur so viel, daß dies das wahre Elfenbein ist. Im übrigen sind sie drei bis vier Ellen lang und sitzen in der oberen Kinnlade, nicht in der unteren.

Glaubt ihr denen, die es euch anders sagen, zum Beispiel Älian, der ein großes Lügenmaul ist, nur um so schlimmer für euch. – Hier und nirgendwo anders hat sie auch Plinius nach der Musik auf einem Seil tanzen und bei einem Trinkgelage auf dem Tisch herumspazieren sehen, ohne daß sie die Zechenden irgendwie angestoßen hätten.

Ferner sah ich hier ein Rhinozeros, das dem, welches Heinrich Klerberg mir früher einmal gezeigt hatte, sehr ähnlich war: es unterschied sich kaum von einem Eber, den ich seinerzeit in Limoges gesehen habe, nur daß es vorn an der Schnauze ein anderthalb Ellen langes spitzes Horn hatte, mit dem es den Kampf gegen Elefanten aufnimmt; es stößt ihnen damit in den Bauch, des Elefanten empfindlichste und verwundbarste Stelle, und streckt sie tot zu Boden. Dann sah ich zweiunddreißig Einhörner, ein sehr bösartiges Tier, das einem schönen Pferd gleicht, nur daß es einen Kopf wie ein Hirsch, Beine wie ein Elefant, einen Schwanz wie ein Wildschwein und vorn auf der Stirn ein spitzes, schwarzes Horn von sechs bis sieben Fuß Länge hat, welches gewöhnlich gleich dem Kamm eines Truthahns herunterhängt; will es aber kämpfen oder sich sonst seiner bedienen, so richtet das Einhorn es kerzengerade auf. Eins von ihnen, von einem Rudel wilder Tiere umgeben, sah ich mit seinem Horn eine Quelle reinigen. Bei dieser Gelegenheit war es, daß Panurg mir sagte, sein Wedel gliche, wenn auch nicht an Länge, so doch an Kraft und Leistung, diesem Einhorn. Denn wie jenes das Wasser der Lachen und Quellen von allem Gift und Schmutz, der sich darin angesammelt hätte, rein fege, so daß nach ihm jedes Tier ohne Gefahr daraus saufen könne, so könnte man nach ihm auch ruhig drübersteigen und brauche sich vor Schanker, Tripper, Bubonen und dergleichen kleinen Übeln nicht zu fürchten. Denn wäre in dem mephitischen Loch irgend etwas nicht geheuer, so hole er es mit seinem nervigen Horn heraus. – »Wenn du verheiratet sein wirst, wollen wir das einmal bei deiner Frau probieren«, sagte Bruder Hans; »wir tun's um Gotteslohn, weil du so lieb für unsere Gesundheit sorgst.« – »Und ich, wie sich von selbst versteht, verschreib' euch dann sofort die niedliche kleine Gottespille von zweiundzwanzig Dolchstößen in den Leib nach Cäsars Rezept!« sagte Panurg.

Hier sah ich auch das Goldene Vlies, das Jason sich geholt

hatte. Die, welche behaupten, es wäre gar kein Vlies, sondern ein
goldener Apfel, weil μῆλον sowohl Apfel wie Schaf bedeute,
sind umsonst im Teppichland gewesen. Sah auch ein Chamäleon, wie Aristoteles es beschreibt und Charles Marias, der treffliche Arzt in der Rhonestadt Lyon, es mir seinerzeit gezeigt hat;
es lebte wie jenes ebenfalls nur von Luft. Sah auch drei Hydern,
wie ich sie schon anderwärts gesehen habe; das sind Schlangen
mit sieben Köpfen. Sah auch vierzehn Phönixe. Bei mehreren
Autoren hatte ich gelesen, es hätte in jedem Zeitalter nur einen
auf der Welt gegeben. Meiner unmaßgeblichen Meinung nach
haben alle, die darüber geschrieben, nie einen anderswo gesehen
als im Teppichland, nicht einmal Lactantius Firmianus. Sah auch
das Fell von Apulejus' goldenem Esel, ferner dreihundertund-
neun Pelikane und sechstausendundsechzehn seleukidische Vögel[1], die in Reih und Glied marschierten und die Heuschrecken
von den Äckern fraßen; desgleichen Kynamolgen[2], Argathy-
len[3], Kaprimulgen[4], Tinnunkulen[5], Kotnotare, wollt' sagen
Onokrotalen[6], mit riesigen Schlünden, Stymphaliden, Harpyien, Panther, Gazellen, Kemaden[7], Kynokephalen[8], Satyrn,
Kartazonen[9], Taranden[10], Einäuger, Pegasen, Kepen[11], Neaden[12], Presteren[13], Kerkopitheken[14], Bisons, Musmonen[15], By-
turen[16], Ophyren[17], Strygen[18] und Greife.

Sah hier auch Mittfasten zu Roß, dem Mittlenz und Mittherbst
den Steigbügel hielten, und Werwölfe, Kentauren, Tiger, Leoparden, Hyänen, Kameloparden[19] und Orygen[20] sah ich auch.

Sah hier auch eine Remora[21], welches ein kleiner Fisch ist, den
die Griechen Echeneis nannten, vor einem großen Schiff, das
sich nicht von der Stelle bewegte, obgleich es sich auf hoher See
befand und alle Segel gesetzt hatte; ich nehme an, es war das des
Tyrannen Periander, das ja von solchem kleinen Fisch trotz des

---

1 von Plinius (»Naturgeschichte« 10, 27) erwähnte vorderasiat. Drosselart – 2 »Zimtleser«; von
Plinius (10, 33) u. a. erwähnte ind. Vogelart – 3 von Plinius (10, 33) erwähnte Meisenart – 4 Zie-
genmelker – 5 von Plinius (10, 37) erwähnte Raubvögel, vielleicht Turmfalken – 6 Pelikane –
7 von Homer (»Ilias« 10, 361) u. a. erwähnte Hirsch- oder Antilopenart – 8 Paviane – 9 nach
Älian (»Über das Wesen der Tiere« 16, 20) ind. Name des Einhorns – 10 von Plinius (8, 34) erwähnte rindähnliche Tiere (Ren oder Elch) in Skythien – 11 von Plinius (8, 19) u. a. erwähnte Affenart – 12 von Älian (17, 28) erwähnte unbekannte Ungeheuer auf Samos – 13 Giftschlangenart
– 14 Meerkatzen – 15 wahrscheinlich Mufflons – 16 von Plinius (30, 15) erwähnte Weinreben-
schädlinge – 17 vielleicht Schlangenart – 18 Ohreulen; in der Antike als Vampire geltend –
19 Giraffen – 20 von Plinius (2, 40) u. a. erwähnte nordafrikan. Gazellenart – 21 Schiffshalter

Windes aufgehalten wurde. Sicherlich hier im Teppichland und nirgendwo anders wird Mucianus diesen Fisch gesehen haben. Bruder Hans sagte uns, ehemals habe es in den Gerichtshöfen auch zwei Arten solcher Fische gegeben; die hätten allen, die dort Prozesse geführt, Adligen wie Bürgerlichen, Armen wie Reichen, Hohen wie Niederen, Leib und Seele zugrunde gerichtet. Die eine Art wären Aprilfische gewesen, nämlich Makrelen[1], die andere Benefizremoren[2], das heißt endlose Prozesse ohne Urteilsspruch.

Sah hier auch Sphingien[3], Raphen[4], Luchse und Kephen[5], die Vorderfüße wie Hände und Hinterfüße wie Menschenbeine haben, Krokuten[6], Ealen[7], so groß wie ein Flußpferd, mit einem Elefantenschwanz, mit Kiefern wie ein Wildeber und mit beweglichen Hörnern wie Eselsohren, Leukrokuten[8], sehr flinke Tiere von der Größe eines Mirebalaisschen Esels, Hals, Schwanz und Brust wie ein Löwe, Beine wie ein Hirsch, Schnauze bis zu den Ohren gespalten und nichts darin als ein Ober- und ein Unterzahn; sie sollen mit menschlicher Stimme reden, ließen aber damals gerade nichts verlauten. Ihr behauptet, es hätte noch niemand je ein Würgefalkennest gesehen: ihr könnt mir's glauben, hier sah ich elf Stück davon. Schreibt euch das auf. Auch linkshändige Hellebarden waren da; na, so etwas hatt' ich doch noch nicht gesehen. Sah auch Mantichoren[9], was ganz besondere Tiere sind; sie haben einen Leib wie ein Löwe, rotes Fell, Gesicht und Ohren wie ein Mensch, drei Reihen Zähne, die ineinandergreifen, wie wenn man die Finger der Hände verschränkt, hinten am Schwanz einen Stachel, mit dem sie wie ein Skorpion stechen können, und eine sehr melodische Stimme. Sah auch Katoblepen[10], äußerst wilde Tiere, von Gestalt klein, aber mit einem unverhältnismäßig großen Kopf, den sie kaum vom Erdboden erheben können. Sie haben so giftige Augen, daß, wer hinsieht, auf der Stelle stirbt, als ob er einen Basilisken gesehen hätte. Auch Tiere mit zwei Rücken sah ich hier; sie schienen mir sehr lustig und im Steiß noch munterer zu sein als die Bachstelzen, denn der

1 gemeint sind käufliche Zeugen – 2 Fristgewährungen – 3 vielleicht Paviane – 4 von Plinius (8, 19) erwähnter gall. Name einer gefleckten Wolfsart – 5 Affenart (= Kepen) – 6 wahrscheinlich Hyänenart – 7 von Plinius (8, 21) erwähnte nordafrikan. Tierart – 8 von Plinius (8, 21) erwähnte ind. Tierart – 9 von Aristoteles (»Tiergeschichte« 2, I) u. a. erwähnte ind. Vierfüßer mit Giftstachel – 10 von Plinius (8, 21) erwähnte afrikan. Büffelart

Bürzel stand ihnen keinen Augenblick still. Milchgebende Krebse sah ich auch, die hatt' ich noch nie gesehen; sie marschierten in Reih und Glied, daß es ein wahres Vergnügen war.

Einunddreißigstes Kapitel
Wie wir im Teppichland Hörensagen sahen,
der Zeugenschule hielt

Als wir uns etwas weiter ins Teppichland hineinbegaben, sahen wir das Mittelländische Meer offen und bis auf den tiefsten Grund aufgedeckt vor uns daliegen, so wie sich im Arabischen Meerbusen das Rote Meer öffnete, damit die Juden aus Ägypten durchziehen konnten. Da sah ich Triton, auf einer großen Muschel blasend, auch Glaukos, Proteus, Nereus und noch viele andere Meergötter und Ungeheuer, desgleichen eine Menge Fische der verschiedensten Art, welche tanzten, flogen, sprangen, kämpften, schmausten, Atem schöpften, sich paarten, jagten und verfolgten oder sich in den Hinterhalt legten, Frieden schlossen, feilschten, schworen und sich vergnügten. Dicht dabei in einer Ecke stand Aristoteles, der ungefähr so aussah, wie man den Einsiedler neben dem heiligen Christophorus darstellt, und hielt eine Laterne in der Hand; er sah sich alles sehr genau an und schrieb's dann auf. Hinter ihm, sozusagen als Zeugen, standen noch viele andere Philosophen, wie Heliodor, Appian, Athenäos, Porphyrios, Pankrates der Arkadier, Numenios, Poseidonios, Ovid, Oppian, Olympios, Seleukos, Leonidas, Agathokles, Theophrast, Damostrat, Mucian, Nymphodor, Älian und wohl noch fünfhundert weitere, die ganz genausoviel Zeit und Muße hatten wie Chrysippos[1] oder Aristarch von Soli[2], der achtundfünfzig Jahre lang den Staatshaushalt der Bienen studierte, ohne während dieser ganzen Zeit irgend etwas anderes zu unternehmen. Mitten unter ihnen stand auch Pierre Gilles, ein Glas in der Hand, ganz vertieft in die Betrachtung des Urins dieser schönen Fische.

Nachdem wir uns das Teppichland eine ganze Weile angese-

---

1 gemeint ist Philiskos von Thasos – 2 gemeint ist Aristomachos von Soli (s. Plinius 11, 9)

hen hatten, sagte Pantagruel: »Nun habe ich aber meine Augen lange genug geweidet, jetzt kann ich nicht mehr, der Magen bellt mir vor Hunger.« – »Also laßt uns vor allem etwas genießen«, sagte ich, »die Anakampseroten[1] zum Beispiel, die dort hängen.« – »Pfui Teufel, wie das schmeckt!« Ich wählte mir ein paar Myrobalanen, die in einer Teppichecke hingen, konnte sie aber weder zerkauen noch hinunterschlucken, sie schmeckten durch und durch nach gezwirnter Seide; von der Lieblichkeit einer Frucht nicht die Spur. Nach ihrem Vorbild bewirtete wahrscheinlich Heliogabal die Leute, die er lange hatte hungern lassen und denen er ein prächtiges und üppiges kaiserliches Mahl versprach, dann aber bloß wächserne, marmorne, tönerne, gemalte und ins Tischtuch eingewebte Gerichte vorsetzen ließ. Als wir uns weiter im Lande umsahen, ob wir nicht etwas zu essen finden könnten, vernahmen wir in der Ferne ein unbestimmtes Geräusch, als ob Wäsche gewaschen würde oder die Mühlen vom Bascale[2] bei Toulouse in Betrieb wären. Unverzüglich begaben wir uns dahin, woher es kam, und fanden dort ein altes, kleines buckliges, ungestaltes Männchen, das man Hörensagen nannte. Er hatte ein Maul, das bis zu den Ohren reichte, und in diesem Maul sieben Zungen, von denen jede wiederum siebenmal gespalten war. Mit allen sieben sprach er Gott weiß wie zu gleicher Zeit, in den verschiedensten Sprachen und die allerverschiedensten Dinge. Dabei hatte er sowohl am Kopf wie auch am übrigen Körper so viel Ohren, wie Argus ehemals Augen hatte; im übrigen war er blind und an den Beinen gelähmt. Um ihn herum stand eine unzählige Menge aufmerksam lauschender Männer und Frauen, zum Teil recht vertrauensselig dreinschauend, deren einer eine Landkarte in der Hand hielt. Diese erklärte er ihnen kurz in einigen knappen Sätzen, wodurch sie in wenigen Stunden grundgelehrt wurden, so daß sie fließend und frei aus dem Kopf über die erstaunlichsten Dinge reden konnten, die nur zum hundertsten Teil zu ergründen ein Menschenleben nicht ausgereicht hätte: zum Beispiel über den Nil, über die Pyramiden, über Babylon, die Troglodyten[3], die Himantopoden[4], Blemmyer[5], Pygmäen,

---

1 von Plinius (24, 17) erwähntes Kraut, das erloschene Liebe neu entfachen soll – 2 alte Wassermühle westl. Toulouse – 3 Höhlenbewohner – 4 »Schleppfüße«; sagenhaftes nordafrikan. Volk – 5 sagenhaftes nordafrikan. Volk von Kopflosen, mit Augen und Mund auf der Brust

Kannibalen, die Hyperboreischen Berge, die Ägipanen[1], kurzum, über alles und weiß der Teufel was noch, und alles – von Hörensagen. Da sah ich, wie mir's schien, Herodot, Plinius, Solinus, Berosus, Philostrat, Mela, Strabon und noch viele andere der Alten, dann Albert, den großen Jakobiner[2]. Peter den Zeugen[3], Papst Pius II., Volaterran, Paulus Jovius, den wackeren Mann, Jacques Cartier, Haithon den Armenier, Marco Polo aus Venedig, Ludovicus Romanus, Pedro Alvarez[4] und ich weiß nicht wie viele andere neuere Historiographen mehr; die schrieben alle, hinter einem Stück Teppich verborgen, die schönsten Lügen auf, und alles – von Hörensagen.

Hinter einem mit Fuchsschwänzen gemusterten Stück Samt in der Nähe von Hörensagen sah ich eine ganze Schar Füchse und Brandfüchse stehen, durchweg gute Jungen, Studenten und noch ziemlich grün. Als wir uns erkundigten, zu welcher Fakultät sie gehörten, sagte man uns, sie widmeten sich hier von Jugend an dem Zeugenstudium und brächten es in dieser Kunst so weit, daß sie, wenn sie von hier abgingen, in der Provinz als Zeugen von Berufs wegen ihr gutes Auskommen fänden, indem sie denen, die den besten Tagelohn zahlten, über alles und jedes Zeugnis ablegten, und alles – von Hörensagen. Darüber denkt nun, was ihr wollt; aber einen Bissen Brot gaben sie uns doch und auch einen Schluck aus ihrem Fäßchen. Dann machten sie uns auf die freundschaftlichste Weise darauf aufmerksam, mit der Wahrheit immer so sparsam wie irgend möglich umzugehen, da wir es sonst an den Höfen der großen Herren nicht allzuweit bringen würden.

Zweiunddreißigstes Kapitel
Wie wir das Laternenland erblickten

Schlecht getränkt und schlecht gespeist, verließen wir also das Teppichland und fuhren wieder drei Tage lang weiter, bis wir in der Frühe des vierten uns Laternien näherten. Da sahen wir auf dem Meer verschiedene Flämmchen hin und her fliegen. Ich hielt

---

1 sagenhaftes nordafrikan. Volk mit Ziegenfüßen – 2 Albertus Magnus – 3 Petrus Martyr Anglerius – 4 Reisebeschreiber

das nicht für Laternen, sondern für Fische, die ihre blitzenden Zungen aus dem Meer herausstreckten, oder für Lampyriden – ihr nennt sie Johanniskäfer –, die hier so leuchteten wie bei uns zu Hause um die Zeit, wenn die Gerste reift. Aber der Steuermann sagte uns, es wären Scharwächterlaternen, die das Grenzgebiet durchstreiften und etliche fremde Laternen geleiteten, die sich als gute Franziskaner und Jakobiner zum Provinzialkapitel einfänden. Als wir nichts destoweniger befürchteten, es könnte das Anzeichen eines nahenden Sturms sein, da versicherte er uns auf das bestimmteste, es sei so, wie er gesagt habe.

Dreiunddreißigstes Kapitel
Wie wir in den Hafen der Lampionbrüder einliefen und nach Laternien kamen

Bald darauf legten wir im Hafen von Laternien an. Hier erkannte Pantagruel hoch auf einem Turm die Laterne von La Rochelle, die uns hell entgegenleuchtete. Auch die Laternen von Pharos, Nauplia und der Athener Akropolis, die der Pallas geweiht war, bemerkten wir. – Dicht beim Hafen liegt ein kleines Dorf, das von Lampionbrüdern bewohnt wird, einem Volk, das von Laternen lebt wie bei uns die Bettelbrüder von den Nonnen, anständige, fleißige Leute. Demosthenes hatte vorzeiten an diesem Ort laternt. Von hier bis zum Palast wurden wir von drei Leuchttürmlern begleitet, die zur militärischen Hafenwache gehörten und spitze Mützen trugen wie die Albaner. Wir machten sie mit dem Zweck unserer Reise bekannt und sagten ihnen, daß wir die Absicht hätten, die Königin von Laternien um eine Laterne zu bitten, die uns auf unserer Fahrt nach dem Orakel der Flasche leuchten und leiten solle. Sie versprachen, unser Anliegen zu befürworten, und fügten hinzu, daß wir Zeit und Gelegenheit gar nicht besser hätten treffen können, uns eine gute Laterne auszusuchen, da gerade das Provinzialkapitel stattfände. Als wir im königlichen Palast angekommen waren, wurden wir von zwei Ehrenlaternen, der des Aristophanes und der des Kleanthes, der Königin vorgestellt, und mit wenigen Worten setzte ihr Panurg in laternischer Sprache den Zweck unserer Reise auseinander. Sie nahm uns sehr gnädig auf und lud uns ein, an ihrem

Abendessen teilzunehmen. Das war ganz nach unserem Wunsch, und wir unterließen denn auch nicht, alles aufmerksam zu betrachten und auf jede ihrer Gebärden, ihre Kleidung, ihr Benehmen sowie die Art und Weise der Bewirtung recht genau achtzugeben.

Die Königin trug ein Kleid aus geblümtem Jungfernkristall, reich mit Diamanten besetzt. Die Laternen von Geblüt waren in Glasfluß gekleidet oder auch in phengitischen Stein[1], die übrigen in Horn, Papier und wachsgetränkte Leinwand; die Stocklaternen ebenso, je nach dem Alter ihres Geschlechts. Nur bei einer fiel mir auf, daß sie mitten unter den Allervornehmsten stand und trotzdem nur aus Töpferton war. Als ich darüber meine Verwunderung äußerte, sagte man mir, dies wäre die Laterne des Epiktet; vergebens habe man schon dreitausend Dukaten für sie geboten. Sehr aufmerksam betrachtete ich Art und Ausstattung der vieldochtigen Laterne des Martial und noch aufmerksamer die zwanzigdochtige, die Kanope, die Tochter des Kritias, ehemals im Tempel geweiht hatte. Auch die Hängelampe sah ich mir genau an, die aus dem Tempel des Palatinischen Apoll zu Theben geraubt und später von Alexander dem Eroberer nach dem äolischen Kyme gebracht worden war, desgleichen eine höchst merkwürdige, die einen schönen rotseidenen Federbusch auf dem Kopf trug; man erklärte mir, das sei Bartolus, die Rechtslaterne. Ferner fielen mir noch zwei andere auf, denen Klistierspritzen am Gürtel hingen; es hieß, die eine von ihnen sei die große, die andere die kleine Apothekerleuchte. Als es zum Abendessen ging, nahm die Königin zuoberst Platz, darauf die anderen nach Rang und Würden. Anfangs gab es große gezogene Lichter; nur der Königin wurde eine große, dicke, brennende Kerze aus weißem Wachs gereicht, die an der Spitze ein wenig rot gefärbt war. Auch die Laternen von Geblüt bekamen etwas Besseres als die anderen, ebenso die Provinziallaterne von Mirebalais, welcher man ein Nußlicht gab, und die von Niederpoitou, die ein Licht mit einem Wappen darauf erhielt. Und Gott im Himmel weiß, was sie dann alle zusammen für eine Helligkeit ausstrahlten! Nur einige junge Laternen, die unter der Aufsicht einer dicken Laterne standen, muß ich hier ausnehmen; denn sie

1 antiker Name des Glimmers

leuchteten nicht wie die anderen, sondern schienen mir eher Bettlampen zu sein.

Vierunddreißigstes Kapitel
Wie den Laternierdamen zum Abendessen
aufgetischt wurde

Die Flöten, Hörner und Dudelsäcke erklangen harmonisch, und die Gerichte wurden aufgetragen. Vor dem ersten Gang nahm die Königin eine wohlriechende Pille und, um sich den Magen zu reinigen, einen Löffel voll Rizinusöl. Dann wurden gereicht

saftige Nasenstüber,	Albernheiten im Schlafrock,
feinste Kinnhaken,	Essigschalen,
beste Puffboxer,	Alfanzereien,
Putzmörtel,	fleischige Würstchen,
falsche Edelsteine,	frühste Gemüsekräuter,
Feuerzangen,	Zwetschenstrudel,
wunderbare Hasenpastete,	Eisenstangen,
Meermuscheln,	Zahnzangen.

Zum zweiten Gang gab es

gehackten Braten,	Laß mich in Frieden,
Reiherbeine,	Zwick mich da,
Leberbrei,	Setz dich selbst 'rein,
flüssige Blase,	Händeklatschen,
Eselsfett,	Hopsasa,
Sperlingsschulter,	Kugelfuß,
Staubpinsel,	Was ist das?,
Rachenputzer,	Treffas mit Soße.

Der letzte Gang bestand aus

Schnee vom Vorjahr, wie es ihn in Laternien massenweise gab,

zerschnittenen Hosen-	Drogistensaft,
trägern,	Sandalenragout,
Hornmuscheln,	Mennige,
Hosenwind,	Schnepfenmehl,
Fliegenfängern,	Windhundpfoten.

Zum Nachtisch brachte man eine mit Blumen bemalte große Platte voll weißem Honig, den ein scharlachroter Seidenschleier verhüllte. – Sie tranken aus schönen alten Gläsern, und nichts weiter als Ölwein, ein Getränk, das mir wenig mundete, das in Laternien aber als Göttertrank galt; sie bezechten sich regelrecht damit, und zwar dermaßen, daß ich eine zahnlose alte Pergamentlaterne, eine Aufseherin junger Laternen, sich mit dem Ruf: »Unsere Lampen erlöschen!« so daran berauschen sah, daß sie auf der Stelle Licht und Leben verlor. Pantagruel erzählte man, die Laternen in Laternien stürben oft auf diese Weise, sogar zur Zeit ihres Kapitels.

Als die Mahlzeit beendet war, wurde die Tafel aufgehoben. Darauf stimmten die Spielleute ein noch lieblicheres Stück an als vorher, und die Königin eröffnete einen Reigen, den allesamt, Fackeln wie Laternen, miteinander tanzten. Dann zog sich die Königin auf ihren Thronsitz zurück, und die übrigen tanzten zu verschiedenen Weisen verschiedene Tänze, wie

Drück, Martin,
Die schöne Franziskaner-
    melodei,
Auf den Stufen von Arras,
Bastienne,
Bretonischer Quersprung,
Ach, wie schön,
Die sieben Gesichter,
Die Muntere,
Frösche und Kraniche,
Marquise,
Ist meine schöne Zeit
    dahin?,
Der Dorn,
Oh, ich bin allzu braun,
Wenn ich dran denke,
Kathrinchen,
Robinet,
Biskaya,
Klatschmohn,
Mein Nichtchen,
Halbpart,
Wie ihr wollt,

Schöne Picardie,
Ich bin allein,
Der Auftritt des Narren,
Liebesprinzessin,
Sie geht dahin,
Jacqueline,
Der große Kummer,
Die Blüte,
Die Klagen des Lamms,
Der spanische Ball,
Wie hat sie mich betrogen,
Die Geduld des Mohren,
Ich weiß nicht was,
Die Seufzer des Polen,
Jetzt darf ich klagen,
Der Schmerz des Reiters,
Die Valentinoiserin,
Im Grünen,
Ach Schäferin, mein Leben,
Die Margerite,
Im schönen Wald,
Die Stunde kommt,
Die Hecke.

Ferner sah ich sie nach Weisen aus dem Poitou tanzen, gesun-

gen von einer Fackel aus Saint-Maixent oder einem großen
Leuchtfeuer aus Parthenay-le-Vieil.

Wißt auch, ihr Zecher, daß alles lustig herging und die edlen
Fackeln auf ihren Holzbeinen sich redlich hervortaten. Zum
Schluß wurde der Schlaftrunk gereicht und auf das Wohl der
freigebigen Königin ein Becher Rizinusöl geleert. Darauf forderte die Königin uns auf, eine ihrer Laternen auszuwählen, damit sie uns den Weg weise. Wir dankten der hohen Frau erge-
benst und wurden von sieben neckischen jungen Fackeln bis zu
unserem Schiff begleitet. Dann nahmen wir Abschied.

Fünfunddreißigstes Kapitel
Wie wir beim Orakel der Flasche ankamen

Unsere treffliche Laterne leuchtete aber so hell und munter und
wies uns den Weg so sicher, daß wir nun endlich bei der ersehn-
ten Insel ankamen, auf der sich das Orakel der Flasche befand.
Als wir an Land gingen, schlug Panurg ausgelassen mit beiden
Beinen hinten aus und sagte zu Pantagruel: »Jetzt haben wir endlich nach so viel Mühen und Beschwerden gefunden, was wir
suchten.« Dann empfahl er sich höflich dem Wohlwollen unserer Laterne. Diese ermahnte uns, guten Muts zu sein und über
nichts, was wir sehen würden, zu erschrecken. Als wir uns dem
Tempel der Göttlichen Flasche näherten, mußten wir über einen
großen Weinberg hinweg, auf dem die verschiedensten Wein-
sorten wuchsen: Falerner, Malvasier, Muskateller, Tajo, Beaune,
Mirevaux, Orleans, Picardent, Arbois, Coussy, Anjou, Grave,
Korsika, Véron, Nérac usw. Der Weinberg war einst von Bacchus angelegt und so gesegnet worden, daß er jederzeit Blätter,
Blüten und Früchte zugleich trug wie die Orangenbäume von
Suresnes[1]. Unsere herrliche Laterne befahl jedem von uns, drei
Weinbeeren zu essen, unsere Schuhe mit Weinlaub auszulegen
und eine grüne Ranke in die linke Hand zu nehmen. Am Ende
des Weinbergs kamen wir durch einen alten Triumphbogen, auf
dem die Trophäen eines Zechers sehr sauber in Stein ausgehauen
waren, nämlich eine große Menge Flaschen, Karaffen, Bocks-

---

1 Kleinstadt westl. Paris; ehem. mit Orangerien im kgl. Park

beutel, Kannen, Kruken, Fässer und altertümliche Henkelkrüge, die an einem Rebengeländer hingen; dann, an einer andren Stelle, sehr viel Knoblauch, Zwiebeln, Schalotten, Schinken, Kaviar, Parodellen[1], geräucherte Ochsenzungen, alter Käse und ähnliche schöne Sachen, aber alles mit Weinlaub durchflochten und durch Rankenwerk sehr zierlich zu einem Ganzen verbunden; an einer dritten Stelle über hundert Arten verschiedener Gläser zu Fuß und zu Roß, Römer, Sturzbecher, Angster, Humpen, Pokale, Trinkschalen, Kelche und anderes bacchantisches Handwerkszeug mehr. Vorn am Bogen, unter dem Fries, standen die beiden Verse:

> Laßt euch, wollt ihr dies Tor durchschreiten,
> von zünftigen Laternen leiten.

»Dafür«, sagte Pantagruel, »haben wir gesorgt, denn im ganzen Laternenland gibt es keine bessere und göttlichere Laterne als unsere hier.« – Der prächtige Torbogen mündete in einen schönen, dichten Laubengang aus Weinreben, an denen Trauben in fünfhundert verschiedenen Farben und ebensoviel verschiedenen, ganz eigentümlichen Formen hingen, alles Erzeugnis der Gartenkunst; gelbe, braune, blaue, azurne, weiße, schwarze, grüne, violette, scheckige, fleckige, lange, runde, dreieckige, viereckige, eiförmige, apfelförmige, bekelchte, bepelzte. Hinten war der Laubengang durch drei uralte Efeustämme geschlossen, die tief grün und ganz mit schwarzen Beeren bedeckt waren. Aus diesem Efeu mußte sich jeder von uns auf Befehl unserer hochweisen Laterne einen albanischen Spitzhut flechten und damit den Kopf bedecken, was sofort geschah. Pantagruel meinte, unter diesem Rebendach wäre der Priester Jupiters seinerzeit wohl nicht hingegangen. »Allerdings nicht«, sagte unsere erleuchtete Laterne, »davon würde ein mystischer Grund ihn abgehalten haben. Denn wäre er darunter hingegangen, so würde der Wein über seinem Kopf gewachsen sein, und es hätte scheinen können, als stünde er unter dem Einfluß des Weins, das heißt, als würde er von ihm beherrscht; er wollte also zu verstehen geben, daß Priester wie alle die, welche sich der Betrachtung göttlicher Dinge widmen und hingeben, ihren Geist frei halten sollten von jeder

1 Käsegebäck

Unruhe und von allen Störungen durch die Sinne, die bei der Trunksucht offenkundiger auftreten als bei irgendeiner anderen Leidenschaft.

Auch ihr würdet in den Tempel der Göttlichen Flasche nicht eingelassen werden, da ihr unter diesem Rebendach hingegangen seid, sähe nicht Bakbuk, die Hohepriesterin, daß eure Schuhe voll Weinlaub wären, welches das dem andern geradezu Entgegengesetzte ist und anzeigt, daß ihr den Wein nicht fürchtet, ihn mit Füßen tretet und ihn euch unterwürfig macht.« – »Ich bin«, sagte Bruder Hans, »Gott sei's geklagt, zwar kein Gelehrter; aber in meinem Brevier steht, daß in der Apokalypse ein Weib gesehen wurde, die sogar den Mond unter ihre Füße trat.[1] Bigot erklärte mir das so, daß sie ganz anderer Art und Natur gewesen sei als alle anderen Weiber, die den Mond doch gewöhnlich im Kopf haben und deshalb närrisch und mondsüchtig sind. Darum, Frau Laterne, mein liebes Schätzchen, wird mir's auch gar nicht schwer, zu glauben, was du da sagst.«

Sechsunddreißigstes Kapitel
Wie wir in die Erde hinabstiegen, um in den Tempel
der Flasche zu gelangen,
und wie Chinon die erste Stadt der Welt ist

So stiegen wir in die Erde hinab durch ein mit Stuck bekleidetes Gewölbe, auf dessen Außenwänden in ziemlich roher Weise ein Tanz von Weibern und Satyrn dargestellt war, die den auf seinem Esel reitenden Silen begleiteten. Da sagte ich zu Pantagruel: »Dieser Eingang erinnert mich an den bemalten Keller der ersten Stadt der Welt, denn dort sieht man ähnliche Bilder wie hier, auch *al fresco*.« – »Wo ist das«, fragte Pantagruel, »wie heißt diese erste Stadt, von der du da sprichst?« – »Chinon«, sagte ich, »oder Caynon in der Touraine.« – »Oh, ich kenne Chinon«, sagte Pantagruel, »und den bemalten Keller kenn' ich auch, habe manch Glas kühlen Wein da getrunken, zweifle auch gar nicht daran, daß Chinon eine recht alte Stadt ist; schon ihr Wappen beweist's, auf dem man zwei- bis dreimal lesen kann:

1 Offenbarung 12, I

> Chinon ist eine kleine Stadt,
> die einen großen Namen hat,
> und ist schon viele Jahre alt,
> im Tal die Vienne, am Berg der Wald.

Aber wie sollte sie die erste Stadt der Welt sein? Wo hast du das gelesen? Wo steht das geschrieben? Was bringt dich auf diesen Gedanken?« – »Ich habe«, sagte ich, »in der Heiligen Schrift gelesen, daß Kain der erste Städtebauer war. Nun aber ist doch mit Gewißheit anzunehmen, daß er die erste Stadt auch nach seinem Namen benannt haben wird, also Caynon, wie ihm später darin alle Gründer und Erbauer von Städten nachfolgten, die den ihrigen gleichfalls ihre Namen gaben: Athene, die griechische Minerva, nannte die von ihr erbaute Stadt Athen, Alexander die seinige Alexandrien, Konstantin Konstantinopel, Pompejus Pompejopolis in Kilikien, Hadrian Hadrianopel; ebenso nannten die Kanaaniter die ihre Kanaan, die Sabäer Saba, die Assyrer Assur, und auch Ptolemaïs, Cäsarea, Tiberium, Herodium in Judäa haben ihre Namen daher.«

Während wir so miteinander plauderten, kam der Großflaschner – Leuchte nannte ihn unsere Laterne – oder Hofmarschall der Göttlichen Flasche in Begleitung der Tempelwache heraus; die letztere setzte sich aus lauter französischen Buttlern zusammen. Als er sah, daß wir, wie oben erwähnt, Thyrsusstäbe in den Händen hielten, mit Efeu bekränzt waren und die ehrwürdige Laterne bei uns hatten, ließ er uns ungehindert eintreten und gab Befehl, daß man uns sogleich zur Prinzessin Bakbuk, der Ehrendame der Flasche und aller Mysterien Priesterin, führen solle. Und so geschah es.

Siebenunddreißigstes Kapitel
Wie wir die tetradischen Stufen[1] hinabstiegen und was für Angst Panurg ausstand

Wir stiegen nunmehr eine Marmorstufe in die Erde hinab, bis wir zu einem Absatz kamen; dann, uns links wendend, deren zwei, wieder bis zu einem Absatz; dann nach rechts hin drei, bis

---

1 Viererstufen

zu einem neuen Ruhepunkt, und endlich noch vier, ebenso. Darauf fragte Panurg: »Sind wir nun angekommen?« – »Wie viele Stufen habt Ihr gezählt?« ließ sich unsere herrliche Laterne vernehmen. – »Eins, zwei, drei, vier«, gab Pantagruel zur Antwort. – »Wieviel sind das zusammen?« fragte sie weiter. – »Zehn«, erwiderte Pantagruel. – »Mit derselben pythagoreischen Tetras«, sagte sie, »multipliziert das Produkt.« – »So ergibt es zehn, zwanzig, dreißig, vierzig«, sagte Pantagruel. – »Wieviel macht das zusammen?« fragte sie. – »Hundert«, erwiderte Pantagruel. »Legt noch den ersten Kubus, das sind acht, hinzu: am Ende dieser Schicksalszahl werden wir die Pforte des Tempels finden. Und seid klug und merkt Euch, daß dies die wahre Psychogonie[1] des Platon ist, die von den Akademikern so hoch gepriesen und doch so schlecht verstanden wird, deren Hälfte aus der Einheit der beiden ersten Zahlen, der beiden Quadrate und der beiden Kuben zusammengesetzt ist.«

Um diese zahlreichen unterirdischen Stufen hinabzusteigen, waren uns zwei Dinge dringend vonnöten: einmal unsere Beine, denn ohne diese wären wir wie Fässer in einen Keller hinuntergerollt, und zum andern unsere erlauchte Laterne, denn außer ihr leuchtete uns keinerlei Licht, nicht anders, als hätten wir in Sankt Patricks Loch in Hibernien oder in Trophonios' Höhle in Böotien gesteckt. Als wir an die achtundsiebzig Stufen hinuntergestiegen waren, wandte sich Panurg zu unsrer leuchtenden Laterne um und sagte zu ihr: »Wundertätige Dame, mit bekümmertem Herzen beschwöre ich Euch, laßt uns umkehren. Potz Tod, ich sterbe vor Angst! Lieber will ich das Heiraten ein für allemal aufgeben. Ihr habt viel Last und Mühe meinetwegen gehabt; Gott wird Euch das bei der großen Abrechnung gewiß hoch anrechnen, und ich werde auch nicht undankbar sein, wenn ich nur erst wieder aus dieser Troglodytenhöhle heraus bin. Um alles in der Welt, laßt uns umkehren! Ich glaube, wir sind hier am Tänaron, von wo's geradewegs in die Hölle hinabgeht, und es kommt mir schon so vor, als ob ich drunten Zerberus bellen hörte. Horch, horch! Das muß er sein, oder mir klingen die Ohren. Möchte nichts mit ihm zu tun haben, denn es gibt gar keine schlimmeren Zahnschmerzen, als wenn die Hunde einen an den

1 Seelenentstehungslehre

Beinen packen. Wenn das die Höhle des Trophonios ist, so werden uns die Lemuren und Kobolde lebendig fressen, wie sie's in Ermangelung von was Besserem mit dem Leibwächter des Demetrius gemacht haben. Bruder Hans, bist du da? Ich bitte dich,

Dickerchen, halte dich zu mir, ich sterbe vor Angst. Du hast doch deine Plempe mit? Wenn ich nur auch was hätte, um mich zu wehren oder womit ich um mich hauen könnte. Aber so – kehren wir also lieber um.«

»Da bin ich ja«, sagte Bruder Hans, »ich bin ja hier, du brauchst dich nicht zu fürchten; ich halte dich am Kragen fest, achtzehn Teufel sollen dich mir nicht aus den Fäusten reißen, wenn du auch keine Waffen hast. An Waffen ist in der Not nie Mangel, wenn nur Herz und Arm tapfer sind; wenn's drauf ankommt, regnet's welche vom Himmel wie seinerzeit in der Ebene von Crau am Mariusgraben in der Provence, wo es Felsbrocken regnete – die liegen noch da –, damit sich Herkules wehren könnte, der nichts hatte, womit er sich die beiden Söhne Neptuns vom Leib hielte. Aber wie, steigen wir hier etwa in die Kleinkinderunterwelt[1], damit sie uns alle vollkacken? Oder gar in die richtige Hölle zu allen Teufeln? Sapperment, die sollen's kriegen, jetzt, wo ich Weinlaub in meinen Schuhen habe! Grün und blau will ich sie hauen. Heda, wo sind sie? Nur vor ihren Hörnern fürcht' ich mich. Aber die zwei, die Panurg als Ehemann wachsen, werden mich hinlänglich schützen. Ich sehe ihn im Geist schon vor mir als gehörnten, gehürnten, geharnten Aktäon.« – »Nimm du dich nur in acht, Bruder«, sagte Panurg, »daß man dir nicht die Pest antraut, wenn man erst einmal die Mönche verheiratet; 's könnt' doch immerhin sein, daß ich heil und gesund aus dem Loch hier herauskäme, und dann sollst du mal sehen, auch d i e bumfiedel ich dir, bloß um dich zum hornfurzigen Hahnrei zu machen. Ist sonst freilich ein garstiges Stückchen, mein' ich, die Pest. Muß immer dran denken, wie Krallfratz sie dir zum Weib geben wollte; schimpftest ihn dafür aber auch einen Ketzer.«

Hier unterbrach unsere erlauchte Laterne das Gespräch, indem sie uns darauf aufmerksam machte, daß dieser Ort dadurch geehrt sein wolle, daß man sich des Redens enthielte und Schweigen bewahrte; zugleich versicherte sie uns, daß wir ohne Erlaubnis der Göttlichen Flasche gar nicht mehr umkehren könnten, da wir nun einmal das Weinlaub in unseren Schuhen hätten.

»Also vorwärts«, sagte Panurg, »vorwärts durch alle Teufel! Ein Hieb, und aus ist der Spaß. Hätte freilich mein Leben lieber für eine Schlacht aufgespart. Los, los, vorwärts, drauf! Habe mehr Mumm als nötig. Nun ja, das Herz im Leibe puppert mir ein bißchen; aber das kommt von der Kälte und der verdammten

1 nach katholischer Lehre Nebenhölle für die Seelen ungetauft gestorbener Kinder

feuchten Kellerluft. Furcht ist das nicht, Gott bewahre, Aufregung auch nicht. Also los, vorwärts, marsch in'n Arsch! Ich nenne mich Wilhelm ohne Furcht.«

Achtunddreißigstes Kapitel
Wie die Torflügel des Tempels sich wunderbarerweise
von selbst öffneten

Am Ende der Stufen angekommen, standen wir vor einem Portal aus feinem Jaspis, das im dorischen Stil erbaut war; an seiner Stirnseite las man in ionischen Buchstaben aus reinstem Gold den Spruch: Ἐν οἴνῳ ἀλήθεια, das heißt: »Im Wein ist Wahrheit.« Die beiden Torflügel waren aus einer Art korinthischem Erz, massiv, mit kleinen erhabenen Vignetten darin und, wo das Bildwerk es verlangte, liebevoll emailliert. Ohne daß Schloß, Riegel oder Band zu sehen gewesen wäre, waren sie gleichmäßig ineinandergefügt; nur ein indischer Diamant von der Größe einer ägyptischen Bohne, sechskantig und geradlinig, an beiden Enden in Feingold gefaßt, hing davor, und mehr zur Wand hin hing an beiden Seiten ein Büschel Skordion[1]. Hier sagte uns unsere edle Laterne, daß wir sie entschuldigen möchten, wenn sie nun nicht weiter mit uns gehen könne; wir hätten jetzt einzig und allein den Weisungen der Priesterin Bakbuk zu folgen: ihr wäre es nicht gestattet, einzutreten, aus Gründen, die sterblichen Menschen besser verschwiegen blieben als mitgeteilt würden. Auf alle Fälle sollten wir nur ruhig Blut bewahren, alle Angst und Furcht verbannen und, was den Rückweg anbeträfe, uns auf sie verlassen. Darauf nahm sie den Diamanten, der vor der Tür hing, ab und legte ihn rechts in eine silberne Kapsel, die zu diesem Zweck dort angebracht war, nahm dann auch von der Angel jedes Torflügels die anderthalb Klafter lange karmesinrote Seidenschnur herunter, an der das Skordion hing, knüpfte sie an zwei dazu bestimmte goldene Ringe zu beiden Seiten und zog sich zurück.

Augenblicklich und ohne daß jemand sie berührt hätte, taten sich die Torflügel von selbst auf, nicht mit knarrendem Geräusch

1 Knoblauch

und lautem Dröhnen, wie schwere Erztüren es gewöhnlich zu tun pflegen, sondern mit sanftem, anmutigem Klingen, das im Gewölbe des Tempels widerhallte und dessen Entstehung Pantagruel auch sofort begriff; denn an der unteren Kante jedes der beiden Torflügel bemerkte er eine kleine Walze, die über der Angel in die Tür griff, wo sie, sobald sich diese der Wand zudrehte, durch Reibung an einem harten, spröden und glattgeschliffenen Ophitstein jenes angenehme, liebliche Klingen hervorbrachte.

Daß die beiden Torflügel sich von selbst, ohne jemandes Zutun, geöffnet hatten, setzte mich in größtes Erstaunen. Um dieser merkwürdigen Erscheinung auf den Grund zu gehen, warf ich, sobald wir eingetreten waren, begierig meine Blicke zwischen Tür und Wand, um herauszufinden, welche Kraft und welches Mittel hier im Spiel wäre. Ich meinte zuerst, unsere gute Laterne hätte an das versperrte Tor das Kraut *Aethiopis* gehalten, durch das alles, was verschlossen ist, geöffnet werden kann, sah dann aber, daß an der Stelle, wo die beiden Torflügel zusammenstießen, im inneren Falz eine Platte aus reinem Stahl in das korinthische Erz eingelassen war.

Außerdem bemerkte ich zwei Tafeln indischen Magnets, eine halbe Spanne breit und dick, von meergrüner Farbe, glatt poliert, die ihrer ganzen Dicke nach an der Stelle, wo die geöffneten Torflügel anschlugen, in die Wand eingemauert waren.

Somit waren es die Anziehungskraft der Magnete und die stählernen Platten, welche nach dem verborgenen und wunderbaren Gesetz der Natur die Bewegung ausgelöst hatten; langsam wurden die Torflügel an- und aufgezogen, doch nur, nachdem der oben erwähnte Diamant entfernt war, dessen Nähe den Stahl beherrschte, wie aus demselben Grunde auch die beiden Büschel Skordion abgenommen wurden, die unsere gute Laterne an ihrer karmesinroten Schnur beiseite gehängt hatte, weil dieses Kraut den Magnet abtötet und seiner Anziehungskraft beraubt.

Auf einer der erwähnten Tafeln, der zur Rechten, stand in altertümlicher lateinischer Schrift folgender sechsfüßige Jambus eingegraben:

Ducunt volentem fata, nolentem trahunt.
den Willigen lenkt das Geschick, den Nichtwilligen aber zieht es.

Auf der andern, der zur Linken, stand in großen Buchstaben, schön eingegraben, folgender Spruch:

DEM ENDE ZU STREBT JEDES DING.

Neununddreißigstes Kapitel
Wie den Tempel ein wundervoller Mosaikfußboden zierte

Nachdem ich die Inschriften gelesen, richtete ich meine Blicke auf die Pracht des Tempels und betrachtete das wundervolle Mosaik des Fußbodens, mit dem keins unter dem Firmament zu vergleichen war, nicht das des Fortunatempels in Präneste zur Zeit Sullas noch die griechischen Mosaike, die *asarotum*[1] genannt und von Sosistratus[2] in Pergamon ausgeführt wurden. Es setzte sich nämlich aus lauter kleinen Plättchen zusammen, alle aus geschliffenen Edelsteinen, ein jeder in seiner natürlichen Farbe; so war das eine aus schön geflecktem rotem Jaspis, ein anderes aus Ophit, ein drittes aus Porphyr, aus Lykophtalm[3], mit winzigen Goldpünktchen dicht besät, aus geflammtem Achat mit unregelmäßig gewellter milchfarbener Zeichnung, aus kostbarem Chalzedon[4] oder aus grünem Jaspis mit roten und gelben Adern, und alle Plättchen waren diagonal zueinander angeordnet.

In der Säulenhalle erweckte das Fußbodenmosaik, aus kleinen Steinen in ihrer natürlichen Farbe zusammengesetzt, den Eindruck, als ob Weinlaub mit nachlässiger Hand hingestreut wäre: hier lag es dicht, dort spärlicher, und war dies Blattwerk auch überall vortrefflich, so doch besonders an Stellen im Halbschatten, wo sich hier Schnecken zeigten, die auf Trauben krochen, dort kleine Eidechsen, die durchs Laub schlüpften, hier reife, dort halbreife Trauben, die alle mit solcher Kunst und solcher Meisterschaft nachgebildet und ausgeführt waren, daß Stare und andere kleine Vögel sich davon ebenso hätten täuschen lassen wie von dem Bild des Zeuxis aus Herakleia. Soviel wenigstens steht fest, daß *unsere* Täuschung vollkommen war; denn wo der Künstler das Laub besonders dicht hingestreut hatte, da

1 »Ungefegtes« (griech.); antike Bodenmosaike mit Darstellungen von Mahlzeitresten – 2 gemeint ist Sosos – 3 Achatart – 4 Quarzart

machten wir große, weite Schritte, um nicht zu stolpern, wie man es auf unebenen, steinigen Wegen zu tun pflegt.

Dann richtete ich meine Blicke auf das Gewölbe und die Wände des Tempels, die ganz mit Marmor und Porphyr verkleidet waren und ein wundervolles Mosaikbild zeigten, das links beim Eingang anfing und vom einen Ende bis zum andern fortlief; es stellte mit unglaublicher künstlerischer Feinheit den Sieg des guten Bacchus über die Inder folgendermaßen dar:

Vierzigstes Kapitel
*Wie auf dem Mosaikbild des Tempels der Sieg
dargestellt war, den Bacchus
über die Inder errungen*

Wo das Bild anfing, sah man mehrere Schlösser, Dörfer, Städte und Burgen in hellen Flammen stehen, dazu viele rasende, sich zügellos gebärdende Weiber, die lebendige Kälber, Schafe und Lämmer in Stücke rissen und das Fleisch verschlangen. Damit sollte angedeutet werden, daß Bacchus, als er in Indien einzog, alles durch Feuer und Schwert verwüstete.

Dessenungeachtet waren die Inder so verblendet, daß sie es gar nicht der Mühe wert hielten, sich ihm entgegenzustellen; denn es war ihnen von ihren Kundschaftern berichtet worden, sein Heer bestünde überhaupt nicht aus Kriegern, sondern nur aus einem gutmütigen, weibischen, stets betrunkenen Alten, der von einer Schar junger, nackter Bauernbengel, die unaufhörlich tanzten und Hörner und Schwänze trügen wie junge Ziegenböcke, sowie von einem Rudel betrunkener Weiber umgeben sei. Daher beschlossen sie, sie ruhig ihres Wegs ziehen zu lassen und ihnen nicht mit Waffengewalt entgegenzutreten, da solche Leute zu besiegen nur Schmach, nicht Ruhm, nur Unehre und Schande, nicht Ehre und Lob einbringen könne. Infolge dieser Verblendung faßte Bacchus immer festeren Fuß, überzog das ganze Land mit Feuer – denn Feuer und Blitz sind vom Vater her die Waffen des Bacchus, den Jupiter schon vor der Geburt mit dem Donnerkeil begrüßt hatte, wobei seine Mutter Semele und sein ganzes mütterliches Haus durch Feuer in Asche verwandelt worden waren – und tränkte die Erde mit Blut, das er im Frieden bereitet und im Kriege abzapft. Zeugnis davon gibt das Gefilde der Insel Samos, Panaima genannt, das heißt »voller Blut«, auf dem Bacchus die Amazonen angriff, als sie aus dem Land der Epheser flohen, und wo er sie alle verbluten ließ, so daß der Boden durch und durch mit Blut getränkt und gedüngt war. Somit könnt ihr nun besser, als es Aristoteles in seinen »Problemen« vermochte, verstehen, warum es im alten Sprichwort heißt: »Wenn Krieg ausbricht, so iß und pflanze Minze nicht.« Die Sache ist nämlich die, daß in Kriegszeiten die Hiebe gewöhnlich sehr rücksichtslos ausgeteilt werden; hat man nun aber an dem Tag, wo man einen Hieb abbekommt, Minze angefaßt oder gar gegessen, so ist es unmöglich oder doch sehr schwer, einem das Blut zu stillen.

Als nächstes stellte das Mosaik dar, wie Bacchus in die Schlacht zog. Er saß auf einem prächtigen Wagen, der von drei Joch junger Leoparden gezogen wurde. Sein Antlitz war das eines Kindes, was ausdrücken sollte, daß wackere Zecher nie altern, und rosig wie das eines Cherubs, ohne ein einziges Barthaar am Kinn; sein Haupt zierten spitze Hörner, auf denen ein schöner Kranz aus Weinlaub und Trauben saß und darüber eine karmesinrote Mütze; an den Füßen trug er vergoldete Stiefel.

Um ihn sah man keinen einzigen Mann; seine ganze Leibwache und Kriegsmacht bestand aus Bassariden, Euanthen, Euiaden, Edoniden, Trieteriden, Ogygien, Mimallonen, Mänaden, Thyaden und Bacchiden[1], wilden, rasenden, wutentbrannten Weibern, die als Gürtel lebende Drachen und Schlangen um den Leib geschlungen trugen und ihr mit Weinlaub durchflochtenes Haar im Winde flattern ließen. Sie waren mit Hirsch- und Ziegenfellen bekleidet und schwangen in den Händen kleine Beile, Thyrsusstäbe, Lanzen und Spieße in Pinienzapfenform sowie kleine, leichte Schilde, die schon bei der leisesten Berührung einen hellen, durchdringenden Ton von sich gaben und die sie notfalls als Tamburin oder Trommel benutzten. Ihre Zahl belief sich auf neunundsiebzigtausendzweihundertsiebenundzwanzig.

Die Vorhut führte Silen, ein Mann, in den Bacchus sein ganzes Vertrauen setzte und dessen Tapferkeit, Heldenmut und Klugheit zu erproben er oft Gelegenheit gehabt hatte. Dies war ein kleiner, zittriger, gekrümmter Greis mit einem gewaltigen

1 verschiedene Bezeichnungen der Bacchantinnen

Bauch, großen, emporstehenden Ohren, scharfer Adlernase und dichten, buschigen Augenbrauen; er ritt daher auf einem Eselhengst, hielt in der Hand einen Stab, um sich, wenn er abstieg, darauf zu stützen oder um damit zu kämpfen, und war in ein gelbes Frauengewand gehüllt. Die Schar, die er anführte, bestand aus jungen Bauernburschen, alle gehörnt wie Ziegenböcke und grausam wie Löwen, dabei splitternackt und unaufhörlich singend und den Kordax[1] tanzend; man nannte sie Tityrn und Satyrn, und ihre Zahl belief sich auf fünfundachtzigtausendeinhundertdreiundsechzig.

Pan führte die Nachhut, ein schrecklicher, mißgestalter Geselle, denn vom Nabel abwärts glich er einem Ziegenbock, hatte dichtbehaarte Lenden, himmelwärts gerichtete Hörner auf dem Kopf, ein feuerrotes Gesicht und einen übermäßig langen Bart: ein kühner, dreister, waghalsiger, aufbrausender Kerl; in der linken Hand hielt er eine Flöte, in der rechten einen Krummstab. Seine Heerschar bestand ebenfalls aus Satyrn, Ägipanen, Argipanen, Sylvanen, Faunen, Lemuren, Lamien, Irrwischen und Kobolden, achtundsiebzigtausendeinhundertundvierzehn Mann an der Zahl.

Die Losung für alle lautete: Euoe![2]

Einundvierzigstes Kapitel
Wie auf dem Mosaikbild die Schlacht zwischen Bacchus
und den Indern dargestellt war

Als nächstes war des guten Bacchus Angriff auf die Inder und die Schlacht, die er ihnen lieferte, dargestellt. Da sah ich, wie Silen, der die Vorhut führte, große Schweißtropfen schwitzte und seinem Esel hart zusetzte, der den Rachen aufsperrte, um sich biß, hinten ausschlug und sich so fuchsteufelswild gebärdete, als ob ihm eine Hornisse in den Hintern kröche.

Sobald die Bockshörner erklangen, sah man die Satyrn, Obristen, Hauptleute, Sergeanten und Korporale, die Heerhaufen mit rasenden Ziegensprüngen, hinten und vorn ausschlagend, bokkend und stoßend, umkreisen und ihnen Mut zusprechen, damit

1 obszöner Tanz urspr. der griech. Komödie – 2 Jubelruf der Bacchantinnen

sie sich um so tapferer schlügen. Alles auf dem Bild schrie »Euoe«. Die Mänaden stürzten sich mit furchtbarem Geschrei unter dem ohrenbetäubenden Lärm ihrer Pauken und Schilde zuerst auf die Inder; der ganze Himmel erdröhnte davon, wie man auf dem Bilde deutlich sehen konnte, weshalb ihr denn auch über die Kunst des Apelles, des Aristides von Theben und anderer ihresgleichen, die Donner, Blitz, Wind, Worte, Sitten und Geister gemalt haben, gar nicht mehr so außer euch zu geraten braucht.

Als nächstes sah man das Heer der Inder, die nun endlich gemerkt hatten, daß Bacchus ihr Land verwüstete. Zuvorderst standen die Elefanten, die Türme mit einer Unmenge von Kriegern auf dem Rücken trugen. Aber schon war das ganze Heer in der Auflösung begriffen, denn die Elefanten, von dem fürchterlichen Lärm der Bacchiden in Verwirrung gebracht und von panischem Schrecken ergriffen, hatten sich gegen die eigenen Reihen gewandt und trampelten alles nieder. Da hättet ihr sehen sollen, wie Silen seinem Esel unerbittlich die Sporen gab und mit seinem Stab zünftige Fechthiebe austeilte und wie der Esel mit aufgerissenem Maul, als ob er sein Iah ausstieße – so wacker wie damals, als er mitten im Bacchanal die Nymphe Lotis weckte, die Priapus gerade, echt priapeisch, schlafend und ungefragt priapusieren wollte –, zum Angriff blies.

Da hättet ihr auch sehen können, wie Pan auf seinen krummen Beinen um die Mänaden herumsprang und sie mit seiner Bauernflöte zu tapferem Kampfe anfeuerte; auch wie ein junger Satyr siebzehn Könige gefangennahm; auch wie ein kleiner Faun zwölf Fahnen schulterte, die er dem Feind abgenommen hatte, und wie der gute Bacchus nun sicher auf dem Schlachtfeld einherfuhr und lachte und sich freute und einem jeden tüchtig zutrank. Als letztes war der Siegeszug des guten Bacchus dargestellt.

Sein Triumphwagen war über und über mit Efeu vom Berg Meros bedeckt, und zwar deshalb, weil diese Pflanze in Indien sehr selten ist, Seltenheit aber jedes Ding wertvoller macht. Dies ahmte später Alexander der Große bei seinem indischen Triumph nach. Der Wagen wurde von einem Gespann Elefanten gezogen. Dies ahmte später Pompejus der Große bei seinem afrikanischen Triumph in Rom nach. Droben stand der edle Bacchus und trank aus einem Henkelkrug. Dies ahmte später Gajus Marius nach, als er die Kimbern bei Aix in der Provence besiegt hatte. Das ganze Heer war mit Efeu bekränzt; auch ihre Thyrsusstäbe, Schilde und Pauken waren damit umwunden. Selbst Silens Esel hatte seinen Efeukranz.

Neben dem Wagen her gingen die gefangenen indischen Könige, mit schweren goldenen Ketten gebunden. Die gesamte Schar der Sieger schritt dahin mit göttlichem Gepränge, in unaussprechlicher Lust und Freude, unzählige Trophäen, Schaugerüste[1] und Beutestücke der Feinde mit sich tragend, Epinikien[2], ländliche Liedchen und Dithyramben singend. Ganz zum Schluß kam noch die Darstellung des Landes Ägypten mit dem Nil und seinen Krokodilen, Kerkopitheken[3], Ibissen, Affen, Kolibris, Ichneumons, Flußpferden und anderen ihm eigentümlichen Tieren. Und diesem Land nahte nun Bacchus, gezogen von zwei Rindern, auf deren einem mit goldenen Buchstaben der Name Apis[4] geschrieben stand, während das andere den Namen Osiris trug; denn vor der Ankunft des Bacchus war in Ägypten weder Stier noch Kuh gesehen worden.

Zweiundvierzigstes Kapitel
Wie der Tempel von einer wundervollen Lampe erleuchtet ward

Ehe ich auf die Flasche zu sprechen komme, muß ich noch die wundervolle Form einer Lampe beschreiben, die ein so reiches Licht durch den ganzen Tempel ergoß, daß man, obwohl er unter der Erde war, dort alles so deutlich sehen konnte, als ob die Mittagssonne hell und klar vom Himmel schiene. In der Mitte des Gewölbes war ein schwer goldener, etwa faustdicker Ring befestigt, von dem drei etwas dünnere, aber kunstvoll geschmiedete Ketten herabhingen, die in einer Tiefe von zweieinhalb Fuß an drei einander gegenüberliegenden Punkten eine runde Platte aus feinstem Gold und mit einem Durchmesser von mehr als zwei Ellen und einer halben Spanne trugen. In ihr befanden sich

1 Tragen für die Götterbilder – 2 Siegeslieder – 3 Meerkatzen – 4 ägypt. Gottheit in Gestalt eines schwarzen Stiers

vier runde Löcher, in deren jedes eine Kugel eingepaßt war, die, inwendig hohl und oben offen, die Form einer kleinen Lampe hatte; jede Kugel maß zwei Spannen im Umfang und war aus dem kostbarsten Edelstein: die eine aus Amethyst, die andere aus libyschem Karfunkel, die dritte aus Opal und die vierte aus Topas. Alle waren mit fünfmal in der Retorte destilliertem Weingeist gefüllt, der sich ebensowenig verzehrt wie das Öl, welches einstmals Kallimachos auf der Akropolis von Athen in die goldene Lampe der Pallas goß, und darin war ein Lychnion[1], halb aus Steinflachs oder Asbest wie ehedem das im Tempel des Jupiter Ammon, welches der grundgelehrte Philosoph Kleombrotos sah, und halb aus karpasischem Flachs, welche beiden Stoffe sich ja im Feuer nicht verzehren, sondern verjüngen.

Ungefähr zweieinhalb Fuß unter der Platte waren die drei Ketten in derselben Weise wie oben an drei Ösen einer großen runden Lampe aus reinstem Kristall befestigt. Diese hatte etwa anderthalb Ellen im Durchmesser, und die Öffnung oben war ungefähr zwei Spannen breit; mitten in diese Öffnung war ein kristallenes Gefäß eingesetzt, das die Form eines Flaschenkürbisses oder eines Uringlases hatte, bis auf den Boden der großen Kugel reichte und so weit mit Weingeist gefüllt war, daß die Flamme des Dochts sich gerade in der Mitte der Lampe befand. Dadurch wirkte es, als ob die ganze Kugel in Flammen stünde und leuchte, eben weil das Feuer vom Kern und Mittelpunkt ausging.

Und schwer war es, den Blick lange und fest darauf gerichtet zu halten, wie man ja auch nicht in die Sonne sehen kann; denn die wunderbare Durchsichtigkeit des Stoffes und die Klarheit des Schliffs wurden durch den Widerschein der verschiedenen, den Edelsteinen eigentümlichen Farben der vier oberen, kleineren Lampen nur wenig gemildert, deren Schimmer sich unbestimmt und schwankend nach allen Richtungen des Tempels hin verbreitete. Wo dieses schwankende Licht den glatten Marmor, der den ganzen Tempel bekleidete, stärker traf, da entstanden Farben, wie man sie am Regenbogen sieht, wenn die Sonnenstrahlen auf Regenwolken treffen.

Die Erfindung war bewunderungswürdig; aber noch bewun-

1 für *ellychnion* (griech.) Docht

derungswürdiger schien mir der Künstler, der rund um die Kristallampe in kataglyphischer Arbeit[1] eine lustige Schlacht nackter Kinder eingegraben hatte, die auf Steckenpferden ritten, kleine Haselrutenspeere und Schilde, aus Weinlaub und Weinbeeren geflochten, schwangen und sich so kindlich tummelten und gebärdeten, daß Mutter Natur selbst es nicht so trefflich hätte darstellen können wie hier die Kunst. Und all das schien nicht in das Kristall eingegraben, sondern erhaben zu sein; wenigstens trat es durch das spielende, angenehme Licht, das von innen her leuchtete, deutlich hervor.

Dreiundvierzigstes Kapitel
Wie uns von der Priesterin Bakbuk ein märchenhafter Brunnen im Tempel gezeigt ward

Als wir so mit dem größten Entzücken den wundervollen Tempel und die einzigartige Lampe betrachteten, trat uns mit freundlich lächelnder Miene die ehrwürdige Priesterin Bakbuk mit ihrem Gefolge entgegen und führte uns, da sie uns, wie oben beschrieben worden ist, ausstaffiert sah, ohne weiteres zur Mitte des Tempels hin, wo sich gerade unter der erwähnten Lampe der schöne, märchenhafte Brunnen befand.

Die Einfassung dieses Brunnens war aus kostbarem Material und von so herrlicher Arbeit, so ausgesucht und wundervoll, wie sich Dädalus etwas Ähnliches niemals hat träumen lassen. Limbus, Plinthe und Basament[2] waren aus dem reinsten, durchsichtigsten Alabaster; das Ganze, etwas mehr als drei Spannen hoch, hatte außen die Form eines regelmäßigen Siebenecks, rundherum mit Stylobaten[3], kannelierten Balustern und Wellenbandfriesen im dorischen Stil verziert. Innen dagegen war das Becken kreisrund. Mitten auf jeder Ecke des Randes erhob sich eine bauchige Säule von der Form eines Wasserkrugs – die neueren Architekten nennen's *portri*[4] –, und zwar waren es im ganzen sieben, entsprechend der Zahl der Ecken. Ihre Höhe, auf das genaueste durch den Mittelpunkt des Umfangs und der inneren Rundung gemessen, betrug von der Basis bis zum Architrav et-

---

1 Bildeinschneidekunst – 2 Rand, Sockel und Grundfläche – 3 abgestufter Unterbau von Säulenreihen – 4 ungeklärt

was weniger als sieben Spannen. Die Anordnung war dergestalt, daß, wenn man den Blick, hinter einer der Säulen stehend, gleichviel welcher, auf die ihr gegenüberstehenden richtete, der pyramidalische Konus der Augenlinie allemal in dem erwähnten Mittelpunkt auslief und dort auf ein gleichschenkliges Dreieck von zwei gegenüberstehenden traf, von dem zwei Schenkel die Säule die man messen wollte, in zwei gleiche Teile schnitten, und ging man von einer Seite zur andern, so trafen immer zwei gleiche Säulen im ersten Drittel des Zwischenraums mit ihrer Boden- und Standlinie zusammen, deren Ergänzungslinie, bis zum gemeinsamen Mittelpunkt verlängert, das richtige Maß der Entfernung der einander gegenüberstehenden sieben Säulen ergab, da, wie euch bekannt ist, in jedem Vieleck mit ungerader Seitenzahl ein Winkel sich allemal zwischen zwei anderen eingeschlossen findet. Wodurch uns denn implizite gezeigt wird, daß sieben halbe Durchmesser, nämlich drei ganze und etwas mehr als anderthalb Achtel oder etwas weniger als anderthalb Siebtel, nach geometrischem Verhältnis nicht ganz soviel ausmachen wie der Umfang und die Entfernung der Peripherie ihres Kreises, wie dies schon Euklid, Aristoteles, Archimedes und andere der Alten gelehrt haben.

Die erste Säule, nämlich die, welche uns beim Eintreten sofort in die Augen fiel, war aus azurnem, himmlischem Saphir; die zweite aus Hyazinth in seiner natürlichen Farbe, hier und da mit den griechischen Buchstaben *AI* darauf, ein Abbild jener Blume, in welche das zornige Blut des Ajax verwandelt worden war; die dritte aus anachitischem[1] Diamant, leuchtend und blendend wie ein Blitzstrahl; die vierte aus männlichem Balas[2], amethystartig schillernd, so daß sein Feuer wie beim Amethyst ins Purpurviolette spielte; die fünfte aus Smaragd, fünfhundertmal prächtiger als einstmals die des Serapis im ägyptischen Labyrinth, funkelnder, leuchtender als die, welche man dem marmornen Löwen auf des Königs Hermias Grab als Augen eingesetzt hatte; die sechste aus dem bunten, in so verschiedenen Lichtern und Farben spielenden Achat, den der epirotische König Pyrrhus so hoch schätzte; die siebte endlich aus durchsichtigem Selenit[3], weiß wie

---

1 »schmerzstillend« (griech.); in der Antike den Diamanten zugeschriebene Eigenschaft – 2 *blaßroter Rubin* – 3 *Marienglas*

Beryll, glänzend wie der Honig des Hymettos, und in ihr sah man den Mond wie am Himmel still seine Bahn ziehen, voll, zu- und abnehmend.

Diese Edelsteine haben die alten Chaldäer und Magier den sieben himmlischen Planeten zugeordnet. Dies auch den minder beschlagenen Gelehrten deutlich zu machen, befand sich unmittelbar über dem Kapitell der ersten, saphirnen Säule ein Standbild des Saturnus aus dem kostbarsten elutischen Blei, in der Hand die Sichel und zu seinen Füßen einen goldenen Kranich mit den diesem Vogel eigentümlichen Farben in Email; über der zweiten links, der hyazinthenen, stand, aus jovetianischem Zinn gebildet, Jupiter, einen goldenen, nach der Natur emaillierten Adler auf der Brust; über der dritten, aus obriziertem Gold[1], mit einem weißen Hahn in der Hand, Phöbus; über der vierten, aus korinthischem Erz, einen Löwen zu seinen Füßen, Mars; über der fünften, eine Taube zu ihren Füßen, Venus, aus Kupfer, demselben Metall, aus dem Aristonidas die Statue des Athamas bildete, um durch den rötlichen Schimmer die Scham auszudrükken, die dieser empfand, als er seinen zu Tode geschleuderten Sohn vor sich liegen sah; über der sechsten, aus festem, hämmerbarem, völlig starrem Quecksilber, Merkur, einen Storch zu seinen Füßen; über der siebten, aus Silber, Luna, zu ihren Füßen ein Windspiel. – Diese Standbilder waren etwas mehr als ein Drittel der unter ihnen stehenden Säulen hoch und so meisterhaft nach den Gesetzen der Mathematik ausgeführt, daß der Kanon des Polyklet, welcher, wie man zu sagen pflegt, die Kunst bei der Kunst in die Schule geschickt hat, sich schwerlich damit hätte vergleichen können.

Die Basen der Säulen, die Kapitelle, Architrave, Friese und Karniese waren, phrygische Arbeit und bestanden aus gediegenem Gold, das reiner war und feiner, als es der Lez bei Montpellier, der Ganges in Indien, der Po in Italien, der Hebros in Thrakien, der Tajo in Spanien, der Paktolos in Lydien führen. Die Bogen zwischen den einzelnen Säulen waren jeweils von der einen bis zur nächsten aus demselben Stein wie die erste Säule: also vom Saphir bis zum Hyazinth aus Saphir, vom Hyazinth bis zum Diamant aus Hyazinth und so fort. Über den Boden und Kapi-

1 Feingold

tellen wölbte sich nach innen zu eine Kuppel als Brunnendach, die hinter den Planetsäulen als Siebeneck begann und dann allmählich in die Kugelform überging. Der Kristall, aus dem sie bestand, war so rein, durchsichtig und glatt, so gleichmäßig und einheitlich in all seinen Teilen, ohne Adern, Trübungen, Wolken und Flecke, daß Xenokrates sein Leben lang nichts dergleichen gesehen hatte. In vortrefflichen Bildern und Symbolen waren darin der Reihe nach die zwölf Zeichen des Tierkreises, die zwölf Monate des Jahres mit ihren Attributen, die beiden Solstitien, die beiden Tagundnachtgleichen, die Ekliptik nebst einigen der wichtigsten Fixsterne um den südlichen Pol herum und anderwärts mit solcher Kunst und in solcher Deutlichkeit eingegraben, daß ich meinte, es müsse zweifellos das Werk des Königs Necho oder das des alten Mathematikers Petosiris sein.

Im Scheitelpunkt der Kuppel, gerade über der Mitte des Brunnens, waren drei birnenförmige Perlen, schimmernd wie Tränen, so miteinander verbunden, daß sie eine mehr als spannenhohe Lilie bildeten. Aus dem Kelch dieser Lilie ragte, so groß wie ein Straußenei, ein siebenkantig geschliffener Karfunkel hervor – diese Zahl liebt die Natur ganz besonders –, von einer solchen Schönheit und einem solchen Glanz, daß wir beinah erblindeten, als wir die Augen aufhoben, um ihn zu betrachten. Denn leuchtender und blendender ist nicht das Feuer noch die Sonne, noch der Blitz, als dieser Stein uns damals erschien, so daß bei richtiger Einschätzung leicht festzustellen war, daß in diesem Brunnen und den oben beschriebenen Lampen eine größere Fülle an Reichtümern und Kostbarkeiten vereinigt war, als sie Asien, Afrika und Europa zusammen aufzuweisen haben; auch der Pantarbes[1] des indischen Magiers Jarchas wäre davor verblaßt wie die Sterne vor der hellen Mittagssonne.

Was wollen demgegenüber selbst die beiden Perlen sagen, welche einst die ägyptische Königin Kleopatra voller Stolz als Ohrgehänge trug und von denen sie die eine, ein Geschenk des Triumvirn Antonius und allein schon auf tausend Sesterze geschätzt, mittels Weinessig auflöste und trank?

Was das Kleid der Lollia Paulina, das abwechselnd mit Sma-

---

1 von Philostratos (»Leben des Wundermannes Apollonius von Tyana« 3, 46) erwähntes magnetisches Feuerjuwel

ragden und Perlen besetzt war und über das die ganze Bevölkerung der Stadt Rom, von der man doch gesagt hat, daß sie das Lagerhaus und die Räuberhöhle allen Diebsgesindels der ganzen Welt gewesen sei, in laute Bewunderung ausbrach?

Die Quelle selbst ergoß sich durch drei Röhren und Rinnen aus herrlichen Perlmuscheln, die in der Richtung der oben erwähnten gleichschenkligen Winkel verliefen; sie waren aus je zwei ineinandergewundenen Spiralen gebildet. Wir hatten sie betrachtet und wandten unsern Blick woandershin, als Bakbuk uns aufforderte, auf das Ausströmen des Wassers zu horchen. Da hörten wir ein merkwürdiges harmonisches Rauschen, wenn auch dumpf und gebrochen wie unterirdisch und aus der Ferne kommend, was uns aber angenehmer dünkte, als wenn es näher und deutlicher gewesen wäre, so daß nun unser Geist, da wir dieses melodische Rauschen vernahmen, auch durch die Vermittlung des Ohres ergötzt wurde, wie ihm dies bei der Betrachtung all der erwähnten Dinge durch die Fenster unserer Augen zuteil geworden war.

Darauf sagte Bakbuk zu uns: »Eure Philosophen haben geleugnet, daß kraft bloßer Formen Bewegung möglich sei; nun hört und seht hier das Gegenteil. Einzig und allein durch die Schneckenform der Spirale und durch eine fünffache Klappenvorrichtung an jedem Berührungspunkt – ähnlich wie bei der Hohlader, die in die rechte Herzkammer einmündet – wird diese Quelle emporgesogen und dadurch jene Harmonie hervorgerufen, die bis ins Meer eurer Welt hinüberdringt.«

Vierundvierzigstes Kapitel
Wie jeder, der das Wasser aus dem Brunnen trank,
den Wein schmeckte, den er sich einbildete

Dann befahl sie, daß uns Humpen, Becher und Kelche aus Gold, Silber, Kristall und Porzellan gereicht würden, und wir wurden höflich eingeladen, von der Quelle zu trinken, die aus dem Brunnen sprang. Wir ließen uns nicht nötigen, denn, offen gestanden, wir zählen nicht zu den lahmen Gesellen, denen man's, wie man den Spatzen auf die Schwänze klopft, wenn sie fressen sollen, mit Hebeln einzupumpen braucht, damit sie fressen und saufen: wir haben's noch nie einem abgeschlagen, der uns höflich zum Trinken aufgefordert hat. Nachdem wir getrunken, fragte uns Bakbuk nach unserer Meinung. Wir erwiderten, unserer Meinung nach wäre es ein recht schönes, frisches Quellwasser, reiner noch und klarer als das des Argyrondes in Ätolien, des Peneus in Thessalien, des Axios in Mygdonien und des Kydnos in Kilikien, von dessen Schönheit, Klarheit und Kälte mitten im Sommer Alexander von Makedonien so unwiderstehlich zum Bade verlockt wurde, obwohl er die schlimmen Folgen dieses kurzen Vergnügens voraussah. – »Ha«, sagte da Bakbuk, »das nenn' ich denn doch schlecht gekostet und nicht auf die Bewegungen der Muskulatur der Zunge achtgegeben, wenn das Getränk über sie hinweg, nicht, wie der gute Platon, Plutarch, Macrobius und andere meinten, durch die Schlagader in die Lungen, sondern durch den Schlund in den Magen hinunterläuft. Fremdlinge, sind eure Gaumen wirklich so dick verputzt, gepflastert und gekachelt wie einstmals der des Pithyllos, genannte Teuthes[1], daß ihr den Wohlgeschmack und die Lieblichkeit dieses göttlichen Tranks nicht wahrnehmt?« Und zu ihren Frauen gewandt, sprach sie: »Bringt die Putzbürsten her und säubert, fegt und reinigt ihnen den Gaumen.« – Also wurden herbeigeschleppt schöne, saftige, appetitliche Schinken, schöne, große, appetitliche Ochsenzungen, schönes, leckeres Salzfleisch, Zervelatwürste, Kaviar, schöne, schmackhafte Wildbretwürstchen und dergleichen Rachenputzer mehr. Auf ihren Befehl mußten wir davon essen, bis unser Magen sauber ausgescheuert war und wir einen gottjämmerlichen Durst verspürten. Da sprach sie: »Ein weiser und ritterlicher Heerführer der Juden, da er sein bald verschmachtendes Volk durch die Wüste führte, erflehte vom Himmel das Manna, welches den Seinigen nach ihrer Einbildung geradeso schmeckte wie die Speisen, die sie gewohnt waren. Hier habt ihr dasselbe: Wenn ihr dies Wunderwasser trinkt, wird es euch dünken, ihr tränket gerade den Wein, den ihr euch jeweils einbildet. Laßt es also etwas Gutes sein und trinkt!« Das taten wir denn auch. Da rief Panurg: »Bei Gott, das ist ja der allerköstlichste Beaunewein, den ich je getrunken, oder sechsundneunzig Teufel sollen mich holen! Ach, ach, ach, wer doch einen drei El-

1 eigentl. *tenthes* (griech.) Feinschmecker

len langen Hals hätte, wie Philoxenos ihn sich wünschte, oder wenigstens einen Kranichhals, der Melanthios so in die Nase stach, dann könnte man ihn um so länger schmecken.«

»Auf Laternierehre«, rief Bruder Hans, »das ist ein Graver Weinchen, voll Glut und Feuer! Großer Gott, meine Teure, lehrt mich, wie man den macht.« – »Mir«, sagte Pantagruel, »scheint es Mirevauxer Gewächs zu sein, denn daran dacht' ich, eh ich trank. Nur einen Fehler hat er, er ist zu kalt, so kalt wie Eis, mein' ich, kälter noch als das Wasser von Nonakris[1] und Dirke[2] und das der Kontoporienquelle bei Korinth, womit sich alle, die es tranken, den Magen und die Gedärme erkälteten.« – »Trinkt«, sagte Bakbuk, »ein-, zwei-, dreimal. Sooft ihr euch eine andere Sorte einbildet, so oft habt ihr den Geschmack und die Blume des eingebildeten Weins, und nun sagt noch, daß bei Gott ein Ding unmöglich sei.« – »Das haben wir auch nie gesagt«, entgegnete ich; »wir sind überzeugt davon, daß er allmächtig ist.«

Fünfundvierzigstes Kapitel
Wie Bakbuk Panurg ausstaffierte, damit er des Worts der Flasche teilhaftig werde

Als das Reden und Trinken beendet war, fragte Bakbuk: »Wer von euch ist es, den nach dem Wort der Göttlichen Flasche verlangt?« – »Das bin ich«, sagte Panurg, »Eure kleine, ergebene durstige Kehle.« – »So will ich dir, guter Freund«, sagte sie, »nur einen Ratschlag geben, den beherzige, wenn du zum Orakel kommst: Man darf das Wort nur mit einem Ohr hören!« – »Also sozusagen ein einöhriges Weinchen«, warf Bruder Hans ein. – Hierauf legte sie ihm einen grünen Mantel um, setzte ihm ein schönes weißes Käppchen auf, darüber einen Hippokrasfilter mit drei Spitzen statt der Quaste am Zipfel, behandschuhte ihn mit zwei altfränkischen Hosenlätzen, umgürtete ihn mit drei aneinandergebundenen Dudelsäcken, wusch ihm die Stirn dreimal in besagtem Brunnen und warf ihm danach eine Handvoll Mehl ins

---

1 altgriech. Stadt in der mittelpeloponnes. Landschaft Arkadien, nahe dem Sturzbach Styx (heute Mavronero), dessen Wasser in der Antike als tödlich galt – 2 Quelle in der mittelgriech. Landschaft Boiotien

Gesicht, steckte ihm an die rechte Seite des Hippokrasfilters drei Hahnenfedern, ließ ihn neunmal um den Brunnen herumgehen, drei hübsche kleine Luftsprünge machen und zuletzt siebenmal mit dem Hintern den Fußboden berühren, wobei sie ununterbrochen Gott weiß was für Beschwörungen in etruskischer Sprache vor sich hin murmelte und zuweilen etwas aus einem Ritualbuch las, das eine ihrer Mystagoginnen ihr vor die Augen hielt. Ich glaube, weder Numa Pompilius, Roms zweiter König, noch die Käriter in Etrurien, noch der heilige Führer der Juden haben jemals so viele Zeremonien ersonnen, wie ich hier vor sich gehen sah, noch ist wohl jemals der Apisdienst in Ägypten von den memphitischen Zeichendeutern oder der Dienst der Rhamnusis[1] in der Stadt Rhamnus oder der des Jupiter Ammon oder der Feronia[2] mit so vielen feierlichen Handlungen ausgeübt worden, wie ich sie hier beobachten konnte.

Nachdem sie ihn derart ausstaffiert hatte, nahm sie ihn mit sich fort und führte ihn an ihrer rechten Hand durch eine goldene Pforte aus dem Tempel in eine runde Kapelle, die ganz aus Marienglas und Glimmer erbaut war, deren Durchsichtigkeit das durch eine Felsspalte in den Tempel einfallende Tageslicht ohne alle Fenster oder sonstige Öffnungen so völlig ungehindert und in solcher Fülle durchließ, als ob es hier entstünde und nicht von draußen käme: ein Werk, nicht minder bewunderungswürdig als einstmals der heilige Tempel zu Ravenna oder der auf der Insel Chemnis[3] in Ägypten. Um aber deutlich zu machen, welche vollkommene Symmetrie in dieser runden Kapelle herrschte, darf nicht unerwähnt bleiben, daß der Durchmesser ihres Grundrisses genau der Höhe der Kuppel entsprach. In der Mitte der Kapelle war ein Brunnen aus dem reinsten Alabaster, siebeneckig, von einzigartiger Arbeit und Verzierung, der voll so klaren Wassers war, wie nur ein Element in seiner Lauterkeit es sein kann. Darin stand, zur Hälfte herausragend, die heilige Flasche, ganz eingehüllt in reinen, schönen Kristall und von anmutiger länglichrunder Form, nur daß der Hals oben ein klein wenig weiter war, als es bei dieser Form sonst zu sein pflegt.

1 Beiname der griech. Sühnegöttin Nemesis – 2 altital. Erdgöttin – 3 Insel vor der altägypt. Stadt Buto im nördl. Nildelta, mit Tempel der gleichnamigen Ortsgöttin

Sechsundvierzigstes Kapitel
Wie die Priesterin Bakbuk Panurg der Göttlichen Flasche vorstellte

Jetzt ließ Bakbuk, die edle Priesterin, Panurg sich niederbeugen und dreimal den Rand des Brunnens küssen, sich darauf wieder aufrichten und drei Ithymbus[1] um das Becken herumtanzen. Nachdem er damit fertig war, befahl sie ihm, sich zwischen zwei Sesseln, die eigens dazu dastanden, ärschlings auf den Boden zu setzen; worauf sie ihr Ritualbuch aufschlug und ihm folgendes Epilenion[2] ins linke Ohr raunte, das er nachsingen mußte:

Sei
beschworen,
Preis der
Flaschen,
wunderbare;
eins der Ohren
laß erhaschen
Wort, das wahre,
daß mein Herz erfahre,
was es heiß begehrt!
Denn im Weine Bacchus lehrt,
der einst Indien hat verheert,
uns die Wahrheit voll und rein.
Aller Lug und aller Trug, o Wein,
weicht und flieht, hochgöttlicher, vor dir;
Frieden mög auf Noahs Bergen sein,
der dich uns zur Lust und Freude gab.
Sprich das Wort, es sei mein Stab,
der mich leitet aus Gefahr.
Mög an dir kein Frevler naschen,
geh kein Tröpfchen dir verloren,
sei beschworen,
Preis der Flaschen,
wunderbare;
eins der Ohren
laß erhaschen
Wort, das wahre!

1 bacchischer Tanz – 2 Winzerlied

Sobald dieses Lied gesungen war, warf Bakbuk ich weiß nicht was ins Brunnenbecken, und augenblicklich fing das Wasser so stark zu kochen an wie der große Kessel in Bourgueil[1], wenn Kirchweih ist. Panurg hörte mit einem Ohr hin, während Bakbuk neben ihm auf den Knien lag. – Da drang aus der Göttlichen Flasche ein Geräusch, wie wenn Bienen aus dem Leib eines erschlagenen jungen Stiers hervorschwärmen, der nach des Aristäos Kunst und Erfindung hergerichtet worden ist, oder wie wenn ein Bolzen von der Armbrustsehne schwirrt oder wie wenn ein sommerlicher Platzregen plötzlich vom Himmel niederrauscht. Dann vernahm man das Wort

TRINK.

»Sie muß geplatzt oder gesprungen sein«, rief Panurg, »bei Gott, ich lüge nicht; genauso sprechen bei uns zulande die Kristallflaschen, wenn sie bersten, weil man sie zu nahe ans Feuer gestellt hat.«

Bakbuk aber erhob sich, und indem sie Panurg sanft unter die Arme faßte, sprach sie: »Danke den Göttern, Freund, denn du hast allen Grund dazu: das Wort der heiligen Flasche hat nicht auf sich warten lassen, und das allerlustigste, göttlichste, untrüglichste ist dir zuteil geworden, das ich je von ihr vernommen habe, seitdem ich hier im Tempel den Dienst an ihrem heiligen Orakel versehe. Erhebe dich und laß uns nun das Kapitel aufsuchen, in dessen Auslegung dieses herrliche Wort erläutert wird.« – »Gehen wir«, sagte Panurg, »in Gottes Namen! Ich bin jetzt geradeso klug wie zuvor. Sag an, wo ist das Buch? Schlag um, wo ist das Kapitel? Laß sehen, was ist das für eine lustige Auslegung?«

Siebenundvierzigstes Kapitel
Wie Bakbuk das Wort der Flasche auslegt

Danach warf Bakbuk wiederum ich weiß nicht was ins Becken, worauf sich die Wallung des Wassers augenblicklich legte; dann führte sie Panurg in die Mitte des großen Tempels zurück, dorthin, wo der Lebensbrunnen stand. Hier nahm sie ein großes silbernes Buch, eine Art Halb- oder Viertelsentenzenmaß, schöpfte

1 Benediktinerkloster nordwestl. Chinon

damit aus dem Brunnen und sprach zu ihm: »Die Philosophen, Kanzelredner und Doktoren eurer Welt speisen euch durch die Ohren mit schönen Worten; hier trichtern wir euch unsere Lehren stofflich durch den Mund ein. Darum sage ich nicht zu dir: Lies dies Kapitel, höre diese Auslegung, sondern ich sage: Schmeck dies Kapitel, schluck diese schöne Auslegung. Ein alter Prophet des jüdischen Volkes[1] aß vorzeiten ein Buch und wurde auf diese Weise bis an die Zähne ein gelehrter Mann; du wirst jetzt trinken und bis an die Leber gelehrt werden. Sperr also deine Kiefer auf!« – Und nachdem Panurg sein Maul aufgerissen hatte, nahm Bakbuk das silberne Buch, das wir für ein wirkliches Buch gehalten hatten, das aber ein sogenanntes Brevier war, das heißt eine kreuzbrave, landläufige Flasche mit Falerner Wein, und ließ sie ihn bis auf den letzten Tropfen aussaufen.

»Das muß ich gestehen«, sagte Panurg, »ein sehr bemerkenswertes Kapitel, eine höchst authentische Auslegung! Und ist das alles, was das Wort der trismegistischen[2] Flasche bedeutet? Da bin ich wirklich gut dran!« – »Nichts weiter«, entgegnete Bakbuk; »denn ›trink‹ ist ein Weltwort, das sämtliche Völker hochhalten und verstehen und das soviel heißt wie: Zechen sollst du! Bei euch, in eurer Welt, sagt man, ein solches allen Sprachen gemeinsame Wort sei ›Sack‹ und nicht ohne Fug und Recht sei es von sämtlichen Völkern übernommen, da ja nach der Fabel des Äsop alle Menschen mit einem Sack um den Hals geboren würden, bedürftig von Natur, Bettler alle, einer bei dem andern bettelnd; kein König unter dem Himmel so mächtig, daß er nicht der andern bedürfte, kein Armer so protzig und trotzig, daß er des Reichen entbehren könnte, und wäre er Hippias, der Philosoph, der alles konnte. Noch weniger als den Sack aber kann man das Trinken entbehren! Und nicht Lachen, sondern Trinken ist des Menschen Vorrecht; freilich nicht so einfach und schlechthin trinken, denn das können die Tiere auch: guten, kühlen Wein trinken, mein' ich. Merkt euch wohl, liebe Freunde:

> Was aus Trauben quoll,
> Gottes voll
> machen soll;

es gibt kein Argument, das so stichhaltig, keine Kunst der Weis-

1 Hesekiel (2, 8) – 2 dreimalgroß (griech.)

sagung, die so untrüglich wäre. Das bestätigen eure Akademiker, die das Wort ›Wein‹, auf griechisch οἶνος, von *vis,* Kraft, Vermögen, ableiten; denn der Wein hat das Vermögen, die Seele mit aller Wahrheit, allem Wissen und aller Weisheit zu erfüllen. Wenn ihr vorhin acht darauf gegeben habt, was in ionischer Schrift über dem Tempeltor geschrieben steht, so werdet ihr begriffen haben, daß die Wahrheit im Wein verborgen liegt. Darauf weist euch die Göttliche Flasche hin; sucht also selbst den Sinn eures Vorhabens.«

»Man kann unmöglich gescheiter reden«, sagte Pantagruel, »als diese ehrwürdige Priesterin es getan hat. Hab' ich dir nicht ganz dasselbe gesagt, als du zum erstenmal mit mir darüber sprachst? Also ›trink!‹, und sehen wir dann, was das Herz, von Bacchus begeistert, uns verkünden wird.« – »Trinkt«, sagte Panurg:

>   »Wohlan, beim guten Bacchus, trinkt!
>   Denn bald, hoho, ein Arsch mir winkt
>   zu meines Sackes Lust, und weit
>   stopf meine kleine Menschlichkeit
>   dann ich hinein mit Haut und Haar!
>   Wie ist mir, Herz? Ja, du sagst wahr,
>   du liebes Herzchen, nicht allein
>   werd bald ein Ehemann ich sein
>   – wenn wir nur erst zu Hause sind –,
>   o nein, mein Weib, gern und geschwind
>   bereit zum wilden Liebesspiel,
>   wird Arbeit heischen oft und viel.
>   Du liebe Zeit, bei Tag und Nacht
>   wird nicht die Bude zugemacht;
>   denn sagt, bin ich nicht wohl genährt,
>   nicht ganz der Kerl, den sie begehrt?
>   Der beste Mann, *io Paean,*
>   *io Paean, io Paean*[1]!
>   Dreimal *io* dem Ehestand,
>   das schwör ich hier mit Herz und Hand,
>   das, Hänschen, ist Orakelspruch,
>   ohn Falsch und ohne allen Trug,
>   so will's das Schicksal, so ist's Fug!«

1 lat. Jubelruf

Wie Panurg und die übrigen vom Dichterwahnsinn
ergriffen werden

»Bist du toll geworden«, fragte Bruder Hans, »oder hat man dich
verhext? Seht doch, wie ihm der Schaum vorm Maul steht, und
hört, wie er reimt! Was zum Teufel hat er gefressen? Er verdreht
die Augen im Kopf wie eine Ziege, die verrecken will. Sollte er
sich nicht lieber in die Büsche schlagen, um dort loszukacken,
oder Hundskraut fressen, um seinen Bauch zu entleeren, oder
wie die Mönche, wenn sie sich die Milz erleichtern wollen, die
Faust bis an den Ellbogen in den Rachen stecken, oder sollt' er
nicht ein Haar von dem Hund, der ihn gebissen hatte, hinunterschlucken?«

Hier wurde Bruder Hans von Pantagruel unterbrochen, der zu
ihm sagte:

>»Das kann nur Dichterwahnsinn sein:
benebelt von des Bacchus Wein,
er ganz von selbst in Versen tobt.

    Ich bezweifle nicht,
    was aus ihm spricht,
    ist Leidenschaft;
    ihn drängt's wie Pflicht,
    halb trüb, halb licht,
    wie ein Gedicht
    durch Weines Kraft
    der Dichterschaft
    höchst fabelhaft
    die Sorgen bricht.

Drum wäre es nicht allzufein,
verlachte man, wie jemand probt,
da man doch jeden Zecher lobt.«

»Wie«, sagte Bruder Hans, »Ihr reimt auch? Sind wir denn alle
angesteckt? Oh, daß Gargantua uns in dieser Verfassung sähe!
Ich weiß wahrhaftig nicht, was ich tun soll: Soll ich auch reimen
wie Ihr, oder tu' ich's lieber nicht? Freilich versteh' ich's nicht.
aber die Reimwut ist nun einmal über uns gekommen. Beim heiligen Johannes, ich will auch reimen wie die anderen; es kommt
schon, wartet einmal, aber Ihr müßt mir's nicht übelnehmen,

wenn es kein Staatsreim wird:

> Mach, Gott, du Herr der Sterne,
> der Wasser schuf zu Wein,
> den Arsch mir zur Laterne,
> daß er dem Nachbarn schein.«

Panurg aber fuhr in seiner Rede fort und sagte:

> »Von Pythias Dreifuß niemals scholl
> Orakelspruch so wundervoll,
> so klar und wahr! Man glaubt beinah,
> er wäre in dem Brunnen da
> und fern von Delphis Tempelhut
> versenkt in diese klare Flut.
> Ja, hätt Plutarch getrunken dort
> gleich uns, er hätt mit keinem Wort
> gefragt, weshalb zu Delphi doch
> jetzt die Orakel stummer noch
> als Fische sind: der Grund ist klar
> und einem jeden offenbar;
> denn nicht in Delphi, hier nur ist
> der heilge Dreifuß, daß ihr's wißt,
> der alle Dinge sagt vorher,
> ja, nämlich auch der Dreifuß wär,
> kann man bei Athenäos lesen,
> nur eine Flasche einst gewesen
> voll Einohrwein, der Wahrheit Wein.
> Kann nichts doch so wahrhaftig sein
> in all der edlen Seherkunst,
> so ohne Falsch und eitlen Dunst,
> als wenn man Flaschenworte trinkt.
> Drum, lieber Bruder Hans, mich dünkt,
> du tätest gut, solang wir hier,
> zu schöpfen auch ein Wörtchen dir
> aus dieser Flasche Riesenschlund,
> so würd dir auf der Stelle kund,
> ob nichts dich hindern wird zu frein.
> Auf, auf, es könnte dich sonst reun,
> spiel den bemehlten Harlekin
> und laß dir mein Gewand anziehn.
> Schmeißt etwas Mehl ihm ins Gesicht!«

Darauf erwiderte Bruder Hans heftig:

>>Ich frein? Hoho, beileibe nicht,
trau, bei des Benediktus Schuh,
mir eher alles andre zu;
ich wollt mich lieber hinten scheren
als nur ein Wörtchen davon hören:
aus freien Stücken je ein Weib
zu laden mir auf Seel und Leib?
Nicht wahr, damit es, ei der Daus,
mit meiner Freiheit wäre aus
und ich fortan nur eine hätte?
Nein, niemand legt mich an die Kette,
kein Alexander zwingt zur Fron,
kein Cäsar mich nebst Schwiegersohn,
ja, nicht der größte Held auf Erden!<<

Panurg aber entgegnete, während er seinen Mantel und seine
mystische Vermummung ablegte:

>>Ein Grund für dich, verdammt zu werden
wie ein Stück Dreck, du altes Schwein,
indessen ich als Edelstein
auffahr zum selgen Paradies,
von wo ich auf den Kopf dir piß,
du Hurenbock! Doch wenn du erst,
was sicher ist, zur Hölle fährst
und dort vielleicht – man weiß ja nicht,
was noch geschieht – ins Auge sticht
der Frau Proserpina der Spund
in deines Latzes Tiefen und,
in diesen Vaterschaft verliebt,
sie die Gelegenheit dir gibt,
daß du geruhsam ihren Wanst
besteigen und sie reiten kannst,
sag, schickst zur Höllenschenke dann
du Luzifer, den Liederjan,
nach Wein zu eurem Schmaus? Stets willig
war sie und schön, so schön wie billig.<<

>>Hol' dich der Teufel, du unverbesserlicher Narr<<, sagte Bruder
Hans; >>ich kann nicht mehr reimen, hab' schon den Reimatismus
davon in der Kehle. Fragen wir lieber danach, was wir schuldig
sind.<<

Neunundvierzigstes Kapitel
Wie sie von Bakbuk Abschied nehmen und das
Orakel der Göttlichen Flasche verlassen

»Darüber«, sagte Bakbuk, »macht euch keine Sorge; alles, was wir begehren, ist, daß ihr mit uns zufrieden seid. Hier unten, in diesen zirkumzentralen Bezirken, erblicken wir das höchste Gut nicht im Nehmen und Empfangen, sondern im Geben und Gewähren, und wir schätzen uns weit weniger glücklich, wenn wir von anderen viel nehmen und empfangen können, wie es die Orden eurer Welt gebieten mögen, als wenn wir anderen viel zu geben und mitzuteilen imstande sind. Nur um das eine bitt' ich euch, daß ihr eure Namen und das Land, aus dem ihr stammt, in dieses Ritualbuch eintragt.« Damit schlug sie ein großes, schönes Buch auf, in das eine ihrer Mystagoginnen alles, was wir ihr diktierten, mit einem goldenen Griffel einzutragen schien; denn die Schriftzüge auf dem Papier konnten wir nicht sehen.

Nachdem dies geschehen war, füllte sie drei Schläuche mit dem Wunderwasser und überreichte sie uns mit folgenden Worten: »So geht denn, liebe Freunde, und euer Schutz und Schirm sei jene geistige Sphäre, deren Mittelpunkt überall und deren Peripherie ohne Grenzen ist, die, welche wir Gott nennen. Und kommt ihr in eure Welt zurück, so legt Zeugnis davon ab, daß unter der Erde die großen Schätze und Wunderdinge verborgen sind. Ja, nicht umsonst klagte Ceres, die von aller Welt Gefeierte, da sie den Ackerbau gelehrt, das Getreide erfunden und dadurch den Menschen vom tierischen Genuß der Eicheln entwöhnt hat – nicht umsonst, sage ich, klagte und jammerte sie so untröstlich darüber, daß ihr die Tochter[1] in unsere Tiefen entführt worden war; unzweifelhaft nämlich sah sie voraus, jene werde hier unten Schöneres und Herrlicheres finden, als was sie, die Mutter, dort oben geschaffen hatte. Was ist aus der Kunst geworden, die einst der weise Prometheus erfand, Blitz und Feuer vom Himmel herabzuholen? Sie ist euch verlorengegangen und ist von eurem Erdenrund verschwunden. Hier unten aber wird sie geübt, und zu Unrecht wundert ihr euch, wenn ihr zuweilen Städte auflodern und durch Blitz und himmlisches Feuer in

---

1 Proserpina

Brand geraten seht; denn ihr könnt nur nicht begreifen, von wem, wodurch und woher dieser Aufruhr heraufbeschworen wurde, der eure Augen so schrecklich dünkt, uns aber vertraut und heilsam erscheint. Oh, wie sehr sind eure Weltweisen doch im Unrecht, wenn sie sich beklagen, es sei ihnen nichts Neues zu entdecken übriggeblieben, da ja die Alten schon alles beschrieben hätten. Was ihr zu euren Häuptern seht und was ihr Himmelserscheinungen nennt, was die Erde euch bietet, was Fluß und Meer in sich bergen, ist mit dem, was sich unter der Erde den Blicken entzieht, nicht im mindesten zu vergleichen.

Darum wird der Herrscher der Unterwelt auch in allen Sprachen nach seinen Schätzen benannt. Und werden sich die Völker unter Anrufung des höchsten Gottes – den die alten Ägypter in ihrer Sprache den Verborgenen, Verhüllten, Geheimnisvollen nannten und den sie bei diesem Namen anflehten, daß er sich ihnen enthülle und offenbare –, werden sich, sage ich, die Völker in ernsthafter Forschung darum bemühen, so wird er ihre Kenntnis seiner selbst und seiner Geschöpfe erweitern, besonders aber wenn eine gute Laterne ihnen voranleuchtet. Denn um den Weg der göttlichen Erkenntnis leicht und sicher zu gehen und der Weisheit auf die Spur zu kommen, haben alle Philosophen und Weisen des Altertums zwei Dinge für unerläßlich erachtet: Gottes Führung und der Menschen Gemeinschaft. So nahm bei den Persern Zoroaster[1] als Gefährten auf seinen philosophischen Entdeckungsreisen Arimaspes; bei den Ägyptern hatte Hermes Trismegistos . . ., Äskulap hatte Merkur, Orpheus Musäos, Pythagoras Aglaophamos zum Begleiter; bei den Athenern stand Platon zuerst Dion von Syrakus auf Sizilien und nach dessen Tod Xenokrates und Apollonius stand Damis zur Seite.

Wenn also eure Philosophen unter Gottes Führung und von einer hellen Laterne geleitet sich ernsthaft der Mühe unterziehen, zu suchen und zu forschen – was ja des Menschen Natur ist, weswegen Herodot und Homer Alphesten, das heißt Sucher und Forscher, genannt worden sind –, so werden sie die Wahrheit der Antwort bestätigt finden, die der weise Thales dem ägyptischen König Amasis gab, als er von ihm gefragt wurde, worin die größte Klugheit bestünde, und er ihm antwortete: ›In der Zeit‹; denn alles Verborgene ist mit der Zeit gefunden worden und

1 Zarathustra

wird mit ihr gefunden werden. Deshalb haben die Alten Saturn, die Zeit, den Vater der Wahrheit und die Wahrheit die Tochter der Zeit genannt. Für eure Philosophen wird sich somit unfehlbar alles Wissen, das sie und ihre Vorgänger besitzen und besaßen, als der geringste Teil dessen herausstellen, was ist und was es zu wissen gäbe.

Aus den drei Schläuchen, die ich euch hier gebe, werdet ihr Urteilskraft schöpfen und dann, wie das Sprichwort sagt, den Löwen an den Klauen erkennen. Durch die Verdünnung des darin befindlichen Wassers unter der Einwirkung der Wärme des Himmels und der Kraft des Meeres wird in ihnen gemäß der natürlichen Verwandlung der Elemente eine heilsame Luft erzeugt werden, welche euch dann als freundliche, erfrischende Brise dient; denn Wind ist ja nichts anderes als aufgewühlte, strömende Luft. Vermöge dieses Windes könnt ihr geraden Weges und ohne noch irgendwo anlaufen zu müssen bis zum Hafen von Olonne segeln, indem ihr aus diesem kleinen goldenen Spundrohr dort soviel Wind herauslaßt, wie euch zur Fahrt in aller Sicherheit und ohne Unwetter vonnöten ist.

Zweifelt nicht daran und glaubt nicht etwa, daß Unwetter durch Wind hervorgebracht wird; der Wind entsteht vielmehr aus dem Unwetter, das aus der Tiefe des Abgrunds hervorbricht. Glaubt auch nicht, daß der Regen dadurch entsteht, daß der Himmel der Schwere der niederhängenden Wolken wegen das Wasser nicht mehr zurückhalten kann; er entsteht vielmehr durch die Wirkungskraft der unterirdischen Tiefen, von wo er in die Höhe gezogen wurde, zu dessen Beweis euch der prophetische König dienen möge, der gesungen hat, daß ein Abgrund den anderen ruft.

Von den drei Schläuchen enthalten zwei besagtes Wasser, während der dritte aus dem Brunnen der weisen Inder, den man das Faß der Brahmanen nennt, gefüllt ist.

Ihr werdet auch eure Schiffe reichlich versehen mit allem, was für die Heimfahrt nützlich und nötig ist, vorfinden; während ihr hier verweiltet, habe ich den Befehl gegeben, euch aufs beste zu versorgen. Geht, Freunde, in der Heiterkeit des Geistes, und überbringt diesen Brief eurem König Gargantua; richtet ihm samt allen Fürsten und Dienern seines edlen Hofes Grüße von uns aus.«

Damit gab sie uns einen verschlossenen und versiegelten Brief und ließ uns, nachdem wir ihr von ganzem Herzen gedankt hatten, durch eine Seitentür aus der durchsichtigen Kapelle treten.

Wir schritten durch ein heiteres, wonnevolles Gefilde, das milder war als das Tempeltal in Thessalien, gesünder als jener Streifen Ägyptens, der an Libyen grenzt, blühender und grünender als die Täler des Taurusgebirges, die Hyperboreische Insel im jüdischen Meer oder Kaliges auf dem Berge Kaspit und ebenso schön, reich und fruchtbar wie das Land der Touraine. Und schließlich gelangten wir zum Hafen, wo unsere Schiffe lagen.

Anhang

Zu dieser Ausgabe

Die vorliegende Ausgabe setzt sich das Ziel, Rabelais' Werk deutschen Lesern auf Grund des heutigen Textverständnisses erneuert und vollständig darzubieten und es nach dem Stande heutiger Kenntnis zu erläutern. Ihre Neufassung der Übersetzung Gelbckes, der weder einen maßgeblichen französischen Text zugrunde legen konnte noch auf den von Rabelais' letzter Hand zurückgriff, stützt sich auf folgende neuste Ausgaben:

Œuvres de François Rabelais. Edition critique, publiée par Abel Lefranc. Tome I–V (Buch 1–3). Paris 1912/31.

Gargantua. Texte établi par Pierre Grimal. Paris 1957.

Pantagruel. Texte établi par Pierre Grimal. Paris 1959.

Œuvres de François Rabelais. Edition critique, publiée sous la direction de Abel Lefranc. Tome VI: Le Quart Livre, Chapitre I–XVII. Genève/Lille 1955.

Le Quart Livre. Edition critique, commentée par Robert Marichal. Lille/Genève 1947.

Les Œuvres de François Rabelais, colligées et présentées par Pierre d'Espezel. Tome IV (Buch 5). Paris 1928.

Aufgabe der Herausgeber war erstens die Vervollständigung der Gelbckeschen Übersetzung. Es mußten Lücken geschlossen werden, die zum Teil nur unwesentlichere Einzelheiten, oft aber auch wichtige Zusammenhänge betrafen. Wo Gelbcke bei Worthäufungen in den Aufzählungen gekürzt hatte, wurde versucht, sie durch deutsche Entsprechungen in ihrer ursprünglichen Fülle wiederzugeben. Größere Abschnitte galt es im Vorwort des vierten und am Ende des fünften Buches durch Neuübersetzung zu ergänzen.

Ferner waren an unzähligen Stellen Berichtigungen nötig, wo Gelbcke veralteten Auslegungen gefolgt war, den Zusammenhang sprachlich oder sachlich mißverstanden und es vorgezogen hatte, den Sinn zu erraten, statt philologisch zu erfassen. Abschwächende Umschreibungen, zu denen er bei der Wiedergabe derber erotischer Scherze und scharfer Attacken auf die Geistlichkeit der Zeit neigte, wurden, dem Original entsprechend, durch kräftigere Wendungen ersetzt, ohne solche Übertreibungen dafür einzutauschen, wie sie sich in der Bearbeitung Gelbckes durch K. und L. Wächter (Rudolstadt 1954) finden. Wortspiele brauchten weniger verändert zu werden, weil sie teilweise schon treffend mit den Mitteln der deutschen Sprache nachgebildet worden waren. – Schwierigkeiten ergaben sich vor allem im vierten und fünften Buch, für die noch keine kritische französische Ausgabe und Kommentierung vorliegt, und gerade in diesen Teilen schweift auch Gelbcke am weitesten vom Wortlaut ab. Soweit sich der Sinn eindeutig aus dem Text erschließen ließ, wurde auch hier verbessert, doch nicht überall war die Absicht des Dichters mit Sicherheit zu bestimmen. Bevor die kritische französische Ausgabe nicht zu Ende geführt ist, lassen sich nicht alle allegorischen Einzelheiten aufschlüsseln.

Am zahlreichsten sind die stilistischen Änderungen. Sie waren dort erforderlich, wo Gelbckes Ausdruck zu allgemein blieb oder heute nicht mehr dieselbe Bedeutung hat. Ausgesprochen veraltete Wendungen und Spracheigentümlichkeiten des 19. Jahrhunderts wurden ersetzt, und auch der Neigung des Übersetzers zu allzu häufigem Fremdwortgebrauch, soweit dieser nicht durch den Text gerechtfertigt ist, mußte entgegengearbeitet werden. Außerdem ließen sich einige Namen mit komischer oder satirischer Bedeutung sinngemäß ins Deutsche übertragen. Gelbckes freie Umgestaltung der französischen Satz- und Wortfolge galt es im allgemeinen zu berücksichtigen, weil sie eine bezeichnende Sprach- und Stileinheit darstellt. Dagegen mußte eine Anzahl von Versen erneuert werden, deren Übersetzung sich oft prosaisch eng an die Vorlage hielt, ohne mit gleicher Genauigkeit die formalen Besonderheiten zu beachten. Es wurde dort kein Enjambement gebraucht, wo es sich auch bei Rabelais nicht findet. Ebenso wurde versucht, das Reimschema einzuhalten und, soweit wie möglich, den Rhythmus.

Die Erläuterungen beschränken sich im wesentlichen auf das zum Verständnis des Textes Notwendige. In den Fußnoten werden fremdsprachliche Abschnitte und Zitate, Buchtitel und Namensbildungen übersetzt, verschlüsselte Anspielungen und Wortspiele, unbekanntere geographische Angaben, naturwissenschaftliche Bezeichnungen und seltenere Begriffe erklärt und Stellen vorwiegend aus antiken Autoren nachgewiesen. Die alphabetisch geordneten Erläuterungen am Ende jedes Bandes umfassen außer einigen geläufigeren Begriffen und Ortsnamen hauptsächlich die – oft mehrfach wiederkehrenden – historischen, mythologischen und literarischen Gestalten; sie werden zunächst allgemein bestimmt, doch ist auch auf besondere Anspielungen im Text eingegangen. Auf Einzelerläuterungen von Namen, die in ganzen Ketten auftreten und deren Sinn in der Aufzählung selbst liegt, wurde in der Regel verzichtet.

Erläuterungen

Agnelet, Thibaut: Schäfer in der franz. Volksposse »Pierre Patelin« (um 1460), der seinem Herrn, dem Tuchhändler Guillaume Jousseaume, mehrere Hammel stiehlt und Patelin, seinen Verteidiger vor Gericht, durch dieselbe List, die ihm der Anwalt gegen den Tuchhändler riet, um sein Honorar betrügt.

Ahriman (Aka Mainyu): altpers. Gott der Finsternis, als Verkörperung des bösen Prinzips Gegenspieler Ormuzds.

Ajax d. Gr., gen. der Telamonier: einer der griech. Haupthelden vor Troja, der aus Zorn, weil die Waffen des gefallenen Achill nicht ihm zugesprochen worden waren, die griech. Heerführer erschlagen wollte, doch, von Athene in Raserei versetzt, statt ihrer eine Viehherde niedermetzelte und sich aus Scham darüber in sein Schwert stürzte, als der Wahnsinn von ihm gewichen war; aus seinem Grab wuchs eine hyazinthenartige rote Blume mit dem griech. Schmerzenslaut AI auf den Blättern.

Aktäon: sagenhafter griech. Jäger, der die jungfräuliche Jagdgöttin Artemis beim Bade belauschte; aus Zorn verwandelte sie ihn in einen Hirsch, der von seinen Jagdhunden verfolgt und zerrissen wurde.

Albertus Magnus (d. Gr.), eigtl. Albert Graf von Bollstädt (um 1200–80): deutsch. scholastischer Philosoph und kritischer Naturbeobachter, der umfassendste Gelehrte des Mittelalters.

Alekto: eine der griech. Rachegöttinnen.

Älian, Claudius (um 200): griech. schreibender röm. Schriftsteller; Verfasser eines Werks »Über das Wesen der Tiere« und der Anekdotensammlung »Vermischte Geschichten«.

Ammonios von Lamptrai (2./1. Jh.): von Athenäos erwähnter nicht näher bekannter griech. Kultschriftsteller in Athen; Verfasser eines nur in Fragmenten erhaltenen Werks »Über Altäre und Opfer«.

Anacharsis (6. Jh. v. u. Z.): skyth. Weiser, der zur Bereicherung seines Wissens weite Reisen unternahm und den die Griechen wegen seines gesunden Menschenverstands rühmten.

Anaxagoras (um 500 – um 430): griech. Naturphilosoph, Wegbereiter der Atomlehre; hielt die Pflanzen für beseelt und vernunftbegabt.

Antiphanes (um 405 – um 330): griech. Komödiendichter, von dessen rund 300 Stücken nur wenige Fragmente erhalten sind.

Antonius, Marcus (um 80–30): röm. Staatsmann und Feldherr, Parteigänger Cäsars; als Machthaber im Ostteil des Reichs nahm er 34 den abtrünnigen armen. König Artavasdes durch eine List gefangen, band ihn mit goldenen Ketten und führte ihn im Triumph durch Alexandrien, wo ihn Kleopatra 30 enthaupten ließ.

Äolus: griech. Herr der Winde; nach Homer (»Odyssee« 10, 19/24) gab er

335

Odysseus einen Schlauch mit, in den er alle widrigen Winde verschnürt hatte.

Apelles (4. Jh. v. u. Z.): berühmtester griech. Maler, Hofmaler Alexanders d. Gr.

Apicius, Marcus Gavius (um 25): sprichwörtlicher röm. Feinschmecker, unter dessen Namen das bekannteste lat. Kochbuch überliefert ist.

Apollonius von Tyana (1. Jh.): griech. neupythagoreischer Philosoph, weitgereister Wanderprediger und Wundertäter.

Apulejus, Lucius (um 125 – um 180): röm. Romanschriftsteller; Verfasser der »Verwandlungen«, auch gen. »Goldener Esel«, worin die Abenteuer eines in einen Esel verzauberten jungen Römers erzählt werden.

Argyrophil, eigtl. Argyropulos, Johannes (1416–86): byzantin. Humanist in Padua und Florenz; Aristotelesübersetzer und -kommentator.

Arion (um 600 v. u. Z.): griech. Lyriker und Sänger, von dessen Gedichten nichts erhalten ist; nach der Sage wollten ihn bei einer Meerfahrt die Seeleute töten und berauben, doch er sprang über Bord und wurde von einem Delphin, der sein letztes Lied gehört hatte, sicher ans Land getragen.

Ariovist (1. Jh. v. u. Z.): Heerkönig des german. Stammes der Sueben; von Cäsar 58 im Elsaß trotz der Germanenfurcht seines Heeres geschlagen und am Vordringen nach Gallien gehindert.

Ariphron (4. Jh. v. u. Z.): griech. Lyriker; Verfasser einer Chorhymne »Auf die Gesundheit«, von der einige Verse erhalten sind.

Aristäos: griech. Landgott, Beschützer besonders der Bienenzucht; als er die Nymphen, seine Ziehmütter und Lehrmeister in der Bienenzucht, gekränkt und sie zur Strafe seine Bienen getötet hatten, opferte er ihnen 4 Stiere und 4 Kühe, aus deren Leibern neue Bienen schwärmten.

Aristarchos von Samos (um 320–250): griech. Astronom; lehrte nach Plutarch, daß die Sonne im Mittelpunkt der Welt steht, die Erde sich um sie und um ihre eigene Achse dreht.

Aristides von Theben (um 350 v. u. Z.): griech. Maler, der angeblich die Darstellung seelischer Regungen und Leidenschaften eingeführt hat.

Aristomachos von Soli: von Plinius (»Naturgeschichte« 11, 9) erwähnter nicht näher bekannter griech. Verfasser eines Werks »Über die Bienenzucht«.

Aristonidas (wahrscheinlich 2. Jh. v. u. Z.): nicht näher bekannter griech. Erzgießer von Rhodos; bei seinem in der Antike berühmten Sitzbild des sagenhaften Königs Athamas von Orchomenos in der mittelgriech. Landschaft Boiotien, der im Wahnsinn seinen Sohn Learchos an einem Felsen zerschmettert hatte, mengte er nach Plinius (»Naturgeschichte« 34, 14) der Bronze Eisen bei, um den Ausdruck der Wut und Reue wiederzugeben.

Aristophanes (um 445 – um 385): bedeutendster älterer griech. Komödiendichter, dessen 11 erhaltene Stücke sich mit dem politischen und sozialen Leben, dem Erziehungs- und Literaturwesen des damaligen Athens satirisch auseinandersetzen; im Vorspiel seiner »Weibervolksversammlung« (392) zeigt der Schein einer Tonlampe den Beginn der Versammlung an.

Artaban V.: König von Parthien südöstl. des Kaspischen Meers 212–224.

Artavasdes (Artabazes): armen. König um 55–34; abtrünniger Bundesgenosse der Römer.

Äsop (6. Jh. v. u. Z.): halblegendärer griech. Fabeldichter, nach der Überlieferung ein buckliger Sklave aus Phrygien; eine unter seinem Namen von Livius (»Seit Gründung der Stadt« 2, 32) erzählte Fabel handelt von einer Verschwörung der Glieder gegen den Bauch.

Athenäos (um 200): griech. Grammatiker; Verfasser des »Gastmahls der Gelehrten« mit erdachten Tischgesprächen über die verschiedensten Wissensgebiete.

Averroes, eigtl. Abu Walid Mohammed ibn Ruschd (1126–98): arab. Philosoph, der bedeutendste Aristoteleskommentator des Mittelalters; als Arzt auch Verfasser eines vielbenutzten Werks über die Heilbehandlung »Allgemeinheiten«.

Avicenna, eigtl. Abu Ali Husain ibn Sina (980–1037): arab. Arzt und Philosoph pers. Abstammung, Verfasser der für die mittelalterliche Medizin grundlegenden »Richtschnur der Heilkunde« und des 18bdg. enzyklopädischen »Buchs der Genesung der Seele«, das auf die Scholastik stark eingewirkt hat.

Bartolus, lat. Form von Bartolo, de Sassoferrato (1314–57): namhafter ital. Rechtskommentator; gen. »Leuchte des Rechts«.

Basoche: 1302 bestätigte Vereinigung der Gerichtsschreiber, besonders in Paris; ihre Mitglieder führten mittelalterliche geistliche Spiele und vielfach stark satirische Volkspossen auf.

Bellay, Seigneur de Langey, Guillaume du (1491–1543): franz. Generalleutnant und Diplomat, Verfasser teilweise verlorener Memoiren; Gönner Rabelais'.

Bessarion, Johannes (um 1395–1472): byzantin. Humanist und Prälat in Italien, Anhänger der Platonischen Philosophie.

Bigot, Guillaume (1502–um 50): franz. humanistischer Philosophieprofessor in Nîmes, Anhänger des Aristoteles; als Schützling Guillaume du Bellays traf er höchstwahrscheinlich auch mit Rabelais zusammen.

Bourgeois, Jean (gest. 1494): franz. Kanzelredner, gen. »Brillenfranziskaner«.

Brayer, Jamet (gest. 1533): franz. Loireschiffer; Verwandter Rabelais'.

Breton, Seigneur de Villandry, Jean Le (gest. 1542): franz. kgl. Sekretär unter Franz I. und Heinrich II.

Brutus, Marcus Junius (85–42): röm. Republikaner, Cäsarmörder; in der Schlacht bei Pharsalos 48 auf Pompejus' Seite kämpfend, retteten ihn nach seinen Worten nur die fechtenden Hände, nicht die fliehenden Füße.

Budé, Guillaume (1468–1540): franz. Humanist, einer der ersten Griechischkenner seiner Zeit, Verfasser der »Erläuterungen zur griechischen Sprache« (1529); über die Aristotelische Quintessenz spricht er im I. Buch seiner Münz- und Maßabhandlung »Über das As und seine Teile« (1514).

Cancale: Kleinstadt an der nordwestfranz. Küste; der Herr von Cancale, Jean de Rieux, Seigneur de Châteauneuf, gehörte einer auch in Rabelais' Heimatstadt Chinon ansässigen Familie an.

Canidia (1. Jh. v. u. Z.): röm. Hetäre; von Horaz (Satiren 1, 8) als Zauberin verspottet.

Capito, Gajus Atejus (gest. 22): röm. Rechtsgelehrter; über die Bedeutung des damals schon unbekannten Wortes Sitizinen schrieb er nach Gellius (»Attische Nächte« 20, 2) in den nur in Fragmenten erhaltenen »Aufzeichnungen« zum öffentlichen Recht.

Caracalla, eigtl. Marcus Aurelius Antoninus, urspr. Bassianus: röm. Kaiser 211–217; aus Angst vor Mordanschlägen befragte er Wahrsager und verstärkte die Geheimpolizei; nachdem er in Alexandrien 215 alle jungen Männer unter dem Vorwand eine Kerntruppe aus ihnen zu bilden, zusammengerufen und Tausende hatte niedermetzeln lassen, angeblich weil er sich von den Einwohnern der Stadt verspottet glaubte, rückte er 216 in Parthien ein, wo er bald, nachdem er König Artaban V. durch eine List gefangengenommen hatte, von der eigenen Leibgarde erstochen wurde.

Cato Censorius, Priscus od. d. Ä., Marcus Porcius (234–149): röm. Staatsmann und Schriftsteller, als Vertreter des altbäuerlichen Römertums Verfasser der Lehrschrift »Über den Ackerbau« und einer nur in Fragmenten erhaltenen »Urgeschichte« Roms; seine Worte über die 3 Dinge, die er bereue, berichtet Plutarch im »Leben Catos«.

Catull, Gajus Valerius (um 85 – um 55): größter röm. Lyriker.

Chambrier, franz. Form von lat. Camerarius, eigtl. Liebhard, gen. Kammermeister (1500–74): deutsch. Humanist, der bedeutendste klassische Philologe des 16. Jh. in Deutschland, auch Biograph; über die Aristotelische Quintessenz spricht er in seinen »Bemerkungen zu Ciceros ›Tuskulanischen Gesprächen‹« (10).

Charmoys (Charmoy), Charles (16. Jh.): nicht näher bekannter franz. Maler, nachweislich 1537/50 im kgl. Schloß Fontainebleau südöstl. Paris tätig.

Chasteigner, Seigneur de La Roche-Posay, Jean de (um 1490 bis 1567):

franz. Haushofmeister unter Franz I.; hinkte seit einer Beinverwundung bei der Belagerung von Pavia 1524.

Chrysippos (um 280 – um 205): griech. stoischer Philosoph aus Soli in der südostkleinasiat. Landschaft Kilikien.

Crassus d. Ä., Marcus Licinius (1. Jh. v. u. Z.): nicht näher bekannter röm. Gerichtsbeamter, Großvater des Parteigängers Cäsars; gen. »Nielacher«, weil er angeblich nur ein einziges Mal in seinem Leben gelacht hat.

Crassus (d. J.), Marcus Licinius, gen. »der Reiche« (um 115–53): röm. Staatsmann von sprichwörtlichem Reichtum, Parteigänger Cäsars, auch Feldherr; als Statthalter von Syrien unternahm er 53 einen Feldzug gegen die Parther südl. des Schwarzen Meers, wurde in eine unwegsame Gegend gelockt und 9. 6. bei einer Unterhandlung mit den Feinden erschlagen.

Cugnières (Cognières), Pierre de (14. Jh.): franz. Rechtsgelehrter, Verteidiger der weltlichen Gerichtsbarkeit gegen die Übergriffe der geistlichen; die Kirche rächte sich nach seinem Tode dadurch an ihm, daß sie eine Steinfratze in einem Winkel der Pariser Kathedrale Notre-Dame, die sie Pierre de Coignet (franz. »coin« Winkel) nannte, als sein Abbild hinstellte, dessen Verhöhnung jedem als Verdienst angerechnet wurde.

Cusanus od. Cusa, lat. Form von Kues (Mosel), Nikolaus von (1401–64): deutsch. Philosoph und Theologe, Kardinal, Wegbereiter des neuzeitlichen Denkens; in seiner Schrift »Über das Spiel der Kugel« (1463) faßte er die Welt als »Entfaltung des Punktes« unter dem Gleichnis der Linie auf, als die sich ein Punkt, der gleich Gott sei, auf einer sich drehenden Kugel darstellt.

Dädalus: erfindungsreicher Baumeister der griech. Sage, legendärer Begründer des Kunsthandwerks.

Darius (Dareios) I., d. Gr.: pers. Großkönig 521–485.

Dekretalen: ehem. Bezeichnung für Päpstliche Rechtserlasse.

Dekretalist: Kirchenrechtsgelehrter.

Delorme (de l'Orme), Philibert (um 1510–70): franz. Renaissancearchitekt, Erbauer des Pariser Tuilerien-Königsschlosses; Hofbaumeister Heinrichs II. von Frankreich.

Demiurgos (griech.): Handwerker, bei Platon philosophische Bezeichnung für Weltformer; gemeint ist wahrscheinlich Daimogorgon, griech. Weltschöpfungsgottheit im Innern der Erde.

Demokrit von Abdera (um 460 – um 370): griech. Naturphilosoph, Mitbegründer der Atomlehre; zu seinen Werken, von denen nur wenige Fragmente erhalten sind, zählte Plinius auch ein naturwissenschaftliches über das Chamäleon; die Lebewesen gingen nach seiner Auffassung aus dem feuchten Erdschlamm hervor.

Demonax (gest. um 175): griech. kynischer Philosoph, in Lukians »Leben des Demonax« als Meister heiterer Weltweisheit gerühmt; als Greis von über 100 Jahren suchte er angeblich den Hungertod, um den Gebrechen des Alters zu entgehen.

Demosthenes (384–322): größter griech. politischer Redner; Pytheas warf ihm vor, seine Reden röchen nach der Studierzimmerlampe.

Dessay, eigtl. Essé und d'Epanvilliers, André de Montalembert, Seigneur d' (um 1485–1553): franz. Generalleutnant; als Befehlshaber eines nach Schottland entsandten Hilfsheers eroberte er 1548 die von den Engländern besetzte Insely Inchkeit vor Edinburg, gen. »Pferdeinsel«, durch einen Handstreich zurück.

Diogenes Laërtius (3. Jh.): griech. Schriftsteller; Verfasser einer anekdotenhaften Philosophiegeschichte »Über Leben, Lehren und Worte berühmter Männer«.

Donat(us), Älius (4. Jh.): röm. Grammatiker; seine »Grammatik« bildete die Grundlage für den Lateinunterricht an den mittelalterlichen Schulen.

Dragut (Torgud) *Reis* (gest. 1565): türk. Admiral und gefürchteter Seeräuber, Herrscher von Tripolis 1551–65; als Verbündeter Frankreichs brandschatzte und plünderte er 1552 die Küsten Italiens.

Druiden: kelt. Priester in Gallien und Britannien.

Drusus Germanicus d. Ä., Nero Claudius (38–9 v. u. Z.): röm. Feldherr, Stiefsohn des Augustus; das ihm nach seinem Tode durch einen Sturz vom Pferd auf einem seiner Feldzüge gegen die Germanen in Mainz errichtete Denkmal, der 12 m hohe »Eigelstein«, ist heute noch erhalten.

Entelechia (griech.): Tätigkeit, bei Aristoteles philosophische Bezeichnung für die dem Stoff innewohnende zielstrebige Entwicklungskraft; in der formalistischen Auffassung der Scholastik und im weiteren Sinn svw. Seele einer Sache.

Enyo: griech. Kriegsgöttin, Begleiterin des Ares.

Epiktet (um 50–138): griech. stoischer Philosoph in Rom, dessen humanitäre, asketische Ethik im »Handbüchlein der Moral« zusammengefaßt ist; von seiner Tonlampe glaubte ein Käufer, wenn er bei ihrem Schein studierte, würde er so weise wie ihr ehem. Besitzer.

Erasmus, gen. von Rotterdam, Desiderius, eigtl. Gerard Gerards (1466–1536): niederländ. Humanist, der bedeutendste klassische Philologe der Zeit; als humanistischer Schriftsteller verfaßte er die Satire »Das Lob der Torheit« und das geistvoll-ironische Erziehungsbuch »Vertraute Gespräche« über die verschiedensten Lebensfragen.

Estissac, Geoffroy II. d' (gest. 1543): franz. Prälat, 1518–43 Bischof von Maillezais nördl. La Rochelle; Gönner Rabelais'.

Euphorion von Chalkis (geb. um 260 v. u. Z.): griech. Dichter mythologischer Kurzepen und Verfasser geschichtlicher Einzeldarstellungen.

Eurykles (5. Jh. v. u. Z.): griech. Bauchstimmenwahrsager aus Athen.

Eurystheus: sagenhafter König von Mykene im Nordwesten des Peloponnes; Auftraggeber der 12 Arbeiten des Herakles.

Fleury, franz. Form von lat. Floridus, eigtl. Florido Sabino, Francesco (1511–48): ital. Humanist, Griechisch- und Lateinlehrer in Bologna, von Franz I. nach Frankreich berufen; Verfasser einer »Verteidigung gegen die Verleumder des Plautus und anderer Dichter sowie der lateinischen Sprache« (1537).

Frontin, Sextus Julius (um 40 – um 105): röm. Staatsbeamter und technischer Schriftsteller, Statthalter von Britannien; Verfasser einer Beispielsammlung »Kriegslisten«.

Galen (129 – um 200): griech. Arzt in Rom, Anhänger der Lehre des Hippokrates; sein in rund 150 Schriften über alle Heilgebiete niedergelegtes medizinisches System galt bis in die Renaissance als maßgeblich.

Galland, Pierre (1510–59): franz. klassischer Philologe, seit 1543 Rektor der Pariser Universität; Verteidiger der Aristotelischen Philosophie im Streit mit Ramus.

Gallienus, Publius Licinius Egnatius: röm. Kaiser 253/60–268; bei meutereiähnlichen Ausschreitungen der in Byzanz stehenden röm. Truppen erschien er selbst und hielt, von den Meuterern nicht am Einzug gehindert, über sie ein blutiges Strafgericht.

Gaster (griech.): Bauch; sein Lob, angeregt durch den Tugendtempel in Lemaire de Belges' Gedicht »Die Eintracht beider Sprachen« (1511), ist ein Beispiel für die humanistische Parodie, besonders auf den platonischen Liebesbegriff des ital. Renaissancephilosophen Marsiglio Ficino (1433–99), in dessen Kommentar zu Platons »Gastmahl« ein Kapitel (3, 3) lautet: »Die Liebe als Lehrmeisterin aller Künste«.

Gaza, Theodoros (1398–1475): byzantin. Philosophie- und Griechischlehrer in Italien, Verfasser einer »Grammatischen Einführung« in das Griech. und Übersetzer griech. Autoren ins Lat.; in seinen Aristotelesübersetzungen gab er »entelecheia« mit »agitatio« wieder.

Geber, eigtl. Dschabir ibn Hajjan (angeblich 8./9. Jh.): arab. Arzt, halblegendärer Begründer der Alchimie.

Gellius, Aulus (geb. um 130): röm. gelehrter Schriftsteller; Verfasser der »Attischen Nächte«, eines Zitat- und Notizensammelwerks über grammatische, literarische, historische, juristische, medizinische u. a. Fragen in 20 Büchern, in dem er auch über die Bedeutung des damals schon unbekannten Wortes Sitzinen spricht (20, 2).

Gelonen: antikes Waldvolk nördl. des Schwarzen Meers.

Gilles, Pierre, gen. Gilles d'Albi (1489–1555): franz. humanistischer Zoologe und Forschungsreisender; Verfasser eines Werks »Über die französischen und lateinischen Namen der bei Marseille vorkommenden Fische« (1533).

Gnatho: von Plutarch (»Ob der Satz: Lebe im Verborgenen, richtig ist«) erwähnter nicht näher bekannter griech. Schlemmer aus Sizilien.

Gobryes (6. Jh. v. u. Z.): einer der 7 pers. Adligen, die Darius I. durch Ermordung Gaumatas aus dem medisch. Stamm der Magier, der sich der Herrschaft bemächtigt hatte, auf den Thron verhalfen.

Guadagni, Tomaso I. (16. Jh.): ital. Kaufmann in Lyon, Geldleiher Franz' I. von Frankreich.

Guise, Claude I. de Lorraine, Comte d'Aumale, später Duc de (1496–1550): franz. Großjägermeister, der sich unter Franz I. in mehreren Schlachten auszeichnete.

Gyges: König von Lydien an der Westküste Kleinasiens um 685–652; nach der Sage tötete er seinen Vorgänger Kandaules mit Hilfe eines unsichtbar machenden Ringes.

Haimonskinder: die mit Karl d. Gr. in Fehde lebenden 4 Söhne des Grafen Haimon, Gestalten der altfranz. Sage.

Hali Abbas, eigtl. Ali ibn Abbas, gen. »der Magier« (gest. 994): pers.-arab. Arzt; Verfasser eines »Königlichen Buchs« über die gesamte Heilkunde.

Heliodor (3. Jh.): griech. Romanschriftsteller; Verfasser des Liebesromans »Äthiopische Abenteuer«.

Heliogabal (Elagabal): röm. Kaiser 218–222; urspr. Oberpriester des syr. Sonnengotts Elagabal, suchte er dessen orgiastischen Kult als röm. Staatsreligion einzuführen.

Helle: Schwester des Phrixos, die bei ihrer Flucht auf dem goldenen Flügelwidder in die seitdem Hellespont (heute Dardanellen) genannte Meerenge stürzte und ertrank.

Heraklit (um 560 – um 480): griech. Naturphilosoph, der das Feuer als Urgrund aller Dinge ansah, seines Stils wegen gen. »der Dunkle«; nach der spätantiken Auffassung von seiner pessimistischen Weltanschauung wurde er als der weinende Philosoph Demokrit, der angeblich in der Welt nichts ernst genommen habe, als dem lachenden gegenübergestellt.

Herkules von Gallien: röm. Name für den gall. Gott der Beredsamkeit Ogmios, dargestellt als schwacher Greis, dessen Zunge mit den Ohren seiner Zuhörer zusammengekettet ist.

Hermias: Herrscher von Atarneus an der Westküste Kleinasiens um 350 v. u. Z., philosophisch gebildeter Freund des Aristoteles; von den Persern gefangen und gekreuzigt, Aristoteles errichtete ihm in Delphi eine Bildsäule mit noch erhaltener Inschrift.

Herodot (um 485 – um 425): griech. Geschichtsschreiber, gen. »Vater der Geschichte«; Verfasser der »Geschichte« der Perserkriege.

Herophilus (um 300 v. u. Z.): griech. Arzt in Alexandrien, Mitbegründer der Anatomie.

Hervé de Portzmoguer, gen. Primauguet (um 1470–1512): franz. Seeheld; deckte 10.8.1512 mit seinem Schiff »Cordelière« den Rückzug der franz. Flotte und enterte, von 12 Engländern umstellt, das feindliche Flaggschiff, mit dem zusammen er sich in die Luft sprengte.

Hesiod (um 700 v. u. Z.): griech. epischer Dichter; Verfasser der Lehrgedichte »Theogonie« über Weltentstehung und Götterabstammung und »Werke und Tage« über die Landarbeit, wo er Vers 289/92 über den steilen und anfangs rauhen Weg verdienstlicher Lebensführung spricht.

Hesperiden: griech. Nymphen, die zusammen mit dem Drachen Ladon in einem Paradiesgarten am Westrand der Welt einen Baum mit goldenen Äpfeln bewachten.

Hesperus: griech.-lat. Name des Abendsterns.

Hippias (um 400 v. u. Z.): griech. sophistischer Philosoph; trat als Allerweltsgelehrter und Gedächtniskünstler auf.

Hippokrates von Kos (um 460–377): griech. Arzt, gen. »Vater der Medizin«; die »Hippokratische Sammlung« (um 300 v. u. Z.) umfaßt 53 verschiedenartige Schriften, von denen wahrscheinlich nur ein Teil von Hippokrates selbst stammt.

Hymettos: griech. Name eines Bergzugs (heute Trevoluni) östl. Athens; in der Antike berühmt durch seinen Marmor und seinen Honig.

Ichthyophagen: griech. Name mehrerer antiker asiat. und afrikan. Küstenvölker, die sich vorwiegend von Fischen ernährten; »Ichthyophagie« ist der Titel eines der »Vertrauten Gespräche« (1519) von Erasmus, in dem er sich mit dem Gelübde der Enthaltsamkeit der Geistlichen, die zur Fastenzeit Fisch essen, satirisch auseinandersetzte.

Ismenias (4. Jh. v. u. Z.): griech. Flötenspieler aus Theben.

Ixion: sagenhafter König in der nordgriech. Landschaft Thessalien; zur Strafe, weil er sich der Gunst Heras gerühmt hatte, von Zeus in der Unterwelt auf ein sich ewig drehendes Flammenrad geflochten.

Jason: griech. Sagenheld; holte im Auftrag seines Onkels Pelias mit den Argonauten das Goldene Vlies, das Fell des von Phrixos nach seiner Rettung geopferten Widders, aus Kolchis an der Ostküste des Schwarzen Meers.

Johannes Alexandrinus (7. Jh.): nicht näher bekannter byzantin. Hippokrates- und Galenkommentator in Alexandrien.

Josephus, Flavius (37 – um 100): griech. schreibender jüd. Geschichtsschreiber in Rom; Verfasser einer »Geschichte des jüdischen Kriegs« der Bevölkerung Judäas gegen die röm. Herrschaft 66–70.

Jovius, Paulus, lat. Form von Paolo Giovio (1483–1552): ital. humanistischer Geschichtsschreiber; Verfasser von 45 Büchern der Geschichte seiner Zeit (1550/52), einer Darstellung der ital. Geschichte 1494–1547.

Juba II.: König von Mauretanien an der Nordwestküste Afrikas 25–23 u. Z.; Verfasser nur in Fragmenten erhaltener geographischer, historischer und grammatischer Abhandlungen.

Justinian I.: oström. Kaiser 527–565; gab 528 den Auftrag zur Zusammenstellung des Gesetzbuchs des röm. Rechts, mit den Teilen Institutionen, Pandekten, Kodex, Novellen.

Kallianax (um 250 v. u. Z.): griech. Arzt; von Galen als »überblödsinnig« bezeichnet.

Kallimachos (um 400 v. u. Z.): griech. Bildhauer und Metallstecher; seine Tag und Nacht brennende Goldlampe mit einer bronzenen Palme als Rauchabzug stand im Erechtheiontempel auf der Akropolis von Athen.

Kallimachos (um 310 – um 240): griech. gelehrter Dichter in Alexandrien Haupt der alexandrin. Dichterschule; Verfasser von mythologischer Kurzepen, Götterhymnen und Epigrammen.

Kanope, eigtl. Kallistion: in einem Epigramm des Kallimachos erwähnte Griechin, die Serapis in der nordägypt. Stadt Kanopus eine zwanzigdochtige Lampe weihte.

Kastor: griech. Sagenheld, Nothelfer der Seeleute; sein Erscheinen als Doppelflamme an der Mastspitze (St.-Elms-Feuer) wurde als Rettungszeichen angesehen, während eine einfache Flamme als Helena galt und Untergang bedeutete.

Kleanthes (um 330 – um 230): griech. stoischer Philosoph; seine Studierlampe war in der Antike sprichwörtlich als Sinnbild peinlicher Genauigkeit.

Kleombrotos (1. Jh.): reicher Grieche aus Sparta, der aus Wissensdrang mehrere Reisen nach Ägypten unternahm; im Heiligtum des ägypt. Orakelgotts Ammon in der libysch. Oase Siwa erklärten ihm angeblich die Priester, das »ewige Licht« brauche von Jahr zu Jahr weniger Öl.

Kybele, gen. »Große Mutter«: phryg. Fruchtbarkeitsgöttin, von den Griechen mit Rhea gleichgesetzt; ihr besonders auf bewaldeten Bergen von entmannten Bettelpriestern, den Gallen, mit ekstatischen Tänzen und orgiastischer Musik verrichteter Kult verbreitete sich von ihrem Hauptverehrungsort Pessinus im Innern Kleinasiens über die ganze Mittelmeerwelt.

Kyrus (Kyros) d. J. (423–401): pers. Prinz, als Empörer gegen seinen königlichen Bruder Artaxerxes II. in der Schlacht bei Kunaxa gefallen.

Labeo, Marcus Antistius (gest. um 20): röm. Rechtsgelehrter.

Lactantius, Lucius Cä(ci)lius Firmianus (um 250 – um 325): lat. Kirchenschriftsteller aus Nordafrika, gen. »Christlicher Cicero«, Verfasser der »Unterweisungen über Gott« zur Verteidigung der christlichen Religion; das ihm ehem. zugeschriebene Lobgedicht »Über den Phönix« als Sinnbild der Unsterblichkeit ist vermutlich das Werk eines andern.

Langey, Guillaume du Bellay, Seigneur de, s. *Bellay.*

Laskaris Rhyndakenos, Andreas Johannes, gen. Janos (um 1445 bis 1535): byzantin. Philologe in Rom und Paris, Griechischlehrer und Textherausgeber; zeitweilig Bibliothekar Franz' I. von Frankreich.

Lemaire de Belges, Jean (1473 – um 1525): franz. Frührenaissancedichter und Hofhistoriograph.

Lemuren: röm. Totengeister, die nachts umherirrten und die Lebenden heimsuchten.

Linacre, Thomas (um 1460–1524): engl. Arzt, auch klassischer Philologe; Leibarzt Heinrichs VIII. von England.

Livius, Titus (59–17 u. Z.): röm. Geschichtsschreiber; Verfasser einer Geschichte Roms »Seit Gründung der Stadt«.

Lollia Paulina (gest. 49): erste Frau des röm. Kaisers Caligula; ihr Festschmuck wurde auf 40 Mill. Sesterze geschätzt.

Lukian (um 120 – um 180): griech. Satiriker, Verfasser von »Götter-«, »Toten-« und »Hetärengesprächen«; in seinem Dialog »Ikaromenippos oder Der Himmelsstürmer« läßt er den Philosophenfeind Menippos, der sich mit eigenen Augen von den Vorgängen im Weltraum überzeugen will, mit Vogelschwingen zum Himmel fliegen, dort mit Zeus über irdische Dinge plaudern und ihm zusehen, wie er durch verschiedene Luken die Gebete der Sterblichen anhört und ihre Opfer entgegennimmt; im Dialog »Das Gastmahl oder Die Lapithen« artet der Meinungsstreit von Philosophen verschiedener Richtung in eine blutige Rauferei aus.

Maillard, Oliver (um 1430–1502): franz. Kanzelredner, dessen wirkungsvolle Predigten mit volkstümlich-schwankhaften Wendungen durchsetzt waren.

Malicorne, Jean de Chourses (Chaources, auch Sources), Seigneur de (um 1525–1609): franz. Hofmann und Offizier, seit 1560 kgl. Stallmeister, später Statthalter der westfranz. Provinz Poitou.

Maranen: Schimpfname für getaufte span. Mauren und Juden.

Margarete von Navarra od. von Angoulême (1492–1549): franz. Lyrikerin und Novellistin, Verfasserin des »Heptameron«; als Schwester

Franz' I. von Frankreich und Königin von Navarra Beschützerin und Förderin verfolgter Protestanten und Humanisten.

Marignano, heute Melegnano: ital. Kleinstadt südöstl. Mailands; Sieg der Franzosen über die schweiz. Mietstruppen des Herzogs von Mailand 1515.

Marius, Gajus (156–86): röm. Feldherr, Sieger über die german. Stämme der Teutonen 102 bei Aquä Sextiä nördl. Marseille und der Kimbern 101 bei Vercellä südwestl. Mailands.

Marot, Clément (1496–1544): franz. Renaissancelyriker, Verfasser geistreich-tändelnder Epigramme, Episteln, Rondos, Balladen, Sonette und der Psalmennachdichtungen des »Hugenottenpsalters«.

Marsyas: sagenhafter phryg. Flötenspieler, sinnbildlicher Vertreter der kleinasiat. Musik gegenüber dem griech. Leierspiel.

Martial, Marcus Valerius (um 40–104): röm. Epigrammatiker, geistreicher Satiriker der Sitten seiner Zeit; in einem Epigramm (14, 41) beklagt sich eine Lampe mit vielen Dochten darüber, nur »eine« Lampe genannt zu werden.

Martianus Capella (5. Jh.): röm. allegorischer Schriftsteller aus Nordafrika; Verfasser eines in den mittelalterlichen Schulen viel benutzten Werks »Über Merkurs Vermählung mit der Philologie«, eines aus Vers und Prosa gemischten Handbuchs der Sieben Freien Künste in romanhaftem Gewand.

Martin von Cambrai: volkstümlicher Name einer kurzröckigen, enggegürteten Bauernfigur an der Rathausuhr von Cambrai, die mit einem Hammer die Stunden anschlug.

Massoreten: jüd. Schriftgelehrte, die um 800–1000 das Alte Testament textkritisch erläuterten und auslegten.

Matiscones, Michael von (Michel de Mâcon): bisher nichr ermittelter Franzose.

Maulevrier, Michel de Ballan, Seigneur de: Nachbar von Rabelais' Familie in Chinon.

Medea: zauberkundige Tochter des sagenhaften Königs Aietes von Kolchis an der Ostküste des Schwarzen Meers, Helferin Jasons beim Raub des Goldenen Vlieses; nach ihrer Flucht mit Jason in seiner griech. Heimat angekommen, verjüngte sie seinen Vater Aison in einem Kessel, in dem sie ihn zerstückelt mit Zauberkräutern kochte.

Megära: eine der griech. Rachegöttinnen.

Melanthios (um 400 v. u. Z.): griech. Tragödien- und Elegiendichter, von dessen Werken nichts erhalten ist; von Aristophanes, Athenäos (»Gastmahl der Gelehrten« 1, 5/6) u. a. als Schlemmer und Wüstling hingestellt.

Merkurialwasser: gemeint ist Weihwasser; nahe dem Haupttempel Merkurs in Rom besprengten die Kaufleute alljährlich am 15. 5., dem Stiftungstag des Tempels, Haupt und Waren mit dem Wasser einer dem Handelsgott geweihten Quelle.

Metellus Pius, Quintus Cäcilius (130–64): röm. Feldherr; 80 bis 72 Befehlshaber eines Heers im Krieg gegen die um ihre Freiheit kämpfenden Spanier unter Führung des abgefallenen röm. Statthalters Quintus Sertorius (123–72), den die Römer 74 in der nordostspan. Baskenstadt Callagurris (heute Calahorra) erfolglos belagerten.

Montaigu: Pariser Gymnasium mit Internat für 200 arme Schüler; berüchtigt wegen seiner Vernachlässigung humanistischer Bildung, wegen seiner grausamen Prügelstrafen und der menschenunwürdigen Unterkunft und Kost seiner Zöglinge.

Mucian(us), Gajus Licinius (gest. um 75): mehrmaliger röm. Konsul und einflußreicher Statthalter von Syrien; auch Verfasser eines von Plinius benutzten verlorenen Kuriositätensammelwerks, in dem er über merkwürdige Erscheinungen bei Quellen, Fischen, Elefanten usw. berichtete.

Mulei Mohammed I. al Mahdi: Sultan von Fez und Marokko 1549–57; unternahm 1550 im Einvernehmen mit Frankrreich einen Handstreich auf Oran.

Necho I.: Stadtfürst von Saïs in Nordägypten 671–663; in der Antike berühmt als Zauberer und Astrolog.

Nikander (um 200 v. u. Z.): griech. Arzt und Lehrdichter; Verfasser der Kurzepen »Mittel gegen den Biß giftiger Tiere« und »Mittel gegen den Genuß giftiger Speisen«.

Odet de Coligny, gen. Kardinal von Châtillon (1517–71): franz. Kardinal und Erzbischof, seit 1561 Anhänger der Reformation und einer der Anführer der Hugenotten, später nach England geflohen; Gönner Rabelais'.

Oktavian: urspr. Name von Kaiser Augustus.

Oppian (um 175): griech. Lehrdichter; Verfasser eines Kurzepos »Über den Fischfang«, mit dem zusammen ein ihm ehem. zugeschriebenes weiteres »Über die Jagd« (um 215) überliefert ist.

Oribasius (um 325 – um 400): griech. Arzt, Leibarzt des röm. Kaisers Julian Apostata; Verfasser eines medizinischen Auszugswerks »Sammlungen« in 70 Büchern.

Ormuzd (Ahura Mazda): altpers. Gott des Lichts, als Verkörperung des guten Prinzips siegreicher Gegenspieler Ahrimans.

Orpheus: Sänger der griech. Sage; als Gegner des ekstatischen Bacchuskults von rasenden Mänaden zerrissen, schwammen sein Kopf und seine Leier nach der Insel Lesbos, einer der Geburtsstätten der griech. Lyrik.

Osiris: ägypt. Fruchtbarkeitsgott, später Herrscher des Totenreichs, dargestellt als menschliche Mumie mit Krummstab und Geißel; in griech. Zeit aufgegangen in Serapis, der als Zeus oder als Tier mit schlangenumwundenem Löwen-, Hunde- und Wolfskopf dargestellt wurde.

Pandekten: Sammlung von Auszügen aus Abhandlungen röm. Rechtsgelehrter; Hauptteil des Gesetzbuchs des röm. Rechts.

Parysatis (um 400 v. u. Z.): Frau des pers. Großkönigs Darius II. und Mutter von Kyrus d. J., dem sie vergeblich auf den Thron zu verhelfen suchte; von den »zartlinnenen Worten«, mit denen sie den Sohn anzureden befahl, berichtet Plutarch (»Apophthegmata«).

Patelin: Advokat in der franz. Volksposse »Pierre Patelin« (um 1460), in deren Verlauf der Tuchhändler Guillaume Jousseaume um seine gestohlenen Schafe prozessiert, doch immer wieder vom Gegenstand abschweift und auf den Stoff zu sprechen kommt, um den ihn Patelin, der Verteidiger des Schafdiebs, geprellt hat; die Worte: »Aha! Hab' ich sie?« spricht der Advokat, als er dem Tuchhändler die Ellen Stoff zu einem Kleid für seine Frau auf das bloße Versprechen hin, sie später zu bezahlen, abgegaunert hat.

Patrick, eigtl. Sucat (um 375-465): irisch. Nationalheiliger; nach der Legende entdeckte er einen Zugang zum Fegefeuer in einer Höhle auf einer Insel des Sees Lough Derg im südwestl. Irland, die als »Fegefeuer des hl. Patrick« zum Wallfahrtsort wurde.

Pausanias (um 175): griech. Reisebeschreiber; Verfasser eines »Reiseführers durch Griechenland« in kunstgeschichtlicher, landeskundlicher, historischer und mythologischer Sicht.

Pédauque, Bertha: Mutter Karls d. Gr. in der altfranz. Sage, deren Name auf einen Plattfuß (südfranz. »pé d'auco« Gänsefuß) zurückgeht; mit Gänsefüßen war sie an verschiedenen alten Kirchenportalen, darunter in Toulouse, dargestellt.

Penthesilea: sagenhafte Amazonenkönigin, Bundesgenossin der Trojaner.

Periander: Herrscher von Korinth 627 – um 585, einer der Sieben Weisen Griechenlands; über das festgehaltene Botenschiff berichtet Plinius (»Naturgeschichte« 9, 25).

Persephone (röm. Proserpina): griech. Göttin der Unterwelt.

Persius Flaccus, Aulus (34–62): röm. Satirendichter stoischer Lebenshaltung.

Petosiris (um 300 v. u. Z.): ägypt. Hoherpriester, von den Griechen als Philosoph, Mathematiker und Astrolog gerühmt; über seine Lehre vom Einfluß der Gestirne auf das Leben der Menschen berichtet Plinius (»Naturgeschichte« 7, 50).

Petronius, eigtl. Petronos, von Himera (6. Jh. v. u. Z.): griech. pythagoreischer Philosoph; nahm 163 in Dreiecksform angeordnete Welten an.

Petrus Martyr Anglerius, lat. Form von Pietro Martire d'Anghiera (1445–1526): span. Geschichtsschreiber; mit seinen »Achtmal zehn Büchern über die ozeanischen Begebenheiten und den neuen Erdteil« (1516/30) Verfasser der ersten Entdeckungsgeschichte Amerikas.

Pherekydes (6. Jh. v. u. Z.): griech. Philosoph von der Zykladeninsel Syros im Ägäischen Meer, angeblich Lehrer des Pythagoras; Begründer einer sagenhaften Weltschöpfungslehre.

Pherekydes von Athen (um 450 v. u. Z.): griech. Familiengeschichtsschreiber; Verfasser von »Genealogien«, in denen er die Stammbäume attischer Adelsgeschlechter von den Göttern herleitete.

Philemon (um 360–263): griech. Komödiendichter; starb nach einer Anekdote an einem Lachanfall.

Philipp II.: makedon. König 356–336, Vater Alexanders d. Gr.

Philiskos von Thasos: von Plinius (»Naturgeschichte« 11, 9) erwähnter nicht näher bekannter griech. Verfasser eines Werks über die Bienenzucht; gen. »der Wilde«, weil er sich als Imker in die Einöde zurückzog.

Philolaos (um 400 v. u. Z.): griech. pythagoreischer Philosoph; nach ihm drehen sich die kugelgestaltige Erde und die Gestirne um einen Feuerkern im Mittelpunkt des Alls.

Philostrat(os), gen. der Athener, Flavius (um 175 – um 250): griech. sophistischer Philosoph; Verfasser eines phantastischen »Lebens des Wundermannes Apollonius von Tyana«.

Philoxenos (5. Jh. v. u. Z.): von Athenäos (»Gastmahl der Gelehrten« 1, 5/6) erwähnter nicht näher bekannter griech. Schlemmer und Wüstling aus Athen, angeblich Schüler des Anaxagoras.

Phönix: ägypt. heiliger Sagenvogel, Verkörperung des Sonnengotts Re, als Sinnbild der Auferstehung gleichgesetzt mit Osiris; nach griech.-röm. Überlieferung verbrannte er sich alle 500 Jahre auf einem Scheiterhaufen von Gewürzen, um aus der Asche verjüngt aufzuerstehen.

Phrixos: Sohn des sagenhaften Königs Athamas von Orchomenos in der mittelgriech. Landschaft Boiotien; vor seiner bösen Stiefmutter Ino floh er mit seiner Schwester Helle auf einem goldenen Flügelwidder über den Hellespont (heute Dardanellen), in dem Helle ertrank, nach Kolchis an der Ostküste des Schwarzen Meers.

Phrygien: antike Landschaft in Westkleinasien, ehem. berühmt durch ihre Schafwolle und ihren Goldreichtum; Stickerei und Teppichweberei galten als Erfindung der Phrygier, und auf den phryg. Flötenspieler Olympos (8. Jh. v. u. Z.) führte man die enharmonische »phrygische Tonart«, eine der Haupttonarten der griech. Musik, zurück; nahe dem nordwestl. Küstenstreifen Kleinphrygien lag Troja, von dessen einer

Flüchtlingsschar nach mittelalterlicher Geschichtsvorstellung angeblich die Franzosen abstammten.

Pindar (um 520 – um 445): griech. Chorlyriker; Dichter verlorener Götter-, Helden- und Klagelieder und 4 erhaltener Bücher Hymnen auf die Sieger der gesamtgriech. Wettkämpfe in Olympia, Delphi usw.

Pithyllos: von Athenäos (»Gastmahl der Gelehrten« 1, 6) erwähnter nicht näher bekannter griech. Feinschmecker.

Planudes, Maximos (um 1260 – um 1320): byzantin. vorhumanistischer Philologe, Herausgeber einer Sammlung griech. Gedichte und einer Prosafassung der Äsopischen Fabeln; ehem. auch als Verfasser eines romanhaften »Lebens des Äsop« angesehen.

Plautus, Titus Maccius (um 250–184): röm. Komödiendichter, Verfasser volkstümlicher Intrigenstücke, von denen 20 erhalten sind.

Plinius Secundus d. Ä., Gajus (23–79): röm. gelehrter Schriftsteller; Verfasser einer enzyklopädischen »Naturgeschichte« in 37 Büchern.

Plotinos (um 205–270): griech. Philosoph, Hauptvertreter des Neuplatonismus.

Plutarch (um 45 – um 120): griech. biographischer und moralphilosophischer Schriftsteller, Verfasser der »Parallelen Lebensläufe«, in denen die Biographien je eines berühmten Griechen und Römers nebeneinandergestellt sind; seine philosophischen, politischen, pädagogischen u. a. Aufsätze, Dialoge usw. sind in den »Moralien« gesammelt.

Poitiers: Hauptstadt der westfranz. Landschaft Poitou; ihre 1431 gegründete Universität, berühmt durch ihre rechtswissenschaftliche Fakultät, nahm im 16. Jh. nach Paris die erste Stelle unter den franz. Universitäten ein.

Politian, endungslose lat. Form von Poliziano, eigtl. Ambrogini, Angelo (1454–94): ital. Renaissancedichter und Humanist, der die Textkritik in die klassische Philologie einführte; über die Aristotelische Quintessenz spricht er im I. Kapitel seiner »Vermischten Aufsätze« (1489).

Pollux, eigtl. Polydeukes, Julius (um 180): griech. Grammatiker und Rhetoriklehrer; Verfasser eines nach Sachgruppen geordneten griech. Wörterbuchs.

Polo, Marco (1254–1324): ital. Ostasienreisender, der erste Europäer in China; seine Reiseerlebnisse erschienen unter dem Titel »Der Millionenmann«.

Polyklet (um 475 – um 415): griech. Erzgießer, bekannt durch sein Standbild des Speerträgers, auch Kunsttheoretiker; in seiner verlorenen Abhandlung »Kanon« legte er die für die klassische Kunst verbindlichen menschlichen Proportionsgesetze nieder.

Porphyrios (um 235 – um 305): griech. neuplatonischer Philosoph; Herausgeber der Werke Plotins und Verfasser von Platon- und Aristoteleskommentaren.

Priapus: urspr. kleinasiat. Fruchtbarkeitsgott, dargestellt mit übergroßem Phallus.

Proserpina: röm. Göttin der Unterwelt; von Pluto, dem Gott der Unterwelt, geraubt, durfte sie nur für einen Teil des Jahres auf die Oberwelt zurückkehren.

Proteus: weissagender griech. Meergott, der verschiedenste Gestalten annehmen konnte.

Puy-Herbault, in lat. Form Putherbeus, Gabriel du (16. Jh.): franz. Benediktinermönch; Verfasser einer Streitschrift »Theotimus oder Über zu vertilgende und auszumerzende schlechte Bücher . . .« (1549), zu denen er auch Rabelais' Werke zählte.

Pyrrhus: König von Epirus in Nordwestgriechenland 298–272, langjähriger Gegner der Römer.

Pythagoras von Samos (um 580–496): griech. Mathematiker und Philosoph, der in der Zahl das Grundprinzip aller Dinge sah; da er angeblich an die Wanderung der menschlichen Seelen in Bohnen glaubte, war seinen Anhängern das Essen von Bohnen verboten.

Pytheas (um 355–324): athen. Redner; Gegner des Demosthenes.

Pythius Bithynus: bei Plinius (»Naturgeschichte« 33) erscheinende Namensform von Pythios (um 500 v. u. Z.), von Herodot (»Geschichte« 7, 27) erwähnter millionenreicher Fürst aus Lydien an der kleinasiat. Westküste.

Quintessenz: spätere Bezeichnung des über Erde, Wasser, Feuer, Luft schwebenden fünften, feinsten Elements Äther bei Aristoteles.

Ramus, Petrus, lat. Form von Pierre de la Ramée (1515–72): franz. humanistischer Philosoph, als Gegner der scholastischen Aristotelesauslegung Begründer einer »natürlichen« Logik; seit 1551 in einen erbitterten Gelehrtenstreit mit dem Aristotelesanhänger Galland verwickelt.

Renaud de Montauban: einer der 4 Brüder in den »Haimonskindern«; im Alter fromm geworden, hilft er den Maurern beim Bau des alten Kölner Doms.

Roberval, Jean-François de La Roque de (1500–61): franz. Seefahrer, der 1541/43 vergeblich eine Siedlung in Kanada zu gründen suchte.

Saint-Gelais, Mellin de (1491–1558): franz. Hofdichter unter Heinrich II., Verfasser kurzer Gelegenheitsgedichte.

Salel de Cassatz, Hugues (1504–53): franz. Renaissancedichter, Übersetzer der ersten 10 Gesänge von Homers »Ilias«.

Sallust(ius) Crispus, Gajus (86–35): röm. Geschichtsschreiber; Verfasser von Werken »Über die Verschwörung Catilinas« und »Über den Jugurthinischen Krieg«.

Sappho (geb. um 610 v. u. Z.): größte griech. Lyrikerin, Dichterin von Liebes-, Hochzeits- und Götterliedern; ihre unerwiderte Liebe zu dem von Aphrodite verschönten Schiffer Phaon, um dessentwillen sie sich von einem Felsen ins Meer stürzte, gehört der späteren Sage an.

Scaliger, Julius Cäsar, eigtl. Bordone della Scala (1484–1558): ital. humanistischer Philologe, auch lat. Dichter, seit 1525 in Frankreich, Verfasser einer bis ins 17. Jh. verbindlichen »Lehre von der Dichtkunst«; Übersetzer und Kommentator von Aristoteles.

Scotus, Duns, eigtl. Duns Scotus, Joannes (um 1265–1308): schott. scholastischer Philosoph, gen. »Scharfsinniger Lehrer«.

Scurron, Jean (gest. 1556): franz. Medizinprofessor in Montpellier; Freund Rabelais'.

Seleukos von Babylon od. Seleukia (um 150 v. u. Z.): griech. Astronom, der »Kopernikus des Altertums«; bewies Aristarchs Lehre von der Doppeldrehung der Erde um die Sonne und um Ihre eigene Achse.

Semele: Tochter des sagenhaften Königs Kadmos von Theben nordwestl. Athens, Geliebte des Zeus, von dem sie Mutter des von diesem in seinem Schenkel ausgetragenen Bakchos wurde; von der eifersüchtigen Hera überredet, bat sie den Gott, ihr in seiner wahren Gestalt zu erscheinen, und verging in der Glut seiner Blitze, als er als Donnerer zu ihr kam.

Seneca d. J., Lucius Annäus (um 5 v. u. Z. – 65): röm. stoischer Philosoph, Verfasser »Moralischer Briefe an Lucilius« und besonders Wettererscheinungen behandelnder »Naturfragen«, auch Dichter mythologischer Tragödien; die Einzelabhandlung »Über die Milde« in 2 Büchern ist an seinen ehem. Zögling Nero gerichtet.

Serapis (Sarapis): spätägypt. Sonnen-, Toten- und Himmels-, auch Heilgott, Reichsgott Ägyptens unter griech. Herrschaft; von seiner Säule im ägypt. Labyrinth, einer weitläufigen Tempelanlage (um 2200) angeblich mit 3000 Räumen südl. Kairos, berichtet Plinius (»Naturgeschichte« 37, 5).

Servius Tullius: sagenhafter röm. König 578–534; von seinem Schwiegersohn Tarquinius Superbus, König 534–514, auf Anstiften seiner Tochter Tullia gestürzt.

Simonides von Keos (um 555–468): griech. Chorlyriker, Dichter nur in Fragmenten erhaltener Klagelieder, Epigramme und Hymnen auf die Sieger der gesamtgriech. Wettkämpfe.

Soranus von Ephesus (um 120): griech. Arzt in Rom, der bedeutendste Frauenarzt der Antike.

Sosos (3./2. Jh. v. u. Z.): griech. Mosaikkünstler; sein berühmtestes Werk war das Bodenmosaik des »ungefegten Hauses« in Pergamon.

Strabon (um 65–19 u. Z.): griech. Geograph; Verfasser einer »Erdbeschreibung« der damals bekannten Welt in 17 Büchern.

Strozzi d. J., Filippo, eigtl. Giambattista (1489–1538): ital. Bankier, auch Politiker in Florenz; der Bau des 1907 zum Nationaldenkmal erklärten Palazzo Strozzi war 1489 von seinem Vater, Filippo Strozzi d. Ä. (1428–91), begonnen worden und wurde 1533 beendet.

Stymphaliden: von Herakles erlegte menschenfressende Vögel mit ehernen Flügeln und Federn.

Sueton(ius) Tranquillus, Gajus (um 70 – um 150): röm. biographischer Schriftsteller; Verfasser der Biographiensammlung »Über das Leben der Kaiser« von Cäsar bis Domitian.

Suidas, eigtl. Suda (10. Jh.): nicht näher bekannter byzantin. Verfasser od. Titel eines griech. Sprach- und Sachwörterbuchs mit über 3000 Artikeln.

Sulla, Lucius Cornelius (138–78): röm. Feldherr und Staatsmann, 82–79 Diktator; von seinem Tod an Läusesucht (eigtl. durch Blutsturz) berichtet Plinius (»Naturgeschichte« 11, 33; 16, 13).

Tahmasp I.: pers. Kaiser 1524–76; bis 1554 in 20jährigem wechselvollem Krieg mit den Türken.

Tänaron: Südspitze des Peloponnes; eine Höhle des Vorgebirges galt in der Antike als einer der Eingänge zur Unterwelt.

Tedeschi (Tudeschi), Niccolò, gen. Abbas Siculus, Abbas Modernus od. Panormitanus (1386 – um 1445): ital. Kirchenrechtslehrer und -kommentator; Verfasser von »Erklärenden Zusätzen zu den Klementinen«.

Tempête, wahrscheinlich Pierre (16. Jh.): franz. Pädagoge; seit 1524 Rektor des Pariser Gymnasiums Montaigu.

Thales von Milet (um 625–545): griech. Naturphilosoph, Mathematiker und Astronom, einer der Sieben Weisen und der erste Philosoph Griechenlands; sah das Wasser als Urgrund aller Dinge an.

Theophrast (um 370–287): griech. Philosoph, Schüler des Aristoteles, bekannt durch seine »Ethischen Charaktere«; als Begründer der Botanik hinterließ er die Werke »Über die Naturgeschichte der Pflanzen« und »Über die Physiologie der Pflanzen«.

Thermes, Paul de La Barthe, Seigneur de, gen. Marschall von (1482–1562): franz. Marschall; 1549/50 Nachfolger Dessays als Befehlshaber des nach Schottland entsandten Hilfsheers.

Thetis: griech. Meergöttin.

Tiraqueau, André (um 1480–1558): franz. Rechtsgelehrter, gen. »Varro seines Zeitalters«; Freund Rabelais', den er als Oberamtmann seiner Heimatstadt Fontenay-le-Comte nordöstl. La Rochelle aus dem Klostergefängnis der Franziskaner befreite.

Triton: griech. Meergottheit, dargestellt als Jüngling mit Fischschwanz, auf einem Muschelhorn blasend.

Trophonis: griech. Sagenheld, einer der Erbauer des Apollontempels in Delphi; später verehrt als Zeus Trophonios in Lebadeia in der mittelgriech. Landschaft Boiotien, wo er ein Orakel in einer Höhle besaß.

Ukalegon: trojan. Ältester, der bei Homer (»Ilias« 3, 148) zusammen mit den anderen Greisen dem Kampf von der Stadtmauer aus untätig zusieht.

Vallée, Seigneur du Douhet, Briand (gest. um 1540): franz. Rechsgelehrter, Gerichtsrat in Bordeaux.

Verres, Gajus (gest. 43 v. u. Z.): röm. Statthalter von Sizilien 73–71, von Cicero der Erpressung vom 40 Mill. Sesterzen überführt; Ciceros Witzwort über die Sphinx berichtet Plutarch (»Apophthegmata«).

Verrius Flaccus, Marcus (1. Jh.): röm. Grammatiker; Verfasser eines nur im Auszug erhaltenen Lexikons der röm. Altertümer »Über die Bedeutung der Wörter«.

Villon, eigtl. de Montcorbier, François (1431 – um 65): bedeutendster franz. Lyriker des ausgehenden Mittelalters, Verfasser des »Kleinen Testaments« und »Großen Testaments«, in dessen satirischen Balladen die Erfahrungen seines Vagabundenlebens ihren Niederschlag fanden.

Vitruv(ius) Pollio, Marcus (um 90 – um 25): röm. Architekt und Kriegsmaschinenkonstrukteur, Verfasser eines Werks »Über die Baukunst«.

Vulkan: röm. Name des griech. Feuer- und Schmiedegotts Hephaistos; nach Homer (»Odyssee« 8, 266/366) fing er seine Frau Aphrodite beim Ehebruch mit dem Kriegsgott Ares in einem kunstvollen unsichtbaren Netz.

Xenokrates von Aphrodisias (1. Jh.): griech. Arzt, Anhänger einer Zauberheilmittellehre; auch Verfasser eines von Plinius (»Naturgeschichte« 37) benutzten Gemmenlexikons »Edelsteinkenner«.

Xenophon (um 430–354): griech. Geschichtsschreiber, Verfasser der »Anabasis«; zu seinen kleinen Lehrschriften zählt auch eine Abhandlung »Über die Jagd«.

Zarathustra, in griech. Form Zoroaster (630–530): altpers. Religionsstifter, nach dessen Lehre die Welt in die einander widerstreitenden Reiche des Lichts oder des Guten und der Finsternis oder des Bösen geteilt ist und nach der nur der freie Entscheidung für das Gute ewige Seligkeit im Jenseits verbürgt.

Zeuxis (um 400 v. u. Z.): griech. Maler aus Süditalien, der das Hauptgewicht auf täuschende Naturtreue legte; außer großen mythologischen Szenen malte er Bilder aus dem Alltagsleben, wie ein altes Weib und einen Jungen mit Weintrauben.

Zoilus (4. Jh. v. u. Z.): griech. sophistischer Rhetoriklehrer, der Homer herabzusetzen suchte; sein Name seither sprichwörtlich für einen ungerechten, kleinlichen Kritiker.

Inhalt

Viertes Buch · Des Pantagruel drittes

insel taschenbücher

Alphabetisches Verzeichnis

Die neue Übersetzung von Homers *Ilias,* von Wolfgang
Schadewaldt kurz vor seinem Tode vollendet, unter-
scheidet sich nicht wenig von den zahlreichen sonstigen deutschen Übersetzungen. Sie verzichtet auf den
seit J. H. Voss bis in die neuere Zeit bewahrten sechs-
füßigen Hexameter. Dieses Versmaß, das in der origi-
nalen Form voll aufgefüllt war durch die langen Worte
der altgriechischen epischen Sprache, muß bei unseren kurzen deutschen Worten zerdehnt und gestreckt
werden durch nichthomersche Füllsel. Der deutsche
Homer wurde so gegenüber dem ›Lakonismus‹ Homers
breit, behaglich, bombastisch. Durch Voss, dessen damalige Verdienste unanzweifelbar sind, erhielt der deutsche Homer pietistisch-erregten und idyllischen Charakter, bei den Nachfolgern weitere Übermalungen
durch wesensfremde Bilder und Metaphern, und wurde
so schließlich preziös-manieriert im Gegensatz zu der
natürlichen Sprache Homers, die, wie sein Sehen, ge-
genständlich, sachlich, naiv ist. Diesen dichterischen
Charakter Homers, seine einfache, klare, schlichte, ungemein sachliche Sprache, die zugleich ein Sehen der
Welt, ein Heraufrufen ihres Seins ist, sucht Schadewaldt unserem neueren deutschen Sprachbewußtsein
anzueignen.

Wer Verwandte, Freunde und Bekannte hat, deren Ge-
burtstag er sich merken möchte, der sei eingeladen,
sich dieses *Sehr nützlichen Merk-Buches* zu bedienen.
Gewöhnliche Merkbücher, die nichts anderes aufzuweisen haben als die Namen der Monate und die Zahlen der Tage, sind zwar recht ordentlich, doch nicht

im mindesten dazu imstande, unser Gedächtnis zu bewegen. Anders allerdings, so hoffen wir, wird es sich mit Geburtstagen verhalten, die in ein *Merk-Buch* dieser Art eingetragen sind: ausgeschmückt mit Bildern und Gedanken macht es dem, der guten Willens ist, das Gedächtnis leicht: es stimuliert. Wie die Bilder so sind auch die Zitate mit ihren Empfindungen, Erfahrungen, Erkenntnissen heiter bis zum Übermut oder nachdenklich oder begütigend, klärend oder stärkend, anregend, einschmeichelnd oder tröstend; nicht aber rechthaberisch oder aufdringlich.

it 158
Oscar Wilde
Leben und Werk
in Daten und Bildern
Herausgegeben von Norbert Kohl

Oscar Wilde, dessen Todestag in diesem Jahre sich zum 75. Mal jährt, war eine der faszinierendsten Persönlichkeiten des Fin de siècle. Er nahm auf das ästhetische Denken und Fühlen seiner Epoche den größten Einfluß. Nur wenige konnten sich seiner Ausstrahlung entziehen. Der Frankfurter Anglist Norbert Kohl hat in seinem Band, der das Leben und Werk Oscar Wildes dokumentiert, alle zur Verfügung stehenden Quellen ausgeschöpft. Neben einer fast lückenlosen Bilddokumentation steht der bisher genaueste Lebensabriß, sowie eine Sammlung von Zeugnissen der Zeitgenossen und Nachfolger Oscar Wildes zu Leben und Werk des Dichters.

it 159
Shaw-Brevier
Herausgegeben zum 25. Todestag des Dichters

Der irische Dramatiker und Schriftsteller George Bernard Shaw starb am 2. 2. 1950 in Ayot St. Lawrence/ Herfordshire. Sein schon fast legendärer Ruhm nährt sich vom Erfolg seiner fast 70 geistvoll-ironischen Theaterstücke, die auch heute noch zu den meistgespielten an den deutschen Bühnen gehören, seinen exzellenten Musikkritiken und dem übrigen kritischen Werk. Das

Shaw-Brevier soll eine erste Annäherung an das Werk des Schriftstellers ermöglichen. Es gibt sozusagen aus der Vogelperspektive einen Überblick über die Morphologie seines Werkes. Hierin ähnlich dem schon vorgelegten Kant-Brevier.

it 161
Geschichten aus dem Mittelalter
Herausgegeben und übersetzt von Hermann Hesse
Schon früh, ehe er selbst damit begann, Legenden nach alten Stoffen zu schreiben, und im Insel Verlag die Gesta Romanorum herausgab, hatte sich Hesse mit der Erzähltradition des deutschen Mittelalters beschäftigt und zahlreiche Geschichten des Caesarius von Heisterbach (gestorben 1245) aus dem Mönchslatein seines *Dialogus Miraculorum* ins Deutsche übersetzt, welche 1908 in der von Ludwig Thoma und ihm selbst herausgegebenen Zeitschrift *März* vorabgedruckt wurden. Andere hat er erst 1925 in seinen Sammelband *Geschichten aus dem Mittelalter* aufgenommen. Da diese Erzählungen zu den wichtigsten Quellen der Kulturgeschichte des 13. Jahrhunderts gehören, vereinigt unser Band sämtliche von Hesse selbst übersetzten Texte aus dem *Dialogus Miraculorum* mit allen Geschichten, die er 1925 in seiner Sammlung *Geschichten aus dem Mittelalter* vorgelegt hat. Zahlreiche zeitgenössische Holzschnitte illustrieren diesen Band.

it 162
Der Turm der fegenden Wolken
Altchinesische Novellen
Deutsch von Franz Kuhn
In der Zeit der Ming- und Ch'ing-Dynastien vollendet sich eine Eigenart der chinesischen Literatur, die kein Epos der Frühzeit kennt, eine künstlerische, erzählende Prosa – aus der Überlieferung der Volkserzähler und den indischen Anregungen des Buddhismus. Franz Kuhn, einer der großen Vermittler zwischen der chinesischen Literatur und Deutschland, hat in seiner Anthologie *Der Turm der fegenden Wolken* die charakteri-

stischsten und schönsten altchinesischen Novellen zusammengefaßt.

Der Sinologe Herbert Franke schreibt in einem Essay
zur chinesischen Literatur über die Novelle: »Sammlungen von Novellen, die bewußt als schöne Literatur gelten wollen, gibt es erst in der Ming-Zeit (1368–1644),
die wohl die Gattung auf ihren Gipfel geführt hat.«

it 163
Ali Baba und die 40 Räuber
und andere Geschichten aus 1001 Nacht
Aus dem Arabischen von Enno Littmann
Mit Illustrationen einer alten französischen Ausgabe

Im »Sesam öffne dich« des Märchens von Ali Baba und
den 40 Räubern schießt wohl alles zusammen, was
uns seit frühesten Kindertagen als Inbegriff des Märchens erschienen ist. Die Geschichte vom armen
Manne, der durch Mut und List in den Besitz eines
großen Schatzes kommt, die Tatsache, daß das Gute
endlich doch siegt und im Märchen der Ausgleich gefunden wird, den die Wirklichkeit versagt, machen diese
morgenländische Erzählung zu einem Paradigma der
Märchenliteratur. Hermann Hesse schreibt: »Man wan-
dert ziellos in fremden unterirdischen Gewölben, auf
Überraschungen jeder Art gefaßt und doch durch jede
wieder überrascht, in eine feine Zauberwolke gehüllt,
dem Alltag fern, ganz dem Erstaunen über die Mannigfaltigkeit des Geschehens und über die innere Einfach-
heit der verwickelten menschlichen Dinge hingegeben.«